LIA LOUIS

Tausend ungesagte Worte

Roman

Aus dem Englischen
von Veronika Dünninger

PENGUIN VERLAG

Die Originalausgabe erschien 2024
unter dem Titel *Better Left Unsent*
bei Zaffre, London.

Penguin Random House Verlagsgruppe FSC® N001967

2. Auflage
Copyright © 2024 der Originalausgabe by Lia Louis
Copyright © 2025 der deutschsprachigen Ausgabe by Penguin Verlag
in der Penguin Random House Verlagsgruppe GmbH,
Neumarkter Straße 28, 81673 München
produktsicherheit@penguinrandomhouse.de
(Vorstehende Angaben sind zugleich
Pflichtinformationen nach GPSR)

Redaktion: Angela Kuepper
Covergestaltung: Favoritbuero
Covermotiv: © Shutterstock / lavendertime, vectorpouch
Gesamtherstellung: GGP Media GmbH, Pößneck
Printed in Germany 2025
ISBN 978-3-328-10949-5
www.penguin-verlag.de

Für meine geliebte Mum, die ein Herz aus Gold hat.
Danke für die Tagträumereien mit mir
auf windigen Spaziergängen durch Leigh-on-Sea.
Jetzt wird es für immer unser Ort sein.

Von: Millie.Chandler@Flyetv.com
An: Jack.Shurlock@Flyetv.com
Betreff: Weihnachtsparty

Hallo! Schönen guten Morgen, Jack! Ich schicke dir nur eine kurze Nachricht, bevor du weggehst, so wie du es mir gesagt hast. Das hast du doch gesagt, oder? (Ich bin mir ziemlich sicher, dass es so war, aber andererseits hatten wir beide auf der Party eine MENGE von diesen abscheulichen vanillepuddinggelben »Boss-Man-Michael«-Cocktails, und ich persönlich fühle mich, als ob die Drinks meine Biochemie für immer verändert hätten. Dass statt Blut jetzt Eierflip und Rosmarin und Nasenhaare und weiß Gott, was wir noch alles an Zutaten im Verdacht hatten, in mir herumschwappen?! Ich fühle mich NOCH IMMER ganz ekelhaft.)

Jedenfalls wollte ich nur sagen, ich hatte so viel Spaß dabei, auf der Party mit dir abzuhängen, und wie lachhaft es doch ist, dass wir diese ganze Zeit zusammengearbeitet haben und erst jetzt, in der WOCHE bevor du die Firma auf unbestimmte Zeit verlässt, entschieden haben, uns blendend zu verstehen!? Und … ahhhhhhh, ich werde das hier auf gar keinen Fall abschicken, oder? Natürlich werde ich das hier nicht abschicken. Ich dachte wirklich, das würde ich vielleicht tun, aber jetzt habe ich viel zu viel Angst davor, denn du bist cool, und ich bin eine Pfeife. Ein Feigling. Auf bestem Weg, mich in ein Mauerblümchen zu verwandeln, in letzter Zeit.

Und ich nehme an, weil ich das hier nie, nie, nie abschicken werde und niemand es je, je, je sehen wird, kann ich jetzt sagen, was ich will. Also! Jack Shurlock, du bist wirklich heiß. Und ich meine, wirklich. Und wir waren … kurz davor, uns zu küssen? OMG, ich habe das Gefühl, das waren wir!? In diesem Moment im Dunkeln, als wir zusammen in dieser Nische saßen. Als wir beide aufhörten zu reden und du irgendwie näher an mich herangerutscht bist und mir dieses langsame Lächeln geschenkt hast. Nur eine Millisekunde, bevor sich die betrunkene Cherry zwischen uns aufgerichtet, gewürgt und schlicht gesagt hat: »Ich habe eben einen Riesenhaufen Erbrochenes geschluckt.« Ich *glaube*, so war das, oder? Und ich wünschte, wir hätten es getan. Gestern Nacht hatte ich sogar einen wahrhaft filmreifen, eindeutig nicht für die Arbeit geeigneten Traum davon – abzüglich störender betrunkener Kolleginnen –, und jetzt kriege ich ihn nicht mehr aus dem Kopf. Im Ernst. Zehn von zehn Punkten, Jack Shurlock. Fünf Sterne. 100 Prozent auf dem Tomatometer.

(OMG, LOLLLLLL, jetzt werde ich das hier garantiert nie, nie, nie abschicken.)

Gute Reise und viele Grüße an den Mann, der das hier nie lesen wird!
Millie x

Kapitel 1

Ich werde mich übergeben. Ich werde einen Herzinfarkt kriegen, genau hier, auf einem kratzigen Bürostuhl in Konferenzraum 2, in dem es aus irgendeinem Grund immer leicht nach Pecorinokäse riecht. Vielleicht werde ich sogar ... *sterben?* Ich meine, das ist sicher gut möglich angesichts der Umstände und der Tatsache, dass mein armes Herz so hart und schnell hämmert, dass mein Körper überzeugt sein muss, dass ich völlig untrainiert einen Marathon laufe. Bei Marathons kommt es doch ständig zu Todesfällen, oder nicht? Das ist der Grund, weshalb ich nicht laufe. (Das und die Tatsache, dass sich mein Kopf vom Schwitzen immer in einen glänzenden, peinlichen, preisgekrönten Rotkohl verwandelt.)

Aber jetzt – jetzt ziehe ich es *ernsthaft* in Betracht zu laufen. Zu laufen und nicht mehr stehen zu bleiben. Zu laufen, bis dieser stickige Konferenzraum nur noch ein winziger, nicht identifizierbarer Punkt in der Ferne ist. Zu laufen, bis ich an die Landesgrenze komme, bis ich einen namenlosen Mann mit einer dunklen Sonnenbrille treffe, der mir einen gefälschten Pass in die Hand drücken wird, zusammen mit einem falschen Bart und einem One-Way-Ticket in eine kleine, entlegene Wüstenstadt irgendwo im Outback.

Denn – Gott, das hier ist grauenhaft. Mein wirklich *absolut* schlimmster Albtraum. Wahrscheinlich jedermanns schlimmster Albtraum, wenn man darüber nachdenkt, aber mit Sicherheit, ohne jeden Zweifel, meiner – und er passiert. Genau jetzt. Genau mir. *Millie Chandler.* Live und in Stereo.

Und niemand hat es bis jetzt auch nur laut ausgesprochen – warum ich mich, an einem scheinbar stinknormalen Nullachtfünfzehn-Donnerstagmorgen um Viertel nach neun, hier wiederfinde. In einem Konferenzraum voller Leute, die bloße Empfangsangestellte wie ich grundsätzlich nur dann zu sehen bekommen, wenn Entlassungen ausgesprochen werden (oder wenn sie bei After-Work-Drinks betrunken einen Balanceakt an der Grenze zu sexueller Belästigung vollführen). Aber ich weiß es bereits. Ohne dass irgendjemand auch nur ein einziges Wort gesagt hat, weiß ich, warum ich hier sitze, vor dreien meiner Bosse, plus Ann-Christin, unserer inkompetenten, aber charmanten Personalchefin, deren ausdrucksloses Gesicht von einem Laptopbildschirm starrt wie ein Star-Trek-Schurke. Ich wusste es fast in der Sekunde, in der ich vor ein paar Augenblicken den Raum betrat, hinter Petra, meiner Vorgesetzten (und, wie ich hoffe, noch immer meiner Freundin) herschlurfend, und meinen Namen von einem Computer auf die Leinwand an der Wand projiziert sah. Einen ganzen einförmigen Stapel mit meinem Namen. *Millie Chandler. Millie Chandler. Millie Chandler. Millie Chandler.*

Denn wie es aussieht, wurden, irgendwie, E-Mails, die nicht hätten verschickt werden sollen, eben doch verschickt.

Jede Menge.

So, so, so viele E-Mails.

E-Mails, die *ich* geschrieben, aber nie verschickt habe. Und »nie verschickt« ist, was sie auf immer und ewig hätten bleiben sollen.

O mein Gott, ich werde mich wirklich übergeben. Oder in Ohnmacht fallen. Oder beides zusammen. (Andererseits – mit einer Ohnmacht würde ich *garantiert* aus dieser Sache herauskommen, oder? Und ich will so unbedingt aus dieser verdammten Sache herauskommen.)

»Wir warten nur noch auf Paul«, seufzt Michael Waterstreet, eher knallharter Cop als Geschäftsführer, und obwohl ich ein Nicken zustande bringe und ein zitteriges, leises »Okay« wimmere, sitze ich so stocksteif auf diesem Stuhl, dass sich schwer sagen lässt, ob ich mich überhaupt bewegt habe oder ob ich mich vielleicht, vor lauter Scham und Angst und absoluter *Verlegenheit*, in Stein verwandelt habe wie ein urzeitliches Fossil.

Wie konnte das hier überhaupt passieren? *Wie?* Ich arbeite seit fünf Jahren hier bei Flye TV, einem kleinen, leicht desorganisierten (aber größtenteils erfolgreichen) Sport-TV-Sender. Seit fünf ganzen Jahren gebe ich dafür mein Bestes, wie ein liebenswürdiger Roboter, eine aufmerksame, lächelnde Jasagerin, stets mit einem »Aber selbstverständlich!« und »Oh, absolut!« und »*Natürlich* werde ich Ihr Paket nach Übersee schicken und so tun, als ob ich Ihnen absolut glaube, wenn Sie sagen, dass es für die Firma ist und nicht schon wieder für Ihre Tante in Neuseeland, die, wie es aussieht und sich anfühlt, Monstertruckreifen sammelt«. Und doch bin ich jetzt hier. *Hier bin ich*, vor einer, wie ich nur vermuten kann, disziplinarischen Maßnahme und etwas, was vielleicht als einer der schlimmsten Momente meines ganzen neunundzwanzig Jahre langen Lebens in die Geschichte eingehen wird.

»Könnten Sie, ähm, mir bitte s-sagen, worum es … es hier geht?«, frage ich benommen, obwohl ich mir natürlich zu neunundneunzig Prozent sicher bin, worum es hier geht. »Geht es um die E-Mails? Geht es um ... *meine* E-Mails?«

Aber Michael hebt eine große, fleischige Hand. »Wir werden das erörtern, sobald alle anwesend sind.«

Oh, so schlimm, ja? Das hier fühlt sich unbestreitbar richtig, richtig, richtig schlimm an.

Und ich hätte wissen sollen, dass über dem heutigen Tag der Schatten einer Katastrophe liegt. Die Anzeichen waren alle da, und ich bin in letzter Zeit so gut darin, auf Anzeichen zu achten; kleine Vorboten schlimmer Dinge, die am Horizont heraufziehen und denen ich unter Umständen ausweichen muss. Aber heute habe ich sie übersehen. *Komplett.* Der Verkehr, der am Morgen ungewöhnlich schlimm war (ein winziger Hinweis). Mein Lieblingsbürobecher – riesig, faultierförmig, mit so einem drolligen Gesicht –, der nicht im Büroküchenschrank war (ein etwas größerer Hinweis). Und die Tatsache, dass Quasselstrippen-Martin von der Finanzabteilung, als ich ihn fragte, ob er ihn gesehen hätte, mich *wie Luft behandelte.* Oh, ja. Ausgerechnet Quasselstrippen-Martin – der Mann, der, als er an einer schlimmen Mandelentzündung litt, seinen Laptop auf einer Text-zu-Sprache-Website geöffnet mit sich herumtrug, über die er mit uns kommunizierte wie ein ausdrucksloser KI-Roboter – ignorierte mich. (Das allergrößte Omen von allen.)

Und jetzt sitze ich hier. Und starre auf diese Leinwand.

Auf meine Entwürfe.

Meine E-Mail-Entwürfe, die nicht länger »nur Entwürfe« sind.

Alle.

All die Dinge, die ich sagen will, mich aber nie zu sagen traue.

All die Dinge, die ich stattdessen tippe, um sie mir von der Seele zu schreiben, um sie herauszulassen, ohne dass es irgendjemand erfährt, ohne irgendwelche ... na ja, *Kollateralschäden.*

O Gott, das hier ist wirklich wie ein entsetzlicher Albtraum. Eines dieser beklemmenden »Was wäre, wenn«-Szenarien, von denen man um zwei Uhr morgens fantasiert, wenn man sich traurig und allein auf der Welt fühlt. Nur dass das hier kein »Was wäre, wenn« und auch kein Albtraum ist. Das hier passiert. Das hier ist das wirkliche Leben – *mein* wirkliches Leben.

Die Tür des Konferenzraums klickt hinter mir zu, und das Herz rutscht mir in die Hose. Paul Foot, unser aller Chef, steht da, in einem Nadelstreifenanzug, der ihm zwei Nummern zu groß ist. Er richtet langsam den Blick auf mich, sieht dann zu allen anderen und schließlich zu der Leinwand an der Wand – zu diesem zutiefst beschämenden Jengaturm aus »Von: Millie Chandler«, jedes einzelne ein kleines Fenster in die Person, die ich wirklich bin. Schimpfkanonaden, Beschwerden, meine idiotischen Insiderwitze, meine Wahrheiten, meine ... *Geheimnisse.*

»Okay, Leute«, sagt er, und – *ah.* Da ist es also. Das Faultier, voreingenommen lächelnd, in seiner pummeligen Hand. Mein Lieblingsbecher. Ganz klar ein symbolträchtiger Augenblick.

Denn das hier ist es.

Das hier ist »der Moment«. Und wie soll ich überhaupt hier herauskommen? Der Schaden ist bereits angerichtet. Das Schlimmste ist bereits passiert.

All meine E-Mail-Entwürfe wurden irgendwie verschickt.

Jeder einzelne von ihnen.

★★★

Von: Millie Chandler
An: Michael.Waterstreet@Flyetv.com
Betreff: Millie, Konferenzraum herrichten asap

Ähmmmm, eine leere E-Mail und eine Anweisung im Betreff, ohne ein *einziges* Bitte oder Danke?????? Natürlich, nicht dass ich irgendetwas anderes erwartet hätte, denn ich höre ja, wie Sie mit anderen Leuten reden, die hier arbeiten. SIE SIND WIRKLICH DER UNHÖFLICHSTE MENSCH ALLER ZEITEN!!!!

Mit freundlichen Grüßen
Millie Chandler
Empfang
Flye TV, Progress Road, Essex

★★★

Von: Millie Chandler
An: Alexis.Lee@TTMedTech.com
Betreff: Sorry, schaffe es nicht zum Dinner, Kunden aus Schweden hier, kann nicht nach Hause, bevor ich den Verkauf abgeschlossen habe!!!

Gut so. Ehrlich gesagt, bin ich irgendwie erleichtert, Lex. Das Kino letzte Woche war schon eine harte Nummer. Ich wünschte, es wäre nicht so gewesen, aber das war es, und ich hatte die ganze Zeit das Gefühl, dass du sauer auf mich warst. Du warst so sturköpfig und streitlustig!? Es war, als ob du mit allem, was ich von mir gab, ein Problem hättest. In

14

letzter Zeit fühlt es sich wirklich an, als ob wir auseinanderdriften würden, und ich sage es ja nur ungern, aber manchmal denke ich, dass das etwas Gutes ist.

★★★

Von: Millie Chandler
An: Owen.Kalimeris@Flyetv.com
Cc: Ganzes Büro
Betreff: Update vom Team Indien, Woche 16!

Es ist vier Monate her, seit wir uns getrennt haben, und ich vermisse dich noch immer so sehr, Owen. So sehr, dass es manchmal physisch wehtut. Ich weiß einfach nicht, wie ich dich vergessen soll.

Kapitel 2

»Millie, gestern Abend haben Sie eine große Anzahl E-Mails verschickt«, sagt Paul, mein Boss, mir gegenüber am Konferenztisch, »und wir würden sehr gern darüber diskutieren.«

Paul wirkt ruhig und nüchtern, während ein winziger panischer Kampf in meiner Brust stattfindet. Denn das ist es jetzt wirklich. Mein schlimmster Albtraum: bestätigt. Erwiesen. Und ich weiß, manche Leute würden es vielleicht nur als ein kleines Ärgernis ansehen, wenn ihre E-Mail-Entwürfe verschickt würden, wenn überhaupt, ein »Ach du Scheiße, das wird ein paar Gemüter erhitzen, oder? Ha, ha, ha«-Drama, auf das sie gern verzichten könnten. Aber ich bin nicht manche Leute. Denn meine E-Mail-Entwürfe sind *nicht* einfach nur E-Mail-Entwürfe. In den letzten paar Jahren sind meine Entwürfe … mein *Tagebuch* geworden. Ein Beichtstuhl. Eine unheimliche Gruft ungesagter Dinge; Dinge, von denen ich wünschte, ich könnte sie sagen, Dinge, die ich wirklich, *wirklich* sagen will, aber nicht ausspreche, um ein friedliches Leben zu führen. Ohne Drama. Ohne Risiko. Ohne Blicke auf mich zu ziehen. Ohne *Liebeskummer* (und das ist ein sehr wichtiger Punkt). Ein Leben, in dem ich einfach nur gedankenvolle, ziellose Spaziergänge mit meinen Freundinnen unternehme, koche, häkele (oder es zumindest versuche) und mich viel zu emotional in Reality-TV verstricke. Ein bisschen unter dem Radar.

Manche würden vielleicht sogar »zurückgezogen« sagen, vor allem in letzter Zeit.

Aber jetzt, oder zumindest nach dem, was ich von der Leinwand, die über und über mit meinem Namen bedeckt ist, nur vermuten kann, ist es ... dort draußen. Alles. Alles, was ich denke und fühle, aber streng für mich behalte. All meine E-Mail-Entwürfe, *verschickt*, an echte Leute. Und ja, ein paar an Kollegen, aber schlimmer als das sind – *die anderen*.

Oh, die anderen.

Die E-Mails, die ich an wichtige Leute in meinem Leben geschrieben habe. Leute, die mir wirklich etwas bedeuten; Leute, die ich *liebe*.

Scheiße.

Und jetzt muss ich es erklären. Irgendwie muss ich das Was, das Warum, das Wie (und das *Wie* ist, was ich im Moment nicht einmal annähernd begreifen kann) drei schweigenden Bossen und Ann-Christins Sci-Fi-Kopf, der aussieht, als steckte er in einem Einmachglas, logisch erklären.

»Ich weiß, manchmal werden E-Mails versehentlich verschickt«, fährt Paul fort. »Eine Antwort an alle statt einer Antwort an einen einzigen Empfänger, zum Beispiel. Aber das hier ... Sie haben viele verschickt, Millie, und dazu verschiedene firmenweite E-Mails. Ein paar davon sind sehr ... persönlich.«

»Die Sache ist die«, beginne ich. *Ich. Darf. Nicht. Weinen.* »I-ich habe sie nicht wirklich verschickt.«

»Sie haben sie nicht verschickt«, wiederholt Michael langsam, während er eine buschige Augenbraue hochzieht. Jetzt hat er voll auf Cop-Modus geschaltet. Voll auf Kommandeur-Modus. Ich hätte es wissen sollen. Michael ist einmal zu einem winterlichen Schlammrennen der Firma in Tierfelle gewickelt und mit Schmalz eingerieben erschienen, während alle anderen in wasserdichten Jacken und ungeeigneten Turnschuhen gerannt sind. Die Art Typ ist er. Außerdem habe ich im Laufe der Zeit *eindeutig* ein oder zwei dumme, biestige E-Mail-Entwürfe an Michael geschrieben, daher hat er sie vermutlich gesehen und hasst mich jetzt verständlicherweise bis aufs Blut. »Sie sind von Ihrer E-Mail-Adresse gekommen, Millie.«

»Ja, j-ja, ich weiß, aber ...«

»Und Sie *erkennen* sie?« Er weist mit seinem Quadratschädel zu der Leinwand, zu den Reihen über Reihen von E-Mails, und auf einmal scheint das alles so lächerlich. Dass das überhaupt passiert ist – denn wie *kann* so etwas einfach passieren? –, aber noch mehr, dass sie mich alle anstarren, meine Kollegen seit mehr als fünf Jahren, als wäre ich soeben mit einer Leiche erwischt worden, die ich in meine Matratze eingenäht hatte. *Bitte, Sie müssen wissen, dass ich wirklich ein netter Mensch bin!*, will ich am liebsten rufen. *Ihre nette, normale, gewissenhafte, leicht chaotische Empfangsangestellte, die einfach nur zur Arbeit kommen und wieder nach Hause gehen wollte (und sich vielleicht ein raffiniertes, abgepacktes Krabbensandwich zum Lunch kaufen wollte, denn so risikofreudig ist sie dann doch!).* Aber es ist, als ob ich auf einmal eine Verbrecherin wäre. Eine Firmenverbrecherin in einer schicken Hose mit einer Mehrweg-(*Love Island-*)Wasserflasche.

»Ja«, stammele ich. »Das tue ich. Ich erkenne sie. Und es tut mir so, so leid. Ich bin ... ich bin ... zutiefst *beschämt*.«

»Hm«, knurrt Michael, und ich kann Petra kaum ansehen, die steif und mit weit aufgerissenen Augen dasitzt, als wäre sie ausgestopft worden.

»Aber es waren nur Entwürfe«, fahre ich fort, mit kaum einer Pause zwischen meinen winzigen gestammelten Worten. »Ich ...

ich habe sie geschrieben, aber sie sollten nie, aber auch nie verschickt werden. Und ich … ich *habe* sie auch nicht verschickt, und ich würde sie auch niemals verschicken *wollen*, daher verstehe ich nicht, warum sie überhaupt verschickt *wurden* …« Meine Stimme stockt, und ich schlucke und sehe zu ihnen hinüber wie ein dummer, gescholtener, verlorener Welpe. »Es tut mir leid. Ich bin einfach … richtig nervös. Das hier ist alles so ernst und förmlich, oder? Wie … wie *Hawaii Fünf-Null* oder so.« Und jetzt lache ich. Total gekünstelt. Und nicht eine Menschenseele lacht oder lächelt auch nur. Jetzt will ich mich am liebsten in Tränen auflösen und auf den Boden sinken. Vielleicht sogar *durch* den Boden fallen, in ein angenehmes dunkles Nichts?

»Millie«, seufzt Paul, und ich mag Paul. Paul ist freundlich, wie ein fröhlicher Postbote; als ob ihm jemand den Job als Firmenchef angedreht hätte, indem er ihm erzählte, er beinhalte nur ein bisschen Geplauder und nette Lunchtreffen, und er bliebe nur deshalb, um niemanden hängen zu lassen. »Sie verstehen, dass wir nur offiziell festhalten wollen, dass Sie die E-Mails auf der Leinwand erkennen.«

»Ja«, sage ich. »Ich erkenne sie.«

»Und Sie waren gestern wie gewohnt in der Arbeit, an Ihrem Schreibtisch, und haben an dem Ihnen zugewiesenen Firmenlaptop gearbeitet …«

»*Ja*«, sage ich und nicke dazu wie eine Irre. »Ja, ja, das ist korrekt, alles wie gewohnt. Ich war an meinem Schreibtisch, *wie gewohnt*, den ganzen Tag …« Außer. Oh. Die *Server. Ja!* Gestern gab es bei Flye TV einen massiven Serverausfall. Den schlimmsten, den wir je hatten. »Wir kämpfen die verdammte Schlacht am Boyne da oben«, sagte Steve von der IT, als er am Empfangstresen vorbeikam mit geröteten Wangen und wild abstehenden Haaren.

»Die Server waren den ganzen Tag ausgefallen!«, platze ich vor Paul, dem fröhlichen Postboten, heraus. »Könnte … könnte damit irgendetwas passiert sein? Dass Entwürfe und Postausgangsfächer geleert wurden? *Eine Überspannung? Das …* das klingt doch einleuchtend, oder?«

»Das wissen wir nicht, Millie«, erwidert Paul in einem bedächtigen Ton. »Die IT ist gestern zusammengekommen und bis spätabends geblieben, um dieses spezielle Problem zu beheben«, fährt er fort, und irgendetwas an der Sekunde der Stille, die auf seinen nüchternen, allzu professionellen Ton folgt, sorgt dafür, dass mir der Magen in die Kniekehlen sackt wie eine Bowlingkugel.

Werde ich … *gefeuert* werden? Von einem Posten enthoben, zu dem ich seit fünf ganzen Jahren zuverlässig erschienen bin wie die menschliche Entsprechung eines Saugroboters? Das letzte Mal, dass ich so viele Leute in einem Raum gesehen habe, war vergangenen Monat, als Gareth vom Lager gefeuert wurde (sein riesiger Skateschuh wurde – irgendwie – durch die Windschutzscheibe eines Übertragungstrucks geschleudert). Er tat mir *so* leid, als er den Konferenzraum verließ, schlaksig und gebeugt vor Scham, während Jack Shurlock, der Operations Manager, ihn zu seinem Wagen eskortierte. Werde das ich sein? Bin *ich* im Begriff, das zu sein?

Obwohl – Jack ist im Moment nicht hier, oder? Vielleicht ist das ja ein gutes Zeichen. Seit Jack von seiner Rucksacktour zurück ist, scheint er tatsächlich bei weniger Meetings anwesend zu sein als früher, aber … na ja, wie auch immer, es ist auf jeden Fall gut, dass er nicht dabei ist. (Wenn auch nur deshalb, weil es nur eines gibt, was noch schlimmer ist, als für so etwas wie das hier gemaßregelt zu werden: vor dem heißen, selbstbewussten

Operations Manager gemaßregelt zu werden, für den man früher geschwärmt hat. Und – o mein Gott. Habe ich je eine E-Mail an ihn geschrieben? An *Jack*? Nach dieser Weihnachtsparty. *Habe ich das?* Oh, neinneinneinnein.)

»Die IT wird jedem Warnhinweis nachgehen«, seufzt Michael. Er sieht aus, als ob er lieber *irgendwo* anders wäre als hier, bei mir und meinem traurigen, seltsamen, verwirrenden E-Mail-Problem. »Dass irgendetwas kompromittiert wurde. Gehackt und das alles? Ich werde auch das firmenweite Serverproblem noch einmal ansprechen. Aber, nur damit wir uns recht verstehen …« Jetzt sieht er zu mir hoch, einen grünen Kugelschreiber in seiner Schaufelhand in der Schwebe. »Diese E-Mails, sie wurden von Ihnen geschrieben.«

»… ja.«

»Und Sie nehmen Ihren Arbeitslaptop oft mit nach Hause. Richtig?«

Jetzt beginnen meine Wangen zu glühen, denn ja, ich nehme meinen Arbeitslaptop tatsächlich oft mit nach Hause. Offiziell, weil ich ein paar zusätzliche Dinge zu erledigen habe, meistens wenn Petra mich darum bittet (aber inoffiziell, weil ich ihn manchmal gern als kleinen Fernseher benutze, auf dem ich YouTube-Tutorials folge oder mir *Hochzeit auf den ersten Blick – Australien* ansehen kann, während ich das Abendessen koche). Aber worauf will er eigentlich hinaus? Dass *ich* sie verschickt habe? *Absichtlich?*

»Ja, das ist korrekt«, antwortet Petra für mich, und oh, Petra. Die entzückende, entzückende Petra. Ich wünschte so sehr, wir könnten in diesem Augenblick miteinander kommunizieren – durch Telepathie oder so. Einen Hauch von Morsecode. Was ist der Morsecode für »OMG, Petra, es ist schlimmer, als du denkst, denn ich befürchte, ich habe aus Versehen mein ganzes Leben in Brand gesetzt, verstehst du? PS, wirst du immer noch meine Freundin sein?«?

»Millie arbeitet oft mehr als ihre vereinbarten Stunden«, fährt Petra fort. »Und nimmt ihren Laptop daher auf meine Anweisung hin mit nach Hause. Sie ist kürzlich auch bei Marshal Chandra vom Kamerateam mitgelaufen, beim Darts-Finale. Er war sehr beeindruckt von ihr.«

»Hören Sie«, wirft Paul, der fröhliche Postbote, ein. »Ich denke, wir sind uns alle einig, dass es, abgesehen von allem anderen, unterm Strich schlichtweg unprofessionell ist. Probleme, die Sie offiziell – *verantwortungsbewusst* – gegenüber Kollegen oder sogar der Personalabteilung hätten ansprechen können.«

»Ich weiß«, erwidere ich, während ich die Tränen hinunterschlucke. »Ich weiß, und es tut mir so, *so* leid. Sie waren ganz ehrlich nie, nie dafür bestimmt, gelesen zu werden.«

»Verstehe«, sinniert Paul.

»Es ist wie … es ist wie etwas, was ich tue, um … mir Dinge von der Seele zu schreiben, wissen Sie?« Sei menschlich. Richtig? Sei im Zweifelsfall ehrlich und menschlich, dann wirst du in jedem den Menschen ansprechen. (Das habe ich einmal gehört, auf *DIY SOS*, glaube ich, und mein Mitbewohner Ralph schniefte emotional und sagte: »Handwerker sind wirklich die Philosophen unter den Menschen, oder?«) »Und ich weiß, es entschuldigt gar nichts«, fahre ich fort, »aber die E-Mails … Ich würde niemals irgendjemanden vor den Kopf stoßen wollen. Ich habe es nicht einmal ernst gemeint. Kein Wort davon. Ich … schreibe nur, um … es *herauszulassen*?«

»Ja, Paul«, sagt Ann-Christins Sci-Fi-Kopf im Einmachglas, als hätte ich mich, zusammen mit meiner *DIY-SOS*-Weisheit, einfach in Luft aufgelöst. »Nach den Firmenrichtlinien befinden wir uns streng genommen nicht wirklich im Bereich von grobem Fehlverhalten, und Millie hat ihren Laptop angemessen gesichert, ebenfalls entsprechend den Firmenrichtlinien, das heißt, solange wir keine offiziellen Beschwerden von anderen Mitarbeitern erhalten ...« Und dann erstarrt ihr Gesicht auf dem Bildschirm, bevor ihr Kopf in zwei Pac-Man-Hälften zerschnitten wird. Gott sei Dank, denn ... *Beschwerden?* Ich will mir gar nicht ausdenken, dass es Beschwerden geben könnte. Über *mich*.

»Ja«, ergänzt Petra steif. »Ich denke, hier haben wir es nur mit ein paar Gesprächen unter Erwachsenen zu tun. Ich meine, wer wollte nicht schon gewisse Dinge zu Kollegen, zu Freunden sagen ...«

»Hm«, brummt Michael.

»Okay«, sagt Paul.

Und das Schweigen, das darauf folgt, ist wie ein riesiger Punkt am Satzende, der in den Raum rollt. Paul nippt seinen Tee aus dem selbstgefällig lächelnden Faultier. Michael entfernt sich mit zwei Fingern aggressiv ein Nasenhaar. Petra nickt.

Endlich ist es vorbei. Und alles, was ich denken kann, während nervöser Schweiß an meinem Rücken klebt, ist, dass meine Arbeit jetzt wirklich die geringste meiner Sorgen ist, denn ... *was?* Und *wer?* Was habe ich im Laufe der letzten zwei Jahre geschrieben? Wer in meinem Leben öffnet in genau diesem Moment eine unerwartete E-Mail von mir?

Michael steht auf, seufzt, als wäre er enttäuscht, dass das Meeting nicht mit meiner Festnahme geendet hat, und öffnet die Tür des Konferenzraums. Ich folge Petra, die Paul folgt, der von Michael flankiert wird, und wir laufen alle irgendwie schief hintereinanderher, wie eine Art chaotische Hochzeitsprozession.

Und auf dem Weg zur Toilette, über den dünnen, gerippten Teppich, durch den Mief von Kaffee und dem heißen Plastik von Geräten, wahre ich mein Lächeln. Als ich die hinterste Toilettenkabine erreiche, schließe ich die Tür hinter mir ab und breche, endlich, in Tränen aus.

★★★

Von: Millie Chandler
An: Steve.Hycott@Flyetv.com
Betreff: Sponser mich!

Lieber Steve,
ich würde dich ja sehr gern sponsern, aber man erzählt sich, dass du gesagt hättest, mein Arsch sei »fett, aber flach«, als ich vorbeiging (was zum Teufel?), und dass die entzückende neue Aushilfe »auf sich achten sollte, wenn sie verheiratet bleiben will«, was schon ein starkes Stück ist von einem Typen, der aussieht wie eine Sellerieknolle. Du hast gedacht, ich hätte es nicht gehört, aber das habe ich. Wir alle hören es übrigens jedes Mal, wenn du deine dummen Machosprüche klopfst. Das heißt, von mir gibt es ein Nein, Kumpel. Ich werde getrennt spenden, fernab von deinem sexistischen Bad in diesen gebackenen Bohnen, das du als Charity-Event planst. ☺

Mit den allerfreundlichsten Grüßen
Millie (und ihr fetter, aber flacher Arsch)

★★★

Von: Millie Chandler
An: (Dad) Mitchell Chandler
Betreff: E-Mail an deine Gmail wird nicht zugestellt?

Entschuldige, Dad, doch, ich habe deine E-Mail bekommen, ich dachte, ich hätte noch am selben Tag geantwortet! War nur ein bisschen verwirrt, weil ich am Karfreitag nicht mit Mum zusammen war. Da war ich mit Cate in Suffolk. Ich habe sie zu einem Imkerei-Erlebnistag mitgeschleift (sie hat viel geschrien, haha). Bist du sicher, dass Mum gesagt hat, sie sei mit *mir* zusammen gewesen …?

★★★

Von: Millie Chandler
An: MsCateMG@gmail.co.uk
Betreff: Danke für gestern Abend! Tut mir leid, dass ich losstürzen und dich allein lassen musste!

Oh, Cate, ich liebe dich so sehr. Du bist meine beste Freundin und die beste und freundlichste und wundervollste Person auf der ganzen Welt. Aber ich hasse, wie nervös Nicholas dich macht. Ich hasse, wie du so tust, als ob er das nicht tut. Ich hasse, wie er deine Entscheidungen kritisiert. Ich hasse, dass er dich dazu bringt, zu ihm nach Hause zu fahren, bevor du selbst bereit dazu bist, und das alles unter dem Deckmantel von »Ich mache mir nur Sorgen um dich«. Ich hasse, wie er dich kontrolliert. (Dein Telefon überwacht, um »sich zu vergewissern«, dass du auch wirklich dort bist, wo du gesagt hast!?! Er hat dich nicht verdient, und du hast alles verdient. Und ich könnte das hier niemals laut sagen, aber ich wünschte so sehr, du würdest ihn verlassen.)

Kapitel 3

Einhundertund*sieben*. Ich bin mir ziemlich sicher, dass das die Anzahl der E-Mails ist, die zuletzt in meinen Entwürfen waren, was heißt – und ich kann es *noch immer* nicht glauben –, dass das die Anzahl der E-Mails ist, die ohne meine Erlaubnis verschickt wurden. Die in die Welt hinausgezischt sind wie Feuerwerksraketen. Mein ruhiges und größtenteils harmonisches Leben hat sich mit einem Schlag verändert. Wurde *ruiniert*, gestern Abend, während ich in der kleinen Küche unserer Wohnung stand und glücklich und nichts ahnend Gyoza-Klöße aus einer Kochbox faltete, die ich mir auf Instagram bestellt hatte. Ich redete sogar über meine E-Mails, bevor ich zu Bett ging, was sich jetzt auf eine grausame Weise anfühlt, als hätte ich diesen ganzen Albtraum vielleicht selbst heraufbeschworen. Ein zufälliger Zauber oder so, während einer seltenen Mondphase, über die ich von diesen ganzen coolen und attraktiven YouTube-Astrologen etwas zu lernen versuche.

»Ich hoffe nur, die Server laufen bis morgen früh wieder«, sagte ich beiläufig zu meinem Mitbewohner und Vermieter, Ralph. »Am Anfang war es ja ganz nett. Eine Art verlängerte Mittagspause für alle. Aber dann wurden die Leute allmählich mürrisch und gelangweilt, und es zog und zog sich hin. Noch so einen Tag halte ich nicht aus. Kein Internet. Keine *E-Mail*.«
Und das war, offenbar, ungefähr die Zeit gestern Abend, zu der

die Server wieder zum Leben erwachten und eine Art, wie ich nur vermuten kann – *Überspannung* verursachten? Eine *Störung*? Eine technische Panne, die irgendetwas ausgelöst hat, was ein bisschen seltsam und schräg war und einfach … mein ganzes Leben, wie ich es kenne, auf den Kopf gestellt hat? (Und das alles, während ich mir zu Hause das Gesicht gewaschen und nichts ahnend Gyoza aus den Zähnen geschrubbt habe.)

Jetzt stöhne ich vor mich hin, in der hallenden oberen Bürotoilette, nachdem ich die letzten fünf Minuten zitternd auf dem Toilettendeckel gesessen habe, den Kopf in die Hände gestützt wie eine armselige, traurige Comicfigur.

Wie konnte das passieren?

Meine E-Mails.

Meine privaten E-Mails.

Die jetzt in den Postfächern anderer Leute warten. O Gott, ich kann es nicht ertragen, dass sich dieser Gedanke auch nur für eine Sekunde in meinem Kopf festsetzt. Denn ja, ein paar E-Mails wurden an unfreundliche, gehässige Kollegen verschickt, die es vielleicht ein klein wenig verdient haben, aber … da waren auch andere dabei, und das sind die, die mir keine Ruhe lassen, die mir durch den Kopf spuken wie Gespenster. Die E-Mails an all die Leute, die *nicht* in meiner Arbeit sind, die Leute, die *nicht* in diesem Gebäude sind, und jetzt landen diese E-Mails in ihrem Leben wie Granaten voller Worte. Die E-Mails an meine entzückenden Freundinnen, an meine Familie, an …

Der Geruch von Zitronenbleiche dringt in meine Kehle, als ich in der Stille aufstöhne und … nein. Nein, nein, ich *darf* mich nicht übergeben, das hier ist kein ITV-Drama, Herrgott noch mal. Ich muss mich zusammenreißen. Nicht mehr weinen. Mich nicht übergeben. Was sagt mein Dad immer? *Ein schlechter*

Tag ist nur ein einziger schlechter Tag, unter Tausenden und Abertausenden anderen. Wie Städte auf einer Weltkarte, sagt er immer. »Eine schlechte Stadt macht keine schlechte Welt, Millie.« Und genau das ist diese Sache wahrscheinlich, oder? Ja. Ein schlechter Tag. Ein winziger Punkt einer zwielichtigen, grässlichen, beängstigenden Stadt, die ich durchqueren muss. Nur bis ich auf der anderen Seite wieder herauskomme.

Mein Telefon vibriert in meiner Hosentasche. Die Hose ist neu. Mit weitem Bein und einem Gürtel, dunkelkaki. Etwas, was ich selbst niemals auswählen würde, aber meine beste Freundin Cate hatte mich überzeugt, sie zu kaufen, nachdem eine gründlich danebengegangene Bestellung von Bürokleidung bei mir eintraf. Ich habe ihr heute Morgen über Whats-App ein Spiegelfoto von mir in dieser Hose geschickt. »Du bist und bleibst ein müheloses Modetalent, Cate Mancinelli-Grant«, habe ich dazugeschrieben, und sie hat sieben Flammen-Emojis und ein »Du siehst umwerfend aus!« zurückgeschickt. Oh, ich wünschte, ich könnte dorthin zurückkehren. Die Uhr zurückdrehen, zu dem Leben vor diesem Meeting. Ich habe ja keine Ahnung gehabt, dass das hier auf mich wartete. Dieser − *Schlamassel*.

Ich zücke mein Handy mit zitternden Händen.

Drei entgangene Anrufe.

Dad. Cate. Eine Handynummer, die ich nicht erkenne, die sich besonders unheilvoll anfühlt.

Ich starre sie an. *Was soll ich nur tun, was soll ich nur tun?*

Ralph.

Ich werde Ralph anrufen. Den süßen, süßen, süßen, vernünftigen Ralph. Er wird wissen, was zu tun ist; er weiß *immer*, was zu tun ist. Er ist logisch veranlagt. Optimistisch. Und so lächerlich schlau. (Auch wenn ich mir nicht sicher bin, ob er mit dem Problem, was zu tun ist, wenn deine privaten E-Mails aus Versehen von der ganzen Welt gelesen wurden, genauso clever umgehen kann, wie er es mit seinen diversen Pilzarten tut, aber Cleverness ist schließlich eine übertragbare Fähigkeit, oder?)

Ralph geht an sein Telefon, flüstert durch die Leitung wie jemand, der sich bei einem Banküberfall versteckt. »Millie? Ich komme gerade zur Arbeit.«

»Ich weiß, aber ...«

»Wir dürfen unsere Handys nicht benutzen, sobald wir die Geschäftsräume betreten haben, hast du das vergessen? Mein Boss, der mit der künstlichen Hüfte ...«

»Ralph, es ist ein Notfall«, platze ich heraus. »Und ich meine ... riesig. Gigantisch.«

Eine Pause. »Gott, wirklich?« Im Hintergrund kann ich tiefes, dumpfes Hundegebell hören. (Ralph arbeitet als Kassierer in einer riesigen Tierbedarfshandlung mit hauseigenen Tierfriseuren. Er nennt die Hunde seine Kunden. »*Walter, einer unserer Kunden, schwärmt wirklich für unsere Schweineohren ...*«) »Millie, geht es dir gut?«

»Nein«, antworte ich. »Ich glaube wirklich nicht, dass es mir gut geht, Ralph, und ich weiß nicht, was ich tun soll.« Ich stelle mir Ralphs rundes, bebrilltes Gesicht am anderen Ende der Leitung vor, seine besorgt gefurchte Stirn, seine glänzende Regenjacke, wie immer bis zum Adamsapfel zugezogen, mit Regentropfen besprenkelt. Oh, armer Ralph. Vor wenigen Momenten ist er noch zur Arbeit gestapft, hat vermutlich diesen Tee-und-Pilze-Podcast gehört, den er immer hört, und hier komme ich und rolle wie eine Dampfwalze in sein einfaches, geordnetes Leben aus Schwimmgruppen und gepflegten Tupperware-Lunches und feuere Leuchtraketen in den Himmel. »Ralph, es geht um meine E-Mails.«

»Wie, ist bei euch immer noch alles offline?«

»Nein. Nein, die Server laufen wieder, aber ... meine E-Mails. Sie sind weg. Sie wurden alle *verschickt*.«

»Was?«

»Als die Server wieder liefen, wurden meine ganzen E-Mails irgendwie verschickt. Meine ganzen ... *Entwürfe*.«

»Deine Entwürfe? Deine – *oh*.« Der Groschen fällt, und Ralph macht ein unheilvoll klingendes Geräusch – ein leises Todesröcheln, das dafür sorgt, dass ich ein »*Ich weiß!*« durch die Leitung stöhne. Ralph ist so ziemlich der Einzige auf der Welt, der von »den Entwürfen« weiß. Na ja. Und Lin vom Sales-Team, natürlich. Es war ursprünglich Lin – das unkonventionelle, prinzipientreue *Girl's Girl* Lin Kye –, die die ganze Geschichte vor zwei Jahren beiläufig vorschlug. »Versuch, eine E-Mail zu schreiben, und schick sie dem Scheißkerl einfach nicht«, sagte sie, als sie mich, ein paar Wochen nachdem Owen Schluss gemacht hatte, mit verquollenen Augen in der Büroküche antraf. »Es hilft, sie einfach nur zu schreiben. Trickst das Gehirn aus, weißt du? Hilft dir, das alles zu verarbeiten.«

Und nachdem ich sie ein paar Wochen lang geschrieben hatte, erzählte ich Ralph stolz davon. Ich war erst kurz zuvor bei ihm eingezogen, als seine Mieterin, und es war eines der ersten tiefen nächtlichen Gespräche, die unsere Freundschaft zementierten. Ich werde es nie vergessen. Ich und Ralph, im Stehen am Frühstückstresen plaudernd, vor mitternächtlichen Tassen mit Tee, im weichen, malzfarbenen Schimmer der tief hängenden Pendelleuchten, Ralph schläfrig lächelnd, während ich spürte, wie sich ein Gewicht von mir zu heben begann. Und ich erzählte es ihm, weil es *tatsächlich* half, sie zu schreiben, und ich so erleichtert war, dass etwas geholfen hatte. Es fühlte sich nach Fortschritt an. Diese E-Mails, still und heimlich verwahrt in diesem geschützten Ordner, den sie niemals verlassen würden. Und doch sind wir jetzt hier. Und doch sind wir *verdammt noch mal* jetzt hier.

»Wie viele?«, fragt Ralph schlicht.

»So viele.«

»Wie viele sind so viele?«

»Einhundertund...« Ich schlucke, kneife die Augen zusammen. »Einhundertund*sieben*, Ralph.« Und die Zahl platzt mir über die Lippen wie ein Last-Minute-Geständnis bei einer dieser Krimiserien im Tagesfernsehen, die mein Dad so liebt. *Es war nicht Father Frederick, der das Geld der Kirche gestohlen hat. Es war ... ich!*

»Gott, Millie. *Scheiße.*«

»Ich weiß nicht, was ich tun soll«, wimmere ich, und jetzt sammeln sich erneut Tränen in meinen Augenwinkeln. »Ich bin in der Hölle. Ich meine, in der absoluten Hölle, und ich weiß nicht einmal, wie oder warum das überhaupt passiert ist. Ich meine, ich bin doch ein guter Mensch, oder? Du redest ständig von Karma und davon, positive Energie auszustrahlen, und ich ... ich lächele *Hunde* an. Ich versuche, nie zu tratschen. Ich ... ich spüle meinen Recyclingabfall aus!«

Und während ich auf dem Toilettendeckel kauere und ein Abluftventilator an der Wand über mir rasselt wie ein Aufzieh-Klappergebiss, gebe ich Ralph eine leicht hysterische Kurzversion von dem, was heute Morgen passiert ist. Wie ich zur Arbeit gekommen und hochgegangen bin, um mir eine Tasse Tee zu machen, bis hin zu diesem unheilverkündenden »Millie, können wir Sie bitte sprechen?« und dem quälenden, peinlichen Meeting im Konferenzraum mit dem Nasenhaar und den Seufzern und dem enttäuschten, nadelgestreiften Paul Foot.

»Okay, Millie, hör mir jetzt gut zu«, sagt Ralph ruhig. »Alles ... alles wird gut.«

»*Wird es das?*«

»Ich ... ich meine, *ja*«, sagt Ralph verwirrt. »Genau genommen ist es das doch schon jetzt, irgendwie – *oder*? Du wurdest von deinen Bossen ohne Konsequenzen weggeschickt, richtig?«

Ich nicke sinnloserweise auf meinem Toilettendeckel vor mich hin.

»Und Petra hat völlig recht. Wer wollte nicht schon gewisse Dinge zu Kollegen sagen?«

Ich stöhne auf. »Aber es sind auch alle anderen, Ralph. Es sind alle *außerhalb* der Arbeit, die mir Kopfschmerzen bereiten. Außerdem, Wollen und Tun sind zwei verschiedene Paar Schuhe, oder? Wir alle denken jeden Tag Dinge, bei denen wir lieber sterben würden, als sie tatsächlich zu sagen. Und ich habe sie ... einfach gesagt. Alle. Auf einmal. Einfach so. *Würg.* Dort draußen.«

»Ja«, sagt Ralph. »Ja, Millie, das verstehe ich.« Und ich kann hören, dass sogar Ralph sich fragt, wie in aller Welt ich hier gelandet bin; dass er alles im Kopf durchgeht, es von allen Seiten betrachtet, methodisch, wie er es tut, wenn eine seiner Pflanzen nicht das macht, was er erwartet. Das hier würde Ralph niemals passieren. Er ist viel zu vernünftig, um Entwürfe voller ungesagter Dinge zu haben; viel zu eigenverantwortlich und geradlinig. Unproblematisch. Das ist vermutlich der Grund, weshalb ich ihm nie eine E-Mail geschrieben habe. Ich kenne Ralph vielleicht erst seit zwei Jahren, aber er ist einer der tollsten Freunde, die ich je hatte. Einer dieser Menschen, die sich wie »für dich bestimmt« anfühlen, dass du überzeugt bist, die Jahre vor eurer Begegnung seien eine Zeit gewesen, in der du dich ein bisschen verloren hättest.

»Sag mir, was ich tun soll. Im Ernst, Ralph, sag mir, was ich tun soll. Ich flippe hier wirklich aus.«

Ralph stößt einen langen, nachdenklichen Atemzug aus. »Na ja, erstens einmal, lass uns versuchen, *nicht* auszuflippen. Und ich denke, ein Schritt nach dem anderen ist immer ein vernünftiger Ansatz, in jeder Situation.«

Ich nicke, klammere mich verzweifelt an jedes seiner Worte. Ralph, der Gebirgsranger, ich, die Idiotin, verloren in der Wildnis.

»Ich würde sagen, lass das Management der Sache weiter auf den Grund gehen, zieh es in Betracht, dich zu entschuldigen, wo es nötig ist, und bis dir irgendetwas anderes gesagt wird, nehme ich an, ist alles, was du tun kannst ... deinen Arbeitstag zu Ende zu bringen?«

»Oh, aber Ralph, wie soll ich das denn hinkriegen?«

»Na ja, das wirst du einfach müssen, Millie«, sagt er seelenruhig. »Nimm dir eine Minute Zeit, mach dir eine Tasse Tee, und dann geh in aller Ruhe zurück zu deinem Schreibtisch ...«

Ich richte den Blick zur Decke, als ob ich ... wer bin? Tom Cruise? Was glaube ich, das ich stattdessen tun werde? Eine Fliese hochschieben und mich in den Entlüftungsschacht verkriechen?

»Ich weiß, diese Sache ist unangenehm, Millie«, fährt Ralph fort. »Aber du musst dich dementsprechend verhalten. Du hast doch die Wahrheit gesagt, oder? Und sie haben die Wahrheit akzeptiert ...«

»Bis ein Mitarbeiter eine offizielle Beschwerde einreicht und ich für immer gefeuert und auf die schwarze Liste gesetzt werde.«

»Mutmaßungen«, stellt Ralph nüchtern fest, als hätte er nicht die Absicht, auf meine Schwarzmalerei näher einzugehen.

In diesem Moment kommt jemand auf die Toilette, Heels auf Fliesen, und schließt eine der anderen Kabinen ab, während mein Telefon in mein Ohr piepst wie eine leise Sirene. Ich sehe auf das Display – *Cate ruft an*. Schon wieder. Und ihr Name steht über einem Selfie von uns beiden, und ich will schon wieder in Tränen ausbrechen.

Cate. Meine mütterliche, geistreiche, hoffnungslose Romantikerin von einer besten Freundin. Wir haben dieses Foto letztes Jahr aufgenommen, beim alljährlichen Kurzurlaub, den wir immer zusammen mit unserer gemeinsamen Freundin Alexis unternehmen (diesmal war es in einer Jurte in Gloucester, und es war eiskalt und katastrophal und endete damit, dass Cate ihr Geschäft in einer Sainsbury's-Tüte verrichten musste, was es eindeutig nicht auf Alexis' pastellfarbene Instagram-Seite schaffte). Und ich *weiß*, dass ich ihr E-Mails geschrieben habe. Alles über ihren Freund, den Vollpfosten Nicholas, der sie mikromanagt, sie kontrolliert, und das alles unter dem Vorwand von »Aber das tu ich doch nur, weil ich dich liebe!«. Cate wird mich hassen. Wie könnte sie ihre beste Freundin nicht hassen, die insgeheim – oder jetzt nicht mehr so insgeheim – ihren Freund hasst?

Und was Alexis angeht ... Oh, ich kann nicht einmal an Alexis denken ...

»Hör zu«, sagt Ralph, während ein Händetrockner auf der anderen Seite der Tür surrend zum Leben erwacht. »Ich werde da sein, wenn du nach Hause kommst. Dann können wir alles klären. Aber das ist nur ein … ein kleines Missgeschick, Millie. Eine Panne, wenn du so willst. Mit Sicherheit nicht lebensbeendend.«

»Wirklich?« Ich klammere mich an seinen Optimismus wie an eine Rettungsboje. »Meinst du wirklich?«

»Ja. Ein *Patzer*.«

»Ein Patzer …«, wiederhole ich mit einem wehmütigen Seufzer. »Oh, ich hoffe wirklich, du hast recht.«

Ein Patzer. Eine Panne. Hat Ralph recht? Ist das hier nur ein Patzer? Denn es fühlt sich nicht wie ein Patzer an, während ich hier stehe und mir die Hände wasche. Es fühlt sich an wie das Ende der Welt. Das Ende *meiner* Welt, wie ich sie kenne. Als ob alles auf den Kopf gestellt wurde und ich nie wieder dieselbe sein werde. Als ob das ganze Universum mich beobachtet; als ob ich durch den Spiegel getreten bin. Für immer. Ich trockne mir die Hände ab. Zweimal.

Okay.

Okay, ein Schritt nach dem anderen, hat Ralph gesagt, oder? Und ich nehme an, Schritt eins wäre: zum Schreibtisch gehen. Zum. Schreibtisch. Gehen. Das kann ich, oder?

Ich hole einmal tief Luft und – jetzt oder nie! – drücke die Tür zum Hauptbüro auf. Leises gemurmeltes Geplauder, klingelnde Telefone, klappernde Computertastaturen, der Geruch von Kaffee und verbranntem Toast.

Zum Schreibtisch gehen. Zum Schreibtisch gehen.

Ich durchquere das Büro rasch und so leise wie möglich. Zehn Schritte, oder so ungefähr, mehr braucht es nicht, aber – ach du Scheiße. *Ich kann sie fühlen:* diese schwere, unangenehme

Atmosphäre, die wie Dampf langsam in den Raum strömt. Köpfe drehen sich am Rande meines Blickfelds um, Stimmen verstummen, und als ich den Ausgang erreiche und die Hand auf die kühle Metallklinke lege ... kann ich einfach nicht anders.

Ich sehe auf.

Nur ein klitzekleiner Blick, und ... ich wünschte, ich hätte es nicht getan. Denn Leute sehen mich an. Die meisten sehen mich an, tun aber so, als ob sie es *nicht* tun, hinter Trennwänden und Computerbildschirmen hervor, aber manche *glotzen* einfach nur, als ob ich irgendeine tragische Kunstinstallation wäre und sie gutes Geld bezahlt haben, um sie zu sehen, schönen Dank auch.

Und während peinliche Hitze an meinem Rücken hochkriecht und mein Blick langsam zurück zum Ausgang wandert, landet er zuerst auf Leona von der IT, die mich nur eiskalt anstarrt, und dann, neben ihr, Jack. Der heiße Jack Shurlock, der an einen Schreibtisch gelehnt dasteht, ein iPhone am Ohr, seine breiten Schultern entspannt und kantig weiße Hemdsärmel hochgekrempelt. Und seine ernsten Augen huschen ebenfalls, nur für eine Sekunde, hoch, um mich anzusehen.

Jemand flüstert. Jemand anders lacht.

Ich drücke die Tür auf, stürme die Wendeltreppe hinunter.

Sie müssen es wissen. Inzwischen müssen es alle wissen. Auch wenn sie selbst keine E-Mail bekommen haben – E-Mails können geteilt und weitergeleitet und sogar ausgedruckt und dazu verwendet werden, um einen verdammten Raum zu tapezieren, falls jemandem danach ist.

Ein Patzer. Das hier fühlt sich nicht wie ein Patzer an, Ralph Nobleman. Ein Patzer ist eine Fehlbestellung von Bürokleidung. Ein Patzer ist, wenn man einen nackten Schaulustigen entdeckt, der zufällig im Hintergrund einer *Hochzeit auf den ersten Blick*-Folge gefilmt wurde. Das hier ist *so viel mehr* als nur ein Patzer.

»Da bist du ja!« Petra steht an meinem Empfangstresen, wie immer gertenschlank und wunderschön und zuverlässig, ihre glänzenden braunen Locken könnten direkt von einer ganzseitigen *Vogue*-Anzeige stammen. Ich könnte losheulen bei ihrem Anblick. »Ich habe mir schon Sorgen gemacht.«

Ich erreiche das Erdgeschoss. »Oh, Petra«, sage ich.

Aber irgendetwas ist mit ihrem Gesicht. Sie blickt besorgt. Die braunen Augen zwei beunruhigte Ringe, die Lippen geteilt. Fast so, wie sie an dem Morgen aussah, nachdem sie diese flirtende »Petra ist toll, aber sie ist nicht du«-Ausgangsnachricht auf dem Telefon ihrer Ex, Maria, entdeckt hatte, mit der sie ein ganzes Jahr zusammen gewesen war.

»Hattest du … hattest du die Gelegenheit, alles zu sehen, was verschickt wurde?«, fragt Petra leise.

»Nein. Nein, ich habe meinen Computer noch gar nicht hochgefahren. Gott, Petra, wie zum Teufel ist das alles überhaupt passiert?«

Jetzt schließt Petra die Augen, ihre Hand landet sanft auf meinem Arm, und mir bleibt nicht einmal Zeit, mich darauf gefasst zu machen, dass irgendwie, verblüffenderweise, alles noch schlimmer wird, bevor sie das Wort ergreift. »Millie, da ist eine Antwort, die du auf Owens Verlobungsanzeige geschrieben hast«, sagt sie. »Und sie wurde an alle verschickt. Die ganze Firma. Einschließlich Chloe.«

Von: Millie Chandler

An: Owen Kalimeris; ganzes UK-Büro

Betreff: Persönliche Neuigkeit

Lieber Owen,

ich kann nicht glauben, was ich eben gelesen habe. Du heiratest. Du und Chloe, ihr heiratet. Und der Gedanke, dass du mir erst vor ein paar Wochen gesagt hast, es sei nichts Ernstes, und mich dann um ein Date gebeten hast. Ich habe angefangen, diese Zeilen hier zu schreiben, in der Hoffnung, dass es mir helfen würde, mir über meine Gefühle klar zu werden, aus diesem traurigen, düsteren Tornado in meiner Brust schlau zu werden, aber ich weiß es noch immer nicht. Ich weiß nicht, wie ich mich fühlen soll. Ich weiß nur, dass ich geweint habe. Ich habe versucht, es nicht zu tun, habe versucht, es für mich zu behalten, es hinunterzuschlucken, aber es ist fast in der Sekunde passiert, in der ich die E-Mail geöffnet und die Anzeige gesehen habe. Wir sind seit zwei ganzen Jahren getrennt, und ich habe einfach losgeheult – bin auf die Bürotoilette gestürzt wie ein perfektes Klischee und habe drinnen eine Sonnenbrille getragen wie der verdammte Bono, in einem Maxikleid, bis Feierabend war. Ich habe eine Migräne vorgeschoben. Aber alle in der Arbeit haben es gewusst, denn sie haben deine E-Mail auch gekriegt. Ich hoffe, niemand erzählt es dir. Es ist mir so peinlich. Argh, verdammt, ich schäme mich so.

Jetzt ist es Mitternacht, und ich kann nicht schlafen. Ich habe eben dein altes T-Shirt aus meinem Kleiderschrank gezogen, um zu sehen, ob es noch immer nach dir riecht. (Dieses schwarze Vegas-Teil, das du mir zum Anziehen dagelassen hast, als du für eine Weile weggegangen bist, kurz nachdem wir uns kennengelernt hatten? Das Teil, über das ich mich lustig gemacht, dir aber nie zurückgegeben habe.) Und nein, das tut es nicht. Es riecht nach ... nichts. Ha. Eine Metapher, wie sie im Buche steht. Und Gott, was tue ich hier überhaupt? WAS tue ich hier? Ich schreibe dir im Pyjama, allein, während du nur ein paar Meilen entfernt bist, zusammengekuschelt, nichts ahnend und glücklich mit Chloe. Deiner Verlobten, Chloe Katz, vom Produktionsteam. Natürlich Chloe. Sie hat dich immer zum Lachen gebracht.

Der Trennungsschmerz wurde aber leichter. Das Beschissene, Ironische war, dass er endlich leichter wurde. ENDLICH. Ich habe weniger an dich gedacht, hatte weniger Angst davor, diese Arbeits-Updates von deinem Team in Indien zu kriegen. Habe dich weniger vermisst. Und dann hat Petra mir gesagt, der Launch des Senders in Indien sei abgeschlossen, und ich war gefasst. Gefasst, da ich wusste, dass es nur eine Frage der Zeit wäre, bis ich dich wiedersehen würde – bis du in der Arbeit aufschlagen würdest.

Und dann warst du da.

Und es war gar nicht so grauenhaft, wie ich es mir vorgestellt hatte. Es war ... nett? So wie damals, als wir uns kennenlernten. Aber die Art, wie du von Chloe geredet hast, Owen. Das war, weshalb sich diese E-Mail eher wie eine Bombe angefühlt hat, die auf meinem Schreibtisch gelandet ist, denn vor zwei Wochen hast du noch gesagt, es sei »nichts Ernstes«. Du hast gesagt, ihre Familie sei für dich »befremdlich« und »zu heftig«. Und dann hast du mich um ein Date gebeten. *Mich*. Deine Ex-Freundin. Die Frau, mit der du bei deinem Abschiedsdinner Schluss gemacht hast – ich kann noch immer nicht glauben, dass du das getan hast. Kannst *du* glauben, dass du das getan hast? –, bevor du dich mit einem neuen Job und einem neuen Leben nach Indien verpisst hast.

Und ich habe mich gefragt, ob dieses Lunchdate nur ein Scherz oder so war. Aber dann hast du am nächsten Tag eine E-Mail geschickt und einen Tag und eine Uhrzeit und dieses neue Thailokal in Westcliff vorgeschlagen, als wäre es das Normalste auf der Welt. Und ich war so verwirrt. Aber hauptsächlich, und ich schäme mich SO, das zuzugeben, habe ich mich gefragt, ob wir vielleicht eines dieser Paare sein könnten, die sich trennen, für eine Weile weggehen, erwachsen werden und dann wieder zusammenkommen. Eine »Füreinander-bestimmt«-Geschichte. (Wie Jen und Ben. Peyton und Lucas. Nathan und Cara von *Love Island*, Staffel 2.)

Und dann ... das hier. Das hier landet in meinem Postfach. Ich lese es immer wieder, vergewissere mich, ob es wirklich echt ist, denn du reservierst für uns einen Tisch, wir schreiben uns, und dann das hier!?!?! Nicht nur eine Verlobungsanzeige, sondern ein ganzes *Hochzeitsdatum*. Aber andererseits ist das einfach so typisch du, oder? Du warst schon immer so von null auf hundert. Das ist der Grund, weshalb ich mich damals in dich verliebt habe. Das ist der Grund, weshalb du dich getrennt hast. Ich hätte nicht diesen *Drive*, hast du gesagt. Diesen Ehrgeiz.

Ich bin so froh, dass du diese Zeilen hier niemals sehen wirst. Ich bin so froh, dass du niemals wissen wirst, wie wü-

41

tend ich auf dich bin, weil du mich verletzt hast. Weil du mich so schnell weggeworfen hast. Weil du dich sogar noch schneller wieder verliebt hast. Ich bin froh, dass du niemals wissen wirst, dass ich dich vermisse. Und dass ich dich immer noch liebe, Owen. Das tue ich. Und ich weiß, dass ich das hier gefahrlos sagen kann, denn du wirst das hier niemals sehen. Diese Worte werden immer nur für mich und mein dummes, naives Herz sein. Diese E-Mail wird niemals verschickt werden.

Alles Liebe
Millie x

Kapitel 4

»Oh, Ralph, ich kann nicht viel mehr verkraften.«

»Aber du musst wissen, was Sache ist, Millie«, entgegnet Ralph. »Noch einunddreißig zu lesen, dann wirst du keine Überraschungen erleben. Wissen *ist* Macht. Vor allem bei Vorfällen dieser Art.«

»*Vorfällen dieser Art?* Ralph, es gab *nie* einen Vorfall dieser Art. Nenn mir einen einzigen vergleichbaren Vorfall.«

Ralph sagt nichts, tippt nur auf das nächste »gesendete Objekt«, während ich neben ihm auf dem Sofa meinen Rotwein hinunterkippe und in mein Glas stöhne.

Als ich vor zwei Stunden von der Arbeit nach Hause kam und in die Wohnung stolperte, hatte ich einen Plan: im Bett weinen. *Viel* weinen. Ein langes, hässliches, rotznasiges, wimmerndes »Weh mir, mein Leben ist vorbei«-Weinen. Weinen und weinen und dann in irgendetwas absolut Immersives eintauchen, das mir keinen Raum zum Nachdenken lässt. Irgendetwas Neues und Kompliziertes kochen, bis die Spüle überquillt und der Kühlschrank so randvoll mit Essen gefüllt ist, dass Ralph sich besorgt fragt, ob damit nicht wieder »das Entlüftungssystem überstrapaziert« wird. Ich dachte sogar daran, mich für eine Stunde in diesen Duolingo-Deutschkurs zu vertiefen, mit dem ich eben erst angefangen habe, und vielleicht herauszufinden, wie man »Ich habe mein Leben in den Sand gesetzt

43

und brauche bitte eine neue Identität« zweisprachig sagt. *Love Island* oder *Hochzeit auf den ersten Blick* standen jedenfalls nicht auf dem Plan. Nach heute will ich nie wieder eine Sendung sehen müssen, die auch nur annähernd etwas mit Liebe zu tun hat. In diesem Augenblick hasse ich die Liebe. Die Liebe hat mich heute hintergangen. Die Liebe hat mich in die Falle gelockt, hat mich gründlich verarscht, hat sichergestellt, dass mein düsterer, bitterer Liebeskummer *von all meinen Arbeitskollegen* gesehen wurde. Ich kann noch immer nicht glauben, dass wirklich jeder es mitbekommen hat. Zu wissen, dass jeder diese riesige E-Mail an Owen gelesen hat, dass *Chloe* sie gelesen hat, fühlt sich an, als ob die Welt mich nackt gesehen hätte. Ohne einen Fetzen Haut ...

Das mit dem Weinen habe ich tatsächlich durchgezogen, aber ich habe es stattdessen auf dem Sofa getan, neben Ralph, der meinen traurigen, einsamen Plan bereits vorhergesehen und mich mit meiner Stuffed-Crust-Lieblingspizza als Köder hierhergelockt hat, sobald ich zur Tür hereingekommen bin. Mein angeschlagenes Herz ist bei dem Anblick aufgeblüht. Meine Lieblingspizza mit einem meiner Lieblingsmenschen, in meiner gemütlichen Wohngemeinschaft (mit der herrlichsten Aussicht in Leigh-on-Sea, die es meiner Meinung nach gibt) war genau das, was ich brauchte. Aber das war, bevor ich Ralphs Laptop auf dem Couchtisch sah, zwischen zwei flackernden Kerzen, als sollte er gesegnet werden, bevor er eingeschaltet wurde, um eine Flut von E-Mail-Dämonen – einhundertundsieben, um genau zu sein – loszulassen.

Und dort haben wir die letzten eineinhalb Stunden gesessen: an dem Couchtisch, auf Ralphs lächerlich vornehmem Chesterfieldsofa – ein ungebetenes und ungewolltes Geschenk von seinen reichen Eltern, denen diese Wohnung gehört –, wo wir das schwelende Ödland meines Gesendete-Objekte-Ordners der Reihe nach durchgehen. Ich weiß schon gar nicht mehr, wie viele Abende ich in den vergangenen zwei Jahren hier verbracht habe, mit Ralph auf dem Sofa; mit Fernsehen und Take-aways und mitternächtlichem Weihnachtsgeschenkeverpacken. Aber nichts – und ich meine *nichts* – hatte je den Vibe von heute Abend. Ich fluche die meiste Zeit, zucke manchmal krampfhaft zusammen oder starre völlig fassungslos an die Decke, während Ralph meine E-Mails laut vorliest und mich beobachtet, als wäre ich eine Feuersbrunst, die im Begriff ist, die ganze Stadt zu verschlingen.

Und Gott sei Dank waren einige der E-Mails absolut und euphorisch wohlwollend. Als würde man irgendeine Art düsteren Adventskalender öffnen und ein Stück Schokolade anstelle eines rasenden Feuerballs finden. Harmlose E-Mails, die ich angefangen und nie beendet habe (»Hi, das klingt to-«), und E-Mails, die nicht einmal zugestellt wurden, wie zum Beispiel das Geständnis, das ich eindeutig an Jack Shurlock geschrieben habe, nachdem wir auf der Weihnachtsparty diesen frechen, flirtenden Plausch geführt und diesen Beinahekuss getauscht hatten, bevor er auf Reisen ging. (Er ist jetzt ein Shurlock *dot* Jack, und ich war nie dankbarer für eine »Diese E-Mail-Adresse wird nicht mehr verwendet, bitte schreiben Sie stattdessen an diese Adresse«-Nachricht.)

Aber manche E-Mails – oh, *manche*. Manche waren alles andere als wohlwollend.

Da sind all die sprachlichen Ergüsse an Cate, hauptsächlich entnervte E-Mails über den Vollpfosten Nicholas, darunter die, in der ich ihr sagte, ich würde am liebsten ein Bild von ihm auf eine Packung Haferflocken kleben und mit einer Schaufel darauf einschlagen. Da sind dumme Fast-Einzeiler an meine ach so süße und unbekümmerte Cousine Rhiannon, die buchstäblich nur aus »*zzzzzz*« und »Lolllllll, warum ist dieses Kompliment so fragwürdig und zweifelhaft?« bestehen und die meine Mum und meine versnobte Tante Vye eindeutig vor den Kopf stoßen werden. Und da ist auch eine, die Prue von der Buchhaltung eine »gefährliche Bigotte« nennt (aber das ist sie wirklich).

Aber das Schlimmste von allem – na ja, abgesehen von dieser quälenden Owens-Verlobungs-E-Mail natürlich, die meine Lebenserwartung um Jahre verkürzt hat – sind die vielen verletzenden »Allmählich graut mir davor, dich zu sehen«-E-Mails an eine meiner engsten Freundinnen, Alexis, bei denen mir jedes Mal das Herz in die Hose rutscht (und ich in ein Kissen kreische). Dabei liebe ich Alexis, wirklich. Ich liebe sie seit jenem Tag vor sieben Jahren, als ich sie kennenlernte, was sich anfühlte, als würde ich einer Rakete vorgestellt werden. Ich hatte damals angefangen, in einem quirligen, billigen Bier-und-Curry-Pub in Southend zu kellnern, und sie arbeitete an der Bar (ein zweiter Abendjob für sie, nachdem sie bereits den ganzen Tag als Praktikantin bei einer Medizintechnikfirma in Canary Wharf verbracht hatte). Ich hatte eben die Uni abgebrochen und war wieder nach Hause gezogen, mit der Folge, dass Mums Enttäuschung wie ein schwerer Schal um meine Schultern lag, und Alexis war einfach ... *Energie*. Eine gezündete Feuerwerksrakete auf zwei Beinen, sprühend vor hungriger, entschlossener Nichts-zu-verlieren-Energie, die den Leuten entweder gegen den Strich zu gehen oder auf sie abzufärben schien. In meinem Fall war sie immer nur ansteckend. Alexis ist *empowernd*. Ein Genie. Absolut selbstbestimmt, aber loyal. So loyal, dass sie sich für dich hinlegen und sterben würde. Aber in letzter Zeit ist sie das ... nun ja. *Nicht.* Absolut nicht. Sie ist streitlustig. Kratzbürstig, ohne jeden Grund, egal, ob ich von der Arbeit oder Kochrezepten rede oder sogar davon, dass Owen wieder da ist. Zu Cate ist sie genauso. Fast schon ... *gemein*, und ich frage sie immer wieder, ob es ihr gut geht, aber nachdem ich sie gesehen habe, frage ich mich jedes Mal nur, was wir falsch gemacht haben. (Nur dass diesmal ich es bin, die tatsächlich etwas entsetzlich falsch gemacht hat, und bei dem Gedanken, wie Alexis' Reaktion ausfallen könnte, wird mir schwer ums Herz, während es gleichzeitig panisch zu rasen beginnt.)

»Ralph, können wir bitte aufhören?«

»Millie ...«

»Bitte«, sage ich, das Gesicht in ein Kissen vergraben. »Nur für eine kleine Weile, Ralph. Oder eine große. Oder für immer? Unser Geheimnis.« Mein einziges Geheimnis, angesichts der Tatsache, dass ich jetzt offenbar *null* habe.

»Aber die hier ist harmlos«, fährt Ralph fort, seine Stimme so ruhig wie immer, seine freundlichen grünen Augen interessiert auf den Bildschirm geheftet, wie ein Lehrer, der Aufsätze benotet. »Hier sagst du nur Mark M vom Vertrieb, dass er dir deinen Lunch nicht hätte klauen sollen, weil die Tupperware mit deinem Namen beschriftet war. Berechtigt, würde ich sagen.«

»Berechtigt, ja, aber jetzt wird er mich hassen«, seufze ich und drücke das Gesicht wieder in Ralphs Kissen mit dem schwarzblauen Batik-Pilzmuster, natürlich. »Ich glaube, das ist die einzige E-Mail, die ich ihm *je* geschickt habe.«

»Und das hier ist eine an deine Mum, in der schlicht steht: ›Ich musste einfach fragen.‹«

Ich löse mein Gesicht von der Oberfläche des Kissens und sehe ihn an. »Wirklich?«

»Ja. Nur das. Siehst du. Und in der nächsten hier«, fährt Ralph optimistisch fort, »steht ... *Oh.*«

»*Oh?*«

Sein Adamsapfel bewegt sich wie ein Bumerang in seiner Kehle. »Sie ist ... sie ist wieder an deine Mum, und da steht, ›Ich musste einfach fragen ...‹«

»Das hast du schon gesagt.«

»Nein, in dieser ... in dieser hier steht noch mehr. Und zwar: ›Ich musste einfach fragen ... Mum, liebst du mich, obwohl du nichts hast, was du bei deinen Brunchtreffen mit deinen Freundinnen oder in Tante Vyes Wintergarten über mich berichten kannst? All die Dinge, die mein Bruder tut und von denen du so verdammt entzückt zu sein scheinst ...‹«

»O nein. Hör auf.«

Aber natürlich hört er nicht auf, denn Ralph weiß, dass wir das hier tun müssen. *Ich* weiß, dass wir das hier tun müssen. Ich will es nur nicht tun. Ich will mein altes Leben wiederhaben. Mein Leben *vor den E-Mails.*

»Weil ich nicht weiß, ob ich je so sein werde wie Kieran oder ob ich mich wieder verlieben oder Kinder haben werde, oder ob ich meinen Kredit-Score kennen werde oder auch nur mein Studiendarlehen zurückzahlen können werde. Hashtag abgebrochenes Studium der Geisteswissenschaften.‹«

»Warum habe ich Hashtag geschrieben?« Meine Stimme klingt jetzt annähernd so wie ein Heliumballon. »Sonst noch etwas?«

»Nur ... ›Du gibst mir das Gefühl, eine Versagerin zu sein. LOL.‹«

»*LOL*. Richtig. Natürlich.«

Ralph legt mir sanft eine Hand auf den Rücken und lehnt sich dann mit mir zusammen auf dem Sofa zurück, das unter uns quietscht wie eine Lederjacke. Er trägt den *Stranger-Things*-Pyjama, den er sich zu seinem letzten Geburtstag gewünscht hat – einen Pyjama, den ihm seine Eltern in einer steifen Luxus-Geschenktüte überreicht haben, ihre Mienen bestürzt gefurcht, als wären sie gezwungen worden, ihrem Sohn, dem Ghul, eine menschliche Leber auszuhändigen. (Zusätzlich haben sie ihm natürlich auch noch eine 500-Pfund-Smartwatch geschenkt, die er gar nicht wollte.) Und auch wenn sich hier alles langsam und schnell zugleich im freien Fall zu befinden scheint, bin ich in diesem Augenblick so dankbar für Ralph; dafür, dass ich auf die Anzeige, dass in seiner Wohnung – na ja, streng genommen, der seiner Eltern – ein Zimmer zu vermieten sei, antwortete, damals, vor zwei Jahren, als ich untröstlich und nur noch ein Häuflein Elend war, nachdem Owen mit mir Schluss gemacht hatte. Ralph und diese Wohnung in der Nummer 4, The Logans, sind seitdem zu einer sicheren Konstante für mich geworden. Ralph ist schlicht und beruhigend. Jemand, der ins Familienunternehmen (Multimillionen Pfund teure Kreuzfahrtschiffe) hätte einsteigen können, stattdessen aber entschied, dass er lieber ein ruhiges, unkompliziertes Leben führen wolle, denn kleine, unkomplizierte Dinge sind es, die ihn glücklich machen. Sein Job in einer Tierbedarfshandlung. Seine Hobbys, wie Schwimmen und Karate und Puzzles und Pilzgewächse. Mit Ralph und seiner Verlässlichkeit zusammenzuleben, ist wie gutes Feng-Shui oder so. Er ist ein Anker. Ein Sicherheitsnetz. Ein zusätzlicher Bruder, irgendwie.

»Was soll ich bloß tun, Ralph?«, sage ich jetzt in das düstere, stille Wohnzimmer hinein. Alle Lichter sind aus, bis auf den Fernseher an der Wand und Ralphs goldene Bodenlampe, die wie eine Palme geformt ist. »Ich weiß, ich frage das immer wieder, aber ich bin am Arsch, oder? Total am Arsch. Du kannst es ruhig sagen. Ich kann es verkraften – na ja, das kann ich nicht, aber sag's trotzdem.«

»Mit Sicherheit nicht. Du bist nicht am Arsch.«

»Aber ich fühle mich so. Heute war einfach … es war düster, Ralph. Niemand wollte mich auch nur richtig ansehen. Es war, als ob … als ob ich ein ungezogenes Hündchen wäre, das die Einrichtung verwüstet hat oder so, und alle die strikte Anweisung bekommen hätten, keinen Blickkontakt aufzunehmen, *sonst wird sie es vielleicht wieder tun, und noch schlimmer, sie könnte auf den Teppich kacken!*«

»Es wird vorbeigehen, Millie«, sagt Ralph sanft. »Alles geht irgendwann vorbei.«

»Ja. Na klar.« Ich beuge mich zum Couchtisch vor und kippe den letzten Rest Wein aus der Flasche in mein Glas.

Alles sieht gleich aus, riecht gleich; im Fernsehen läuft sogar die gleiche Abfolge von Unter-der-Woche-Soaps und Nachrichtensendungen. Aber alles fühlt sich verkehrt an. Beängstigend. Als ob mein Leben einmal durchgeschüttelt worden wäre wie eine riesige Schneekugel und jetzt alles wieder in Ordnung gebracht werden muss. Und das, während es so nahtlos, so *still* vor sich hin zu trudeln schien, bis heute Morgen in der Arbeit. Petra, die Gute, hat mir die banalste Ablageaufgabe der Welt gegeben, in dem fast immer leeren, für Aktenlagerung genutzten Büroraum neben dem Empfang, und dort drinnen blieb ich den ganzen Tag, huschte nur gelegentlich hinaus, um Besucher und

50

Lieferanten zu begrüßen, und wollte jedes Mal am liebsten im Boden versinken, wenn eine E-Mail-Antwort von irgendwelchen Empfängern (von »???????« und »Lol, wtf?« bis hin zu »Millie, bitte gehen Sie JETZT an Ihr Handy!«) eintraf. Und mein Handy. Mein Handy ist *nie* ausgeschaltet. Wenn ich keine Textnachrichten schreibe, dann bin ich auf Instagram oder TikTok oder Reddit unterwegs, oder ich google: »*In 90 Tagen zum Altar* – was machen sie heute?« Aber es war alles zu viel, und mein Handy, das in einer Tour aufleuchtete wie eine tragbare Discokugel, verhedderte dieses riesige verworrene Wollknäuel, das der heutige Tag ist, nur noch mehr. Mein Leben. Nach den E-Mails. Daher bin ich in Panik ausgebrochen. Heute Morgen habe ich eine Nachricht an Cate und Alexis geschickt mit dem Wortlaut: »Es tut mir so leid, ich werde es bald erklären«, und dann habe ich es ausgeschaltet, und dabei ist es geblieben. Ein totes Gewicht in meiner Handtasche. Und es hat nicht wirklich geholfen. Tatsächlich hat es nur dazu geführt, dass sich alles noch beängstigender anfühlt. Nicht zu wissen, was mich erwartet, wenn ich es wieder einschalte. *Falls* ich es je wieder einschalte. Vielleicht könnte ich einfach so sein wie diese Leute – die, die alle Technik verdammen, sich Bärte wachsen lassen und in einer kleinen Holzhütte leben, mit einem Lagerfeuer draußen und schepperndem Metall-Campinggeschirr.

Ich nehme mein Glas in die Hand und lehne mich wieder neben Ralph zurück. »Ich glaube, manche Leute werden tatsächlich denken, dass zwischen mir und Owen etwas läuft«, sage ich. »Die Leute in der Arbeit werden denken, dass er mich um ein Date gebeten hat, als er schon mit Chloe zusammen war, und wir uns tatsächlich getroffen haben, oder? Und, ich meine, er *hat* mich um ein Date gebeten. Ich habe nicht gelogen, Ralph.«

»Ich weiß. Der Mann ist unverfroren.«

»Aber es ist eben so, dass … niemand etwas von ihm gehört hat, nur von mir. Verstehst du? Es sind lediglich meine Worte dort draußen, für alle zu sehen, daher bin *ich* jetzt der Buhmann. Und Frauen kriegen bei Gerüchten wie diesen immer die volle Breitseite ab.«

Ralph nickt sanft in der Stille. Im Fernsehen läuft jetzt eine Immobiliensendung. Ein Paar steht Händchen haltend und grinsend vor einem eingerüsteten Reihenhaus. Ich wünschte, ich wäre die beiden. Oder der Kameramann. Oder der verdammte Gerüstbauer. Egal was. Ich würde *alles* nehmen.

»Und jetzt wissen auch alle, dass ich ihn immer noch liebe«, stöhne ich. »Und ich weiß nicht mal, ob ich das wirklich tue, Ralph, aber sie werden trotzdem denken, dass das der Fall ist. Dass ich, während er verreist war, sich verlobt hat, brandneue TV-Sender gelauncht hat, mit meinem Leben nichts anderes anzufangen wusste, als … ihn zu vermissen und trübsinnige E-Mails zu schreiben.«

»Das stimmt nicht«, sagt Ralph.

»Ach nein?«

»Nein«, antwortet er. »Du hast auch Deutsch gelernt.«

Und das bringt mich zum Lächeln. Das erste Lächeln dieses ganzen Tages, bis jetzt.

»Nicht zu vergessen der Gebärmutterhals, den ich aus Versehen gehäkelt habe«, ergänze ich. (Es sollte eine Pfingstrose werden.)

»*Genau*«, pflichtet Ralph bei, eine Faust leicht geballt. »Und wenn du mich fragst, ich denke noch immer, dass letztendlich etwas Gutes bei alledem herauskommen könnte.«

Ich sehe ihn über den Rand meines Glases hinweg an. Seine

freundlichen, ahnungslos hoffnungsvollen Augen, der jungenhafte, pfirsichartige Spalt in seinem Kinn. »Es fällt mir wirklich schwer, das zu erkennen, Ralph.«

»Dann wirst du mir wohl einfach glauben müssen«, entgegnet er mit einem besorgten, schiefen Lächeln. »Jetzt haben wir es wirklich bald geschafft. Und sobald wir sie alle gelesen haben, wird dieses ... mystische Dunkel verschwunden sein, denn dann wirst du es wissen. Du wirst genau wissen, wem was geschickt wurde, bei wem du dich entschuldigen solltest und, verdammt, bei wem *nicht*.«

»Verdammt«, wiederhole ich belustigt.

»Es liegt mir fern, ein Urteil zu fällen«, fährt Ralph fort, »aber manche dieser E-Mails waren durchaus gerechtfertigt.«

»Na schön.« Ich lege den Kopf in den Nacken und kneife die Augen zusammen, wie kurz vor einem Waxing. »Na schön. Dann lass uns das tun. Bringen wir's hinter uns.«

»Gut. Ein Schritt nach dem anderen, erinnerst du dich? Deinen E-Mails hast du dich heute gestellt. Und dann kannst du dich morgen deinem Telefon stellen, mit Wissen und, daher, Macht.«

Ich nicke. »Jaja. Wissen, Macht, und ab mit uns in das verdammte Feuer.«

»Soll ich ein bisschen Weihrauch anzünden?«, fragt Ralph, springt vom Sofa auf und schlägt sich auf die Schenkel. »Ich habe bei diesem interessanten kleinen Laden in der Stadt welchen besorgt.«

»Na klar«, meine ich schulterzuckend. »Warum nicht? Kann nicht schaden.«

»Welchen Duft wollen wir nehmen?«, fragt Ralph. »*Drachenblut* oder ... ooh, wie wär's mit *Positive Vibes*?«

Kapitel 5

Von: Millie Chandler
An: Ganzes Leigh-Essex-Büro
Betreff: Entschuldigung

Hallo allerseits,

ich wollte mich nur bei jedem entschuldigen, der kürzlich irgendwelche E-Mails von mir bekommen hat oder davon betroffen war. Sie wurden irrtümlich verschickt – aufgrund sowohl eines Server-Errors als auch einer Fehleinschätzung meinerseits. Bitte löscht sie und beachtet sie nicht. Ich habe *nichts*, was darin gesagt wurde, ernst gemeint. Noch einmal, es tut mir so leid. Ich hoffe, wir alle können jetzt nach vorn blicken, und wenn irgendjemand reden will, meine Tür – na ja, mein Empfangstresen, lol – ist immer offen.

Alles Liebe
Millie xx

★★★

Von: Ann-Christin Johnsson
An: Ganzes Büro
Cc: IT-Team, Paul Foot, Michael Waterstreet, Jack Shurlock, Petra Kairys
Betreff: Sicherheit

Wir möchten gern allen Mitarbeitern versichern, dass der Schutz und die Sicherheit der Flye-TV-Computersysteme gewährleistet sind. Sie werden von den zuständigen Teams entsprechend den Firmenrichtlinien regelmäßig gewartet und überwacht, und die Sicherheit und Privatsphäre der Daten ist für uns als Organisation nach wie vor von oberster Priorität.

Danke,
Ann-Christin und Management
Personalabteilung

★★★

Von: Owen Kalimeris
An: Millie Chandler
Betreff: Entschuldigung

Millie, ich habe deine E-Mail-Antwort auf unsere Hochzeitseinladung gelesen. Ich weiß nicht, was ich sagen soll. Ich bin ziemlich verwirrt. Hast du es ernst gemeint, was du gesagt hast? Hab versucht anzurufen. Ist dein Handy ausgeschaltet? Oder hast du mich blockiert? Wir müssen reden.
O x

★★★

Ich verstecke mich.

Ich bin eine erwachsene Frau von neunundzwanzig Jahren, und ich *verstecke* mich auf der Arbeit, und nein, das hier war absolut kein Teil des Plans. Na ja. Des *eher losen* Plans, den Ralph und ich heute Morgen aufgestellt haben, während wir in unseren Pyjamas warme Getränke zu uns nahmen und das goldene Spätsommerlicht durch die Küchenjalousien hereinschien, beide leicht verkatert vom größten E-Mail-Schleppfang des einundzwanzigsten Jahrhunderts. (Und einer ganzen Flasche Wein.)

»Was«, fragte Ralph sanft, »würdest du im Idealfall wollen, das jetzt passiert?«, und für einen Moment, einen Sekundenbruchteil nur, mit einem neuen Tag, einem Neuanfang, vor mir, fühlte ich mich, als hätte ich die Erlaubnis, alles zu sagen, egal was. Etwas Wildes wie: »Weggehen, ehrlich gesagt!« Oder in ein Flugzeug zu steigen. Irgendetwas Wildes und Neues zu tun. Mich für ein Yoga-Retreat auf Bali oder einen Kochkurs auf Korsika anzumelden. Meine Kündigung einzureichen. Schachspielen zu lernen. Einen Job in Brasilien anzunehmen. *Mich abzuseilen.* Denn wenn alles, was man schon immer sagen wollte, gesagt ist, wenn das ruhige Leben, auf das man in den letzten Jahren nach bestem Bemühen hingearbeitet hat, auf einmal ins Gegenteil umgeschlagen ist, wenn es im Grunde nicht mehr viel schlimmer kommen kann, dann gibt es eine Art, das alles zu betrachten, die sich wie … Freiheit anfühlt.

Stattdessen trank ich einen langen Schluck zuckersüßen Tee und sah mich in unserer kleinen Küche um, wo einer meiner Lieblingsbüroröcke auf dem Wäscheständer trocknete und der Weihnachtsmann-Briefbeschwerer, den ich aus einem Bastelset zusammengesetzt habe, den Alexis mir letztes Jahr zu Weihnachten geschenkt hatte (und der letztendlich eher wie eine

Süßkartoffel aussieht) auf dem Kaminsims stand. All die Dinge aus meinem Leben vor den E-Mails. Und ich sagte schlicht: »Ralph, ich will vergessen, dass diese Sache je, je passiert ist.« Und es lief relativ gut, alles in allem betrachtet.

Bis vorhin, als ich Owen entdeckte, der nach seiner Mittagspause mit raschen Schritten über den Flye-TV-Parkplatz kam, auf meinen Tresen zu. Schlank, beschwingter Gang, mit diesen rauchig schwarzen Haaren, Sonnenbrille im Gesicht, Wagenschlüssel in der Hand, alles an ihm, wie immer, perfekt gestylt und geschniegelt. Und ich ... na ja, bin daraufhin total in Panik ausgebrochen. Habe mir fast in die Hose gemacht. Bin aufgesprungen, habe den Tresen umrundet, gekrümmt wie eine menschliche Regalwinkelstütze, als könnte ich mich auf die Weise unsichtbar machen, und bin hier hineingehuscht, in den kleinen, für die Aktenlagerung genutzten Büroraum hinter meinem Empfangstresen. Denn – was soll ich überhaupt zu ihm sagen? Außerdem, was, wenn Leute uns dabei zusehen, wie wir miteinander reden? Die meisten von ihnen benehmen sich mir gegenüber schon jetzt seltsam, meiden mich, flüstern, schenken mir ein gequältes, verlegenes Lächeln, beäugen mich von der Seite, als ob ich ein Monster wäre. Ich will ihnen nicht noch mehr Grund zu der Annahme geben, dass ich eine grässliche Person bin. Außerdem, was, wenn *seine Verlobte* auftaucht? Was, wenn Chloe uns sieht?

Deshalb bin ich jetzt hier.

Während ich mich vor Owen, vor meinen Gefühlen, vor allem und jedem verstecke, zusammengekauert im Halbdunkel, hinter einer WM-Werbepappfigur von Gary Lineker mit einem Mikrofon in der Hand, weiß ich wirklich nicht, wie Ralph der Ansicht sein kann, dass vielleicht etwas Gutes dabei herauskäme. Ich glaube nicht, dass die Tatsache, sich auf der Arbeit vor seinem Ex zu verstecken, je unter die »Etwas Gutes ist dabei herausgekommen«-Kategorie fällt.

Ich äuge um Garys Papparm. Owen steht da, vor meinem Empfangstresen. Warum wartet er noch immer? Warum geht er nicht einfach davon aus, dass ich in der Mittagspause bin? *Will* er, dass Leute sehen, wie er dort steht und auf mich wartet? Und *natürlich* werde ich mit ihm sprechen. Letztendlich. Aber erst … wenn ich mir zurechtgelegt habe, was ich sagen will, abgesehen von: Es tut mir leid (und: »Bitte, bitte ignorier diese E-Mail und tu so, als ob es nie passiert wäre, damit alles wieder so still und unproblematisch weitergehen kann wie bisher und niemand denkt, dass ich irgendeine grässliche Ehezerstörerin bin. Obwohl, ich muss zugeben, im Moment fühle auch ich mich ziemlich verwirrt«).

Ich stoße einen langen und zitternden Atemzug an Garys Papptaille aus. Ich wünschte, es wäre nicht so, aber beim Anblick von Owen fühle ich mich immer ein bisschen wackelig auf den Beinen, als ob mein Kampf-oder-Flucht-Modus aktiviert würde oder so. Und das ist, weil er genau durch mich hindurchsieht; egal, was ich tue, egal, wie viel Entschlusskraft ich zusammennehme, wie viel Rüstung ich trage, ich bin aus Glas. Glas, das er mit wenigen Worten, mit einem einzigen wissenden Lächeln, zertrümmern kann. Denn so fühlt man sich eben mit jemandem, dem gegenüber man verletzlich war, oder? Verletzlich jemandem gegenüber zu sein, ist, als würdest du ihm eine Landkarte von dir aushändigen. Eine Landkarte mit jeder harten Kante, jeder Schwachstelle, jedem Triggerpunkt, und letztendlich lernt er jede Biegung, jede Kurve auswendig, bis er dich kennt, dich navigieren kann, dich mit geschlossenen Augen aufbrechen kann.

»Alles klar, Kumpel?«, höre ich von der anderen Seite der Glastür. Noch jemand anders ist dort draußen.

»Ja, alles gut, Mann, und selbst?«, antwortet Owen, und dann folgt irgendein unverständliches Geplapper einer tiefen Stimme. Meine Ohren dröhnen vom Galoppieren meines eigenen Pulses. Ist das ... O mein Gott. Jemand ist ... *Nein*. Die Türklinke quietscht, als sie nach unten gedrückt wird. Jemand kommt herein. *Jemand kommt herein!*

»Ja, ich gehe so gegen Weihnachten ...«

Und während mein Blick von den eleganten braunen Schuhen hochwandert zu der geraden, gebügelten schwarzen Hose, dem frischen graublauen Hemd, den runden, muskulösen Schultern ... schlucke ich buchstäblich einen Riesenkloß hinunter, wie eine *Simpsons*-Figur.

Es ist Jack. Es ist der heiße Jack Shurlock.

O Gott. Ich will, dass die Erde sich unter mir auftut und mich verschluckt. Vor allem als Jack den Blick zu Boden senkt und meinem begegnet.

»Ähm. Also, ja. Wie auch immer. Ich muss dann mal wieder, Kumpel«, ruft er Owen zu, und er hebt die Augenbraue nur ein klein wenig, den Blick noch immer auf mich geheftet.

Er deckt mich. Der heiße Jack von der Weihnachtsparty und Star meiner sexy Träume deckt mich. Ich wäre gerührt, wenn ich nicht vor Verlegenheit am liebsten sterben würde. Was, in aller Welt, muss er von mir denken? Dass ich irgendeine Art Kollaps habe? Einen Nervenzusammenbruch? Erst ein E-Mail-Massenversand. Und jetzt verstecke ich mich während der Arbeit hinter einer lebensgroßen Pappfigur ...

Jack betritt das Büro, hochgewachsen, autoritär, schließt die Tür bis auf einen Spalt, und ich beobachte, wie er den Raum durchquert. Er steckt die Hände in die Hosentaschen, sucht die Regale ab, schnalzt mit der Zunge. Dann verzieht er einen Mundwinkel zu einem winzigen halben Lächeln.

»Tag, Millie«, flüstert er schroff, noch immer ohne mich anzusehen. »Und Gary.«

»Hi«, flüstere ich. Verlegenheit kriecht heiß meinen Nacken hoch.

»Störe ich … bei irgendetwas?«, fragt Jack mit tiefer, leiser Stimme. Dann fängt er meinen Blick auf, noch immer mit unbewegter Miene, aber sein Mundwinkel kräuselt sich wieder, nur ein winziges bisschen.

»Frag lieber nicht«, antworte ich gequält, und Jack nickt einmal kurz.

»Verstehe«, sagt er, und für ein paar Sekunden, die sich viel, viel länger anfühlen, bleibe ich hier unten, auf dem Boden kauernd, mit schmerzenden Knien, während meine Waden zu kribbeln beginnen, und Jack sucht wieder die Aktenordner in den Regalen ab. Es ist still hier drinnen, bis auf Jacks langsame Schritte und meinen Atem. Ich kann Owens ferne Stimme hören, die jetzt mit jemand anders redet, draußen. Fundraising-Steve von der IT vielleicht? O Gott, wenn bloß nicht noch jemand hereinkommt!

»Ehrlich gesagt habe ich gehofft, ein paar Informationen von dir zu kriegen«, flüstert Jack. »Hab dein Meeting verpasst. Hatte etwas Langwieriges zu erledigen.«

Ich nicke. »Ja, na ja, solange du das hier nicht aufschreibst«, sage ich leise. »Mich hinter einer Gary-Lineker-Pappfigur zu verstecken, wird nicht unbedingt für mich sprechen. Nach … allem.« Ich schenke ihm ein Lächeln, und ich bin besorgt, dass ich so lächele wie jemand unter vorgehaltener Waffe, denn alles, was ich denken kann, ist, was Jack von der ganzen Geschichte halten muss. Von der Frau am Empfang, deren sämtliche E-Mails verschickt wurden. Der Frau, die in diesem Moment zu seinen Füßen auf dem Boden kauert.

»Kann mir nicht vorstellen, dass ich viel verpasst habe«, sagt Jack leise, während er langsam weitergeht, den Blick auf die Ordner geheftet. »Paul hat ganz einen auf lieber Onkel gemacht, ja?«

Ich nicke. »Ähm. Vielleicht …«

»Viel Management-Geschwafel, und Michael hat sich wie ein … Arsch benommen?« Er senkt wieder den Blick, um meinem zu begegnen, und Gott, er ist wirklich heiß, oder? Dieses coole, kaum vorhandene Lächeln, dieser verspielte Blick aus haselnussbraunen Augen …

Und das hier. *Das hier* ist der Grund, aus dem ich bei der Party an dem Weihnachten, nachdem Owen mich verlassen hatte, so gern mit Jack redete. Weshalb ich damals das ganze Wochenende lang Ausreden suchte, um nach unserem beschwipsten, flirtenden Plausch wieder mit ihm zu reden. Wir saßen zufällig zusammen an einem Tisch, zu beiden Seiten von Cherry, einer unserer Tontechnikerinnen, die nach zu viel Glühwein weggepennt war. Bis dahin hatten wir eigentlich noch nie viel miteinander geredet, aber an dem Abend plauderten Jack und ich eine ganze Stunde lang, unsere Gesichter angestrahlt von Strobe-Discolichtern (mit Cherrys bewusstlosem Kopf zwischen uns auf der Tischplatte wie ein weihnachtlicher Tafelaufsatz).

Und auch wenn ich mich nicht genau erinnern kann, worüber wir eigentlich redeten, weiß ich noch immer, wie viel Spaß ich hatte; wie oft seine Hand auf meinem Arm zu ruhen kam, wie ein Knopf am Saum meines Puffärmels ständig aufging und wie ich, als es *wieder* passierte, die Augen verdrehte und er lachte und ihn sanft, behutsam für mich wieder zuknöpfte, eine Flasche Bier noch immer in der anderen Hand. Ich erinnere mich auch, wie sehr er mich zum Lachen brachte, was mich verblüffte. Denn Jack – er ist auf eine irgendwie coole Weise undurchschaubar. Die Art Typ, der in tadellosen Hemden im Büro erscheint, die Ärmel hochkrempelt, loslegt und kein Problem damit hat, irgendwelchen bedeutungslosen Small Talk am Wasserkocher zu machen, denn *Arbeit ist einfach nur Arbeit.* Aber irgendetwas an diesen Bartstoppeln, den leicht zerzausten, wirren Haaren, dem winzigen Lächeln, das seine Lippen manchmal umspielt, wenn er in der Mittagspause Textnachrichten schreibt, lässt vermuten, dass er in der Sekunde, in der er hier weggeht, ein eher lockeres Leben führt. Wie wenn du hörst, dass dein sittenstrenger Geografielehrer in seiner Freizeit Rapmusik hört, oder wenn du die Spur eines Tattoos unter einem Chirurgenkittel aufblitzen siehst.

»Schick mir eine E-Mail oder so, bevor ich weggehe«, flüsterte er mir heiß ins Ohr, über die Musik und betrunkenes Gejohle hinweg. Und natürlich habe ich das getan (na ja, *streng genommen* nicht, aber doch nach meinem E-Mail-Entwürfe-Gesetz), und dann ging er auf Reisen rund um die Welt. Und weg war er. *Schwups.* Bis er vor ein paar Monaten als Mutterschaftsvertretung wiederkam. Und seitdem gab es eigentlich keine Interaktion zwischen uns, abgesehen von einem »Guten Morgen« und einem höflich getauschten Lächeln hier und da. Bis jetzt.

»Hm«, grübelt Jack, während er noch einen Ordner aus dem Regal zieht. »Also, heißt das Schweigen, dass Michael ... *höflich* war?«

»Oh. Nein, nein«, flüstere ich. »Absolut nicht.«

»Ah.«

»Es ist nur so … Nach gestern habe ich jetzt einfach ein bisschen zu viel Angst davor, etwas zu sagen oder eine Meinung zu äußern, die nicht von, na ja, der Bibel oder so gestützt wird?«

Jack zieht eine Schulter bis zum Ohr hoch. »Niemand hört zu«, sagt er. »Hier sind nur du und ich. Und Gary Lineker.« Er grinst mich an, und ich verbeiße mir ein Lachen.

Wieder Schweigen, nur das Geräusch von Jack, der in einem Ordner blättert, der aufgeschlagen in seiner flachen Hand liegt. Ich weiß nicht, ob er das hier um meinetwillen künstlich in die Länge zieht oder ob er tatsächlich irgendetwas sucht.

»Petra sagt, dein Arbeitscomputer war an dem Abend auf jeden Fall hier.«

Ich nicke.

»Hm«, fährt er mit tiefer, leiser Stimme fort. »Ich bin um sechs gegangen. Die IT-Leute sind auch keine große Hilfe. Sie sagen nur, dass alle Arbeitslaptops seit dem Hackerangriff letztes Jahr VPNs haben?« Er geht langsam wieder weiter. »Dass es zu Störungen aller Art kommen kann, dass es einfach so aussieht, als ob du sie verschickt hast …« Er sieht zu mir hinunter.

»Ich gebe nur wieder, was mir gesagt wurde.«

Ich nicke wieder. »Ich weiß«, murmele ich, während eine plötzliche Brise von der Lobby die Tür mit einem Klicken schließt, sodass wir beide eingeschlossen sind. Stille senkt sich über den Raum, und ich stelle mir eine Kamera vor, die herauszoomt, einen Schnappschuss von diesem Moment macht und ihn an Ralph schickt, zusammen mit der Bildunterschrift: »Plan, zu vergessen, dass es je passiert ist, läuft sehr gut, wie du sehen kannst (Smiley-Gesicht)«.

»Ich werde mit einem Kumpel von mir, Matt, reden – über diese Servergeschichte«, murmelt Jack. »Er ist Programmierer.«

Das kann Jack gut. Sein, was immer es ist. Diskret. Geschickt.

»Nicht nötig.«

»Ich kann dir auch das Protokoll zusenden, damit du dich offiziell bei der Personalabteilung beschweren kannst. Sie werden natürlich schwören, dass sie alles für die Mitarbeiter tun, aber ...« Er lächelt vor sich hin, schief, zynisch. »Sie tun offensichtlich alles für das Untern...«

»Jack«, unterbreche ich ihn, und er hält mitten im Satz inne, die Lippen geöffnet. Er wendet das Gesicht langsam zu mir, unten auf dem Boden. »Das weiß ich wirklich zu schätzen, aber ... ich habe irgendwie das Gefühl, ich bin hier gerade einer Kugel ausgewichen, indem ich ... du weißt schon ... nicht gefeuert wurde.«

Jack sagt nichts.

Fernes gedämpftes Gelächter kommt von der anderen Seite der Tür.

»Ich glaube, ich würde lieber einfach nach vorn blicken«, flüstere ich. »So tun, als ob es nicht passiert wäre?«

Jack zögert, legt den Kopf auf die Seite, als wollte er eine Verspannung im Nacken lösen, dann wandert sein Blick zum Fenster. »Hm. Okay.« Er sieht älter aus, seit er auf Reisen war. Natürlich nicht auf Seniorenart – Jack kann höchstens um die zweiunddreißig, dreiunddreißig sein –, aber auf diese schwer greifbare, kultivierte Art; diese reife und weise Ich-habe-die-Welt-gesehen-Art. Und – ja, okay, vielleicht auch eine Art, die noch mehr sexy ist. Er trägt jetzt Bartstoppeln. Haare, die von der Sonne zu Ahornbraun aufgehellt wurden, ein bisschen länger und wirrer. (Und jetzt schicke ich einen kleinen Dank ans

Universum, dass meine E-Mail an ihn nie zugestellt wurde, denn die *Peinlichkeit* …)

»Er sieht aus, als ob er gleich geht. Owen«, stellt Jack klar.

»Ach ja?«

»Es sei denn, du hast dich vor Steve versteckt. Oder vor … mir?« Jetzt sucht er meinen Blick – und seine Augen funkeln vor Belustigung.

»Oh. N-nein«, stammele ich nervös. »Nicht vor Steve. Nicht vor … dir.«

Wieder Schweigen. Und dann: »Er ist … ja, er ist gegangen.«

»Wirklich? Du meinst, eindeutig?«

Jack nickt wieder. »Na ja, warte noch ein paar Sekunden«, meint er, »aber, ja, ich würde sagen, du bist sicher.«

»Okay.«

»Steve scheint auch gegangen zu sein«, ergänzt Jack, während er den Raum durchquert, auf mich zu.

»Oh. Gut.«

»Ein Bonus …«, murmelt Jack, wie zu sich selbst.

»Ja. Na ja, dann mache ich mich mal besser wieder an die Arb…« Ich stehe auf. Und, verdammt, meine Beine. Meine Beine kribbeln auf einmal wie verrückt, und ich – o Gott! – krümme mich vornüber, schwanke und halte mich an Garys dünner Pappfigur fest, um mich zu fangen. Er verbiegt sich, sein armer Kopf knickt ab, und sein Papphals bricht. Und ich stürze, knalle genau auf den Arsch. Gary bleibt, wie durch ein Wunder, aufrecht stehen, mit geneigtem Kopf, in einer feierlichen Verbeugung.

»Scheiße. Geht es dir … *gut*?« Ein zögerndes Kichern liegt in Jacks Stimme.

»Oh, alles okay!«, sage ich und bürste mir überflüssigerweise die Hände ab. Ich bin *beschämt*. »Nur das schlimmste Beinkribbeln meines ganzen *Lebens*, aber … alles gut. *Gut*. Ha.«

Und wieder sehe ich mich Jacks Schuhen, seinen langen Beinen gegenüber. Mein Blick wandert langsam zu ihm hoch, während er sich den Ordner unter den Arm klemmt.

»Neuer Versuch?«, fragt er. Und während er langsam eine Hand ausstreckt, laufe ich so krebsrot an, als hätte ich mich eben in ein heißes Bad gleiten lassen. Der heiße Jack Shurlock hält mir die Hand hin, damit ich sie ergreife.

»Oh. Danke«, sage ich und lege meine Hand in seine. Er umschließt sie mit seinen Fingern, die warm und ein wenig rau sind, und zieht mich hoch. Zum Glück lassen mich meine Beine, auch wenn dieses Kribbeln noch immer nicht nachgelassen hat, diesmal nicht im Stich.

»Stabil?«, fragt er, und das Lächeln, das er mir schenkt, fühlt sich an wie wortlose Solidarität. Oder … Mitleid? O Gott, bitte lass es kein Mitleidslächeln sein.

»Ja. Annähernd, danke.« Er lässt meine Hand los. »Und danke. Dafür, du weißt schon, dass du so getan hast, als ob ich nicht hier drinnen wäre und das alles.«

»Na klar«, sagt Jack, und als er die Tür öffnet, rufe ich: »Und es tut mir leid, dass ich Gary den Hals gebrochen habe!«, und dann frage ich mich prompt, warum ich entschieden habe, ausgerechnet *das* zu sagen, von allen Dingen, die ich zu dem Operations Manager hätte sagen können, der mich nicht nur gedeckt hat, als ich mich während der Arbeit versteckt habe, sondern der sich auch mein seltsames Geschwafel urteilsfrei angehört *und* mir vom Boden aufgeholfen hat. Und doch plappert mein Mund noch immer munter drauflos. »Ich habe ihn dort drinnen irgendwie geopfert. Im Namen des Überlebens. Wie …

wie Jack in *Titanic* oder so. Gary. Meine ganz eigene schwimmende Tür.«

Jack bleibt im Türrahmen stehen und lacht, als ob er verblüfft wäre. »Na ja, ich bin, ähm, sicher, er hat gern geholfen.« Dann wendet er sich ab und geht hinaus, und während er die Lobbytreppe hinaufläuft, höre ich, wie er an sein Handy geht. »Ja, entschuldige, Kumpel«, sagt er. »Wurde mit etwas aufgehalten.«

Ich ziehe Garys Kopf hoch, sehe in seine ahnungslosen Pappaugen. »Tut mir leid, das eben«, sage ich. »Aber ich weiß es zu schätzen.«

★★★

Von: Alexis Lee
An: Millie Chandler
Betreff: Was zum Teufel

Ich kann den Scheiß nicht glauben, den du gesagt hast. Du antwortest nicht auf meine Textnachrichten. Verdammt, sie werden nicht einmal zugestellt???? Kontaktiere mich nicht mehr, Millie. Ich mein's ernst.

★★★

Von: Petra Kairys
An: Millie Chandler
Betreff: (kein Betreff)

Stecke in einem Meeting fest, wollte es dich aber wissen lassen, nur für den Fall, dass du Gerüchte hörst. Es heißt, dass

Chloe und Owen sich getrennt haben. Ich versuche im Moment, mehr Details herauszukriegen, aber offenbar ist sie gestern Abend ausgezogen und zu ihren Eltern gefahren. Bitte brich nicht in Panik aus/verinnerliche es nicht. Eine einzige Textnachricht hat Maria und mich auseinandergebracht. Wenn es eine einzige E-Mail gebraucht hat, um Owens und Chloes Verlobung zu lösen, dann hast du vermutlich allen beiden einen Gefallen getan. Xxxxxxx

Kapitel 6

Heute Abend mache ich bei Flye so spät Feierabend wie noch nie, glaube ich, für jemanden, der immer aller-, *aller*spätestens um 17.31 Uhr zur Tür hinausstürzt. Aber nach Petras E-Mail-Bombe, dass Owen und Chloe sich allen Ernstes – o mein Gott – *getrennt haben*, wie in aller Welt hätte ich da einfach nach Hause fahren und mich einem gewöhnlichen Freitagabend mit Binge-Watching und Backen hingeben können? Ich habe das Gefühl, kaum Luft geholt zu haben, seit ich sie gelesen habe. »Brich nicht in Panik aus/verinnerliche es nicht«, hatte sie gemeint, aber wie kann ich das nicht tun?

Anfangs blieb ich noch, um darauf zu warten, dass Petra aus ihrem Meeting kam, das Überlänge hatte, in der Hoffnung, sie würde irgendwie aus dem Konferenzraum auftauchen und sagen: »Falscher Alarm! Ich habe mehr Infos, und Owen und Chloe sind noch immer zusammen und haben völliges Verständnis für dein E-Mail-Problem, und wie sich herausstellt, hast du überhaupt nicht jedermanns Leben und Beziehungen ruiniert! Um genau zu sein, hast du sie alle nur noch stärker gemacht!« Aber als mir dieses Glück verwehrt blieb, entschied ich nervös, resigniert, mit einem verdammt *flauen* Gefühl im Magen, dass ich bleiben würde, um mit Owen zu reden, der, wie Petra mir sagte, »noch immer mit Michael drinnen war« – obwohl ich es nicht wollte. Obwohl ich wirklich nicht wusste, was ich sagen sollte, wusste ich doch, dass ich ihm in die Augen sehen musste, so quälend und nervenzermürbend es auch sein würde, und ... mich *entschuldigen* müsste. Versuchen müsste, die Dinge richtigzustellen.

Jetzt, um Punkt 18.20 Uhr, Sekunden nachdem ich sowohl Michael als auch Owen habe gehen sehen, wobei Owen draußen noch stehen geblieben ist, vielleicht für eine Zigarette oder um mit jemand anders zu reden, trete ich durch die Glastüren des Flye-Ausgangs ins Freie. Ich sehe ihn. Er steht neben dem offenen Lagerhaus. Noch eine Stunde, bis die Anfang-September-Sonne untergehen wird, aber das Wetter ist heute Abend so düster, der Himmel so sehr von schweren indigoblauen Wolken verhangen, dass es sich wie eine stimmungsvolle Nacht mitten im Herbst anfühlt. Der Parkplatz ist fast leer, der Eingangsbereich des quadratischen Flye-TV-Flachdachgebäudes jetzt, wo die Scheinwerfer bis zum Morgen ausgeschaltet sind, dunkel, und der kleine Trupp Nachtarbeiter beginnt seine Schicht tief im Lagerhaus. Der Rollladen ist hochgezogen, sodass die Lichter drinnen ein goldenes Viereck in dem trüben Dunkel erstrahlen lassen, wie ein Puppenhaus.

Owen steht da, in Schatten getaucht. Ich würde ihn überall erkennen; diese schlanke Gestalt, die kantigen, schräg abfallenden Schultern, das selbstbewusst gereckte Kinn. Und ein Teil von mir will einfach weitergehen, so tun, als ob ich ihn nicht sähe, in meinen Wagen abtauchen und in die Nacht davonschießen. Denn was genau ist eigentlich mein Plan? Das hier ist Owen. Ich habe Gefühle für diesen Mann. Owen Kalimeris ist der einzige Mensch, in den ich je verliebt war. Seit zwei Jahren habe ich eine gefühlte Milliarde schmerzlicher, verheddeter Emotionen für ihn in einem schweren, verwirrenden Ballon mit mir herumgeschleppt, und jetzt ist er genau vor ihm geplatzt. Vor *jedem*. Hat uns alle mit seinem Schleim bedeckt. Und ich soll Owen beiseitenehmen und was genau sagen? Denn obwohl ich die letzte Stunde damit zugebracht habe, mir Worte zurechtzulegen und mich mit gekünsteltem Selbstbewusstsein aufzublähen – in der Hoffnung, mich nicht in Wackelpudding zu verwandeln, wie ich es immer tue, wenn ich ihn sehe –, habe ich ... eine Mattscheibe. Ein Brett vorm Kopf.

Entschuldigung.

Ich nehme an, Entschuldigung ist ein guter Ausgangspunkt gegenüber jemandem, der sich eben meinetwegen von seiner Verlobten getrennt hat, oder? (Ja, Petra, ich habe es gesagt: *meinetwegen.*)

»Ah, Millie«, sagt Owen, als ich mich zu ihm geselle, und der Klang seiner Stimme, dieser vertraute Klang von »Millie« aus seinem Mund, sorgt dafür, dass sich eine winzige Faust um meinen Magen ballt.

»Hi, Owen.«

»Länger geblieben?«, fragt er. Sein kantiges Gesicht ist halb erhellt von den Lichtern des Lagerhauses, wie eine Maske. Er scheint nicht wirklich bekümmert oder wütend auf mich zu sein. Vielleicht ist es wirklich nur ein Gerücht; ein bisschen Bürotratsch, der aus dem Ruder gelaufen ist? »Was ist passiert, hast du verschlafen? Heute Morgen spät angefangen und es jetzt ausgeglichen?« Ein winziges Lächeln.

»Ah«, sage ich. »Nein, absolut nicht. Ich musste, ähm, mit Petra über etwas reden. Nichts mit Verschlafen.«

»Tatsächlich?« Owens breiter Mund verzieht sich zu einem beeindruckten Bogen. »Hm. Ich nehme an, ein paar Dinge ändern sich eben doch, was, Mills?«

Mills. Argh. Ein winziger Riss in meiner Rüstung. Die Vertrautheit und die Intimität, zu wissen, wie gern ich ausschlafe, wie ich aussehe, wenn ich an einem Samstagmorgen in meiner Unterwäsche zum dritten Mal in Folge schläfrig auf die Snoozetaste drücke.

Ein paar Regentropfen benetzen meine Stirn. Für eine Sekunde spricht keiner von uns.

»Owen, das ... das mit der E-Mail tut mir so leid. Ich ...«

»Ich habe vorhin an deinem Tresen auf dich gewartet«, sagt er, eine Hand in seine Jeanstasche gesteckt, während der andere Arm lässig an seiner Seite baumelt und sein Telefon hält. »Ich war gestern nicht hier. Ich war in Manchester. Beruflich. Cricket.«

»Oh. Okay.«

»Hab dir eine E-Mail geschrieben. Hab versucht, dich anzurufen.«

»Es ist aus«, beeile ich mich zu sagen. »Mein Handy. Es ist ausgeschaltet.« *Und ich wünschte, ich müsste es nie wieder einschalten,* lasse ich unerwähnt. Denn mir graut regelrecht davor.

Owen hält sein Handy hoch. Er ist ganz in Schwarz gekleidet. Ein eng anliegendes, kurzärmeliges schwarzes T-Shirt, schwarze Straight-Leg-Jeans, mit einem ausgefransten Riss an einem Knie, der einen winzigen Blick auf sonnengebräunte Haut freigibt. Er sieht gesund aus. Haut: goldbraun. Gliedmaßen: drahtig. Ein Läuferkörper. »Und das hier«, sagt er, »das verstehe ich. Diese E-Mail. *E-Mails.*«

Ich nicke steif in der schweren, feuchten Luft, während ein diesiger Regen zu fallen beginnt. Jetzt kann ich ihn nicht einmal ansehen. »Verlegen« trifft es nicht einmal annähernd. Beschämt, so fühle ich mich. *Schuldig.* Da war er, in Manchester, führte Regie bei einem ganzen, live im Fernsehen übertragenen Cricketspiel und führte dieses ganze reife »Ich bin ganz oben auf der Karriereleiter angekommen, und ich werde heiraten wie ein richtiger Erwachsener«-Leben, während ich mich zu Hause in meiner Wohnung vor Scham wand und mir von meinem Mitbewohner meine eigenen E-Mails vorlesen ließ und er dazu Weihrauch verbrannte, der wie ein schlechter Hackfleischauflauf roch.

»Owen, es tut mir wirklich so leid. Und es tut mir auch so leid, wenn ich dir irgendwelchen Ärger mit Chloe eingebrockt habe. D... das war nie meine Absicht. Vergiss ... vergiss einfach, dass du die E-Mail gekriegt hast. Vergiss, dass ich irgendetwas gesagt habe. Es war ein Fehler.«

Owen starrt mich mit seinen sirupbraunen Augen im Halbdunkel an, ohne zu blinzeln. »Was?«

»Ignorier sie«, sage ich noch einmal, meine Stimme jetzt fast ein Trällern. »Ihr beide, du und Chloe ... ignoriert sie einfach. Löscht sie oder was auch immer. Sie ist ... sie ist einfach nur *dumm*, weißt du? *Ich* war dumm. Es war bloß ein Entwurf, sie sollte gar nicht verschickt werden, und ich war ein bisschen betrunken und selbstmitleidig, und ... du weißt doch, wie das ist, wenn man einfach etwas Dummes tut? Etwas Dummes und *Albernes* ...«

»Soll das heißen ...« Owen verzieht das Gesicht, und zwei tiefe Kerben graben sich zwischen seine Augenbrauen. »Moment mal, wie jetzt, das alles war also nur ... ein *Witz*?«

»Nein, nein ...«

»Jemand hat gesagt, sie seien verschickt worden, als die Server ausfielen ...«

»Du solltest sie gar nicht sehen, das habe ich gemeint. Ich war *emotional*.« Unsere Stimmen verheddern sich ineinander, und wir beide verfallen in Schweigen. Leichter Regen rieselt auf uns herab, wie Staub.

»Emotional«, wiederholt Owen. »Wegen der Hochzeit?«

Ich zucke die Schultern unter meiner Regenjacke, die mit kaltem Schweiß an meinen Armen klebt. »Ich ... ich weiß nicht. Ja.« Ich bin nervös, richtig nervös, vor allem unter Owens düsterem Blick. Genau das hat er mit mir gemacht, als wir uns kennenlernten. Wenn er für Planungsmeetings hereinkam, damals, als er ein Live-Match-Produzent war, und Ausreden fand, um an meinem Tresen mit mir zu plaudern, konnte ich es kaum ertragen, ihm in die Augen zu sehen.

Owen ist attraktiv, auf diese durchgestylte, fast geschniegelte Art. Dunkle, südländische Augen, die Haare immer kurz und ordentlich, adrett und mit Aftershave von Kopf bis Fuß. Aber es war mehr seine ... *Ausstrahlung*? Nachdem wir uns getrennt hatten, hat Alexis einmal über Owen gesagt: »Der Typ ist doch eine Nullnummer ohne dieses Draufgängertum und den ganzen Scheiß«, und *das* war, was ich so einschüchternd fand, als wir uns kennenlernten, und auch charmant. Das Draufgängertum. Owens Auftreten. Seine ganze ... *Art*. Selbstbewusst und überzeugt von sich, aber auch, auf eine ansteckende Weise, erstaunlich warmherzig. Umgänglich. Aufrichtig interessiert an dir. Wie der Junge in der Schule, der die Lehrer ständig auf die Palme brachte und den du zu ignorieren versucht hast, der es aber immer irgendwie schaffte, dir ein aufrichtiges Lächeln zu entlocken.

Eigentlich waren wir ein Widerspruch. Owen charmant und geschliffen. Ich mit meinen wilden zimtfarbenen Locken, dem Meer von Sommersprossen überall auf der Haut, T-Shirts mit albernen Emblemen, von denen er immer etwas verblüfft schien.

Emotional. Unbeholfen. Und genau so fühle ich mich jetzt, während wir einander gegenüberstehen. Ich nervös, schwitzend im Regen, kurz nach dem größten Patzer meines Lebens, Owen gefasst, verblüfft, mitten in etwas, was er sich nicht gewünscht oder je für sein perfektes, fehlerfreies Leben einkalkuliert hat.

»Es ist nur eine E-Mail«, sage ich und sehe ihm schließlich in die Augen. »Und es tut mir leid, dass sie den Weg zu dir gefunden hat, Owen, so war das nie gedacht. Kannst du ... ich weiß nicht ... einfach so tun, als ob du sie nie bekommen hättest? Und Chloe dasselbe sagen, i-ihr sagen, dass es mir leidtut? Ich kann es ihr auch selbst sagen, wenn du willst?«

»Millie ...«

»Kommt sie denn überhaupt her? Montag?«

»Millie, im Ernst, können wir einfach ...« Owen hebt eine Hand, senkt für eine Sekunde die Augenlider. »Können wir für eine Minute auf die Pausetaste drücken? Das hier ... Ich fühle mich, als ob ich bombardiert werde.« Und ich wünschte, ich könnte einfach von hier verschwinden. Der Himmel verdüstert sich rasch, ein blauer Schleier von Owens Telefon, auf dem meine eigenen Worte aufleuchten, schimmert zwischen uns. Gott, diese alten Versionen von uns ... Ich kann mir nicht einmal vorstellen, was sie denken würden, wenn sie uns jetzt sehen könnten. Sie wären verwirrt, denke ich. Traurig. Denn das mit Owen und mir ging so schnell. Na ja, bei *Owen* ging es schnell. Von einem einzigen Date zu riesigen allwöchentlichen Blumenlieferungen in die Arbeit zu »Ich liebe dich« und Überraschungswochenenden in Prag und dem Kennenlernen der Eltern. »Vielleicht ein bisschen zu schnell«, sagten meine Freundinnen und verzogen das Gesicht, als ob die Blumensträuße, die mein Zimmer füllten, abgetrennte Köpfe wären.

Und vielleicht hatten sie ja recht. Vielleicht *war* es zu schnell. Denn es endete nicht wirklich so, wie wir beide es geplant hatten, oder? Vor demselben Gebäude redend, in dem wir uns kennengelernt haben, heute Abend, das unheilverkündende Piepsen eines Gabelstaplers unser einziger Soundtrack, und ein nebliger Regen, der uns einhüllt und diese ganze Szene in ein körniges altes Video verwandelt.

»Chloe will die Hochzeit absagen«, sagt Owen, während er sein Handy wieder einsteckt, und Scham überzieht mich wie ein brennender Ausschlag. »Sagt, dass es aus ist. Sie denkt, dass immer etwas zwischen uns stand. Hat gestern bei ihren Eltern übernachtet. Fünf verdammte Riesen habe ich da versenkt.«

»Owen. Es ... es tut mir so leid ...«

»Wir haben zwei Monate Zeit, um die restliche Hälfte an den Veranstaltungsort zu bezahlen, oder das war's. Game over. Veranstaltungsort futsch, Hochzeitsdatum futsch.« Owen reißt die Arme über den Kopf hoch und verschränkt die Finger im Nacken. »Und ... Gott, Millie, diese ganze Geschichte ist doch verrückt. Wir sind eben erst in eine neue Wohnung gezogen. Hat mich auch ein Vermögen gekostet ... das alte Corona-Kino? Wurde in Eigentumswohnungen umgewandelt. Und jetzt ...«

Seine Worte verlieren sich, und ich weiß nicht, was ich sagen soll; ob ich mich noch einmal entschuldigen oder ihm zu seiner neuen Wohnung gratulieren soll. Neue Dinge sind Owen wichtig. Teure Dinge. Dinge, die ein Statement abgeben. »Ist es erbärmlich, dass ich diese ganzen Dinge und die Erfolge manchmal nur will, damit mein beschissener Dad sie eines Tages alle sieht und es bereut, mich wie Luft behandelt zu haben?«, fragte er mich einmal, und so vieles an ihm – dieses Owen-Draufgängertum – ergab auf einmal Sinn. Owen ist das Ergebnis einer Affäre, die seine Mum in der Arbeit hatte. Sein Vater war seit vierzig Jahren verheiratet, hatte eine Ehefrau, Kinder, Enkel, und er leugnet, dass Owen sein Sohn ist, dass er überhaupt existiert. Und es tat mir immer so leid für ihn, jedes Mal, wenn er davon redete.

»Es tut mir leid, Owen«, sage ich. »Wirklich. Ich werde ... ich werde mit ihr reden. Ich werde das in Ordnung bringen.«

»Du wirst das *in Ordnung bringen*?«

»Ja.«

»Wie, und das war's?«

»Ich weiß nicht, was ich sonst noch sagen soll?«

»*Millie* ... Scheiße, das ist doch ...«

Jetzt tritt Owen vor, die Sohlen seiner Turnschuhe knirschen über den nassen Gehsteig, und ich weiche vor ihm zurück, aber er schließt den Abstand wieder. Jetzt ist er mir so nahe, dass nicht einmal ein halber Meter zwischen uns ist. Ich kann ihn über den erdigen, teeblattartigen Geruch des Regens hinweg riechen. Das gleiche Waschpulver, das gleiche idiotisch teure Wachs, das er sich immer in die Haare geschmiert hat. Und jetzt regt sich irgendetwas in mir – ein unangenehmer Schwall von Nervosität und Nostalgie, beides auf einmal.

»Ich weiß nicht, was ich fühlen soll«, sagt er, seine Stimme jetzt leise, und seine Hand streift meinen Unterarm. Donner grollt in der Ferne, und Regen befeuchtet unsere Gesichter, so fein, dass es sich wie statische Aufladung anfühlt. »Und ... verdammte Scheiße, Millie, ich kann nicht aufhören, darüber nachzudenken. Über das, was du gesagt hast.«

»Owen ...«

»Hast du wirklich noch immer mein T-Shirt? Hast du ...« Er hält einen Moment inne. »Hast du das ernst gemeint, als du gesagt hast, dass du mich immer noch liebst?«

Und da ist es. O nein, *da ist es*. Und ich bin absolut unvorbereitet. Ich habe mir das hier vielleicht gewünscht, habe es mir im Laufe der letzten zwei Jahre Hunderte Male immer wieder ausgemalt, wie eine kitschige Filmszene, aber ich bin völlig überrumpelt. Denn die absolute Wahrheit ist: *Ich weiß es nicht.* Ich weiß nicht, ob ich deshalb nicht nach vorn blicken konnte, weil wir füreinander bestimmt *sind*. Ich weiß nicht, ob der ganze Schmerz und die ganze Sehnsucht heißt, dass wir es absolut *nicht* sind. So lange habe ich mir vorgestellt, dass wir, wenn er von Indien nach Hause kommt, sein Job erledigt, seine Beförderung erreicht ist, vielleicht einfach ... alles wieder hinbiegen könnten? Irgendwie.

Aber Chloe. Was ist mit Chloe? Ich weiß, wie es sich anfühlt, wenn einem das Herz gebrochen wird, und das würde ich nicht einmal der unausstehlichsten Person auf der Welt wünschen. Nicht Fundraising-Steve, nicht meiner verschlagenen »Ich erfreue mich insgeheim am Scheitern anderer Leute«-Cousine Rhiannon. Außerdem hat er mich verlassen. Ganz locker, um genau zu sein, was ist also damit, Millie Chandler, was ist *damit*?

»Es ... Ich weiß es nicht.«

Und seine Schultern sacken nach unten, während sich das Schweigen zwischen uns ausdehnt. »Na schön. Du weißt es nicht. Und doch hast du diese Dinge gesagt, Millie. Du hast sie geschrieben.«

»Sie sollten nie gelesen werden.«

»Aber das wurden sie.«

Und ich mache den Mund auf, um etwas zu erwidern, aber nichts ... ich habe nichts. Und während das Schweigen uns einhüllt wie eine Wolke, hat er, wie es scheint, auch nichts.

Ich weiche vor ihm zurück. »Ich werde mit Chloe reden.«

Owen stößt ein düsteres, nüchternes Kichern aus. »Oh. Ja, na klar, viel Glück dabei. Sie ist … kein Fan von dir. Hatte schon immer einen Komplex wegen dir.«

»Einen *Komplex*?«

»Sie weiß, wie viel du mir bedeutet hast, nehme ich an«, sagt er, und jetzt schüttele ich unwillkürlich den Kopf, als wollte ich seine Worte loswerden, wie Schlamm, denn ich weiß nicht, was ich mit irgendetwas von alledem anfangen soll. Ich bin völlig verloren. Eine flaschenförmige Frau, die hilflos im Meer schaukelt.

»Trotzdem«, sage ich. »Ich werde mit ihr reden.«

»Na schön.« Owen fährt sich mit einer Hand durch sein kurzes dunkles Haar und weicht langsam zurück. »Dann freue ich mich darauf, von dir zu hören, Millie.«

Und damit wendet er sich ab und schlendert in das helle Rechteck eines Lagerhauses, während eine Blitzgabel über den Himmel zuckt wie eine Ader. Die Brandschutztür schlägt im Dunkeln zu.

»Scheiße«, flüstere ich vor mich hin, während harte, nasse Schritte an mir vorbeistapfen. »*Scheiße.*«

»Gute Nacht, Millie«, höre ich eine tiefe Stimme, und als ich mich umdrehe, sehe ich Jack im Nebel, mit aufgeknöpftem Kragen und stillem Selbstbewusstsein. Er geht weiter, aber sein Blick huscht über seine Schulter zum Lagerhaus, zu Owen, und dann zu mir, unergründlich, nur für eine Sekunde, bevor er seinen Wagen erreicht. Es piepst zweimal.

»Nacht«, rufe ich, während er einsteigt und die Tür schließt.

Kapitel 7

An: Millie Chandler

Betreff: Schick mir deine Titten, dreckiges Mädchen

Äääähhh, warum zum Teufel schreibst du mir jetzt zurück? Ich kann mich kaum an dich erinnern, Millie. Aber nur fürs Protokoll, ich habe versucht, nach unserem Date ein bisschen Spaß zu haben, und du machst es wegen meinem Mundgeruch zu etwas Persönlichem? Das waren die Nebenwirkungen der Vitamine, die ich genommen habe. Normalerweise riecht er nicht so?

Hässliche Bitch. Lösch meine E-Mail, lösch meine Nummer.

★★★

iMessage von Alexis: MILLIE??????
iMessage von Alexis: Wow.
iMessage von Alexis: Wenn du dich so gefühlt hast, warum sagst du es mir nicht ins Gesicht? Anstatt mich mit E-Mails zu bombardieren?
iMessage von Alexis: Ich habe dich versetzt, und das tut mir leid, aber mich eine schlechte Freundin nennen?

iMessage von Alexis: Dass du erleichtert bist, dass ich abgesagt habe?

iMessage von Alexis: Ich bin so traurig.

iMessage von Alexis: Ich bin nicht perfekt, aber was zum Teufel?

iMessage von Alexis: Ich bin so fertig.

iMessage von Alexis: Ich habe keine Zeit für diesen Scheiß.

★★★

WhatsApp von Dad: Bitte ruf mich an, Millie. Dringend, wenn möglich. Mum und mir geht es gut, wir sind nicht tot.

WhatsApp von Dad: Würde gern asap mit dir reden, Schatz, wenn möglich.

WhatsApp von Dad: Bin nur leicht verwirrt.

WhatsApp von Dad: Deine E-Mail hat angedeutet, dass du am Ostermontag nicht mit deiner Mutter zusammen warst, aber sie hat gesagt, du wärst das ganze Wochenende geblieben, und ihr wärt zusammen ausgegangen.

WhatsApp von Dad: Als ich sie damals angerufen habe, ist sie nicht ans Telefon gegangen. Sie hat gesagt, sie sei mit dir zusammen gewesen.

WhatsApp von Dad: War sie das?

Verpasster WhatsApp-Videoanruf von Dad

Verpasster WhatsApp-Videoanruf von Dad

WhatsApp von Dad: Ignorier das. Bin mir nicht sicher, was ich da gedrückt habe, hab meine Brille nicht auf.

★★★

Cousine Rhiannon: Millie, ich weiß nicht, was du mit deinen E-Mails gemeint hast? Ich habe eben einen Haufen LOLs und zzzzzzs gekriegt und eine, in der steht: »Denk einfach mal gründlich nach.« Wurdest du gehackt? xxx

★★★

WhatsApp von Cate: Millie, ich habe deine E-Mails gelesen.
WhatsApp von Cate: Ich bin eben von der Arbeit weggegangen.
WhatsApp von Cate: Scheiße.
WhatsApp von Cate: Millie?
WhatsApp von Cate: Millie, bitte antworte mir.

★★★

Cate sitzt am Frühstückstresen, verwirrt, wie jemand, der eben von einer riesigen Klaue vom Sofa hochgehoben und mitten in einem unbekannten Jahrhundert fallen gelassen wurde. Aber bei ihrem Anblick platze ich fast vor Erleichterung.

Sie ist hier.

Meine wunderschöne, verlässliche Freundin ist *hier*, in meiner Küche, was heißt, sie hasst mich nicht so sehr, dass sie mich blockiert hat und mich nie wiedersehen will. Es sei denn, natürlich, das hier ist es. Es sei denn, das hier ist wie ein Mafiafilm, und ich werde hergelockt, an den Frühstückstresen, um einen Pferdekopf überreicht zu bekommen – ein Emblem für eine beendete Freundschaft. Und wer weiß? Ich würde mich über gar nichts mehr wundern. Tatsächlich wäre ein Pferdekopf ein passendes Ende für einen albtraumhaften Tag, an dem ich mich in Aktenlagerräumen versteckt und düstere, demütigende Gespräche im Regen mit Ex-Freunden geführt habe.

Ich stehe im Mücheneingang und ziehe die Kordel meines Morgenmantels zu. Ralph steht da, poliert ein Weinglas und beobachtet mich unauffällig.

»Oh, Millie. Ich habe die ganze Zeit versucht, dich anzurufen.« Cate steht auf, und die Beine des Barhockers quietschen auf den Fliesen unter ihr. »Ich habe dir E-Mails geschickt, Sprachnachrichten hinterlassen, *Textnachrichten geschrieben* ...«

»Ach, Cate, ich weiß, und es tut mir *so* leid. Mein Telefon war ausgeschaltet.«

»Ralph hat gesagt, du seist noch nicht lange von der Arbeit zurück; du seist in deinem Zimmer ... würdest es wieder einschalten oder so?«

Ich forsche in Cates Gesicht, als ob es eines dieser Computerspiele wäre, wo man eine Szene betrachten und nach Hinweisen und Spuren suchen muss, und alles, was ich schlussfolgern kann, ist: Sie sieht ... müde aus? Dicke, verquollene Halbmonde sind unter ihren Augen, so ähnlich wie die unter meinen. »Er hat gesagt, deine persönlichen E-Mails wurden verschickt? Mein Gott, Millie, warum hast du mich nicht zurückgerufen?«

Ich schlurfe langsam auf sie zu. »Ich hatte Angst«, sage ich unsicher. »Ich wusste, dass du ... *Hast* du ... die E-Mails gelesen? Von mir?«

Ralph schiebt ein Glas Wein über den Tresen in Cates Richtung, die sich mit einem stillen Nicken bedankt, und setzt sich wieder auf den Hocker. »Ja. Ja. Ich habe deine E-Mails gelesen, aber ... im Ernst, geht es dir gut?« Ihr Blick wird sanft, die äußeren Augenwinkel werden schlaff, als ob sie vielleicht gleich weinen muss, und jetzt muss *ich* vielleicht gleich weinen. »Ich habe das Gefühl, du musst dich setzen, etwas trinken? Du siehst krank aus. Irgendwie ... *durchgeknallt*.«

Erleichterung durchflutet meinen Körper wie morgendlicher Sonnenschein. *Cate hasst mich nicht.* Alles andere ist vielleicht ein totales Chaos, aber meine beste Freundin hasst mich nicht, obwohl ich ihr Postfach bombardiert und ihr gesagt habe, dass ich ihren Freund insgeheim hasse. Sie sorgt sich, ob ich genug getrunken habe; dass ich »durchgeknallt« aussehe, was ich eindeutig tue. Nachdem ich vor ein paar Stunden von diesem geladenen, verregneten Gespräch mit Owen nach Hause gekommen bin, habe ich verzweifelt versucht, mein inneres Gleichgewicht wiederzufinden, aber nichts hat geklappt. Ich fühle mich körperlos. Ständig zitterig. Ich habe mein Handy wieder eingeschaltet, habe langsam damit begonnen, mich zahllosen (grässlichen) Benachrichtigungen zu stellen, ich habe heiß geduscht, mir die Haare gewaschen, ein bisschen (ein bisschen viel) in eine Schale Supernoodles geweint, die Ralph mir gemacht hat. Ich habe mich sogar für eine kleine Weile im Pyjama auf den Balkon gesetzt, mit meiner Lieblingsaussicht – dem dunklen, metallischen Meer, Canvey Island, das in der Ferne blinkte, mit dem Geruch von Fischernetzen und dem süßlichen Duft von frisch gesägtem Holz, wie Karamellzucker, von einer Wohnungsrenovierung unten. Selbst das hat mich heute Abend nicht beruhigt. Aber Cate – Cate zu sehen, hat mich sofort beruhigt. Wie ein Schmerzmittel. Wie eine Tasse Tee, wie eine Wärmflasche.

»Oh, Cate, ich kann dir gar nicht sagen, wie erleichtert ich bin, dich zu sehen.« Ich gehe auf sie zu, schlinge die Arme um sie. Es fühlt sich so wundervoll an, sie an mich zu drücken, zu wissen, dass sie noch immer hier ist. In dieser winzigen Küche zu sein, mit Cate und Ralph, einem verbliebenen Rest meines Lebens vor den E-Mails.

»Oh, ich auch.«

Hinter ihr schiebt Ralph noch ein Glas Wein über den Tisch, für mich bestimmt. Er hat die Farbe alter Strumpfhosen. Sein selbst gemachter Pilzwein, was sonst. Absolut ekelhaft, aber – scheiß drauf. Ich lasse Cate los, setze mich neben sie und nehme einen kräftigen Schluck, während Ralph sagt: »Ich, äh, lasse euch beide dann mal allein, okay?«, und in sein Zimmer geht.

Stille senkt sich über den Raum. Der Kühlschrank surrt. Eine solarbetriebene Plastikblume tänzelt auf dem Fensterbrett, bewegt sich quietschend hin und her.

»Cate, es tut mir so, so leid.«

»Millie, bitte ...«

»Nein, wirklich, ganz ehrlich«, sage ich flehend. »Solche E-Mails zu bekommen, und all das über Nicholas ... Du musst mich für ein fieses Biest halten. Es muss ... Ich weiß nicht einmal, wie es für dich gewesen sein muss. Ich war eine beschissene, *beschissene* Freundin.«

»*Nein.*« Cate schüttelt den Kopf, ein kurzes Zucken, und ihre braunen Beach Waves streifen ihre Schultern. »Nein, Millie, du bist keine beschissene Freundin.« Ihre Augen blicken trübe unter dem Schimmer der Pendelleuchten, wie Glühbirnen, die gedimmt wurden. Als ob sie nicht geschlafen hätte, und Cate Mancinelli-Grant schläft *immer*. Sie nimmt das Schlafen ernst. Sie nimmt ihr Telefon nicht mit ins Schlafzimmer, ein altmodischer Wecker klingelt morgens, kein Fernsehen, kein blaues Licht – nur ein Zerstäuber für ätherische Öle und dicke Taschenbücher.

»Nein, Millie«, sagt Cate noch einmal leise. »Ich meine ... ich war schockiert, natürlich war ich das, als ich sie gelesen habe. Mir war *schlecht*. Ich bin von der Arbeit weggegangen, habe mich krankgemeldet, bin herumgeschlendert wie eine verdammte verlorene Spielfigur aus *The Sims*. Asim hatte zum Glück nichts dagegen. Er würde lieber seine persönliche Assistentin für einen Tag verlieren, als es zu riskieren, sich irgendein Wehwehchen einzufangen, mit dem er im Bett landen könnte ...«

»Oh, Cate, es tut mir so leid.«

»Nicht doch.« Cate schenkt mir ein trauriges Lächeln, trinkt ihren Wein. »Und Scheiße, das hier schmeckt wie ... ich weiß nicht. Ein Burger oder so? Wie *Rindfleisch*. Sollte Wein wie Rindfleisch schmecken?«

»Er ist aus Pilzen gemacht«, sage ich.

»*Oh.*« Sie nimmt noch einen Schluck und zuckt die Schultern. »Jetzt ist es auch schon egal, nehme ich an.«

»Und, Cate, ich ... ich habe kein Wort von dem gemeint, was ich gesagt habe. Es war nur ... Ich habe nur vor mich hin geschimpft, weißt du?«

Cate zögert, und der silberne, c-förmige Anhänger seufzt an ihrer Brust. »Wirklich, Millie?« Sie streckt einen Arm aus und legt eine zarte, warme Hand auf meine.

Cate hatte schon immer diesen mütterlichen Vibe, diese starke, ruhige, reife Art. Auf der Schule war sie zwei Jahre über mir, und wir lernten uns am Sporttag kennen, als ich stürzte und mir das Kinn aufschürfte – ja, das *Kinn* –, und sie wurde dazu bestimmt, mich zur Schulkrankenschwester zu eskortieren. Auf dem Weg jammerte ich in einer Tour, wie peinlich diese ganze Sache sei, und Cate erwiderte: »Aber es war ein Unfall. In einem Krankenhaus gibt es eine ganze Abteilung, die sich mit solchen

Dingen befasst, das heißt, wenn du peinlich bist, dann ist es der Rest der Welt auch.« Und dann sagte sie über die (grässliche) Schulkrankenschwester seelenruhig: »Manchmal denke ich, ich würde lieber sterben, als mich von ihr behandeln zu lassen, weißt du? Nur um einen Punkt klarzustellen, denn wie schwer ist es, sich um *wirklich* kranke Leute zu kümmern?«, und ich war hin und weg. Restlos. In Freundschaft-Liebe verfallen, wenn man so will.

»Millie«, fährt Cate jetzt fort, ihre Stimme sanft und beruhigend, wie warmer Tee. »Ich glaube, du *hast* gemeint, was du gesagt hast. Und anfangs wollte ich dir in keinem Punkt zustimmen. Meine erste Reaktion war einfach nur … Wut. Ich meine, ich habe regelrecht *gekocht* vor Wut. Aber dann hat irgendetwas in mir einfach Klick gemacht. Weil mir klar wurde, dass ich tatsächlich jedem einzelnen Wort, das du geschrieben hattest, zustimmte.« Cate schnieft, tupft sich mit der Spitze ihres Zeigefingers den Augenwinkel. »Du weißt doch, wie das ist, wenn etwas so wahr ist, fast zu wahr, dass es unerträglich ist, es überhaupt in Betracht zu ziehen, oder? Als ob es dich … *blendet*? Und du kannst es nicht ertragen, es anzusehen?«

Ich nicke langsam. Denn ich weiß es. Ich weiß es wirklich.

»Das war es, Millie«, sagt sie. »Genau das war es.«

»Cate, es tut mir so leid …«

»Und deshalb bin ich heute Nachmittag gegangen«, verkündet sie mit einem Paukenschlag. »Ich habe Nicholas verlassen. Glaube ich?«

Und während Cate einen kräftigen Schluck von ihrem Wein trinkt, rutscht mir das Herz in die Hose, als ob es auf einmal aus einem Flugzeug geschubst worden wäre, und fällt und fällt und fällt. »Du hast … was?«

»Ich weiß.«

»O mein Gott!«

»*Ich weiß.*« Sie kippt noch mehr von ihrem Pilzwein, verzieht das Gesicht, als ob sie Medizin hinunterwürgte. »Und ich kann es nicht wirklich glauben, je länger ich darüber nachdenke. Ich meine, letztes Jahr hat Nicholas tatsächlich zugegeben, dass er sich bei einer Dating-App angemeldet hat. Weil ich viel ausgegangen bin und er gedacht hat, ich würde ihn nicht mehr wollen? Und ja, er hat sich entschuldigt, hat gesagt, er hätte nie irgendetwas gemacht, er hätte es sich nur ansehen wollen, er sei verunsichert.« Cate schnaubt spöttisch, ein scharfes Prusten, und stellt ihr Glas mit einem harten Scheppern auf dem Granittresen ab. »Aber er hat der Beziehung die Schuld gegeben, er hat *mir* die Schuld gegeben, weil ich zu viel Yoga gemacht habe, weil ich mich abends zu oft mit meiner Schwester getroffen habe, und ich habe es einfach … hingenommen? Ich habe mich sogar *entschuldigt*? Ich meine, was habe ich mir bloß dabei gedacht?«

Irgendetwas Heißes öffnet sich in meiner Brust, während Cate spricht, ein wütendes, brodelndes Loch.

»Aber, Cate, er ist manipulativ«, sage ich. »Und er ist so gut darin. Versteckt seine ganze besitzergreifende Art und sein Misstrauen unter dem Deckmantel dieses beschützerischen, romantischen, fürsorglichen, unsicheren Freundes, der dich einfach *viel zu sehr* liebt.«

Cate nickt, und ihre Augen glänzen. »Ich weiß«, erwidert sie. »Ich weiß. Und ich dachte immer, es würde irgendwann besser werden. Er würde sich ändern und ein bisschen entspannter werden, wenn seine Arbeit leichter würde oder wenn wir länger zusammen wären oder seine Mum aus dem Krankenhaus käme oder ... Hier bitte *Wahnvorstellung* einfügen.« Ein Winkel ihres schönen, herzförmigen Mundes hebt sich ein klein wenig vor trauriger Belustigung. »Und ich fühle mich wie ... *ich.* Single? Im Ernst? Anwälte und ein Haus, das in der Mitte geteilt wird, und wer kriegt das verdammte DFS-Sofa, bla, bla, bla, aber ... ich fühle mich auch ... *leichter?* Ich meine, okay, ich bin total aufgedreht, und ich habe keine Ahnung, was ich tun werde oder wohin ich gehen werde, und natürlich, typisch Cate, muss ich ständig aufs Klo.« Sie lacht leise, unter Tränen. »Aber ... ich bin einfach gegangen, Millie. Ich bin nach Hause gekommen, und er hat nicht einmal Hallo gesagt oder gefragt, warum ich zu Hause bin. Er hat sofort in den ›Warum bist du nicht an dein Handy gegangen?‹-Modus geschaltet. Und den ›Schwör mir, dass du meine Nachrichten nicht gesehen hast‹-Modus, und es hätte beängstigend sein sollen, wie das Ende von irgendetwas Großem, aber stattdessen hat es sich einfach angefühlt, als würde ich ... aufwachen?«

Und während Cates feuchte Augen meinen Blick auffangen, fühle ich alles. *Alles.* Erleichterung und Stolz und Liebe, aber, Gott, auch so viel Scham, so viel Besorgnis und Fassungslosigkeit. Und all das sammelt sich in einem einzigen großen, heißen, gewaltigen Sturm in mir, und ... ich breche in noch mehr Tränen aus.

»Oh, Millie! Wein doch nicht.«

»Nein! Nein, ich sollte *dich* trösten.« Ich schnappe mir die Küchenrolle vom Tresen und reiße ein Blatt ab. Es hat eine Borte mit ahnungslos glücklich tänzelnden grünen und violetten Teekannen. Ich putze mir damit die Nase. »Bist du ... bist du dir *sicher*, was diese Sache angeht? Ich weiß, was ich über Nicholas gesagt habe, war gehässig und ...«

»Wahr«, unterbricht mich Cate und drückt meine Hand. »*Wahr. Und so freundlich über mich.* Weißt du, wie entzückend es war, dieses Zeug über mich zu lesen, Millie?« Cate reißt sich selbst ein Blatt von der Küchenrolle ab. »Er sagt es nicht, und *ich* sage es nicht mehr, und ich kann nicht glauben, dass wir einfach an einem Punkt angelangt waren, an dem das okay war, aber ich vertraue niemandem so sehr wie dir. Und du sagst es, weißt du? Du weißt alles über mich, und du sagst es. Daher muss es wahr sein. Genau wie ich dich sehe, wie ich alles über *dich* weiß.«

Und bei diesen Worten durchzuckt mich ein Blitz von Schuldgefühlen. Denn … tut sie das? Weiß überhaupt noch jemand alles über mich? Cate hat es eindeutig gewusst, früher einmal. Ich habe ihr alles erzählt; von meinem Stuhlgang (»Nur eine kurze Bestätigung, um zu sagen, dass ich wieder regelmäßig abends kacke, dachte, das solltest du wissen«) und mitternächtlichen philosophischen Erkenntnissen bis hin zu dem, was ich zum Lunch esse, und existenziellen »Ich stehe für ein Nando's-Take-away an und frage mich, ob ich genug lebe«-Sorgen. Aber allmählich, im Laufe der Zeit, hat es sich angefühlt, als ob ich unbewusst Dinge zurückgehalten hätte. Dinge versteckt hätte. Ein langsamer Rückzug, könnte man wohl sagen. Vor allem seit Owen. Es macht etwas mit dir, wenn du dein ganzes Herz jemandem schenkst, wenn du sagst: »Hier bin ich, vor dir, keine Barrieren, keine Masken, bereit, zu tun, was immer erforderlich ist, damit das mit uns klappt, denn ich liebe dich«, und dann erlebst du, wie dieser Jemand es sich ansieht, alles, was du bist, und »Nein« sagt. Dann fängst du an, Dinge zurückzuhalten. Dinge lieber für dich zu behalten. Damit du, nur für den Fall, dass es wieder passiert, noch immer Teile von dir hast, die du nie den Elementen ausgesetzt hast.

Cate steht jetzt auf, umrundet den Frühstückstresen, Sandalen auf Fliesen. »Er hat Panik gekriegt«, sagt sie. »Nicholas. Ich meine, er hat geweint und mich angefleht, und ich habe fast Zweifel gekriegt. Weißt du? Und dann hat er auf einmal alles gegen mich verwendet. Als ob ein Schalter umgelegt worden wäre. Ohne zwischendurch auch nur einmal Luft zu holen. Und da wusste ich es auf einmal – *ich wusste es*. Ich konnte es einfach sehen. Wie hieß er gleich wieder?«

»Gott. Was für ein Arschloch.«

»Totales Arschloch!«

Und Cate ist vielleicht müde, ausgelaugt, traurig, aber irgendwie sieht sie trotz allem makellos aus, wie immer; hellblaue Wide-Leg-Jeans, ein weißes, in die Hose gestecktes Tanktop, ein übergroßes babyrosa Shirt, halb aufgeknöpft, halb von einer Schulter gerutscht. Ein Shirt, in dem ich aussehen würde, als hätte ich eine Kiste mit Fundsachen durchwühlt, um etwas zum Anziehen zu finden. Cate sieht immer gut aus, riecht immer gut. Das liegt daran, dass es ihr wirklich Spaß macht: Sie mag ihre Outfits, ihr Tagebuch, ihr Zuhause, alles sorgfältig gepflegt. Und ein trauriger Stich durchzuckt mich bei dem Gedanken an Cates und Nicholas' Haus. Denn ich weiß, dass es nur ein Haus ist, aber sie *liebt* dieses Haus. Nummer 3, Christmas Lane. Ich weiß noch, wie aufgeregt sie allein schon bei der Adresse war. Und sie hat es verloren. Meinetwegen.

»Cate, vielleicht … vielleicht könntest du die Christmas Lane behalten?«

Sie zuckt die Schultern. »Ich weiß nicht, Millie.«

»Und ihr teilt euch ein Auto …«

»Scheiß auf Autos. Ganz ehrlich, im Moment ist mir das alles egal.« Cate sieht sich in der Küche um. »Gott, wo hat dieser ent-

91

zückende Mann denn die Flasche mit diesem seltsamen, fleischartigen Wein hingestellt ...«

Und ich weiß, sie sagt, dass sie das hier will, dass sie sich leichter und *empowered* fühlt, aber ich fühle mich ... *verantwortlich*. Wirklich. Ich habe fast Mitleid mit ihr, während ich zusehe, wie sie an einem Freitagabend unsere Küche durchstöbert, wenn sie normalerweise zu Hause mit ihren eigenen Dingen beschäftigt wäre. Ihren eigenen Küchenschränken, ihrem eigenen, normal schmeckenden Wein aus diesem integrierten Weinkühlschrank, den sie so sehr liebt. Cate war so aufgeregt, als sie dieses Haus gekauft haben. Hat für jedes Zimmer eine Kerze ausgesucht, jeden Dienstag die Bettwäsche gewechselt, nach einem Putzplan von Instagram. Und jetzt was? Sie ist von dort weggegangen. Wegen meiner E-Mail.

»Du kannst hierbleiben«, sage ich. »Bei uns wohnen.«

»Du willst mich doch nicht in deinem Schlafzimmer haben ...«

»Wir haben ein drittes Zimmer«, beharre ich, »und Ralph will es vermieten, aber bis jetzt haben wir jeden gehasst, der für ein Vorstellungsgespräch vorbeigekommen ist, das heißt ... Lass mich mit ihm reden?«

Cates Gesicht verwandelt sich, ihre Augen leuchten auf, und ein tiefes Grübchen zeigt sich in ihrer Wange. »Bist du sicher?«

»Absolut.«

»Oh, danke.« Sie streckt über den Tresen ihre Hände nach meinen aus. Sie dämpft die Stimme. »Wurden deine E-Mails wirklich alle verschickt?«

»Ja.«

»*Scheiße.*« Cate schließt die Augen und beugt sich vornüber, halb stöhnend, halb lachend, und ihre zarten Armreifen klimpern auf der Arbeitsfläche. Sie sieht wieder zu mir hoch. »Wie schlimm ist es?«

»Oh, so schlimm«, sage ich. »So, so schlimm. E-Mails an unhöfliche Leute in der Arbeit. Mum. Alexis, die ... Gott, sie ist so sauer auf mich, Cate. Ich glaube, sie hat mich blockiert. Aber ... ich weiß nicht. Denn in letzter Zeit hat sie mich *wirklich* auf die Palme gebracht. Ich wünschte nur, sie hätte nicht auf diese Weise herausgefunden, wie sehr. Ich war so biestig, und ... Es ist Alexis, weißt du? *Alexis.*«

Cate nickt wissend. »Sie wird sich schon wieder beruhigen, Millie.«

»Oh, und dann war da auch noch eine Riesen-E-Mail an Owen«, verkünde ich. »Aber an *alle* verschickt.«

»Heilige Scheiße.«

Ich nicke mit zusammengebissenen Zähnen, wie dieses kleine Emoji, das immer so aussieht, als ob es eben in einen Zugwaggon gestiegen sei, in dem zwei Passagiere im Schatten vögeln. »Ich weiß, ich weiß, ich bin ein grässliches, grässliches Monster.«

»Ich meine, es klingt tatsächlich wie ein verdammter Albtraum, Süße«, sagt Cate behutsam. »Aber du bist nicht das Monster.«

»O doch, das bin ich.«

»Nein, bist du nicht. Wir alle sagen irgendwelchen Scheiß, bei dem wir später das Gefühl haben, wir hätten ihn nicht sagen sollen, oder? Ich meine, jeder Mensch auf der Welt kann das nachempfinden. Wer hat nicht schon betrunken seinem oder seiner Ex eine Nachricht geschrieben? Oder, ich weiß nicht, sich gegenüber irgendeinem Arschloch in der Arbeit unmöglich benommen?«

Ich starre sie kopfschüttelnd an. Sie redet wie jemand, der überhaupt nicht von dieser ganzen Geschichte betroffen ist, als ob sie nicht selbst ein Kollateralschaden wäre. »Warum bist du so nett zu mir?«, frage ich sie. »Im Ernst? Kommst du klar?«

Sie schenkt mir ein erschöpftes Lächeln, einen winzigen Mascaraklecks am Augenwinkel. »Das tue ich doch immer. Und mach dich nicht fertig. Die E-Mails – so etwas ist jedem irgendwann schon passiert. Ich schwör's dir.«

»Hm, na ja, im Moment habe ich panische Angst vor meinem eigenen Telefon, und selbst mein verdammter Dad macht einen auf ›Der Aufenthaltsort deiner Mutter ergibt keinen Sinn‹, daher fühlt es sich im Moment nicht allzu normal an, Cate, wenn ich ganz ehrlich bin. Außerdem bist du hier, und Owens Hochzeit ist abgeblasen ...«

»E-Entschuldigung.« Ralph steht im Türrahmen. Er trägt seine Brille, diese eckige, schwarz gerahmte, die er ausschließlich zum Fernsehen aufzieht, und er hält ein iPad an der Taille, wie ein kleines Eichhörnchen, das eine Haselnuss umklammert. »Entschuldigung, ich wollte euch zwei nicht stören ...«

»*Seine Hochzeit ist abgeblasen?*«, ruft Cate aus, während sie mich noch immer ansieht. »Wegen einer einzigen E-Mail?«

»Ja«, sage ich beschämt. »Na ja, ich glaube eher, weil er mich um ein Date gebeten hat und *das* in der E-Mail stand.«

»Na ja, aber dann ist es Owens Schuld, oder ...«

»Entschuldigung«, unterbricht uns Ralph noch einmal und räuspert sich. Wir drehen uns beide zu ihm um. »Millie. Deine Freundin Alexis. Alexis Lee?«

»Ja?«

»Ich, ähm, habe sie als Freundin auf TikTok? Seit deinem ... Geburtstagsessen?«

»Oh. Und?«

»Ich wollte es dir sagen, aber ich will dich auch nicht beunruhigen.« *O Gott.* »Es ist nur … Sie hat ein kurzes Video gepostet, über deine, ähm, Situation«, sagt er. »Sie nennt dich nicht namentlich. Es zeigt nur ihr Gesicht, und der Text sagt so etwas wie: ›Wenn deine sogenannte beste Freundin dir E-Mails schickt, die du nie bekommen solltest …‹«

»*Was?*«

»*Beste Freundin*«, schnaubt Cate und reißt den Blick zur Decke. »Eine schöne beste Freundin war sie in letzter Zeit.«

»Sie … sie hat nicht *allzu* viele Follower«, beeilt sich Ralph zu sagen, während ich durch die Küche auf sein iPad zustürze. »Und ich wollte es dir eigentlich nicht sagen, aber, na ja, ich dachte nur, vielleicht würde es dir helfen, damit du aufhörst, dich selbst fertigzumachen. Im Moment benimmt sie sich nicht wirklich wie eine respektvolle Freundin …«

»Was sagen die Leute?«, frage ich hysterisch.

Ralph hält sich das Display an die Brust. »Es hat nur elf Likes.«

»Und sie ziehen mich durch den Dreck?« Ich strecke die Hände nach dem iPad aus, wie eine Katze, die mit einer Motte kämpft, und verfehle es. »Sagen sie grässliche Dinge …«

»*Millie.*«

Ich erstarre, und Ralph und ich drehen uns langsam, gleichzeitig, zu Cate um.

»Hör auf!«, sagt sie entschieden. »Im Ernst. Du bist nicht einmal auf TikTok, oder? Außerdem hat sie dich versetzt. Sie hat etwas darüber gesagt, dass dein Job eine Sackgasse ist, dass dein Leben zu simpel und langweilig ist, oder was immer es war. Hatte sie die E-Mails nicht *verdient*?«

Ich starre sie an. »Vielleicht? Ich weiß nicht, Cate, ich habe einfach das Gefühl, dass alles ein einziges Chaos ist. Es ist völlig außer Kontrolle. Ich weiß gar nicht, wo ich anfangen soll.«

»Und wir können das ausdiskutieren«, erwidert Cate warmherzig. »Du kannst dir mein Chaos anhören, und ich werde mir deines anhören. Wir werden sogar eine Liste erstellen. Du weißt doch, wie sehr ich Listen liebe. Aber in der Zwischenzeit: Stopp!, verdammt noch mal. Verstehst du? Durchatmen. Das Schlimmste ist überstanden. Und jetzt brauchen wir nur noch … Na ja, ich weiß, was *ich* brauche. Jedenfalls jetzt. Eine Umarmung und ein Sandwich.« Sie schenkt mir noch ein erschöpftes Lächeln. »Kriegt man hier bei irgendjemandem eine Umarmung und ein Sandwich?«

»Geht klar.« Ralph nickt einmal kurz und reißt dann die Augen auf. »Na ja. D-das mit dem *Sandwich* natürlich …«

Und während Cate sich in unserem gemütlichen, von Lampen erhellten Wohnzimmer auf dem Sofa an mich kuschelt und Ralph in der Küche langsam, sorgfältig Käsesandwiches macht, frage ich mich, ob sie recht haben. Vielleicht ist das Schlimmste überstanden. Aber wenn ja, wie, in einem Meer von Klatsch und Tratsch und TikTok-Schauergeschichten, soll ich jetzt nach vorn blicken?

★★★

Die »Millie Chandler ist kein Monster«-To-do-Liste

– Eine Social-Media-Pause einlegen
– Vom iPhone zu einfachem Handy wechseln? (Einem von Ralphs Ziegelsteinen aus der Garage)
– Kuchen und Kekse für die Arbeit backen
– Mit Chloe reden
– Petra schreiben, um zu fragen, ob ich zusätzliche Stunden arbeiten / an Spieltagen aushelfen kann, um in der Arbeit zu zeigen, dass ich kein theatralischer Ballast bin
– Mit Dad reden
– Mich bei Mum für die bissige E-Mail zu den Brunchtreffen entschuldigen, in der ich gesagt habe, dass sie mich nicht liebt
– Alexis einen Entschuldigungsbrief schicken (und ihre Lieblingsbrownies?)
– ~~Oder einfach alles Obengenannte vergessen und trotzdem nach vorn blicken?~~ LOL, netter Versuch, Cate

Die »Cate Mancinelli-Grant OMG, und was jetzt?«-Liste

– Tun: was immer zum Teufel ich will 🙂

Kapitel 8

Textnachricht von Millie: Hi Dad, ich habe ein neues Handy und kein WhatsApp mehr, daher wird es von mir ab jetzt nur noch Textnachrichten oder Anrufe geben. Ich habe deine Nachrichten wegen Ostern bekommen. Entschuldige, dass ich dich verwirrt habe. Riesen-Computerstörung in der Arbeit, meine ganzen E-Mails wurden auf einmal verschickt, daher war das eine alte!!! Sag auch Mum, dass es mir leidtut, das mit ihrer E-Mail. Aber ich rufe euch bald an (bist du diese Woche auf der Bohrinsel?) Liebe euch beide x

Textnachricht von Dad: Okay, Schatz. Ich habe bis nächsten Sonntag Schicht auf der Bohrinsel. Also warst du am Karfreitag gar nicht mit deiner Mum zusammen? Vermutlich ein Alter-Mann-Moment … LOL Aber sag Mum bitte nichts davon, Dad xxxxx

★★★

Von: Millie Chandler
An: Ganzes Leigh-Büro
Betreff: Kuchen

Hi allerseits,
nur um euren Montag aufzuhellen, in der Küche sind ein paar

selbst gebackene Kekse und Kuchen (glutenfreie und nicht glutenfreie Varianten sind klar beschriftet). Bitte bedient euch!

Millie x

Empfang
Flye TV

***

Petra lässt sich neben mir am Empfangstresen auf einen Stuhl fallen und lächelt so, wie eine Lehrerin vielleicht ein Kind anlächeln würde, bei dem sie den Verdacht hat, dass es sich jeden Augenblick auf den Teppich werfen und losheulen könnte, mit trommelnden Fäusten und Füßen.

»Tag, meine liebste Millie«, sagt sie zögernd, während sie aus ihrer Jeansjacke schlüpft. »Und, wie ist es uns so ergangen? Wie war dein Wochenende?«

»Tag, meine liebste Petra«, äffe ich sie lächelnd nach. Keine Heulanfälle auf dem Teppich für mich heute. Nicht jetzt, wo ich meine To-do-Liste habe. »Und ich glaube – und bitte hab Nachsicht mit mir, denn ich habe kürzlich gelernt, dass sich solche Dinge jeden Moment ändern können –, es könnte mir gut gehen.«

Petra grinst breit, ihre Lippen glänzend von farblosem Gloss, und zieht eine gigantische Flasche Eiskaffee aus ihrer Handtasche. »Ach ja?«

»Oh, ja«, erwidere ich, und ich glaube, das könnte es wirklich. Ich fühle mich produktiv. Ich fühle mich *entschlossen*. Ich fühle mich ein klein wenig ... hoffnungsvoll sogar. (Auch wenn ich mir nicht sicher bin, wie viel davon auf meiner falschen Einschätzung dessen beruht, dass Quasselstrippen-Martin mich tatsächlich endlich wieder *anlächelt*, so wie vor zehn Minuten, und das alles nur, weil ich ihm Rosinen-Dattel-Haferkekse gebacken habe, seine Lieblingssorte. Er lässt sich oft ausführlich darüber aus, wie sehr er Ballaststoffe mag.)

Aber trotzdem, es ist eine Erleichterung, *hier* zu sein und nicht *da*, in »letzter Woche«, dieser totalen Katastrophe, die mich eiskalt erwischt hat. Das Wochenende war besser, ein langsames Herauskriechen aus den Tiefen meiner Verzweiflung hin zu einem »Vielleicht wird ja alles gut«, und letztendlich fühlte es sich sogar ein bisschen wie am ersten Schultag nach den großen Ferien an. Cate hat mir geholfen, eine Liste zu erstellen (mit der sie größtenteils nicht einverstanden war), und gestern habe ich gebacken und gebacken, und Cate ist mit ihrer Mum, Shanice, losgezogen, um ein paar Dinge aus ihrem und Nicholas' Haus zu holen. Ralph hat alle möglichen seltsamen Werkzeuge und Geräte benutzt, um mein neues (altes) Handy einzurichten, ein sehr langsames, aber brauchbares 2010er Nokia, eines der Lieblingsteile aus seiner Sammlung. Es fühlt sich so seltsam an, ohne iPhone zu sein. Anfangs habe ich viel Zeit damit verbracht, ihn zu checken, meinen neuen Ziegelstein: nach Anzeichen dafür, dass Alexis mit mir reden will, nach Nachrichten von Owen, der mir sagt, dass die Hochzeit wieder angesagt (oder noch immer abgesagt) ist, dass Dad mir sagt, er habe Mum im Bett mit Andy Hilary erwischt, dem gut aussehenden grauhaarigen Chirurgen, der gegenüber von ihnen wohnt (den Alexis »Doktor Sexy« nennt), oder dass Chloe mit zwei Sumoanzügen und einem Schiedsrichter in einem gestreiften Hemd auf dem Weg zu mir ist. Aber schließlich habe ich es kapiert. Es gibt nichts zu

checken. Wenn mein neues (altes) Telefon nicht mit einem Anruf oder einer Textnachricht piepst, dann passiert nichts, und es
gibt keine Apps, die ich anklicken kann, keine kleinen Alibis, die
ich mir mithilfe von Fetzen zuletzt gesehener Status- und Insta-
gram-Story-Updates zusammenbasteln kann. Und es hat etwas
sehr ... Befreiendes. Nicht zu wissen, was meine Cousine ihrem
Mann in seine Lunchbox gepackt hat, sonntagmorgens von meinem Bett aus keine Motivationszitate lesen zu müssen, die mir
das Gefühl geben, ein faules Schwein zu sein, das sich in seinem
Fleecepyjama kratzt.

»Also, ich habe deine Nachricht bekommen«, sagt Petra und
schüttelt ihren Kaffee wie eine Barkeeperin. »Dass du bei mehr
Events aushelfen willst?«

»Und, was sagst du dazu?«

»Und was hast du mit dem Handy gemeint?«, fährt Petra fort,
ohne auf meine Frage einzugehen. Sie ist eben von einem Meeting zu Wimbledon im nächsten Jahr zurückgekommen. Flye
hat es in den meisten Jahren übertragen, und dann flippen jedes
Mal für eine Weile alle völlig aus. Warteschlangen für Erdbee-
ren mit Schlagsahne werden diskutiert wie Naturkatastrophen,
die einfach gestoppt werden müssen, und von Tennisspielern
wird gesprochen wie von den Jüngern Jesu. Es gibt drei Arten
von Leuten, die hier arbeiten, ist mir klar geworden. Solche, die
völlig besessen von Sport sind; solche, die besessen davon sind,
Fernsehen zu machen (und oft mit einer liebevollen, erschöpften Entnervtheit darüber reden, so wie man von einem jün-
geren, aufreibenden Geschwisterkind erzählt), und solche, die
einfach nur ... hier arbeiten. Und ich passe wie angegossen in
diese letzte Kategorie. Ich habe als Aushilfe angefangen, und
tief in mir habe ich immer gehofft, ich könnte irgendwann ganz

langsam in eine der anderen Kategorien wechseln, durch Osmose oder so. Dass ich irgendwie sehen würde, was sie sehen – Leute wie Owen. Diese *Bedeutung*, die sie darin finden. Das Feuer und die Aufregung, auf die ich von Anfang an ein bisschen neidisch war. (Ich warte noch immer darauf, auch wenn ich inzwischen weiß, an welchem Punkt genau ich den Kopf schütteln oder seufzen oder »Was für ein fantastischer Aufschlag, was?« sagen soll.)

»Oh, ja, mein neues Handy«, sage ich.

»Ich war verwirrt«, meint Petra stirnrunzelnd. »Ein Nokia? Du meinst, du hast dein Handy auf Dauer ausgetauscht?«

»So ist es«, bestätige ich. »Ich wollte eine Pause, wollte nicht mehr die ganze Welt in meiner Handtasche haben. Du weißt schon, wegen der ganzen schrecklichen Dinge, die passiert sind.«

»Ist denn noch mehr passiert?«

Das Telefon auf dem Empfangstresen klingelt, und ich nehme ab, leite einen Anruf an die Buchhaltung weiter (einen für die bigotte Prue, die mich noch immer wie Luft behandelt), während Petra mich beobachtet und wieder von ihrem Kaffee schlürft, als hätte sie seit mehreren Wochen nichts zu trinken bekommen.

»Muss denn noch *mehr* passieren?«, frage ich, während ich auflege. »Als ich das letzte Mal nachgesehen habe, war alles bereits passiert.«

»Ja, aber … dein Handy abschaffen? Und deine Freizeit opfern für …« Sie dämpft ihre heisere Stimme. »*Diesen Laden.*«

»Ich versuche nur, den Fluch aufzuheben«, sage ich zu ihr.

»*Millie.* Es gibt keinen Fluch.«

»Ich fürchte doch, es gibt einen kleinen Fluch, Petra«, entgegne ich. »Aber ich bin entschlossen, gegen ihn anzukämpfen.«

Und Petra seufzt und schenkt mir einen resignierten Blick, der besagt: »Ich liebe dich, aber verpiss dich einfach.« Ich liebe Petra Kairys fast so lange, wie ich hier arbeite. Sie war es, die mich bei Flye TV eingestellt hat, damals, als ich als Aushilfe hier anfing, und seitdem hat sie immer so getan, als wäre ich das Beste, was ihr je passiert wäre. Als hätte sie eine Stellenanzeige für eine Empfangsangestellte aufgegeben und stattdessen irgendeine Art ahnungsloses Genie bekommen, das irgendwo dort draußen sein und die Welt retten sollte, statt fehlerhafte Boom-Mikrofone zu verpacken und zurückzuschicken. Aber ich war begeistert – ich wollte mehr tun, als nur im Pub zu kellnern, und ein Aushilfsvertrag, ohne irgendwelche Verpflichtungen, vor allem bei einem anscheinend coolen TV-Sender, schien damals genau das Richtige zu sein.

»Bist du sicher?«, fragte Petra, als ich den Job annahm, und ich fand, dass es eine absolut seltsame Frage war. Aber inzwischen ist mir klar, dass es einfach eine typische Petra-Kairys-Frage war. Petra ist eine Zynikerin und Skeptikerin, mit einer »Na ja, für mich ist es zu spät, aber nicht für dich, also lauf, solange du kannst«-Einstellung, die besser zu einer hundertundsechsjährigen Frau passen würde als zu einer Fünfunddreißigjährigen. Außerdem ist sie auf eine stille Weise selbstlos. Sie liebt wild und entschlossen (aber nur, wenn man Glück hat), was der Grund dafür ist, weshalb es sie, als sie diese Nachricht auf dem Handy ihrer Ex, Maria, fand, schlimmer traf, als es die meisten Leute getroffen hätte. Aber Kira – ihre jetzige Freundin – hat ihr wieder Leben eingehaucht, Wärme und Farbe. Die beiden sind das süßeste, entzückendste Paar, das ich je gekannt habe. Petra witzelt oft, dass Kira in einer Fabrik hergestellt worden sein muss. »Sie ist einfach zu entzückend, zu unproblematisch, um menschlich zu sein.«

»Und die Kuchen sind gut angekommen, wie ich sehe«, sagt Petra jetzt lächelnd. »Sie sind fast alle weg.«

»Und was ist mit den glutenfreien Keksen? Michael Waterstreet isst doch glutenfrei, oder?«

»Meine Liebe.« Petra ist Litauerin, und ihr Akzent lässt alles (vor allem »meine Liebe«) besonders romantisch klingen. »*Muss* Michael Waterstreet deine Kekse mögen? Muss er *dich* mögen?«

»Na ja …«

»Bitte denk eine Sekunde darüber nach, Millie«, sagt sie. »Wie *düster* diese Frage tatsächlich ist.«

Ich stöhne in meine Hände, und langsam, wie etwas, aus dem die Luft entweicht, lege ich den Kopf mit der Stirn flach auf den Tisch. »Ja«, sage ich. »Deprimierenderweise, in Ermangelung einer Zeitmaschine, Petra, *muss* Michael Waterstreet mich mögen. *Jeder* muss mich mögen und wissen, dass ich kein schlechter Mensch bin und dass ich meinen Job behalten will. Denn ich habe Schulden und Rechnungen zu bezahlen. Oh, und ich muss leben und essen et cetera, und was genau soll ich sonst tun, wenn ich nicht versuche, diesen Job zu behalten, denn im Moment habe ich eigentlich keinen wirklichen Plan für irgendetwas anderes, und ich bin mir nicht sicher, ob ich zusätzlich zu allem anderen auch noch die Energie für eine Existenzkrise habe.«

»Okay, meine Liebe, *atme*«, sagt Petra warmherzig. »Und du bist kein schlechter Mensch. Außerdem hast du einen Job. Er hat sich nicht in Luft aufgelöst.«

»Bis sich Leute beschweren. Dann könnte dieser Scheiß richtig durch die Decke gehen. Daher …«

»Gibst du ihnen Kuchen?«

»Ja. Genau. Kuchen.« Ich hebe den Kopf und sehe sie an, und meine wilden Locken baumeln vor meinen Augen wie ein lebendiger Wischmopp. »Danke.« Ich schenke ihr ein Lächeln. »Dafür, dass du mich nicht verurteilst.«

»Na klar.«

»Und kannst du mich bei Liveübertragungen unterbringen? Dass ich an Spieltagen aushelfe?« Das ist, was die »guten« Leute hier tun. Sie opfern ihre Freizeit, melden sich freiwillig, um bei Events wie Fußballspielen oder Cricketmatches zu assistieren, denn dafür gibt es nie genug helfende Hände oder Crewmitglieder. (Selbst wenn diese Hände unerfahren und ungeschickt sind, so wie meine.)

»Mhm.« Petra nickt, stellt ihren Kaffee ab und zieht ein braunes Haarband von ihrem Handgelenk. »Ich habe Jack schon eine E-Mail dazu geschickt.« Sie rafft mit einer Hand einen Schopf karamellfarbener Locken nach hinten. »Shurlock?«

Ein winziger Funke wird in mir entfacht, denn Petra sagt seinen Namen, als ob ich daran erinnert werden müsste. Als ob Jack nicht so freundlich gewesen wäre, mich zu decken, in einem Büroraum mit mir (und dem kaputten Gary Lineker) festgesteckt und mich mit einem seiner sonnengebräunten, schwer zu übersehen muskulösen Unterarme hochgezogen hat. »Und sieh mal«, fährt Petra fort, »ich werde niemals Nein dazu sagen, dass du aushilfst, denn ich bin egoistisch und liebe es, mit dir zusammenzuarbeiten, aber … bist du sicher?«

Ich zucke die Schultern. »Ich meine, es scheint mir das Vernünftigste zu sein. Bereitschaft zeigen, dem Management demonstrieren, dass ich nicht irgendeine Unruhestifterin bin …«

»Ja, ich weiß, aber … ist es das, was du willst? *Du.*«

Ich nicke, ein entschiedenes Frag-nicht-weiter-Nicken. »Ja.«

»Dann überlass das nur alles mir«, sagt sie, bindet sich die Haare nach hinten und zieht zwei glänzende Strähnen heraus, sodass sie zu beiden Seiten ihres Gesichts herabbaumeln. Ein müheloser Up-do, ganz ohne Spiegel ausgeführt.

»Oh, und kommt Chloe diese Woche zur Arbeit?«, frage ich.

»Ich will mit ihr reden.« Ja, ein geheimer, unausgesprochener Teil meines Plans. Meinen Ex wieder mit seiner Ex zusammenbringen. Den Ex, über den ich absolut noch nicht hinweg und von dem ich noch immer nicht geheilt bin, aber ich kann und darf nicht als eine gehässige Herzensbrecherin gesehen werden, denn dass mir das Herz gebrochen wurde, ist das Schlimmste, was mir je passiert ist, und wie könnte ich das irgendjemand anders antun? Oh, ja. Ist es nicht toll hier drinnen, in diesem verworrenen Gehirn von Millie Chandler?

Petra sieht mich seufzend an, aber sie sagt: »Morgen.«

»Ich will mich nur bei ihr entschuldigen.«

»Ja, na ja, es gibt eine ganze Menge Leute, die sich bei *dir* entschuldigen sollten, wenn du mich fragst«, erwidert sie. »Michael dafür, dass er so unhöflich und selbstgerecht ist. Steve mit seinen verdammten Kommentaren. *Owen.* Er hätte sich in den letzten zwei Jahren jeden einzelnen Tag entschuldigen sollen. Oh. Und die verdammte Serverfirma …«

»Ja, na ja, bis jetzt sind die einzigen Leute, die sich entschuldigt haben, ein Damenbinden-Hersteller, dem ich eine E-Mail geschickt habe, um mich zu beschweren, weil in der Packung, die ich gekauft habe, alle aufgerissen waren. Ich habe dafür einen Riesenkarton mit Maxipads gekriegt. Wie ein Blumenstrauß geformt.«

Petra kichert. »Oh, das ist ja *wundervoll.*«

»Oh, ja. Also, du weißt Bescheid. Wenn du kunstvoll arrangierte Hygieneprodukte willst, lass dir einfach dein Leben ruinieren. Ein kleiner Preis.«

»Millie Chandler, du hast nicht dein verdammtes Leben ruiniert ...«

»Ach nein? Dann sieh dir meinen wundervollen Damenbindenstrauß an und sag ihm das ins Gesicht.«

Petra lacht in dem Moment schallend auf, in dem eine tiefe Stimme sagt: »Interessant.«

Als ich den Kopf hebe, sehe ich Jack am Fuß der Treppe stehen, eine Augenbraue leicht hochgezogen.

»Ist das heutzutage der Weg ins Herz einer Frau? Oder nur in deines?«

Ich lache auf, ein plötzlicher, roboterartiger Ausbruch. »Oh. Hi! Ähm ...«

»Zur Kenntnis genommen.« Sein Blick fällt auf das Telefon in seiner Hand, ein Mundwinkel leicht nach oben gekräuselt.

Und bevor ich mir eine schlagfertige Antwort einfallen lassen kann, überrumpelt von Jacks plötzlichem Auftreten und diesem Funkeln – diesem verdammten unergründlichen Funkeln in seinen haselnussbraunen Augen –, stürmt eine Frau, die ich noch nie zuvor gesehen habe, durch die Eingangstür, in einem überdimensionalen Denim-Hemdkleid, mit Sonnenbrille und einem breiten, strahlenden Zahnpastalächeln. Sie trägt eine kleine Reisetasche, die sie zu ihren Füßen abstellt.

»Shurlock!«, ruft sie. »O mein Gott, du hattest ja so recht mit der Parksituation hier. Es ist die Hölle, Süßer. Grauenhaft. Als würde man einen Bus in einer Müslipackung parken oder so.«

Jacks Miene wird sanfter. Er lacht, zeigt eine Reihe gerader Zähne. Er steckt sein Telefon ein. »Ja, na ja, du bestehst ja darauf, diese riesigen Panzer zu fahren.«

Kichernd schlingt sie die Arme um ihn, und er zieht sie an sich und grinst – breit, aufrichtig, entzückt –, und ich glaube, ich habe ihn noch nie zuvor so grinsen sehen. Wer *ist* diese Frau? Seine ... Freundin? Sie sieht eindeutig aus wie der Typ, der Shurlocks Freundin wäre. Unverschämt cool. Selbstbewusst. Ungeschminkt, nach allem, was ich sehen kann (oder vielleicht, allenfalls, BB-Cream und Lipgloss), und auf eine absolut natürliche, symmetrische, rundum entspannte Art hübsch.

»Wie geht's dir, Süßer, alles klar?«, sagt sie, ihre Stimme gedämpft an seiner Brust, und er hält sie fest, kräftige Arme um ihren schmalen Rücken geschlungen.

»Ja, gut, Jess, richtig gut. Und *du*. Du siehst ... unglaublich aus. Im Ernst.«

»Das sind die Collagen-Spritzen«, sagt sie, während sie lächelnd zu ihm hochsieht. »Und dich zu sehen. *Natürlich.*«

Und mein Gesicht. Mein Gesicht glüht, und ich kann nicht schlucken. *Warum kann ich nicht schlucken?*

Jess lehnt sich zurück und strahlt zu ihm hoch, die Arme noch immer um seine Taille geschlungen. »Hab dir einen Starbucks mitgebracht. Im *Panzer*. Konnte nicht alles tragen. Oh, und – Gott, ich bin so unhöflich.« Sie wendet sich uns zu, Petra und mir, lässt Jack los, marschiert herüber, eine Hand an die Brust gelegt. Ihre Finger sind mit klobigen Ringen bedeckt, die meisten silbern, manche mit einem (riesigen) violetten Stein. »Ich bin Jess. Vom neuen Liverpool-Büro? Eines der, äh, Versuchskaninchen, könnte man sagen, denke ich.«

»Jess Rizzo?« Petra steht auf, während Jess lächelnd nickt. »O mein Gott, ich kann nicht glauben, dass wir uns noch nie begegnet sind. Ich bin Petra!«

»Petra, Petra Kairys?«, kreischt Jess. »Oh, na endlich!«

Petra schüttelt über den Tresen hinweg Jess' Hand, und Jess legt ihre andere Hand darüber, hüllt Petras ein, umklammert sie. »Ich freue mich ja so«, strahlt Petra, und ihre weit auseinanderstehenden Augen funkeln. »Millie, das hier ist Jessica Rizzo. Sie hat eine Ewigkeit freiberuflich für uns gearbeitet, hauptsächlich oben im Norden. Und jetzt haben wir sie für das neue Liverpool-Büro eingestellt.«

»Oh. Hi«, lächele ich und strecke selbst die Hand aus. Ich kann spüren, wie Jack uns beobachtet. »Ich bin Millie. Empfang. Leigh-Büro. Ha.«

»Oh!« Jess schüttelt mir die Hand, ihre Ringe kneifen meine Haut, und dann bricht sie auf einmal unvermittelt ab. »Millie ... Millie *Chandler*?«

Für einen Moment bin ich völlig verzückt, dass sie meinen Namen weiß, bin irgendwie sicher, ich sei eine so *fantastische* Empfangsangestellte im Leigh-Büro, dass es sich bis zu den sonnigen Gefilden von Liverpool herumgesprochen hat, dass einer der neuen Manager mit einem großen Zeigestock auf mein Porträt gedeutet und gesagt hat: »Das hier, Empfangsangestellte von Flye TV Liverpool, ist, wonach Sie streben sollten!« Aber dann lässt die Art, wie sich Jess' Wangen röten und ihre eisblauen Augen viel zu lange offen bleiben, ohne auch nur ein einziges Mal zu blinzeln, mein Herz stillstehen. Denn – *Gott.* Sie erkennt meinen Namen nur aus einem einzigen Grund wieder, und uns beiden ist es genau im selben Moment klar geworden ... Die E-Mails. Natürlich die E-Mails. Die an *verdammt alle* verschickt wurden.

»Freut mich, dich kennenzulernen«, sagt sie rasch, ohne mit der Wimper zu zucken, bevor sie zurück zu Jack springt wie ein aufgeregter Labrador. »Komm mit zum Panzer, Shurlock«, sagt sie und legt eine Hand zwischen die Muskeln seiner Schulterblätter, die nur ein klein wenig unter seinem Hemd hervorstehen. »Ich war diesmal ein braves Mädchen und habe dir einen Espresso mitgebracht. Einen doppelten. Siehst du? Ich kann mich an Dinge erinnern.«

Hat sie eben *braves Mädchen* gesagt?

Jack schenkt ihr ein belustigtes Grinsen. »Versuchst du etwa, mich zu kaufen, Rizzo?«

»Aber immer«, grinst Jess und tritt hinaus auf den sonnigen Parkplatz, während Jack ihr folgt, aber im Eingang hält er inne und dreht sich noch einmal um. Eine Brise zerzaust sein Haar, diese ordentlichen, aber wilden Locken, und er sagt: »Millie?«

»Ja?«

»Ich schicke dir eine E-Mail wegen dem Sonntagsrugby. Vielleicht brauche ich dich an einem der nächsten Wochenenden.«

»Na klar!« Ich strahle ihn an. »Toll! Okay!« Und er neigt kurz den Kopf und geht.

»Mein Gott, Millie.« Petra legt einen Handrücken an meine Wange und sagt: »Müssen wir den Thermostat herunterdrehen? Du glühst ja förmlich.«

★★★

An: Millie Chandler
Von: Forester Braun Erlebnis-Urlaube
Betreff: Beschwerde

Liebe Millie,
wir bedauern zu hören, dass Sie von Ihrem Aufenthalt in »Die Jurte im Grünen« enttäuscht waren, und danken Ihnen für Ihre Aufrichtigkeit und Ihr Feedback. Ihre Erfahrung eines Aufenthalts ohne Wasser und Heizung ist nichts, was unsere

Gäste erleben sollten, und wir sind stolz auf jede einzelne unserer Unterkünfte. Wir würden gern einen Zeitpunkt vereinbaren, zu dem unser Geschäftsführer Sie anrufen kann, und freuen uns, Ihnen eine kostenlose Übernachtung in der Nebensaison, an einem Wochentag Ihrer Wahl, in einer unserer Unterkünfte der Kategorie 2 anzubieten (hier ist ein Link zu allen verfügbaren Daten). Bitte antworten Sie mit einer Kontakt-Telefonnummer und einem Zeitpunkt, der Ihnen recht ist.

Mit freundlichen Grüßen
Sara
Forester Braun Erlebnis-Urlaube
Schlafen zwischen den Baumwipfeln in unseren drei neuen Baumhaus-Unterkünften mit Selbstverpflegung hier!
(20 Prozent Rabatt, wenn Sie bei Ihrer Buchung den Code HERBST20 verwenden)

★★★

Von: Millie Chandler
An: Alexis Lee
Betreff: Fwd: Beschwerde

Lex, ich habe mich über unseren Urlaub beschwert, bei dem Cate in eine Sainsbury's-Tüte kacken musste (also kam letztendlich doch etwas Gutes aus meinem grässlichen, entsetzlichen E-Mail-Patzer heraus!), und sie haben uns eine kostenlose Übernachtung angeboten. Wie passt dir der 5. November? Bitte komm mit. Ich, du und Cate, so wie immer?

Es tut mir so leid, was und wie das alles passiert ist, aber bitte, bitte lass uns reden. Ich weiß, wir haben beide Dinge, die wir sagen und ansprechen und für die wir uns entschuldigen müssen. Und ich wünschte wirklich, du hättest darüber nichts auf TikTok gepostet. Aber ich will diese Sache unbedingt in Ordnung bringen, wenn wir können?

Millie xxx

Kapitel 9

Textnachricht von Owen: Muss ständig an dich denken. Chloe will reden. Sie kommt heute Abend vorbei. Unsere Hochzeitsaufmerksamkeiten für die Gäste wurden heute geliefert. Wohnung quillt über davon. Lieferantin hieß Millie. Werde aus diesem Scheiß nicht schlau. O x

★★★

Am nächsten Tag wimmelt es, wie so oft vor einem Matchtag, im Flye-TV-Gebäude von Leuten – TV-Teams tröpfeln in Grüppchen herein, holen Ausrüstung ab, Übertragungstrucks werden vorbereitet, Vor-Ort-Ausweise organisiert, Ablaufpläne herumgereicht –, und ich habe den Großteil dieses Tages bislang damit verbracht, eine Gelegenheit zu suchen, um unter vier Augen mit Chloe zu reden, etwas, was weit oben auf meiner Liste steht. *Ganz* oben. Vor allem seit Owens Nachricht mit den Hochzeitsaufmerksamkeiten. (Ich wünschte allerdings, er hätte nicht erwähnt, dass er ständig an mich denken muss, wenn auch nur meinem albernen kleinen Herzen zuliebe, das nicht weiß, was gut für es ist. Und gegen die ganze Scham, die ich empfinde, hat es auch nicht geholfen.)

Erst vor ein paar Augenblicken bot sich die perfekte Gelegenheit, mit Chloe zu reden – das dachte ich zumindest. Petra bat mich, ihr rasch ein Sandwich für ihre Mittagspause zu holen, während zwei Freelancer sich an dem Wasserspender in der Lobby bedienten, wobei sie laut (und absichtlich) über »das Hochzeitsgeld, das Chloe, das arme Ding, verloren hat« tratschten, und das war der Moment, als ich Chloe selbst sah, draußen vor dem Fenster, auf dem Weg zu dem winzigen Café ein paar Gebäude weiter, während sie eine Kapuze über ihren ordentlichen blonden Schopf zog.

Und so ging ich, trotz des Sommerregens und obwohl ich nicht einmal eine Strickjacke, geschweige denn eine richtige Jacke bei mir hatte, zu meiner Pause in den Regen hinaus.

Aber dann ... ging alles irgendwie ein bisschen schief.

Und jetzt stehe ich vor diesem winzigen Café, im inzwischen *strömenden* Regen, während Lastwagen und Autos vorbeidonnern und den Gehsteig mit winzigen Brandungswellen bespritzen. Denn Chloe ist nicht allein.

Als ich die beschlagene, holzgerahmte Glastür des Cafés aufdrückte, saß Chloe *genau da*, im Gewühl, aber sie war umgeben von ihren Freundinnen. Leona von der IT (Chloes alte Kollegin) und Samira vom Vertrieb, und alle drei sahen zu mir hoch, als ich hereinkam, als wäre ich eine Taube, die es geschafft hatte, durch ein offenes Fenster hereinzuflattern und auf die Salzstreuer zu scheißen. Ich blieb wie angewurzelt stehen, bestellte in aller Eile ein Take-away für Petra bei dem eifrigen, nervösen Mann hinter dem Tresen und sagte ihm, ich würde draußen warten. Und unter den Blicken eines, wie es sich anfühlte, ganzen Stadions stürzte ich wieder hinaus.

Und jetzt warte ich seit einer Ewigkeit darauf, dass das Sandwich endlich kommt; dass es mir hier herausgebracht wird, in diesen Wolkenbruch. Ich warte schon so lange, dass ich mich zu fragen beginne, ob man mich vielleicht vergessen hat. Ich könnte es ihnen nicht verdenken. Ich habe mich so weit von dem Café entfernt wie nur möglich (ohne mitten auf der Straße zu stehen), zitternd und durchnässt, während schwere Regentropfen auf meine Kopfhaut einprasseln. Ich sehe eher aus wie ein verlassener und misshandelter Hund in der Anzeige eines Tierschutzvereins als wie eine Frau, die auf ihren Lunch wartet.

Autos schießen hinter mir vorbei, und die Reifen zischen durch den Regen.

Ich beobachte die Cafétür – beschlagen von diesen ganzen besetzten Tischen, dem ganzen Kochen, der ganzen Wärme. Sie werden bestimmt bald herauskommen, Chloe und ihre Freundinnen. Oder vielleicht kann Chloe mich hier draußen sehen. Vielleicht wird sie noch sitzen bleiben, warten, bis ich gegangen bin, bevor sie sich hinauswagt. Ich an ihrer Stelle würde es tun. Denn, Gott, sie sah *traurig* aus. Hübsch, denn Chloe Katz *ist* einfach hübsch, aber auch traurig. Wie jemand, der auf den letzten zehn Prozent seines Akkus läuft.

Das ist das Gesicht, das ich in Erinnerung behalten muss. Jedes Mal, wenn mein unermüdliches, dummes Herz sich zu Wort meldet, wenn es anfängt, an Owen und verdammtes »Füreinander-bestimmt-Sein« und unser sonntägliches langes Ausschlafen zu denken oder daran, wie glücklich meine Mum wäre, wie *erleichtert* sie wäre, dass ich etwas tue, worüber sie stolz berichten könnte, ist es das Gesicht, an das ich mich erinnern werde. Denn ich habe dieses Gesicht verursacht. Und ich weiß, wie es ist, mit einem solchen Gesicht herumzulaufen wie mit einer Narbe. Zu fühlen, was sie fühlt. Diesen entsetzlichen, *entsetzlichen* Schmerz.

116

Ich zappele nervös herum. Ich öffne und schließe mein Handy, das natürlich, auf altmodische Nokia-Art, ein stummes Display mit nichts ist. Ich sehe auf die Uhr. *Wo* bleibt Petras Sandwich? Wenn ich sie nicht so sehr lieben würde und sie nicht ohnehin schon einen schlimmen Tag zum »In-die-Tonne-Treten«, wie sie es ausgedrückt hat, hätte, würde ich einfach gehen, auf die 5,95 Pfund pfeifen, zur Arbeit zurückgehen, mir eine Lüge über kaputte Toaster im Café oder irgendwas ausdenken, mit meiner durchnässten Bluse als Beweis dafür, dass ich eine Ewigkeit darauf gewartet habe. Aber jetzt habe ich bestellt, und ich habe schon zehn Minuten gewartet …

Oh. *Na toll.*

Ein Schwarm riesiger, königsblauer Regenschirme mit dem Flye-TV-Logo kommt die Straße hinunter auf mich zu, und eine Masse von Beinen in Anzughosen oder Strumpfhosen marschiert unter ihnen, wie eine Szene aus *Reservoir Dogs*. Eine Flut von Menschen, ihre Mittagspause im Blick. Und obwohl ich so tue, als ob ich nicht hinsähe, und stattdessen auf mein nutzloses, schlafendes, triefend nasses Telefon starre, bemerke ich Paul Foot, seine Frau Martha, die jeden Dienstag zu Besuch kommt, Ann-Christin, Fundraising-Steve und … Jack.

»Gießt du dich, um noch ein paar Zentimeter zu wachsen?«, gackert Paul, der fröhliche Postbote, als sie näher kommen, und ich lache und mache seltsame Geräusche, die ein bisschen so klingen wie »Ha, ha, so ähnlich, ja, ja, das tue ich!«, aber ich klappere mit den Zähnen, und Regentropfen kullern mir übers Gesicht auf meine Lippen, wie Tränen, daher klingt es einfach nur wie ein Riesenhaufen Geschwafel. Schmerzlicherweise nehmen Ann-Christin und Fundraising-Steve mich gar nicht zur Kenntnis.

Die ganze Gruppe geht weiter, umrundet mich auf dem Gehsteig, als wäre ich ein Gullyloch, dem sie ausweichen müssen, doch Jack bleibt stehen.

»Ich komme gleich nach«, ruft er, und dann stellt er sich vor mich hin, hält den Schirm über uns, taucht uns in Schatten. Er trägt eine eng anliegende kakigrüne Jacke, ein frisches weißes Hemd und eine schwarze Krawatte, die zwischen seinem geöffneten Reißverschluss hervorschaut. Und dieses Aftershave, das er benutzt, was immer es ist … Er riecht wundervoll. Irgendetwas rumort in meinem Magen bei seinem Geruch.

»Ah. Danke«, sage ich, hebe den Blick zu dem Schirm über unseren Köpfen und dann zu ihm. »Ich habe … keine Jacke mitgenommen.«

»Das sehe ich.«

»Mir war nicht klar, dass es so heftig regnen würde.«

»Hm. Das ist England«, erwidert Jack schroff. »Und was kriege ich hier nicht mit?« Er weist mit seinem stoppeligen Kinn zu dem Café.

»Ähm …«

»Wartest du … auf einen Tisch oder so? Ist Donny Osmond in der Stadt?«

Ich sehe ihn fragend an. »*Donny Osmond?*«

Jack lacht – ein tiefes, kehliges Kichern, das sein ernstes Gesicht verwandelt. »Hab mich nur gefragt, ob du auf jemanden wartest. Jemanden, für den es sich lohnt, bis auf die Knochen durchnässt zu werden?«

»Aber … *Donny Osmond?*«

Jack zuckt die Achseln, zieht eine Schulter träge bis zum Ohr hoch. »Meine Oma würde für Donny Osmond in einem Kriegsgebiet Schlange stehen. Regen? Ein Klacks.«

Und das bringt mich zum Lachen. So durchnässt, so durchgefroren, so hungrig ich auch bin, es bringt mich aufrichtig zum Kichern. »Ich fürchte, ich warte heute leider nicht auf Donny, nein«, sage ich zu ihm. »Ich warte auf ein … Sandwich.«

»Ein *Sandwich* …«, wiederholt er grübelnd, und leichte Fältchen zeigen sich in seinen Augenwinkeln.

»Thunfisch. Und es ist nicht einmal für mich«, sage ich zu ihm. Ich verschränke die Arme vor der Brust, reibe mit einer Hand über meine feuchte, durchgefrorene Schulter. Mir ist so furchtbar kalt. »Ich habe vergessen, etwas für mich zu bestellen. Ich habe nur an Petras gedacht.«

»Und du wartest hier draußen«, sagt er interessiert, aber es ist keine Frage.

»So ist es, Jack«, antworte ich.

»Für ein Sandwich, das nicht dein eigenes ist …«

»Korrekt.«

»Petras Thunfischsandwich …«

Und dann passiert es. Die Cafétür geht auf, und da sind sie – Chloe, Leona und Samira. Jack nickt ihnen kurz zu, ein kleines Grübchenlächeln, ein beiläufiges »Hi«, und sie tun es ihm gleich. Ihre Blicke huschen zwischen uns hin und her, aber sie tun, als ob ich nicht wirklich hier wäre. Als ob ich, der Tauben-Eindringling, die Ehezerstörerin, Luft wäre.

Und dann platzt es mir über die Lippen, bevor ich es überhaupt durchdacht habe. »*Chloe?*«

Alle drei bleiben auf dem nassen Gehsteig stehen. Regen prasselt herunter, und ich entferne mich ein paar Schritte von Jack, verlasse den Schutz seines Regenschirms.

Chloe geht einen winzigen, zögernden Schritt auf mich zu, während ihre beiden Freundinnen hinter ihr stehen und mich anstarren. *O Gott.* Wenn sie Laserstrahlen statt Augen hätten, würde ich in diesem Moment gegrillt werden – schwarz und verkohlt.

»Ich … habe mich nur gefragt, ob wir reden könnten?«, sage ich, während Regen auf mein Gesicht eintrommelt.

Chloe zieht die Kapuze ihres grauen Regenmantels hoch, ihre Finger halten ihn seitlich an den Wangen fest, mit rot lackierten, abgeplatzten Nägeln. »Ich … glaube, das ist keine gute Idee, Millie«, sagt sie, und ihre Stimme – sie ist wirklich süß. Musikalisch. Vertraut. Sie hinterließ Owen manchmal Sprachnachrichten, nachdem sie zu seinem Produktionsteam gewechselt war und sie anfingen zusammenzuarbeiten. Owen hörte sie lächelnd ab, während wir das Abendessen kochten oder im Supermarkt durch die Gänge schlenderten. »Nettes Mädchen«, sagte er dann immer, das Telefon vor sich umklammernd, als wäre sie auf dem Display zu sehen. »Steht mit den Hühnern auf, ist immer die Erste vor Ort. Sie wird es weit bringen, denke ich.« Ich erinnere mich an den schmerzlichen Stich, den ich dabei jedes Mal empfand, in meinem Bauch, wie eine Gitarrensaite, die gezupft und gezerrt wird. Den Stich der Eifersucht und Unzulänglichkeit, den ich abschüttelte. Ich schalt mich, sagte mir, dass Owen recht habe und wie ich denn behaupten wolle, in einer festen, vertrauensvollen Beziehung zu sein, wenn ich eifersüchtig wurde, sobald mein Freund nett von anderen Frauen sprach, die außerdem Teammitglieder waren?

»Ich habe mit Owen geredet«, sage ich jetzt zu Chloe, über das laute Piepsen eines zurücksetzenden Lastwagens und das Rauschen des Regens hinweg. »Und er hat mir erzählt … er hat mir das mit der Hochzeit erzählt? Dass du … bei deinen Eltern übernachtet hast, und ich wollte dich nur wissen lassen, dass ich nicht *ein Wort* in dieser E-Mail gemeint habe ...«

»Können wir bitte nicht?«

»Es ist nichts passiert«, sprudelt es aus mir hervor, meine Worte überstürzt und verzweifelt. »Ganz ehrlich, nichts. Es war ein einziges albernes Geplauder an meinem Tresen, und ich habe so eine dumme, betrunkene E-Mail geschickt ...«

»Ich ... ich will wirklich nicht darüber reden, Millie«, sagt Chloe, ihre kalten blauen Augen auf den Gehsteig geheftet. Sie kann mich nicht einmal ansehen. »Das ... das ist alles richtig schmerzhaft für mich ...«

»Das verstehe ich. Wirklich, das verstehe ich ...«

»Ich will nur ...«

»Es ist nichts passiert. Ich will dich nur wissen lassen, dass nichts passiert ist.«

»Komm schon, Chloe«, ruft Samira, drei abgehackte, beschützerische Worte, ein unsichtbarer Schild, in die Luft gesprochen, und Chloe starrt mich eine gequälte, verbitterte, untröstliche Sekunde lang an, und ich erkenne es. Diesen ausgelaugten, dumpfen Nichts-zu-verlieren-Blick. Liebeskummer. Was bleibt, wenn man sein frisches, volles, hoffnungsvolles Herz jemandem geschenkt hat und es einem zurückgegeben wird wie ein altes Picknick am Ende des Tages.

Leona nimmt ihren Arm. »Komm schon«, sagt sie, und sie wenden sich ab, ihre Köpfe unter den Kapuzen eingezogen, und entfernen sich rasch in einer Reihe, wie Papier-Anziehpuppen.

Ich spüre, wie die Scham über mein Gesicht zieht. Mein Herz fühlt sich an, als ob es neben meinen Knöcheln auf den Boden fällt.

Jack taucht neben mir auf. Regentropfen fallen mir auf den Kopf, und dann plötzlich nicht mehr, als er den Schirm über mich hält.

»Und das ist der andere Grund, weshalb ich draußen im Regen gestanden habe«, sage ich, während ich den dreien nachsehe.

»Wie ein kleiner Loser.«

»Niemand ist hier ein Loser«, erwidert Jack ruhig. Regen trommelt auf den straff gespannten Stoff über uns ein, und eine Sekunde lang herrscht Schweigen.

»Hast du Hunger?«, fragt er.

»Ich?«, frage ich überflüssigerweise. »Ich ... ich weiß nicht ...«

Jack hebt die Augenbrauen, nur ganz kurz, einmal auf und ab.

»Ja«, gebe ich zu. »Okay, ja, ich habe Hunger. Und kalt ist mir auch. Hungrig und kalt. Eine tolle Combo.«

Und seine haselnussbraunen Augen sehen zu seiner Jacke, nur für einen Sekundenbruchteil, und ich denke, er wird mir vielleicht anbieten, sie anzuziehen, aber das tut er nicht – *natürlich* tut er das nicht. Ich bin eine vom Regen durchnässte, zerzauste Empfangsangestellte, und er ist einer meiner Bosse. Er tut nur, was jeder gute Chief Operations Manager für eine vom Wetter mitgenommene, vom Glück verlassene, traurige Angestellte tun würde. Oder?

»Warst du je im BackDonalds?«, fragt er.

»War ich je ... *Was*?«

»Schräges Diner um die Ecke«, sagt er. »Mein Kumpel, der dort drüben auf dem Holzhof arbeitet? Er nennt es Back-Donalds. Wie McDonald's, aber in einem Hinterhof?«

Ich muss unwillkürlich lächeln – egal, wie peinlich es mir ist, dass Chloe nicht mit mir reden wollte, dass ihre Freundinnen sie weggeführt haben, als wäre ich ein Spielplatzrabauke, dass das alles vor dem coolen, gefassten Jack Shurlock passiert ist. »Und schmeckt es so, wie es klingt?«

»Besser«, sagt er. »Wie ein … vorbestrafter Big Mac.«

Ich nicke. »Wie ein … Big Mac, den du nicht mit nach Hause zu deiner Mum nehmen wollen würdest?«, sage ich, und Jack lächelt langsam.

»Genau«, sagt er. »Mit einer solchen Vision lassen sie dich vielleicht sogar rein.« Und als eine Bedienung aus dem Café stürzt, Petras Sandwich in einer weißen Papiertüte über ihrem Kopf schwenkend wie eine Fahne, sagt Jack: »Lass uns das hier erst abgeben. Und dann …«

»Dark Web Big Mac.«

Kapitel 10

BackDonalds (oder Bob's, wie es richtig heißt) fühlt sich an, als würde man einen Zeitsprung machen. Es ist ein winziges, schmales Café zwischen einem Bäder-Showroom und einem Gartengroßhandel, und als ob seine Lage nicht schon seltsam genug wäre, sieht es drinnen so aus, als hätte jemand auf einen großen Knopf gedrückt und die Zeit im Jahr 1968 angehalten. Die Tische sind dicke Platten aus resopalartigem Plastik, die sich an den Rändern nach unten biegen, und die Stühle sind mit quietschendem gelbem Kunstleder gepolstert, die Lehnen ein einziger breiter Bogen aus grauem, mit Farbe besprühtem Metall. Es erinnert mich an ein Retro-Wimpyrestaurant oder ein vergessenes Little-Chef-Diner, das nie renoviert wurde, und über unserem Zweiertisch, der am Boden befestigt ist, hängt ein einsames, zusammenhangloses gerahmtes Porträt von Elvis, der in ein Mikrofon schwitzt, an der Wand.

»Das ist …«, flüstere ich.

»Mhm«, sagt Jack und dreht eine laminierte rechteckige Speisekarte in seiner Hand um.

»Ich meine, es ist … Ich fühle mich, als ob ich in einem Traum stecke oder so. Einem Film. Wer ist dieser Regisseur, wer macht diese ganzen künstlerischen, farbenfrohen …«

»Wes Anderson.« Ein Lächeln zupft an Jacks Mundwinkel. »Und ich stimme dir zu.«

»Es ist dieses ganze Gelb, oder? Die gelben Wände, die – oh, wow, gelbe *Decke*.«

Wir bestellen zwei Cheeseburger und zwei Getränke – ein Becher Tee für mich, ein Espresso für Jack – bei einer Kellnerin, die so aussieht wie meine Oma, und binnen weniger Augenblicke werden die Getränke vor uns hingestellt, als wären sie bereits da gewesen und hätten in den Kulissen nur noch auf uns gewartet.

Ich nehme einen Schluck, hole einmal tief Luft.

Das hier ist *viel*, oder? Und auch unerwartet. Nicht nur, dass ich in einer (sehr) nassen fliederfarbenen Rüschenbluse, von der Cate mich überzeugt hat, dass sie »im Moment total in« sei, Tee trinke, während das Gebläse des Heizstrahlers an der seltsamen Decke des Diners meine krisseligen Haare trocknet, sondern dass Jack Shurlock mir gegenübersitzt, seinen Espresso schlürft, die Tasse winzig in seiner riesigen Hand. Ich bin mir nicht sicher, was genau das hier ist, ehrlich gesagt. Aber ich bin ihm dankbar. Die Art, wie er für mich stehen geblieben ist, wie er keine Fragen gestellt hat, als Chloe aus dem Café aufgetaucht ist. Wie er dieses Lokal vorgeschlagen hat. Wärme und ein Lunch, aber versteckt vor allen anderen.

»Ich habe nur noch zwanzig Minuten Mittagspause«, sage ich über den stillen Tisch hinweg zu ihm. »Meinst du, wir werden genug Zeit haben?«

Jack zuckt die Schultern. »Was wollen sie denn machen?«

»Ähm, mich feuern?«

»Ja, na ja, du bist mit mir zusammen, das heißt – wir lassen uns einfach etwas einfallen.« Jack lächelt mich langsam über seine Espressotasse hinweg an.

Okay, ich weiß, er macht einen auf netter Kollege, aber er *ist* heiß, oder? Es ist diese coole, mysteriöse Art, die er an sich hat. Lin organisierte einmal an einem Charity-Tag ein richtig erbärmliches Partnerquiz, nur um Jack über sein Liebesleben auszuhorchen. Nachdem er Rücken an Rücken mit einer anderen Kollegin – einer bloßen Schachfigur in Lins Spiel – dasaß, wusste das ganze Büro, dass er »Single« war, dass er »manchmal datet« und dass er mit seiner letzten Freundin vier Monate zusammen war und er sie kennenlernte, als sie in einem Zug neben ihm saß und sich sein Handy-Ladegerät borgte. Schließlich stand er von dem »heißen Stuhl« auf (einem Computerstuhl, an dessen Lehne ein DIN-A4-Blatt klebte, auf dem in Times New Roman »heißer Stuhl« stand), als Lin ihn fragte, ob er je jemandem ein »sexy Foto« geschickt hätte. Er lachte, zog eine Hand unter dem Kinn durch, als würde er sich die Kehle durchschneiden, und sagte: »Was für ein Spiel ist das hier eigentlich?«, und dann: »Und nur fürs Protokoll, weil es für einen guten Zweck ist: *Nur wenn ich darum gebeten werde*«, und das ganze Büro lachte schallend, während er grinsend davonspazierte.

»Etwas einfallen?«, frage ich ihn jetzt.

»Ja, ich werde einfach sagen, ich wollte, ähm ...« Er macht eine blasierte Geste. »Den Empfang zu den Besuchsregeln befragen. Sie auf den aktuellen Stand bringen. Deine Ansicht hören.«

»Wiederverwendbare Hausausweise, wenn du mich fragst«, antworte ich. »So wie die, die wir haben, aber für Besucher.«

»Mm. Ich verliere ständig meine Ausweise ...«

»Ich denke einfach, es wäre gut für den Planeten und das Unternehmen.«

»Richtig. Na, da haben wir's doch, Millie. Wir haben ein hieb- und stichfestes Alibi.« Er schlürft seinen Espresso, während zwei Männer in Warnjacken hereinkommen, triefend nass vom Regen.

»Langer Tag, John«, sagt einer von ihnen gähnend, und der andere meint: »Oh, jaaaa.«

Jack lehnt sich lässig auf seinem Stuhl zurück. »Also, ich habe einen … Forumpost gefunden.«

»Ach ja?«

»Mm.« Jack sieht immer entspannt aus, egal, wo er ist. Das Gegenteil von dem zerzausten, regennassen Hund in der Tierschutzverein-Anzeige, der ich bin. Die Art, wie eine Schulter leicht zurückgedrückt ist, wie er mit Daumen und Zeigefinger über den Rand seines stoppeligen Kiefers reibt, die Schultern immer gerade und offen. »Er betraf dein … technisches Problem.«

»*Technisches Problem*«, wiederhole ich. »Höflich ausgedrückt.«

»Es sind nicht viele«, fährt er fort, »aber dieser spezielle Post – ein paar Leuten ist dieses ganze E-Mail-Entwürfe-Ding auch passiert. Oder zumindest etwas Ähnliches.«

»Gott, *wirklich*?« Jetzt fühle ich mich gleich ein klein wenig besser. Zu wissen, dass es noch andere Leute dort draußen gibt, die sich vielleicht so gefühlt haben wie ich mich an jenem Morgen im Konferenzraum. Ich frage mich, ob sie jetzt auch mit Nokia-Ziegelsteinen durch die Gegend laufen, im Regen herumstehen und auf die Ex ihres Ex warten. Vielleicht könnten wir einen traurigen kleinen Club gründen.

Jack nickt. »Und ich weiß, du wolltest gar nicht wissen, *wie* das alles überhaupt passieren konnte, wolltest diese Sache nicht noch mehr breittreten, aber ich habe die Posts trotzdem an meinen Kumpel, den Programmierer-Nerd, weitergeleitet.«

»Oh. Na ja. Danke«, sage ich, während ein leises, blubberndes Zischeln von irgendetwas Kaltem, das in heißem Öl versenkt wird, aus der Küchenluke hinter mir kommt. »Ich versuche einfach … nach vorn zu blicken. Die Dinge richtigstellen. Kontrollieren, was ich kontrollieren kann.«

Jack legt den Kopf leicht auf die Seite. »Du hast dich entschuldigt«, stellt er schulterzuckend fest. »Und der Kuchen und die Kekse gestern. Die hatten sie nicht verdient.«

»Steve hat nach den Keksen *Guten Morgen* zu mir gesagt«, erwidere ich. »Auch wenn er mich eben ignoriert hat …«

»Millie, Steve verbringt seinen Arbeitstag damit, widerliches Zeug an Cheryl Cole, oder wie immer sie heißt, zu tweeten und IPA-Biere zu bewerten. Er sollte … ich weiß nicht, in einem *Zoo* sein.«

Ich lache schallend auf, und Jack kichert, dann beißt er seine geraden Zähne fest zusammen, als hätte er das vielleicht nicht sagen sollen.

»Tröstlich, solches Zeug über den Chef der IT zu hören«, bemerke ich. »Und das von keinem Geringerem als dem Operations Manager …«

»Jetzt auch Chief of Staff, schönen Dank auch, Millie«, sagt er. Er lächelt langsam, und ein kleines, halbmondförmiges Grübchen zeigt sich unter den Stoppeln in seiner Wange. »Na ja. Das heißt, bis sie irgendetwas anderes erfinden und das auch noch dranhängen. Aber bis dahin werde ich hoffentlich wieder gegangen sein.«

»Chief of Staff klingt tatsächlich ein bisschen ausgedacht.«

»Und das tut es, weil es das ist«, erwidert Jack, als stellte er eine allgemein bekannte Tatsache fest. »Eines Tages einfach von irgendjemandem ausgedacht. Einem anderen Menschen. Wie die meisten Dinge. Die meisten Dinge im Leben sind einfach … ausgedacht.«

»Ist das so?«

»Aber ja«, sagt er schlicht und zuckt die Schultern. »Such dir was aus.«

»Also, was, zum Beispiel …« Ich lasse den Blick durch das Café schweifen, während die Oma-Kellnerin eine zerknüllte Serviette in einem riesigen, fassartigen Abfalleimer versenkt. »Ein … Abfalleimer.«

Jack legt den Kopf auf die Seite, und eine regenfeuchte Locke seines Haars in der Farbe von nassem Sand hängt vor seinen Augen herab. »Ausgedacht«, sagt er mit einer wegwerfenden Handbewegung. »Jemand hat gesagt: ›Wir brauchen irgendetwas, wo wir unseren Abfall hintun können, damit wir nicht wie die Schweine hausen‹, und dann haben sie eine Kiste gemacht, haben sie Abfalleimer genannt, und jetzt sagen wir alle, oh, na ja, wir *müssen* einen *Abfalleimer* haben …«

»Willst du mir damit etwa sagen, du … hast keinen Abfalleimer?«

»Aber nein«, entgegnet er und sieht mir in die Augen. »Bei Abfalleimern schlage ich über die Stränge, Millie. Einen in jedem Zimmer.« Und sein Mund zuckt.

Und *warum*, oh, warum dreht sich mir dabei der Magen um? Hungerattacke? Das muss es sein. Es gibt keine Situation auf der Welt, in der es sich heiß anfühlen würde, über Abfalleimer zu reden, aber mit Jack … tut es das irgendwie doch, oder? Es ist die Leichtigkeit. Das Funkeln in seinen Augen, die Art, wie er genau weiß, wer er ist.

Oh, was tue ich hier eigentlich? Eine Schwärmerei für den Mann entwickeln, der im Grunde mein Boss ist?

Meine Sexy-Traum-E-Mail schießt mir in den Kopf und sagt: *Äh, du hast bereits für ihn geschwärmt.*

129

Schweigen dehnt sich jetzt zwischen uns aus, und ein ferner, gedämpfter Streit dringt aus der Küche. Jack zückt sein Arbeitshandy, das vibriert, und er tippt vor sich hin, seine ernste Arbeitsmiene wieder aufgesetzt, und mir wird ein klein wenig flau in der Brust, während ich sein Gesicht studiere. Der Mund, im Ruhezustand immer leicht schmollend, der Bartschatten, die drei kleinen, fast unsichtbaren Sommersprossen auf seinem linken Wangenknochen. Denn ... na ja, ich wünschte, ich wäre nicht diese Person, nehme ich an. Die Frau, die in aller Öffentlichkeit ein kleines Chaos aus ihrem Leben gemacht hat. Hochzeiten, die abgeblasen, und Beziehungen, die abgebrochen wurden, Kollegen, die tratschen, Eltern, die besorgte Textnachrichten schicken, Freunde, die Dinge über sie auf TikTok posten. Die Frau, die zu viel Angst davor hat, in ein Café zu gehen, und stattdessen entscheidet, auf der Straße zu stehen und durchnässt zu werden, obwohl sie sich noch viereinhalb Stunden in ihrem Job vor anderen Leuten zeigen muss, und die jetzt hier ist, mit einem gut aussehenden Mann, der allen Ernstes in der Arbeit über sie gebrieft wurde wie über ein Klempnerproblem und der ein bisschen Mitleid mit ihr hat und sie deshalb zum Lunch einlädt. Wie konnte das alles passieren, von still und unter dem Radar zu seltsam und kompliziert? Wie konnte *ich* so seltsam und kompliziert werden? Eine einzige riesige E-Mail-Störung, nehme ich an, ist die logische Antwort, aber andererseits, warum hatte ich überhaupt so viele Entwürfe? Wie bin ich hier gelandet? Von ... dort.

»Denkst du, ich bin übergeschnappt?«, platzt es mir über die Lippen, als ob sich die Worte mühsam aus meinem Mund herausgekämpft hätten, um nach Luft zu schnappen.

Jacks Daumen hält auf seinem Handydisplay inne, und sein Blick huscht hoch, um meinen zu erwidern. Er sagt nichts.

»Du weißt schon.« Ich dämpfe meine Stimme. »Die E-Mails zu schreiben, ja, aber mich hinter Gary Lineker zu verstecken. Chloe. Die Kuchen ...«

Jack betrachtet mich eine Sekunde mit diesen gebannten haselnussbraunen Augen, dann sagt er schlicht: »Nein, ich denke nicht, dass du übergeschnappt bist. Absolut nicht. Aber ich denke, dass du dich selbst unnötig durch den Dreck ziehst.«

»Das denkst du ...«

Er nickt, einmal nur.

»Aber ... ich habe eine E-Mail an einen Mann geschickt, der im Begriff war, jemanden zu heiraten, und jetzt heiratet er *nicht*. Und Leute in der Arbeit, die früher mit mir gesprochen haben, tun es *nicht*, oder sie benehmen sich mir gegenüber seltsam, tratschen über mich, als ob ich ein ... ich weiß nicht ... ein grässliches Scheusal wäre. Du hast sie doch alle gesehen, vor dem Café ...«

»Na und?«, meint Jack schulterzuckend, und es verblüfft mich, dieses lässige, fast schroffe »Na und?«.

Ich starre ihn über den Tisch hinweg an, und ein ungläubiges Lachen platzt mir über die Lippen. »*Na und?*«

»Ja. Na und?« Jack sieht mich an. Seine Augenbrauen heben sich, ein lautloses: »Also?«

Ich schnaube spöttisch – ein Luftstoß aus meinen Nasenlöchern. »Ich glaube nicht, dass ich mich je ›Na und?‹ gefühlt habe«, sage ich. »Um genau zu sein, glaube ich, ich habe mich so lange nicht mehr ›Na und?‹ gefühlt, dass ich den Eindruck habe, als ob ich es noch nie getan hätte. Die meiste Zeit fühle ich mich das Gegenteil von ›Na und?‹, was immer das ist.«

»Und was ist das?«

»Als ob ich … ständig sicherstellen müsste, dass alles okay ist?«, überlege ich. »Außerdem, wie kann ich mich überhaupt ›Na und?‹ fühlen, wenn ich auf einmal jeden Tag aufwache und nicht mehr weiß, was ich zu erwarten habe?«

»Aber warum musst du denn wissen, was du zu erwarten hast?«, fragt Jack leise.

»Ähm.« Ich starre ihn über den Tisch hinweg an, und Worte sammeln sich in meiner Kehle und verstopfen sie. Und ich lache wieder. Vor Verwirrung. Vor Belustigung über seine entwaffnenden Fragen. »Ich … weiß nicht. Weil ich … ich gern wissen will, was ich zu erwarten habe.«

Jack schüttelt den Kopf. »Überbewertet«, sagt er.

»Ist es das?«

Jack zeigt mit einer Hand auf uns beide, wie wir hier sitzen, im BackDonalds, an diesem kleinen Tisch, unter dem Elvis-Porträt. »Ja«, sagt er. »Alles ist besser, wenn es einfach … passiert.«

Ich lächele. »Ist das der Grund, weshalb du bald wieder weggehst?« Ich lege meine noch immer kalten Hände um den klobigen weißen Becher auf dem Tisch. »Weg von den Fesseln von Flye, ohne zu wissen, was dich erwartet? Weg von den Ablaufplänen und von Quasselstrippen-Martin und … davon, gezwungen zu sein, einen Abfalleimer zu haben?«

»Dem *Schweigsamen Martin*, meinst du wohl«, entgegnet er lächelnd. »Und ja, ich … nehm's an? Ich bin immer nur befristet hierher zurückgekommen. Hab das Geld gebraucht, und sie nehmen mich jedes Mal wieder, daher …« Und dann schenkt er mir ein »Also, warum nicht?«-Lächeln. Ein absolutes »Na und?«-Lächeln.

132

»Deshalb bist du also wieder hier. Du machst es für das Geld, um wieder auf Reisen zu gehen?«

»Das ist das Ziel, ja«, sagt er lässig. »Mein Kumpel Enam und ich. Er fliegt ein bisschen früher los als ich, und ich treffe ihn dort drüben. Keine festen Pläne bis auf Quebec dieses Weihnachten und dann Neuseeland. Wir werden irgendwo auf einer Alpakafarm wohnen.«

»Im Ernst?«

»Eines von Enams Bucketlist-Dingen.« Jack lacht warmherzig. »Ich weiß nicht. Sein Ding.« Und Liebe liegt in diesem Lachen. Ich möchte wetten, Jack ist ein guter Freund. Mit Schulterklopfern und Umarmungen und »Bin für dich da, Kumpel!«.

»Aber ja. Ein paar Monate unterwegs, und wir werden einfach … sehen, wie's läuft. Kein Plan.«

»Keine Erwartungen«, sage ich.

»Null.«

Und irgendetwas rumort auf einmal in meinem Magen. So heftig, dass meine Hand unwillkürlich dorthin wandert, über meiner feuchten Bluse. Ist es Neid? Bewunderung? Jemand wie Jack sein zu können, der in der Arbeit nur das Geld sieht. Das Leben als ein Spiel, das gespielt wird. Jemand, der im Begriff ist, loszuziehen, um die Welt zu erkunden, ohne Pläne, mit nichts, was ihn hier hält. Ich frage mich, ob er Ex-Freundinnen hat, eine unglückliche Liebesgeschichte. Ich frage mich, ob seine Eltern Hoffnungen auf ihn setzen, die er zerschlägt. Ich frage mich, ob er unausgesprochene Geheimnisse hat und ob er im Moment mit jemandem zusammen ist. Ich frage mich, ob er und Jess sich geküsst haben. Ich denke darüber nach, wie … *aufgeladen* das zwischen ihnen gestern war. Ein kleiner Funke des Weihnachtsparty-Knisterns, das zwischen uns herrschte, vielleicht. Andererseits ist Jack so frei und locker, vielleicht lässt er es einfach überall knistern, bei heißen One-Night-Stands an Stränden oder heftigen, einwöchigen Liebesaffären auf Mopeds in Italien, voller leidenschaftlicher Küsse und »Ich wünschte, ich müsste dich nicht verlassen, aber das Meer ruft mich, *mi amore*«. Ich möchte wetten, mit Jack auf Reisen zu gehen, ist witzig. Ganz entspannt, voller ruhiger Spontaneität ...

»Also, eine Alpakafarm ...«, wiederhole ich. Ich schüttele mich, um aus meinem Tagtraum zurückzukehren. »Das ist eine ziemliche Nische.«

»Du weißt doch, wie das ist, wenn man einfach diese seltsamen Dinge im Kopf hat, die man eines Tages tun will?«, fragt Jack. Ein Song setzt in dem Diner ein. Etwas aus den Fünfzigern, nehme ich an. Schnarrende, banjoartige Gitarren, gedämpfte Stimmen. Ich würde mich kaum wundern, wenn wir auf einmal feststellen sollten, dass wir tatsächlich durch Zeit und Raum gefallen sind, hier, im BackDonalds. Was würde ich darum geben, um festzustellen, dass dieser Ort *tatsächlich* eine Zeitmaschine ist. Ich würde mit Sicherheit alle Knöpfe und Tasten drücken, die zu einem Leben vor den E-Mails zurückführen.

»Das ist eines von Enams Dingen«, sagt Jack. »Die Alpakas? Und meines ist ... na ja, alles Mögliche. Zum Beispiel ein ganz gewöhnliches, stinknormales Familien-Thanksgiving in den USA. Wie im Kino. Bin mir nicht sicher, warum. Einfach so.«

»Rhabarberfarm«, sage ich lächelnd.

Jack sieht mich an, mit hochgezogenen Augenbrauen. »Rhabarberfarm?«

»Das ist eines von meinen Dingen«, sage ich zu ihm. »Eine – eine Treibrhabarberfarm, wo sie im Dunkeln wachsen.« Und ich wundere mich, wie leicht es mir über die Lippen kommt, einfach raus damit, eine ganze, solide, abgerundete Wahrheit. Plopp. Einfach so. Eine, die ich noch nie zuvor jemandem erzählt habe. Und dann wird mir bewusst, dass ich früher so viele von diesen Dingen hatte. Ich träumte in Vorlesungen davon, als ich auf der Universität war (während der achtzehn Monate, in denen ich wirklich *versuchte*, mich mit »Geisteswissenschaften« und dem Universitätsleben anzufreunden, bevor ich hinschmiss). Oder ich redete mit Alexis darüber, in unseren Pausen draußen im Hinterhof, als wir uns damals im Pub kennenlernten. Sie rauchte immer, an die schwere, burgunderrote Brandschutztür der Küche gelehnt, und redete leidenschaftlich, voller Eifer davon, wie sie für ihren hart arbeitenden Dad und ihre jüngere Schwester das Ruder herumreißen würde, jetzt, wo ihre Mum die Familie verlassen hatte, wie sie sich eine feste Stelle suchen würde, wenn ihr Vertriebspraktikum zu Ende wäre, ihre Schulden zurückzahlen und eines Tages die Hypothek ihres Dads tilgen würde (und das alles hat sie tatsächlich getan). Und ich hörte zu und warf auch ein paar Brocken ein, wie Wünsche, in den Nachthimmel gesprochen, und stellte mir vor, wie sie davonschwebten, so wie ihr Zigarettenrauch. Rom sehen. Jemanden im Regen küssen. In Deutschland Deutsch lernen. Einen Kochkurs in Frankreich machen. Eines Tages etwas tun, das jemandem etwas bedeutet. So wie Mum mit den Illustrationen, die sie gestaltet, für Kinderbücher und Charity-Kampagnen. Einfach ... herausfinden, wer ich bin. Das war das Ziel. Aber dann kam ein Job nach dem anderen, eine Miete nach der anderen, Owen und Liebeskummer und ... das Leben, nehme ich an. Die Art, wie es dich manchmal aufsaugt, wie es Tage zu Jahren macht, wie es »eines Tages« in »oh, ich *wünschte*« verwandelt.

»Das ist interessant«, bemerkt Jack. »Der Rhabarber. Und …
Treibrhabarber?«

»Ich habe einmal eine Dokumentation darüber gesehen. Dieser Typ ging einfach leise im Dunkeln auf seiner Rhabarberfarm umher, mit einer Kerze, und es schien alles einfach so …
friedlich. Sie bringen den Rhabarber mit einem Trick zum
Wachsen, weißt du? Indem sie ihn im Dunkeln lassen.«

»Ach ja, ich glaube, ich weiß, wovon du redest.« Jack nippt an
seinem Espresso. »In so … kerzenerhellten Schuppen?«

»Ja«, sage ich. »Ich weiß nicht, ich fand das einfach richtig interessant. Cool. Ich mag es, neues Zeug zu lernen. Neue Dinge
zu sehen. Dem Gehirn etwas total Neues geben, worauf es herumkauen kann, so nach dem Motto: Voilà, das hast du noch
nicht gesehen, was?« Und es fühlt sich … *nett* an, es zu sagen, es
einfach hinzuwerfen – etwas, was Owen immer ein bisschen
»traurig« fand, wie bei Rezepten, die ich zu meinen Lesezeichen
hinzufügte, oder Hobbys, die ich ausprobieren wollte. Schnupperkurse bei Groupon, von denen ich ihm erzählte, während er
das Gesicht verzog. Bei ihm hatte ich immer den Eindruck, als
ob ich größere Ambitionen haben sollte. Aber Jack. Er hört einfach nur zu. Akzeptiert es.

»Island ist auch einer dieser Orte, wo ich schon immer mal
hinwollte«, sagt Jack nachdenklich.

»Slowenien für mich«, werfe ich ein. »Oh, und Brasilien. Ich
wollte immer unbedingt nach Brasilien. Ich nehme an, in Brasilien kann man einen Neuanfang machen. Dort könnte ich noch
einmal ganz von vorn anfangen und meinen Namen ändern, und
alle sind viel zu romantisch und cool, um Fragen zu stellen.«

Jack kichert heiser. »Und warum genau solltest du deinen
Namen ändern müssen?«

»Na ja, es fühlt sich an, als ob die ganze Welt von Millie dot Chandler kontaktiert wurde, daher …«

»Vielleicht brauchst du einfach nur eine neue E-Mail-Adresse«, schlägt Jack vor.

»Chandler *dot* Millie«, sage ich, und dann laufe ich knallrot an, als ich mich an diese E-Mail erinnere, die ich Jack geschickt habe, bevor er ein Shurlock *dot* Jack wurde. Gott, die Vorstellung, dass er sie bekommen hätte? *Grauenhaft.* Ich kann nicht einmal den Gedanken daran ertragen. Ich hätte mich einfach ins Meer stürzen müssen, zwei symbolhafte Computerstühle an meine Füße geschnallt.

»*Zwei Cheeseburger.*« Ein Koch in einem weißen Oberteil und einer grauen Trainingshose stellt uns unser Essen hin. Oh, es riecht *wundervoll.* Nach Frittenfett und karamellisiertem, verkohltem Fleisch. O mein Gott, wie soll ich das bloß essen, ohne an eine Barbarin in einer Wide-Leg-Hose zu erinnern?

»Das sieht *unglaublich* aus«, sage ich. »Und ich habe …« Ich sehe hoch zu der dottergelben Wes-Anderson-Uhr an der Wand – »exakt sieben Minuten, um es zu essen.«

»Nein«, antwortet Jack schroff. »Wir haben ein ausgedachtes Meeting, Millie. Schon vergessen?«

»Ach ja, richtig. Ein ausgedachtes Meeting, mit einer ausgedachten Mahlzeit, bevor wir alle zurückkehren zu den ausgedachten Konstrukten eines ausgedachten Büros …«

»Korrekt«, sagt Jack, während ich in – *o mein Gott* – den besten Burger beiße, den ich je gekostet habe. »Unser Arbeitsplatz: der sprichwörtliche Abfalleimer.«

Kapitel 11

Textnachricht von Owen: Bin im Peterboat. Ein bisschen betrunken. Aber weißt du noch, wie wir hierhergekommen sind und dieser Typ über die Balustrade ins Meer gefallen ist und du ihm deine Strickjacke gegeben hast, um ihn zu wärmen, und er damit weggegangen ist? Du warst am Boden zerstört. Haha. So viele Erinnerungen, Mills. X

★★★

Textnachricht von Mum: Hallo Millie. Deine Cousine Rhiannon hat gesagt, du hättest ihr viele seltsame E-Mails geschickt? Stimmt vielleicht irgendetwas mit deinem Internet nicht? Ich habe mich außerdem gefragt, hat Dad sich nach mir erkundigt? Du musst es ihm gegenüber nicht erwähnen, ich dachte nur, ich frag dich mal. Er macht sich ja immer Sorgen. Hoffe, wir können uns bald sehen? Zum Lunch vielleicht. Mum x

★★★

Am nächsten Wochenende hat Ralph einen Karatekurs und muss danach zur Arbeit, wie an den meisten Samstagen, und Cate hat vor, zu einer Grillparty bei Nicholas' Schwester, Daniella, zu gehen, die Cate sehen und ihr zeigen will, dass sie keinen Groll hegt und dass Cate »immer zur Familie« gehören wird. Widerstrebend hat Cate zugesagt, obwohl wir beide heute Morgen, bei Rühreiern im Pyjama, für einen flüchtigen, düsteren Moment die Sorge hatten, es könnte eine Intrige sein, um die beiden wieder zusammenzubringen. Dass Nicholas' Kopf aus einer Schale mit Hotdog-Brötchen oder so auftauchen würde. »Willst du mich heiraten?«, buchstabiert in Chipolata-Würstchen. Denn Leute tun seltsame Dinge, wenn sie verzweifelt oder traurig sind, oder? Außerdem sind Familien oft der vergessene Kollateralschaden bei Trennungen. Als Owen sich von mir getrennt hat, haben meine Mum und Owens Mum, Athena, sich allen Ernstes getroffen, um darüber zu diskutieren, als könnten sie es *wieder einrenken* – uns so leicht zusammenflicken, wie sie Hosen umnähen.

Und es war der Gedanke an Mum, der mich, erst vor einer halben Stunde, nachdem Cate gegangen ist und es still in der Wohnung wurde, dazu gebracht hat, in meinen Wagen zu springen und sie heute zu besuchen. Ich werde etwas Zeit mit ihr verbringen, während Dad auf einer Bohrinsel irgendwo im Atlantik auf Schicht ist. Irgendetwas an diesem beklemmenden, verworrenen Leben nach den E-Mails sorgt dafür, dass ich mich nach der Sicherheit verlässlicher Dinge sehne. Nach diesem ungreifbaren, tröstlichen Anker, den man nur spüren kann, wenn man seine Eltern sieht, selbst wenn man das chaotische schwarze Schaf oder die defekte Dolly der Brut ist. Außerdem wird Mum vielleicht so tun, als ob es nie passiert wäre, aber nach meiner »Millie Chandler ist kein Monster«-To-do-Liste muss ich mich auch für die »Liebst du mich, obwohl du nichts hast, was du bei deinen Brunchtreffen über mich berichten kannst?«-E-Mail bei ihr entschuldigen.

Unterwegs halte ich kurz bei M&S – Mums Lieblingssupermarkt – und kaufe eines dieser warmen Grillhähnchen und eine Auswahl obskurer Antipasti, die eher wie Zaubersprüche als wie Essen klingen. Außerdem nehme ich einen Strauß Sonnenblumen für ihren Büroschuppen und ein paar ausgefallene Sorten Teebeutel mit. Mum arbeitet als Illustratorin – hauptsächlich Kinderbücher. Sie steckt im Moment mitten in einem Projekt, was heißt, dass ihr riesiger, mit Farbe bekleckerter Schreibtisch zur Inspiration mit bunten Sträußen bunter Blumen überladen sein wird, außerdem mit Bechern unterschiedlicher Früchtetees, alle kalt und halb getrunken, wie Tassen mit wunderschönen Malfarben. Mum hat oft diesen Effekt auf mich. Ich denke mehr darüber nach, womit ich sie beeindrucken kann, als darüber, was ich selbst will. »Millie ist mit einem köstlichen Antipasti-Lunch und ein paar Sonnenblumen vorbeigekommen«, stelle ich mir vor, dass sie ihren Freundinnen schreibt oder zu Tante Vye in ihrem riesigen Wintergarten sagt. Ich bin mir nicht sicher, ob »Millie hat zwei Whopper Meals von Burger King und einen selbst gehäkelten Untersetzer, der ein bisschen wie eine Schweinshaxe aussieht, mitgebracht« ebenso gut zu ihren Wintergarten-Gesprächen passen würde. Und ich wünschte, es würde mich nicht so sehr beschäftigen. Aber die Chandlers sind irgendwie … eine Vorzeigefamilie. Mum eine erfolgreiche, preisgekrönte Illustratorin. Dad Ingenieur auf einer Bohrinsel, der jede Sekunde seiner Arbeit liebt. Kieran ein Biowissenschaftler, der mit seinem Ehemann, einem Arzt, in Michigan lebt. Mum und Dad waren die perfekte erste Liebe und sind noch immer völlig ineinander vernarrt. Mum hat uns, als wir Kinder waren, eingehämmert, fleißig zu lernen, fleißig zu arbeiten, fleißig zu *leisten*, damit wir nie so leiden müssten wie sie, aufgewachsen »ohne einen Pott, in den sie pissen konnte«. Und es klingt albern, ich weiß, aber es fühlt sich an, als ob Burger Kings und verpfuschte Bastelprojekte gleichbedeutend wären mit dem Fehlen von angesehenen Karrieren und Verlobten und Ehrgeiz und Zielen und daher – Scheitern. Ihrem und meinem. Millie, die gescheiterte Chandler.

Ich biege in Mums und Dads Straße ein, nostalgisch und mit Rosskastanien gesäumt, und – *oh*, Mums Ford Focus fährt aus der Auffahrt des Cottage.

Ach, Scheiße. Ich wusste, ich hätte vorher anrufen sollen. Aber Mum mag Überraschungen. (Und auch kleine Töpfchen mit teurem Picknickessen.)

»Mum!«, rufe ich sinnloserweise. Sie fährt vermutlich zum Supermarkt oder zum Fitnessstudio. Ich werde sie anrufen. Wenn sie nicht weit fährt, kann ich im Haus warten, bis sie zurückkommt, oder ihr zumindest sagen, dass ich uns etwas zum Lunch mitgebracht habe. (Und vielleicht wird sie ja einen Facebook-Status posten – ein Huhn auf einem Teller, zwischen den Geburtsanzeigen der Enkel und den Anwaltskindern ihrer ganzen Freundinnen, ein Status-Update im Stil von »Meine aufmerksame Tochter: absolut keine Enttäuschung«.)

Ich halte am Straßenrand, zücke mein lächerliches Nokia. Das Telefon klingelt, aber sie geht nicht ran; sie fährt einfach weiter, und, na ja, *scheiß drauf*: Ich fahre ihr hinterher.

Jetzt sind drei Autos zwischen uns. Das Telefon klingelt noch immer über den Lautsprecher neben mir auf dem Sitz. Die Mailbox schaltet sich ein, immer und immer wieder. Und es hat etwas seltsam Aufregendes an sich. Wenn ich mit dem Auto unterwegs bin, verspüre ich oft den Drang, einfach immer weiter, immer weiter, immer weiter zu fahren, während die Welt sich vor mir öffnet wie die Seiten eines Buchs. Ohne Plan. Wie Jack bei unserem Lunch am Dienstag gesagt hat. Was würde Jack Shurlock dazu sagen?, frage ich mich. Ich möchte wetten, er würde sagen: Wenn du das nächste Mal den Drang verspürst, weiterzufahren, dann tu es, fahr einfach weiter; er würde sagen: »Na und? Und sieh nicht zurück. Es ist ohnehin nichts davon echt.« Aber na ja, vielleicht ist das hier ein kleiner Anfang. Ein sehr kleiner. Der eigenen Mutter mit nichts als Antipasti und einer Entschuldigung im Wagen zu folgen, auf dem Weg zu irgendeinem unbekannten Ziel an einem Samstagmittag, das zählt, oder? Wenigstens ein klein wenig?

Mum fährt, und ich folge ihr noch immer, versuche nach wie vor, sie anzurufen.

Aber es ist schon seltsam, dass sie nicht rangeht. Mum hat ihr Handy immer an das Auto-Display angeschlossen. Anrufe durchdringen Joni Mitchell oder ihr geliebtes Absolute Radio.

Wir kommen an ihrem kleinen Lieblings-Sainsbury's vorbei, an ihrem Fitnessstudio, und dann sind wir auf einer Landstraße – einer dieser schmalen, einspurigen Landstraßen, bei denen man gegen jede Wahrscheinlichkeit hofft, dass kein Wagen – oder, Gott, bitte kein Van – aus der entgegengesetzten Richtung kommt. Wohin fährt sie? Ich bin mir nicht sicher, warum, aber irgendetwas rumort jetzt in meiner Magengrube. Irgendetwas Heißes und Unangenehmes. Vielleicht liegt es an Mums und Dads leicht seltsamen Textnachrichten, in denen sich die beiden nach dem anderen erkundigen, an der Art, wie Dad mich wegen Ostern gefragt hat. Aber alle Eltern sind die meiste Zeit seltsame, schräge Verfasser von Textnachrichten, oder? Ist das nicht ein klassisches Beispiel von Eltern?

Unsere Autoschlange verlangsamt sich, als ein rostiger, rumpelnder Traktor blinkt, um in eine Nebenstraße abzubiegen,

und ah, Scheiße – James Bond könnte ich niemals sein. Ich hupe.
Sie würde meinen kleinen roten Wagen überall erkennen. Aber
alles, was passiert, ist, dass der Mann vor mir sich verwirrt auf
seinem Sitz umdreht. Seine Lichter? Seine Türen? Eine Leiche,
die von der Stoßstange hängt? (Eine hyperaufmerksame Neun-
undzwanzigjährige in einem Wagen mit einem Grillhähnchen
von M&S, die in leichte Panik ausbricht, weil ihre Mum einfach … irgendwo hinfährt, und sie das Ziel nicht kennt.)
   Und jetzt bremst Mum ab, blinkt und biegt ab zu … Ist das
ein *Country Club*?
   Der Mann vor mir biegt ebenfalls ab. Und daher folge ich
ihm natürlich.
   Warum antwortet sie nicht auf meine Anrufe?
   Ich sehe auf das allmählich symbolhafte Hähnchen auf dem
Beifahrersitz, schwitzend in seiner kleinen Plastiktragetüte.
Und vielleicht ist es ja ein Bauchgefühl, diese heiße Beklommenheit, die in mir wächst. Irgendeine Art tiefes, spirituelles
Wissen, von dem Ralph oft redet. Das ungreifbare Gefühl, das
sich einstellt, kurz bevor irgendetwas schiefgeht. Denn ich habe
das Gefühl, ich will mich ein bisschen zurückfallen lassen. Oder
komplett umkehren. Auf eine Parkbucht fahren, das Hähnchen
am Straßenrand essen, vergessen, dass ich je hergefahren bin …
   Aber ich fahre weiter.
   Ein paar Golfer treten aus einem riesigen Sandstein-Herren-
haus, das jetzt in Sicht kommt, andere schlendern über den Rasen, in Pastellblau und Kakibeige gekleidet; Golfcarts stehen
aufgereiht auf dem Parkplatz.
   Dann hält Mum an, parkt langsam neben einem gedrungenen
Backsteingebäude. Es ist kein Vergleich zu dem prächtigen,
Darcy-artigen Landsitz, an dem wir eben vorbeigekommen

sind. Das hier sieht eher aus wie etwas, wo man zum Wählen hingeht oder zu einem kleinen Hochzeitsempfang. Die Art Ort, an dem es nach Kirchen und Margarinesandwiches riecht.

Ich halte ebenfalls an, schalte den Motor aus.

Ich sollte aussteigen. Rufen: »Mum! Haha! Hi! Ich bin's! Ich wollte dich besuchen! Ich bin dir gefolgt! Was hältst du davon, in der Spätsommersonne ein paar verkohlte Artischocken mit hausgemachtem Dressing zu essen?!« Aber ich kann nicht. Warum kann ich mich nicht bewegen?

Mum steigt aus und ... sie ist eindeutig nicht fürs Fitness-studio angezogen. Sie trägt ein Kleid, das ihr richtig gut steht. Wunderschön, ungewöhnlich, limettenfarben. Kunstlehrerin trifft auf Woodstock, 1972.

Sie sieht auf ihr Handy, und ich warte darauf, dass sie die Reihe entgangener Anrufe von mir, ihrer Tochter, sieht und mich zurückruft. Aber sie tut es nicht. Sie ... steckt ihr Handy einfach wieder in ihre Handtasche und ...

Ein Mann.

Ein Mann taucht auf. Er ist groß. Supergroß. Eins neunzig vielleicht. Dads Alter. Er lächelt Mum an, und sie fangen an zu reden. Mum nickt, dann nickt sie noch einmal. Sie reibt seinen Arm, und er wendet sich um, drückt die Glastür des gedrunge-nen Backsteinbaus auf, und sie folgt ihm. Wer ist er überhaupt? Ein Freund? Ein neuer Freund, dem ich noch nie begegnet bin?

Ich steige aus. Converse-Schuhe knirschen über Kies.

»Mum? *Mum?*«

Mum schnellt herum, vollführt fast einen Wirbel, setzt nicht einmal einen Takt aus. Und ihre Gesichtszüge – sie entgleiten ihr. Ihre großen strahlenden Augen weiten sich, und ihre Mund-winkel sacken nach unten.

»Millie? Was tust du denn … Ich … Was ist denn los?«

»Ich wollte dich überraschen«, rufe ich. Ich gehe auf sie zu, während die Brise meine Haare von den Schultern emporweht. »Zu Hause, aber ich habe dich wegfahren sehen. Ich habe angerufen …«

Mum starrt mich an, ohne etwas zu sagen. Der Mann ist drinnen verschwunden.

»Ich …« Sie bricht ab. Sie trägt Lippenstift. Sie trägt die Halskette, die Dad ihr zu ihrem fünfzigsten Geburtstag geschenkt hat – die mit der Eule. Sie liegt an ihrem Herzen, verkehrt herum, die Augen abgeschirmt.

Und für einen Moment hoffe ich, dass sie einfach sagen wird, dass das hier das Fitnessstudio ist. Ein neuer Swimmingpool, in dem sie Wasser-Aerobic macht, dass sie mich diesem neuen Freund vorstellen und sagen wird: »Du lieber Gott, Schatz, was machst du denn für ein Gesicht! Wofür, in aller Welt, hältst du mich denn?«

Aber stattdessen schließt sie den Abstand zwischen uns rasch und sagt: »Weiß dein Dad, dass du hier bist?« Und dann: »Hör zu, wie wär's, wenn wir nach Hause fahren, Millie? Damit ich dir alles erklären kann?«

Und irgendetwas dreht sich in meiner Brust um, wie ein Boot, das von einer plötzlichen Welle erfasst wird und kentert.

»Es ist nicht das, was du denkst, Millie«, sagt Mum. Jetzt sitzen wir da, als ob die letzten fünfzehn Minuten einer zweitklassigen James-Bond-Autoverfolgungsjagd nie stattgefunden hätten, an dem alten Picknicktisch in Mums und Dads belaubtem halbrundem Garten. Und alles, was ich denken kann, ist a) was zum Teufel ist hier eigentlich los?, und b) wenn es nicht das ist, »was

145

ich denke«, warum dann dieses Riesendrama? Warum hat sie mich zurück nach Hause gescheucht, mit zwei getrennten Wagen fahrend, zurück zum Cottage, um zu reden, wenn es nichts ist? Niemand setzt sich mit seiner Tochter hin, um unter vier Augen mit ihr zu reden, wenn es dann nur heißt: »Also. Ich dachte, du solltest es wissen. Ich habe eine kleine Schwäche für Wasser-Aerobic entwickelt.«

Ich bin als Erste angekommen, bin durch das stickige Cottage in den Garten gestürmt. Und Mum, unnahbar wie immer, hat nichts gesagt, während sie den kurz gemähten, spielfeldartigen Rasen überquert und sich gesetzt hat.

»Es tut mir leid, dass ich es dort drüben nicht erklären konnte«, sagt Mum zitternd. »Es wäre ... schwierig gewesen. Ich wollte dort jemanden treffen. Besuchen. Es ist ein sehr ... privater Ort.«

»Besuchen? Den ... großen Typen?«

»Nein.« Mum schüttelt den Kopf, und tränenförmige Bernsteinohrringe baumeln zu beiden Seiten ihres Kopfes, wie das Pendel einer Uhr. »Nein, nein, das ist ... das ist Jimmy. Ich wollte seinen Bruder besuchen. Julian.«

Und dann tritt Schweigen ein. Seltsames, leeres Schweigen. Mum denkt immer nach, bevor sie irgendetwas sagt oder tut. Zieht alles in Betracht, reiht es in ihrem Kopf auf, wie sie es mit ihrer Arbeit macht – denkt und denkt über eine Szene nach, bevor sie auch nur eine einzige Linie skizziert. Aber in diesem Moment fühlt es sich schmerzhaft an, diese überlegten, vorsichtigen Abstände vor ihren Worten. Als würde alles, was ich über meine Mum weiß, in der Luft schweben, und als könnte das Seil, das es trägt, jeden Augenblick durchschnitten werden.

Dann sagt sie: »Millie, Julian ... ist mein Ex-Mann.«

Irgendetwas fällt durch meinen Körper. Ein Kugelstoß von einer Klippe.

Was? *Was* hat sie da eben gesagt? *Ex-Mann?*

»Vor deinem Dad …«

»*Julian?*«, ist alles, was ich mühsam hervorstoßen kann, denn – Julian. Julian. *Julian.* Ich habe sie noch nie zuvor von einem Julian reden hören. Nicht ein einziges Mal. Der Name klingt nicht einmal annähernd vertraut. Und … *Ex-Mann?*

»Ich … Du … Was?«

Schweigen.

»Du … du hast mir nie erzählt, dass du schon einmal verheiratet warst. Vor *Dad?*«

Na ja. Sie hatte recht, als sie »Es ist nicht das, was du denkst« gesagt hat. Mum … *Meine Mum* … Meine Mum mit meinem Dad, ihrer ersten Liebe. Meine Mum mit einem Ex-Mann? Ich fühle mich, als ob ich feststeckte, wie eine hängen gebliebene CD.

»Ich weiß«, sagt Mum mit glänzenden Augen. »Ich weiß, dass ich das nicht getan habe.«

»Aber … du … *Was?* Das ist … Das hast du uns nie erzählt.«

Es folgt noch mehr Schweigen. Und ich könnte vor Entnervtheit knurren. Irgendeine Art Heimlich-Handgriff bei ihr anwenden, um die Worte hervorzuholen, die sie nicht sagt.

»Wie … wie lange wart ihr verheiratet?«

»Vier Jahre.«

»*Vier Jahre?*« Jetzt klinge ich leicht hysterisch, aber … wie kann es sein, dass sie es nie erwähnt hat, in neunundzwanzig Jahren? Mum ist *Dads* Ehefrau. Mum und Dad sind zwei Leute, die einfach *sind*, eine Einheit, als ob sie als erwachsenes Paar auf der Erde erschienen wären. Und die Vorstellung, dass sie früher

147

einmal die Ehefrau von jemand anders war? Vor mir. Vor Kieran
und diesem Cottage und allem, was ich immer, immer gekannt
habe. Und sie besucht ihn? *Warum?* »Weiß ... weiß Dad davon?
Dass du schon einmal verheiratet warst?«

Sie nickt, führt eine zarte Hand an den Eulenanhänger an ihrer sommersprossigen Brust. »Natürlich weiß er es.«

»Und weiß er von ...« Ich sehe zu ihr hoch.

Sie sagt nichts. Ah. Verstehe. Natürlich.

Süßlicher Grillgeruch weht von nebenan herüber, und ein
Oasis-Song läuft. Jemand lacht laut, ein Platscher ist zu hören –
ein Planschbecken vermutlich. Ein ganz gewöhnlicher Samstag,
die letzten Tage des Sommers, die sich abspielen neben ... was
immer *das hier* ist.

»Dein Dad weiß nicht, dass ich ihn besucht habe«, sagt Mum
schließlich, und mein Herz schrumpft zusammen wie eine Tro-
ckenpflaume. »Und ich fühle mich grässlich, weil ich gelogen
habe, Millie, glaub mir, das tue ich, aber zwischen uns ist nichts,
und ich habe mir diese Entscheidung nicht leicht gemacht.«

»Was ist es denn dann? Ich ... ich verstehe das nicht, Mum.
Wenn du nicht ... ich weiß nicht, irgendeine Art, äh, ich weiß
nicht, *Affäre* hast ...« O Gott, dieses Wort schmeckt grässlich in
meinem Mund. »Warum belügst dann Dad? *Dad* ...«

»*Millie.*« Mum nimmt meine Hand. Noch mehr Gelächter
perlt von nebenan herüber. »Ich habe *keine* Affäre. Ich schwöre
es. Dieser Ort, wo du mich gesehen hast ... das ist ein Pflegeheim.« Sie hält einen Moment inne und schluckt. »Es ist ein
Kurzzeit-Pflegeheim, in dem Julian lebt. Er ist ... sehr krank.
Er liegt im Sterben.«

Jetzt starre ich sie einfach nur an. Denn ... wie soll ich mich
denn überhaupt fühlen? Vor fünf Minuten wusste ich noch

nicht einmal, dass dieser Mensch überhaupt existiert, und jetzt liegt er im Sterben, und Mum sieht todunglücklich aus, aber alles, woran ich denken kann, ist Dad. Mum und Dad. Die traditionellen, soliden, schlichten Mum und Dad, die zusammenpassen wie Topf und Deckel. Mum, als Kreative, liebt ein stilles Haus, die Gesellschaft ihres eigenen Geistes. Dad, rastlos, jemand, der nie still sitzt, kann keinen Tag verbringen, ohne *irgendetwas zu tun*, muss immer irgendwo sein. Eine Zwei-Personen-Symphonie. Dad eine kräftige Trommel, Mum eine leise, sanfte Melodie, die den Rhythmus umspielt. Erste Liebe, sagen sie immer. »Und dann haben wir geheiratet und euch beide bekommen«, als ob es so leicht wäre. So einfach wie eine Checkliste. Eine Chandler-Checkliste.

Nur dass es offenbar doch nicht so einfach ist. Es war nie so einfach. Und meine Brust fühlt sich leer an. Als ob irgendetwas Tiefes, mit kräftigen Wurzeln, aus mir herausgerissen wurde und der brennende Schmerz noch immer anhält.

»Er hat noch ein paar Monate, wenn er Glück hat«, sagt Mum jetzt. »Und sein Bruder, Jimmy, hat mich auf Facebook kontaktiert. Er hat gesagt, Julian hätte ... nach mir gefragt.« Ihre Stimme bricht ein wenig, Tränen, winzige Tropfen, glitzern in ihren Augenwinkeln, und doch fühlt sich mein Herz auf einmal verhärtet an. »Und ... na ja, er hatte schon immer Probleme. Große Probleme, bei denen ich damals dachte, ich könnte sie lösen. Alkohol. Er war destruktiv ...«

Ich ziehe meine Hand von ihrer zurück, verschränke die Arme vor der Brust. »Dad redet ständig davon, wie besessen du von dem weißen Kleid warst ...«, sage ich in dem Versuch, mich an gefühlte Hunderte Gedanken und Erinnerungen und Anekdoten zu klammern, auf die unsere Familie gründet, bevor sie vom Wind erfasst und weggeweht werden. »Wie du so schüchtern warst, aber dieses riesige weiße Kleid etwas völlig anderes besagte, und … Hattest du bei Julian ein weißes Kleid?«

»Millie, bitte.«

»Entschuldige, es ist nur … Das ist alles so *seltsam*, Mum. *So* seltsam. Du sitzt einfach vor mir und erzählst mir, dass du Dad belogen hast, dass du vor ihm einen anderen Ehemann hattest und ihn rein *zufällig* nie erwähnt hast …«

»Ich weiß …«

»Ich habe ein M&S-Grillhähnchen gekauft«, platze ich heraus, und Mum starrt mich an, die Lippen geöffnet. »Und … jetzt sitze ich hier und erfahre irgendwie, dass … ich weiß nicht … alles, was du uns erzählt hast, gar nicht echt war?«

Das scheint ihr nahezugehen. Ich kann fast sehen, wie ihr Herz sich zusammenschnürt. »Oh, aber es war alles echt, Millie. Natürlich war alles echt. Es *ist* echt.«

»Und wie lange? Wie lange besuchst du ihn schon? Diesen … destruktiven Ex.«

Das hier fühlt sich vertraut an. Es erinnert mich an die Auseinandersetzungen, die wir hatten, als ich ein Teenager war. Wenn ich verschlief, meine Hausaufgaben verbummelte, Streetdance-Kurse belegen wollte anstatt Französisch, so wie Kieran; als ich die Uni abbrach und traurig und ausgelaugt nach Hause zurückkehrte. Sie hat es nie wirklich gesagt, sie würde es sogar abstreiten, aber Mum trug die Enttäuschung auf ihrem Gesicht mit sich herum. Und ich schleuderte ihr Dinge entgegen, während sie dort saß, ruhig und stoisch und undurchdringlich. Ich wollte etwas – irgendetwas – von ihr. Alles aufhacken wie eine reife Wassermelone, es einfach rauslassen. Manchmal frage ich mich, ob sie Angst davor hat, mich uneingeschränkt zu lieben.

Als ob ich, wenn sie mich voll und ganz lieben würde, so, wie ich bin, vielleicht aufhören würde, dem nachzueifern, was sie sich insgeheim wünscht.

»Vielleicht ... seit dem ... dem Frühjahr?« Mum ist jetzt fast kindlich. Wie ein ertappter Teenager. »März.«

Oh. März. *Ostern*. Die E-Mail, die Dad so verwirrt hatte ...

»Hast du ihn am Osterwochenende besucht?«

»Ostern?«

»Am Karfreitag. Du hast Dad gesagt, du seist mit mir zusammen gewesen.«

Jetzt schluckt sie. Nickt mit einem leisen Zittern. Scham lässt die Farbe aus ihren Wangen weichen. »Millie, es tut mir so leid ...«

»Du musst es Dad sagen. Du musst.« Jetzt fühle ich mich kalt. Als ob ich mich in Stein verwandele. Ich bin eine Studienabbrecherin mit einem Job, nach dem sie sich nie erkundigt, mit Hobbys, von denen sie immer leicht enttäuscht zu sein scheint, und doch war ich eine perfekte Schachfigur, um ihr zu helfen, eine kleine Lüge zu spinnen. *Lass uns Millie als Alibi benutzen. Sie hat sowieso nie irgendetwas Wichtiges am Laufen.*

Mums Augen glänzen im Sonnenlicht, und sie streckt eine Hand nach meiner aus. Ich ziehe meine Hand zurück, hin zu meiner Taille, und sie lässt ihre eigene dort liegen, wo sie landet, zwei Zentimeter Tischplatte zwischen uns, während eine Ameise in einer Ritze des Holzes krabbelt.

»Ich werde es ihm sagen«, sagt Mum. »Versprochen. Das werde ich ... das werde ich ... bald tun.«

Ein Jubel erschallt von nebenan. »Hallo!«, kreischt jemand. Ich stelle mir die Grillparty vor, Familien, die eintreffen, ordentlich gekleidete Kinder mit Seitenscheiteln, parfümierte Leute in

Kleidern und Sandalen und offenen Hemden. Familien. Freunde. Die einen Geburtstag oder einen Hochzeitstag feiern. Keine Lügen, keine Heimlichkeiten. Ich bin neidisch. Auf ihr unkompliziertes Leben. Aber andererseits ... *wir* sahen auch immer so unkompliziert aus. Die Chandlers, oder? Wer kann schon sagen, ob es bei diesen Leuten nicht auch lauter unausgesprochene Dinge gibt? Wer kann schon sagen, ob sie nicht irgendetwas verstecken? Ex-Männer und sterbende Liebhaber?

»Ich verstehe nur nicht, warum du überhaupt gelogen hast«, sage ich. »Dad versteht solches Zeug doch. Dad ist ein Helfer, er ist ... freundlich und ...«

Sie schüttelt steif den Kopf. »Dein Dad war sein Freund, Millie. Julian und dein Dad, sie waren damals Freunde. Er weiß noch, wie Julian früher war. Was er mir angetan hat ...«

Ich starre sie über den Tisch hinweg an, meine Mutter. Ich habe ihre braunen Augen, ihren Mund, den ausgeprägten Amorbogen. Wir sind uns vielleicht äußerlich ähnlich, aber in diesem Augenblick kommt sie mir wie eine Fremde vor. Eine Frau, die nur so tut, als ob sie meine Mum wäre. Eine Hochstaplerin.

»Und, wie jetzt, er liebt dich noch immer?«, frage ich. »Hat er deshalb nach dir gefragt?«

Mum starrt mich unter Tränen an. »Das sagt er. Aber ich liebe ihn nicht, Millie. Ich liebe deinen Vater ...«

»Hast du meine E-Mail bekommen?« Ich bin mir nicht sicher, warum ich ausgerechnet jetzt damit herausplatze. Es hat irgendetwas mit Mum zu tun, ausgerechnet, die in diese Sache verstrickt ist. Die Messlatte, die sie so hoch gehängt hat. Ein anderer Mann, der sie liebt. Wie sie den Mann belügt, den sie selbst liebt.

»Deine E-Mail?«

Ich nicke.

Und jetzt huscht ihr Blick nach links und dann zu ihrem Schoß. Sie spielt mit einem blumenförmigen Knopf an ihrem Kleid. »War es ... die mit den Brunchtreffen?«, fragt sie, ein leises, angespanntes, falsches Lachen in der Stimme.

»Ja«, antworte ich. »Ich habe dich gefragt, ob du mich immer noch lieben würdest, wenn ich mich weiterhin als Versagerin erweisen sollte.« Auf einmal habe ich das Gefühl, alles sagen zu können. Es ist, als ob die Fassade von allem Risse gekriegt hat und ich genau hindurchsehen kann.

»Ich habe nie gesagt, dass ich dich für eine Versagerin halte, Millie«, sagt sie nervös. Und dann, als ich eben schon denke, dass sie nichts weiter sagen wird, versteift sie sich und ergänzt: »Aber will ich mehr für dich? *Ja*. Ja, das will ich. Jedoch nur, weil ich finde, dass du wundervoll bist. Ich weiß, wie viel du tun *könntest*. Wie viel du *sein* könntest.«

Und ich nicke. Einmal nur.

Nach einer halben Stunde gehe ich – schiebe ein Dinner mit Cate vor.

Als ich nach Hause komme, werfe ich das Grillhähnchen in den Biomüll, kicke meine Schuhe von mir und setze mich auf den Balkon. Ich sehe aufs Meer hinaus und esse eine Packung verkohlte Artischocken mit den Fingern, ohne Besteck, und bekleckere dabei mein T-Shirt mit Öl. Ich denke an Dad. Ich denke an das, was Mum gesagt hat; darüber, was ich sein könnte, und ich lasse die Wellen von Leigh das Geräusch all der unausgesprochenen Dinge übertönen, die den Boden unter unseren Füßen knarren lassen, bereit, hervorzuplatzen.

Kapitel 12

Textnachricht von Brownie Babez: Ihre Royal-Mail-Lieferung von Brownie Babez an Alexis Lee, Canary Wharf, LONDON, ist fehlgeschlagen. Grund: Code45: Annahme verweigert

★★★

Textnachricht von Jack: Hey Millie, falls du noch immer zur Verfügung stehst, wir könnten dich bei dem Rugbyspiel morgen wirklich gut gebrauchen. Beginn neun Uhr. Fühl dich nicht verpflichtet, ich weiß, es ist sehr kurzfristig, aber gib mir Bescheid, dann wird Petra die Details an dich weiterleiten. Wenn nicht, bis Montag. Jack

★★★

Für heute Morgen hatte ich mir fünf Wecker gestellt. Ja. *Fünf* getrennte Wecker, und beim vierten tauchte Ralph zerzaust an meiner Schlafzimmertür auf und zog den Morgenmantel um seine Taille zusammen.

»Alles in Ordnung?«, fragte er. »Es klingt, als ob hier drinnen ein Banktresor gesprengt würde.« Und als ich ihm sagte, dass es mir gut gehe, dass ich nur absolut sichergehen wolle, früh genug wach zu sein, um es rechtzeitig zu dem Rugbyspiel zu schaffen – in dem Versuch, noch einen E-Mail-bedingten Riss zu kitten –, bestand er sanft darauf, mir einen Kaffee zu machen.

Keiner von uns hatte letzte Nacht viel geschlafen – Ralph, Cate und ich waren bis Mitternacht auf gewesen und hatten geredet. Zuerst darüber, wie Nicholas' Familie das größte Grillbüfett aller Zeiten aufgebaut, sich dann auf einmal wie eine Armee versammelt und Cate bei einem Toffee-Käsekuchen, Cates Lieblingskuchen, zu überreden versucht hatte, sich das mit der Trennung noch einmal anders zu überlegen, da Nicholas »ein besserer Mann sein will«. Dann hatte ich ihnen von Julian erzählt. Ralph hatte aufmerksam zugehört. Cate hatte mich umarmt, hatte jedes Detail wissen wollen, mich immer wieder, wie es Cates Art ist, gefragt, wie *ich* mich damit fühlte. Aber ich spielte es ein bisschen herunter, dieses seltsame, flaue Gefühl von Verrat in meiner Brust. Denn zwischen den beiden fühlte ich mich ein bisschen wie ein Fremdkörper. Cate steht ihren beiden Brüdern, ihrer Schwester und ihren Eltern sehr nahe, und auch wenn Ralph seine Mum, seinen Dad und seine drei Schwestern nicht oft sieht, sind sie doch alle ziemlich funktional. Eine solide Einheit, trotz allem. Weihnachtsfeste und gemeinsame Mahlzeiten und Geburtstage. Eine Familie mit spinnennetzartigen Fäden, aber alle im Zentrum verankert und miteinander verbunden. Aber unsere Fäden, die der Chandlers, fühlen sich im Moment eher wie ins Wasser geworfene Pu-Stöckchen an. Versprengt, auseinanderdriftend. Mum, die lügt, Dad, der nichts ahnt, Kieran, der Tausende von Meilen entfernt ist, und ich, in einer Strömung trudelnd, ohne irgendeine Ahnung, was zum Teufel ich eigentlich tue.

155

Das ist der Grund, weshalb ich die Gelegenheit für das Rugbyspiel beim Schopf gepackt habe. Während ich auf dem Balkon saß und die Sonne langsam in der glitzernden Mündung von Leigh versank und wir alle an Ralphs kleinem Rattantisch saßen und kaltes Bier schlürften, Decken um unsere Schultern gewickelt, war sie ein Signalfeuer, diese Nachricht von Jack. Eine Ablenkung. Und etwas Produktives, etwas *Brandneues*, anstatt einfach nur dazusitzen und mich zu schämen und mich zu fragen, wie ruhig mein Leben aussehen würde, wenn die E-Mails nicht verschickt worden wären; mich zu fragen, wie Chloe sich fühlt, was innerhalb der Wände von ihrer und Owens Wohnung in diesem umgewandelten Kino vor sich geht; ob Alexis mich vermisst. (Oder warum sie die Brownies hat zurückgehen lassen, die ich ihr in die Arbeit geschickt habe.)

Und Sport und TV sind für mich vielleicht keine Herzensangelegenheiten, wie sie es für Owen oder für Leute wie Michael Waterstreet sind, aber vielleicht könnten sie das werden? Wenn ich genug lerne, wenn ich mich ein bisschen hocharbeite, vielleicht etwas *Drive* dafür aufbringen kann …

Obwohl. Ich muss sagen, das hier ist nicht gerade fesselnd, oder was immer man von schillerndem Live-TV und aufregenden, wichtigen Spielen vielleicht erwarten würde. Denn nachdem ich auf einem staubigen Asphaltparkplatz geparkt habe, bin ich jetzt am StoneX-Rugbystadion selbst, und es ist … *tot*. Das kantige, braune, holzgetäfelte Gebäude ragt hoch auf, doch es ist still, wie ein Gemeindecollege oder ein Krankenhaus, und auch wenn am Eingang ein paar vereinzelte Leute herumstehen – Fans, nehme ich an –, kann ich kaum einen Hinweis darauf entdecken, dass Flye TV überhaupt von hier sendet.

Ich wähle Petras Nummer. »Ich bin hier, aber ich glaube, ich bin am falschen Ort? Ich habe eben auf einem, wie es aussieht, leeren, staubigen Feld geparkt.«

»*Oh*, verdammt, Millie«, sagt Petra. »Du bist am Vordereingang. Entschuldige! Wir sind alle auf der anderen Seite, hinten. Ich weiß, wo du bist. Bleib da, ich komme und hole dich.«

Binnen fünf Minuten eilt Petra auf mich zu, in einer Straight-Leg-, Acid-Washed-Jeans, weiß gestärkten Converse und einem übergroßen orangefarbenen T-Shirt, halb in die Hose gesteckt, und auf einmal fühlt es sich ein bisschen wie ein Schulausflug an. Es ist eine Weile her, seit ich Petra in irgendetwas anderem als ihrem Büro-Outfit gesehen habe, und es hat etwas Aufregendes. Ein kleines Abenteuer in einer Mini-Hitzewelle.

Und ich frage mich, ob Jack auch da ist. Er geht nicht zu allen Spielen, für die er Mitarbeiter rekrutiert, aber … ich hoffe wirklich, dass er hier irgendwo steckt. Seit unserem Gespräch im BackDonalds habe ich jeden Tag darüber nachgedacht. Die Leichtigkeit, das Reden über Brasilien und die Alpakafarmen. Das »Na und?«. Die sanfte Hoffnung, die darin lag.

»Vielen Dank, dass du gekommen bist, meine Liebe«, sagt Petra und drückt ihre Wange an meine. »Es tut mir so leid, ich hätte dir sagen sollen, dass wir uns hinten treffen. Mit den Vans, den Lastwagen und dem ganzen Kram. Das hier ist die den Leuten zugewandte, nette Seite. Wir sind bei den Mülltonnen.«

»Ich mag dein Haarband«, sage ich zu ihr, und sie lächelt, und ihr Blick huscht schüchtern von mir weg.

»Das hat Kira mir mitgebracht, als sie in Frankfurt war«, antwortet sie, und dann zeigt sie auf das Stück Stoff, das zwischen ihren wippenden Locken steckt. »Es ist mit, ähm, Essiggurken verziert. Sie ... nennt mich ihre Essiggurke.« Sie stößt ein leises, verlegenes Stöhnen zwischen einem breiten Grinsen aus. »Ach, ich weiß nicht, es ist *albern*.«

»Es ist nicht albern, es ist entzückend«, sage ich. »Wir wollen doch alle irgendjemandes Essiggurke sein.«

Petra lacht. »Manche Leute wollen *jedermanns* Essiggurke sein.«

»Ja, und das sind die, die es für den Rest von uns ruinieren.«

Petra führt uns durch kalte, hallende Korridore, und ich bin verblüfft davon, wie *untypisch* für eine glamouröse Sportarena es hier drinnen ist. Von außen ist alles Glitzer, schicke Tribünen. Lauter muskulöse Spieler und cooler Sportsgeist. Aber hier drinnen ist es fast büroartig. Nüchtern und grau, mit dem Geruch von neuen Teppichböden und Automatenkaffee. Die Wände sind mit gerahmten Drucken historischer Spiele behängt, zwischen ordentlichen Schildern, auf denen »Studio 1« und »Spielereingang« steht. Es fühlt sich an wie eine große Maschine. Eine große, alte, geölte, glänzende Maschine, nur um ein einziges Rugbymatch zu senden, bevor alle ausschalten oder wieder nach Hause gehen.

»Okay, ich sag's dir ganz offen«, meint Petra und dämpft ihre Stimme. »Und keine Panik ...«

Und natürlich kriege ich prompt Panik. Es passiert automatisch, dass man Panik kriegt, wenn jemand »Keine Panik« sagt. »Ach du Scheiße, was denn?«

»Owen ist hier.«

»Oh.«

Na toll.

»Aber er wird die ganze Zeit im Truck sein, ich habe es doppelt und dreifach überprüft. Dieses Spiel ist eine Riesensache, und er ist der Regisseur, daher wird er buchstäblich *viel* zu beschäftigt damit sein, sein Ding zu machen.« Petra sieht mich an, weit aufgerissene, nerzbraune Augen forschen in mir nach einem Hinweis darauf, wie ich mich vielleicht fühle.

»Okay«, sage ich, angestrengt bemüht, mein Pokerface zu wahren. »Na dann …«

»Und Chloe ist in zehn Minuten fertig«, ergänzt sie rasch. *Autsch.* Noch ein Heftpflaster, das mit einem schmerzhaften Ruck heruntergerissen wird. »Sie war seit Stunden hier, das heißt, du wirst sie nicht zu Gesicht kriegen. Sie geht bald. Das habe ich auch dreimal überprüft. Ich passe schon auf dich auf.«

»Oh. Gut«, sage ich, während die Besorgnis in mir brodelt wie Lava. Aber, na ja, vielleicht ist es ein *gutes* Zeichen, wenn sie zusammenarbeiten. Vielleicht ist die Hochzeit wieder angesagt? Vielleicht haben sie meine E-Mail einfach unter den Teppich gekehrt als eine dumme Sache, die passiert ist, und ich kann endlich wieder … was tun? *Meine* Gefühle an denselben düsteren Ort kehren? Und auf einmal kann ich mich gar nicht mehr erinnern, warum ich mich überhaupt zu dem hier bereit erklärt habe, denn diese Möglichkeit stand immer im Raum – dass ich mit meinem Ex und seiner vielleicht zukünftigen Ehefrau würde zusammenarbeiten müssen. Doch Owen war mit den Cricketspielen beschäftigt. Und Chloe war zu einem Planungsmeeting für ein verdammtes *Wrestling* hereingekommen an dem Tag, an dem ich sie vor dem Café überfallen habe. Ich habe sie für heute überhaupt nicht auf dem Schirm gehabt.

»Diese Dinger sind ein solcher Riesenzirkus, dass du wirklich niemanden sehen wirst«, fährt Petra fort, mit weit aufgerissenen Augen und ausladenden Gesten, als wollte sie so viel besänftigende Energie wie nur möglich in unser Gespräch bringen.«Vor allem draußen auf dem Spielfeld mit Marshal. Das ist, wo du sein wirst. Mit Marshal bei Kamera zwei.«

Ein Lichtblick, immerhin. Marshal ist einer der freiberuflichen Kameraleute, die für Flye arbeiten, und ich *liebe* ihn. Auf eine normale, unromantische, Wünschte-er-wäre-mein-zweiter-Dad-Art natürlich. Im Frühjahr habe ich ihm bei ein paar Events assistiert, um Petra auszuhelfen, da mehrere Freiberufler abgesprungen waren, und er war so freundlich und geduldig. Er hat mir beigebracht, wie man eine Kamera aufbaut, wie man sie scharf stellt, den Unterschied zwischen einer guten Aufnahme (seiner) und einer schlechten (meiner). Am zweiten Tag hat er mir sogar einen Lunch mitgebracht – eine kleine Thermosflasche mit dem besten Linsen-Dal, das ich in meinem ganzen Leben gegessen habe. Marshal. Ich werde mich einfach an Marshal halten, dann wird alles gut gehen.

Petra drückt eine Tür auf, führt uns nach links, und auf einmal schlägt uns ein Schwall warmer Septemberluft entgegen. Frisch gemähtes Gras, ein Hauch von Holzrauch; ein herbstlicher Gaumenkitzel. Am Ende des Gewölbes, unter dem wir stehen, erstreckt sich eine riesige grüne Fläche.

»Der Spielertunnel«, grinst Petra aufgeregt. »Cool, was? Wir gehen buchstäblich denselben Weg, den später die Spieler gehen werden.«

Und durch den Tunnel zu gehen, *ist* cool; die Art, wie er sich zu dem weiten grünen Meer des Spielfelds öffnet. *Überall* sind Leute. Crewmitglieder, die hin und her laufen und sich versammeln; Leute, die Headsets tragen, manche mit iPads, andere mit Ausrüstung und Kameras und Kabeln und Stativen bepackt, alles sicher innerhalb der Begrenzung der Tribünen und am

Rande der Absperrseile, die die Leute davon abhalten sollen, das Spielfeld zu betreten.

Petra hat recht. Das hier ist riesig. Selbst wenn Owen irgendwo herumschwirrt, werde ich ihn vermutlich gar nicht sehen.

»Augenblick, meine Liebe«, sagt Petra und tippt etwas auf einem iPad. »Ich muss das hier nur rasch an den Truck schicken ...«

»Na klar«, nicke ich. »Sag mir einfach, was ich tun soll und wann.« Am besten irgendetwas Einfaches, denke ich, während ich mich umsehe, denn ich weiß zwar, dass ich hier bin, um zu *arbeiten*, aber ich würde sehr gern auf eine große Pausetaste drücken, jeden anhalten, die Zeit anhalten, und einfach ein bisschen herumschlendern. Erkunden. Das ist, was dieses Kribbeln in mir signalisiert, denke ich. Etwas Neues. Als ob das Leben einen kleinen Spalt in einer Tür geöffnet hätte und sagt: »Es hat die ganze Zeit auf dich gewartet, weißt du.«

»Okay! Ich hole dir deinen Ausweis von Jack«, sagt Petra lächelnd. »Und dann werden wir Marshal finden. Er wird entzückt sein, dich zu sehen.«

Marshal *ist* entzückt, mich zu sehen, und er stößt sogar einen kleinen Jubelruf aus, der in der Brise untergeht, während ich hinüber zur anderen Ecke des Spielfelds sprinte. Marshal wurde eingeteilt, neben einem der Pfosten zu filmen, und das ganze Spielfeld ist wie ein riesiges Fenster aus Sonne. Ich bereue, dass ich diese Jeans angezogen habe. Es ist fast Oktober, aber ich *schwitze*.

»Wie wunderschön, dich zu sehen!«, strahlt er, als ich bei ihm ankomme, und dann tut er etwas, was einfach absolut typisch Marshal Chandra ist. Er hebt eine Hand und legt den Kopf auf die Seite, damit ich sie abklatsche. Ich mag Marshal wirklich. Er ist zweiundfünfzig, hat vier Söhne und kürzlich einen absolut entzückenden YouTube-Channel gestartet, auf dem er Kamera-Tutorials anbietet. Seine Intros sind wie etwas, das mit Microsoft Paint erstellt wurde, und er hält sich die Kamera so nah ans Gesicht, dass es aussieht, als ob er in einen Löffel filmt, aber seine Abonnenten *lieben* ihn, und er tut jedes Mal, als hätte er einen Oscar gewonnen, wenn jemand einen »Danke dafür!«-Kommentar hinterlässt.

Marshal ist ein Helfer. Niemand ist schlecht, nur leidend. Er ist der festen Überzeugung, dass Leute gemeine Dinge lediglich deshalb tun, weil sie selbst verletzt wurden. Und er ist auch einer dieser Babyboomer, die sich weigern, den Anschluss zu verlieren. Als ich ihm das letzte Mal assistiert habe, habe ich ihn dabei angetroffen, wie er Grime-Musik gehört hat, die sein Sohn ihm geschickt hatte. »Das ist wichtig, weißt du«, sagte er. »Bei den neuen Dingen, die gemacht werden, am Ball zu bleiben. Sonst hört man einfach auf zu wachsen.«

Marshal und ich tauschen Neuigkeiten aus, während ich ihm helfe, die Kamera aufzubauen – er bittet mich zu testen, ob der Fokus und Zoom richtig funktionieren, während er aus einem großen Mehrweg-To-go-Becher gesüßten Tee trinkt. Er erzählt mir von seinem ältesten Sohn, der kürzlich seine Prüfung als Fahrlehrer abgelegt hat, und dass seine Frau nach Pakistan geflogen ist, um Verwandte zu besuchen, und er ihr als Überraschung eine Vorratskammer in dem Wandschrank unter der Treppe eingebaut hat. Er erwähnt die E-Mails mit keinem Wort, und ich tue es auch nicht. Stattdessen erkundigt er sich nach mir. Wie es mir geht, wie »die Wohnung mit der Aussicht« ist. Und dann hebt er einen Finger und lächelt.

»Augenblick, Millie. Der Truck testet den Link.« Er drückt einen Finger auf das Ohrteil an seinem Headset. »Ja, hier ist Kamera zwei, ich kann dich hören.« Er starrt in die mittlere Ferne. »Hallo? Kamera zwei, Marshal Chandra hier, kannst du mich hören? Hier ist Marshal, Kamera zwei ...« Dann seufzt er, nimmt das Headset ab, überprüft es und setzt es wieder auf. »Plastikschrott«, murmelt er. »Hallo, hallo, hier ist Kamera zwei, kannst du mich hören? Ach, *Scheiße*. Sie ... sie können mich nicht hören. Das Talkback funktioniert nicht. Ich kann sie hören, aber ...« Er sieht auf seine Armbanduhr, blickt sich um. »Wo ist Jack, wenn man ihn braucht?«

Jack.

Ein kleines, aufgeregtes Knistern erfasst mich bei der Erwähnung von Jack, der hier irgendwo sein muss. Petra hat mir meinen Ausweis von ihm besorgt, aber ich selbst habe ihn bisher nicht gesehen. Und ich habe wirklich *gehofft*, ihn zu sehen. Er arbeitet viel vor Ort seit unserem entzückenden, unerwarteten Lunch im BackDonalds. Es ist, als ob Flye ihn bis auf den letzten Tropfen aussaugt, ihn mit aller Macht festhält, bevor er sich losreißt und wieder wegfliegt.

»Kann ich irgendetwas tun?«, frage ich. »Ich könnte ... hier warten, während du gehst und dich darum kümmerst. Oder soll ich mit Petra reden?«

»Könntest du dem Truck Bescheid geben?«, fragt er. »Er ist gleich da hinten. Einfach dort entlang, siehst du das Portal da drüben? Den Gang darunter?«

»Ähmm.« O Gott, nicht zu *dem* Truck. Irgendwohin, lieber Marshal, nur nicht zu dem verdammten Truck. Owen ist in dem Truck.

»Argh, die Zeit drängt auch ein bisschen ...«, sagt Marshal

wie zu sich selbst. »Immer alles auf den letzten Drücker. Jedes.
Einzelne. Mal.« Dann sieht er zu mir hoch, die dunklen Augenbrauen erwartungsvoll hochgezogen.

»Truck«, sage ich. »Ja, ich ... ich gehe zum Truck.«

»Superstar«, grinst Marshal und dreht das Headset in seiner Hand um. »Sag ihnen, Kamera zwei kann hören, aber das Talkback funktioniert nicht, bitte.«

»Richtig. Okay. Talkback. Na klar. *Ja*. Okay. *Truck*.« Ich starre Marshal an, der mir zunickt. »Jetzt gleich?«

»Bitte.«

»*Na klar*. Okay! Toll. Ich mache, so schnell ich kann.«

Das musste ja passieren. *Natürlich*. Aber andererseits – es ist nur Owen, oder? Und wir sind in einem professionellen Umfeld. Er wird noch andere Leute im Truck haben, andere Kollegen. Er wird im Regisseurmodus sein. Er wird wohl kaum sagen: »Hallo, Millie, immer hereinspaziert, wollen wir vielleicht darüber reden, dass du noch immer Gefühle für mich hast? Entschuldigt, Jungs, unterhaltet euch einfach selbst. PS, hat sonst noch irgendjemand hier Millies E-Mail an alle gesehen?« Nein. Außerdem schreitet die Zeit voran, und Marshal muss dieses Problem so schnell wie möglich geklärt kriegen. Was habe ich für eine Wahl? Mir einfach meine Schlüssel schnappen und nach Hause rasen, wenn ich doch einzig und allein hier bin, um einen guten Eindruck zu machen und keinen durchgeknallten?

Ich folge Marshals Wegbeschreibung, vorbei an einem kleinen Grüppchen von Crewleuten. Auf ihren T-Shirts steht »ITV«. Einer von ihnen schaltet ein Mikrofon ein – eines dieser Handmikrofone, das die TV-Experten immer halten, mit diesen kleinen quadratischen Kästchen um den Rand. Ein anderer lächelt mir zu, und ich lächele zurück. Ich muss für jeden hier normal aussehen; als ob ich jemand wäre, der weiß, was er tut. Nicht jemand, der sich fühlt, als ob er auf dem Weg zur Schlachtbank wäre. Für viele ist es bloß ein normaler Übertragungswagen, für mich aber ist es wie die Geisterbahn auf dem Rummel.

Ich finde den Truck auf dem Asphalt neben dem Gebäude, quer über mehrere Stellplätze geparkt. Übertragungswagen sind wie eine Mischung aus einem Rockstar-Tourneebus und diesen provisorischen Container-Klassenzimmern, die die meisten von uns von der Mittelschule her kennen. Ein langer, rechteckiger, fensterloser Metallanhänger, auf einen Lastwagen montiert, mit Stufen, die zu einer Metalltür hochführen, und auch wenn man vielleicht einen Schiffscontainer erwarten würde, sieht es drinnen eher nach *Star Trek* aus. Reihen über Reihen mit Fernsehern und Computern an den Wänden, Tische mit Mischpulten, die Lichter gedämpft, leuchtende Knöpfe und Tasten wie bei einem Fahrsimulator in einer Spielhölle.

Die Tür zu diesem hier ist angelehnt, und ich kann Stimmen hören. Eine davon ist *eindeutig* Owens. *Gut.* Er ist beschäftigt, im Gespräch mit jemandem, in die Arbeit vertieft. Ich kann einfach kurz den Kopf um die Tür stecken, ihnen allen sagen, was los ist, und wieder verschwinden. Professionell. Auf den Punkt gebracht. Keine Chance für Owen, mich mit Erinnerungen an Pubausflüge zu erfreuen, als wir so verliebt waren, dass ich das Gefühl hatte, ich würde am liebsten in seine Jeanstasche kriechen und für immer dort leben.

Ich klopfe.

Nichts.

Die gedämpfte Unterhaltung geht weiter.

Ich klopfe noch einmal.

Nichts.

»Hallo?«

Ich halte inne, öffne die Tür etwas weiter, und ... dann passiert auf einmal alles gleichzeitig. Während ich die Tür öffne, mich im Türrahmen zeige, in *genau* diesem Augenblick, höre ich Owen sagen: »Meine *Mum* hat mir geholfen, diesen Ring auszuwählen«, und eine süße, vertraute Stimme antworten: »Du kannst wirklich *nie* die Schuld bei dir sehen, oder? Du kannst nie einfach die Hände heben«, gefolgt von Owens tiefem Lachen und den Worten: »Das ist so, weil nichts davon meine Schuld ist«, während das Licht von draußen sie beide erhellt, wie ein riesiger Scheinwerfer auf einer Bühne: Owen und Chloe, im Dunkel des Übertragungstrucks.

Chloes Gesicht fällt in sich zusammen. Owen starrt mich an, aber in seinen Augen liegt irgendetwas – Verlegenheit? *Belustigung?* –, und alles, was mir zu sagen einfällt, ist: »Es geht um Marshal. Er braucht Hilfe!«, als wäre Marshal eben in einen Brunnen gestürzt, bevor ich mich abwende und die Stufen wieder hinuntersprinte.

★★★

Textnachricht von Millie: ICH WILL STERBEN. BRING MICH UM.

Textnachricht von Millie: Chloe ist hier. Und Owen auch!

Textnachricht von Millie: Und ich bin eben dazwischengeplatzt, während sie sich in einem Truck gestritten haben!?!??!!?!?!? Über den Verlobungsring (glaube ich!?), und ich muss sterben oder in ein Zeugenschutzprogramm gehen.

Textnachricht von Cate: OMG, verarschst du mich?

Textnachricht von Cate: Halt den Kopf hoch erhoben, Süße. Du hast nichts falsch gemacht, vergiss das nicht. Sie sind es, die sich in der Arbeit streiten. Unprofessionell.

Textnachricht von Millie: Ja, na ja, ich bin sofort zu Petra gerannt, die mich in einem winzigen Studio abgeschottet hat, und jetzt muss ich irgend so ein SET-TEIL AUFBAUEN!? Allein. Ich habe keine Ahnung, was ich tue. Das heißt, ich gehe hier mit Sicherheit auch nicht als Sieger vom Platz!

Textnachricht von Cate: Komm nach Hause.

Textnachricht von Cate: Du solltest dich sowieso nicht mit diesem Scheiß herumschlagen müssen. #FreeMillie

Textnachricht von Millie: SCHÖN WÄR'S!!!!

Textnachricht von Millie: Sag mir einfach, dass alles gut wird.

Textnachricht von Cate: Natürlich wird es das! Du bist fantastisch, tapfer und ein wunderschönes Energiebündel. Sie können sich glücklich schätzen, dich zu haben. Du SCHAFFST DAS!!!

Kapitel 13

Ich schaffe das absolut nicht. In keiner Weise, Art oder Form. Nicht im Geringsten.

Auch wenn Petra eine liebe und entzückende Freundin ist und mich in einem stillen, abgelegenen Raum versteckt hat, der ungefähr so groß ist wie mein Schlafzimmer, mit der (angeblich) »simplen« Aufgabe, eine Leinwand mit Sponsoren-Logos aufzubauen, vor der später die Spieler interviewt werden sollen, wünschte ich noch immer, ich wäre irgendwo anders. Egal wo. Ich würde sogar den Truck nehmen, mit Owen und Chloe. Ich würde einen Lagerkeller nehmen, in dem ich mit alten Kohlrüben überschüttet werde. Alles lieber als das hier.

Weil ich das nicht kann.

»Sie entrollt sich einfach von selbst, wie eine riesige Schriftrolle!«, hat Petra vor wenigen Momenten erklärt, mit einem lässigen Ganz-einfach-Lächeln. »Und dann befestigst du unten die Ecken, et voilà! Job erledigt!«

Aber genau das tue ich immer wieder, und sie rollt sich immer wieder *nach oben* auf, wie eine Schriftrolle, aber in umgekehrter Richtung, wie eine Jalousie in einem Zeichentrickfilm, wo die kleine Zeichentrickfigur auch noch darin verheddert wird. Meine Hände sind inzwischen völlig zerkratzt von den scharfen Metallkanten, und hier drinnen ist es einfach so *heiß*. Ein Deckenventilator pustet in einer Tour gnadenlos heiße Luft in den Raum, und ich finde keine Möglichkeit, ihn auszuschalten. Es ist wirklich zum Heulen. In diesem Moment könnte ich schluchzen, mit den Füßen stampfen, mit den Fäusten auf den Teppich eintrommeln wie ein Kleinkind, während ich vor der einen Leinwand stehe, die Petra als Demo-Exemplar fertiggestellt hat und auf der groß und breit die Worte »GLAUBE AN DICH« prangen. Tausende von Leuten werden sich dieses Spiel ansehen. Millionen vielleicht. Und doch werden die größten Stars des Spiels vor einer Plastikplane interviewt werden, die eine Hochstaplerin wie ich hier aufbauen soll. Man würde meinen, dass sie bei dem ganzen Glanz und Glamour des Fernsehens eine schicke LED-Leinwand oder so haben würden. Oder wenigstens eine gebrauchsfertige Hochglanzleinwand. Aber dann erinnere ich mich, wie Owen und ich, als wir zusammen waren, eines Nachmittags Fußball im Fernsehen gesehen haben und er auf eine Leinwand hinter dem Pult eines TV-Experten zeigte und sagte: »Dahinter sitzt in diesem Augenblick irgendein armes, geschafftes Crewmitglied und isst sein Sandwich.«

Ich hole einmal tief Luft. Okay. Ich kann das. Natürlich kann ich das.

Entrollen wie eine riesige Schriftrolle. Okay, geschafft. Die Ecken befestigen an ... »Scheiße!« Die Schriftrolle rollt wieder hoch, mit einem verrückten, flatternden Geräusch, wie der Flügelschlag eines durchgeknallten Vogels. Ich lasse mich auf den Boden sinken. »Siehst du!«, brülle ich niemand Bestimmtes an. Das hier ist unmöglich. Es fühlt sich *alles* unmöglich an. Alles. Ich, wie ich versuche, an meinen Wochenenden ein Mitglied einer verdammten Crew zu sein, um – wen zu beschwichtigen? Sieht irgendjemand überhaupt zu? Kümmert es irgendwen überhaupt? Owen und Chloe streiten sich noch immer im

Übertragungstruck. Mum belügt Dad noch immer. Alexis ignoriert mich noch immer. Nichts scheint wirklich geholfen zu haben. Das heißt, vielleicht ist es sinnlos. Vielleicht ist alles einfach am Arsch, und am Arsch ist es, wie es gerade einfach so ist, Punktum.

Ich starre hoch zu dem einen Panel, das Petra praktisch mit geschlossenen Augen aufgebaut hat, ohne dass bei ihr auch nur ein Haar verrutscht ist. Schweiß bildet sich in meinem Nacken. *GLAUBE AN DICH!*

Ich schnaube, an niemand Bestimmtes gewandt, in einen leeren Raum.

»GLAUBE AN DICH?«, murmele ich. »Soll das ein Witz sein? Denn ich glaube, kleines, beschissenes Panel mit deinem eigenen Willen, dass ich *nicht* an mich glaube.«

Ich ziehe die Schriftrolle noch ein bisschen weiter herunter.

»Also, was sagst du dazu, hm? Was, wenn ich dir, *Schriftrolle*, sage, dass ich *nicht* glaube, dass ich hier überhaupt viel tun kann ...«

»Alles in Ordnung, Mills?«

Ich zucke zusammen, wie vom Blitz getroffen. Und die Schriftrolle rollt wieder hoch bis ganz nach oben, denn *natürlich* tut sie das.

»Entschuldige, entschuldige! Scheiße, habe ich dich erschreckt?« Owen steht im Türrahmen, zwei Flaschen Wasser lässig in den Händen, schätzt ihr Gewicht ab. Ich hoffe wirklich, er hat nicht gehört, wie ich mit mir selbst geredet habe. (Na ja, mit einem Motivationsplakat geredet habe, was, denke ich, irgendwie noch schlimmer ist.)

»Äh. Nur ein bisschen«, sage ich und gehe wieder in die Hocke.

Owen lacht. »Ich habe dir Wasser gebracht. Ist heiß hier drinnen.«

»Ah. Danke.« Ich räuspere mich, strecke die Hände wieder nach oben aus, für Versuch Nummer eintausendneunundfünfzig, denn ich weiß nicht, was ich sonst mit meinen Händen tun soll, mit meinem ganzen Körper, um genau zu sein, und zerre die Leinwand wieder bis zum Boden herunter. Woher wusste er, dass ich hier drinnen bin? Wird ihm alles haarklein berichtet oder so? »Hast du, ähm ... das mit Marshal geklärt?«

Owen kommt über den Teppich auf mich zu, Slim-fit-Jeans, frischer kurzer Haarschnitt, und kauert sich neben mich. Ich schaudere fast bei dem Schwall von Nostalgie. Ich könnte heute gut auf Owen verzichten, denn ich fühle mich etwas wackelig auf den Beinen. Meine Entschlusskraft ist geschwächt, wegen der Sache mit Mum, glaube ich. Ich fühle mich allein damit. Ja, Cate und Ralph wissen davon, aber Dad nicht, und er ist derjenige, der es wirklich wissen muss. Außerdem, selbst wenn ich es meinem Bruder erzählen würde, was könnte Kieran schon tun, irgendwo in Michigan, von seinem ach so beschäftigten Leben aus? Er wäre nur noch eine weitere Person in meinem Telefon, die mir schreibt: »Hey, Schwesterherz, was ist denn heute los?« Er wäre bloß ein weiterer Punkt auf meiner To-do-Liste.

»Brauchst du Hilfe?«, fragt Owen.

»Nein, nein ...« Die Ecke beginnt sich aufzurollen, aber Owen hält sie mit dem Unterarm fest und ich mit meiner Hand.

Er dreht das Gesicht zu mir um und lächelt, stellt die Wasserflaschen auf dem Boden ab, eine neben die andere, wie Soldaten. »Ich mache das schon«, sagt er. »Es gibt einen Dreh dafür.«

Owen streckt die Arme aus, warme Fingerspitzen berühren meine Hand, und ich lehne mich zur Seite. Er riecht nach Samstagmorgen. Rasiergel nach dem Fitnessstudio und Kaugummi, danach, wie er immer in meinem WG-Zimmer aufgetaucht ist und genau so gerochen hat, am Anfang. Der Wagen draußen geparkt, bereit, mich mit irgendwelchem Zeug förmlich zu ersticken. Gefühlen, die schnell verpufften und, wenn man es auf einem Diagramm sehen würde, in die Höhe geschossen und dann wieder abgestürzt wären, wie ein spitzer Zacken. Wie ein Herz, das nicht mehr schlägt. Er sagte immer, ich hätte ihn überrumpelt – er hätte nie damit gerechnet, so zu fühlen, wie er für mich fühlte, bei niemandem. Und das »Zeug« fühlte sich an, als hätte er eine Sprache gefunden, die es zum Ausdruck brachte. Ich kann mich erinnern, mich seltsam erleichtert gefühlt zu haben, als es aufhörte.

»Du ziehst sie ganz bis zum Boden«, sagt er jetzt, »genau senkrecht, und dann, wenn du wieder hochkommst ...« – er klickt sie fest, und sein Blick fängt meinen auf, wie zwei glänzende Pennys – »... fertig.«

»Ganz einfach«, sage ich und wende den Blick ab. »Für alle anderen.« Ich lache steif, gekünstelt.

»Ja, na ja. War noch nie deine Stärke, oder? Handwerkliches Zeug. Dinge zusammenbauen.«

»Na ja, ich weiß nicht«, sage ich, während ich spüre, wie sich meine Muskeln ein wenig anspannen. »Ich bin besser geworden.«

»Ach ja?«

»Mhm«, murmele ich.

Und das ist, was ich mit dieser Beklommenheit meine. Ich verspüre einfach diesen Drang, mich ... *zu erklären*. Ihn zu beeindrucken, obwohl ich weiß, dass ich das nicht wollen sollte. Ich erinnere mich an das IKEA-Nachtschränkchen. Oh, das verdammte IKEA-Schränkchen und wie es um ein Haar unsere ganze Beziehung zum Scheitern gebracht hätte. Owen war entschlossen, dass wir zusammenziehen sollten, und schließlich, nach vier Monaten, taten wir es. Und ich zog fast prompt wieder aus, als wir einen Riesenkrach hatten, weil die Schublade des Schränkchens, das Owen zusammengebaut hatte, auseinanderfiel und meine nicht. Er schwor, sein Schränkchen sei das, was ich zusammengebaut hatte. Ich wusste, dass es nicht so war, und wen kümmerte es überhaupt, es war nur ein idiotisches Schränkchen zum Selbstaufbauen. Aber er war wütend, weil ich angedeutet hatte, *seines* sei das nicht korrekt zusammengebaute, und wir kriegten uns deswegen so heftig in die Wolle, dass er auf dem Sofa schlief. Bis zum nächsten Abend wechselten wir kein Wort miteinander. Das Eis war gebrochen, als ich ins Schlafzimmer kam und einen Blumenstrauß auf dem Schränkchen selbst vorfand. »Ruhe in Frieden«, sagte er vom Türrahmen aus. »Und außerdem, können wir vielleicht nie wieder streiten? Wir sind zu verdammt heiß, um uns wegen *Nachtschränkchen* zu streiten.« Auf die Weise verliefen viele unserer Auseinandersetzungen. Riesenexplosion, Schweigen, ein leichtes Ausbügeln, und ich verbrachte den nächsten Tag erschöpft und verwirrt damit, mich zu fragen, warum in aller Welt ich das alles so eng sah; warum ich so entschieden auf meinem Standpunkt beharrte.

»Studio B hier«, sagt Owen in das Headset. »Entschuldigung. Der Truck quasselt. Hört nie auf.«

Ich nicke. Wenn ich Owen nicht in die Augen sehe, fühle ich mich besser. Besser imstande zu sagen, was ich will. »Tut mir leid, dass ich vorhin dazwischengeplatzt bin. Im Truck.«

Owen zuckt die Schultern und beobachtet mich, während er an der Leinwand herumhantiert. Ich will nur noch nach Hause, weg von diesem Studio. Weg von der Hitze dieses fensterlosen Raums, weg von Owens schwerem, vertrautem Blick.

»Chloe will den Ring zurückgeben«, sagt Owen und steht auf, die Worte seufzend gehaucht. »Und es ist idiotisch, aber als sie neulich abends vorbeikam, sagte sie, sie würde über alles nachdenken. Die ganze Deadline für den Veranstaltungsort, die näher rückt. Und ... *Mum* hat diesen Ring ausgesucht ...« Owen legt den Kopf in den Nacken, hebt den Blick zur Decke. »Ich fühle mich, als ob ich Mum enttäuscht hätte. Ich fühle mich, als ob das alles ist, was ich tue, Millie. Ich bin alles, was sie hat.«

»Natürlich hast du sie nicht enttäuscht«, erwidere ich, und die Worte kommen fast instinktiv. Automatisch. Als ob eine alte Kurzwahltaste, die ich seit Jahren nicht mehr benutzt habe, auf einmal gedrückt wurde. Das hier ist eine alte Leier von Owen, eine Geschichte, die er schon damals nicht loslassen konnte. Dass er, das einzige Kind seiner Mum, ihr einziger Angehöriger, sie enttäuschte. »Owen, deine Mum denkt, dass die Sonne aus deinem verdammten Arsch scheint. Das weißt du.«

»Ja, aber sie ist deprimiert, Millie. Seit ...« Er bricht ab, aber ich weiß, dass er meine Briefbombe von einer E-Mail meint. Die Werden-sie-werden-sie-nicht-Hochzeitssituation. Mich und meine dummen, dummen, an alle verschickten Worte. »Und du weißt doch, wie das ist«, fährt er fort. »Familie. Das Gefühl, dass du irgendetwas beweisen musst. Weißt du, was ich meine? Dass sie irgendetwas von dir erwarten, auch wenn sie es nicht laut sagen.«

Das hier hat irgendetwas ... Wir beide, wie früher über Dinge redend, die nur wir zwei wirklich verstehen. Owen und seine Mum, die denkt, dass er der Goldjunge ist, der Dad, der seine Existenz leugnet. Die Erwartungen meiner Mum. Wie ich immer das Gefühl habe, sie zu enttäuschen, vor allem verglichen mit Kieran und seinen Doktortiteln und seinem gut aussehenden Ehemann und seiner buchstäblich lebensrettenden Molekularbiologie-Forschung.

Und bevor ich auch nur einen Moment darüber nachgedacht habe, erzähle ich ihm von Mum. Es purzelt einfach aus mir heraus.

Owen erstarrt. »Was? Ist das ... ist das dein Ernst?«

»Ich bin ihr gefolgt«, sage ich zu ihm. »Und sie hat ... ihn getroffen? Den Ex-Mann? Er ist krank oder so.«

Owen bewegt sich wie jemand, der sich vor einem Baseball duckt. Theatralisch. Offen. Seine Wangen blähen sich. »*Scheiße*, Mills ...«

»Ich bin ihr zu einem Pflegeheim gefolgt. Sie hat gesagt, es sei keine gute Beziehung gewesen. Alkohol. Dass Dad mit angesehen hätte, wie gebrochen sie nach ihm gewesen sei. Er sagt, er hat sich geändert. Er ist reumütig.«

»Na ja, Leute können sich ändern ...«

»Dad weiß nichts davon«, bügele ich seine Worte ab.

Owen betrachtet mich auf dem Boden, noch immer in der Hocke, noch immer bei dem Versuch, die Ecke der Leinwand am Rahmen zu befestigen. »Gott. Und dein Dad ... Er ist so ...«

»Ich weiß.« Owen meint traditionell. Schlicht. Lehrbuchmäßig.

»Es wird ... alles gut werden«, sagt Owen leise, und das entwaffnet mich ein klein wenig. Vertrautheit liegt in diesen Augen. Erinnerungen. Jemand, der an Heiligabend mit Dad immer lange aufblieb und Vater-Sohn-Sachen machte. Jemand, der Mum und Dad kennt; der *mich* kennt.

175

»Deine Eltern sind füreinander bestimmt. Durch dick und dünn, sie sind einfach solide. Weißt du? Der Traum.«

Das hat er immer über Mum und Dad gesagt. Er hat sie angesehen, wie sie vor uns Händchen hielten, wenn wir an einem späten Sonntagnachmittag einen Pub auf dem Land verließen, sagte, das würden eines Tages wir sein. Wir würden sein, was er nie hatte. Er hatte alles genau geplant; er hatte sogar Namen für unsere imaginären Babys ausgewählt. Owen hatte unsere ganze Zukunft vorgezeichnet. Und dann ... ist er einfach gegangen, hat sich benommen, als hätte er das alles nie getan. Deshalb hat es sich nicht nur angefühlt, als hätte ich meinen Freund verloren. Damals hat es sich wie alles angefühlt.

»Ich muss ständig an dich denken«, sagt Owen auf einmal und kommt durch den winzigen Raum auf mich zu. Ich strecke mich nach oben aus, nach der nächsten Schriftrolle, und ich erstarre, als ich ihn hinter mir spüre. *O nein, nein, nein.*

Ich drehe mich zu ihm um, weiche zurück.

Er drückt wieder auf irgendetwas an seinem Ohrteil. »Diese E-Mails. Ich meine ... sie haben im Grunde mein verdammtes Leben ruiniert.« Er lacht spöttisch auf.

Mein Herz hämmert und hämmert, und meine Haare kleben an meiner Wange. Warum ist es in diesem Raum so heiß, warum ist er so klein?

»Owen, ich wollte nie, dass irgendetwas dein Leben ruiniert. Ich würde niemals ...«

»Aber ... sag mir, dass du nicht darüber nachgedacht hast. Darüber, wie gut es war. Die Pläne, die wir hatten, unser Zuhause, unsere kleine Wohnung. Weißt du noch, wie wir sie immer genannt haben, den *Würfel*?« Er lächelt, fummelt wieder an seinem Ohrteil herum.

»Natürlich habe ich über … Dinge nachgedacht«, erwidere ich. Ich schlucke, doch es fühlt sich an, als ob meine Kehle mit Marshmallows verstopft wäre. »Aber du bist gegangen. Wir hatten diese Pläne, und du … *du* warst es, der gegangen ist.«

»Ich weiß, ich …« Owen schließt die Augen, dichte, dunkle Wimpern sträuben sich. »Aber wir hätten keine Fernbeziehung führen können, Millie. *Ich* hätte es nicht gekonnt. Ich hätte es nicht ausgehalten, von dir getrennt zu sein.«

»Aber es war nicht … es war nicht nur das.«

»*Natürlich* war es das«, entgegnet Owen, und seine Augen weiten sich, als wären wir uns uneinig darüber, welches Dressing am besten zu einem Salat passt, und nicht über das Ende unserer Beziehung. »Ich habe gesagt, ich wollte dich nicht aufhalten, und genau das wäre passiert, wenn du hier auf mich gewartet hättest …«

»Ich war gewillt, meinen Job aufzugeben und mit dir mitzukommen«, entgegne ich, als ob er daran erinnert werden müsste. »Das weißt du. Ich habe ein Flugticket gekauft, Owen. Petra hat die Geschäftsleitung überzeugt, dass ich dir einen Monat helfen kann, dort alles aufzubauen, obwohl ich *null* Erfahrung hatte, und du hast einfach …«

»Millie.« Er schüttelt den Kopf, als läge ich völlig, völlig falsch. »Es hätte nie so einfach sein können.«

Und das ist typisch Owen. Er stellt alles als so glasklar hin; als ob es nicht *seine* Entscheidung gewesen wäre. Aber das war es … oder etwa nicht?

»*Okay*. Okay. Hör zu.« Owen seufzt, fuchtelt mit einer Hand durch die Luft, als ob er versuchte, einen Deal auszuhandeln. »Vielleicht war ich einfach ein dummer, blöder, verdammter Idiot.«

»Owen …«

»Ehrlich gesagt gibt es da gar kein Vielleicht«, fährt er fort. »Ich bekenne mich schuldig. Ich habe viel nachgedacht. Ich kann gar nicht aufhören nachzudenken, ehrlich gesagt. Ich weiß es, wenn ich im Unrecht bin. Und ich *weiß*, dass ich Mist gebaut habe.«

»Ja«, sage ich. »Ja, das hast du.«

»Und ich weiß, dass ich mich dir gegenüber wie ein Arsch benommen habe.«

»Ja«, stimme ich ihm zu. »Das hast du *wirklich* …«

Und als ob die Götter hoch oben im Himmel über dem StoneX-Stadion Mitleid mit mir hätten, schwingt auf einmal die Tür auf, und Owen schnellt herum, und im selben Moment, in meiner Panik, richte ich mich auf, als müsste ich strammstehen, als wäre ich eben bei etwas ertappt worden, was ich nicht tun sollte, und während ich es tue, lasse ich die Schriftrolle los, und *o mein Gott* – das ganze Panelset kracht herunter. Kracht allen Ernstes herunter. Ich erstarre, die Panels an mich gelehnt wie ein Kartenhaus, nur noch von meinem verschwitzten Rücken davor bewahrt, in sich zusammenzustürzen.

»*Scheiße!*«, entfährt es mir.

Eine Hand schnappt sich die Leinwand über meinem Kopf, schiebt »GLAUBE AN DICH!« von mir weg, verhindert, dass es mich langsam erdrückt, und als ich den Kopf hebe, sehe ich Chloe, mit versteinerter Miene, Headset aufgesetzt, Petra, einen Mann, der ein riesiges Boom-Mikro in der Hand hält, und dass die Hand, die mich vor der Leinwand gerettet hat, zu Jack gehört.

Jack lacht noch immer, als wir draußen auf den leeren Tribünen des Stadions sind, in der letzten Reihe, und auf das weitläufige grüne Spielfeld hinuntersehen, der Himmel ein einziges riesiges Tuch aus endlosem Meerglas-Blau. Es ist ansteckend, Jacks Lachen. Auch wenn mein Gesicht der reinste Feuerball ist und ich mehr als verlegen bin, kann ich mir das Lachen nicht verbeißen. Es ist alles so schnell passiert. Diese Tür, die aufging, ich, auf einmal hochgeschnellt, als hätte ich einen Stromschlag gekriegt, der zeitlupenartige Einsturz der Leinwand, mein Kreischen, Jacks Arm, der vorschoss, ein Mann, der dort stand, mit einem Mikrofon, das so aussah wie Marge Simpsons ungekämmter, ergrauender Kopf …

»Ich kann nicht glauben, dass das eben wirklich passiert ist«, sage ich. »Dein Arm … das war wie … Edward Cullen oder so?«

»Du meinst, der Teenager-Vampir?« Jack stützt lässig einen Fuß auf die Rückenlehne des Sitzes vor sich.

»*Ja*, der Teenager-Vampir. Ich kann absolut nicht glauben, dass das eben passiert ist.«

»Na ja, ich fühle mich jedenfalls geehrt«, sagt Jack. »Zusehen zu dürfen, wie es in Echtzeit passiert ist. Ein organisches, unerwartetes Ereignis.«

»*Unerwartet*«, sage ich und setze mich neben ihm auf einen Plastiksitz. Nur wir beide, zwischen Reihen über Reihen leerer senfgelber Sitze hinter uns und vor uns. »Also genau nach deinem Geschmack.«

Jack kichert, schiebt sich die Sonnenbrille vom Kopf auf die Nase.

Ich schraube die Wasserflasche auf, die Owen mir ins Studio gebracht hat, und nehme einen Schluck. Eine leichte Brise, mit einem Hauch von Hotdog-Verkaufswagen, kühlt meine Haut, weht mir sanft die Haare aus meinem glühenden Gesicht. Ich hatte gehofft, dass Jack mich letztendlich finden würde, und obwohl es mir *extrem* peinlich war, ihn ausgerechnet in dem Moment zu sehen, in dem ich unter Plastikleinwänden begraben wurde, wurde ich von Erleichterung durchflutet, dass er es war, der in dieser winzig kleinen, heißen Kiste von einem Studio auftauchte. Er sah aus, als wäre er soeben der Frühjahr/Sommer-Doppelseite eines Modemagazins entstiegen – ordentliche marineblaue Straight-Leg-Leinenshorts, ein gebügeltes weißes T-Shirt, die Haare kurz, aber verwuschelt, und seine Beine – sie erinnern mich an Fußballerbeine. (Ich hoffe wirklich, er hat nicht bemerkt, wie ich sie aus dem Augenwinkel angestarrt habe.) Und ich *mag* es, mit Jack Shurlock zusammen zu sein. Jack Shurlock entspannt mich. Und er macht mich ein bisschen … schwindelig? Was sich im Moment wie ein entspannender Kurzurlaub weit weg von allem anderen anfühlt. Diesem ganzen ernsten, tiefen, chaotischen Leben nach den E-Mails. Nicht zuletzt dieser peinlichen Szene mit Owen eben.

»Owen hat gelacht, stimmt's?«, sage ich leise, während unten Flye-TV-Crewmitglieder wie Ameisen herumwuseln. Bald ist Einlass, und diese Plätze, diese Tribüne hier oben, auf der wir sitzen, werden voller schreiender Fans sein. Aber im Moment fühlt es sich an, als ob sie uns ganz allein gehört. Jack und ich blicken auf ein ganzes Miniatur-Terrarium hinunter. Meine Sonntage sind normalerweise alle gleich. Wäsche waschen, lange Spaziergänge, ein Braten im Crooked Billet mit Ralph, ein bisschen *Made in Chelsea* gucken. Aber das hier, hier oben – das ist völlig neu. Und mein Gehirn ist sehr zufrieden mit dieser Tatsache. Es fühlt sich gereinigt an. Frisch geölt.

»Owen hat gelacht, aber Chloe hat keine Miene verzogen«, antwortet Jack.

»Hass.« Sie stapfte davon, dicht gefolgt von Owen.

»Petra auch nicht.«

»*Mädchen-Code.*«

»Und, okay, ich weiß, *ich* habe gelacht«, räumt Jack ein, »aber weißt du, meines war nett gemeint. *Freundlich.*«

Ich drehe mich zu ihm um. »Ähm, du hast am lautesten gelacht.«

Jack fährt sich mit seiner großen Hand an die Brust und wirft den Kopf in den Nacken. »Ich habe mir den Großteil davon für jetzt aufgehoben, wenn wir hier draußen sind, oder? Weg von allen anderen. Und – *Mr. Kalimeris.*« Als Jack das sagt, klingt es, als würde er sich über Owen lustig machen. Seine Augen sind hinter seiner Sonnenbrille verborgen, aber ich weiß einfach, dass er sie verdreht hat. »Diese Leinwände sind übrigens unberechenbar, um fair zu sein.«

»*Danke.* Alle anderen haben so getan, als ob es ganz einfach wäre. *Komm, lass dir helfen, oh, sieh dir das an, ich habe das in weniger als einer Sekunde geschafft, während du darunter begraben warst, wie in aller Welt hast du das denn angestellt?!*«

Jack klopft geistesabwesend mit einer Ecke seines Handys auf sein Knie. Jemand auf dem Spielfeld unten brüllt irgendetwas durch ein Megafon, die Worte gedämpft, für uns hier oben nicht zu verstehen. »Kommt selten vor, ehrlich gesagt«, sagt Jack nachdenklich. »Dass er hilft.«

»Wer? *Mr. Kalimeris?*«, wiederhole ich, und Jack nickt einmal kurz. »Mm. Wirklich?« Ich muss an all die Geschichten denken, mit denen Owen nach einem Event immer nach Hause kam. Er redete gern davon, wie er kaum eine Pause gehabt hätte, um zur Toilette zu gehen oder einen Kaffee zu trinken, dass er »mit dem Rest der Truppe an der Basis war«, das Team unterstützte, ihnen etwas beibrachte; wie sie ohne ihn nicht zurechtgekommen wären … »Hast du viel mit Owen zusammengearbeitet?«

»Nicht viel«, sagt Jack beiläufig, »aber manchmal, ja. Normalerweise sitzt er im Truck auf seinem Regiethron.« Er schenkt mir ein schiefes Grinsen.

»Ah, ja. Ich bin dazwischengeplatzt, als er und Chloe in dem Truck eine Riesendiskussion hatten, daher habe ich wahrscheinlich seine Thronzeit gestört, fürchte ich.«

Jack zuckt die Schultern. »Na ja, sie sind auf der Arbeit, das heißt …«

»Aber die arme Chloe hat entsetzt ausgesehen«, fahre ich fort. »Hat mich angesehen, als wäre ich die Vogelscheuche, die um Mitternacht auf Wanderschaft geht. Andererseits hat sie vermutlich das Gefühl, dass sie mir nicht entkommen kann. Dieser Frau, die der Grund ist, weshalb sie nicht heiratet.« Aber es stimmt, oder? Da bin ich, sitze jeden Tag am Empfang, hänge vor Cafés herum wie ein Fan, der auf ein Autogramm wartet, bin in einem winzigen Raum mit ihrem Verlobten …

Jack seufzt. »Millie dot Chandler«, sagt er schroff. Und Gott, ich liebe die Art, wie er meinen Namen sagt. Ich bin völlig zwiegespalten, was meinen Namen angeht, aber als Jack »Millie Chandler« sagt, selbst mit dem albernen *dot* in der Mitte, bin ich froh, dass der Name meiner ist. Ich mag das leise Rumoren in seiner Kehle, mit dem er das »and« in »Chandler« ausspricht.

»Jack dot Shurlock«, äffe ich ihn nach. »Oder sollte ich sagen, Shurlock dot Jack?«

Er dreht das Gesicht zu mir um. »Meinst du wirklich, du bist der Grund?«, fragt er leise. Und dann – als ich eben denke, dass ich wirklich froh über die Sonnenbrille bin, die er trägt, damit ich nicht mit diesen schelmischen, haselnussbraunen Augen konfrontiert werde, während ich schon genug damit zu kämpfen habe, diese kleine Schwärmerei für ihn zu unterdrücken, diesen Mann, der bald nach Quebec und Neuseeland und zu Alpakafarmen aufbrechen wird –, nimmt er seine Sonnenbrille ab. Er richtet den Blick auf mich. Gott, er ist mir so nahe. »Na? Sei ganz ehrlich.«

»Ja«, erkläre ich, und dann wende ich den Blick ab und sehe hinunter auf das Rugbyfeld, »und ich glaube, zu sagen, dass die E-Mails nicht der Grund waren, wäre ein Leugnen. Natürlich waren sie das. Ich habe gesagt, was ich gesagt habe. Ich habe geschrieben, was ich geschrieben habe. Ich ...«

»Scheiß auf die E-Mails«, sagt er fast träge, und ich schnelle verblüfft herum, um ihn anzusehen.

Ich lache. »Wie bitte, Operations Manager Schrägstrich Chief of Staff?«

»Im Ernst«, sagt er, den Mund zu einem schiefen Lächeln verzogen. »Was spielt das überhaupt für eine Rolle? Ganz ehrlich? Es ist passiert. Es ist vorbei. Und wir können unmöglich kontrollieren, was als Nächstes passieren wird, das heißt ...«

»Gott, also was? *Sei präsent, lebe ganz im Hier und Jetzt*«, sage ich in einem albernen, spöttischen Ton.

»Ja.«

»Nein«, widerspreche ich.

Er erstarrt, neigt den Kopf. *»Nein?«*

»Nein.«

Jack lacht aus dem Mundwinkel, den Blick noch immer auf mich geheftet. »Nein, was?« Er riecht nach heißer Dusche und frischer Wäsche, und dieses schiefe »Was hast du eben zu mir gesagt?«-Lächeln macht irgendetwas mit mir. Jagt einen Schauer durch mich. Und es sorgt dafür, dass ich herumblödeln will, albern sein. Kichern. Es sorgt irgendwie dafür, dass ich mich vorbeugen, seine warme, raue, stoppelige Wange küssen will ... Oh, halt den Mund, Millie, du bist auf der *Arbeit*.

»Ich ... glaube nicht daran, *präsent* zu sein«, sage ich, fast wie ein trotziges Kind. »Na ja, vielleicht glaube ich daran, aber ich glaube nicht, dass ich das je tun kann. Ich bin einfach nicht der Typ dafür. Es ist so – wie kann ich präsent sein bei all dem, was im Moment passiert, wenn so viel bereits passiert ist und daher noch mehr passieren *wird*, und ich kann nicht ändern, was passiert ist, aber ich kann ändern, was passieren *könnte*.«

»Und darum geht es hier?«, fragt Jack. »Dass du heute hier arbeitest, die ganzen Kuchen ...«

»Oh, warum bist du denn so besessen von den Kuchen?«, frage ich, und Jack lächelt, ein Aufblitzen gerader Zähne. »Aber ja. Genau. Damit habe ich ein ... Ziel? Ich meine, ich habe vielleicht Mist gebaut, aber ich kann Dinge in Ordnung bringen.«

Jack sieht mich an und sagt nichts.

»Was denn?«

»Ich habe nichts gesagt, Millie«, meint er, und sein Blick gleitet über mein Gesicht, nur für eine Sekunde, und irgendetwas regt sich in meinem Magen. Heiß und kribbelnd.

»Aber du willst etwas sagen«, fahre ich fort. »Geht es um das mit dem Ziel?«

Jack stößt ein tiefes Kichern aus.

»Also *ging* es um das mit dem Ziel!«, sage ich.

»Na ja, ich glaube nicht wirklich an Ziele.« Er verzieht das Gesicht und legt den Kopf auf die Seite. »Ich glaube, wir sind nur irgendein seltsames körperliches Wesen, hier für neunzig Jahre, wenn wir sehr, sehr viel Glück haben, und alles andere ist nur ein Spiel. Ein Konstrukt.«

184

»Ah, ja«, nicke ich. »*Ausgedacht.* Das ist übrigens sehr deprimierend. Und ich meine, so richtig.«

»Ist es das?« Jack reibt sich mit Daumen und Zeigefinger den Kiefer. »Aber das Leben ist ja auch absurd, oder? Verrückt. Und wir alle verschwenden so viel Zeit mit Dingen, die uns einen *Scheiß* kümmern werden, wenn wir alt sind. Niemand wird mit neunundachtzig im Schaukelstuhl sitzen und sagen, Gott, weißt du was, ich bin ja so froh, dass ich mir damals Sorgen darum gemacht habe, den besten Sparplan mit dem besten Zinssatz zu eröffnen.«

Ich starre ihn an. »Wurdest du von Eckhart Tolle großgezogen?«

»Wem?«

»Oder vielleicht ... Buddha?«

»Nein«, sagt Jack, und dann ... verändert sich seine Miene ein klein wenig. Ernsthaftigkeit, nur ein winziger Schatten davon, wie eine Wolke, die über seine Gesichtszüge zieht. »Ich bin ein ... Militärkind. Meine Mum war bei den Streitkräften. Wir sind nie sehr lange an einem Ort geblieben.«

Es fühlt sich wie ein Goldklumpen an. Ein Stück von Jack, das mir angeboten wird. Und ich will es hochheben und mit beiden Händen halten. »*Wirklich?*«

»Wirklich.«

»Wow. Ich hatte eher ... Rockstar-Eltern oder so erwartet.«

»Rockstar-Eltern. So cool bin ich, ja?«, grinst Jack, aber dann ist dieser Blick wieder da. Eine Gedämpftheit. Ein Widerstreben. Eine Vorsichtigkeit. »Ich nehme an, es färbt irgendwie ab, oder? Wenn man viel umzieht. Jede Straße, jede Stadt, jede Schule ist gleich. Irgendwann durchschaut man das alles einfach ... Aber meine Schwester, Brogan, sie ist genau das Gegen-

185

teil. Sie hat das Haus, den Ehemann, Kinder, Hunde. *Sparpläne.*«
Jetzt fängt er meinen Blick auf, und ein Lächeln bildet ein Grübchen in seinem Mundwinkel. »Ja, Brogan will alles … unter
Dach und Fach haben. Und vielleicht hätte ich diese Richtung
auch einschlagen sollen. Eine Zeit lang habe ich mich gefragt,
ob es falsch von mir war, es nicht zu tun.« Er sieht für einen Moment zum Himmel hoch, setzt die Sonnenbrille wieder auf.
»Aber … ich weiß nicht. Ich hab's einfach nie getan.«

»Das ist, weil du im Rausch lebst. Dem Jack-Shurlock-
Rausch.« Ich seufze. »Ich wünschte, ich könnte das tun. Ich
wünschte, *ich* könnte im Rausch leben.«

»Ach ja?«

Ich nicke. »Ja. Einfach … diese Person sein. Losziehen. Etwas
Neues tun.«

»Das kannst du doch«, sagt Jack.

»Das kann ich nicht.«

»Doch, das kannst du. Steig … einfach ein.« Und als er sich
zu mir umdreht und mich ansieht, sein Gesicht so nah vor meinem, wende ich den Blick automatisch ab. So wie man es tut,
wenn man in etwas allzu Helles sieht. Um sich zu schützen.

Ich sehe wieder hinunter zum Spielfeld. Ich kann Marshal
knapp erkennen, der hinter seiner Kamera irgendetwas aus einer Dose trinkt.

»Das kann ich nicht«, sage ich noch einmal. »Jedenfalls …
nicht in diesem Moment. Ich muss los und allen ihren Lunch be-
sorgen. Ich habe Marshal eine Backkartoffel versprochen, weißt
du.«

»Fahr einfach nach Hause und tu, was du willst«, sagt Jack
schulterzuckend. »Ich springe für dich ein.«

»Du weißt, dass ich das nicht tun kann.«

Jack sagt nichts, schenkt mir nur diesen Blick – als wollte er sagen: »Und warum kannst du das nicht?« Ein Blick, der sehr, sehr »Na und?«-mäßig ist.

»Ich wünschte einfach, diese Computerstörung wäre nie passiert«, sage ich. »*Das* ist, was ich will. Mehr als den Rausch. Mehr als alles andere. Dann hätte ich jetzt keinen Backkartoffel-Dienst, und ich wäre nicht Teil der *Thronstörung* gewesen. Oder des Leinwand-Gates. Zur Begutachtung freigegeben.«

»Na ja, ich denke, du warst auf dem richtigen Weg, als du gesagt hast, du wolltest vergessen, dass es je passiert ist. Weißt du noch?«

Ich nicke, halte mir die kalte Wasserflasche an die Wange. Mir ist so heiß. Das ist die Hitzewelle. Aber es ist eindeutig auch Jack und dieser kleine schwärmerische Funke, der mit jeder Sekunde heißer glüht. »Als ich dich gebeten habe, der Sache nicht auf den Grund zu gehen? Oder dich an einen Nerd zu wenden?«

»Mich an einen Nerd wenden«, wiederholt Jack. »Ein sehr wichtiger Akt der Nächstenliebe.«

Ich lache, während Jack über sein Handy wischt, um es zum Leben zu erwecken, und anfängt, eine E-Mail zu beantworten, noch immer lächelnd.

Schweigen dehnt sich zwischen uns aus, und wir sehen ein paar Augenblicke zu, wie unten Crewmitglieder geduldig hinter Kameras stehen, Leute herumschwirren, hin- und herlaufen. Ein paar Spieler sind jetzt da, schlendern herum, sehen sich das Spielfeld an, in Shorts und mit Schienbeinschonern, aber mit Kapuzenpullis und Sonnenbrillen, die sie zweifellos bald ablegen werden, rechtzeitig für das Spiel.

»Hast du je mit diesem Kumpel geredet? *Dem Nerd?*«

Jack zögert, sieht nicht von seinem Handy auf. Er schreibt eine Arbeits-E-Mail. *Lieber Calvin,* steht da, *danke für deine E-Mail.* »Ich habe mit meinem Kumpel, Matt, gesprochen, ja.«

»Und, was hat er gesagt? Zu der Störung?«

Jack nimmt einen scharfen Atemzug, stößt die Luft zwischen seinen Worten wieder aus. »Ähm. Nicht viel eigentlich.« Er tippt weiter. »Nur ... Theorien.«

»*Theorien?* Was denn für Theorien?«

»Nur ... eine Interferenz, weißt du? Ein schädlicher Angriff. Eher *das* als eine Störung.«

Ich richte mich auf dem rutschigen Plastiksitz unwillkürlich auf, drücke den Rücken durch. Ferne Musik driftet von dem Spielfeld unten zu uns hoch, bricht dann wieder ab. »Was ... was meinst du damit?«

Jack zuckt langsam die Schultern. »Es ist nur ... Ich meine, im Grunde ist nichts davon wirklich wichtig. Er kann sich nicht sicher sein, und er arbeitet nicht für Flye, kennt unsere Systeme nicht ...«

»Aber was denn für Theorien? Ich meine, was *genau* hat er gesagt?«

Jack holt einmal tief Luft, und irgendetwas an dieser Pause, der Art, wie er mit dem Tippen innehält und mich ansieht, sorgt dafür, dass sich mein Magen verkrampft, als hätte er einen winzigen Stromschlag gekriegt. »Er ... er hat gesagt, es sei ihm bis jetzt noch nicht untergekommen, aber er war nicht allzu überzeugt, dass es eine Störung gewesen sein könnte. Selbst mit dem Timing – dass es ausgerechnet genau in dem Moment passiert ist, als die Server wieder liefen. Und dass er persönlich, wenn es dort geschehen würde, wo er arbeitet, davon ausgehen würde, jemand hätte die E-Mails verschickt. Manuell.«

Die Worte landen zwischen uns wie ein fehlgezündeter Feuerwerkskörper.

»Jemand?«

Jack nickt, fast zögernd, beobachtet mein Gesicht, als wollte er sich darauf gefasst machen, dass ich … *irgendetwas* tue. In den Himmel davonschieße wie eine panische Rakete. In Tränen ausbreche? »Seine Worte. Nicht meine.«

»Das heißt, du sagst, erschieß nicht den Überbringer der Nachricht.«

»Nein, ich sage, wenn er müsste, würde er eher auf eine Person tippen und nicht auf einen Computer. Aber, na ja, du hast sie ja nicht verschickt, das heißt, ich habe das Gefühl, damit fällt seine Theorie ein bisschen in sich zusammen.«

Ich starre auf das Spielfeld hinunter, als würde ich in der Luft eine unsichtbare Berechnung anstellen. Auf einmal ist mir *schlecht.* Mir ist heißer als vorhin in diesem winzigen Raum, obwohl es hier draußen, hoch oben, kühl ist, mit der Brise.

»Millie?«

»Das heißt, er sagt … dass es jemand anders war? Aber … wer würde so etwas denn tun? Er müsste doch sicher mein Passwort wissen, meinen Laptop entsperren …«

»Na ja, eben. Was heißt, es ist … *richtig weit hergeholt.* Matt hat gefragt, ob du sie versehentlich verschickt haben könntest. *Unwissentlich.* Jedenfalls nicht absichtlich.« Jack hebt die Hände. »Okay, *jetzt* sage ich wirklich, erschieß nicht den Überbringer der Nachricht.« Er schenkt mir ein kleines, besorgtes Lächeln, aber ich erwidere es nicht. »Das sind nur Hypothesen. Ich hätte nie etwas gesagt, wenn du mich nicht gefragt hättest, Millie. Denn es sind alles nichts als … Spekulationen, weißt du? Und was nützt das schon?«

»Na ja, nein, natürlich, das weiß ich doch, ich bin … ich bin froh, dass du es mir gesagt hast.«

Jack nickt langsam, beobachtet mich vorsichtig, aber jetzt fühle ich mich seltsam. Unsicher. Als ob ich auf einmal über einen Boden ginge, der sich unter meinen Füßen bewegt, als ob jemand den Vorhang zurückgerissen hätte, um etwas Unerwartetes zum Vorschein zu bringen, das sich in den Kulissen meines Lebens versteckt hat. Denn ja, es ist vielleicht »weit hergeholt«, aber was, wenn *tatsächlich* jemand bei meinen E-Mails auf Senden gedrückt hat? Wer würde so etwas je tun? Und warum?

★★★

Textnachricht von Owen: War nett, dich vorhin zu sehen. Hoffe, es geht dir gut. Und mit Toni und Mitch Chandler wird auch alles gut, Mills. Ich weiß es. Glaub mir. X

Kapitel 14

Von: Gail Fryer (PA)

An: Ganzes FLYE-TV-Büro

Betreff: HTG Pictures Sommer-Halloweenparty

Hallo allerseits,

das hier ist eine Erinnerung an alle Mitarbeiter, die zur alljährlichen Sommerparty unseres Kunden HTG Pictures am Samstag eingeladen sind. Wie viele von euch wissen, wurde die Sommerparty wegen der Kniegelenkersatz-OP unseres CEO, Glenn, verschoben und daher nachträglich umbenannt in Sommer-Halloweenparty, passend zur Jahreszeit. Im Anhang findet ihr eine leicht überarbeitete Einladung, Veranstaltungsort und -zeit sind jedoch unverändert geblieben. Ein Minibus wird am Samstag um 18 Uhr vom Flye-TV-Parkplatz abfahren. Das ist nicht verpflichtend, und Gäste können ihre Anfahrt gern selbst organisieren, wenn ihnen das lieber ist.

Wir sind sicher, dass die Party wieder ein unterhaltsamer Abend werden und die Beziehung zwischen uns hier bei Flye und einem unserer wichtigsten Kunden weiter festigen wird.

Mit freundlichen Grüßen

Management

★★★

»Gott, sieh dir das an. Diese ganzen verdammten miesepetrigen Gesichter. Warten auf ein Meeting, und es ist, als ob sie alle nur noch eine Woche zu leben hätten.« Lin starrt durch die Glastür auf die andere Seite des Büros, einen Finger in eine der Jalousielamellen verhakt, sodass sie in der Mitte eingeknickt werden. Sie beobachtet die Lobby, während Leute sich zu einem Planungsmeeting für ein Fußballspiel einfinden, das morgen stattfinden soll, während wir hier drinnen sind, in einem Raum bei Flye, den alle nur »Vince' Raum« nennen.

Vince ist Flyes Reparaturmann, und dieses vollgekramte, garagenartige Büro ist der Ort, an den jeder mit seiner kaputten Ausrüstung kommt, damit Vince versucht, sie zu reparieren, ungefähr so wie ein Tierarzt, dem ein misshandeltes Tier von dem Tierquäler selbst präsentiert wird. »Das hier ist eine *Canon*«, sagt er dann mit zusammengebissenen Zähnen, »und sieh dir an, wie sie behandelt wurde. Aber, oh, Vince wird das schon richten, oder? Vince wird ausgeblutete Tote wieder zum Leben erwecken, das macht ihm gar nichts aus.«

Ich bin hier drinnen und verpacke Ausrüstung, die wirklich zu weit hinüber ist und die zur Reparatur an die Hersteller geschickt werden muss. Vince arbeitet still und leise an seinem Schreibtisch an einer Kamera, und Lin – sie versteckt sich, um sich vor dem »quälenden Small Talk vor einem Meeting« zu drücken. Lin arbeitet oben, an einem chaotischen, unaufgeräumten Schreibtisch, und verbringt ihre Tage damit, am Telefon mit Kunden zu plaudern – ungefähr so, wie andere Leute um zehn Uhr abends zu Hause auf dem Sofa mit ihren besten Freunden quatschen. Lautes Gegacker, Gesten, Aufstöhnen, manchmal, während sie sich die Nägel lackiert, und all das, als ob niemand sonst im Raum wäre.

»Im Ernst, Leute«, ächzt Lin jetzt. Sie hat ihr Handy herausgeholt und überprüft ihre stumpf geschnittenen, kirschcolafarbenen Haare in der Kamera. »Die Stimmung hier bei uns ist immer noch grausam. Die Firmenhölle. Es ist, als ob wir …«, sie lässt ihr Handy sinken und sperrt es, »… auf einer Gedenkfeier oder so wären. Oder nicht?«

»Mhm«, knurrt Vince, ohne aufzusehen, und ich zwinge mich zu einem Lächeln, mache ein zustimmendes »Ich weiß, was du meinst«-Geräusch in der Kehle, fülle aber weiter das endlos lange Rücksendeformular für einen kaputten Monitor aus.

Ich liebe Lin. Niemand ist »Keine Zeit für Idioten«-mäßiger als Lin. Aber das Letzte, was ich brauche, ist, dass man mich hört, wie ich ihr beipflichte, dass ich unter Leuten arbeite, die so aussehen, als ob sie eben einer Einäscherung beigewohnt hätten. Selbst wenn es nur Vince ist. Natürlich, was ich eigentlich sagen will, ist, in letzter Zeit fühlt es sich tatsächlich nach einer Art Gedenkstätte an, wenn Leute an meinem Tresen vorbeikommen. Ich bin der Autounfall. Ich bin diese Empfangsangestellte, die *diese Sache* gemacht hat: »*O mein Gott, habt ihr gehört, dass sie ihrem Ex vor der ganzen Firma eine E-Mail geschickt hat und seine neue Verlobte ihn jetzt verlassen hat? Stellt euch das vor. STELLT EUCH DAS VOR!*«

Lin starrt mich an, mit einem perfekten kalkblauen Eyeliner-Tupfer auf der Mitte jeder unteren Wimpernlinie. »Millie?«, fragt sie. »*Süße.*«

»Ja?«

»Was, wenn die Frage gestattet ist, ist … *das?*« Ihr Blick fällt auf mein – *ah*.

»Mein Handy?«, antworte ich.

»Dein Handy?« Lin blickt entsetzt. »Echt jetzt? Ich dachte, es wäre vielleicht einer von Vince' seltsamen Apparaten. Nichts für ungut, Vince.«

»Mhm«, knurrt Vince wieder.

Mein Gesicht beginnt zu glühen. Ich wusste, dass Leute es bemerken würden, vielleicht davon ausgehen würden, ich hätte mein iPhone versehentlich in der Toilette versenkt und würde jetzt irgendetwas Behelfsmäßiges benutzen, das ich aus den Tiefen meiner Krimskramsschublade voller Kabel und Schlüssel hervorgeholt hätte, die nie wieder irgendjemand benutzen wird. »Ich habe es vor ein paar Wochen ausgetauscht«, sage ich. »Es ist ein 2010er Nokia …«

»Das ist ein Relikt, Mann«, sagt Lin, mit einem fast beeindruckten Lächeln. Lin sieht aus, als sollte sie Mitglied einer Popband sein. Sie ist von Natur aus cool; hat perfekte, rechteckige weiße Zähne, hohe, pflaumenähnliche Wangenknochen, wenn sie lächelt, und trägt immer eine absolut coole Mischung von Farben auf ihren Augenlidern, jeden Tag eine andere. »Mein Bruder hatte früher so eins. Ich fand ihn *so cool*. O mein Gott, sieh dir diese richtigen Tasten an, auf die man drücken kann …«

»Man braucht tatsächlich eine Weile, um sich an sie zu gewöhnen.«

»Und kannst du Apps haben?«

»Streng genommen ja, aber das Handy ist alt und hat null Speicherplatz, das heißt, nein. Keine Apps. Nur Anrufe. Nur Textnachrichten.«

Lin sieht mich an, den Kopf zur Seite gelegt, nur ein klein wenig nach links, als ob ich irgendeine Art seltsame Spezies in einer Petrischale wäre. »Aber warum?«

Ich erstarre für einen Moment, und dann zucke ich steif und wenig überzeugend die Schultern. »Ich … na ja, ich nehme an, ich wollte eine kleine Auszeit. Eine technische Tiefenreinigung. Ein bisschen … abschalten? Nach … allem.«

»Aber …« Lin betrachtet mich einen Moment, die Stirn leicht gefurcht unter ihrer makellosen, taufrischen Grundierung. »Ich meine, ich habe selbst manchmal das Gefühl, ich sollte eine kleine Pause einlegen. Mein Screentime-Bericht sagt, dass ich letzten Montag neunzehn Stunden an meinem Handy war. Ich war irgendwie beeindruckt, ehrlich gesagt. Und das auch noch an einem Arbeitstag, was, nehme ich an, alles sagt.« Lin kichert. »Aber … Ich meine, du hast doch nichts anderes getan, als ein paar Wahrheiten auszusprechen«, fährt Lin fort. »So sehe ich das jedenfalls, Millie. Warum solltest du mit dem Handy deines Opas leiden? Weißt du?«

Lin ist im Vertrieb, und sie ist die Art Person, die jedem alles andrehen kann. Sie hat einen Podcast mit ihrer besten Freundin, den sie am Wochenende aufnimmt, mit dem Titel: »Aber mich liebe ich noch mehr«, in dem es darum geht, an erster Stelle sich selbst zu lieben. Von dort habe ich ihre Idee mit den nicht abgeschickten Briefen. Sie hat es vorgeschlagen und mich dann mit der Podcast-Folge verlinkt. Wenn ich nur gewusst hätte, dass es so enden würde …

»Ich weiß«, sage ich. »Ich weiß.«

»Tust du das wirklich?«

»Aber ich habe mein Handy bis jetzt gar nicht vermisst«, sage ich zu Lin. »Nicht wirklich.« Eine … Halblüge, bestenfalls. Ich genieße die zusätzliche Zeit, die ich habe, den zusätzlichen Platz in meinem Kopf, der auf einmal so viel klarer ist, jetzt, wo ich nicht mehr acht Stunden am Tag mein Handy durch-

195

scrolle, ständig irgendetwas checke, mich mit Social-Media-Zeug verzettele. Aber ich vermisse es auch. Scheiße. Ich vermisse WhatsApp. Ich vermisse Instagram, und ich vermisse es, im Bett düster über *Love of Huns* zu lachen. Ich vermisse ASMR-TikTok-Küchentipps und -tricks, die ich nie anwenden werde. Ich vermisse die *Hochzeit auf den ersten Blick*-Aufnahmen auf Reddit. Ich vermisse Memes und das Gefühl ... *informiert* zu sein. (Obwohl, ja, die meiste Zeit wird man desinformiert.)

»Und diese E-Mail, die du an Steve geschickt hast, über sein ganzes verdammtes Fundraising«, fährt Lin fort. »Weißt du, ich habe mir ja geschworen, die E-Mails dir gegenüber niemals zu erwähnen, aber du bist ein *Genie*, Millie Chandler.«

»Ach, na ja«, winde ich mich. »Genie würde ich nun wirklich nicht sagen.«

Vince macht ein Geräusch, das Zustimmung oder Abscheu (oder beides) bedeuten könnte.

»Und die an *Mark*.« Lin klatscht in die Hände, dann lacht sie einmal laut und schallend auf. »Niemand hatte es mehr verdient.«

»Lin?« Petras Gesicht taucht im Türspalt von Vince' Büro auf. »Hallo allerseits«, grinst sie, sieht mich kurz an, dann zurück zu Lin. »Ich brauche dich gleich. Sorry.«

Lin nickt, dann sieht sie mich an und sagt: »Also, hab keine Schuldgefühle oder so, weißt du? Er hat *entschieden*, dir deinen Lunch zu klauen, und wer etwas anstellt, muss irgendwann eben dafür büßen. Und diese E-Mail war das *Büßen*.« Lin lächelt triumphierend. Ihre Ohrringe, zwei glasierte Donuts aus rosa Modelliermasse, wackeln. »Sie hält den Leuten einen Spiegel vor. Das ist alles. Wir alle haben jeden Tag irgendwelches Zeug, das wir sagen wollen und nicht aussprechen. Das ist, weshalb das, was du getan hast, für alle ein bisschen zu nah an der Schmerzgrenze ist.« Sie zuckt die Schultern. »Und sieh mal, ich habe keine gekriegt und Prue schon, und sie hatte es verdient. Sie ist eine Bigotte und eine Mobberin, und ich hasse sie. Und ich meine, bis aufs Blut.«

»Mhm«, knurrt Vince.

»Manchmal stelle ich sie mir in einem Krankenhausbett oder so vor. Um zu testen, ob es wahrer Hass ist. Neulich zum Beispiel, da habe ich sie mir lebendig begraben in einer Wüste vorgestellt, und wie sie es schafft, in dem Sarg oder was auch immer ihr Handy zu finden, und mich anruft und …«

»Bist du rangegangen?«, fragt Petra. Ihr Gesicht erstarrt, und der Mund steht ihr offen, als ob es eine Szene aus dem richtigen Leben wäre.

»Was glaubst du denn?« Lin gackert wieder, und Petra lacht nervös, reißt den Kopf herum, ein wortloses »*Komm schon*«, und sie gehen beide. Und ich muss zugeben, ich bin irgendwie erleichtert, mich wieder meinem langweiligen Unter-dem-Radar-Job zuwenden zu können.

Es ist fast eine Woche her, seit ich Mum gesehen habe, und was nach dem Rugby folgte, war eine – offen gestanden, dringend benötigte – übliche, geschäftige, langweilige Unter-dem-Radar-Woche in der Arbeit, die ich willkommen geheißen habe wie eine alte (etwas langweilige) Freundin. Viele der Bosse – Petra und Jack eingeschlossen – waren außer Haus, und ich hing mürrisch unter einer riesigen, miefigen Dunstglocke. Ich habe dagegen angekämpft. Wie Cate und Ralph gestern Abend beim Dinner einstimmig erklärten, ist die Theorie von Jacks Nerd-Freund tatsächlich nur das – eine Theorie, ohne irgendeinen physischen Beweis –, aber sie schwirrt mir trotzdem immer wieder durch den Kopf und lässt mich unversehens zusammenzucken. Dieses nagende »Was, wenn?«. Was, wenn es … Leona von der IT war? Was, wenn es Michael Waterstreet selbst war? Was, wenn das hier wie eine Miss-Marple-Folge ist und es die ganze Zeit Petra war oder irgendetwas absolut Lächerliches? Es ist genau das, was in einer Netflix-Serie passieren würde. Es passiert ständig, auf *Selling Sunset*. Auf *Love Island*. Vertrauen wird enttäuscht. Kandidaten, die man liebt, entpuppen sich als absolute Arschlöcher und bringen plötzlich einen riesigen Plot-Twist ins Spiel und lassen dich an deiner eigenen Menschenkenntnis zweifeln. Und natürlich *weiß* ich, dass es nicht Petra ist, aber die ganze Sache hat mich trotzdem beklommen gemacht. Ein bisschen nervös.

»Ich denke, sie haben es alle verdient«, sagt Vince jetzt. »Meine bescheidene Meinung.«

Ich sehe auf. Vince schraubt weiter eine Platte an die Seite einer Kamera, unter einer dieser Schreibtischlampen im Pixar-Stil, die weiße Farbe zerkratzt, wie Klauenspuren.

»Wie bitte?« Ich glaube, es ist das einzige Mal, dass Vince je ein Gespräch mit mir angeknüpft hat.

»Alle. Kann keinen von ihnen leiden.«

»Die Leute, die hier arbeiten?«

Vince knurrt. »Diejenigen, die es betrifft«, erwidert er schroff, als ärgerte ich ihn, indem ich mich nicht auf dem Laufenden halte.

Ich sage nichts, nicke nur.

»Arbeite seit Jahren mit Owen zusammen«, sagt er und schüttelt den großen fleischigen Kopf. »Denkt, seine Scheiße stinkt nicht. Weißt du? Chloe ist ganz okay. Mark ein Vollidiot, Michael ein Schwachkopf …«

Ich starre ihn an.

»Würde keiner Menschenseele hier trauen. Nicht einmal denen, bei denen du denkst, du traust ihnen. Du ... du bist anständig«, sagt er. »Lin, anständig. Jack, anständig. Gail Fryer ... na ja, Gail ist mehr als anständig.«

Und dann platze ich einfach damit heraus. Vince ist schlau. Vince würde niemals *nicht* die Wahrheit sagen. »Meinst du, jemand könnte es getan haben? Mich ... gehackt haben oder so? Absichtlich?«

Vince sieht auf, und die Lampe wirft Schatten auf sein mürrisches, bärtiges Gesicht, wie bei jemandem, der Gruselgeschichten am Lagerfeuer erzählt. »Ja«, sagt er schlicht.

»Wirklich?«

Er seufzt, betrachtet mich unter seinen kleinen Schlupflidern hervor. »Ich sage immer, wenn du dir düstere Dinge vorstellen kannst, gibt es irgendjemand anders, der diese Dinge tatsächlich tut.«

Ich nicke langsam.

»Ich könnte mir zum Beispiel vorstellen, die Kamera von irgendjemandem dort draußen zu sabotieren. Aber ich würde es nicht tun. Und doch ...«

»Gibt es dort draußen Leute, die so etwas tatsächlich tun könnten?«

Vince nickt einmal kurz – die Verbeugung eines Komponisten. »Manche Leute werden, wenn sie am Boden sind, alles tun, um sich selbst hochzuziehen. Der Trick im Leben besteht darin, die zu finden, die es nicht tun würden.« Er sieht wieder hinunter auf die Kamera. »Ist aber nicht leicht ...«

Und das ... war's. Er sagt nichts weiter, am Ende seiner Weiser-Reparaturmann-Philosophiererei angelangt. Vince repariert die Kamera, während der Trubel draußen zunimmt, und ich sitze an einem staubigen, zerkratzten Tisch zwischen Kabeln und Stiften und Papieren und einem Stifthalter, der wie eine Miniatur-Mülltonne auf Rollen geformt ist, verpacke Dinge – einen Monitor, ein Lichtmessgerät – und denke über das nach, was Vince über Owen gesagt hat. Dass er denkt, seine Scheiße stinkt nicht. Ich meine, Vince mag niemanden besonders, daher ist seine Ansicht nicht unbedingt unvoreingenommen, aber Jack hat etwas Ähnliches gesagt. »Auf seinem Thron« im Truck. Owen selbst hat dieses Bild nie von sich gezeichnet. Owen war immer der, an den sich alle wandten. Owen war der Helfer, der, der unverzichtbar fürs Team war. Aber andererseits war Owen schon immer ein Bündel von Widersprüchen. Er ist wie einer dieser Tage im April. Sonnenschein und Regenschauer und Stürme, alles im Abstand weniger Augenblicke. Die Blumen, die »Ich-liebe-dich«, die Gesten, das Schmollen, der Rückzug von mir, die verdammten IKEA-Schränkchen. Sonnenstrahlen und Blitzschläge.

Ein Klopfen kommt von der anderen Seite von Vince' Tür.

»Ja?«

Die Tür geht knarrend auf.

»Vince, mein Mann«, sagt Jack. »*Millie*. Hängst in der Zauberhütte ab?« Jack steht im Türrahmen, und er lächelt – breit und warmherzig, mit diesem halbmondförmigen Grübchen. Ich liebe die Art, wie seine Augen an den Winkeln Fältchen bilden, wenn er lächelt. Ich mag die Art, wie sich die Muskeln in seinen Unterarmen anspannen, wenn er sie vor seiner breiten Brust verschränkt. Oh, diese Schwärmerei ist *wirklich* eine Schwärmerei, oder?

»Mit dem Reparaturgenie, ja«, sage ich, und ein klitzekleines Lächeln zupft an den Rändern von Vince' schmalem Mund.

»Vince, was macht die Kamera?«

»Ist ein Haufen Schrott.«

»Schön zu hören«, sagt Jack, und sein Blick huscht zu mir, seine Augen weiten sich, und es bringt mich zum Lächeln. Manchmal habe ich das Gefühl, alles, was ich tue, wenn ich mit Jack zusammen bin, ist lächeln und lächeln und lächeln, wie ein großer, gefühlsduseliger Betrunkener.

»Millie, ich soll dir von Petra ausrichten, dass du als Ersatztag für heute Freitag, also morgen, freikriegst.«

»Oh. Toll. Danke.«

»Ich auch, um genau zu sein. Schon irgendwelche Pläne?«

Manchmal frage ich mich, ob Jack es wirklich wissen will oder ob er nur einen auf netter Boss macht, um für gute Stimmung zu sorgen. Aber wir sind schon dabei, Freunde zu werden, oder? Ein Freund, für den ich eine kleine Schwärmerei hege, denn wer würde das nicht tun. »Oh, meine liebe Freundin, halt den Mund, du stehst total auf ihn«, sagte Cate, als ich von dem Rugbyspiel zurückkam. Ich war nach Hause gefahren, als Petra mir sanft zu verstehen gegeben hatte, die Crew könne auch ohne mich zusammenpacken. »Ich kenne dein Ich-stehe-auf-ihn-Gesicht, und das hier ist es. Eiskalt.«

»Ich gehe mit meiner Freundin Cate shoppen«, sage ich zu Jack. »Sie hat diese App heruntergeladen. Die dir hilft, deine richtige Hautpalette zu finden? Welche Farben dir stehen ...«

»Interessant.«

»Ich hoffe, ich finde meine Farbe, und sie verändert mein Leben. Vielleicht komme ich das nächste Mal von Kopf bis Fuß in Gelb zur Arbeit, wie eine riesige Banane. Ein großer Kürbis.«

Jack lacht, dieses entzückende, warme, tiefe Kichern. »Ich bin gespannt auf die Ergebnisse.« Jack scheint alles recht zu sein, was ich sage. Große Bananen. Edward Cullen. Rhabarberfarmen. Es hat irgendwie … Suchtpotenzial. Ich bin oft besorgt, ob ich genug für die Leute bin; für die Welt, so, wie ich bin. Die gescheiterte Chandler. Die wahllos Dinge hinwirft, Teile von sich verschönert, um zu sehen, was akzeptabel ist, was gut ankommt, was nicht zu mir zurückgeschleudert und abgelehnt wird. Aber bei Jack ist es, als ob alles, was ich hinwerfe, wirklich *ich* wäre und er es einfach nimmt. Es auffängt, es nicht zu mir zurückschleudert.

»Und du?«

»Mein Kumpel Enam feiert in der Stadt seinen Abschied. Mit seinen Kumpels vom Segelclub. Ich habe gesagt, ich schaue vorbei. Er lebt dort im Grunde.«

»Ah«, sage ich. »Das heißt, für manche Leute machst du doch Pläne.«

Jack senkt den Blick zu seinen Füßen, dann sieht er wieder zu mir hoch, ein Funkeln in den Augen, wie ein Kieselstein, der im Wasser aufschlägt. »Hm«, sagt er, »siehst du, nur wenige Auserwählte kommen in diesen Genuss, Millie dot Chandler«, und als ich lache, bemerke ich, dass Vince uns anstarrt, als hätten wir beide eben unsere Haut abgestreift und darunter schleimige, scheußliche Schuppen zum Vorschein gebracht.

Jack räuspert sich. »Sehen wir uns am Samstag bei der Party, Vin?«

Vince schnaubt verächtlich. »Als ob *ich* eine Einladung bekommen hätte.«

»Sommer-Halloween. Hast du gesehen, dass sie es so genannt haben? *Halloween?*«

Jack lacht, verschränkt die Arme vor der Brust, und ah – da ist es. Diese entzückende Kerbe zwischen seinen Muskeln, genau unter einem hochgekrempelten Ärmel. »Hast du Lust darauf, Millie?«

»Die HTG-Party?«

»Ja. Hab eine Karte für eine Begleitperson. Kostümparty. Film ist offenbar das Thema. Sehr originell.«

Vince schnaubt wieder, als hätte Jack gesagt: »Der Dresscode ist splitternackt, nur dass jeder Gast einen Sturzhelm tragen muss, oder er wird mit einer Geldbuße belegt.«

»Michael Waterstreet, der betrunken tanzt«, schwafelt Jack weiter. »Der Schweigsame Martin, der wegen seiner Schwärmerei für Gail schluchzt. Richtig gutes Essen. Narzissten, so weit das Auge reicht …«

Ich lache. »Der *Schweigsame Martin*.«

»Denk drüber nach.« Jack lächelt. »Ich lege dir die Karte auf deinen Schreibtisch. Fühl dich nicht verpflichtet. Wenn du sie verwenden willst, verwende sie …«

»Das werde ich. Danke.«

Und … *Könnte ich das wirklich tun?* Mit Jack zu einer Party gehen? Als seine Begleitperson? Ich frage mich, ob er sich an diese ganzen Boss-Man-Michael-Cocktails erinnert, die wir auf der Weihnachtsparty zusammen getrunken haben, dieses heiße, beschwipste Grinsen, die Chemie zwischen uns, die Art, wie er mich bat, ihm eine Nachricht zu schicken … Andererseits hat er es nie wieder erwähnt, daher war es vielleicht wirklich nur einseitig, und die Menge an Rum in dem Cocktail brachte mich zum Halluzinieren? Der Boss Man Michael war schließlich ein explosiver Drink. Die Art Drink, die wissenschaftlich untersucht werden sollte.

»Schön«, ist alles, was Jack sagt, und als er geht, sagt Vince: »Gail braucht einen besseren Mann als Martin Sachs. Jemand

Respektvolles. Jemand, der geschickt mit den Händen ist«, und dann hält er eine flache Hand ins Lampenlicht und betrachtet sie, als ob sie aus Marmor wäre.

★★★

Textnachricht von Mum: Dein Dad kommt morgen nach Hause. Ich werde mit ihm reden, sobald er zur Tür hereinkommt. Es tut mir noch immer so leid, Millie. Wirklich. X

★★★

Von: Millie Chandler
An: Alexis Lee
Betreff: Freitag

Cate und ich gehen am Freitag shoppen. Ich weiß, du hasst es, durch Geschäfte zu schlendern, aber du könntest uns danach zum Lunch treffen, so wie früher? Bitte entblocke mich.

Kapitel 15

»Wenn dein Gesicht das Einzige ist, was man sehen wird, dann muss das Gesicht, na ja, *perfekt* sein. Weißt du?« Cate nimmt eine Lidschattenpalette in die Hand und klappt sie auf. »Oh, ja. Dezent. Sexy. Das Pigment bei diesem Zeug ist auch richtig gut. Was meinst du? Geht auf mich!«

Wir sind seit einer Viertelstunde im Superdrug, und Cate bleibt bei jedem Make-up-Stand stehen und sieht sich jede einzelne Reihe an, hält Farbtöne an mein Gesicht, bevor sie sie wieder zurücklegt. Ich war mir nicht sicher, ob ich Jacks Einladung als Begleitperson annehmen sollte – auf eine Party gehen, die eindeutig von Kollegen besucht werden wird, denen ich vielleicht eine E-Mail geschickt habe. Aber Cate saß heute Morgen am Fußende meines Betts, in der Hand einen schwarzen, einteiligen Catsuit (fast wie diese dunklen Overalls, die die Bühnenarbeiter im Theater tragen, damit sie vom Publikum nicht gesehen werden) und eine dieser riesigen Anzughüllen, mit einem Kleiderbügel, der oben herausragte. »Film ist das Thema, hast du gesagt?«, grinste sie. »Na ja, ich habe da eine Idee. Du wirst als *Filmszene* gehen.« Und dann zog sie den Reißverschluss der Anzughülle auf und brachte einen riesigen rechteckigen Rahmen zum Vorschein, den man *trägt*, sodass man wie ein menschlicher Bilderrahmen aussieht. »Ich war für ein Arbeitsevent einmal die Mona Lisa, aber ich würde sagen, wir malen diesen Rahmen so an, dass es wie eine Filmrolle aussieht, und *du* bist der Star? Außerdem, wenn du das Porträt nicht trägst, ist es einfach nur ein sexy Catsuit-Teil.« Und als ich versuchte, etwas dagegen einzuwenden, entgegnete sie: »Ich mache dir die Haare und dein Make-up, und ich fahre dich zu der Party. Das heißt, du hast keine Ausreden!« Und vielleicht war es, weil ich wusste, dass sie recht hatte, vielleicht war es, Cate so ... *strahlend* zu sehen, zum ersten Mal seit Wochen. Aber ich erklärte mich bereit. (Und war tatsächlich ein bisschen aufgeregt, sobald ich es getan hatte.)

Cate bezahlt die Palette und grinst aufgeregt, als wir hinaus ins Stadtzentrum von Leigh treten, und lässt die Tasche in ihrer Hand tänzeln. In der Stadt ist viel los heute. Die Luft ist kühl, mit einem Hauch von Holzrauch, Rapmusik aus dem Kleiderladen gegenüber, die durch die offene Tür hinausdriftet, Schaufenster, die mit künstlichem Halloween-Blut bespritzt und mit Absperrbändern beklebt sind. Wir schlendern weiter, auf den schmalen Fußweg zu, der zum Strand hinunterführt, und in Richtung unserer kleinen Wohnung.

»Tee, Kekse und Outfitplanung, wenn wir nach Hause kommen«, lächelt Cate. Sie schafft es immer, dass sich jeder Ort allein durch ihre Anwesenheit gemütlich und sicher anfühlt. Sogar wenn sie traurig ist und selbst ein Herz zu flicken hat. Seit sie eingezogen ist, fühlt es sich wie unsere eigene kleine Familienkapsel an, die Nummer 4, The Logans, und ich bin dankbar dafür. Vor allem jetzt, wo meine eigene Familie im Moment leicht entzündlich auf mich wirkt. Als könnte ein einziges entfachtes Streichholz meine Eltern in familienförmigen Flammen aufgehen lassen. Und Mum will Dad heute von Julian erzählen. Deshalb bin ich froh, hier zu sein, abgelenkt mit

Cate, während wir durch die schönen, kleinen, kreuz und quer verlaufenden Straßen unserer Stadt schlendern. Und das ist auch der Grund, weshalb Cate die Party vorgeschlagen hat. »Ein bisschen Spaß für dich. Erinnerst du dich überhaupt noch an dich?«, sagte sie.

»Oh, Mann, sieh dir das an«, strahlt Cate. Eine Hochzeitsgesellschaft strömt aus der Kirche. Die Glocken läuten, und Gäste stehen auf dem Gehsteig herum, ein Meer von zertretenem Konfetti, pastellfarbenen Kleidern und kalten Armen, die gerieben werden.

»Es hat etwas so Zauberhaftes, an einer Hochzeit vorbeizukommen, findest du nicht?«, überlegt Cate, während wir weitergehen. »Eine gesichtslose Statistin zu sein an dem Tag, an den sich zwei Leute, die heiraten, für den Rest ihres Lebens erinnern werden, aber ein Tag, der für dich zu völliger Bedeutungslosigkeit verblassen wird. Ich weiß nicht, mir gefällt der Gedanke.«

»Du bist eine solche Romantikerin.« Und es ist typisch Cate, so etwas zu sagen. Trotz allem, trotz einer Trennung und dem grässlichen Nicholas, der ihr noch immer Textnachrichten schickt, sie noch immer im Büro anruft, ist sie hoffnungsvoll. Und natürlich hätte ich gar nichts anderes erwartet. Cate ist nun mal einer dieser Menschen – eine Krisenbewältigerin. Eine Macherin. Ein unbesiegbares Stehaufmännchen.

»Ich liebe die Vorstellung von einem normalen Leben, das einfach ... gelebt wird, aber dazwischen passieren diese ganzen wundervollen Momente. Wie Samen«, sagt Cate. »Weißt du? Ralph sagt das immer von Samen. Man pflanzt einen Samen, und man kann sich nicht wirklich sicher sein, was daraus werden wird. Aber man weiß, dass *etwas* daraus werden wird.«

»Oh, ich liebe Ralphs Weisheit«, sage ich, und Wärme durchströmt mich wie Brandy bei dem Gedanken, wie Ralph jetzt ein solcher Teil von Cates Leben ist und sie von seinem.

»Seine Weisheit, von der er nichts ahnt«, lächelt Cate. »Genau wie ich.«

Wir laufen über den schattigen Weg hoch zum Leigh Hill, und ein schmaler Streifen der glitzernden blaugrünen Mündung kommt näher und näher. Wir gehen hinüber, auf die Fußgängerbrücke, die über die Bahngleise führt, und oh, Leigh sieht wunderschön aus. So richtig gut aussehend und flott. Es ist Ebbe, und Boote sind auf dem Sand gestrandet. Es erinnert mich manchmal an ein Gemälde um diese Zeit. Eine stimmungsvolle Leinwand voller dicker, mit einem Spatel aufgetragener Farbe. Wie einer dieser Souvenirstifte, worin die Wellen sich jedes Mal bewegen, wenn er schräg gehalten wird.

»Ich muss ständig an Alexis denken«, sage ich zu Cate. »Ich habe ihr noch eine E-Mail geschickt, wegen heute, und sie hat mir nicht geantwortet. Und sie hat die verdammte Brownies-Lieferung zurückgehen lassen.«

Cate legt den Kopf auf die Seite. »*Süße*. Im Ernst. Du hast dich entschuldigt. Mehr als oft genug. Du kennst doch Alexis, sie muss sich erst mal wieder beruhigen. Und du kannst nur begrenzt etwas tun. Mir hat sie auch nicht geantwortet.«

»Ich weiß. Es ist nur … Mir wird einfach schlecht wegen dieser ganzen Geschichte, wenn ich an sie denke. Ja, sie hat mich verletzt, aber … sie ist Alexis, weißt du? Ich denke ständig, ich fahre einfach hin, aber wenn dann ihr Dad aufmacht … Ich weiß nicht, er ist so ein liebenswürdiger alter Mann. Er braucht dieses Drama nicht. Es fühlt sich an, als würde ich eine Grenze überschreiten.«

Und es wundert mich auch überhaupt nicht, dass Alexis völlig abgetaucht ist. Alexis ist immer alles-oder-nichts-mäßig. Knallhart, wenn es darum geht, womit und mit wem sie sich umgibt. Aber ich habe gehofft, sie würde mich, ihre Freundin seit sieben Jahren, ein bisschen anders behandeln. Andererseits nehme ich an, ist sie einfach verletzt. (Aber musste sie es *wirklich* auf TikTok posten?)

Cate hakt sich bei mir unter. Herbstblätter knirschen unter unseren Füßen, werden immer wieder aufgewirbelt. »Hör zu, es wird dir guttun, das alles zu vergessen und dich auf die Party zu konzentrieren«, sagt sie. »Lass dir die Haare machen, das Makeup, zieh etwas ein bisschen Gewagtes, ein bisschen Witziges und Fröhliches an, etwas für dich. Und Jack Shurlock wird vor Verlangen einfach *sterben*.«

»Cate, ich glaube nicht, dass ich überhaupt auf seinem Radar bin.«

Cate stöhnt, legt den Kopf in den Nacken. Ihre Sonnenbrille rutscht ihr fast vom Kopf. »Ach, red doch keinen Scheiß.«

»Was?«

»Natürlich bist du auf seinem Radar. Im Ernst, ich weiß, wovon ich rede, Millie«, fährt Cate fort. »Bei dieser Party wird er sogar kurz verschwinden müssen, seinen Schritt in den Gefrierschrank des Hotels stecken ...«

Ich lache schallend auf. Ein alter Mann, der in Wanderstiefeln vorbeistapft, eine zusammengefaltete Ausgabe der *Daily Mail* unter dem Arm, beäugt uns misstrauisch.

»Ja, na klar.«

»Ich schwöre es!«, strahlt Cate, und es ist einfach entzückend, Cate so glücklich zu sehen. Sie hatte ihre Momente, in denen ich sehen konnte, dass sie geweint hatte, oder in denen sie sich in ihr Zimmer verkrochen hatte, und Ralph hatte erwähnt, er hätte sie nicht oft zu Gesicht bekommen, aber in letzter Zeit ist sie wieder die echte Cate. Sie sieht zehn Jahre jünger aus. Sie sieht ausgeruht aus. Wenn ich von der Arbeit nach Hause komme, treffe ich sie und Ralph oft mitten bei einem Puzzle an, und das bringt mich zum Lachen. Diese seltsamen, gruseligen Steampunk-Puzzles von Ralph, die sie zwischen flackernden NEOM-Kerzen und silbernen Dekobirnen lösen. Ich habe Cate nie als ein Puzzlemädchen eingeschätzt, aber sie scheint immer so friedlich, wenn sie dort am Couchtisch sitzt, neben Ralph, und versucht, ein Teil einzufügen.

»Selbst der Name ist heiß, oder?«, sagt Cate, als ich auf der Brücke meine Schritte verlangsame und über das Geländer äuge, denn ... »Und dieses Foto auf der Flye-Website, Millie. Du kannst einfach sehen, dass er *schlimm* ist ...«

»Cate, er ist ... Ich glaube, er ist dort drüben.«

»Was?«

Ich bleibe auf der Brücke wie angewurzelt stehen, zucke vom Rand zurück. »Jack. Er ... er ist dort, glaube ich? Bei d-dem Segelclub? O Gott. Oh, Scheiße.«

»Ja, na klar, Süße«, lacht Cate. »Netter Versuch, mir den Mund zu verbieten. Ich bin eben erst in Fahrt gekommen. Hat mich richtig angetörnt. Ich glaube, ich muss meinen Erotica-Konsum steigern ...«

»Nein, im Ernst«, schlucke ich. »Sieh ... einfach über die Brücke. Er hat gesagt, er hätte heute frei. Er hat gesagt, er würde zu irgendeiner Abschiedsparty gehen. Segelclub und Pub oder so, aber ... ich habe es vergessen, und außerdem ist es ein Uhr mittags, und ich bin einfach davon ausgegangen, es würde abends stattfinden und ...«

»O mein Gott, ist das dein Ernst? Du meinst wirklich Jack?«
Cate verfällt in ein aufgeregtes Kichern, als hätte sie eben die
ganzen Jungs von BTS an einer Bushaltestelle gesehen. (Cate
liebt BTS.) *»Wo denn?«*

»Vor der … der Eisdiele. Der Mayflower. Neben dem Segelclub. Er ist bei …«

»O mein Gott, bei dem Typen mit dem Hund! An dem Pick-
nicktisch?« Cate kreischt, und es klingt wie eine Hundepfeife.
»Ach du heilige Scheiße, es ist, als würde man irgendeinen
Promi sehen. Komm schon …«

»Ich kann da nicht runtergehen.«

Cate schnellt zu mir herum. »Äh, wie bitte?«

»Nein, Cate, ich sehe fürchterlich aus. Ich trage nur Con-
cealer, und ich habe …«

»Schscht.« Cate nimmt ihre Sonnenbrille ab und drückt sie
mir aufs Gesicht. Sie lockert meine Haare mit den Fingern auf.
Sie zieht den Reißverschluss meiner Regenjacke ein wenig auf,
sodass mein T-Shirt zu sehen ist. Es ist himmelblau, mit einer
großen Cartoon-Erdbeere (und einer klitzekleinen Raupe oben-
auf). »Titten«, meint sie schulterzuckend.

»Nein«, entgegne ich und ziehe den Reißverschluss wieder
zu. »Nein, keine Titten. Lass uns einfach … umdrehen und in
die andere Richtung verschwinden.«

»Machst du Witze? Wir gehen jetzt diese Brücke hinunter,
Millie Chandler. Und wenn ich dich an deiner Kapuze mit-
schleifen muss.«

»Aber … ich werde ihm ins Gesicht prusten«, flüstere ich.
Eine Frau geht zwischen uns hindurch, mit einem winzigen
Baby mit einem Wollmützchen auf dem Kopf, das in einer
Trage an ihrer Brust schläft.

»Warum wirst du das?«, fragt Cate, eine Hand in die Hüfte gestemmt.

»Weil du bei mir bist und du eben gesagt hast, er würde vor Verlangen sterben und seinen Schwanz in den Kühlschrank stecken.«

»*Gefrierschrank.*« Cate kichert. »Und verdammt, du wirst ihm nicht ins Gesicht prusten, Millie. *Komm schon.* Er ist einfach nur ein Mensch, und du bist halt auf dem Weg nach Hause.«

Ich stoße einen langen Atemzug aus, während Cate sich wieder bei mir unterhakt.

»Okay«, sage ich.

»Und wir haben keine Ahnung, dass er dort ist, in Ordnung? Wir gehen einfach zu unserer Wohnung, weil wir shoppen waren und das hier unser Nachhauseweg ist.«

»Okay«, sage ich noch einmal.

»Und hör auf, wie ein Soldat zu laufen.«

»Okay«, sage ich wieder, und erstaunlicherweise kann ich mich in genau dieser Sekunde offenbar nicht erinnern, wie man geht, trotz rund achtundzwanzig Jahren Erfahrung.

Cate und ich gehen schweigend weiter, und sie kann nicht aufhören zu lächeln, was dafür sorgt, dass *ich* am liebsten lauthals loslachen und zugleich kehrtmachen und weglaufen will, alles auf einmal. Warum bin ich so? Es ist nur Jack. Er ist bloß … ein Mann, der mit mir zusammenarbeitet, oder? Ein Mann, der im Begriff ist, die Firma wieder zu verlassen und in den kanadischen Schnee und neuseeländische Regenwälder zu verschwinden. Ein Mann, der mein Gesicht zum Glühen bringt, der ein solch neckendes, düsteres leises Lächeln hat, dass mein Magen Purzelbäume schlägt.

»Und du hast versucht, mir weiszumachen, du würdest nicht

auf ihn stehen.« Cate schüttelt in gespielter Missbilligung den Kopf. »Dieses Verhalten ist … ein megamäßiges ›Ich stehe auf ihn‹. Ein megamäßiges ›Ich schwärme für ihn‹. Und verdammt, das wurde aber auch Zeit. Ich bin ja so aufgeregt! Das ist so witzig! Ich habe die Millie vermisst, die für jemanden schwärmt.«

Und – okay, Cate hat recht. Das hier ist witzig. Auf jemanden zu stehen. Mit meiner besten Freundin darüber zu kichern. Diese Schmetterlinge im Bauch, dieses lebendige, kribbelnde Gefühl unter meiner Haut. Cate hat das alles miterlebt. Von dem süßen, Gedichte schreibenden Darren Smith auf der Schule, in der Klasse über uns bis hin zu »Fletch«, einem großspurigen, schlaksigen Sänger in einer Coverband, die oft in dem Pub spielte, in dem Alexis und ich arbeiteten. Irgendwann küssten wir uns, etwa ein Jahr bevor ich Owen kennenlernte, und es war so ekelhaft und schlabberig, dass ich danach Cate anrief und es ihr erzählte, als würde ich eine Todesnachricht überbringen.

Wir biegen um die Ecke, und jetzt … ist Jack genau in unserem Blickfeld, und wir gehen die Betonschräge hinunter auf ihn zu. Er sitzt bei einem Mann, der etwa in unserem Alter zu sein scheint, gebaut wie ein Rugbyspieler, dichter Bart und kahl rasierter Kopf. Ein großer Schäferhund ist an seiner Seite und passt auf.

»Lass es so aussehen, als ob er dich zuerst sähe«, sagt Cate aus dem Mundwinkel. »Red einfach mit mir. Über … Ich weiß nicht. Ähm. Sauerteig? Ja, Sauerteig.«

»*Sauerteig?*«

»Also wie, man braucht einen *Ansatz* für jeden Laib?«, fragt Cate und wendet sich mit hochgezogenen Augenbrauen zu mir um. »Das ist wirklich faszinierend, Millie.«

»Oh. Ähm. *Ja.* Ja, du musst mit etwas anfangen, das Sauerteig-Ansatz heißt, was superleicht herzustellen ist, ehrlich gesagt ...«

»Tatsächlich? Das ist ja hochinteressant. Und das könnte ich zu Hause auch hinkriegen?« Cate scheint prompt in den Frühstücksfernseh-Moderatorinnen-Modus geschaltet zu haben. (Falls diese Fernsehmoderatorin absoluten, zusammenhangslosen Stuss schwafelt.) Egal, ich rede weiter.

»Oh, ja. Alles, was man braucht, ist ein Einmachglas oder etwas Ähnliches ...«

»Er sieht her«, zischt sie lächelnd durch zusammengebissene Zähne. »Ich meine, er sieht *wirklich* her. Er hat dich gesehen ...«

Und ich habe bereits gesehen, dass er mich gesehen hat, hinter Cates Sonnenbrille, für die ich mehr als dankbar bin, und jetzt steht er auf, hebt die Augenbrauen, und ein zögerndes Lächeln zieht seinen entzückenden Mund langsam nach oben.

»Ähm. *Hey*«, ruft er, rudert mit den Armen und breitet die Hände aus. Eine Mischung aus einem Schulterzucken und einem »Voilà«.

»Oh! Hi!«, sage ich. »Was für eine Überraschung!« Und natürlich klinge ich kein bisschen überrascht.

»Ja! Nur ein bisschen ...«

Er springt über die Picknickbank, und *Gott,* der lässige, herbstliche Jack an einem freien Tag ist so unglaublich cool und heiß, dass ich schlucken muss. Er trägt eine grauschwarze Jeans, einen eng anliegenden, dünnen hellgrauen Pullover mit Rundausschnitt, weiße Turnschuhe und eine schwarze Weste. Eine dieser gefütterten Westen mit Kapuze, mit offenem Reißverschluss. Und warum ist diese Weste so heiß? Er sieht aus wie ein ... heißer, schick gekleideter Farmer oder so.

»Jack, das hier ist meine Freundin Cate«, sage ich, als Jack vor uns steht. Und ich rieche dieses Aftershave und die rauchige, salzige Seeluft, die an der Haut klebt. »Cate, das hier ist Jack. Er ist, ähm, Flyes Operations Manager?«

»Entschuldigung. Schrägstrich Chief of Staff«, sagt Jack und wirft mir ein Grinsen zu, während er Cate die Hand gibt und sagt: »Freut mich sehr, dich kennenzulernen«, und sie sagt: »Oh, ganz meinerseits«, in dem Tonfall, den sie immer am Telefon gegenüber Callcenter-Mitarbeitern anschlägt.

Jack macht uns mit seinem Freund Jonny bekannt, der zurückhaltend, aber warmherzig zu sein scheint, und Jonnys Hund: Elton.

»Die anderen sind alle im Pub«, sagt Jack, »aber Elton hatte genug. Und Jonny auch. Er ist ein ungeselliger Klotz. Daher sind wir jetzt hier.«

Jonny legt eine fleischige Hand an seine Brust, über seinem Sweatshirt. »Schuldig. Und noch einmal schuldig«, sagt er und tätschelt seinen Hund. Und als ich eine Hand hebe, um Eltons Kopf zu kraulen, leckt er meine Hand. Ein riesengroßes, Fletch-mäßiges, allumfassendes Abschlabbern.

»*Elton*. O Gott, entschuldige«, sagt Jonny und zieht Elton am Halsband ein wenig zurück, aber Elton rührt sich nicht vom Fleck. Seine Pfoten sind praktisch in den Boden zementiert.

»Ohhh, schon gut«, beschwichtige ich ihn, meine Stimme nur ein klein wenig zu schrill. »Ich liebe Hunde! Außerdem, neue Freunde können sich doch abschlabbern, oder?« Cate gackert neben mir, und ich kralle meine Finger in ihren Arm. Jack lacht so, wie er es immer tut, als wäre er überrascht; als hätte er irgendetwas anderes erwartet. Und ich bin mir nicht sicher, warum, aber jedes Mal, wenn ich in seiner Nähe bin, scheine ich

215

einfach zu sagen, was mir durch den Kopf geht, ohne Filter. Dinge sprudeln aus mir heraus wie ein fest zusammengerolltes Band, das auf einmal abgespult wird.

»Und, was hast du heute so gemacht?«, fragt er.

»Nur shoppen. Nichts Aufregendes.« *Außer einen »Look« zu konstruieren, der hoffentlich dafür sorgen wird, dass du deinen Schritt in den Gefrierschrank steckst ...*

»Und wie lautet das Urteil?«

»Das Urteil?«

»Deine Farbe«, sagt er. »Was ist deine Farbe?«

»Oh!« Er erinnert sich. Jack erinnert sich immer an die kleinen Dinge. »Na ja. Eine ist Korallenrot. Und ...«

»Grün«, schaltet Cate sich ein. »Das heißt, die meisten Grüntöne.«

»Ja. Und eine, die eindeutig nicht meine Farbe ist, ist Pastellblau, offenbar, daher ...« Ich zeige mit einer Geste auf mein hellblaues T-Shirt. »Gut zu wissen.«

»Ist das so?« Jack lächelt, und sein Blick huscht für eine Sekunde zu meinem T-Shirt. Cate ist kurz davor, meine Haut mit ihren Fingernägeln zu durchbohren (das heißt, wenn ich nicht zuerst einen schweren, glühend heißen, peinlichen Ausschlag kriege).

»Also, lass hören.« Jonny sieht mich lächelnd an und verschränkt seine kräftigen tätowierten Arme. »Wie ist er in der Arbeit? Ist er ein Sonderling?«

»Ein Sonderling?«, lacht Jack. »Verdammte Scheiße, Jon.«

»Aber ja«, sagt Jonny in einem gleichbleibenden Ton. »Der Mann, der sein Leben damit verbringt, immer wieder abzuhauen und uns zu verlassen. Wie ist es, für ihn zu arbeiten? Zählst du die Tage?«

»*Euch verlassen.*« Jack schüttelt den Kopf, aber irgendetwas huscht über sein Gesicht. Dieser Schatten von Ernsthaftigkeit ist wieder da. Dieses Widerstreben. »Ein bisschen theatralisch. Ihr vermisst mich einfach, oder?«

»Ha«, lache ich. »Na ja. Sonderling würde ich nicht sagen, nein. Er führt ein sehr strenges Regiment, dieser Mann.« Und ich bin mir nicht ganz sicher, warum ich auf einmal wie irgendeine Art Tudorfrau rede, aber am liebsten würde ich mich Jonny gegenüber hinsetzen und sagen: »ERZÄHL MIR ALLES. Lass nichts aus.«

»Interessant«, bemerkt Jonny. »Er hat versucht, mich zu überreden, mit ihm mit dem Boot rauszufahren.«

»Dem Boot?«

Jack nickt. »Enam hat ein Boot. Es heißt *Instinct*. Ich versuche, Jon zu überreden, mit mir damit rauszufahren, bevor ich weggehe. Aber offenbar bin ich ja ein *Sonderling*, das heißt, ich ziehe meine Einladung zurück.«

»Nein, ich vertraue dir nur nicht als Segler, Kumpel. Zu großspurig, um ein Segler zu sein. Ich bleibe lieber hier an Land. Was, Elton?«

Jack lacht, während Jonny Eltons Kopf krault. Elton blickt entzückt. »Und was ist mit dir? Fährst du mit mir raus, Millie?«

»Mit ... einem Boot?«

Cate drückt meinen Arm. Sie ist wie eine menschliche Blutdruckmanschette.

»Ja, *mit einem Boot*«, äfft Jack mich nach.

»Mit einem großspurigen Segler?«, frage ich. »Ich, ähm, gebe dir Bescheid.«

Hat er ... das eben ernst gemeint? War das eine echte, richtige Einladung? Es hat sich wie eine angefühlt. Und Cate denkt es mit Sicherheit. Sie fügt der Haut an meinen Armen regelrecht Narben zu. Spuren, die ich eines Tages meinen Kindern zeigen werde, wie ein verwundeter Pirat. »Diese Spuren, meine lieben Kleinen, sind entstanden, als eure Tante Cate mich mit ihren Fingernägeln gekratzt hat, weil sie so aufgeregt war, dass eure Mutter von einem sehr gut aussehenden Mann in einer Weste auf ein Boot eingeladen wurde.«

»Und, sehen wir uns auf der Party?«, fragt mich Jack und steckt die Hände in die Taschen. »Sommer-Halloween ...«

»Ich habe entschieden, hinzugehen, ja. Na ja, ich wurde irgendwie *genötigt* von diesem Energiebündel hier, denn sie hatte ein Outfit, das ich unmöglich ablehnen konnte.«

»Oh, ja. Ich habe ihr das Outfit aller Outfits besorgt«, erklärt Cate, als hätte ich vor, in einem funktionstüchtigen Iron-Man-Anzug zu erscheinen.

»Meine Neugier ist geweckt«, sagt Jack, den Blick auf mich geheftet.

»Und, werde ich dich erkennen?«, platze ich heraus, in einem Versuch, mich abzulenken, zu verhindern, dass sich die Röte wie ein Ausschlag auf meinem ganzen Körper ausbreitet. »Oder wirst du irgendwie in einem Eselsarsch stecken oder so, und ich muss den ganzen Abend über versuchen, dich zu finden?«

»Ich verrate nichts«, sagt er lächelnd, »nicht einmal dir. Das heißt, du wirst vielleicht jeden Eselsarsch überprüfen müssen, bis du mich findest.«

»Das heißt – eine Jack-Schnitzeljagd.«

»Wenn du so willst.«

Und Cate ... Ich werde Cate umbringen. Sie grinst so breit, als ob sie bei uns zu Hause eine ihrer Lieblingsschnulzen sehen würde, und ich schwöre, Jack ist es nicht entgangen. Er sieht sie immer wieder prüfend an, als ob er sich nicht ganz sicher wäre, dass sie nicht betrunken ist.

Wir verabschieden uns, ein Chor aus höflichem »Hat mich gefreut«, und alle winken kurz.

»Und wir sehen uns morgen«, sagt Jack und beugt sich vor. »Ich freue mich, dass ich dich überreden konnte.«

Während wir uns entfernen, schweigen Cate und ich, bis wir weit, weit außer Sicht sind, und dann wirft Cate sich gegen das Geländer neben den Bahngleisen und dem Abhang, der zum Strand hinunterführt, und sagt: »O mein Gott. Dieser *Vibe* war der Wahnsinn. Ich meine ... er steht so auf dich.«

»Ich fühle mich irgendwie komisch, wenn ich mit ihm rede«, stöhne ich in meine Hände. »Als würde ich vergessen, wie man *normal* ist. Ich lache wie eine Irre. Und ich kann nicht glauben, dass ich das mit dem Abschlabbern gesagt habe.«

Cate lacht schallend auf.

»Ich habe gesagt, ›neue Freunde können sich doch abschlabbern‹.«

»Bring das in deinem Catsuit auf der Party«, meint Cate, »und du wirst voll auf deine Kosten kommen, meine Freundin.«

Augenblicke später stürzen wir kichernd durch die Tür in die Wohnung. Ralph poliert Schuhe.

»Und, wie war das Shoppen?«, erkundigt er sich. »Irgendwelche Farbdurchbrüche zu berichten?«

»Vergiss das Shoppen«, sagt Cate. »Du hast eben *Verlangen* verpasst, Ralph. Verlangen ist anmarschiert und hat ganz Leigh-on-Sea ins Gesicht geschlagen. Und das alles für unsere Millie.«

★★★

Textnachricht von Dad: Millie, deine Mum und ich haben gesprochen. Kann jetzt nicht reden. Es ist viel zu verdauen. Vielleicht kann ich vorbeikommen und dich besuchen. Gib mir Bescheid, wann du Zeit hast? Ich liebe dich, mein Schatz. Es tut mir so leid, dass das passiert ist. Dad xx

Kapitel 16

Vielleicht ist es ja *das*, was ich heute Abend brauche. Nicht unbedingt, dass ich mich in einen pechschwarzen Ganzkörperanzug zwänge und den Kopf in einen riesigen Bilderrahmen stecke. Aber die Party selbst. Denn was gibt es für eine bessere Möglichkeit, alles zu vergessen, als sich als irgendetwas Albernes zu verkleiden und zu trinken und zu essen und zuzusehen, wie Michael Waterstreet den Wurm macht (na ja, eher die mit Salz bestreute Schnecke), bevor er wieder in einen Mini-Hotdog heult, weil seine Frau ihn verlassen hat.

Außerdem ... *Jack*. Jack hat eine Art, alles so aussehen zu lassen, als wäre es gar kein Problem. Beste Freundin blockiert dich? Keine Sorge. Deine Mum hat insgeheim ihren Ex-Mann getroffen, von dem niemand redet? Passiert uns allen. Deine E-Mail-Entwürfe wurden verschickt? Na und? Scheiß drauf.

Cate fährt mich in Ralphs Wagen zu der Party, und sie ist so aufgeregt, dass es sie kaum noch auf ihrem Platz hält. »Dieser Catsuit wird dein Liebesleben für immer verändern. Ich weiß es einfach«, sagt sie, als ich aussteige, und sie sieht mir nach, während ich über die Kiesauffahrt stakse, wie eine stolze Mutter, die ihre Tochter zum Schulabschlussball verabschiedet. Sie winkt und pfeift anzüglich durchs Fenster (bis ein Taxi sie anhupt, dass sie weiterfahren soll).

Die HTG-Sommer-Halloweenparty – *großes Augenzwinkern,*

und noch ein zusätzliches, zu Vince' Ehren – findet in einem Hotel statt, in einem Festsaal, und auch wenn der Portier kaum zur Kenntnis nimmt, dass ich ganz in Schwarz gekleidet bin wie jemand, der im Begriff ist, an einem Drahtseil, das von der Decke hängt, ins British Museum einzubrechen, grinsen die Hotelangestellten sich an, als sie sehen, wie ich mit einem riesigen tragbaren Rahmen in der Hand hereinhumpele.

»Ich bin eine Szene von einer Filmrolle«, sage ich. »Ein Einzelbild?«

Und als ich in den Aufzug steige, um in den Keller zu fahren, und der Rahmen zwischen den Türen hängen bleibt, lachen sie noch mehr.

Ich liebe Cate, aber ich frage mich wirklich, ob sie mit diesem Kostüm recht hat. Genial, so hat sie es genannt. Andererseits, wie könnte ich mich mit ihr streiten, so, wie sie mich für heute Abend aufgebrezelt hat? Ich habe in den Spiegel gesehen, nachdem sie mit mir fertig war, und ich konnte nicht aufhören zu lächeln. Mit einem Lockenstab und einem Haarserum, das nach Kokosnuss riecht, hat Cate meine im Allgemeinen eher durchschnittlichen, fisseligen schulterlangen Haare in wallende Locken verwandelt, die tatsächlich *wippen*, und mein Make-up ist perfekt. Mit dem Nude-Look meiner Augen hat sie den Nagel auf den Kopf getroffen, und meine Lippen haben den sinnlichsten Ton von klassischem Hollywood-Rot, den ich je gesehen habe. Sie sind voll und seidig, und auf der Fahrt im Wagen habe ich, glaube ich, mehr Selfies von mir gemacht als in meinem ganzen Leben. Selbst Ralph, der damit beschäftigt war, Abzeichen auf sein neues Schwimmclub-Handtuch zu bügeln, sah auf und sagte: »Oh, verdammt.« Das heißt, ja, ich werde heute Abend vielleicht ein riesiges Rechteck auf dem

Kopf tragen, aber wenigstens sehe ich »Oh, verdammt«-cool aus.

Die Aufzugtüren gleiten auf, und ich trete in einen mit Teppich ausgelegten Korridor und stehe vor einem ausgedruckten Schild. »HTG PICTURES SOMMER-HALLOWEEN-PARTY.« Komisch, dieses »SOMMER-HALLOWEEN« in gedruckter Form verewigt zu sehen.

Ich folge den Pfeilen, während tiefe, gedämpfte Musik allmählich lauter wird. Ein Katy-Perry-Song.

»Eeyyyyyyy!!!«, ertönt eine Stimme, und zwei große, schwere Pranken legen sich auf meine Schultern. »Ach du Scheiße, was haben wir denn hier?«

O Gott.

Es ist Barry Hendrie, Leiter des Außendienstes, den wir nur bei Partys und gelegentlichen Abschiedsdrinks sehen, und er beäugt meinen Rahmen, als wäre ich mit einer Leiche im Schlepptau hereinspaziert, die ich auf der Fahrt hierher überfahren habe.

»Oh, das ist ... Ich bin eine Standaufnahme? Ein Einzelbild?«, erkläre ich. »Na ja, die Schauspielerin in dem Film. Das Filmthema? Ein Filmausschnitt? Man steckt einfach irgendwie den Kopf hinein ...«

Er johlt vor Lachen und stürmt an mir vorbei, stinkt schon jetzt nach Bier, obwohl die Party erst seit einer Stunde im Gange ist. Er hat kein Kostüm an, oder wenn, dann wurde es bereits in Stücke gerissen, denn er trägt ein zitronengelbes Hemd, das am Kragen offen steht, und Schweiß hat sich von seinen Achseln in alle Richtungen ausgebreitet. Ich stelle mir seine verschwitzte Halloweenmaske vor, zerbrochen und kaputt, auf den Tresen der Bar geworfen.

Oh. Ich hoffe, ich kann Jack schnell finden, oder zumindest irgendjemand anders, den ich erkenne (und nicht mit E-Mails gegen mich aufgebracht habe). Wenigstens kann ich mir immer noch meinen Bilderrahmen überstülpen und mit all den anderen seltsamen, durchgeknallten Kostümen verschmelzen.

Barry lässt die Tür zum Festsaal zuschwingen, und ich muss eine Hand ausstrecken, damit sie mir nicht ins Gesicht knallt.

Na ja. Ich sollte die Kostümparty besser *im* Kostüm betreten, nehme ich an. Was hat Cate gleich wieder gesagt? Spaß. Das hier ist Spaß. Um ein bisschen albern zu sein. Ein bisschen frivol. Um alles aus dem Leben vor den E-Mails und nach den E-Mails zu vergessen und mich *an mich* zu erinnern.

Ich stülpe mir den Bilderrahmen über den Kopf und schlurfe in den Saal, was genau so vertrackt ist, wie man erwarten würde. So muss sich mein Bruder Kieran fühlen, wenn er sich unter Türrahmen hindurchduckt. Mit sechzehn war er eins achtzig groß, mit neunzehn eins fünfundneunzig, und ich lachte jedes Mal, wenn er sich zu Hause unter der Küchentür hindurchzwängte. Ich schüttele den albernen kleinen Gedanken ab, der sagt: »Vielleicht wirst du nie wieder sehen, wie er sich unter Mums und Dads winzigen Cottagetüren hindurchduckt, denn sie trennen sich in diesem Moment, und du wirst deinen Bruder sogar noch seltener sehen, als du es jetzt tust.«

»Oh!« Während ich mich zu der Party durchkämpfe, wendet Barry sich um, sieht mich und bricht in Gelächter aus, und bei diesem tiefen, kehligen Geräusch drehen sich so viele Leute, so viele *Fremde* in diesem dunklen, von Discolichtern erhellten Saal um, um mich anzusehen, und – oh. O nein, nein, nein, nein. Bin ich … O Gott. Das bin ich. Ich bin die Einzige im Kostüm.

Ich bin die Einzige in Verkleidung.

Und dann, während ich den Blick durch den heißen, wogenden Saal über eine Menge von Fremden schweifen lasse, sehe ich ihn. Jack.

Oder vielleicht sollte ich sagen ... Jack als der Jack Dawson in *Titanic*. Er hält eine kleine Holztür.

»Ich bin zu Tode beschämt.« Ich habe ein Glas Weißwein fast geleert, und ich bin erst seit fünf Minuten an der Bar. Wie konnte das passieren? Wie kann es sein, dass Jack und ich als *Einzige* im Kostüm gekommen sind? Ich bin gekleidet wie jemand, der im Begriff ist, auf die Bühne eines Theaters zu stürzen und die Requisiten neu zu arrangieren, und er ist gekleidet wie ein armer *Titanic*-Passagier, und das, während alle anderen mindestens schicke Kleider tragen und, im besten Fall, Kleider, die bei einer verdammten Oscar-Verleihung nicht fehl am Platz wären ...

»Das ist so witzig«, sagt Jack und zieht einmal kurz an der Krempe seiner Schiebermütze. Die Holztür und mein Bilderrahmen lehnen nebeneinander zu unseren Füßen an der Bar. Jacks Holztür kann man tatsächlich tragen – die Arme durch die Vorderseite stecken, sodass es aussieht, als würde das Kinn darauf ruhen.

»Na ja, ich freue mich, dass *du* es witzig findest«, sage ich zu ihm, während er sich mit den Ellenbogen auf den polierten Tresen stützt. »Ich fühle mich eher wie eine Vollidiotin.« Aber erstaunlicherweise berührt es mich nicht so unangenehm, wie es das normalerweise tun würde. Das ist das Leben nach den E-Mails, nehme ich an. Es hat eine Art, dich zu desensibilisieren. In einem albernen Outfit zu erscheinen, ist nicht annähernd so schlimm, wie in einer E-Mail, die »an alle« verschickt wurde, emotional nackt dazustehen.

»Du bist ein Filmstar«, erwidert Jack, und dann beugt er sich vor und drückt seinen Arm an meinen. Und natürlich riecht er sogar noch wundervoller, als er es normalerweise tut. »Du darfst dich nicht wie eine Vollidiotin fühlen.«

»Wenn du das sagst.« Ich blicke zu ihm hoch, und mir fällt auf, dass etwas, das wie Eiszapfen aussieht, von seinen Haaren hängt. Ich lache schallend auf. »Gott, du siehst lächerlich aus«, sage ich. »Und du hast den Nagel auf den Kopf getroffen. Und ich meine – so richtig.«

Und das hat er. Er sieht wirklich brillant aus. Genial. Und ich hätte nicht gedacht, dass ich jemanden finden könnte, der mit einer Zahnspange und einem zerschlissenen T-Shirt attraktiv aussieht (na ja, abgesehen von dem Neunzigerjahre-Leo selbst, natürlich), aber ich kann nicht aufhören, ihn anzustarren. Etwas, das sich wie ein Schwarm winziger Schmetterlinge anfühlt, flattert in meinem Magen und meiner Brust herum. Er hat auch diese Jack-Dawson-Augen. Diese durchdringenden Augen, in denen eine Million Dinge liegen, die er denkt, aber nicht sagt. (So hypnotisierend, dass sie Rose dazu brachten, nackt zu posieren, das wollen wir nicht vergessen.)

»Wohingegen ich«, sage ich in mein Glas, »aussehe wie jemand, der vermutlich einem in die Taschen greifen würde, während er bei einem Raubüberfall von der Decke hängt.«

Jack grinst. »Na ja, wenn du meine Meinung hören willst ... ich finde, du siehst heiß aus.«

O mein Gott.

Jack. Hat mich eben heiß genannt. Und das ... das ist mehr als nur Chief-of-Staff-Zeug, oder? Er flirtet mit mir. Es ist nicht so, dass ich da irgendetwas Falsches hineinlese.

»Na ja. Vielen Dank, *Mr. Dawson.*« Und jetzt flirte *ich* mit ihm, und Gott sei Dank für dieses Make-up, denn im Moment habe ich ein absolutes, voll ausgewachsenes Rotkohlgesicht. So rotkohlmäßig, dass ich Angst habe, jemand könnte mir eine Rosette ans Gesicht heften: Erster Preis.

»Im Ernst«, fährt er fort, als ob es eine Tatsache wäre. »Außerdem hast du auch dieses ganze Catsuit-Teil an …«

»Ah. Na ja, streng genommen ist es kein Catsuit …«

»Was immer es ist«, sagt er, und dann lächelt er langsam und schließt den Mund, wie um zu verhindern, dass ihm das, was er sagen will, wirklich über die Lippen kommt, und ich lache (und wünschte unwillkürlich, er würde es genauer ausführen.)

Die Musik wird lauter, und immer mehr Leute treffen ein, manche in solch glamourösen Outfits, dass unsere Kostüme nur noch lächerlicher aussehen. Da ist sogar eine Frau mit einer *Pelzstola* über den Armen.

»Also, was genau ist passiert?«, frage ich über die Musik hinweg. »Du hast *gesagt*, es sei eine Kostümparty.«

»Ah, weißt du, ich habe mir die *alte* Einladung angesehen. Die später abgesagte und verschobene Einladung. Und wir waren nicht die Einzigen. Wenn du nur eine halbe Stunde früher gekommen wärst, hättest du Paul Foot voll *Baywatch*-mäßig gesehen. Im … Pamela-Anderson-Stil. Badeanzug. Rettungsboje unterm Arm. Blonde Perücke.«

»*Nein!*«

»Oh, doch. Er ist nach Hause gefahren, um sich umzuziehen. *Feigling!*«, ruft Jack über die Tanzfläche, aber Paul, der fröhliche Postbote, jetzt ganz neutral in einem weißen Hemd und weißer Hose, hört ihn nicht und tanzt weiter mit Martha, seiner Frau, obwohl keiner der beiden aussieht, als würden sie sich besonders gut amüsieren.

»Und außerdem, sieh mal, jetzt können wir beide die Stars der Show sein«, sagt Jack und stemmt sich von der Bar los. »Es ist wie ... es ist wie im Disneyland. Weißt du? Wenn man ins Disneyland kommt, schert sich niemand um die ganzen normalen Leute, die dort herumlaufen. Alle wollen Mickey sehen. Sie wollen Buzz Lightyear sehen. Das sind wir. Buzz Lightyear und Mickey Mouse.«

»Also, du hättest mir vorab eine Nachricht schicken können, *Buzz*«, sage ich.

»Na schön, aber wo wäre denn dann der Spaß, Mickey?«, grinst er, und ich grinse so breit zurück, dass mir die Wangen wehtun. Ich glaube, in diesem Augenblick wäre es mir egal, wenn ich wie Barney, der Dinosaurier, gekleidet wäre. Cate hatte recht. Ich habe, erstaunlicherweise, tatsächlich Spaß.

Ich bestelle mir noch einen Drink, und eine Frau mit einer riesigen Platte mit Kanapees taucht auf. Winzige Brötchen mit Hähnchenbrustfleisch, mit klitzekleinen, absolut entzückenden frittierten Zwiebelringen, die um Zahnstocher herum auf den Brötchen liegen, wie bei einem Wurfringspiel. Sie steuert genau auf mich zu, und ich kreische fast bei ihrem Anblick.

»O mein Gott, ich werde Mini-Zwiebelringe machen, sobald ich in der Küche eine Stunde für mich habe. Jack, sieh dir die an.«

»Ah, verstehe, wir sind die Ersten, die Kanapees kriegen. Geben Sie's zu«, sagt Jack zu der Bedienung, während er sich eines nimmt. »Sie haben uns als Erste bedient, weil wir verkleidet sind.«

Sie lacht und zuckt leicht mit den Schultern, sagt aber nichts.

»Wir wissen es. Alle wissen es«, fährt Jack fort. »Nur mein Mädchen Millie hier muss es noch begreifen.«

Mein Mädchen Millie. *Kribbeln.*

Ich nehme mir ein einziges Kanapee (und verliebe mich prompt wieder in einen Mini-Zwiebelring, den ich nachzuahmen versuchen werde, sobald ich kann), und Jack und ich beobachten die Party. Wir stehen nebeneinander da, als ob es völlig normal wäre, dass eine Filmrolle und Jack Dawson zusammen auf einer Party sind: ein Gast und seine Begleitperson.

»Dafür werde ich mich an dir rächen«, flüstere ich ihm ins Ohr und knuffe ihn in die Seite. »Wenn du am wenigsten damit rechnest, Jack Shurlock.«

»Nur zu«, grinst er, und dann hört er auf, die Tanzfläche mit den Augen abzusuchen. Er zeigt mit dem Kinn in eine Richtung. Da ist Lin, und sie winkt mir aus einer Gruppe zu und gibt mir wortlos zu verstehen: »Komm her!«

»Oh! Ich … geh kurz rüber. Hi sagen.«

»Okay, aber den Rahmen lässt du nicht hier stehen …«

»Aber ich muss auf die *Tanzfläche*«, protestiere ich.

»Pech. Wir haben einen Pakt geschlossen«, sagt Jack und streckt eine Hand aus, um meinen Rahmen hochzuheben. »Als du dir diesen Rahmen auf den Kopf gesetzt hast, hast du, ohne es zu wissen, ein Versprechen gegeben.«

»Was für ein Satz.«

»Bei der nächsten Party können wir beide als Esel gehen.« Er stellt sich so vor mich hin, dass der Rahmen zwischen uns ist. »Und du darfst dir aussuchen, ob du das Vorder- oder das Hinterteil sein willst.«

»Ausgeschlossen. Die nächste Party wird die Weihnachtsparty sein, und die ist immer *superschick*. Da werde ich ein Kleid anziehen. Das Kleid meiner Träume. Das Gegenteil von …«, ich zeige auf meinen Körper, »… was immer das hier ist. Und du …

kannst dich mit einem Smoking so richtig in Schale werfen.«
Ich nehme ihm den Rahmen ab.

Er grinst. »Na ja, zum Glück werde ich bis dahin fort sein.
Was gut ist. Ich hasse Smokings.«

»Wie schade«, sage ich und stülpe mir den Rahmen über den
Kopf. »Nenn mich altmodisch, aber ein Mann im Smoking, das
hat etwas. Außerdem. Irgendwann hatte sogar Jack Dawson einen Smoking an. Das heißt, du weißt schon, es ist eine Frage des
Charakters. Ein Teil von dem, wer du bist.«

Ich wende mich ab und gehe über die Tanzfläche – ja, mit
meinem Rahmen, denn alle sollen wissen, dass ich nicht ohne
Grund in etwas hergekommen ist, was im Grunde eine Körper-
socke ist. Ich schlängele mich zwischen tanzenden Fremden
hindurch, die, natürlich, alle auf mein verdammtes Kostüm zeigen und lachen. Ich nicke, lächele und sage: »Haha, jaja, ich
weiß!«, aber ich frage mich insgeheim, ob ich Cate und Ralph
morgen zusammentrommeln und das Kostüm im Garten in
Brand stecken kann, in einer feierlichen Abschiedszeremonie.

Ein Dua-Lipa-Song setzt ein. Jemand rempelt mich an,
drückt mir eine Schulter ins Gesicht, versperrt mir die Sicht auf
Lin. Und ... oh. O Gott. Es ist Jess. Das brave Mädchen mit dem
Espresso im Panzer. Sie hört auf zu tanzen, ihren Drink hoch
erhoben, offenbar ohne zu ahnen, dass sie mir eben die Schulter
ins Gesicht gerammt hat, und dann geht sie und stellt sich neben ... ah. Chloe. O Gott, warum sind die beiden hier?

»Da kommt unsere Queen«, sagt Lin. »Und sie ist wie ein verdammtes Porträt gekleidet, natürlich ist sie das. Ich liebe es.«

»Das ist ... Ich bin eine Filmszene?« Und ich bin mir nicht
ganz sicher, warum ich das klarstellen muss, wenige Zentimeter
von Owens Verlobter entfernt, die sich langsam umdreht. Sie

sieht wie ein Model aus, Drink in der Hand, während sie mich beäugt, als hätte ich eben auf die Tanzfläche geschissen.

»Hi, Chloe«, sage ich, und Chloe neigt den Kopf, einmal nur, ein kurzes Nicken mit dem Kinn. Jess lächelt höflich. Ein bisschen zurückhaltender als letztes Mal.

»Hi, Millie.«

Chloe sieht umwerfend aus. Schlank und elegant in einem weißen Trägerkleid. Wie Gigi Hadid oder so.

Lin befingert eine Seite meines Rahmens, klimpert mit dichten, federartigen künstlichen Wimpern. Tröpfchen von getrocknetem, kristallisiertem Glitzer kleben an ihnen. »Das ist genial«, sagt sie. »Alles an dir ist genial.«

»Und du siehst hinreißend aus«, sage ich, und Lin macht einen Knicks. Sie trägt ein durchschimmerndes, knöchellanges schwarzes Kleid über einem schwarzen Bodysuit, der durch die Spitzen zu sehen ist. Es gibt nicht viele Leute, die einen solchen Look tragen können, aber Lin … Lin kann ihn natürlich tragen.

»Danke, Süße. Und hey«, sagt sie und beugt sich zu mir vor, schon jetzt grinsend. Jess, das brave Mädchen, und Chloe unterhalten sich neben uns auf der Tanzfläche, aber beide beäugen mich argwöhnisch, als könnte ich mir auf einmal die Kleider vom Leib reißen und noch ein Geständnis enthüllen, diesmal mit Lippenstift auf meinen Körper gekritzelt. Noch ein Stunt.

»Was ist denn mit dir und Shurlock passiert?«

O Gott. Jetzt glühe ich. Ein Würstchen von einer Frau auf einem gusseisernen Grill. »Mir und … Jack?«

»Ja«, sagt Lin. »Für meinen Geschmack ist er ja ein bisschen zu hübsch, aber … er ist verdammt heiß, und er ist einfach so aalglatt, weißt du?«

»Ach ja?« Warum klingt meine Stimme so schrill?

»Ich meine, was mich angeht? Ich habe meine Mädchen gern hübsch und meine Jungs eher wie Käfigkämpfer, weißt du? Aber Scheiße. Du und er ... da ist Chemie, oder? Er kann den Blick nicht von dir abwenden, und wenn ihr beide zusammen seid, lächelst und strahlst du breit und siehst einfach nur *sexy* aus, und ich liebe das ...«

»Ach du lieber Gott, nein.« Chloe und Jess hören jetzt beide zu, und, o Gott. Wenn ich mit Lin allein wäre, dann würde ich ihr vielleicht sagen, dass ich Jack ein klein wenig mag, dass ich eine (ziemlich große und immer größer werdende) Schwärmerei für ihn hege, dass ich, je besser ich ihn kennenlerne, immer mehr glaube, dass er genau der Jack Shurlock meiner sexy Träume ist, in denen er mich leidenschaftlich an die Wand drückt – und ich will es wirklich, tief in mir. Es ist so nett, dieses leichte Kribbeln im Bauch zu spüren, jemanden zu *mögen*, dieser ganze geheimnisvolle Tanz, sich zu fragen, ob er auf den Flirt eingeht, und Lin ist eine solche Cheerleaderin, dass es eine pure Freude ist, sie als Stütze zu haben. Aber ich würde mir wie eine absolute Idiotin vorkommen, mit meiner fröhlichen, flirtenden kleinen Jack-Schwärmerei neben der neuerdings meinetwegen getrennten Chloe eine Show abzuziehen. Außerdem sind Lin und Chloe Freundinnen. Sie könnten über mich tratschen. »*Nett von ihr, deinen Verlobten anzubaggern und in der Zwischenzeit mit Jack zu flirten – für wen hält sie sich eigentlich?*«

»Hast du eben Nein gesagt?« Lins Augenbrauen sind jetzt zwei verwirrte Schlangenlinien. »Bist du verrückt? Er hat doch schon angebissen, nehme ich an ...«

»Nein. Nein, o Gott. Zwischen mir und Jack läuft absolut nichts. Glaub mir.«

»Im Ernst?«

»*Im Ernst*«, nicke ich, und der riesige Rahmen auf meinem Kopf wackelt beipflichtend. »Er interessiert mich nicht die Bohne. Absolut nicht mein Fall.« Und ich winde mich innerlich so heftig, dass ich praktisch zusammenschrumpfe. Denn habe ich das eben wirklich gesagt? Es ist, natürlich, eine Riesenlüge, und in meinem Mund schmeckt sie einfach absolut grässlich.

Jess und Chloe wenden den Blick von mir ab, sehen sich wieder an, und Lin erzählt von Paul und seinem *Baywatch*-Outfit, während sie Selfies mit mir macht, und bevor ich protestieren kann, postet sie sie auf Instagram. Und dann bin ich irgendwie … allein mit ihr. Der Frau, deren Hochzeit meinetwegen abgeblasen wurde. Chloe und ich, mitten auf der Tanzfläche, während Leute um uns herum zu einem Queen-Song tanzen und die Fäuste in die Luft recken.

»Hi.« Ich schenke ihr ein dünnes Lächeln. »Wie geht's?« Ich fühle mich, als ob ich auf glühenden Kohlen oder so laufe, über schwankenden Boden, während ich mit einem Stock in ein Wespennest steche.

»Gut«, sagt Chloe über die Musik hinweg, aber sie fragt mich nicht, wie es mir geht. »Dein Kostüm ist sehr … kreativ.«

»Ich dachte … ich dachte, es sei eine Kostümparty«, erwidere ich, und Chloe lächelt, nur ein winziges, fast unmerkliches Hochziehen ihrer vollen korallenroten Lippen, und es fühlt sich wie eine Einladung an. Ein kleiner Hinweis vom Universum, dass die Armee die Waffen niedergelegt hat oder so. Dass ich auf sicherem Gelände bin. »Ich liebe dein Kleid. Ich mag die Farbe. Dieses … irgendwie perlige, cremige …«

»Perlmuttfarben.« Chloe nickt einmal kurz. »Danke.«

Eine lange Pause zwischen uns tritt ein, und es fühlt sich komisch an, einer anderen Frau gegenüberzustehen, die denselben Mann geliebt hat. Es ist eine … Verbindung. Ein seltsames Knistern einer geteilten Erfahrung, selbst wenn man sich gegenseitig lieber nur als »die Ex meines Ex« abheften würde. Fühlt sich unser Liebeskummer gleich an? Hat er, am Anfang, zu ihr das Gleiche gesagt wie zu mir? Denkt sie darüber nach, wie »entgegengesetzt« es geendet hat? Hat sie eine Version von mir im Kopf, an der sie sich unwillkürlich selbst gemessen hat? So wie ich von ihr?

»Chloe, ich wollte nur sagen, es tut mir so leid …«

»Millie …«

»Und da lief nichts. Und ich meine … *nichts*. Ich habe Owen seit Jahren nicht einmal *gesehen*. Seit er weggegangen ist. Wir sind nicht in Kontakt geblieben. Er ist weggegangen, wir haben uns getrennt, und das erste Mal, dass ich ihn sah, war, als alle aus Indien zurückkamen …«

»*Millie.*« Chloe blickt unbehaglich, ihre zierliche Gestalt bewegt sich unter dem seidigen Stoff ihres Kleides, aber ich will fast, dass die Leute in unserer Nähe mich hören; dass sie sehen, wie ich mit ihr rede, dass sie uns sehen. Wenn sie wissen, dass ich diese E-Mail geschickt habe, dann werden sie denken, dass ich ein schlechter Mensch bin, sie könnten sogar denken, dass Owen und ich eine Affäre hatten, und ich will sie alle nur wissen lassen, dass das einfach nicht stimmt.

Petra, Jack, Cate und Ralph stimmen in meinem Kopf einen aufreibenden Chor an: »*Aber warum müssen sie das denn überhaupt wissen, Millie?*«

»Entschuldigung«, sage ich. »Ich … ich habe einfach das Gefühl, es erklären zu müssen.«

Chloe sagt nichts, die Arme verschränkt. Sie schluckt.

»Ich weiß, was er bei dem Rugbyspiel zu dir gesagt hat«, sagt sie, während sie ihre großen Rehaugen von mir abwendet. »Dass er weiß, er war im Unrecht. Dass er weiß, er hat Mist gebaut ...«

Ich starre sie an. Unter meiner Haut kribbelt und kräuselt sich mein Blut. »Wir ... wir haben nur geredet. Woher ... woher wusstest du das?«

Chloes Augenlider gehen auf halbmast, ein dichter Fächer aus dunklen Wimpern, ein Blick von Verachtung und Traurigkeit, beides auf einmal. »Ich ... ich glaube, er hat sichergestellt, dass ich es höre«, sagt sie, und ihr Mundwinkel zuckt leicht. »Das geht leicht an einem Set.«

Sichergestellt, dass sie es hört? Meint sie ... *die Headsets?* Die Leute konnten uns doch sicher nicht über die Headsets hören? O Gott, und was, wenn doch? Wenn sie gehört haben, wie ich von meinen Eltern geschwafelt habe. Was habe ich sonst noch gesagt?

»Und ich will ja nicht unhöflich klingen, Millie«, fährt Chloe fort, und ihre Brust hebt und senkt sich, als ob sie genau dort drinnen tief graben müsste, um die Worte zu finden, »aber es geht dich nichts an, wo ich lebe oder was in meiner Beziehung los ist ...«

»Das ... das weiß ich. Natürlich geht es mich nichts an. Ich habe nur ... *Es ist nichts passiert.*«

»Ich habe dich gehört, okay? Ich weiß, was du sagen willst, und ich habe dich gehört. Es ist nur ...« Sie holt einmal angestrengt Luft, als würde sie allein das schon erschöpfen. »Das Hochzeitsdatum ist gerade mal in ein paar ... Wochen.«

Ich nicke.

»Wir wollen uns morgen treffen. Er hat mich gebeten, zu ihm nach Hause zu kommen. Um zu reden. Und ...« Sie lacht hart und traurig auf, und ich rieche Alkohol in ihrem Atem. »Ich bin vermutlich dumm. Leona hält mich für dumm. *Ich* halte mich für dumm, weil ich ... mein Bauchgefühl ignoriere.«

»Du bist nicht dumm«, sage ich. »Du bist nur todunglücklich, glaube ich. Du liebst jemanden, und du leidest. Dein Herz ringt mit deinem Kopf.«

Wir starren uns über die Tanzfläche hinweg an, zwei Standaufnahmen in einem Meer bewegter Bilder. Ich mache den Mund auf, um etwas zu ihr zu sagen, aber ihre Miene verändert sich.

Sie schüttelt den Kopf, wie um sich aus einer Trance zurückzuholen. »Also, hör zu. Blick nach vorn, okay, Millie?«, sagt sie und richtet sich auf. »Denn *du* kannst das. Aber ganz ehrlich, und bei allem Respekt, ich will nicht wieder über diese Sache reden. Okay?«

Ich starre sie verblüfft an. Ein Kopf in einem riesigen Kasten. Ich nicke. Und der Rahmen auch.

Und dann ist Chloe verschwunden. Und jetzt sieht Michael Waterstreet mich an und lächelt angespannt, fast spöttisch, so wie es manche Leute vielleicht tun, wenn sie durch die Flure eines Katzentierheims gehen. »*Ach, du armes, räudiges Dummerchen. Traurig, aber ich nehme dich nicht mit nach Hause.*« Ich zwinge mich zu einem Lächeln. Er wendet den Blick ab.

Und was hat sie damit gemeint, dass sie ihr Bauchgefühl ignoriert? Meint sie ... dass sie irgendetwas übersehen hat? Was denn zum Beispiel? Dass sie ... belogen wurde? Betrogen? Klar, Owen ist nicht perfekt. Er hat mir vielleicht aus heiterem Himmel das Herz gebrochen, aber ... ein *Betrüger*? Owen hasst Betrügen. Jeder, der Owen kennt, weiß, wie sehr er es hasst. Er lässt sich gern über den Verrat aus, den Kollateralschaden. Denn er war selbst der Kollateralschaden eines Betrugs, sagte er immer. Jeder Funken Wut und Unsicherheit in Owen geht auf diesen Betrug zurück. Ein kleiner Junge, der wegen dieses Betrugs von seinem Vater komplett abgelehnt wurde. Er und seine Mutter, isoliert wegen dieses Betrugs.

»I Will Survive« plärrt aus den Lautsprechern, und der DJ verkündet, dass der Tanzwettbewerb bald beginnen wird und alle Teilnehmer sich vor der Bühne versammeln sollen. Dann steht Jack auf einmal neben mir. Er nimmt meinen Arm.

»Ich habe vierzig Pfund für den Charity-Tanzwettbewerb gespendet«, flüstert er mir ins Ohr. »Was heißt, dass wir uns ohne schlechtes Gewissen hinsetzen und über die Tänzer lachen können.«

Und was hat Chloe gleich wieder gesagt? Sie kann im Moment nicht nach vorn blicken. Der Schmerz ist zu groß. Und ich *weiß*, dass man es auf hundert verschiedene Arten betrachten kann, aber ich habe diesen Schmerz verursacht. Meine dummen Worte haben ihn verursacht. Meine dummen Worte, die nie verschickt werden sollten und es dann doch wurden. Und wenn sie noch immer in meinen Entwürfen wären, wie anders würde mein Leben in diesem Moment dann aussehen? Und wie anders würde Mums und Dads aussehen? Und Cates? Und ich weiß, Jack sagt nicht viel, aber ... was, wenn jemand das hier wirklich absichtlich getan hat? Sein Freund scheint das zu denken.

Ein Schimmer verwirrter Tränen brennt in meinen Augen. Wütende Tränen. Verzweifelte Tränen. Was-soll-ich-als-Nächstes-tun-Tränen.

Ich will sie herausweinen. Ich will gehen.

Aber stattdessen nicke ich und sage »Klingt gut«, während Jack sich hinunterbeugt, um ein Staubkorn von meiner Filmrollen-Schulter zu bürsten.

***

Textnachricht von Cate: OMG, bin mit Ralph im Kino, und er ist wirklich der netteste Mann auf der Welt, oder? Er hat sich erinnert, dass ich Erdbeersticks mag, und eben ist er mit einer ganzen Tüte Pic'n'Mix für mich aus der Lobby gekommen. Und er hat mir seinen Kapuzenpulli gegeben, weil mir kalt ist. Jedenfalls. Hoffe, du liest das hier nicht, weil du zu beschäftigt damit bist, im Dunkeln Jacks Gesicht abzuschlabbern. Außerdem, dieser Bodysuit reißt leicht, lol. Möchte wetten, Jack wird das bald herausfinden, hahaha. Hab dich lieb xxxx

***

Der Tanzwettbewerb hebt meine Stimmung tatsächlich – wenn auch nur ein klein wenig. Aber als Jack von einer Gruppe betrunkener, lauter Männer in die Enge getrieben wird, die ihn der Reihe nach mit einer Umarmung fast erdrücken, bin ich froh, mich wegschleichen zu können, allein mit meinen Gedanken, die in meinem Gehirn unablässig ihre ganz eigene Geisterbahn zu fahren scheinen.

Ich fühle mich verwirrt und traurig.

Müde und auch ein bisschen schlecht. Hungrig vermutlich.

Ich fülle eine braune Take-away-Box mit Büfetthappen, die auf einem langen Tisch in silbernen Schüsseln mit Rolldeckel angeboten werden – ein paar Mini-Frühlingsrollen, Gemüse-Tempura, ein paar undefinierbare Klöße, die wie Muscheln geformt sind –, und gehe damit durch eine große Verandatür hinaus. Partygäste stehen auf dem feuchten, matschigen Gras verstreut – rauchen Zigaretten und E-Zigaretten, führen große, tiefgründige Gespräche, Kragen gelockert, Haare zerzaust, ihre Worte lallend, ihr Lachen rau.

Ich finde einen Picknicktisch in der Nähe eines Sees, der im Dunkeln wie ein dichter schwarzer Ölteppich aussieht. Es ist mild für Oktober, aber die Luft ist feucht, mit dem Geruch von nasser Erde und Zigarettenrauch.

Ich recke das Gesicht zum Himmel, puste Atemwolken nach oben, zu dem Meer von Sternen, spüre, wie sich mein Herzschlag verlangsamt, von einem Galopp zu einer abbremsenden Dampfeisenbahn.

Meine ganze Welt, auf den Kopf gestellt, ist genau so, ihr eigenes explodiertes Universum. Nichts ist mehr an seinem gewohnten Platz. Und es scheint sich auch nicht wieder zu beruhigen. Ich warte ständig darauf, dass es abkühlt, und jedes Mal, wenn es das tut, scheint es von einer plötzlichen Böe wieder aufgewühlt zu werden. Owen. Chloes Schmerz. Alexis. Meine ... *Gefühle*, nehme ich an, könnte man sagen, für Jack. Jack, der mein (vorübergehender) Boss ist. Jack, der weggeht. Jack, der ... mich Dinge *fühlen* lässt. Denn das tut er. Ich fühle Dinge mit Jack. Tiefe, neue, beängstigende, aber zugleich sichere Gefühle.

Und Mum und Dad natürlich. Wir wollen Mum und Dad nicht vergessen – die eine Einheit bildeten, die ich immer als unantastbar angesehen habe. Diese perfekte, unerschütterliche Liebe, die ich eines Tages selbst zu finden hoffte.

Ich ziehe mein Handy aus meiner winzigen Umhängetasche, während ich in eine Frühlingsrolle beiße, und checke es.

Nichts.

In der Ferne rauscht Verkehrslärm, wie ein Schneesturm irgendwo weit weg.

Ich sehe wieder auf mein Handy.

Nichts. *Nichts.*

Ich vermisse Mum und Dad, wie sie mich an einem Samstagabend vom Sofa aus angerufen haben, während sie eine DVD-Box geguckt haben, die der Rest der Welt vor zehn Jahren sah. Ich vermisse auch Alexis. Ihren Rat. Ihre witzigen Nachrichten, die immer so sehr wie ihre Stimme klingen, dass ich sie in meinem Kopf hören kann. Ich vermisse das stille, schlichte Leben. Bevor – na ja. Bevor die Wahrheit herausgelassen wurde. Und manche (Ralph) würden vielleicht einwenden, warum sollte man ein stilles, schlichtes Leben wollen, wenn es auf Lügen beruht? Aber ich will es. In diesem Moment will ich es mehr als alles andere. Ich hätte gern ein schlichtes Leben; ein entzückendes kleines Stückchen meines Lebens vor den E-Mails. Unter dem Radar. Ich will mich sicher fühlen, nur für einen Moment, und nicht so, als ob alles meine Schuld und ich ganz allein hier draußen wäre, in diesem ganzen Schlamassel. Ich würde alles dafür geben.

»Oh, war ja klar«, höre ich auf einmal eine Stimme, und ich versteife mich prompt, bürste Krümel von meinem Mund. Er ist hier. *Natürlich* wurde Owen eingeladen. Natürlich. Ganz oben angekommen, Lobeshymnen meilenweit, Auszeichnungen und ein Portfolio, das aus allen Nähten platzt, wie ein brechend voller Aktenschrank. »Als jemand gesagt hat, hast du das Mädchen gesehen, das als Filmrolle verkleidet ist? Ich dachte, ah, das muss Mills sein. Das kann nur Mills sein.«

»Finde die geheimnisvolle Idiotin, und es muss Millie Chandler sein?«, frage ich, während sich meine Nackenhaare aufstellen. Ich drücke den Deckel auf meine Essensbox, als ob sie ein Geheimnis enthielte, und wünschte fast prompt, ich hätte es nicht getan, denn was spielt es jetzt noch für eine Rolle, was er sagen könnte? Owen hatte diesen Tick mit Essen. Er sagte mir ständig, dass ich zu viel zwischendurch knabberte, zu viele »leere Kalorien« zu mir nähme, dass ich »mir das Essen gönnen sollte, das ich verdient habe«, schwafelte von Selbstfürsorge und dass Essen für mich nur ein Kraftstoff und keine Freude sei. Ein Bild von mir, wie ich mit Jack einen riesigen BackDonalds esse, an einem Tisch voller Servietten und Gelächter, schießt mir durch den Kopf.

»Millie, war nur'n Witz.« Owen kichert. »Aber es ist schon *typisch* du, oder? Ich würde dich auch gar nicht anders wollen.«

Und das sagte er ständig, damals, als wir uns kennenlernten. Dass er meine Unbeholfenheit liebte, mein Chaos, meine Langschläfrigkeit. Aber am Ende hatte ich das Gefühl, dass es genau das war, was ihn veranlasste zu gehen. Ein Mann, erdrückt von all den Monaten, die er damit leben musste; der sich einfach von meiner Ziellosigkeit befreien und gehen und sein richtiges Leben leben musste.

Owen setzt sich neben mich, rutscht über die Bank, und wir sitzen beide verkehrt herum da, mit dem Rücken zum Tisch, vor dem riesigen schwarzen Spiegel eines Sees. Ich rutsche instinktiv ein paar Zentimeter weiter. Ein Abwehrmechanismus vielleicht. Owen so nahe zu sein, fühlt sich beängstigend an. Als ob wir uns, wenn ich ihm zu nahe komme, berühren würden und der Schock mich drei Meter zurückschleudern würde.

Er sieht mich an, und sein breites, schiefes Lächeln schwindet. Der oberste Knopf seines schwarzen Hemds steht offen,

dunkles Brusthaar quillt aus dem Dreieck unter seinem sonnengebräunten, stoppeligen Hals. Ich kann es fast nicht ertragen,
ihn anzusehen. Da ist es wieder, dieses Gefühl. Nostalgie. Nervosität. Beklommenheit und Herzrasen.

»Millie, das war ein *Witz*. Das weißt du schon, oder?«

»Ich weiß.«

»Und dieser Catsuit. Er ist ... ehrlich gesagt, ist er der *Wahnsinn*. Ich meine ... wow.«

Ich schlucke. »Das ist ... das ist kein Catsuit.«

»Na ja, ich meine ja nur, es ist sehr, sehr ...«

»Wir haben geredet«, unterbreche ich ihn. Ein Themen-
wechsel wie ein Filmschnitt. »Chloe ... Chloe und ich. Gerade
eben. Auf der Tanzfläche.«

»Du und Chloe?«, fragt er beiläufig, lässig, verschränkt die
Arme, lehnt sich zurück. Alte, nasse Blätter rascheln im Dunkeln unter seinen Schuhen. »Und, was hat sie gesagt? Ich hoffe,
sie war nicht unhöflich zu dir.«

»Nein«, sage ich. »Nein, sie war okay. Und ehrlich gesagt,
hätte ich es verdient, dass jemand unhöflich zu mir ist. Ich habe
nur ... versucht, ihr zu sagen, dass nichts passiert ist. Vielleicht
habe ich meine Nase in etwas hineingesteckt, wo sie nicht hin-
gehörte, aber ...«

»Ich weiß nicht, wo sie ihren Kopf hat«, sagt Owen. »Sie
ist ... Ich weiß nicht.« Er stößt einen langen, biergeschwänger-
ten Atemzug aus. Er bildet eine eisblaue Wolke in der Luft. »Es
fühlt sich alles so verkorkst an, Millie. Sie will morgen vorbeikommen. Sie ... hat mich darum angefleht, deshalb. Aber wer
weiß?« *Angefleht.* Hat Chloe nicht gesagt, er hätte sie gebeten,
zu ihm zu kommen? Ich weiß es nicht. Außerdem war es laut
auf der Tanzfläche, oder? Vielleicht hat sie es anders gesagt.

»Und meine Wohnung … Sie quillt über von Hochzeitszeug. Kartons, voll damit. Diese … diese Tischdinger, für die sie mich stundenlang eingespannt hat, damit ich sie bastele, irgendwelche Kerzenbaumdinger … jede Menge Kram. Dieses ganze Bastelzeug, das du magst. Wir haben jede Menge davon zusammen gemacht. Ich weiß gar nicht, was ich jetzt mit dem ganzen Krempel anfangen soll. Ich bin umgeben davon.«

»Es tut mir leid«, ist alles, was ich sage, denn ich weiß nicht, was ich sonst sagen soll. Ich fühle mich steif, während ich hier sitze, wie ein Holzsoldat. Ich kann auch nicht aufhören, darüber nachzudenken, was Chloe gesagt hat, darüber, dass sie unsere Unterhaltung bei dem Rugbyspiel mitgehört hätte. Die Art, wie er »sichergestellt« hätte, dass sie es hört. Und ihr Bauchgefühl.

»Tut es das wirklich?«, fragt er.

»Tut …?«

»Es dir leid?«, fragt Owen. »Tut es dir leid? Denn, und versteh mich nicht falsch, mein Leben ist im Moment ein einziges Chaos …«, und dann bricht er ab, und ein ungläubiges Lachen entfährt ihm, »aber … ich glaube nicht, dass es *mir* leidtut. Denn ich habe mich *gefreut*, dich wiederzusehen, Millie; wieder mit dir zu reden. Und ich bin, ja, höllisch verwirrt, aber ich … *freue* mich, dass wir wieder Kontakt haben. Ich und du, Millie, unsere Familien. Alles war einfach … wie für uns gemacht. Perfekt. Und ich habe es vermasselt.«

Ich sehe über die Dunkelheit hinaus, und Panik steigt in meiner Brust auf. Das Kräuseln auf der Oberfläche des schwarzen, glänzenden Sees wird größer, und die fröhliche Tanzmusik wird lauter, strömt durch die offenen Türen hinter uns hinaus, in die Kälte draußen.

»Ich denke ständig an unsere Sonntage. Wie wir zu Mum gefahren sind oder zu deinen Eltern. Dein Dad und ich beim Grillen ...«

Meine Kehle schnürt sich zu. Auf einmal kriege ich keine Luft mehr. Und ich müsste lügen, wollte ich behaupten, dass ich die ... Sicherheit dieser alten Tage nicht vermisse. Mum und Dad, keine Lügen, keine verdammten Oster-Alibis. Und ich vermisse das Gefühl, dass ich auch etwas zu der Familie beisteuere. Dass *endlich* etwas für mich passiert. Etwas, worüber bei Brunchtreffen diskutiert werden kann. Kein verzweifeltes Geschrei nach Grillhähnchen und hohler Anerkennung.

»Ich habe deinem Dad geschrieben«, sagt er. »Ich hoffe, das ist okay.«

Instinktiv zucke ich zurück. Als ob die Worte, die er gesagt hat, in der Luft eine Hand gebildet und mich geohrfeigt hätten. Ich bin ... verblüfft. *Schockiert.* Ich ... ich weiß nicht, ob das okay ist. *Ist es das?* »Hat er ... hat er geantwortet?«

»Ja.« Owen nickt, fährt sich mit einer Hand durch sein kurzes, dichtes Haar. Dann verhakt er die Finger im Schoß, und ich sehe sie an. Die Narbe an seinem Daumen, der Silberring an seinem sonnengebräunten Mittelfinger, den ich immer langsam drehte, während wir im Bett lagen und redeten, die dunklen Härchen auf seinen Unterarmen, die ich mit meiner Hand glatt strich. Bei den Erinnerungen wird mein Mund prompt trocken, und ich schlucke.

»Ich habe nichts von deiner Mum oder so erwähnt, aber ich habe ihm gesagt, dass ich bei diesem Angelsee war, zu dem wir einmal gefahren sind. Oben in Copt Hall? Ich und ein Kumpel. Und ich habe mich erinnert, wie toll dein Dad immer zu mir war und wie beschissen mein eigener ist, und ... ich weiß nicht.

Nachdem du mir von dieser Sache erzählt hattest, dachte ich, dieser Mann hat nur Gutes im Leben verdient. Gutes Karma. Und vielleicht musste er es hören. Er hat zurückgeschrieben. Klang okay.«

»Gut. Danke«, sage ich tonlos, aber ich weiß noch immer nicht, wie ich mich damit fühlen soll. Owen, der Dad schreibt, nach all der Zeit. Es fühlt sich seltsam an. Es fühlt sich übergriffig an. Eine Grenzüberschreitung. Aber andererseits ist es aufmerksam. Dad musste das vermutlich wirklich hören. »Ich freue mich, dass er okay klang«, sage ich. »Ich mache mir … Sorgen um die beiden.«

»Ich weiß«, sagt Owen leise. »Das verstehe ich. Und ich liebe deine Familie, und sie ist nicht einmal meine, daher kann ich mir gar nicht vorstellen, wie du dich fühlen musst.« Owens Lippen verziehen sich zu einem traurigen Bogen. »In Indien saß ich oft da und dachte an deine Eltern, fragte mich, ob es ihnen gut ging. Ob … es dir gut ging. Ich will nicht, dass du denkst, dass ich das nicht getan hätte.« Seine Hand landet auf meinem Rücken, und auf einmal habe ich das Gefühl zu ersticken. Als wäre ich zu fest in eine Decke gewickelt worden, sodass ich meine Arme nicht befreien kann. Ich habe so lange auf das hier gewartet. Ich wollte nur die Uhr zurückdrehen, wieder mit Owen zusammen sein. Unsere Pläne, wieder zum Laufen gebracht. Und da ist ein winziger Teil von mir, der noch immer an dieser Sache festhält, der nach wie vor von ihm gehalten werden will. Aber gleichzeitig will ich vor ihm davonlaufen. Was habe ich gleich wieder zu Jack gesagt? Ich weiß gern, was passieren wird. Und das tue ich wirklich. Dieser verängstigte kleine Teil von mir, der noch immer an dieser Sache festhält, will es zumindest. Und ich weiß, wenn ich mich jetzt an Owen lehne, dann wird er den Arm um mich legen, und ich kann schon jetzt spüren, wie sich das anfühlt, aber andererseits … wird es vielleicht eskalieren. Und wir werden wieder zusammenkommen. Sagen wir, wir tun es. Ich weiß auch, wie sich *das* anfühlt. Und ist es das, was ich wirklich will?

Ich rutsche auf der Bank weiter, noch ein paar Zentimeter weg von ihm, aber seine Hand umklammert meinen Arm. »Heilige Scheiße«, lacht Owen.

»*Was denn?*«

»Hör mal.«

Ich halte inne, lausche auf die Musik, die von drinnen kommt. O Gott. Es ist *unser* Song. Mein und Owens Song. Ben Folds. Wer spielt denn in einer Disco Ben Folds? Es sei denn, jemand hat es sich … gewünscht?

»Da müssen wir tanzen«, sagt er. Seine Hand umklammert noch immer meinen Arm und zieht ihn sanft zu sich hin.

»Nein. Nein, nein, ich tanze nicht, Owen …«

»Ach komm schon, du musst ja gar nicht tanzen. Du musst nur mit mir dastehen, dich ein bisschen bewegen …«

»Nein, Owen …«

»Es ist dunkel. Hier draußen ist nicht einmal jemand.«

»Ja, aber …«

»Kein Aber. Tanz einfach mit mir.« Und seine Augen funkeln im Mondlicht, und irgendetwas durchzuckt mich wie ein Stromschlag. Ich erinnere mich an eine Hochzeit, auf der ich versuchte, Owen zu finden, und ihn mit einer Frau lachen sah, die mich, wie ich ihm gesagt hatte, verunsicherte. Er wollte nicht mit mir tanzen. Er war »beschäftigt«. Verdrehte vor der Frau die Augen über mich. Und …

Ich stehe auf. Und als er die Hände um meine Taille schlingen will, schiebe ich ihn weg.

»Nicht heute Abend«, sage ich in einem angespannten Ton. »Ich geh wieder rein.«

Owens Gesicht furcht sich; verändert sich schlagartig unter dem dunklen Himmel, als wäre ein Schalter umgelegt worden. »Na schön«, sagt er und schüttelt langsam den Kopf. »O-kay?«

Und während ich mich entferne, legt er mir wieder die Hand auf den Arm.

»Ich habe dich gefragt. Aber du hast mich nie gefragt«, sagt er leise. »Doch wenn du mich gefragt hättest, wäre die Antwort ein Ja gewesen. Ja, ich denke noch immer an dich, Millie. Und ja, ein Teil von mir liebt dich noch immer.«

Ich sage nichts und wende mich ab, gehe über das nasse Gras. Regenwasser sickert in langen Bahnen hinunter bis zu meinen Knöcheln, und als ich den Kopf hebe, sehe ich Jack. Er steht neben einer Gruppe von Männern, die ich nicht erkenne, Jess an seiner Seite. Er fängt meinen Blick auf, redet aber weiter, und ich entscheide hier und jetzt: Ich fahre nach Hause.

Rasch gehe ich die Korridore hinunter. Musik wummert hinter den Wänden, und ich schlängele mich durch das Hotel, auf der Suche nach irgendeinem Ort, an dem ich mich verstecken kann, während ich auf mein Taxi warte. Ich bleibe stehen, als ich eine Nische mit leeren Kleiderbügeln entdecke. Ein hölzernes Schild mit der Aufschrift »Garderobe« hängt an zwei Haken darüber. Es sieht aus wie in einem Neunzigerjahre-Gemeindesaal: ein paar Jacken, ein kleiner Holzhocker hinter einem säulenförmigen Holztresen. Ich nehme an, ein Garderobenmitarbeiter sitzt dort, wenn sie richtig in Betrieb ist. Aber heute Abend ist alles still, niemand ist da, daher setze ich mich selbst auf den Hocker, den Korridor genau in meinem Blickfeld, und sehe zu, wie Leute von der Party stolpern und sich von mir abwenden, auf den Ausgang oder die Toiletten zusteuern.

Ich hole einmal tief Luft.

Gott.

Ich fühle mich, als ob alles auf den Kopf gestellt worden wäre. Als ob ich unterginge. Der einzige Mann, den ich je geliebt habe, der einzige Mann, mit dem ich je ein ganzes Leben, eine ganze Zukunft geplant habe, will mit mir tanzen, und dort vor ihm zu stehen, *endlich*, hat sich ... beängstigend angefühlt. Sodass ich losstürzen wollte. Wegrennen. Laufen und laufen, bis ich ... Jack finde. *Jack.* Denn ich mag Jack. Ich mag ihn wirklich. Ich mag, wie sicher ich mich bei Jack fühle. Und die Sache ist die: Das ist ein Problem, oder? Ein anderes Problem neben meinem Meer von Nach-den-E-Mails-Problemen. Jack ist nicht nur streng genommen mein Boss, er geht auch weg. Für ein ganzes Jahr, mindestens. Was kann überhaupt passieren? Ich kann mich nicht schon wieder in jemanden verlieben, der dann weggeht. Außerdem, *mag* Jack mich überhaupt? Oder ist das hier einfach nur Jack? Ganz cool und entspannt, ohne irgendeinen Plan. Genauso war er auch schon bei der Weihnachtsparty. Und dann: Jess. Er hat im Dunkeln mit diesem verdammt perfekten, braven Mädchen Jess abgehangen, mit der er an dem Nachmittag damals am Empfang hemmungslos geflirtet hatte, und deshalb bin ich jetzt hier und ... was? Sitze in einer dunklen Garderobe und warte auf ein Taxi, weil ich Cates Abend nicht stören will und ich außerdem nicht weiß, was ich sonst tun soll.

Die Tür schwingt auf. Mir stockt das Herz. Barry Hendrie stolpert heraus. Ein Abend in umgekehrter Richtung. Er hält sich an der Wand fest, schluckt, als ob er gegen einen Schwall von Erbrochenem ankämpft, dann wankt er den Korridor hinunter, und die Tür fällt hinter ihm sanft zu.

Ich stehe auf. Sollte ich in die Lobby gehen? Das Taxi wird bald da sein. Der Typ an der Rezeption hat gesagt, halbe Stunde. »Oder so um den Dreh.«

Die Tür geht knarrend immer wieder auf, ein steter Strom von Leuten, die gehen, Leuten, die Anrufe entgegennehmen. Und dann ... taucht er auf. Er ist ohne seine Jack-Dawson-Tür, aber immer noch in seinem Outfit, ein Hemdknopf mehr geöffnet als vor einer Weile. Für einen Sekundenbruchteil betrachte ich ihn, in dem Wissen, dass er mich nicht sehen kann. Und mir wird bewusst, dass ich ihn wirklich, wirklich mag. Das Herz hämmert in meiner Brust wie eine kleine rhythmische Faust. Ein harter, unleugbarer Rhythmus von »Ich mag ihn wirklich, wirklich, wirklich, wirklich«.

Jack sieht in beide Richtungen, und dann ... entdeckt er mich. Fixiert mich mit diesen schönen, verspielten Augen. Und sie machen etwas mit mir, diese Augen. Lassen mich *dahinschmelzen*. Lösen irgendetwas aus, das durch meinen Körper rauscht und mich erhellt, Zentimeter für Zentimeter.

»Hey«, sagt er und kommt den Korridor auf mich zu, und Schmetterlinge – *prompt* Schmetterlinge. Und ich will am liebsten auf ihn zustürzen, die Arme um ihn schlingen, mich an ihn klammern, fest, die Zeit anhalten. Stattdessen rühre ich mich nicht vom Fleck.

»Was tust du ... denn hier ... Probierst du einen neuen Job aus?« Er sieht hoch zu dem Garderobenschild, als er den kleinen Tresen erreicht, und dann zu mir hinunter. Sein Mundwinkel zuckt.

»Schon möglich«, sage ich. »Soll ich für Jack Dawson seine ... *Zahnspange* aufhängen?«

Jack lacht. »Dir ist aber schon klar, Millie«, sagt er heiser, »dass, wenn ich diese Zahnspange abnehme, meine Hose herunterrutschen wird.«

»Ha. Ja. Na ja. Verstehe.« Schmetterlinge. Inzwischen bestehe ich ausschließlich aus Schmetterlingen.

»Alles ein Teil des Plans, oder?«

Ich stehe auf, sage nichts, schenke ihm ein breites, gehauchtes, nervöses Lächeln.

Jack umrundet den Tresen, gesellt sich zu mir, in der Nische des Garderobenraums. Ich weiche unwillkürlich zurück, bringe etwas Abstand zwischen uns, obwohl ich das gar nicht will. Ich will ... ihm nahe sein. So nahe. Mein Hinterkopf stößt gegen den Stoff von irgendjemandes Jacke, und ich kichere albern, gekünstelt, und sage »Ups«, und er lächelt und wahrt den Abstand zwischen uns. »Was versteckst du dich denn hier draußen, Millie dot Chandler?«

»Ich, ähm, ich ... fahre nach Hause«, stammele ich. »In ungefähr zehn Minuten oder so. Hab mir ein Taxi bestellt.«

Jack furcht die Stirn, seine Lippen schließen sich, sanft und nachdenklich. »Na, das ist aber schade«, sagt er. »Ist es wegen der Art, wie Paul Foot getanzt hat? Hat es irgendwas getriggert?«

Ich lächele matt. »Kann schon sein.«

»Kann schon sein? Ist irgendetwas passiert?«

»Entschuldige, es ist einfach ...« Ich seufze. »Einfach alles, eigentlich. Ich weiß, du denkst, das sollte mir egal sein, und ich sollte mir keine Sorgen machen, aber ich habe mit Chloe geredet, und ... und Owen, er ...«

»Ich habe ihn dort draußen gesehen, mit dir.«

»Da war nichts«, beeile ich mich zu sagen, und dann folgt ein gewaltiger Wortschwall, ohne irgendwelche Pausen dazwischen. »Es war nur so, er hat geschwafelt, von der Hochzeit und allem und …« Ich sehe zu ihm hoch, fange seinen Blick auf. Ein schwerer Seufzer entfährt mir. »Ich habe dich mit Jess gesehen.« Jack nickt einmal kurz. Unergründlich. »Ja. Ich wollte rauskommen, aber …«

»Ich wünschte wirklich, das hättest du getan«, sage ich, und zu fühlen, wie die Worte aus mir heraussprudeln, ist eine solche Erleichterung. Denn es ist die Wahrheit. Ich habe das Gefühl, vor Jack immer nur Wahrheiten auszusprechen, fast gegen meinen Willen. Ich wünschte wirklich, er wäre rausgekommen. Wäre neben jenem Tisch und der Spiegeloberfläche des Sees aus der Dunkelheit getreten. Und dieses Gefühl, mit Jack – es ist beängstigend und beruhigend, beides zugleich. Wie wenn du weißt, dass etwas gut für dich ist, aber der Sprung, um dorthin zu gelangen, fühlt sich riesengroß und beängstigend an.

Jack tritt sanft einen Schritt vor. »Jetzt bin ich ja hier«, sagt er mit tiefer Stimme.

Ich kann nicht noch weiter zurückweichen, ich werde gegen Jacken gedrückt, gegen die Wand der Nische, und ich würde es auch gar nicht wollen, selbst wenn ich es könnte.

Und jetzt steht er genau vor mir.

Ich kann ihn riechen – den Geruch von heißer Dusche, Aftershave auf seiner warmen Haut, und ich kann die Hitze von ihm spüren. Sein warmes, muskulöses Bein presst sich sanft an meines, und für einen Moment kann ich es kaum ertragen, zu ihm hochzusehen, zu der Öffnung seines Hemds, der straffen, rauen Haut. Sein Adamsapfel bewegt sich, als er schluckt, und ich fange seinen Blick auf, siruppartig und gebannt. Er ist mir so nahe. Hitze sammelt sich in meinem Magen, sinkt tiefer und tiefer. Ich schließe für einen Moment die Augen, und ein Bild von mir, wie ich seine Hüften umklammere, ihn an mich ziehe, meinen Mund auf seinen drücke, seine Unterlippe mit meinen Lippen umfasse, schießt mir durch den Kopf.

Ich schlage die Augen auf, und sein Blick ruht bereits auf mir – klebt an mir. Dieses Knistern, diese Anziehung zwischen uns, die ich verspürt habe, als ich ihn gestern vor diesem Pub gesehen habe, ist jetzt größer als je zuvor. Eine magnetische Kraft, die uns immer näher zusammenführt.

Die Musik verschwimmt im Hintergrund, und alles, was ich jetzt noch hören kann, ist unser Atem; seiner tief und heiser, meiner schnell, hell, wie Motten in meiner Kehle.

Seine Hand wandert hoch zu meinem Kiefer, ein leichtes Streifen mit rauen Fingerspitzen, und er hebt mein Gesicht an, damit ich zu ihm hochsehe. Jacks Lippen sind meinen so nahe, dass ich ihre Wärme spüren kann, den Whisky an ihm riechen kann.

Er wird mich küssen. *Er wird mich küssen.* Alles, was ich will, ist, dass er mich küsst …

Und dann schwingt die Tür auf.

Ein gewaltiges, plötzliches Quietschen, und eine Gruppe kreischender, johlender Partygäste quillt heraus, stolpernd, sich aneinander festklammernd, wie aufblasbare Gummipuppen. Mehr Leute folgen. Jemand ruft: »Wagen ist da!«

Ich zucke zusammen – *erstarre.* Wir beide erstarren. Nein. *Nein, nein, nein.*

»*Scheiße*«, flüstert Jack, und ich, an ihn gepresst, schrumpfe praktisch zusammen. Und er lächelt langsam an meinem Mund und sagt heiser: »Ein … andermal, nehme ich an?«

Und ich kann nicht einmal sprechen. Ich nicke nur steif, und eine Gänsehaut läuft mir über den ganzen Körper.

»Wenn du am wenigsten damit rechnest«, sagt er. Und bevor mein Gehirn wieder auf Touren kommt, sodass ich mich bewegen kann, sprechen kann, *irgendwas*, wendet er sich ab und entfernt sich von mir.

Aber kurz bevor er durch die Tür verschwindet, dreht Jack sich noch einmal um, mit einem solch gebannten Blick, und ein winziges Stöhnen entfährt mir.

Cate wird sterben.

Das heißt, wenn ich nicht zuerst sterbe.

Kapitel 17

Textnachricht von Dad: Hi Schatz, bist du heute Vormittag zu Hause? Ich habe gehofft, ich könnte vorbeikommen, und wir könnten spazieren gehen? Dad x

★★★

Ich war nie dankbarer für Cate und Ralph als in diesem Augenblick. Seit der Party mit Jack gestern Abend fühle ich mich so kribbelig, so *lebendig* wie schon lange nicht mehr, und bis jetzt haben Cate und Ralph den ganzen Sonntagmorgen damit zugebracht, Arme Ritter zu essen, die ich gemacht habe, während sie mich bis ins kleinste Detail über den ganzen Abend ausgefragt haben (hauptsächlich Cate, die mich so begeistert interviewt, dass es sich anfühlt, als wäre ich ein Segler, der eben mit einem Solotrip einen neuen Guinness-Weltrekord aufgestellt hat).

Und ich bin wirklich dankbar für die Ablenkung. Dad kommt vorbei, und ich weiß nicht, was ich zu erwarten habe. Es könnte richtig nett werden. Es könnte richtig schlimm werden. Man muss sich nur Alexis' Eltern ansehen. Ihre Mum hat ihren Dad verlassen – hat sie *alle* verlassen –, als ihr Dad, Salv, in den Sechzigern war. Sie hat noch einmal ganz von vorn angefangen, ist zurück auf Los gegangen, obwohl ihr Leben fast schon auf der Zielgeraden war. Sie hat sogar noch einmal geheiratet.

»Okay, also, raus mit der Sprache«, sagt Cate und springt von ihrem Platz neben Ralph hoch, der uns hinter seinem schwarzen Kaffee am Frühstückstresen lächelnd zusieht. Ich bin dabei, eine Thermosflasche Tee für Dad und mich zu machen, so wie Mum früher, als ich klein war. Es gibt hier in der Nähe jede Menge Orte, wo man einen Tee bekommen kann, aber eine Thermosflasche, der Strand – ich will diese Nostalgie. Um Dad in dem Moment, in dem er es vielleicht am dringendsten braucht, die schönen Zeiten in Erinnerung zu rufen, die wir als Familie hatten, die wir natürlich nicht zurückholen können, weil es nur eine dumme Lüge war. Ein kleiner Ausrutscher.

Cate lehnt sich gegen den Kühlschrank. »Sagen wir, der Kühlschrank ist die ganzen Jacken. Also, du warst hier, so?« Cate blubbert fast vor Aufregung, wie ein Rohr, das im Begriff ist zu platzen.

Ich lache, gieße heißes Wasser in Ralphs Vier-Tassen-Thermosflasche und stelle den Wasserkocher zurück. »Ja«, sage ich, gehe hinüber und stelle mich vor sie hin.

Cate grinst mich mit sentimentalen Schulmädchen-Augen an.

»Okay, du bist zu groß dafür, du musst in die Hocke gehen, damit du zumindest meinen Hals anstarrst«, weise ich sie an.

Ralph kichert vor sich hin, während Cate sich ein Stück kleiner macht. »So?«

»Perfekt. Okay, und dann ist er mir … irgendwie immer näher gekommen, bis ich sein Bein an meinem spüren konnte …« Ich trete noch näher an Cate heran, und wir beide grinsen wie zwei völlig verrückte Halloween-Masken.

»Ich bin erregt«, sagt Cate, und ich lache schallend auf.

»Das ist lächerlich, oder?«, sage ich und werfe über die Schulter einen Blick auf Ralph. »Ich entschuldige mich aufrichtig dafür, dass ich dieses weibliche Wesen hier in dein Zuhause eingeschleppt habe.«

»Oh, ich bin sicher, er hat nichts dagegen«, wirft Cate ein. »Stimmt's, Ralphie?« Und, o mein Gott, er errötet. Ich glaube, ich habe Ralph noch nie erröten sehen. Ich bin der Rotkohlkopf. Ralph ist viel zu bedächtig und ausgeglichen, um zu erröten.

»Ja, na ja«, sagt Ralph. »Es ist schon Schlimmeres passiert.«

»Komm schon, Millie«, knurrt Cate und umklammert meine Taille. »Ich sterbe hier. Erzähl mir alles. Ich muss es wissen.«

»Entschuldige, entschuldige. Also, und dann habe ich aufgesehen, und er hat so gemacht.« Ich hebe Cates Gesicht an, damit sie zu mir hochsieht, und sie grinst noch breiter, und es ist alles so albern, so ansteckend, dass ich aus dem Grinsen gar nicht mehr herauskomme. »Und dann habe ich ... eine gefühlte Ewigkeit nur unseren Atem und diese Hitze gespürt ... und plötzlich ging die Tür auf, und das ganze *Universum* strömte zu dieser Tür hinaus. Ich war wie erstarrt, und er sagte, *Scheiße*, und dann hat er mir dieses richtig langsame und sexy Lächeln geschenkt ...«

»Ein langsames, sexy *Lächeln*, oh, steh mir bei ...«

»Und er hat gesagt, ›ein andermal‹, und in mein Ohr: ›Wenn du am wenigsten damit rechnest.‹«

»Scheeeiiiße«, sagt Cate, rutscht auf den Boden und reißt dabei unseren Recyclingtonnen-Kalender und zwei Kühlschrankmagneten mit sich. Wir lachen alle schallend auf, und es hallt durch unsere entzückende kleine Küche.

»*Ich weiß*«, lache ich.

»Jack Shurlock ist so heiß«, säuselt Cate. »Ich habe dir ja gesagt, dass er schlimm ist. Ich konnte das sehen. Ich habe ein Auge für so was.«

Ich gehe zurück zum Wasserkocher, und Ralph sagt: »Ich muss zugeben, Millie, er klingt nach einem sehr coolen Kunden.«

»Einem coolen Kunden«, wiederholt Cate, steht auf und bürstet mit einer Hand ihren perlrosa Button-down-Seidenpyjama ab. »Jetzt klingt er gleich gar nicht mehr cool.«

Ralph verdreht die Augen und lächelt, und Cate zwinkert ihm zu. *Flirten* die beiden etwa miteinander? Ein Beinahekuss von Jack Shurlock an einem Haufen Jacken hat uns alle offenbar ein bisschen wild gemacht.

»Also, was glaubst du, wann es passieren wird?«, fragt Cate.

»Wenn sie am wenigsten damit rechnet«, sagt Ralph, während ich Teebeutel in die Thermosflasche werfe. »Eindeutig.«

»Na ja. Falls er sich überhaupt noch erinnert. Er war ein bisschen betrunken. *Und ich auch.*«

Cate schnaubt verächtlich. »Warum sollte er es vergessen? Meinst du etwa, er flirtet den ganzen Abend mit dir, sagt dir, dass er dich küssen will, und löscht dich dann aus seinem Gedächtnis?«

»Aber er geht weg.«

»Na und?«, ruft Cate aus. »Sag mir nicht, dass du einem Kuss mit ihm einen Riegel vorschieben wirst, nur weil er auf Reisen gehen wird. Diese beiden Dinge haben nichts miteinander zu tun. Ich würde für einen Kuss *töten*. Ich konnte mich mit diesem Gedanken nicht wirklich befassen seit … allem … aber *ja*. Nur ein Kuss, weißt du? Mit jemandem, auf den ich stehe, der mich wirklich, wirklich *will*, mit diesem ganzen heißen, sexy Ich-halt's-nicht-mehr-aus-Verlangen ...«

Ralph bricht plötzlich in einen solch üblen Hustenanfall aus, dass Cate und ich zusammenzucken und zu ihm herumschnellen.

»*Kaffee*«, keucht er, während braune Flüssigkeit seitlich an seinem Becher hinunterläuft. »Falsche ... Röhre.«

»Gott, pass bloß auf«, lacht Cate herzlich. »Zu viel Gerede über Verlangen für dich?«

»Nein, nein«, sagt Ralph, noch immer keuchend. Er führt sich das Handgelenk, über dem sein Schlabberpullover hängt, an den Mund und tupft ihn ab.

»Was soll ich sagen? Ich lese viele Liebesromane. Verlangen ist meine Währung.«

Es klingelt an der Tür, und ich schraube die Thermosflasche rasch zu. »Das wird Dad sein.« Ein ängstlicher Schauder durchläuft mich. Ich lande mit einem harten Knall in der Wirklichkeit. Was, wenn er ... *schlechte* Neuigkeiten hat? Es ist eine Sache, wenn deine E-Mails deine Freundin gegen dich aufbringen, aber es ist eine völlig andere, wenn sie die Beziehung deiner Eltern verändern. Ich will fast nicht an die Tür gehen ...

»Ich wusste, mein Make-up-Look würde es bringen«, sagt Cate abgelenkt, während ich mich verabschiede und meine Jacke holen gehe. »Und dieser Catsuit. Das habe ich gesagt, oder?«

»Das hast du, Cate«, bestätigt Ralph. »Das hast du wirklich.«

Ich öffne die Wohnungstür, Herbstblätter tänzeln über die Türschwelle wie kleine Geschöpfe, die in flagranti ertappt wurden. Einen Arm in, einen Arm außerhalb meiner Pufferjacke, erstarre ich.

Es ... ist nicht Dad.

»Cate ist nicht da«, ist alles, was ich sage, während Nicholas sich im Türrahmen aufrichtet, eine Hand in die Jackentasche geschoben. In der anderen hält er einen Stapel Post, einen Fächer weißer und gelbbrauner Briefumschläge.

»Morgen, Millie«, sagt er, als wäre es völlig normal, dass er hier ist; als ob er einfach auf eine Tasse Tee und einen Teller Arme Ritter vorbeikäme. Er sieht völlig fertig aus. Erschöpft. Seine braunen Augen sind zwei Schlitze, und sein im Allgemeinen glattes, gepflegtes Gesicht ist mit groben, dichten Stoppeln bedeckt. »Und, wo ist sie?«

»Keine Ahnung.« Ich ziehe die Tür hinter mir zu, umklammere mit einer Hand die Kante. »Shoppen, glaube ich. Oder vielleicht ... Yoga. Ich kann mich nicht erinnern.«

»Du kannst dich nicht erinnern?«

Ich zeige mit einem trägen Finger auf mein Gesicht. »Ich bin tot, Nicholas. Verkatert, das heißt, nein, ich kann mich nicht erinnern. Aber du kannst eine Nachricht hinterlassen, wenn du willst. Ich werde sie ihr ausrichten.«

Nicholas starrt mich an. Hinter ihm hängen Wolken schwer am Himmel, wie nasse pechschwarze Wolle. Ein Grollen ist zu hören – ein Flugzeug oder ferner Donner.

»Na dann«, sage ich, »ist das alles?«, und für einen Moment sieht Nicholas mich einfach nur an, sein Blick auf einmal verschleiert. Dann tritt er einen Schritt vor, drückt mit einer Hand gegen die Tür. »Nick, was tust du ...« Die Tür geht auf, aber ich ziehe sie prompt wieder zu, und meine Hand brennt von der Reibung.

»Millie, was ... was ist eigentlich dein Problem?« Seine Worte kommen leise, durch die Zähne gezischt, und er schließt die

Augen wie jemand, der versucht, sich zu beherrschen und nicht die Kontrolle zu verlieren.

»Mein Problem?«

»Ich weiß, dass du ... hinter alledem steckst.« Er hebt den Blick, starrt auf die Wohnung, als wäre sie es, die sie ihm geraubt hat. Eine Prinzessin, in einem Schloss gefangen.

»Ich habe keine Ahnung, wovon du redest, Nicholas. Ich denke, du solltest einfach ...«

»Cate verlässt mich«, stößt er hervor, und seine Stimme bricht ein klein wenig. Er weicht einen Schritt zurück, zupft am Revers seiner Bomberjacke, als würde er sich innerlich glatt streichen. »Es kam aus heiterem Himmel. Als ob sie eines Tages einfach aufgewacht wäre und es entschieden hätte. Und weißt du, was sie neulich abends zu mir gesagt hat? Dass sie mich nicht mehr liebt. Und dass sie es schon lange nicht mehr tut.«

Ich schlucke. Er ist einschüchternd. Dieser tote, gebannte Blick, die Muskeln, die in seinem langen, kantigen Gesicht zucken. Cate hat Nicholas scherzhaft ihren »Stefan« genannt, als sie sich damals kennenlernten, nach der Hauptfigur in den *Vampire Diaries*, die sie liebt. Er hatte die hohlen Wangenknochen, die dunklen Augen. Aber in diesem Moment sieht er tatsächlich wie ein Vampir aus. (Und nicht auf die nette, heiße, grüblerische Art.) »Okay«, ist alles, was mir zu sagen einfällt.

»Wie kann das denn wahr sein? Wir waren *vier* Jahre zusammen.« Er beißt die Zähne zusammen, sieht über seine Schulter, um zu überprüfen, ob irgendjemand anders ihn hören kann. Owen würde das Gleiche tun. Fast als spielte es keine Rolle, wie *ich* mich hier mit ihm fühle, Hauptsache, alle anderen denken, dass er ein anständiger Mensch ist, selbst unbedeutende Fremde. »Millie, du kannst nicht ernsthaft glauben, dass ich das verdient habe. Wir haben ein Zuhause – ein *Leben*.«

»Ich bin Cates Freundin«, sage ich mit leicht schwankender Stimme, »und wenn es das ist, was sie will, dann unterstütze ich sie.«

Nicholas lacht, eine Hand an sein Kinn gelegt, ein Knurren auf seinen dünnen Lippen. »*Du unterstützt sie*. Du ...« Er sieht auf seine Füße hinunter, dann wieder zu mir hoch. »Ausgerechnet du solltest das verstehen, Millie. Du *kapierst* das doch.«

Mein Herz rast. Er ist wütend. Er ist verletzt, das kapiere ich. Aber er macht mich beklommen, lässt mich zittern, auf meiner eigenen Türschwelle. »Ich denke, du solltest besser gehen, Nicholas. Bitte. Wenn Cate mit dir reden will, dann wird sie es tun.«

»Ich habe sie nur geliebt.«

»Nicholas ...«

»Weißt du das überhaupt? Ich habe sie nur *geliebt*, und du redest hier irgendeinen Scheiß, stellst mich hin als ...«

»Bitte geh.«

Und bei diesen Worten tut er einen Schritt nach vorn, hält sein Gesicht dicht vor meines. Ich zucke zurück. »Du. Du hast ihren Kopf vergiftet. Das mit Cate ist *meine* Angelegenheit. Nicht deine. Du kennst uns nicht. *Mich*.«

»Bitte geh«, sage ich noch einmal. Das Grollen wird jetzt lauter. Donner. Eindeutig Donner. Ein Rumoren, wie ein Wutanfall, der sich langsam aufbaut.

»Sag mir, was ich getan habe«, fordert er mich auf. Ich kann seinen Atem riechen. Kaffee. Kaugummi. »Sag mir *eine* Sache, die ich getan habe, die meine Schuld war.«

»Hast du nicht eine Dating-App heruntergeladen?« Und die Worte kommen zitternd, aber heiße Wut blubbert jetzt in mir hoch, denn – wie kann er mich das fragen? Wie kann er *allen Ernstes* glauben, dass nichts davon seine Schuld wäre? Und was ich so erstaunlich finde, ist, dass Nicholas Cate nonstop Nachrichten geschrieben, sie angerufen hat, aber nicht ein einziges Mal gesagt hat, dass er sie vermisst oder sie liebt. Nur wie verärgert er darüber ist, dass er diese Sache hier Leuten erklären muss, wie *peinlich* es ihm ist, wie er nicht verstehen kann, was er getan haben soll, wie verloren er ist. Er, er, er.

»Nichts ist passiert!«, sagt er und zuckt zurück, seine Stimme auf einmal schrill. »Scheiße, das ist doch alles ein ... Wahnsinn. Mit dem Finger auf mich zeigen, wenn du dich nicht einmal selbst ansehen kannst. Owen war so toll, ja? Du warst so toll?«

»Ich bin nicht einmal mehr mit Owen zusammen.«

»Dann weißt du ja, wie sich das anfühlt, Millie, oder? Das hier.« Er schlägt sich mit einer Hand hart auf die Brust.

»Bitte geh, Nicholas.«

Ein langsames, hartes Grinsen zieht seinen Mund in die Breite, aber seine Augen glänzen. Verzweiflung. Entnervtheit. Ein Mann, der nichts mehr zu verlieren hat. »Ich habe ihn übrigens einmal ertappt, deinen Owen. Wie er mit Alexis geflirtet hat. Bei einer unserer Grillpartys. Weißt du noch, als du früher gegangen bist? Eine Migräne oder so.« Er verdreht die Augen. »Die *Mienen* der beiden ...«

Und ich weiß, dass das hier Nicholas ist. Dass er irgendwelchen gehässigen Scheiß von sich gibt, weil er verletzt ist. Aber bei seinen Worten läuft es mir trotzdem eiskalt den Rücken hinunter. Ich erinnere mich an diesen Tag. Alexis konnte Owen nicht leiden. Absolut nicht. Aber an dem Tag waren sie in ein

Gespräch über Eltern vertieft – Owen und sein Dad, Alexis und ihre Mum, die ein paar Jahre zuvor einfach ihre Sachen gepackt und für einen Mann in Cornwall die Familie verlassen hatte, darunter Alexis' sechzehn Jahre alte Schwester. Sie standen eine Ewigkeit in der Küche und plauderten, Drinks in den Händen, während Cate und ich immer wieder kurz hineinhuschten und uns um die beiden herumschlängelten, um uns etwas zu essen zu holen und es mit nach draußen zu nehmen. Ich war so froh, dass sie miteinander redeten.

»Und doch habe ich zum Spaß eine App heruntergeladen«, sagt Nicholas kopfschüttelnd und fährt sich mit zwei Händen durch sein langes, zerzaustes Haar.

»Würdest du bitte einfach *gehen*?«

»Ich habe ihr ihre verdammte Post gebracht.«

»*Dann gib mir die Post!*«

Meine Stimme hallt über den Parkplatz. Donner grollt wieder, und Regen trommelt jetzt auf den Boden, wie Kieselsteine.

Er verzerrt das Gesicht. »Weißt du was? Ich habe mich um sie bemüht. *Ich habe sie geliebt.* Ich habe für sie gesorgt, und doch stehe ich jetzt hier und habe – nichts. Und weißt du, was ich glaube? Du willst meine Cate einfach nur fertigmachen …«

»*Ich?* Ich will, dass Cate glücklich ist. Und sie ist nicht *deine* Cate …«

»Was hast du da eben gesagt?« Jetzt ist er wieder genau vor meinem Gesicht, aber noch näher. Ich stehe wie angewurzelt da.

Aber bevor ich noch irgendetwas sagen kann, drängt Ralph an mir vorbei, packt Nicholas am Arm und schleift ihn über die Auffahrt.

Nicholas stolpert, ein langes Bein knickt auf dem Gehsteig unter ihm weg. Er sieht blinzelnd zu Ralph hoch.

»Verschwinde verdammt noch mal von unserem Grundstück«, sagt Ralph langsam und ruhig. Dann kommt er zu mir zurück, führt mich sanft hinein und knallt die Tür hinter uns zu.

Kapitel 18

Ich glaube, ich habe Dad seit Jahren nicht mehr so erschöpft und ausgelaugt gesehen. Es ist die Art Müdigkeit, die von mehr herrührt als bloßem Schlafmangel. Ich weiß, wie das bei ihm aussieht – die verquollenen Augen, die blassere Haut, das schläfrige Lächeln. Ich erinnere mich an das alles von damals, als ich sieben war und ihn am Weihnachtsmorgen um drei Uhr früh weckte und ihm einen prall gefüllten Weihnachtsstrumpf an den Kopf knallte. Ich weiß es von damals, als er Cate und mich, als wir achtzehn waren, um halb ein Uhr nachts am Bahnhof abholte, gähnend an einer roten Ampel, und sich zu mir umwandte und lächelte, um sich nicht zu verraten, nur für den Fall, dass ich vorschlagen sollte, das nächste Mal ein Taxi zu nehmen. »Ich kann es nicht ertragen, darauf zu warten, dass der Schlüssel im Schloss herumgedreht wird«, sagte er dann immer. »Da komme ich lieber und hole euch ab.«

Aber das hier ist eine andere Art Müdigkeit. Das hier ist eine abgrundtiefe Erschöpfung, eine, die mit geröteten Augen und grauer Haut einhergeht, nach einer schlaflosen Nacht, einer schlaflosen *Woche* mit dem Gefühl, dass seine Welt zusammengebrochen ist. Das hier ist der Beweis einer Lüge. Ein Verrat. Ein Haarriss in seiner mustergültigen, behüteten, sorgsam gepflegten Ehe.

Der Himmel ist nüchtern und farblos, und ein feuchter eng-

265

lischer Nebel nieselt herab. Wir gehen langsam, trotz des Nieselns, über die Grand Parade auf die steilen, grasbewachsenen Klippen im Osten zu. Dad und ich stapfen schweigend nebeneinanderher, ich mit der Thermosflasche in der Hand, zwei Packungen Kekse in meiner Handtasche, so wie Mum sie immer in ihrem Rucksack hatte. In meiner Erinnerung kann ich sie so deutlich vor mir sehen – die Packungen ordentlich in einer Reihe hineingesteckt, bereit für mich und Kieran, um sie auszuwählen, um mit den Fingern darüberzugleiten, als wäre es ein Bibliotheksregal. Und ich warte mit angehaltenem Atem, Schritten und schwappendem Tee, bis Dad das Wort ergreift.

»Deine Mum hat es mir erzählt«, sagt er schließlich, und mein Herz sinkt wie ein Stein, obwohl ich wusste, dass es das ist, was er sagen würde.

»Und dir geht es gut?«, frage ich. Meine Stimme klingt leise, als wäre sie auf dem Boden eines Einmachglases gefangen.

»Ich, äh ...« Dad atmet scharf ein, und ich kann schon jetzt Tränen in seinen erschöpften, trüben Augen sehen. »Ich bin mir nicht ganz sicher, Schatz«, sagt er. »Ich wünschte, ich könnte sagen, ja, alles bestens, aber im Moment geht es mir nicht wirklich gut.«

Und ich hasse es. Ich hasse, wie traurig er klingt, seine Worte nüchtern und tonlos.

Ich nicke. »Es ... es tut mir leid, Dad.«

»Dazu hast du keinen Grund.«

Wir gehen noch ein Stückchen weiter. Wir sind jetzt am Rande des grasbewachsenen Hügels der östlichen Klippen, und die Mündung füllt den Horizont aus. Wir schlendern durch das Strandgras auf dem Fußweg, und der steile Abhang zwingt uns, so zu gehen, als ob wir den Mittelgang eines fahrenden Busses

entlangschlurften. Auch wenn das hier nicht unbedingt ein
»fröhlicher« Ausflug ans Meer ist, bin ich dankbar für die kräftigen, peitschenden kalten Windböen, für den süßlich-salzigen
Geruch des Meeres. Vor allem, nachdem Nicholas uns alle so
aufgewühlt hat und es der armen Cate so leidtat, als wäre *sie* es,
die schuld daran wäre. Und dann ist da noch das, was er gesagt
hat, über Alexis und Owen. Und irgendetwas an alledem – dieses Nachgrübeln über Dinge in meiner Welt, die noch immer
ungesagt und ungesehen sein könnten – sorgt dafür, dass diese
ganze E-Mail-Geschichte in meinen Kopf rollt und darin he-
rumkullert wie eine Bingokugel. Die Überlegung, dass »jemand
sie absichtlich verschickt hat«, die »nur eine Theorie« ist. Das
Nachdenken darüber, ob es stimmt. Und wenn ja, wer? Warum? Und so schließe ich die Augen vor dem Nieselregen und
lasse das Grollen des Meeres und den Herbstwind alles übertönen. Jeden Zentimeter davon.

»Pass schön auf, Millie Moo«, ermahnt mich Dad, auf den ab-
schüssigen Fußweg zu achten, aber er sagt nichts weiter, bis wir
die wackeligen steinernen Stufen hinuntergestiegen sind und
die Cliff Bridge erreicht haben, eine gewundene, kunstvolle
Brücke, die mich immer an eine riesige Rutschbahn erinnert.

»Ich wusste, dass mit deiner Mum irgendetwas nicht
stimmte«, sagt Dad schließlich seufzend. Seine pummeligen
rauen Wangen sind himbeerrosa verfärbt. »Und ich gebe zu, ich
habe es ignoriert, dieses Gefühl. Mein Bauchgefühl, nehme ich
an. Was ich wirklich gefühlt habe. Ich habe so getan, als würde
ich es nicht spüren. Hab es weggedrückt. Und … je länger ich
darüber nachdenke, desto weniger wundert es mich, dass sie es
tun will. Julian sehen. Deine Mum, sie ist so eigen. Die Art
Mensch, die einfach macht, was sie will und was sie für richtig

hält, und genau das ist die einzige Erklärung, die sie ihrer Meinung nach geben muss, um etwas zu tun. Wenn ihr Herz sich für etwas entschieden hat …« Er zuckt die Schultern, dreht die Handflächen nach oben, als wollte er zeigen, dass er mit leeren Händen dasteht, aber in seinen Worten liegt noch immer Wärme, während er von ihr spricht. Ein winziges Flackern eines gemütlichen Feuers in seinen Augen; denn das ist, was er an Mum liebt. »Und ich *verstehe* es sogar. Ich kann den Mann nicht ertragen, Millie, aber … ich verstehe den Wunsch, es zu tun.«

Wir gehen über die Brücke, die sanft abfällt, hinunter zum Küstenweg. Ein nebliger Regen befeuchtet unsere Wangen, und ein winziger, schmaler Sonnenstrahl, der durch die Wolken bricht, verwandelt das Meer in flüssiges Zinn.

»Wie war er denn so?«, frage ich.

Dad denkt tief nach, als ob er seine Worte sichtet, versucht, die richtigen zu finden. Dann sagt er: »Einfach … toxisch. Ich wünschte, ich könnte ein netteres Wort sagen, aber nein, er war toxisch. Julian war toxisch.«

Das Wort schnürt mir die Brust zu.

»Ich glaube nicht, dass er es sein wollte. Nicht tief in sich. Aber … der Alkohol. Zum Ende hin hat er Julians Leben beherrscht. Und dadurch auch das deiner Mutter.«

Ich nicke. »Und sie ist von ihm weggekommen?«, frage ich, obwohl ich die Antwort natürlich weiß. Aber ich fühle mich wie ein Kind, das ein Happy End braucht. Einen Funken Hoffnung auf der nächsten Seite des Buchs. Ich kann sie nicht ertragen, die Vorstellung, dass ausgerechnet Mum in einem toxischen, destruktiven Leben feststeckte.

»Das ist sie. Ich habe ihr geholfen. Und noch ein anderer Freund von uns. Und dann …« Er lächelt mich an, mit geröteten, windgepeitschten Wangen und wässerigen, weisen Augen, die so viel gesehen haben und wissen. »Na ja. Den Rest kennst du ja.«

Und ich nehme an, das ist, was auf der nächsten Seite wartet. Dad. Wir. Die Chandlers. Unsere Familie.

»Für mich«, sage ich, »ist der Punkt der, dass sie es dir nicht gesagt hat.«

»Dass sie gelogen hat«, nickt Dad, während er, groß und aufrecht, neben mir hergeht.

»Ja«, sage ich.

»Das ist es«, sagt Dad schlicht. »Das ist, was ich nicht verwinden kann. Das ist, was wehtut. Die Absicht dahinter. Die Lüge. Etwas, was sie mit sich herumgetragen und mir nicht gesagt hat.«

Wir erreichen das Ende der Brücke und gehen weiter zu dem Weg, der am Strand entlangführt, Geländer auf einer Seite, die Bahngleise auf der anderen. Szenen wie diese sind der Grund, weshalb ich so gern hier lebe. Es ist der Kontrast von allem. Die Schönheit des Meeres, der weite Himmel, die Sonnenuntergänge, die wie Aquarellbilder aussehen; und dann der verwitterte Rost auf Geländern, die überwucherten Bahngleise, der Bootsschuppen, in dem abblätternde, umgedrehte Boote mit exotischen Namen unbeholfen übereinandergestapelt sind. Hässlich und schön, beides zugleich, Licht und Schatten, rau und glatt. Wie ... das Leben, nehme ich an. Wie die Leute. Und das ist der Grund, weshalb wir daran festhalten, oder? Denn während wir im Schatten sind, wissen wir, dass das Licht letztendlich kommen wird, wenn wir nur noch ein bisschen länger warten. Und auch wenn mir jetzt schwer ums Herz wird, während ich meinen entzückenden Dad ansehe, in seiner dicken schwarzen, wasserdichten Jacke und dem blau karierten Hemd, das darunter hervorschaut und das meine Mum vermutlich für ihn gebügelt und ordentlich in seinen Kleiderschrank gehängt hat, weiß ich doch, dass es einen Weg durch das alles hindurch geben muss. Sie sind eine solide Einheit. Diese unerschütterliche, solide Einheit.

»Ich habe zu ihr gesagt«, fährt Dad fort, »wie viel Schmerz, Toni, müssen Leute dir bereiten, damit du glaubst, dass es einfach das ist, was sie tun, wer sie sind? An welchem Punkt gewährst du jemandem keine Vergebung mehr? Er hat sie mit nichts zurückgelassen.«

Ich nicke, mein Herz eine empfindliche, offene Wunde in meiner Brust. Mum ist so stark und gefasst. Die Art Person, die ganz den Eindruck erweckt, dass sie einen tadellosen, unbefleckten Ruf hat; die nie einen Fehler gemacht hat, nicht eine Erinnerung, bei der du denkst: »Ach, bin ich froh, dass ich nicht mehr so bin.« Ganz so wie Kieran. Nicht so wie ich. Und allein schon der Gedanke, dass ausgerechnet sie ihr Vertrauen in die falsche Person gesetzt hat, dass sie schlecht behandelt wurde, trotz ihrer Intelligenz, ihrer Stärke … Es erinnert mich an Cate. An mich.

Ich schlage Dad vor, dass wir uns setzen und Tee trinken, und wir gehen noch ein paar Meter weiter, bis wir zu dem hölzernen Strandschutz kommen, die Latten vanillegelb gestrichen, die Bänke mitternachtsblau. Wir setzen uns auf eine Bank und blicken aufs Meer hinaus, auf den nebligen Nieselregen, Wasser auf Wasser, und ich schenke Dad und mir Tee in die beiden Plastikbecher von Ralphs Thermosflasche ein. Dad lächelt, als ich die Kekse aus meiner Tasche hole.

»Du bist so ein gutes Kind«, sagt er, und ich sehe, wie sein

Mund zuckt, aber er verbirgt es rasch hinter seinem Becher. »Manchmal bin ich besorgt, weil du gar nicht weißt, dass wir das von dir denken.«

Ich nicke. »Schon gut, Dad.«

Dann zuckt Dad steif mit den Schultern. »Ich glaube, wir haben dich unter Druck gesetzt«, sagt er. »Damit du … Ich weiß nicht. Ich …«

»Den vorgezeichneten Weg gehst?«, frage ich, fast zu leise, und ein Teil von mir hofft, dass er mich nicht hört, dass meine Worte stattdessen aufs Meer hinausgetragen werden, aber Dad sieht mich an, fast schockiert. Und ich bin es auch, in gewisser Weise, darüber, dass mir diese Worte einfach aus dem Mund geplatzt sind. Doch sie *haben* mich unter Druck gesetzt. Sanft, aber beständig. Meine Hausaufgaben zu machen, gute Noten zu bekommen, dafür zu sorgen, dass Lehrer Dinge wie »gewissenhaft« und »höflich« in meine Zeugnisse schreiben. Einen konventionellen Weg zu finden und ihm zu folgen, einen Schritt nach dem anderen. Selbst als ich Owen kennenlernte, gab es eine Art kollektiven Seufzer der Erleichterung zwischen ihnen. Dass ich, nun ja, die Universität abgebrochen hatte und keine Karriere machte, aber wenigstens hatte ich einen netten, ehrgeizigen Mann mit Familiensinn kennengelernt, der all die Vorzeigedinge wollte, die man wollen sollte, eine Hochzeit, ein Haus und Ersparnisse und vielleicht sogar eine Familie. All die konventionellen Dinge. Und ich nehme an, anfangs sah ich es nicht wirklich als Druck an; eher so, dass sie nur das Beste für mich wollten. Aber will man wirklich nur das Beste für jemanden, wenn man bereits entschieden hat, wie dieses Beste für den Betreffenden aussieht?

»Es tut mir leid, wenn du dich je so gefühlt hast, Schatz.«

»Es ist ... es ist schon gut ...«

»Na ja, aber trotzdem ...«

Und ich versuche nicht länger, es herunterzuspielen. Denn wie sagt Ralph so gern? Dinge zu fühlen ist, was wir, als Menschen, tun sollen, aber nicht jeder wird immer mit allem einverstanden und zufrieden sein, was du fühlst. Und es ist nicht deine Aufgabe, ihnen dieses Unbehagen abzunehmen, schon gar nicht, wenn es heißt, dass du deine eigene Wahrheit dafür aufgibst. »Schon gut, Dad«, sage ich noch einmal, mehr nicht, und dann lege ich eine Hand auf seine.

Dad und ich schlürfen Tee und essen Kekse. Die Flut ist da, schlägt gegen die Betonmauer zu unseren Füßen. »Ich habe gestern Nacht bei deiner Tante Vye übernachtet«, sagt er. »Im Wintergarten, auf einem Gästebett. Nur um einen klaren Kopf zu kriegen. Ich fand, wir brauchten etwas Abstand von dem ganzen Reden.«

Irgendetwas sinkt in mich ein, heiß und schwer. Mum und Dad, in getrennten Häusern. Nein. Nicht Mum und Dad. Nicht meine sicheren, verlässlichen Eltern.

»Gott«, sage ich. »Und außerdem, nicht dieser verdammte Wintergarten.« Dad gestattet sich ein Lachen. Es ist schon schlimm genug zu wissen, dass Mum und Dad getrennt geschlafen haben, aber ausgerechnet in dem symbolträchtigen Wintergarten, in dem Damen bei ihren Lunchtreffen mit Belanglosigkeiten prahlen? Es fühlt sich wie eine alternative Wirklichkeit an.

»Werdet ihr ... werdet ihr beide das hinkriegen, Dad?«

Dad schluckt. »Ich hoffe es«, sagt er. »Ich brauche nur etwas Zeit. Sie will nicht aufhören, ihn zu treffen. Und das verstehe ich. Ich bin mir nur nicht sicher, wo ich dabei bleibe.«

Dad holt einmal tief Luft, und wir sitzen zusammen da und starren aufs Meer hinaus. Die Flut weicht langsam zurück, und der schlammige Sand kommt allmählich zum Vorschein, Millimeter für Millimeter.

»Ich glaube, Lügen sind verletzender, als jede Wahrheit es je sein könnte«, sagt Dad. »Denn sie verwandeln die Person in etwas anderes. Man beginnt sich zu fragen, was sie sonst noch verheimlicht hat, selbst wenn da gar nichts ist. Es kommt einem so vor, als ob jemand die Lichter eingeschaltet hätte und man zum ersten Mal etwas sehen könnte, von dem man nie wusste, dass es da war. Und man muss wieder vertrauen. Darauf vertrauen, dass nicht noch mehr verheimlicht wurde. Das ist das Schwere dabei.«

Ich nicke. Sie hallen nach, seine Worte, mein Herz. Wie zwei Magneten, die aufeinandertreffen. Nord- und Südpol. Ich denke an meine E-Mails, all *meine* verheimlichten Wahrheiten, die sich losgerissen haben, davongeflogen sind wie Vögel. Die Sonne, die sie alle erhellt. Dort draußen. Ohne einen Ort, um sich zu verstecken.

»Mum liebt dich«, ist alles, was mir zu sagen einfällt, und Dad nickt.

Und weder Dad noch ich sagen noch irgendetwas anderes. Wir beobachten, wie die Flut zurückweicht, sehen auf den Streifen zwischen uns und der Wasserlinie und auf die Wellen, die breiter und breiter werden, und ich hoffe, dass mein Dad, wie die Flut, langsam ans Ufer zurückkehren wird. An Land. Zu Mum.

★★★

Textnachricht von Millie: Rate mal, wo ich bin und wen ich eben im Bootsschuppen gesehen habe – ein ausgesprochen hübscher Anblick? (Es sei denn, es gibt noch ein anderes grünes Dingi namens *Instinct*, das in Leigh abhängt.)

Textnachricht von Jack: Ich werde ihm sagen, dass du ihn gut aussehend genannt hast, wenn ich ihn das nächste Mal sehe. Er wird außer sich sein.

Textnachricht von Millie: Ein MÄNNLICHES Boot? Rebellisch.

Textnachricht von Jack: Immer.

Textnachricht von Jack: Und rate mal, wo ich bin. Hinweis: Ich bin nicht in Leigh, um an irgendwelchen Bootsschuppen vorbeizuschlendern (leider).

Textnachricht von Millie: Im Rausch?

Textnachricht von Jack: Nicht ganz. In einem Taxi, auf dem Weg zum Flughafen. Flye braucht mich in Madrid. (Und dann Italien.) Europa League.

Textnachricht von Millie: OMG, was? Für wie lange?

Textnachricht von Jack: Sechs Tage, alles in allem.

Textnachricht von Millie: Na ja, das ist sehr unfair!

Textnachricht von Jack: Sehr unfair, dass ich auf dem Kontinent bin, während es in England nur so schifft, oder sehr unfair, dass du eine lange, quälende Arbeitswoche ohne mich überstehen musst?

Textnachricht von Millie: Oh, natürlich nur der erste Teil. Wer braucht schon Jack Shurlock, wenn ich Papp-Gary und Quasselstrippen-Martin zur Gesellschaft habe?

Textnachricht von Jack: Den Schweigsamen Martin, Millie.

Textnachricht von Jack: Pass auf, dass ich dich nicht noch einmal korrigieren muss.

Kapitel 19

Von: Gail Fryer
An: Ganzes Büro
Betreff: Flyes kommende Kalendertermine

9. – Broadcast-Awards-Verleihung für alle, die eingeladen sind – South Kensington, London, 19 Uhr.
10. – Letzter Termin für die Teilnahmezusage für die Weihnachtsparty (Einladung als Erinnerung im Anhang)
12. – Jack Shurlock verlässt uns (wieder einmal!) – Abschiedsdrinks im Peterboat (Außenbereich, gebucht).

Und was die Weihnachtsparty angeht: Schmeißt euch in Schale, Leute!!!

★★★

Von: Jack Shurlock
An: Millie Chandler
Cc: Michael Waterstreet
Betreff: Protokollführung fürs Meeting – Mi 16 Uhr

Millie, ich habe mich gefragt, ob du Zeit hast, bei unserem 16-Uhr-Meeting am Mittwoch das Protokoll zu führen, wenn die Teams alle aus Italien zurück sind? Bitte gib mir Bescheid, und ich werde mehr Details weiterleiten, wenn ich lande.

Ich war sehr beeindruckt von deiner gewissenhaften und harten Arbeit im StoneX. Vor allem bei dem Leinwand-Display ...

Danke,
Jack

Jack Shurlock
Operations Manager und Chief of Staff (in Vertretung)

★★★

Ich sitze in dem vermutlich langweiligsten Meeting, das je abgehalten würde, dank Jack, der mich mit dem langweiligsten *Job* aller Zeiten beauftragt hat. Aber obwohl ich mir alle Mühe gebe, mir einzureden, dass ich entspannt bin, dass ich nicht einmal an ihn *gedacht* habe seit jenem Moment in der Garderobe auf der Party, oder diesen Textnachrichten, oder dieser E-Mail, von der mir die Wangen wehtaten, schönen Dank auch, kribbele ich regelrecht vor Aufregung. Denn Jack kommt zu diesem Meeting, und ich habe ihn seit über einer Woche nicht gesehen. Gestern Abend war es wie Weihnachten oder so. Cate, Ralph und ich sahen uns *Notting Hill* an, in unseren Pyjamas, und Cate las uns unsere Tarotkarten (Ralph hat offenbar ein heimliches, inneres wildes Tier, das er freilassen muss, und an meinem Horizont zieht »Gerechtigkeit« herauf), und wir alle schlossen kichernd alberne Wetten darüber ab, wann (oder ob) der »Wenn du am wenigsten damit rechnest«-Kuss passieren könnte.

Und ich muss ständig an diese Party denken. Ich muss ständig an diese Augen denken, auf meine geheftet, Jacks Hitze an mir, die Art, wie er mich küssen wollte, dieses schroffe, sexy »Wenn du am wenigsten damit rechnest« ... Ich verbeiße mir das Lächeln, das sich über mein Gesicht ausbreiten will, mich wie ein Scheinwerfer erhellen will in diesem stickigen Konferenzraum, und es fühlt sich so ... *nett* an. Dieses Schimmern zwischen allem. Es fühlt sich neu an. Aber es erinnert mich auch an eine Zeit davor. Nicht nur die Zeit vor den E-Mails, sondern bevor alles so kompliziert und erwachsen wurde. Dates und Schwärmereien, das Flirten, das Gefühl von »Was könnte als Nächstes passieren?«. Natürlich, der allzu vernünftige, allzu vorsichtige Teil von mir, der stets schlimme Dinge im Blick hat, denen ich vielleicht ausweichen muss, hat die Arme verschränkt und schüttelt den Kopf und sagt: »Was tust du denn da? Er geht weg. Er wandert buchstäblich aus. Geht weg, weg, weg.« Aber es ist schon so, wie Cate gestern Abend gemeint hat: »Niemand sagt, dass du ihn heiraten sollst. Na schön, ich habe es gesagt, aber andererseits, kann es nicht einfach nur ein Kuss sein? Ein einziges Date? Warum muss es einen linearen Anfang haben, der zu einem perfekten Happy End führt? Das hier ist nicht einer meiner Liebesromane, Millie.«

Kollegen kommen nacheinander in den Konferenzraum, Tassen mit Kaffee und Tee werden auf den Tisch gestellt, um zwei Platten mit Keksen in der Mitte des Tischs, die ich zu einer hübschen, fächerartigen Form arrangiert habe, die jetzt aber völlig durcheinander daliegen, wie bei einem Pfadfindertreffen. Eine warme Wolke aus Kaffeeatem, Parfüm und Tinte wabert hier drinnen herum.

Ein Stuhl kratzt über den Teppich.

»Millie?«

Als ich den Kopf hebe, sehe ich Michael. Er zerrt seinen Stuhl herüber, setzt sich genau vor mich, lässig cool und mürrisch, wie immer, aber eine Version von ihm, die sich vermutlich unauslöschlich in mein Gedächtnis eingeprägt hat, tanzt wie verrückt (und absolut ernst) so wie bei dem Tanzwettbewerb auf der HTG-Sommer-Halloweenparty.

»Benutzt du Textmarker?«, knurrt er über die Schulter.

»Ja«, sage ich. »Petra hat es erklärt.«

»Es ist nur … Es hilft uns, einzelne Themen, Projekte hervorzuheben …«

»Absolut«, nicke ich, obwohl ich am liebsten sagen würde: »Ja, ich weiß, Petra ist durchaus imstande, etwas ohne deine Hilfe zu erklären, schönen Dank auch, du Riesen-Sexist.«

Und natürlich macht er weiter mit seinem Mansplaining. »Grün ist für die unmittelbaren Probleme, die sofort angegangen werden müssen …«

»Blau für die weniger dringlichen …«, führe ich seinen Satz zu Ende. Obwohl ich in Versuchung bin zu sagen: »Und Rosa für alle Fußballspieler, die ich heiß finde. Richtig? Fünf gekritzelte Herzen für den heißesten?«

Michael nickt. »Jaja«, sagt er, fast erstaunt. »Ja, das ist korrekt.«

Und wirklich, ich kann mich nicht beklagen. Ich habe das hier gewollt, oder? Zusätzliche Aufgaben übernehmen, mich mehr *einbringen*, Leuten wie dem tanzenden Michael Waterstreet zeigen, dass ich diese Firma *mag* und sie nicht mit E-Mail-Bomben zerstören will. Dass ich … *mehr* bin, als sie vielleicht glauben.

Eine warme Hand landet auf meiner Schulter, drückt sie sanft. Ein Stromschlag durchzuckt meinen Körper.

»Und sie hat mir sogar einen Platz freigehalten, wie ich sehe«, sagt eine Stimme, tief und vertraut.

Als ich mich umdrehe, steht Jack da, sieht mit warmem, verspieltem Blick zu mir hinunter. Und es fühlt sich fast seltsam an, ihn zu sehen. Ich habe so viel an ihn gedacht, habe mit Cate und Ralph so viel über ihn geredet, über diesen Moment auf der Party, habe immer wieder versucht, das ganze »Er verlässt das Land, und was, wenn ich verletzt werde?«-Thema logisch anzugehen, sodass er fast ein bisschen ... *fiktiv* geworden ist. Einer von Cates romantischen Helden aus ihren Büchern und Liebesschnulzen.

Jack setzt sich neben mich, wischt über ein iPad in seinem Schoß, um es zu öffnen, hält es mit einer Hand. Er schenkt mir ein Lächeln – ein heimliches »Was spielt dieses alberne kleine Meeting denn überhaupt noch für eine Rolle, wenn wir alle tot sind?«-Lächeln. Die Stelle, wo er meine Schulter mit seiner Hand berührt hat, kribbelt noch immer unter meinem Kleid.

»Hallo, Mr. Spanien und Italien«, sage ich.

»Hallo, Miss Millie P Chandler?«

»P?«

»Nur ein plumper Versuch, deinen zweiten Vornamen zu erraten«, meint er schulterzuckend und tippt weiter auf seinem iPad vor sich hin. »Penelope? Petunia?«

»Nein. Und nein.«

»Bin ich wenigstens ein bisschen nah dran?«, fragt er flüsternd, und sein Oberarm streift meinen knapp.

»Weißt du was«, sage ich und beuge mich zu ihm vor. Ich kann seine warme Haut, sein Aftershave riechen. »Ich habe gar keinen.«

»Was?« Er schneidet eine Grimasse, sieht mich von der Seite her an. »*Keinen* zweiten Vornamen?«

»Keinen zweiten Vornamen«, wiederhole ich.

»Hm. Ein Jammer«, meint er und tippt auf seinem iPad weiter, nickt rasch einem Kollegen zu, der in dem Trubel hereinschlendert. »Ich habe gehofft, du würdest irgendeinen langweiligen haben, so wie ich. Meiner ist *Jonathan*. Nach meinem Dad. So schlicht.«

»Oh, nein, ich finde, das ist niedlich. Jack *Jonathan*. So niedlich.«

Jack lacht, und sein Blick huscht von seinem Display hoch zu mir. »Niedlich. Sie hat mich niedlich genannt«, murmelt er vor sich hin und verzieht angewidert das Gesicht. »Ein trauriger Tag.«

»Was ist denn falsch an niedlich?«

»Wo soll ich überhaupt *anfangen*?«

Ich kichere, während Jack grinsend auf sein Display sieht. Leute gucken jetzt zu uns herüber, Blicke huschen verstohlen weg von leisen Arbeitsgesprächen zu uns, und ich fühle ein leichtes Kribbeln von ... Stolz? Ja, genau. Das ist es. Ich war Staatsfeind Nummer eins, und jetzt plaudere ich mit dem heißen Abenteurer Jack Shurlock, obwohl ich vor nicht allzu langer Zeit um ein Haar gefeuert worden wäre. Außerdem will er mich küssen, wenn ich am wenigsten damit rechne. (Disclaimer: falls er nicht völlig benebelt von Alkohol war und sich nicht einmal mehr erinnert und es zu jedem gesagt hat, weil er einfach so *aalglatt* ist, wie Lin behauptet hat. Vielleicht warten sogar das brave Mädchen Jess und die verdammte Gail Fryer darauf, dass er sie küsst, wenn sie am wenigsten damit rechnen.)

»Außerdem kann ich nicht glauben«, flüstere ich, »dass du das Leinwand-Display in der E-Mail erwähnt hast. Und das auch noch mit einem CC an ...« Ich weise mit einem Nicken in Michaels Richtung, mit weit aufgerissenen Augen.

»Na ja, er muss doch wissen, wie gut du warst«, sagt Jack, während er mit einem Stylus irgendetwas auf das Display kritzelt. Seine Handschrift ist erstaunlich ordentlich, und *oh*. Er ist Linkshänder. *Natürlich* ist Jack Linkshänder. Logisch, dass die allgemein übliche, rechtshändige Art, ausgedachte Buchstaben und Symbole zu schreiben, nicht sein Ding ist. »Du bist ein Display-Profi, Millie Chandler.«

»Ja, na ja, wenn er den Sarkasmus nicht herausgehört hat«, flüstere ich, während ich mich wieder vorbeuge, »ist er wirklich noch dümmer, als ich dachte.«

»Oh, das ist er«, sagt Jack tonlos, noch immer kritzelnd. »Das kann ich dir versichern.«

Ich verbeiße mir ein Lachen, während noch immer Leute in den Raum schlurfen. Einer der Freelancer nimmt sich einen Keks, dreht ihn in der Hand um und legt ihn dann wieder zurück.

»Hey, *Maaaann*.«

George Reckitt vom Vertrieb, ein oberschlaues Muttersöhnchen, taucht hinter uns auf und holt prompt dazu aus, Jack hart auf den Rücken zu klopfen.

»Geht's dir gut?«, fragt Jack, und als er die Hand ausstreckt, packt George sie zu diesem groben, lässigen Händedruck, den Männer oft an sich haben, grinst ihn an und sagt: »Mein Mann, mein Mann.« Das ist mir an Jack aufgefallen. Leute scheinen ihn wirklich zu mögen, wollen sein Freund sein, während Jack nie allzu interessiert wirkt. Und ich denke, genau das macht die Anziehung aus. Zumindest bei mir verhält es sich oft so. Je mehr jemand mich nicht zu mögen scheint, desto mehr tänzele ich im Allgemeinen herum und versuche, das zu ändern. »Sie mögen mich« heißt so viel wie »Ziel erreicht«, und das heißt wiederum so viel wie »ist gut genug«. So habe ich es oft bei Owen gemacht, vor allem gegen Ende unserer Beziehung. Ich habe immer versucht, irgendeine Art korrekte Kombination abzugeben, alles richtig zu machen. Seltsamerweise tue ich das bei Jack nicht. Eher umgekehrt. Ich … zeige ihm, wer ich bin, und je mehr er es einfach akzeptiert, sich daran erinnert, es festhält, desto mehr will ich von mir mitteilen.

»Gehst du heute Abend hin?«, fragt George. »Steves Geburtstagsdrinks?«

»Ich glaube nicht, Kumpel.«

»Ja, na ja, falls doch, halt mich einfach vom Wodka fern. Haha.«

»Ah. Wodka«, sagt Jack, der nur mit halbem Ohr zuhört. »Ja.«

»Ja, wir alle erinnern uns doch noch an Manchester, oder? Ich und Mark. Du und Jess?« George lässt sich auf einen Platz vor uns fallen und lacht. »Was für ein Abend. Ein Gemetzel.«

George zückt sein Handy, beginnt zu scrollen.

»Gehst du hin?«, fragt Jack beiläufig und wendet sich zu mir um.

»Was ist denn in Manchester passiert?«, flüstere ich. Jack klopft sich seitlich an die Nase, und ein Schauder durchzuckt mich und gleich darauf ein eifersüchtiger Stich, beides auf einmal. *Was habt ihr gemacht, du und Jess? Hast du sie auf der Tanzfläche geküsst? Hattest wilden Sex mit ihr auf der Toilette?* »Und nein. Ich bin nicht eingeladen. Natürlich nicht.« Ja, Jack, Steve in meiner Mail sexistisch zu nennen und ihm das Aussehen einer Sellerieknolle zu unterstellen, bringt das eben mit sich.

»Du Glückspilz«, sagt er.

»Bin ich das?«

»Erinnerst du dich denn nicht an die Weihnachtsparty?«

Für einen Moment erstarre ich. Und ob ich das tue, will ich sagen. Ich erinnere mich, mit dir geflirtet zu haben. Ich erinnere mich, dass du meinen Arm berührt hast, dich nah vorgebeugt hast ...

»I-irgendwie?«

»Erinnerst du dich nicht, wie Steve mit Prue einen auf *Dirty Dancing* gemacht hat und dann ihr Mann aufgetaucht ist ...«

Erleichtert lache ich schallend auf.

George sieht herüber, als könnte er nicht so recht ergründen, warum sein »Mann« Jack mit einer schlichten Empfangsangestellten wie mir reden sollte, vor allem nicht der mit dem befleckten Ruf.

»Haben sie sich nicht *gestritten*?«

»Auf dem Parkplatz«, nickt Jack. »Es war herrlich. Ein Blockbuster. Krawatten und Schuhe und Gleitsichtbrillen überall. Und ich möchte wetten, irgendetwas in der Richtung wird heute Abend auch passieren, und so witzig es auch ist – ich glaube nicht, dass ich nach mehreren Ryanair-Flügen die mentale Kraft dafür habe.«

Wir lachen beide, und dann lehnt sich George auf seinem Stuhl zurück und sagt: »Jack, hast du diese Nachricht gesehen? Von den Kommunikationsleuten?« Und dann beginnen sie, leise über irgendetwas zu reden, was ich nicht verstehe.

Ich kritzele auf meinem Blatt Papier vor mich hin. Schreibe in langsamer, ordentlicher Handschrift »Protokoll«. Zeichne eine Blume dahinter.

»Das heißt, du hast Zeit?«, wendet sich Jack wieder an mich.

»Entschuldigung?«

»Heute Abend.«

Ich nicke. »Ja.«

»Cool«, sagt er, und das – das ist *alles*. Er ist ein Mysterium, dieser Mann. Dieser »Wenn du am wenigsten damit rechnest«-Abenteurer, der Pläne und menschliche Konstrukte (und vielleicht auch Abfalleimer) hasst.

Ich mache den Mund auf, um etwas zu sagen – ich könnte ihn fragen, warum er das wissen will, oder?

Aber George redet wieder mit ihm, und Jack steht auf, folgt ihm, nickt, und beide gehen zum Wasserspender, und dann schließt sich die Tür.

»Morgen, Leute.« Paul Foot betritt den Konferenzraum, gefolgt von – o Gott ... Owen. Owen ist hier, und ich erstarre bei seinem Anblick. Er schlendert herein, mit diesem selbstbewusst gereckten Kinn, diesem autoritären Gang, und er setzt sich auf den Platz, auf dem eben noch Jack saß.

»Wir fangen in fünf Minuten an, wir warten nur noch auf ein paar ...«, sagt Paul, während er ans vordere Ende des Raums geht, einen Laptop unter dem Arm. Er beäugt mich, nur für einen kurzen Moment, aber er lächelt nicht.

»Alles klar, Mills?«, fragt Owen.

»Hi.«

Was fällt Owen ein, sich derart *dreist* neben mich zu setzen? Großspurig, Beine gespreizt, Kaugummi im Mundwinkel. Alle in diesem Raum werden von der E-Mail wissen, die ich ihm geschickt habe. Und dass er jetzt *nicht* heiraten wird. Und er beschließt, vor ihnen allen, sich genau hierherzusetzen.

Und jetzt ist Jack zurückgeschlendert.

»Oh, Scheiße, entschuldige, Kumpel, war das dein Platz?«

Jack schüttelt beiläufig den Kopf, aber in seinen Augen blitzt irgendetwas auf. »Überhaupt nicht. Schon gut.«

Owen beugt sich vor, schlägt ihm auf die Schulter und sagt: »Nett von dir«, und nur für einen Sekundenbruchteil fängt Jack meinen Blick auf und hebt eine Augenbraue; das ist alles. Er zieht sich den Stuhl neben George heran, zwei Plätze weiter, legt das iPad auf den Tisch und setzt sich langsam, bedächtig.

»Hey«, lächelt Owen wieder. »Wie ist es dir ergangen?« Er riecht nach seinem Haarwachs und dem polierten Leder seines Wagens.

Ich kann Blicke auf mir spüren. Samira ist auch hier, Chloes Freundin. Sie beobachtet mich, dann senkt sie den Blick auf ihr Handy, das vor ihr auf dem Tisch liegt. Was, wenn sie Chloe unter dem Tisch eine Nachricht schickt, etwa so: »OMG, Owen ist hier und sitzt ganz gemütlich mit Millie beisammen?« Ich würde es vermutlich tun, wenn ich sie wäre. Wenn ich Chloes Freundin wäre.

»Ähm. Gut, danke«, sage ich, auf einmal verlegen. »Und dir?«

Ich sehe auf das Notizbuch in meinem Schoß und schreibe umständlich (und überflüssigerweise) »Meeting« oben auf die Seite, neben »Protokoll«, und Owen beobachtet mich.

»Ganz okay«, sagt Owen, und als ich ihn ansehe, schenkt er mir ein winziges, mattes Lächeln. »Hab nicht erwartet, dich hier zu sehen.«

»Protokoll«, sage ich. »Michael wollte mich hierhaben.« Und wirklich, diese letzte Information ist nicht von Belang und streng genommen nicht ganz korrekt, aber ich will, dass er es weiß. Ich will, dass er weiß, dass ich dieses gewisse Etwas habe, bei dem er sich sicher war, dass ich es nicht habe. Ehrgeiz. Grips.

Mehr zu sein. Mehr als nur die unbeholfene, chaotische Millie, die zu spät aufsteht. Er gibt mir noch immer das Gefühl, als wäre ich irgendeine ahnungslose Assistentin, die nicht wirklich weiß, was sie tut.

»Ach ja?«, fragt er. »Und, wie findest du es? Die Spieltage …«

»Toll.« Ich zwinge mich zu einem Lächeln, und er tut das Gleiche. Das. Ist. *Peinlich*. Nachdem ich auf der Party vor ihm flüchtete, nachdem ich mich aus seiner Umklammerung befreite, war ich mir sicher, er würde nie wieder ein Wort mit mir wechseln.

Owen duckt sich leicht, aber er dämpft seine Stimme nicht, wie ich es erwartet habe. Jedenfalls nicht genug, um zu verbergen, was er sagt. »Ich hoffe, es ist okay, aber … ich habe noch mal mit deinem Dad geredet. Um zu hören, wie's ihm geht.« Und da ist wieder dieses leichte Kribbeln von etwas, was mich durchfährt wie eine Flipperkugel. Unbehagen. Wieder dieses nostalgische, nervöse Gefühl.

»Ach ja?«, sage ich, und ich flüstere, in der Hoffnung, dass er es mir gleichtun wird. Aber nein. Er tut das, was er manchmal tut. Dieses theatralische, leicht gekünstelte, fast verlegene Gestikulieren, seine Stimme ein wenig geschliffener als normalerweise. Als ob ihm bewusst wäre, dass er beobachtet wird.

»Er hat angerufen. Wir hatten ein nettes Gespräch. Aber ich wollte es dir gegenüber erwähnen, denn … ich will nicht, dass du denkst, dass ich … mich aufdränge oder so …«

»Und, ging es ihm gut?«

»Offenbar ja«, sagt Owen lächelnd. »War guter Dinge. Du weißt ja, wie er ist, der alte Knabe.«

»Okay. Schön.« Sie ist seltsam vertraut, seine Sprache. So als wären wir nicht seit über zwei Jahren getrennt. Als hätte er die

Tochter des Mannes, von dem er redet, nicht todunglücklich und mit einem gebrochenen Herzen zurückgelassen.

»Und du weißt ja, wenn du noch irgendetwas brauchst ...« Owens Knie berührt meines. »Wir sind hier alle erwachsen, oder? Es ist genug Zeit verstrichen ...«

»Ja«, sage ich, »ja. Danke, Owen.« Aber anstatt mich getröstet zu fühlen, dass ich bei dieser ganzen Geschichte noch jemanden habe, der uns kennt, vor allem wo Kieran, ahnungslos und in Watte gepackt, einen Ozean weit entfernt ist, fühle ich mich beunruhigt. Meine Familie ist aufgewühlt. Brauche ich da wirklich Owen, der auch noch seine Nase hineinsteckt? Vielleicht versucht er nur zu helfen, aber ... *tut er das wirklich?* Ich bin sicher, jeder, der uns belauscht hat, würde sagen: »Er ist nur höflich. Freundlich. Du hast den Mann doch gehört, ihr seid alle erwachsen.« Aber andererseits, was ist mit diesen Worten, die er auf der Party mit Blick auf den See zu mir gesagt hat? *Ein Teil von mir liebt dich noch immer.* Wenn ich es nicht besser wüsste, würde ich denken, er will, dass die Leute uns hören, genau jetzt, dass sie uns sehen.

»Okay! Kann's losgehen?« Paul klatscht vorn im Raum in die Hände.

Und als ich mich aufrichte, den Stift in der Schwebe, sieht Jack über seine Schulter zu mir und wendet den Blick dann rasch ab.

Kapitel 20

Textnachricht von Jack: Hey. Immer noch Zeit?
Textnachricht von Millie: Haha, na ja, es ist zehn Uhr an einem Mittwochabend, was denkst du denn?

★★★

Ich bin im Bett und sehe mir *Below Deck* an, als Jack mir eine Nachricht schickt, und versuche, für Cate zu Weihnachten ein Bild zu sticken – eine Katze, die eine Weihnachtsmütze trägt, auch wenn sie bis jetzt eher wie eine kleine einäugige Ziege mit lauter Gestrüpp auf dem Kopf aussieht. Und genau dort bin ich noch immer zehn Minuten später, als er auf seine Nachricht einen Anruf folgen lässt. Ich richte mich kerzengerade auf, wie ein Vampir in einem Sarg, und starre auf das Display. *Jack Shurlock ruft an* ... Meine Wangen werden von Wärme durchflutet, eine Pawlow'sche (oder, genauer gesagt, Shurlock'sche) Reaktion.

»Hallo?«, antworte ich ungefähr so, wie man es vielleicht tut, wenn man sich sicher ist, dass jemand eine Taste aus Versehen aktiviert hat.

»Hey«, sagt er mit einem Lächeln in der Stimme. »Was machst du gerade?« Er klingt am Telefon sogar noch tiefer, heiserer.

»Ungefähr das Gleiche, was ich vor zehn Minuten gemacht

habe«, antworte ich. »Ein Handarbeitsprojekt fachmännisch verpfuschen und dabei fernsehen, im Bett. Und du?«

»Im Bett, ach ja?«, fragt er. »Ich sitze hier, auf meinem Sofa. Bin gerade nach Hause gekommen, vom Fünferfußball.«

»Bei diesem Regen? Im *Schlamm*?«

»Ich *war* mit Schlamm bedeckt, ja. Ich habe eben geduscht«, antwortet er, und jetzt stelle ich ihn mir natürlich auf dem Sofa vor, ein Handtuch um seine muskulösen Hüften geschlungen ... »Jedenfalls, falls du immer noch Zeit hast, habe ich mich gefragt, ob du vielleicht ... wie hast du es genannt? In den Rausch einsteigen willst?«

Ich lache. »Und was genau beinhaltet das?« Für einen Moment frage ich mich: Ist das hier ein ... Sex-Anruf? Es ist auf jeden Fall die Zeit dafür. Und will ich auf besagten Sex-Anruf eingehen? (Äh. *Ja.*)

»Eine halbstündige Autofahrt«, antwortet er.

»Autofahrt?« Okay, vielleicht doch kein Sex-Anruf.

»Aber ja. Zu einem Ort, von dem ich weiß, dass du ihn lieben wirst.«

Ich schlage die Bettdecke von meinen Beinen. Die einäugige Ziegenkatze fliegt durch die Luft und landet auf dem Teppich.

»Jetzt?«

»Jetzt, ja.«

»Nach zehn Uhr abends?«

»Was ist denn falsch an nach zehn Uhr abends?«

»Ich ... weiß nicht?«

»Wie ich bereits sagte. Rausch. Ich meine, fühl dich nicht verpflichtet. Wir können jederzeit ein andermal hinfahren. Oder gar nicht, aber ... wenn du Zeit hast und willst?«

»Ich will«, platze ich heraus.

»Cool«, sagt Jack, und ich kann das Lächeln in seiner Stimme hören. »Also, dann hole ich dich ab? Schick mir deine Adresse.«

Und im nächsten Moment stürze ich in Cates Zimmer, in eine Szene, die aussieht wie etwas aus einem Londoner Keller-Spa. Sie liest bei Lampenlicht, eine Schlafmaske auf der Stirn, ihr Gesicht glänzend von Hautpflegeprodukten, und Panflöten-musik läuft. Sie war heute nicht in der Arbeit, ist krankgeschrieben wegen Magenschmerzen, die, so ihre Vermutung, ein vorzeitiges Geschenk ihrer Periode sind.

»Jack holt mich in zwanzig Minuten ab«, stoße ich hervor.

Und Cate, obwohl sie groggy und mit Schmerzmitteln vollgepumpt ist, springt auf und kreischt: »Ach du Scheiße, genau wenn du am wenigsten damit rechnest!«, so laut, dass Ralph hereinstürmt, bereit, einen Einbrecher zu überwältigen.

Es ist schwer zu wissen, was man anziehen soll, wenn man keine Ahnung hat, wohin man fährt, erst recht, wenn es regnet und nach zehn Uhr abends und Anfang November ist. Cate hat mein Outfit ausgewählt und mich praktisch angezogen (natürlich), hat gesagt, Jeans seien die einzige Option. »Du musst lässig aussehen, als ob du nicht wirklich darüber nachgedacht hättest«, sagte sie, und so bin ich jetzt hier und steige in Jacks Wagen, in Jeans, einem in die Hose gesteckten cremefarbenen Pullover und einem von Cates Gürtel-Trenchcoats, der die *entzückendste* salbeigrüne Farbe hat, die ich je gesehen habe. Ich weiß nicht, wie sie das macht. Cate *weiß* einfach, was gut aussieht. Mühelos.

Jack beugt sich herüber und öffnet die Wagentür. Und obwohl ich ihn oft in der Arbeit sehe, fällt mir erst in diesem Moment auf, wie typisch Jack dieser Wagen ist. Anders. Etwas, was man nicht erwarten würde. Er hat seinem Dad gehört, der alte

Autos sammelt und sie wieder herrichtet, hat Jack mir einmal erzählt, und er steht in einer Garage, wenn Jack auf Reisen ist. Es ist ein roter Dodge Charger von 1974, offenbar (was mir, die von Autos keine Ahnung hat, absolut nichts sagt). Er erinnert mich an den Wagen, den sie in *Pulp Fiction* fahren. »Es ist ein alberner kleiner Wagen, eigentlich«, hat Jack einmal gesagt. »Aber warum nicht?«

»Guten Abend«, sagt er jetzt, als ich in den Wagen schlüpfe. Die scharfe, nach Meer riechende Kälte des Abends, die Hitze in dem Wagen, der Anblick von ihm, der Geruch von warmem Leder und Jacks Dusche nach dem Fünferfußball und sein orangenartiges, pfeffriges Aftershave, all das lässt mich schaudern.

»Das hier ist ... interessant«, bemerke ich, »für einen Mittwochabend um halb elf. Aber, na ja, ›Zeit ist schließlich nur ein Konstrukt, Millie dot Chandler‹.«

»Das stimmt«, lacht er. »Nettes Outfit, übrigens. Goldrichtig.«

Jack fährt, und das Radio läuft leise, während Regen auf die Windschutzscheibe trommelt. Die Scheibenwischer quietschen auf dem Glas, und ich habe das Gefühl, mich aufs Atmen konzentrieren zu müssen. Ich habe keine Ahnung, wohin wir fahren, und das hat etwas Aufregendes. Ich habe das Gefühl, seine Hand halten zu wollen. Ich habe das Gefühl, auf seinen Schoß springen und mein Gesicht in seinem Nacken vergraben zu wollen. Ich habe das Gefühl, ich könnte einen leisen Schrei ausstoßen, die Hände aufgeregt zu Fäusten ballen. Aber stattdessen mache ich Small Talk, und wir plaudern. Und es ist so untypisch für Jack und mich, wirklich. Wir machen eigentlich nie Small Talk. Aber heute Abend fühlt es sich wie ein Pausenfüller an, die Art leichter Unterhaltung, die zwei Leute gern führen, bevor sie wissen, dass irgendetwas ... Größeres passieren könnte. Und die Dunkelheit des Wagens, die Art, wie Jack die Augen auf die Straße vor uns geheftet hat, eine Hand am Lenkrad, wie er im Dunkeln, unter meinem Make-up, die Röte auf meinen Wangen nicht sehen kann, all das sorgt dafür, dass ich von etwas zu sprechen beginne, das mir einfach keine Ruhe gelassen hat.

»Was ist denn eigentlich in Manchester passiert?«, frage ich.

Jack schweigt einen Moment. »Manchester?«

»Ja«, sage ich. »Du und ... Jess.«

»*Oh.*« Jack sieht mich kurz von der Seite an. »Ich habe das Gefühl, du könntest enttäuscht sein«, sagt er. »George hat es größer aufgebauscht, als es war.«

»Probier's aus«, sage ich. Ich will es hören und will es doch nicht, beides auf einmal.

»Ich probier's aus«, wiederholt er, und irgendetwas an der Art, wie er es sagt, lässt mich erröten. »Okay, also, wir sind alle für die Arbeit nach Manchester gefahren, und Jess und ich, wir haben zusammen Karaoke gesungen«, erklärt er, während sein Daumen und sein Zeigefinger zu einem L geformt lässig auf dem Lenkrad liegen. »Und da Jess Jess ist, hat sie zu viel getrunken und ist von der Bühne gefallen, und ich habe den Rest meines Abends mit ihr in der Notaufnahme verbracht, mit einer Domino's-Pizza. Oh, und ich musste sie zurück zum Hotel tragen – sie hatte sich den Knöchel schlimm verstaucht.«

»Ha. Oh. Verstehe.« Ich bin erleichtert. Nur ein klein wenig.

»Und sie ist auf meinem Bett eingeschlafen.«

»Okay«, sage ich.

»Und dann hat sie sich darauf übergeben.« Er verzieht das Gesicht. »Viel Domino's-Pizza und Mimosas. Und es war ihr zu peinlich, zur Rezeption zu gehen, um es zu sagen, daher habe ich es auf meine Kappe genommen.«

»Wow. Wie romantisch«, sage ich.

»*Romantisch?*«

»Ja. Romantisch von dir. Romantisch für … Jess.«

Jack hält inne und wirft in dem verschwommenen Dunkel wieder einen Blick auf mich. »Ja, ich liebe sie über alles, aber zwischen mir und Jess läuft *nichts* Romantisches, Millie.«

Ich nicke. So heftig, dass ich mich frage, wie mein Kopf noch immer zwischen meinen Schultern befestigt sein kann. »Oh. Cool. Cool.«

»Cool?« Jack lächelt vor sich hin, sagt aber nichts weiter, und ich sehe geradeaus, spüre seinen Blick auf mir, und wir lachen beide. Ein Schwall von geladenem, wangenschmerzendem Gelächter.

»*Okay.*« Ich halte mir die Hände vors Gesicht. »Okay, lass uns über etwas anderes reden, ja? Ganz schnell. Nächstes Thema.«

Jack lacht. »Okay, nächstes Thema. Ähm. Geografie? Wissenschaft und Natur? Ordnen Sie diese Geräusche den Tieren zu, zu denen sie gehören?«

Wir fahren weiter, die Straßenlaternen ein verschwommener Schleier hinter den Regentropfen auf der Scheibe, nur wir zwei und die Musik und diese … Atmosphäre. Diese knisternde, dichte Atmosphäre, die ich am liebsten in eine Flasche abfüllen will, um sie als Andenken zu behalten. Es ist, als bliebe in diesem Wagen so viel unausgesprochen, so viele Worte, aber auf einer Frequenz, die nur wir beide eher fühlen können als hören.

Zwanzig Minuten später befinden wir uns tief auf gewundenen Landstraßen, die Scheinwerfer von Jacks Wagen unser einziges Licht.

»Na ja, das hier ist äußerst geheimnisvoll, Jack«, sage ich leise, während er vom Gas geht, blinkt und auf einen Feldweg abbiegt.

»Das soll es ja auch sein«, erwidert er.

Ein Rechteck eines angestrahlten Schilds taucht zwischen dichtem Gestrüpp im Dunkeln auf.

»Stambourne Farm«, lese ich. Das Schild ist aus altem, verwittertem Holz, aber die Beschriftung ist frisch aufgemalt. Wir sind auf einem winzigen Feldweg, nichts als dichte Felder, Getreide wie Stoppeln im Dunkeln. In jeder anderen Situation würde ich mich nervös fühlen, würde umkehren wollen, aber das hier ist aufregend. Und bei Jack fühle ich mich sicher. Bei Jack fühle ich mich immer, immer sicher.

Der Wagen holpert im Dunkeln über den steinigen Feldweg. In der Ferne kommen schwankend zwei Vierecke aus orangefarbenem Licht in Sicht. Ein Farmhaus, in dem unten Licht brennt. Die Vorstellung, dass ich erst vor einer halben Stunde meine Wohnung verlassen habe, nachdem ich mit *Below Deck* und meinem neuen Weihnachtsprojekt bereits im Bett war, und jetzt … Jetzt sind wir hier, buchstäblich mitten im Nirgendwo. Eine idyllische, leicht unheimliche Farm auf dem Land. Und ich würde nirgends anders sein wollen.

»Hier können wir parken«, sagt Jack und hält am Rand eines großen Hofs mit Nebengebäuden und Scheunen. Das Farmhaus selbst ist riesig. Zerklüftet, aus grauem Stein. Ein Haus, wie ein Kind es zeichnen würde. Ein rauchender Schornstein, Bleiglasfenster mit Rautenmuster in den Scheiben.

»Hier sind wir also.«

Jack nickt. Das Brummen des Motors um uns herum ist jetzt abgestellt, die Stille im Wagen zwischen uns fast ohrenbetäubend. Ich kann meinen Puls in den Ohren hören. »Schon irgendeine Ahnung?«, fragt er.

Ich schüttele den Kopf. »Keine. Einen Moment lang dachte ich, du würdest vielleicht mit dem Boot mit mir rausfahren.«

»Du kannst jederzeit mit dem Boot mit mir rausfahren.« Er lächelt. »Aber nicht einmal ich würde ein Dingi bei Nacht empfehlen. Und das kommt von einem großspurigen Segler.«

Jack wirft mir ein Grinsen zu und steigt aus. Ich lege eine Hand an meine Tür, aber er kommt mir zuvor, öffnet sie für mich, und ich steige aus und trete auf den harten Kiesboden.

Jack lächelt zu mir hinunter. »Noch immer keine Ahnung?«, fragt er, unsere Körper in der kalten, stillen Nacht nur Zentimeter voneinander entfernt. Keine Geräusche, bis auf raschelnde Blätter und ein leises Brummen von der fernen, fernen Autobahn.

»Ähm ... immersive *Blair-Witch-Project*-Erfahrung?«

»Auf Betten kotzen, *Blair Witch Project* ...«, sagt Jack und schließt hinter mir die Wagentür. »Deine Messlatte für meine romantischen Ideen ist fragwürdig.«

Romantisch.

Das ist es also? Eine richtige romantische Geste? Für ... mich?

Jack hält sich das Handy ans Ohr, und das Licht vom Display erhellt sein attraktives Gesicht, verwandelt seine Wimpern in Zuckerwatte. »Augenblick.«

Es riecht wundervoll hier draußen. Nach nasser, mulchiger Erde, nach Holzrauch, nach ... irgendetwas Duftendem. Minze, denke ich. Frische wilde Minze.

Irgendetwas knackt im Dunkeln. Ich sehe Jack an, mit weit aufgerissenen, starren Augen, schneide mit dem Mund eine Grimasse wie eine Comicfigur, und Jack lächelt.

»Wo sind wir?«, flüstere ich. Meine Worte bilden Wolken in der Nacht.

Jack hält sich einen Finger an die Lippen, den Blick im Dunkeln auf mich geheftet.

»Bist du sicher, dass es nicht doch das *Blair-Witch*-Ding ist?«, necke ich ihn. »Du kannst es mir ruhig sagen. Ich werde so tun, als ob ich Spaß hätte …«

»Hey!«, sagt er auf einmal ins Telefon. »Ja. Ja, wir sind jetzt hier draußen. Okay. Okay, gut.« Er legt auf und sieht mich an.

Und bevor ich auch nur den Mund aufmachen kann, um noch eine Frage zu stellen, höre ich eine Tür knarren, Schritte auf Kies, und eine Frau taucht aus dem Haus auf. Sie trägt Jeans und Gummistiefel, und sie grinst von einem Ohr zum anderen. Sie hat die Art Gesicht, das man auf Anhieb mag, dem man sofort vertraut. Rund, glücklich, riesig, mit langen, kuhartigen Wimpern. Sie muss in Mums Alter sein, vielleicht ein bisschen älter.

»Hallo, mein Lieber«, sagt sie und streckt die Arme nach Jack aus. »Ich konnte es nicht glauben, als Ken sagte, dass du kommst. Ich bin sogar bis nach acht für dich aufgeblieben, und das will etwas heißen.«

Jack grinst, und sie umarmen sich. Sie ist klein, vielleicht einen Meter fünfundfünfzig, und neben Jack mit seiner kräftigen Statur, eins fünfundachtzig, mehr oder weniger, sieht sie noch winziger aus. Sie schlingt ihm die Arme um den Rücken, klopft auf den schwarzen Wollstoff seiner Jacke.

»So schön«, sagt sie immer wieder. »So schön, dich zu sehen.«

»Na ja, ich fühle mich geehrt, der Grund zu sein, weshalb du aufgeblieben bist«, sagt Jack. Er lehnt sich zurück und sieht zu ihr hinunter. Dann legt er ihr einen Arm um die Schulter, und sie legt eine mütterliche Hand auf seinen Bauch. »Eleanor, das ist Millie. Millie, das hier ist Eleanor Fitch. Ihr gehört dieser Ort hier. Stambourne Farm. Und sie ist die beste Freundin meiner Mum.«

»*Und* deine Patentante«, ergänzt sie und verdreht die Augen.

»Wie ich immer sage, man ist nie zu alt, um eine Patentante zu sein.«

»Aber ein unbedeutender Titel«, erwidert Jack grinsend. »Ich meine, seien wir ehrlich, das ist es«, und Eleanor schlägt ihm sanft auf den Arm und lacht.

»Millie«, sagt Eleanor und streckt eine raue, pummelige Hand aus. »Freut mich sehr, dich kennenzulernen.«

»Ganz meinerseits.«

Sie wendet sich wieder an Jack, einen Messingschlüssel zwischen zwei Fingern. »Okay, und du weißt, wie es läuft, Jack?«

»Äh. Irgendwie? Obwohl, es ist, was, zwanzig Jahre her?« Er lacht.

»Es ist der dort drüben.« Sie zeigt zu einem gewölbten Nebengebäude aus Wellblech. Es wird von einer einzigen viereckigen Sicherheitsleuchte erhellt, über der Tür, und Motten tänzeln unbeholfen in ihrem Schein. »Hier ist der Schlüssel. Nehmt jeder eine Kerze, wenn ihr hineingeht. Bleibt, solange ihr wollt, doch stellt sicher, dass die Tür abgeschlossen ist, wenn ihr geht. Aber vor allem …«, sie sieht mich an und kräuselt liebevoll ihre kleine, rundliche Nase, »… *seid schön brav.*« Sie lässt den Schlüssel in Jacks ausgestreckte Hand fallen und grinst. »Aber du besuchst mich noch einmal, bevor du weggehst? Das Land verlässt, meine ich.«

Jack nickt. »*Könnte* passieren«, sagt er, und sie hebt den Blick zum Himmel.

»*Könnte*«, sagt sie. »Genau wie deine Mutter. Schwer festzunageln.«

Irgendetwas rumort in meiner Brust. Er geht weg. Jack wird weggehen, und zwar bald. In ein paar Wochen. Einfach so. In ein völlig anderes Land. Und ich werde langsam seinen Geruch vergessen, werde vergessen, wie sein Lachen klingt, wie dieses tiefe, c-förmige Grübchen aussieht, wenn er lächelt. Ich werde vergessen, wie sich ... *das hier* anfühlt. Mit ihm zusammen zu sein.

Eleanor sieht mich an. »Das Bett ruft. Ich muss um vier raus.«

Ich nicke lächelnd. »Hat mich gefreut, Sie kennenzulernen«, sage ich, aber jetzt muss ich wieder an das denken, was sie vorhin gesagt hat. Eine *Kerze*? Sie hat Kerze gesagt, oder?

Eleanor wendet sich ab, verschwindet die Auffahrt hinunter zum Haus.

Jack und ich sind wieder allein.

»Okay, was *ist* das für ein Ort?«, frage ich. »Ich meine, Eleanor scheint entzückend zu sein und alles, und ich wünschte irgendwie, sie wäre *meine* Patentante, aber nach allem, was ich weiß, könnte ich hier sein, um meine Organe plündern zu lassen.«

»Ha.«

»Im Ernst, wann wirst du mich aufklären?«

Jack lächelt und beugt sich im Dunkeln näher zu mir vor. »Gesprochen, als hättest du bis jetzt noch überhaupt keine Aufklärung von mir bekommen. Ich bin zutiefst gekränkt.«

»Wo hast du mir denn je Aufklärung geboten?«

»Äh, BackDonalds?«, sagt er leise. Man könnte eine Stecknadel fallen hören, hier draußen. »Das war Aufklärung. Oder?«

»Stimmt. Okay, na schön, du hast mich auf *Burger-Niveau* aufgeklärt.«

Jack sieht mich an, legt den Kopf auf die Seite. »Hier entlang, Millie.«

Wir gehen zusammen über den harten, knirschenden Boden.

Na ja, es ist eindeutig eine Farm. Das ist alles, was ich weiß. Und ich fühle mich kribbelig, als ob mein Blut mit irgendetwas aufgeladen wäre. Elektrizität. Sterne. Ich will schon jetzt, dass diese Nacht nie endet. Obwohl ich nicht die geringste Ahnung habe, was das hier für ein Ort ist oder was wir hier tun, und obwohl es kalt und nass und spät ist, weiß ich, dass ich nur eines will: dass alle Uhren auf der Welt angehalten werden. Uns hier erstarren lassen.

Wir erreichen die Tür des Wellblechschuppens.

Sie ist schwer, hölzern, vertikal lamelliert und kornblumenblau gestrichen, nach dem, was ich im Dunkeln erkennen kann. Jack schließt sie auf, lässt den Schlüssel mit einem befriedigenden, tiefen Rasseln hineingleiten. »Bereit?«

»Ich ... nehm's an?«

Jack drückt die Tür auf. Sie scheppert, dann knarrt sie. Und ich erwarte, dass der Raum voller Licht ist. Ein Treibhaus, unter gedämpftem Neonlicht oder so. Weiß und grell und klinisch. Aber das hier ... das hier ist genau das Gegenteil.

Ein ... wunderschönes Gegenteil. Ich stöhne allen Ernstes auf.

»O mein Gott.«

Der riesige Schuppen ist dunkel – so dunkel wie die Nacht draußen –, aber der ganze Boden ist erhellt von Reihen über Reihen langer, spitz zulaufender Kerzen, die flackern und den Raum in einen wunderschönen orangefarbenen Schimmer tauchen. Es ist still, hallend, wie in einer Kirche. Es riecht nach frischem Regenwasser und Kompost.

»Treibrhabarber«, sagt Jack, die Stimme zu einem Flüstern gedämpft, ohne jeden Grund, außer dass es sich in einem Raum, der so groß, so düster, so romantisch erhellt, so gedämpft still ist, fast beleidigend anfühlen würde, lauter zu sprechen. »Eleanor ist einer der wenigen Menschen in der Gegend hier, die Rhabarber auf diese Weise anbauen, und du hast gesagt, es sei … eines von deinen Dingen, und ich hatte diese vage Erinnerung aus meiner Kindheit, daher.« Er wendet sich zu mir um, und ich stehe wie angewurzelt im Türrahmen. Worte bleiben mir in der Kehle stecken, als wäre sie ein klemmendes Förderband. »Komm schon«, sagt er leise und schließt hinter mir die Tür. Die Klinke quietscht und hallt in der Stille, aber ich habe das Gefühl, kaum atmen zu können. Für mich. Jack hat das hier *für mich* getan.

Er streckt eine Hand aus, nimmt eine der Kerzen, die in Reihen über Reihen zwischen den Blättern stehen. Er reicht sie mir, faltet meine Finger sanft um den Sockel, legt seine Hand über meine.

Jack kichert leise. »Millie, geht es dir … gut?«

Und ich bin dankbar für die Dunkelheit, denn Tränen haben sich an meinen Augenrändern gesammelt, wie eine Flut, die im Begriff ist, zu steigen und krachende Wellen über den Schutzwall zu schleudern. Ich nicke. »Ja«, schlucke ich, und ein weinerliches, wässeriges Lächeln breitet sich auf meinem Gesicht aus. »Ja, natürlich. Entschuldige, es ist nur … das hier ist … das hier ist perfekt.«

Jack nickt, einmal nur. »Ja, na ja, eine dunkle Farm ist nicht unbedingt klassisch romantisch, aber …«

Romantisch. Er hat wieder romantisch gesagt. Es muss etwas sein. Das hier fühlt sich so sehr nach etwas an. Und er sieht mich an, während er es sagt, als wollte er das Wasser testen, eine Zehe hineintauchen, um zu sehen, wie dieses Wort bei mir ankommt, jetzt, wo wir hier sind, nur wir beide, in diesem kerzenerhellten Raum, meilenweit entfernt von allem anderen.

»Und diese Kerze hier«, sage ich, während ich mich räuspere. Ich. Muss. Mich. Zusammenreißen. Sonst werde ich weinen. Oder stürzen. Ich darf nicht stürzen. Wie kann ich verhindern, dass ich stürze? »Ist sie, damit ich im Dunkeln den Weg zurückfinden kann? Falls es ... Hexen oder so gibt?«

»Ach, komm schon«, sagt Jack mit einem sanften Lächeln. »Vertraust du mir nicht, dass ich dich beschütze?«

Es ist so still, so dunkel, dass es sich anfühlt, als ob alles andere verschwunden wäre. Als ob das Einzige, was existiert, wir beide sind.

»Vor diesem ganzen Rhabarber?«, frage ich, und dann wende ich den Blick ab, überzeugt, dass die Tränen in meinen Augen im Kerzenlicht sichtbar glänzen.

Wir gehen schweigend los. Wasser plätschert irgendwo in der dunklen Stille, wie ein tropfender Hahn, und es ist anders als alles, was ich je zuvor gesehen habe. Es ist seltsam und eigenartig und unheimlich ... und einfach wunderschön. Ein Kontrast, wie mein entzückendes Leigh. Wie alles. So viel Schatten, aber auch so viel wunderschönes, *wunderschönes* Licht. Er hat das hier für mich getan. Jack hat das hier für mich getan. Aber ... was ist es? Was wird es sein, wenn er weggeht? Weit, weit weg von mir fliegt, mich zurücklässt?

Cates Stimme wirbelt durch meinen Kopf wie ein mürrischer Geist. »*Warum muss es denn noch irgendetwas anderes sein als das, was es genau jetzt ist, Millie?*«

»Das ist ...«

»Cool, was?«, sagt Jack. »Irgendwie ... bizarr.«

»Mehr als cool. Es ist ... Ich weiß nicht.« Mir fehlen die Worte. Ich bin überwältigt. Ja, es ist Treibrhabarber und nicht Paris oder der Orient-Express, aber die Geste – das ist mehr, als ich je bekommen habe, in meinem ganzen Leben. Und das ist, weshalb ich irgendwie in Tränen ausbrechen will. Dieser Ort hier ist so typisch ich. Und Jack ist genau hier neben mir, bei mir. An meiner Seite.

»Ich meine, ich verstehe nicht wirklich, wie das alles funktioniert«, fährt er schroff fort. »Aber ... es ist clever. Diese ganze Trickserei.«

Ich nicke. »Sie lassen ihn nicht das natürliche Tageslicht sehen«, sage ich. »Sie tricksen ihn aus. Und so kriegt man dieses extra rosa, extra süße Zeug, wie ...« Ich bleibe stehen, schiebe ein riesiges, raues Rhabarberblatt zur Seite, und es macht ein raschelndes Geräusch, wie Papier, und halte meine Kerze nah an die Pflanze. Sie erhellt eine perfekte Rhabarberstange. »Siehst du?«

Jack beugt sich neben mir vor, berührt mit seiner Schulter meine. »Verstehe«, sagt er, und dann wendet er sich um, und für einen Moment ist sein Gesicht meinem so nahe. Unsere Lippen nur Zentimeter voneinander entfernt, wie in dieser Garderobe ...

Ich weiche zurück, richte mich wieder auf. »Es ist wie ... die Farbe von ... rosa Limonade oder so«, sage ich lachend, und das hier zwischen uns, dieses schwere Knistern, das fühlt sich fast unerträglich an.

Wir gehen nebeneinanderher, in der dunklen Stille. Ich denke an die Party. An die peinliche Situation mit Chloe, die hellen Lichter und wachsamen Augen auf der Tanzfläche, diesen grässlichen Moment am See – und ich denke an Jack, der durch das alles hindurchschreitet und mir das Gefühl gibt ... ich zu sein. Nur ich. Eine Frau. Eine Frau, die es wert ist, dass man sie küsst, sie begehrt, Zeit mit ihr verbringt. Ohne Vorbehalte. Und jetzt sind wir hier. Bei Kerzenlicht. In einem Raum, bei dem viele Leute schaudern und das Gesicht verziehen würden, wegen der Feuchtigkeit und der Kälte und der Dunkelheit. Aber in einem Raum, der mir etwas bedeutet. Und Jack hat sich daran erinnert. Hat sich an mich erinnert.

»Danke«, sage ich.

Jack nickt, schlendert langsam weiter, neben mir, die Gänge hinunter, jeder von uns mit einer Kerze in der Hand, die uns den Weg leuchtet. »Ich habe gehofft, du würdest mitkommen. Hab Ken, Eleanors Mann, angerufen und gefragt, und, wie geht's dem Rhabarber? Ich muss mir vielleicht euer Treibhaus borgen.«

Mein Lachen hallt. Dieser Raum ist so riesig. So groß wie ein Tennisplatz. Reihen über Reihen mit schlummerndem, süßem Rhabarber und flackernden Kerzen.

»Ist aber kein sehr guter Ort für ein Date, hat Ken gemeint«, fährt Jack fort. »Nun, ich würde sagen, darüber lässt sich streiten.«

Und es ist, als ob mein ganzer Körper lächelt. Jeder Zweifel, den ich hatte, wurde einfach hinweggefegt. Er hat *Date* gesagt. Das hier *ist* etwas. »Kerzen sind sehr romantisch«, sage ich.

»Und Rhabarber?«

»Rhabarber ist das Dutzend Rosen für mich. Mit verdammten Rosen kann man keinen Obstauflauf mit Vanillesauce machen.«

»Ah, na ja, sieh dir das an – ich habe dir, was, einen ganzen

Acker voll besorgt?« Jack kichert neben mir, ein Aufblitzen weißer Zähne, dieses hinreißende, hinreißende Grübchen, und ... ich will mich an ihn pressen. Ich will ihn küssen.

»Und danke, außerdem«, sage ich, »dafür, dass du mich immer ... irgendwie rettest.«

Jack zuckt die Schultern und sieht mich von der Seite her an.

»*Dich rette?*«

»Ich weiß nicht. Ich habe das Gefühl, dass mein ganzes Leben auf den Kopf gestellt wurde, als diese E-Mails verschickt wurden. Und du ... warst einfach da.«

»Ich habe dich nicht gerettet, Millie. Du bist sehr gut imstande, dich selbst zu retten.«

»Ja, na klar«, stöhne ich. »Ich habe einen *tollen* Ruf, was das betrifft, mich zu retten. Ich backe Kuchen zur Beschwichtigung.«

»Und du meldest dich freiwillig für unbedeutende Rugbyspiele, obwohl sie dich nicht verdient haben. Holst Backkartoffeln.«

»O Gott.« Ich winde mich innerlich, presse die Zähne zusammen. »Ich will gar nicht mehr an dieses Rugbyspiel denken.«

»Na ja, dann tu es nicht.«

»Oder *irgendetwas* davon. Oder Computerstörungen oder dieses Phantom, das meine E-Mails verschickt hat, das genau vor meiner Nase sein könnte ...«

»Dann *tu es nicht*«, sagt Jack noch einmal sanft, und diesmal bleibt er stehen und stellt sich vor mich hin. »Du musst an nichts von alledem denken. Es ist alles irgendein Scheiß, der passiert ist, oder Scheiß, der passieren könnte. Existiert nicht.«

Ich lächele, während ich in sein anziehendes Gesicht hochstarre. Diese haselnussbraunen Augen, die gerade Nase, der kantige Kiefer, der leicht schiefe, rosige Schmollmund. »Ich wünschte, ich könnte mehr so sein wie du«, sage ich.

Wasser tröpfelt. Wind weht draußen, Zweige kratzen über das Dach, hin und wieder zischt ein Kerzendocht. Hunderte winziger, tränenförmiger Flammen tänzeln. Und während Jack zu mir herunterlächelt und ihm das Haar vor die Augen fällt, bin ich sicher, dass er mein Herz hören kann. Es hämmert wie eine Basstrommel.

»Du musst nicht wie irgendjemand anders sein, Millie«, sagt er und legt mir eine Hand auf den Arm. »Du bist perfekt, so wie du bist.«

Ich schlucke schwer. »Ich glaube, da würden dir viele widersprechen ...«

»Niemand, der wichtig ist.«

Seine Hand bleibt für einen Moment auf meinem Arm ruhen, dann wandert sie ganz langsam hinunter, lässt eine Gänsehaut hinter sich zurück, bis sie meine Hand erreicht. Seine Finger gleiten sanft in meine Handfläche, raue Fingerspitzen kitzeln die weiche Haut. Ein Kribbeln durchläuft meinen Körper. Er hält meine Hand, fängt meinen Blick auf. Langsam führt er meine Hand zu seinem Mund, presst die warmen Lippen darauf. Eine Gänsehaut spannt jeden Zentimeter meiner Haut an. Er lässt meine Hand sinken, den Blick wieder auf meine Augen geheftet, lockert den Griff, und seine warme Hand gleitet unter meiner Strickjacke um meine Taille. Der Atem stockt mir in der Kehle, als er mich sanft an sich zieht, und ... Ich will ihn. Hier und jetzt. Ich kann an nichts anderes denken, als ihn zu küssen.

Ich flüstere seinen Namen, recke mein Gesicht zu seinem, und schließlich beugt er sich hinunter, seine warmen Lippen verharren für einen Moment in der Schwebe, und ich spüre seinen Atem auf meinen. Und dann, langsam, küsst Jack mich. Langsam und innig.

Ich schließe den Abstand zwischen uns, lege ihm die freie Hand in den Nacken, und oh, er küsst gut. Er umklammert meine Taille fester, zieht mich an sich, an seine kräftige, solide Gestalt. Und während meine Gedanken durcheinanderwirbeln und dahinschmelzen, als ich seine kräftige Hand an meiner Taille fühle, dieses rumorende Stöhnen in seiner Kehle höre, entscheide ich, dass das hier nicht mehr sein muss als das, was es ist.

Es ist mir egal, es ist mir egal.

Alles, was jetzt zählt, ist Jacks weicher Mund an meinem, unsere Hände und Arme, ineinander verschlungen. Das sanfte Kerzenlicht inmitten der Dunkelheit, das uns beide austrickst, um uns das Gefühl zu geben, dass über diesen Moment hinaus, über uns hinaus, nichts existiert.

Kapitel 21

Von: Vince Gudgeon
An: Millie Chandler
Betreff: E-Mail-Feature

Hi, zu dem, worüber wir in meiner Werkstatt letzte Woche diskutiert haben (die Theorie, dass jemand in diesem Unternehmen deine E-Mail-Entwürfe in böser Absicht verschickt hat), ist mir auf meinem Nachhauseweg gestern Abend noch etwas eingefallen. Damals, im Februar 2020, haben unsere E-Mail-Provider ein neues »Zeitversetzt-senden«-Feature installiert, das auch einen Massen-/Mengen-E-Mail-Versand ermöglicht. (Bin mir nicht sicher, wie das geht.) Wenn dieses Feature versehentlich eingestellt oder eingeschaltet wurde, dann könnte das erklären, warum dir das passiert ist.

Könnte sich lohnen, die IT zu fragen. Nicht mein Fachgebiet.
Danke,
Vince

P.S. – War Gail @ der Sommer-Halloweenparty?

★★★

Nur eine Erinnerung an unseren Baumhaus-Aufenthalt. Ich
habe für uns alle gebucht. Dich, mich und Cate. Bitte komm
mit. Ich vermisse dich so.

★★★

Am Freitag gehen Cate und ich zu Fuß zusammen zur Arbeit.
Sie leidet noch immer an Magenkrämpfen und hat gestern den
ganzen Tag schlafend im Bett verbracht. Ralph und ich haben
ihr alle paar Stunden heiße Getränke und Wärmflaschen an die
Tür gebracht. Sie hat ihre Theorie geändert und nimmt jetzt an,
dass sie irgendetwas Verdorbenes gegessen haben muss, keine
hormonellen Krämpfe hat, und Ralph hat sich in den Kopf gesetzt, dass es seine Schuld ist. Dass sie versehentlich einen seiner
exotischen Pilze gegessen haben könnte oder dass sie vielleicht
allergisch gegen irgendetwas ist, was er letzte Woche in ihren
Lunch getan hat. (Ralph macht Cate inzwischen ihren Lunch
und sie ihm seinen, an abwechselnden Tagen. Es ist entzückend.)
Cate ist heute Morgen wiederaufgetaucht, dünner und müde,
aber entschlossen, zur Arbeit zu gehen, und ich habe unseren
gemeinsamen Weg genutzt, um sie mit meinem Abend mit Jack
und der Rhabarberfarm zu unterhalten. (Zum zweiten Mal. Sie
hat gestern darauf bestanden, so viel zu hören, wie sie in kleinen
Dosen, zwischen Nickerchen, konnte.)

Cate wirft, ohne auch nur mit der Wimper zu zucken, zwei
Paracetamol ein, als ob sie Smarties wären. »Ich sage dir, Millie«,

erklärt sie schluckend. »Das ist das Romantischste, was ich je gehört habe. Ein Candlelight-Dinner kann jeder. Irgendeine romantische Nullachtfünfzehn-Geste, aber das war so durchdacht. So *besonders*.«

»*Ich weiß*. Und Gott, Cate, er küsst so gut.«

»Ich wusste es«, sagt Cate in einem Singsang. »Ich meine, man kann es einfach sehen, weißt du?«

»Wir … sind durch dieses riesige, wunderschöne, skurrile Treibhaus mit den ganzen Kerzen geschlendert, haben geredet und gelacht, und dann … hat er mich um Mitternacht einfach nach Hause gefahren. Als ob nichts gewesen wäre. Als ob ich nicht eben den schönsten Abend meines Lebens verbracht hätte. Im Wagen haben wir uns noch einmal geküsst. Ich glaube, wir waren eine ganze Stunde draußen auf dem Parkplatz. Seine Fenster haben sich allen Ernstes *beschlagen*.«

»Total Jack-und-Rose-mäßig!«, kreischt Cate, während sie den Deckel von ihrer mit Scotchterriern gemusterten Wasserflasche schraubt. »Oh, Millie. Ich freue mich ja so für dich.« Sie nimmt einen kräftigen Schluck.

»Und es war irgendwie schlicht, weißt du?«, fahre ich fort. »Ich meine, natürlich war es *aufregend*, und ich stehe so auf ihn, aber es ist … *schlicht*.« Irgendwie das Gegenteil von allem, was ich bis jetzt erlebt habe. Wie es mit Owen war − wie es mit Owen noch immer *ist*, in gewisser Weise. Verwirrend. Harte Arbeit. An Bedingungen geknüpft. *Ernst*. Und dann das hier, mit Jack. Es fühlt sich leicht an. Leicht und zugleich so ziemlich das Aufregendste, was ich je gefühlt habe.

Der Himmel hängt heute tief und schwer, aber hinter den Wolken äugt Sonnenlicht hervor. Wir sind nahtlos vom Herbst in den Frühwinter übergegangen, als hätte jemand eine Seite des

Weltkalenders umgeblättert, während wir alle geschlafen haben, und uns alle wachgerüttelt, wie eine Schneekugel. Und in gewisser Weise mag ich den Winter. Nicht so sehr die Erkältungen und den alljährlichen vorprogrammierten Weihnachtsstress, aber ich mag dieses reinigende Element. Die frische, saubere Luft. Das Schimmern von Lampen abends hinter zugezogenen Vorhängen, während ich nach Hause fahre und mich frage, was für Arten von Zuhause mich in der Zukunft erwarten werden, all die Orte, die ich noch besuchen will. Und ich liebe auch die Art, wie ein neues, makelloses Jahr sich in der Ferne abzeichnet, wie ein frisches, noch unbeschriebenes Notizbuch. Aber ich hoffe, dass das Wetter heute Abend nicht *zu* winterlich wird für unsere Baumhaus-Übernachtung – vor allem da es die Bonfire-Nacht ist und wir vielleicht eine perfekte Aussicht auf Feuerwerke in der Nähe haben werden, wenn es nicht in Strömen regnet. Cate und ich haben uns einen losen Plan für den Abend zurechtgelegt, und ich hoffe irgendwie, dass Alexis auftauchen wird. Ein Olivenzweig, oben in den Bäumen. Ein knisterndes Feuer, Zeit und Raum, um wirklich zu *reden*. So viel Zeit wie zuletzt haben Alexis und ich noch nie verbracht, ohne zu reden, und allmählich fühlt es sich an, als ob wir es vielleicht nie wieder tun werden. Wenn sie sich nicht bald meldet, werde ich vielleicht einfach – dort hinfahren? Zum Haus ihres Dads. Aber andererseits, will ich wirklich eine zerfledderte Freundschaft in ihr Haus einschleppen? Ihr Dad, Salv, ist jetzt fünfundsiebzig. Er ist den ganzen Tag allein, während Alexis und ihre Schwester arbeiten. Andererseits, vielleicht werde ich mir darüber gar nicht den Kopf zerbrechen müssen. Vielleicht wird Alexis ganz Alexis-Lee-mäßig heute Abend einfach auftauchen: auf die Terrasse des Baumhauses platzen, mit einem breiten Lächeln und einem »Hallo, Mädels«.

»Ich glaube, du vertraust ihm«, fährt Cate neben mir fort. »Jack. Ich habe darüber nachgedacht, auf meinem Sterbebett, in den letzten paar Tagen.« Cate schenkt mir ein erschöpftes, sarkastisches Lächeln. »Und ich glaube, so einfach ist das. Du vertraust ihm.«

»Das stimmt«, pflichte ich lächelnd bei. »*Ich vertraue ihm.* Und bei ihm fühle ich mich sicher.«

Cate bleibt auf dem Gehsteig stehen, eine zarte Hand an ihren riesigen, pfirsichfarbenen Schal gelegt. »Warum kann ich da ein Aber kommen spüren?«, fragt sie. »Das kann ich, oder? Verdammt, ich hasse Abers.«

Ich stöhne auf. »Er geht weg, Cate. Nächste Woche ist seine Abschiedsparty.«

Cate lächelt traurig, zieht die Mundwinkel mühsam nach oben. »Ich weiß«, sagt sie. »Ich weiß.« Und wir gehen wieder weiter. »Aber ich dachte, wir hätten darüber geredet. Du hast es verdient, Millie, was immer es ist. Du warst so lange so traurig und ... *klein*, weißt du? Zu verängstigt nach Owen, um, ich weiß nicht, dich zu zeigen. Ein bisschen ... wie ich? Und ich verstehe das. Gott, und ob ich das verstehe. Es passiert einfach, oder? Dieser langsame Rückzug.« Dann streckt Cate eine Hand aus, berührt meinen Arm sanft mit einer behandschuhten Hand. »Aber, Gott, bitte. Es kann doch einfach ... sein, was es ist. Ich weiß, wir alle wollen uns für die Zukunft absichern und denken, wir müssen ›das Richtige‹ tun, das, was uns keine Angst macht, aber sieh doch, wohin mich das mit Nicholas geführt hat. Ich habe mir allen möglichen Scheiß bieten lassen, den ich nicht gebraucht habe, und mich so lange so elend gefühlt. Und das alles im Namen dessen, was man angeblich tun soll.« Cate rückt ihre Handtasche zurecht und sieht zum Himmel hoch, ein

Lächeln im Gesicht, als ob sie etwas sieht, was ich nicht sehen kann. »Warum kannst du es nicht einfach ... deinen Moment sein lassen? Die Geschichte, die du eines Tages erzählen wirst. Von der Saat, die aufgegangen ist, wie Ralph sagt, und aus der die entzückende kleine Geschichte von dem wunderschönen Jack gewachsen ist, der dich geküsst hat, wie du noch nie in deinem Leben geküsst wurdest, der dich dazu gebracht hat, alles auf einmal zu fühlen, in einem Wirbelwind, bevor er diesen dramatischen Abgang hingelegt hat und in seine wundervolle, riesige Welt entschwunden ist. Du kannst ...«

Wir bleiben stehen, um ein lautes, dröhnendes Motorrad vorbeizulassen, das unseren Weg kreuzt, um zu einem Sanitärgeschäft einzubiegen. Ein Schnitt, mitten durch Cates romantischen Monolog. Ein Teddybär ist vorn auf das Motorrad geschnallt, mit einem blauen Band, wie in einem dieser alten, klassischen Eisenbahnfilme, und wir lachen beide.

»Hör zu, ich sage ja nur, du kannst ... das haben«, fährt Cate fort. »Im Ernst. Weißt du noch, wie nett es war, auf jemanden zu stehen? Auf Dates zu gehen und mal zu sehen, wie es läuft?«

»Du hast ja recht«, sage ich. »Ich weiß, dass du recht hast. Du hast immer verdammt recht.«

Cate reibt meinen Arm mit einer lederbehandschuhten Hand. »Und weißt du was? Genieß es. Das Risiko. Ein bisschen aufgemischt zu werden. In mehr als einer Hinsicht.« Sie grinst.

»*Ja, Sir.*«

»Und du sollst wissen, dass deine alte, von Krämpfen geplagte beste Freundin vor Neid fast platzt«, ergänzt Cate. »Das heißt, falls mein Magen mich nicht vorher umbringt – wonach es sich heute wirklich anfühlt.«

»Was ist denn *los* mit deinem Magen?«

Cate zuckt die Schultern, eine gepflegte Hand flach an die Taille ihrer Jacke gelegt. »Ich habe keine Ahnung. Ich fühle mich einfach total flau und ekelhaft, und der Schmerz strahlt ständig irgendwie aus? Vom Magen in die Brust. Ich weiß nicht, Mann, es ist seltsam. Aber ich werd's überleben. Vermutlich war es dieses ganze Brot, das ich am Dienstag mit Ralph gegessen habe. Wir haben uns in meiner Mittagspause getroffen.«

»Wirklich?« Ich schenke ihr mein dümmstes, breitestes Grinsen. Aber es dringt nicht zu ihr durch.

»Ja, es war himmlisch. Gio's? Der Italiener? Sie haben uns so viel Knoblauchbrot gegeben. Aber seitdem ...«

»*Uns*«, wiederhole ich.

»Was?«

»Hat er dir heute nicht auch eine Wärmflasche und ein Frühstück gemacht? Ralph. Für deinen Magen?«

Cate zuckt die Schultern, versucht, sich das Grinsen zu verbeißen, ihre Apfelbäckchen auf einmal straff und glänzend. »Ja. Das hat er.« Und dann, als ob sie sich geschlagen gäbe, neigt sie den Kopf, wie um ein Geheimnis preiszugeben, das sie unbedingt teilen will. »Habe ich dir erzählt, dass er mir letzte Woche Akee mit Salzfisch gemacht hat? Nur weil ich erwähnt hatte, dass es mein Lieblingsessen ist. Er hat es sogar nach dem Rezept meiner Mum gemacht. Hat es sich von ihr geben lassen und alles.«

»Cate, ich vermute, er ist heimlich in dich verliebt«, sage ich und erwarte, dass meine Freundin zurückzuckt, es abstreitet und sagt: »Wer, *Ralph*? Ein bisschen zu nerdig für mich.« Aber stattdessen lächelt Cate.

»Na ja. Das könnte nett sein«, sagt sie. »Wenn er ... es ist, meine ich. Er ist entzückend, oder? Ich meine – er ist der entzückendste, interessanteste Mensch aller Zeiten. Und ... hast du seinen Körper gesehen?«

Ich lache. »Na ja, er ist ein Schwimmer. Er hat seit fast drei Jahren keine Trainingsstunde versäumt. Ob Regen oder Sonnenschein. Und dann noch dieses ganze Karate.«

»Und verdammt, das sieht man«, lacht Cate. »Konnte den Blick nicht von seinem Bauch abwenden, nachdem er vom Schwimmen im Regen zurückgejoggt war und dieses Top ausgezogen hat. Diese ganze straffe, vom Regen gesprenkelte Haut. Außerdem«, lächelt Cate. »Was hast du vorhin gesagt? Es ist schlicht.«

»Du vertraust ihm«, sage ich, und Cate nickt.

»*Ich vertraue ihm.* Und das ist heiß, oder? Oder vielleicht spielt mein Kopf wegen meines Magens verrückt. Wer weiß?« Sie lacht, dann bleibt sie auf dem Gehsteig stehen, um mich auf die Wangen zu küssen. »Wie auch immer, ich muss weiter. Ich habe einen Umweg gemacht, um mir das alles von der Seele zu reden, und jetzt habe ich das Gefühl, ich könnte wieder einmal zu spät kommen. Aber okay, lass uns den Plan rasch noch einmal durchgehen. Du gehst früher von der Arbeit, fährst zurück zur Wohnung, packst den Wagen, kommst und holst mich um drei von der Arbeit ab, und dann fahren wir zu diesem Baumhaus-Schnäppchen?«

»Abgemacht.«

»Ich kann es kaum erwarten.« Cate wirft mir eine Kusshand zu, während sie in gepflegten schneeweißen Sneakers und einem Maxirock, der ihre Knöchel umspielt, die Straße hinunterstolziert.

Ich gehe allein weiter, während ich darüber nachdenke, was Cate über Jack gesagt hat, über Vertrauen und darüber, das zu tun, was sich im Moment vielleicht nicht vernünftig, aber richtig anfühlt. Denn wenn ich das hier plane – wenn ich plane, mich *nicht* in Jack zu verlieben, mich von ihm zurückzuziehen, um mein Herz zu schützen, wer verliert dann wirklich? Ich. Ich verpasse das Gefühl, das ich jedes Mal habe, wenn ich mit ihm zusammen bin. Ich verpasse Erinnerungen und Geschichten, die ich erzählen kann. Ich verpasse es, zu ... leben.

Und so vieles hat sich verändert. Ich habe versucht zu planen, aber im Ernst, wie weit hat es mich gebracht? Ich weiß nicht wirklich, ob mein Job jetzt irgendwie sicherer ist, und selbst wenn, na schön, ich »führe das Protokoll« und helfe gelegentlich bei einem Rugbyspiel aus, aber *will* ich diese Dinge überhaupt tun? Und wenn nicht, wofür dann das ganze Planen? Für alle anderen? Zur Wiedergutmachung? Für Owen und Chloe? Den Mann, der mir *das Herz gebrochen* hat?

Ich biege auf den Flye-Parkplatz ein. An dem hohen, gläsernen Eingang des Empfangs steht Chloe, gepflegt, und redet mit Leona. In einem Regenmantel, der um ihre Taille gegürtet ist. Chloe sieht umwerfend aus. Allmählich fange ich wirklich an zu glauben, dass Chloe Katz einer dieser Menschen sein könnte, die in eine beschissene Lage gebracht werden und trotzdem einfach aufblühen. Klarkommen, indem sie sich in irgendetwas stürzen, eine neue Fitnessroutine, Veganismus oder Eisbaden. Aber andererseits – wollten sie und Owen sich nicht treffen? Die Vorstellung, dass es jetzt zu einer Versöhnung kommt – was für ein durchschlagender Erfolg wäre das für meine To-do-Liste. Ein Riesenhaufen Scham, zum Schweigen gebracht. Ein überwältigender Sieg für das Leben nach den E-Mails, das dringend ein bisschen anständige PR braucht.

»Hi, Chloe, Leona«, sage ich, und Chloe schenkt mir ein dünnes, widerstrebendes Lächeln.

»Hi«, sagen sie beide gleichzeitig, und Leona sieht auf ihre Uhr. »Ich gehe besser rein. Fast neun. Kommst du, Chloe?«

Chloe zögert, schüttelt den Kopf. »Nein, ich habe noch fünf Minuten«, und verblüfft und vielleicht ein klein wenig gekränkt sagt Leona: »Oh«, und wendet sich zum Gehen. Aber dann erinnere ich mich an Vince' E-Mail. Wie zurückhaltend sie war, wie sie aber auch, ganz Vince-Gudgeon-mäßig, tatsächlich die schlichte Antwort auf das alles sein könnte. Die entzückende, nicht beängstigende Antwort, die auf eine entzückende, nicht beängstigende Weise dahergekommen ist. Und sie ist absolut einleuchtend. Nicht, dass irgendwer jetzt noch etwas daran ändern könnte, aber es wäre auf jeden Fall gut zu wissen, ob Vince recht hat und es sich tatsächlich so leicht einschalten lässt. Für *jeden* in der großen weiten Welt, um genau zu sein. Vielleicht kann ich es im Unterhaus vorbringen. Unzählige Leben im Leben vor den E-Mails retten.

»Ach, Leona?«, frage ich. »Kann ich dich … kurz sprechen?«

Leona dreht sich um, langsam, fast, als hätte ich sie geärgert. Sie sagt nichts, sieht mich nur an, steckt sich eine schnurgerade Strähne ihres mattbraunen Haars hinters Ohr. Ich habe mit Leona nicht viel zu tun. Sie ist ein bisschen zu ernst für mich. Eine kleine Korinthenkackerin. Sie hat mich einmal hinter meinem Empfangstresen gähnen sehen und gesagt, das sollte ich nicht tun. »Ich finde einfach, Gähnen vermittelt den falschen Eindruck, falls du verstehst, was ich meine«, hat sie gemeint. »Als ob du deinen Arbeitsplatz als langweilig und nicht ausfüllend empfindest. Ist das so?«

»Ja?«, fragt sie jetzt, eine gepflegte Augenbraue hochgezogen.

»Ähm …«

Ihre Augen weiten sich. Ein wortloses »Jetzt sag schon«. Leona versteht den Wink nicht, dass ich sie unter vier Augen sprechen will, aber Chloe schon. Sie nimmt ihr Handy aus der Handtasche und entfernt sich ein paar Schritte, gibt uns ein bisschen Privatsphäre, aber nicht genug. Sie ist noch immer *genau da*.

»Ich habe mich nur gefragt ... Vince. Der Reparaturmann Vince?«, sage ich. »Er ... er hat mir kürzlich erzählt, dass unsere E-Mail-Provider eine Zeitversetzt-senden-Option haben?«

»Ja?«

»Okay«, sage ich. »Und er hat gesagt, dass es eine Mengenversand-Option gibt.«

»Massen«, korrigiert sie mich. Chloe zappelt nervös neben uns herum, den Blick auf ihr Handy geheftet. Jetzt wünschte ich, ich hätte nicht gefragt. Ihre Beziehung liegt wegen meines E-Mail-Problems in Fetzen, und hier stehe ich und diskutiere es ganz nüchtern mit der IT, genau vor ihr. Ganz zu schweigen davon, dass die Korinthenkackerin Leona einfach eiskalt ist. Ich weiß schon jetzt, dass das hier ein fruchtloses Unterfangen ist. Vermutlich liegt es an diesem ganzen Gähnen. Hat sie abgestoßen.

»Okay. Dann eben Massen«, fahre ich fort. »Ich dachte nur – mein E-Mail-Problem, damals im September, könnte es vielleicht darauf beruhen? Vince hat gesagt, er glaubt, dass sich das leicht einschalten lässt.«

»Das ist nicht korrekt«, sagt Leona rasch, wie ein KI-Roboter. Chloes Blick huscht zu ihr hinüber. »Die Zeitversetzt-senden-Option lässt sich leicht einschalten, ja. Man muss sie nur anklicken, Zeit und Datum auswählen ... Aber Flye hat die Massenversand-Option ausgeschaltet, im ganzen System. Ist ein nutzloses Feature für ein Unternehmen wie dieses.«

»*Oh*. Okay. Und das war schon immer so?«

»Mhm.«

Leona nickt, einmal nur. Ihre Augen haben in der ganzen Zeit kaum geblinzelt. Sie ist wie ein hübscher Mond, Leona. Perlweiße Haut, riesige grüne Augen, kleine, immer geschürzte, rosige Lippen.

»Ist das alles?«, fragt sie. »Es ist acht Uhr achtundfünfzig.«

»Äh. Ja. Das ... das ist alles«, antworte ich. »Danke.« Und Leona dreht sich auf dem Absatz um und verschwindet drinnen. Die Tür knallt hinter ihr zu.

Jetzt ist es still, und Chloe räuspert sich. »Sie kann angespannt sein«, sagt sie.

»Oh. Sie ist ... Es ist schon gut.«

Chloe sieht mich an, dann huschen ihre Augen unter diesen dichten, fächerartigen Wimpern in alle Richtungen. Verlegen. Zum Boden, zu den schweren Novemberwolken über uns, zu mir ...

»Und, wie ... wie ist es dir ergangen?«, fragt Chloe, und da ist wieder dieses unausgesprochene Etwas zwischen uns. Diese Sache, die ... uns verbindet, ob es uns gefällt oder nicht. Dieses Gefühl von »Wir haben uns in denselben Mann verliebt. Wir haben beide dieselbe Sache in derselben Person gesehen. Wir haben beide neben derselben Person geschlafen. Und er hat uns beide enttäuscht«.

»Es geht mir gut«, sage ich. »Glaube ich. Abgesehen davon, dass ich Leona irgendwie vor den Kopf gestoßen habe.« Ich lache in einem Versuch, das Eis zu brechen.

»Es tut mir leid, dass sie nicht helfen konnte«, sagt Chloe. Sie tritt von einem Fuß auf den anderen, wie jemand, der versucht, eine bequeme Position zu finden. »Es war beschissen, wirklich, was da passiert ist. Die E-Mails ...«

318

Gott, sie ist nett. Ich könnte leicht ihre Freundin sein, mich an sie anhängen, sie in der Mittagspause auf ein Sandwich treffen oder einen Spaziergang in die Stadt. Chloe ist warmherzig. Das ist mir bis jetzt noch gar nicht aufgefallen, aber sie ist es. Selbst in jenem Moment vor ein paar Wochen vor dem Café waren es ihre Freundinnen, die so frostig waren. Chloe strahlt Wärme aus. Einen Hauch von Verletzlichkeit, den sie wie ein Armband unter ihrem Pulloverärmel trägt. Dezent, aber immer da.

»Na ja. Ist schwerer für ein paar von denen, die sie gekriegt haben, nehme ich an«, sage ich. »Und du ... geht es dir gut?«

Chloe nickt, schlingt die Arme um ihre schmale Gestalt. Sie ist wie eine Ballerina gebaut. Zierlich, kräftig, elegant. »All-mählich«, sagt sie vorsichtig. »Und ich weiß, dass es nur zum Besten ist. Weißt du? Dieser Mann schert sich nicht um mich, und das habe ich jetzt begriffen. Zumindest hoffe ich, dass ich es begriffen habe.«

»Owen?«, frage ich überflüssigerweise.

»Er schert sich nur um sich selbst«, sagt sie. »Welchen Eindruck er macht, was er kriegen kann.« Ein winziges, juwelen-besetztes Herz an einem Goldkettchen hebt und senkt sich an ihrer Kehle. »Er schert sich einen Dreck um mich oder die Hochzeit. Es ist nächste Woche, das Datum. Und jetzt ist es so ... als ob es nie eine Hochzeit hätte geben sollen. Auslöschen und nach vorn blicken.«

»Aber ... ich dachte, ihr wolltet reden?«

Sie schüttelt den Kopf, verzieht das Gesicht, und ihre rosigen Wangen heben sich. »Oh, das haben wir. Aber ... nein.«

»Nein?«

Sie schluckt. »Nein, ich habe mich gefühlt, als wäre ich bei einem Vorsprechen oder so. Es war nicht so, dass wir geplaudert oder über alles geredet hätten, es war nur ...« Ihre Worte verlieren sich, und wieder sagt sie nur: »Nein. Aber. Na ja. Wenigstens weiß ich es jetzt. Dass es nur zum Besten ist. Dass ich das Haus meiner Eltern von den Hochzeitssachen entrümpeln kann. Da drinnen sieht es aus wie auf einer Hochzeitsmesse.«

»Aber ...« Ich kann spüren, wie mein Mund auf- und wieder zugeht. Glotzend, wie eine Comicfigur. »Er hat gesagt, seine Wohnung sei voll mit Hochzeitszeug ...«

»Millie, er ist ein Lügner«, sagt Chloe in einem Atemzug. »Er ist manipulativ. Schreibt die Geschichte genau so, wie er sie haben will. Wie sie ihm am besten in den Kram passt.«

Ich starre sie an. Und ich weiß nicht, was ich sonst noch sagen soll. Warum sollte Owen lügen? Um Sympathie zu gewinnen? Um ... wie hat Chloe es eben genannt? Die Geschichte so zu schreiben, wie er sie haben will.

»Millie, wenn ich du wäre, würde ich einfach gehen und mein Leben leben und auf kein einziges Wort von dem hören, was er sagt. Nicht einmal das nette Zeug. Erst recht nicht das nette Zeug. Ich versuche selbst, mich daran zu halten. Ich weiß, es ist leichter gesagt als getan, aber ...« Jetzt zögert sie, und ihr Blick verharrt auf mir, fast flehend. »Du und ich, Millie, wir ... sind gar nicht so verschieden, wir sind ...« Ihr Blick ist gebannt, unverwandt, wässerig jetzt, und ich warte auf ihr nächstes Wort. Aber es kommt nicht. Es kommt fast, aber sie schluckt es hinunter, wie einen Löffel Suppe. Stattdessen ist da nur dieses lange, seltsame geladene Schweigen.

Dann sieht sie an mir vorbei, und ihr Gesicht verwandelt sich – ein strahlendes Lächeln breitet sich jetzt über ihr ganzes Gesicht aus. Leute kommen zur Arbeit, schlagen um Punkt neun auf.

»Morgen!«, säuselt Chloe.

»Dir auch einen schönen guten Morgen!«, lächelt Samira, die mich nur für einen Sekundenbruchteil von der Seite beäugt. »Geht es dir gut, Chloe?«

Und bei diesen Worten wendet Chloe sich ab und geht ins Büro, neben ihrer Freundin, und lässt mich draußen in der Kälte stehen.

★★★

Textnachricht von Cate: Millieeeee! Ich habe noch immer diese verdammten Magenschmerzen. Hab meinen Arzt angerufen, und ich soll um vier vorbeikommen. Wir treffen uns beim Baumhaus. Ralph hat gesagt, ich kann seinen Wagen nehmen. Warte nicht auf mich, nicht, dass du den Check-in verpasst. Es tut mir so leid. Will irgendjemand einen abgefuckten Magen? In gute Hände abzugeben. X

Kapitel 22

Bei meinem spontanen Kurzbesuch bei Mum geht es nicht um das, was ich ihr gegenüber behauptet habe – zusätzliche Liegestühle für das Baumhaus brauchen wir absolut nicht. Ich fahre zu Mum, um zu sehen, wie es ihr geht. Dad ist wieder fort, auf Schicht, und Mum klang fast zu beschwingt, als ich sie anrief, nachdem ich Dad getroffen hatte; zu schrill, um normal zu sein. Wie jemand, der so tut, als ginge es ihm gut, selbst wenn er kurz vor dem Zusammenbrechen ist. Dad kam nach zwei Nächten in Tante Vyes symbolträchtigem Wintergarten wieder nach Hause, offenbar, aber irgendetwas, was Mum sagte, was ihr herausrutschte, verriet mir, dass er im Arbeitszimmer auf dem Futon schlief.

Mum steht bereits in der Auffahrt, das Garagentor offen, als ich einbiege. Sie sieht winzig aus dort drinnen, zwischen Dads Sachen. Als sie sich umdreht und mich anlächelt, kann ich an ihren Augen ablesen, wie traurig sie ist. Und sie sieht dünn aus. Hager. Grau. Wochen ohne richtigen Appetit und ohne Dads grandiose Pizzaofen-Kreationen.

»Hallo, Schatz.« Sie lächelt, wickelt sich in eine schwarze Perlstrickjacke.

»Hi, Mum. Wie geht's dir?«

»Oh, gut, gut. Ich versuche nur eben, die ... pinken Liegestühle zu finden?«, sagt sie mit einem hohlen Kichern. »Du weißt schon, die mit den Tassenhaltern? Die hier sind ganz okay, diese blauen, aber die pinken sind so viel stabiler und leichter zu tragen. Das sagt jedenfalls dein Dad. Vermutlich hat er sie ...« Sie hält inne und sieht auf, um meinen Blick aufzufangen. Regen aus den überfließenden Dachrinnen läuft über den Rand der offenen Garage, wie ein Wasserspiel, landet platschend auf dem Boden. »Gott, entschuldige, ich bin im Moment ein bisschen durcheinander.« Dann hält sich Mum eine Hand ans Gesicht. Ich trete auf sie zu, um sie zu umarmen.

»Nein, nein, Schatz«, sagt sie mit erhobener Hand, ein sanftes Stoppschild. »Es geht mir gut.«

»Ich kann eine Weile bleiben?«, biete ich an.

»Nein, nein ...«

»Es macht mir nichts aus. Ich bleibe gern.« Und es ist dieser Anblick von Mum, so klein, so verloren zwischen den Habseligkeiten und Erinnerungsstücken eines ganzen Lebens, das sie mit dem Mann verbracht hat, den sie liebt, der mein Herz erweicht wie einen Bratapfel.

Binnen Minuten lehnen die Liegestühle an der Backsteinwand des Hauses, geschützt unter dem Schrägdach über der Eingangstür des Cottages, und wir gehen hinein. Ich mache uns einen Tee, und mir bricht das Herz beim Anblick der stillen Küche. Wenn er nicht arbeitet, ist Dad im Allgemeinen hier drinnen, mariniert irgendetwas, repariert Dinge, redet lang und breit über das, was er im örtlichen Bauernladen besorgt hat. Dad ist nicht viel zu Hause, aber dieses Zimmer fühlt sich so still und leer an wie noch nie. Es ist die Abwesenheit von ihm, von Normalität. Er ruft immer an, hinterlässt weitschweifige Nachrichten auf ihrem altmodischen Anrufbeantworter, halb fertige Projekte – Türklinken, die er repariert, geklebt und zum

Trocknen auf dem Küchentresen aufgestellt hat, neue Gewürze, die er noch nicht geöffnet hat, gekauft und bereit für ein neues Rezept, das er in seinem Outdoor-Holzofen ausprobieren will, auf dem Küchenregal. Die Sky-Box, die anspringt, Murder-Mystery-Shows als Serie.

»Wie ... wie geht es Julian?«, frage ich. Und Mums Augen leuchten auf. Ich habe das Thema Julian umschifft, habe bis jetzt nicht einmal seinen Namen erwähnt.

»Es geht ihm ... gut. Ich ... ich weiß es nicht wirklich, Millie. Ich ... habe ihn diese Woche nicht gesehen. Oder letzte.«

»Nein?«

Mum schüttelt den Kopf, ein kurzer, steifer Ruck. Sie sagt nichts weiter.

»Und du? Wie geht es dir, Mum? Ehrlich?«, frage ich, und es ist, als würde dieses letzte Wort zwischen uns auf dem Tisch landen. Sie überlegt eine Weile, ob sie es aufnehmen soll, widersteht und greift dann schließlich doch danach.

»Ich bin traurig, Millie. Ich bin ... richtig traurig. Ich wünschte, ich könnte etwas anderes sagen, aber ... ich bin traurig. Ich bin traurig wegen deinem Dad. Ich bin traurig wegen dem, was ich getan habe; weil ich überhaupt erst gelogen habe, weil ich dabei erwischt wurde. Aber ... hat er dir erzählt, dass er morgen herkommt? Dad. Wenn er landet?«

Mein Herz macht einen Satz. »Wirklich?«

Mum nickt sanft. Sie greift nach dem Salz- und Pfefferstreuer in der Tischmitte, rückt sie zurecht. »Er hat gesagt, wir würden reden. Und ich hoffe so sehr, dass wir mehr als die üblichen fünf Minuten reden können, bevor er wieder wegmuss.«

»Meinst du, er wird nach Hause kommen?«

Mum schnieft in ein zerknülltes Blatt Küchenpapier, drückt

die Schultern durch, räuspert sich. Sammelt sich blitzschnell. »Ich hoffe es wirklich. Ich … ich dachte, ich wüsste alles, was mich und deinen Dad betrifft, verstehst du?« Mum starrt nachdenklich auf ihre Hände. Sie sind ungewöhnlich sauber, keine Stift- oder Farbkleckse. »Dass alles so leicht war, so perfekt, dass es nichts an unserem Horizont gab als nur immer mehr von dem Gleichen.« Ihre Lippen sind zu einem leichten verträumten Lächeln verzogen. »Millie, diese Sache hat mich viel gelehrt. Entsetzlich viel. Dass nichts, dass *niemand* unantastbar ist. Dass, wenn wir uns Gründe dafür ausdenken, warum die Wahrheit keine Rolle spielt, warum sie nicht wichtig ist, es einfach nur das ist. *Ausgedacht.* Ausreden. Lügen. Denn die Wahrheit ist *immer* das Wichtigste. Selbst wenn sie schwer oder schmerzlich ist. Vor allem, wenn sie schmerzlich ist.«

Ich nicke, lasse Mums langsame, bedächtige weise Worte zwischen uns nachklingen, hier am Tisch, wie ein besänftigendes Lied. »Ich dachte, ihr wärt perfekt«, sage ich. »Du und Dad.«

Mum lacht, ein fast humorloses Lachen. »Niemand ist perfekt. Aber ich bin wirklich froh, dass du das gedacht hast. Ich hatte so lange die Sorge, alles falsch zu machen, so wie meine Eltern; immer so planlos, so chaotisch. Ich wollte nur, dass ihr mich und Dad als diese starken, fähigen Leute seht, die mit allem klarkommen. Damit ihr auch so sein könntet.« Sie lächelt kopfschüttelnd. »Stark. Glücklich. Und ich glaube, in meiner Verzweiflung, euch beiden das zu bieten, war ich vielleicht auf dem völlig falschen Dampfer. Ich habe euch nicht … *sein* lassen.«

Schweigen dehnt sich zwischen uns aus, und Regen trommelt noch immer gegen das Küchenfenster. Der Weidenbaum im Garten, der, unter dem ich auf Decken saß, als ich ein Kind war, mit Kieran und dreieckigen Sandwiches und Erdnussflips, ist blattlos und beugt sich traurig im Wind, seine Zweige lang und spindeldürr. Damals träumte ich von allem. Davon, alles zu tun. Tanzen, singen, mir alles zu nehmen und mich damit zu umgeben. »Sie ist einfach unberechenbar, unsere Millie«, sagten meine Großeltern immer, und Mum verdrehte fast die Augen, aber mit warmherziger Verzweiflung, und meinte: »Ich weiß.«

Wohin ist sie verschwunden? Wohin ist diese Millie verschwunden? Bevor sie zu viel Angst davor hatte, alles laut auszusprechen, für den Fall, dass ... für den Fall, dass *was*? Leute sie nicht liebten. Na und? Wie Jack sagen würde: Na und?

Mum streckt die Arme aus und ergreift meine Hände mit ihren. »Bitte erzähl mir etwas von dir. Egal was.«

Ich lächele.

»Ähm. *Na ja*. Ich habe einen Typen kennengelernt, den ich irgendwie mag«, sage ich, und wums. Da ist es. Ich mag ihn. So sehr, dass dieses Gefühl hier bei mir ist, an einem Tisch in meinem Kindheitszuhause. »Den ich ... wirklich mag, um genau zu sein. Nicht nur irgendwie. Einfach – *mag*. Sehr.«

»Na, das ist doch wundervoll, Millie.«

»Aber er geht bald weg. Auf Reisen? Das macht er ständig. Für Monate oder Jahre am Stück. Die Art Mensch ist er, weißt du? Und ich ... na ja, ich mache mich verrückt deswegen. Ich bin drin, dann bin ich draußen. So als ob ich ... den verdammten Hokey Pokey tanze.«

Mum nickt wissend. »Und was hält dich davon ab, drinzubleiben? Bei dieser Person.«

»Jack«, sage ich, und ich lächele beim Klang seines Namens, hier bei mir in diesem Raum. »Ich habe ständig Angst davor, mich noch mehr auf ihn einzulassen, für den Fall, dass es wehtut, wenn er weggeht. Was …« Ich lache. »Ich meine, es wird so oder so wehtun, wenn er weggeht, oder?«

Mum lächelt nur mit glänzenden Augen. Sie ist immer so zurückhaltend. Falls es bei irgendjemandem Tränen geben wird, wenn ich irgendwann vor den Traualtar treten sollte, dann wird es Dad sein, der sich die Augen ausweint. Mum wird nur aufrecht dastehen, lächeln, als hätte sie schon immer gewusst, dass dieser Moment eines Tages kommen würde, und wäre gründlich darauf vorbereitet. »Die uralte Angst«, sagt sie. »Aber sieh mal, es ist ein ganz spezielles Gefühl, jemanden zu mögen. Lass dir das von diesen ganzen Gedanken nicht nehmen.«

»Ich weiß. Und er bringt mich auch dazu … albern sein zu wollen. Kichernd. Jung.«

»So sollte Liebe sein«, sagt sie. »Zumindest am Anfang sollte es auf jeden Fall so sein. Und es sollte mit den Jahren nicht verloren gehen. Für mich und Julian war es nicht so. Aber ich und dein Dad … wir sind noch immer albern. Bringen uns immer noch gegenseitig zum Kichern.«

Und es gibt mir Hoffnung, dass Mum so redet, als ob sie und Dad noch immer dieselben wären. Dass es wieder so werden kann, wie es früher war.

»Owen und mir war eigentlich nie wirklich nach Kichern. Wir waren nie albern. Nicht wirklich. Es war einfach … hart, zum Ende hin.«

»Ich kann mich erinnern.« Mum nickt wieder, lässt mir Raum, um ihn auszufüllen.

Regen trommelt gegen das Küchenfenster, und alles fühlt sich so seltsam an. Als ob das hier eine Szene Jahre später sein könnte. Jack hat recht. Man kann nicht planen, oder? Nicht wirklich. Denn wer hätte vor ein paar Monaten gedacht, dass das Leben jetzt *so* aussehen würde? Es fühlt sich an, als ob ich bald nichts mehr habe, wo ich mich verstecken kann. Und zum ersten Mal seit einer ganzen Weile denke ich, dass das vielleicht etwas Gutes ist.

»Eine Zeit lang habe ich mich selbst bestraft. Weil ich dachte, mit Owen zusammen zu sein, würde mir alles geben. Alles, was man haben sollte. Aber Owen war nicht sehr nett zu mir. Er hat mich kleingemacht, mir das Gefühl gegeben, weniger zu sein, als ich bin. Und das alles unter dem Deckmantel von Liebe.« Und jetzt denke ich an Cate und Nicholas. Vielleicht ist das der Grund, weshalb ich Nicholas so klar durchschauen konnte. Diese Wut, die ich fühlte, fühlte ich um meinetwillen. Was hat Lin gleich wieder gesagt? »Es hält dir einen Spiegel vor.« Das ist es. Ich konnte mich selbst in Cate sehen.

Mum nickt. »Aber das ist schwer zu erkennen, wenn man selbst drinsteckt. Das weiß ich. Man sieht es nicht als das, was es wirklich ist, bis man genug Abstand gewonnen hat, damit man es klar betrachten kann. Aber niemand, Millie − *niemand* sollte dir das Gefühl geben, dass du dich dafür entschuldigen müsstest, wer du bist.« Und für einen Moment frage ich mich, ob sie damit auch sich selbst meint.

Bevor ich gehe, hilft mir Mum, den Kofferraum des Wagens zu packen.

»Was, wenn ich nicht sein will, was du glaubst, das ich sein kann?«, frage ich, eine Hand auf der offenen Wagentür, und jenes erste Gespräch im Garten mit Mum, nach Julian, fühlt sich an, als wäre es hundert Jahre her. »Und was, wenn ich es nicht sein kann, oder was, wenn ich noch nicht weiß, was ich will? Was, wenn ich nicht heirate oder eine Karriere finde oder Kinder habe oder … Ich weiß nicht. Brunch-Dinger. Tante Vyes

Wintergarten-Dinger. Was, wenn ich nicht bin, was du dir er-
hofft hast?«

Mum starrt mich an, mit runden, tränennassen Augen. Sie
hebt eine Hand und legt sie an mein Gesicht. »Oh, Millie«, sagt
sie. »Das bist du schon jetzt.«

***

Textnachricht von Kieran: Millie, Dad hat mir alles erzählt,
was zu Hause passiert ist. Ich fühle mich total beschissen,
weil ich keine Ahnung hatte. Geht es dir gut? Wir haben alle
unsere Leichen im Keller, aber ein anderer Ehemann? Einer
ist genug! (Okay, zu früh?) Bitte vergiss nicht, ich bin vielleicht viele Meilen weit entfernt, aber ich bin trotzdem da.
Ich weiß, ich melde mich viel zu selten, um zu hören, wie es
euch allen geht. Wir sind eben mit Renovieren fertig geworden. Ich habe angefangen, abends Vorlesungen zu halten.
Aber unabhängig von Zeit und Entfernung, ich werde immer
dein großer Bruder sein. Mum und Dad werden das hinkriegen. Das weiß ich. Xx

Kapitel 23

Textnachricht von Cate: Oh, Mann, das ist jetzt kein Witz. Ich bin in der Notaufnahme. Es geht mir gut, keine Panik, sie vermuten, es ist meine Gallenblase. Ich bin mit Ralph hier, und man kümmert sich gut um mich. Es tut mir so leid, dass ich nicht nachkommen kann, aber bitte sag Alexis, dass ich sie liebe. (Dieses Biest sollte sich besser blicken lassen.) Im Krankenhaus zu sein, führt dir irgendwie vor Augen, was wirklich wichtig ist. Sie ist eine Idiotin, aber ich liebe sie. Und dich auch. So sehr. Bitte fahr dorthin und genieß es. Du hast es verdient.

★★★

Es fing gut an. Ich rief Ralph an und sagte, ich wolle umkehren, nach Hause kommen, aber sie bestanden beide darauf, dass ich zu dem Baumhaus fahren und es genießen solle. Cate klang ganz aufgekratzt von Schmerzmitteln, und Ralph war im vollen Krankenpfleger-Modus, und als ich das Baumhaus schließlich erreichte, war ich in gewisser Weise richtig froh, dass sie mich überredet hatten, hinzufahren. Das Baumhaus ist *entzückend*, und die Aussicht – die Aussicht ist spektakulär. Bäume über Bäume, meilenweit, verwoben mit einem endlosen, endlosen samtigen Himmel. Ich hatte dieses Gefühl, als ich ankam.

Dieses Gefühl, dass sich etwas in mir öffnete – dieses Gefühl von etwas Neuem.

Aber dann: der Regen.

O mein Gott: der Regen.

Am Anfang war es berauschend. Romantisch. Gemütlich. »Ich schenke mir ein Glas Wein ein«, dachte ich, »nehme eine heiße Dusche, ziehe meinen Pyjama an, *genieße* den Frieden.« Denn was könnte so schlimm daran sein? Ich könnte die riesige Lasagne machen, die ich unterwegs bei einem Waitrose mitgenommen habe, und dabei die ganze Zeit von nichts als Bäumen und Himmel umgeben sein, wie diese autonomen Leute auf Instagram. Die ein Jahr lang in einem Van leben und Bilder von verregneten Truckfenstern und Tassen mit dampfendem Kaffee hochladen.

Aber dann ging sehr schnell alles so verdammt schief. Das Gewitter begann. Zuerst Regen, ja, gefolgt von einem absoluten *Wummern* von wütendem Donner. Und diesmal ist es nicht das Wasser, so wie bei der Jurte aus der Hölle. Es ist der Strom. Der *Strom* ist allen Ernstes ausgefallen. Und jetzt sitze ich im Dunkeln da, mit einem Handy, das keine 15 Prozent Akku mehr hat, ohne Strom, und der Regen prasselt so hart herunter, dass ich nicht einmal aus dem Fenster sehen kann. Unter der Spüle habe ich ein paar Kerzen gefunden und sie mit Streichhölzern entfacht, aber der Donner hat jetzt noch einen Zacken zugelegt, was, zusammen mit den Ästen, die gegen die Fenster kratzen, so klingt, als ob die Decke einstürzt. Der Himmel ist ein Theater, und ich bin eine bloße Statistin in seiner Show.

Ich versuche, es zu genießen.

Ich versuche es wirklich, wirklich.

Ich *mag* neue Dinge. Ich mag neue Erfahrungen. Oder?

Und so sitze ich jetzt neben den Kerzen, mit einem Rockstar-Liebesroman, den Cate mir vor ein paar Wochen geliehen hat (hauptsächlich, als ich etwas brauchte, um meine sexuelle Frustration nach diesem Beinahekuss mit Jack in der Garderobe abzureagieren), und versuche, mich zu entspannen.

Ich schaffe das, oder? Ich werde das hier als ein Retreat ansehen, als eine Zeit, um den Kopf frei zu kriegen. Weit weg von dem Stress der Arbeit, von Mum und Dad, von meinem Leben nach den E-Mails. Aber … es wird dunkler und dunkler. Nasser und nasser, wilder und wilder dort draußen.

Und je mehr es draußen gewittert, desto einsamer fühle ich mich.

Desto einsamer *bin* ich.

Zwischen Cate und Ralph scheint sich etwas Entzückendes anzubahnen.

Mum und Dad finden allmählich wieder zueinander.

Kieran hat geschrieben, aber er ist so beschäftigt wie noch nie, mit seinem ausgefüllten Erwachsenenleben, Tausende von Meilen entfernt. (Ich sollte ihm öfter schreiben. Ich bin mir nicht sicher, warum ich das nicht ab und zu tue.)

Ich denke auch an Leona, verwirrt von meinen seltsamen, haarsträubenden Theorien, die ihren arbeitsreichen Tag gestört haben. Selbst Chloe redet davon, nach vorn zu blicken.

Und Alexis … Na ja, sie hat sich offensichtlich entschieden, ihr Leben ohne mich zu leben, und kommt nicht. Verdammt, natürlich kommt sie nicht. Und ich dachte wirklich, das würde sie vielleicht tun. Es würde Alexis so viel ähnlicher sehen, mit einem Wums und einer ausladenden Geste einen großen Auftritt hinzulegen, anstatt eine kleine »Sorry«-Nachricht zu schicken. Trotzdem. Sie ist nicht gekommen. Sie ist nicht hier.

Niemand ist hier.

Und mir ist gar nicht bewusst, wie sehr ich weine oder wie panisch ich bin, bis ich ins Telefon sprechen muss. Ich registriere kaum, dass ich ihn anrufe, bis er abnimmt.

»Hey, du«, sagt Jack fröhlich durch die Leitung.

»Hi.« Ich klatsche mir im Dunkeln ein gekünsteltes Lächeln ins Gesicht. »Ich ... ich wollte nur jemanden zum Reden. Bist du ... beschäftigt?«

»Ich bin bei einer Bowlingbahn.« Er lacht durchs Telefon; ein sicheres, entzückendes Geräusch, das mich prompt erdet. »Und, äh, es klingt, als ob du es vielleicht auch bist? Chaz, Mann, was zum Teufel? Entschuldige, wir werden hier total eingeseift.«

»Ich bin bei dem Baumhaus.«

»Oh, Scheiße, *ja*, ich kann mich erinnern, dass du mir davon erzählt hast. Das ist heute Abend? Und, wie ist es?«

Tränen schießen fast augenblicklich in mir hoch, meine Lippen beben, und mein Gesicht ist glühend heiß.

»Millie? Millie, geht es dir gut?«

»Ähm ... nein«, piepse ich. »Ich glaube nicht. Der Strom ist ausgefallen. Hier ist ein ... Gewitter.«

»Ach du Scheiße.«

»Und ich bin allein.«

»Ich dachte, du hättest gesagt, du fährst mit Cate hin? Mit ... mit Alexis?«

»Sie sind beide nicht gekommen. Cate ist im Krankenhaus. Ihre ... ihre Gallenblase. Und Alexis ist nie aufgetaucht, daher ...« Ich sehe mich in dem Holzverschlag um, sehe wogende, kämpfende Bäume als Schatten an den Wänden. Romantisch tagsüber, mit seinen Balken und Bretterböden, seinen Holzöfen und Körben mit Wolldecken wie aufgetürmte Biskuitrollen, aber jetzt, in diesem Gewitter, fühlt es sich eher an wie ein besserer Schuppen, der einfach in die Luft hochgewirbelt werden könnte wie eine Kuh in einem Tornado, mit mir und meiner Lasagne, hier drinnen gefangen. »Ich bin ganz allein hier. Und es gibt kein Licht, weil der Strom ausgefallen ist, und es ist irgendwie mitten im Nirgendwo, daher … wollte ich einfach die Stimme von irgendjemand hören, nehme ich an. Deine Stimme.«

»Ah, Millie. Entschuldige. Warte kurz.« Auf einmal ist die Leitung still. Er hat sich ein paar Schritte entfernt, in irgendeine ruhigere Ecke. Ich kann Verkehr hören, das gleichmäßige Piepsen einer Fußgängerampel. Genau das Gegenteil von mir, hier in der Wildnis, buchstäblich in einem Baumwipfel. »Das heißt, du bist allein?«

Ich nicke in den leeren, kalten, dunklen Raum hinein. Draußen tobt der Donner. Die Kerzen flackern, werfen karamellfarbene Heiligenscheine an die Wände. »Ja«, sage ich leise, und ich schließe die Augen, während die Tränen kullern. Gott, das hier erinnert mich an die Universität. Wie ich allein in einem Zimmer saß, irgendwo, wo ich nicht sein wollte, während alle anderen unterwegs waren und Spaß hatten. Es erinnert mich an die Zeit, als Owen und ich uns getrennt hatten und ich zitternd in einem grässlichen Schuhkarton von einem Zimmer in einer Wohngemeinschaft saß, wo es nach Katzenpisse und Schimmel stank, und den Gedanken nicht ertragen konnte, nach Hause zu fahren. Bis ich Ralph und die Nummer 4, The Logans, fand. Oh, ich wünschte, ich wäre in der Nummer 4, The Logans.

»Soll ich kommen?«, fragt er.

»Was?«

»Ich komme zu dir raus.«

Erleichterung wärmt mich von innen, wie Suppe. Aber wie könnte ich ihn darum bitten? Er ist mit seinen Freunden beim Bowling. Ich habe ein schlechtes Gewissen, ihn von dort wegzuzerren. Vor allem bei diesem wilden, *Zauberer-von-Oz*-mäßigen Gewitter. Er wird bald weggehen, das Land verlassen. Vielleicht ist dieser Abend seine letzte Chance, seine Freunde zu sehen.

»Nein, Jack, du bist beschäftigt, du bist ...«

»Nein, nein, das bin ich nicht. Ich meine ... das heißt, falls du Gesellschaft willst. Fühl dich nicht verpflichtet. Ich werde bei deinem Kurzurlaub nicht ungebeten einfallen.« Er kichert.

»Nein, nein, du könntest *niemals* ungebeten einfallen. Ich würde mich wirklich sehr freuen, wenn du kommst.«

»Ich mich auch«, erwidert Jack warmherzig.

»Es ist nur ... das Gewitter.« Ich schniefe. »Das ist nicht gerade sicher, oder?«

»Hier ist alles okay. Klar wie der helle Tag.«

»Ich würde ja zurückfahren, aber ich habe zwei Gläser Wein getrunken, außerdem herrscht dort draußen der reinste Wahnsinn ...«

»*Millie.* Lass ... mich einfach kommen und bei dir bleiben. Okay?«

Ich lächle, stoße ein leises Hmpf-Lachen aus. »Okay«, sage ich. »Ja. Bitte.«

»Ich kann jetzt gleich losfahren, ein paar Sachen mitbringen. Kannst du mir die Adresse aufs Handy schicken?«

Und binnen Momenten höre ich, wie Jack sich von seinen Freunden verabschiedet, wie sein Wagen durchs Telefon rumpelt, sein Radio zum Leben erwacht.

»Google Maps sagt, eine Stunde und fünfzehn Minuten«, sagt er. »Halt durch. Und trink nicht den ganzen Wein aus, Millie Chandler. Heb mir etwas auf.«

Keine zwei Stunden später ruft Jack mich von dem kleinen, schmalen Parkplatz am Waldrand an, und ich stehe in eine Decke gewickelt auf der Terrasse, das Telefon am Ohr, und winke in den Wind.

Jack bewegt sich rasch durch die Dunkelheit, eine Tasche über die Schulter geschlungen, blinzelnd gegen den strömenden Regen, und Gott, er sieht *umwerfend* aus. Ich hingegen muss aussehen wie ein verängstigter, sich versteckender E.T. (ohne das Fahrrad und den kleinen Jungen).

Wir schlüpfen rasch hinein, und der Wind knallt die Tür hinter uns zu.

»Hi«, sagt Jack atemlos. Regentropfen hängen in seinen Haarspitzen. Donner grollt draußen wie ein knurrender Hund. »Cooler kleiner Ort.«

»Hi«, erwidere ich fröstelnd. »*Unheimlicher* kleiner Ort.« Und mit einer einzigen schwungvollen Bewegung schlinge ich ihm die Arme um den Hals. Regentropfen von seiner Jacke sickern durch meinen Pullover, zu meinem Unterhemd, meiner Haut. »Ich bin so froh, dass du hier bist. Danke. *Danke.*«

»Hey, ist ja gut«, flüstert Jack mir ins Ohr, und es jagt ein Kribbeln durch meinen Körper. Er lehnt sich zurück und sieht mich an. »Ich meine, es ist schon jetzt eine biblische Erfahrung, das heißt, ich glaube, ich muss mich bei *dir* bedanken. Ich dachte, dieses ganze Regenwald-Abenteuer würde erst in ein paar Monaten stattfinden, aber das Leben überrascht uns immer wieder.«

Ich starre im Dunkeln zu ihm hoch, kaum Abstand zwischen uns, während unsere Oberkörper sich heben und senken, und ich spüre, wie ich ein wenig zusammenschrumpfe. »Es tut mir so leid, dass ich dich hierhergezerrt habe. Zu einem stürmischen, dunklen und kalten Baumhaus.«

Jack lächelt schief, lässt seine geraden weißen Zähne aufblitzen. »Oh, ich bitte ich. Wer würde nicht hier sein wollen? Wir haben Wein. Wir haben ...« Er weicht einen Schritt zurück, nimmt die Tasche von seiner Schulter. »Jede Menge Kerzen. Ich habe ganz viele mitgebracht. Weißt du, was mir gar nicht bewusst war?« Er hockt sich neben die Tasche und zieht sie auf. »Wie viele Kerzen ich habe, für jemanden, der behauptet, sich nicht viel aus Kerzen zu machen. Sieh dir die hier an.« Er zieht eine heraus. »*Pfirsichauflauf*. Ich meine, wer, zum Teufel, glaube ich eigentlich, dass ich mit einem Pfirsichauflauf bin?«

Ich kichere zum gefühlt ersten Mal an diesem Tag, ein tränenreiches Kichern, das auf meinen Wangen brennt. »Ich denke, Pfirsichauflauf ist tatsächlich typisch du.«

»Und – oh, warte, bis du das hier siehst. Die *Männlichkeit* bei der hier.« Er zieht eine Kerze heraus, die im Dunkel des Raums schwarz aussieht. »Tabak ... und *Moschus*. Ich meine, was ist denn überhaupt Moschus?«

Ich lache, meine Augen noch immer von Tränen umrandet. »Wow, und was passiert, wenn du sie anzündest? Fängst du dann mit Mansplaining an?«

»Oh, Scheiße, ja«, sagt er, richtet sich wieder auf und schlüpft aus seiner Jacke. »Und ich werde ganz begeistert von Grillpartys und Schraubenziehern reden. Und mich auf Parkplätzen mit Typen um eine Parklücke prügeln.«

Ich bin schon jetzt total entspannt. Ruhig. Es ist, als hätte ich eine Pille geschluckt. Vorbei ist das zitterige, schwankende Gefühl, das ich hatte, dieser klaffende Abgrund von Einsamkeit. Jetzt fühle ich mich einfach rundum sicher. Bei Jack fühle ich mich immer sicher.

Eine halbe Stunde später sitzen wir unter einer dicken, schweren Decke auf dem kleinen Sofa, vor einem Couchtisch, auf dem ein Meer von flackernden Kerzen steht. Der Holzofen, den Jack angeworfen hat, knistert und malt flimmernde orangerote Wasserzeichen an die Wände, während draußen das Unwetter tobt. Ich habe sogar eine Nachricht von dem Baumhaus-Unternehmen bekommen, dass man sich um das technische Problem kümmert, aber das ist mir fast schon egal, jetzt, wo Jack hier ist, neben mir, nah bei mir, auf dem Sofa. Ich wäre am Boden zerstört, wenn sie auf einmal auftauchen würden, um uns zu evakuieren. Ich will diesen Raum nie wieder verlassen. Diesen Moment in der Zeit.

»Ich kann nicht glauben, dass du den ganzen Weg hierher gefahren bist.«

Jack lächelt, und die Kerzen werfen flackerndes Licht über sein Gesicht. »Und warum kannst du das nicht glauben?«

»Ich ... ich weiß nicht. Es war alles ein bisschen in letzter Minute.«

»Ja, aber warum hätte ich nicht kommen sollen?«

Ich hole einmal tief Luft, sehe auf den Wein in meinem Glas, der im Dunkeln wie ein schwarzer Ölteppich aussieht. »Ich weiß nicht ...«, sage ich noch einmal. Weil ich nicht glauben kann, du könntest denken, dass ich es wert wäre, will ich sagen. Dass ich genug für dich wäre, damit du alles stehen und liegen lässt. Ich war noch nie genug für irgendjemanden.

»Na ja, ich bin froh, dass du mich angerufen hast«, sagt Jack leise.

»Du bist der Einzige, den ich anrufen wollte.«

Jack sieht mich an, lächelt entzückend langsam.

»Weil … na ja, ich wusste, dass du viele Kerzen hast.«

Jack streckt träge eine flache Hand aus – eine »Ja, klingt logisch«-Geste. »Außerdem weißt du, dass ich Rhabarber bekämpfen kann. Und Hexen.«

»Natürlich. Du warst die naheliegende Wahl.« Ich nehme einen Schluck von meinem Wein. Die Luft zwischen uns ist schwer und aufgeladen, unmöglich zu ignorieren. Ich stelle mir vor, wie sie uns umgibt, um uns herumtänzelt, lauter winzige Körnchen, wie unsichtbarer Sternenstaub. »Es war ein … seltsamer Abend. Ein großer Abend, oder?«

Jack nickt, sagt nichts.

»Auf dem Weg hierher habe ich bei meiner Mum vorbeigeschaut«, sage ich. »Wir haben über alles geredet. Über … ihre Lüge und Julian. Und mir ist irgendwie klar geworden … dass wir alle diese unausgesprochenen Dinge haben. Jeder Einzelne von uns. Ich bin von dort weggefahren und habe gedacht: Niemand ist genau die Person, als die er oder sie sich ausgibt. Oder?! Ich habe mich mein Leben lang an den Maßstäben aller anderen gemessen. Habe mich mit allen anderen verglichen, damit, was sie tun, was sie im Internet posten, was sie bei Brunchtreffen sagen oder auf Facebook bekanntgeben. Aber womit ich mich die meiste Zeit vergleiche, ist ohnehin nicht einmal echt.«

Jack nickt nachdenklich. »Man kriegt nie die ganze Geschichte«, sagt er. »Die einzige Person, die je deine ganze Geschichte kriegt, dein ganzes Selbst … bist du. Und wenn du nicht mit dir klarkommst, dann bist du gegen dich selbst. Und wer will schon vierundzwanzig Stunden am Tag mit jemandem abhängen, der dich nicht unterstützt? Weißt du?«

Ich nicke, und der Wein erwärmt meine Kehle. »Na ja, vielleicht werde ich das eines Tages können ... mit mir *klarkommen*. Was meinst du?«

»Kommst du denn nicht mit dir klar?«, fragt Jack, und dann dämpft er seine Stimme zu diesem tiefen Klang, bei dem ich jedes Mal dahinschmelze, und sagt: »*Ich* komme mit dir klar.«

Ich lache, Hitze kribbelt in meinem Körper hoch, und ich dachte wirklich, es sei unmöglich, so sehr auf jemanden zu stehen. Ich würde am liebsten über das Sofa hechten und mich auf ihn stürzen.

»Ich habe das Gefühl, früher war es so«, sage ich zu ihm, »aber dann habe ich irgendwie aufgehört, mit mir klarzukommen.«

»Seit?«

»Owen«, sage ich, rascher, als mein Gehirn diese Wahrheit begriffen hat.

Jack nickt langsam, während der Regen herunterprasselt und in dem Ofen das brennende Holz knistert und knallt. Ein leuchtend orangefarbener Funke schwebt hoch und löst sich auf, wie eine Wunderkerze in der Nacht. »Warum habt ihr euch getrennt?«, fragt er. »Ich glaube, das habe ich dich noch nie gefragt. Natürlich, wir müssen nicht über diesen Scheiß reden, wenn du nicht willst.«

»Der Job.«

»Indien?«, fragt er.

»Ja.« Ich gleite mit einem Daumen über den Rand des Weinglases. »Es war sein Traum. Er war in der Produktion, hat rund um die Uhr gearbeitet, um einen Fuß in die Regie zu kriegen.

Wie besessen. Und dann hat Flye ihm angeboten, beim Launch des neuen Senders mitzuarbeiten. Wir haben die Sache eine Weile dahinplätschern lassen, haben über eine Fernbeziehung und das alles geredet. Schließlich haben wir uns auf eine Auszeit geeinigt, womit er mich, rückblickend betrachtet, irgendwie an den Gedanken einer Trennung *gewöhnen* wollte. Aber dann hat Petra mir dort unten einen Job angeboten. Nur vier Wochen. Beim Aufbau helfen. Sie hat mir gewissermaßen ... einen Gefallen tun wollen. Und da habe ich gedacht, na ja, er redet doch ständig davon, tollkühn zu sein ... du weißt schon, ehrgeizig zu sein? Daher habe ich meine eigenen Ersparnisse für ein Flugticket ausgegeben, habe ein bisschen Jahresurlaub genommen und mir gedacht, scheiß drauf, mir wird bestimmt was einfallen. Ich wollte schon immer etwas anderes machen. Irgendetwas Aufregendes und Neues. Und ich habe gedacht, ich würde ihn überraschen. Daher habe ich es ihm erst gesagt, als wir im Begriff waren, zu seinem Abschiedsdinner ins Restaurant zu gehen – und er hat Nein gesagt. Dass es nicht das sei, was er wolle. Dass es ihm leidtue. Und dann hat er Schluss gemacht. Einfach so.«

Jack sieht mich mit zusammengekniffenen Augen an. Das Feuer spiegelt sich tänzelnd in ihnen. »Das ist wirklich verdammt beschissen, Millie.«

»Ich weiß. Ganz ehrlich, ich glaube nicht, ich hatte je so sehr das Gefühl, dass irgendetwas in mir sterben würde, aber in dem Augenblick ... Jedes bisschen Wahrheit oder Kühnheit oder ... Ich-sein ... ist einfach zusammengeschrumpft.«

Jack zögert, furcht die Stirn. »Ich hasse es, dass er dir das angetan hat«, sagt er besänftigend. »Soll ich mit *Instinct* mit ihm rausfahren? Betonklötze an seine Knöchel binden?«

Ich lache. »Du wirst nicht mit Owen auf dem gut aussehenden kleinen *Instinct* rausfahren, bevor du mit mir rausgefahren bist, vielen Dank.«

Jack lächelt. »Du musst es nur sagen. Aber wir werden es bald tun müssen.« Und ich ignoriere es. Das Bald. Ich will nicht daran denken, dass unsere Zeit abläuft.

Wir schenken uns Wein nach, und Jack steht auf und legt noch zwei Scheite ins Feuer. Ich sehe ihm zu, beschwöre die Zeit, sich zu verlangsamen, damit ich den Moment genießen kann. Der Schein des Feuers, der über sein ernstes Gesicht flackert, die behutsamen Hände, der süßliche Geruch von Holz, das auf Flammen trifft.

»Meinst du ... er könnte die E-Mails verschickt haben?«, frage ich. Und es klingt wild aus meinem Mund, aber ich habe immer wieder darüber nachgegrübelt. Vor allem seit Leona Vince' Theorie widerlegt hat.

Jack legt das Gesicht in Falten, macht es sich wieder neben mir bequem. Er legt eine Hand auf meinen Fuß, unter der Decke, hält ihn warm, sicher. »Owen? Ich meine, es sind schon seltsamere Dinge passiert. Aber warum sollte er?«

Ich zucke die Schultern. »Es ist nur ... es nagt einfach an mir. Ich wünschte, das würde es nicht, aber das tut es eben. Denn manchmal lasse ich meinen Laptop geöffnet stehen, und an meinem Tresen herrscht *viel* Publikumsverkehr. Vielleicht war es ein Scherz. Vielleicht war es ... ich weiß nicht.«

Jack nippt an seinem Wein. Er sieht langsam zu mir hoch.

»Gott, du flippst deswegen gleich aus, oder?«, lache ich. »Du wirst sagen, lass es gut sein. Dass es keine Rolle spielt.«

»Hm«, sagt er. »Ich flippe deswegen *tatsächlich* gleich aus.« Er legt einen Arm auf die Sofalehne und streichelt mit einem Finger meine Schulter. »Denn … was spielt es für eine Rolle, wie es passiert ist? Darüber nachzugrübeln, es immer wieder von allen Seiten zu betrachten, sich im Kreis zu drehen … Dein brillantes Gehirn hat es verdient, über weitaus bessere Dinge als das nachzudenken.«

Ich lächele, verlagere meine Haltung, sodass meine Hand auf seiner zu ruhen kommt, an meiner Schulter. Ich drehe das Gesicht zu seiner Hand um, lege die Lippen auf die warme Haut seiner Knöchel. »Ich kann nicht glauben, dass du weggehst«, flüstere ich nahezu lautlos. Damit meine eigenen Ohren es nicht hören. Ich hasse diese Worte. Ich hasse die Tatsache, dass er weggeht.

»Es fühlt sich nie echt an, bis ich im Flugzeug sitze.«

»Also ist das hier nicht genug«, sage ich leise. »Das hier. Der britische Regenwald ohne Strom. Es ist nicht genug, um dich hier zu halten.«

Jack lächelt langsam. Ich habe die Zeit, bis Jack wieder auf Reisen geht, in Monaten gemessen, aber jetzt sind es nur noch Wochen – *Tage* –, und ich bin in Versuchung, sie in Stunden zu messen, denn Stunden klingt länger. Ich kann nicht glauben, dass er nicht mehr hier sein wird. Ich kann nicht glauben, dass er nicht einmal mehr in diesem Land sein wird.

Der Himmel draußen tost, als wollte er mich verspotten: *Ich werde ihn wegbringen, weit weg von hier.*

»Fast«, sagt Jack.

»Ich meine, wer könnte nicht gefangen sein von dieser ganzen … *Düsterkeit.* Diesem ganzen … *kalten Elend.*« Ich versuche so angestrengt, diese dunkle Leere zu unterdrücken, die sich bei dem Gedanken, ihn zu verlieren, in mir auftut. Als ob mein dummer, leichter Ton das alles auslöschen könnte, diesen Riss, der sich ganz langsam im Zickzack in dem Boden unter unseren Füßen auftut und uns trennt.

Jack lächelt sanft im Halbdunkel. »Das hier könnte mich umstimmen«, sagt er.

»Die maskuline Kerze?«

»Das hier.«

»*Im Kalten, Dunkeln* ...«

»Du.«

Und dieses »Du« gibt mir den Rest. Ich spüre, wie ich auf meinem Platz zusammensinke, und meine Kehle schnürt sich zu.

Er drückt meine Hand, zieht mich sanft an sich, und eine Gänsehaut läuft mir über den ganzen Körper.

»*Du* könntest mich umstimmen, Millie dot Chandler«, flüstert er, und ich fühle wieder seinen Atem an meiner Haut, an meinen Lippen. Warm und süß, wie Wein.

Er bewegt seine Hand auf meinem Fuß, unter der Decke, gleitet ganz langsam an meinem Bein hoch. Er führt die andere Hand an mein Gesicht, streicht mit glatten Fingern über meine Wange, und ich fühle alles, fühle, wie meine Haut sich elektrisch auflädt. Seine Lippen berühren meine, sanft anfangs, wie eine Erkundung. Weich und warm, und ich habe den Eindruck, als ob mir das Herz gleich aus der Brust springen würde. Ich begehre ihn. Ich habe so lange niemanden begehrt, und jetzt erinnere ich mich wieder, wie sich das anfühlt. Und es ist die Art, wie er mich ansieht, die mich absolut umbringt, mir den Rest gibt. Er sieht mich an, als wäre ich schön. Und ich ... *glaube* ihm, für einen winzigen Moment. Die Art, wie sein Blick auf meinen Mund fällt, wie ich ihn schlucken sehe, voller Erwartung.

Ich beuge mich zu ihm vor, und er schließt den Mund über meinem, sanft, seine Fingerspitzen in meinem Nacken, eine Hand auf meinem Bein, die es sanft drückt.

Er lehnt sich zurück, hält wenige Zentimeter vor meinem Mund inne.

»Könnte eindeutig umgestimmt werden«, flüstert er, während er mich wieder küsst.

Kapitel 24

Textnachricht von Forester Braun Erlebnis-Urlaube: Wir freuen uns, Ihnen mitteilen zu können, dass der Strom jetzt in all unseren Unterkünften wieder da ist. Wir bitten Sie, die Unannehmlichkeiten zu entschuldigen, und werden daher allen Gästen 10 Prozent Rabatt auf ihren nächsten Aufenthalt gewähren! Um sich zu registrieren, klicken Sie bitte hier. (Wochenenden und Hauptsaison ausgenommen.)

★★★

Als ich am nächsten Morgen aufwache, könnte ich für einen Moment leicht glauben, dass die letzte Nacht gar nicht passiert sei. Der Raum ist von diesigem, morgendlichem Sonnenlicht durchflutet, der Kühlschrank brummt, die Luft ist still, die Bäume reglos, und ich kann die Dusche hören. Oh, ich hoffe so sehr, dass ich die letzte Nacht nicht nur geträumt habe. Die Art, wie wir uns geküsst haben (dreimal auf dem Sofa und einmal für ungefähr eine Stunde im Bett). Die Art, wie wir umständlich darüber diskutierten, wer wo schlafen würde, bis ich irgendwann die Arme hochriss und sagte: »Hör zu, *natürlich* können wir uns ein Bett teilen. Wir beißen nicht, oder?« Und Jack lachte und sagte: »Nur wenn wir sehr, sehr lieb darum gebeten werden«, und das gab mir fast den Rest. Im Dunkeln schlüpften wir

346

zusammen ins Bett, und ich fühlte verdammt noch mal *alles*. Das aufregend fremdartige Gefühl seiner Hände auf mir, seinen Geruch, seine Lippen, und ich wollte so unbedingt mit ihm schlafen.

Aber – so dumm es vermutlich auch klingt – ich habe angestrengt versucht, Schadensbegrenzung zu betreiben. Denn ein Teil von mir ist *sehr* besorgt um mein Herz. Jack geht weg. Er hat sein Ticket. Es wird schon schwer genug sein, Abschied von ihm zu nehmen, nachdem ich ihn eben erst kennengelernt habe. Zeit mit ihm verbracht habe. Ihn geküsst habe. Aber mit ihm zu schlafen, Sex mit ihm zu haben – das würde mein Ende bedeuten. Ich würde untergehen, nachdem ich ihm so nahe war. Und ich weiß, es verstößt gegen das, worüber Cate und ich geredet haben – es einfach sein zu lassen, was es ist. Doch ich will lieber nicht wissen, wie es sich anfühlt, Jack Shurlock so nahe zu sein, wenn es immer noch nur mit einem Abschied enden wird.

Jack taucht aus der Dusche auf, ein Sonnenstrahl strömt durch ein Oberlicht über unseren Köpfen und erhellt ihn wie ein Scheinwerfer. Er trägt Jeans, aber kein Hemd, und Wassertropfen von der Dusche hängen noch immer an seiner sonnengebräunten Haut. Scheiße. Ich kann es nicht einmal ertragen, ihn anzusehen. Sein Körper. So viele Monate habe ich diese Muskeln durch sein Hemd betrachtet, habe viel zu lange auf diese kantigen Schulterblätter gestarrt, diese Unterarme, und jetzt ist das alles einfach ... da. Und ich will mein Gesicht an ihm vergraben.

»Hi«, grinst er, einen verspielten Blick in diesen strahlenden haselnussbraunen Augen. Ich halte mir die Hände vors Gesicht.

»Hi. Ich habe mich noch gar nicht geschminkt.«

»Was?«

»Als du mich gestern Abend gesehen hast, war es dunkel«, sage ich, meine Stimme gedämpft hinter meinen Fingern. »Ich habe mich noch gar nicht geschminkt. Ich habe eben erst die Augen aufgeschlagen.«

»*Was?*«, fragt Jack noch einmal. »Du hast dich noch gar nicht *geschminkt*?« Er lacht, und ich spüre, wie das Bett unter mir knarrt, wie sich die Matratze unter seinem Gewicht senkt, wie er seine warmen Hände zu meinen Händen hebt, die vor meinem Gesicht schweben. Er riecht nach Zitrusduschgel und Zahnpasta. »Ich fürchte, ich muss dich sehen. Sofort.«

Ich lache hinter meinen Händen. »Nein.«

»Nein?«

»Ehrlich, Jack ...«

»Das ist nicht verhandelbar, Millie.«

»Nein!«, kreische ich fast, bevor ich laut lospruste.

»Sonst was?«

Er nimmt meine Hände fort und starrt auf mich hinunter. Ein Lächeln umspielt seine Mundwinkel. Oh, sein Gesicht. Jacks Gesicht am frühen Morgen. Frisch geduscht. Er ist so schön. Ich bin geliefert. Ich bin absolut und völlig geliefert.

»Oje«, meint Jack kopfschüttelnd. »Inakzeptabel, dieses Gesicht. Ich muss dem wirklich auf den Grund gehen.« Er beugt sich vor, neigt sich zu mir hinunter. Wassertropfen landen auf mir, von seinen dichten, zerzausten Haaren. Ich halte mir eine Hand vors Gesicht.

»Hab mir nicht die Zähne geputzt.«

»Das ist mir egal.«

»Ich bin eklig.«

»Ist mir egal.« Er nimmt meine Hand fort und küsst mich langsam, und Gott, meine Brust, mein Magen, mein ganzer

Körper – alles tut weh. Ich schlinge die Arme um ihn, kribbelig von dem Gefühl seiner warmen Haut unter meinen Händen, und ich spüre seine straffe Härte durch seine Jeans an meinem Schenkel ...

»Jack ... oh ... ich ... kann ...«

Er stöhnt tief in seiner Kehle, lächelt an meinen Lippen, verharrt mit seiner Hand am Saum meiner Unterwäsche, in der Falte meines Schenkels, gleitet mit warmen Fingerspitzen unter den Stoff. Ich will nicht, dass er aufhört. Ich will, dass er nie mehr aufhört ... Aber nein. Nein, er geht buchstäblich weg. Schadensbegrenzung. *Schadensbegrenzung.*

Ich weiche zurück, unsere Gesichter nur wenige Zentimeter voneinander entfernt. »Ich brauche ...« Ich räuspere mich. »*Tee.* Kaffee. Oder irgendetwas. B-brauchst du Kaffee? Ich habe das Gefühl, wir brauchen Kaffee.«

Jack zögert, leicht verblüfft, das kann ich sehen, von meinem plötzlich veränderten Tonfall. Aber er lächelt an meinen Mund. »Ähm. Ja? Immer?«

Ich winde mich unter ihm aus dem Bett. »Ich brauche auch eine Zahnbürste.«

»Wenn du das sagst. Ich werde mal sehen, ob ich uns hier irgendetwas Heißes zu trinken machen kann, okay?«

Nachdem ich mir das Gesicht gewaschen und mir die Zähne geputzt (und mich von einem Haufen Wackelpudding in eine menschliche Gestalt zurückverwandelt) habe, finde ich Jack in dem kastenförmigen flaschengrünen Shabby-Chic-Küchenbereich, wo er an einem kleinen runden Tisch Kaffee schlürft. Die Tischplatte ist eine klar lackierte Baumscheibe, und die beiden Holzstühle erinnern mich an etwas aus *Goldlöckchen und die drei Bären.*

Er lächelt mich an. »Die Milch im Kühlschrank ist warm von dem Stromausfall. Aber … einen schwarzen Kaffee habe ich hingekriegt?«

»Perfekt.«

Die Tür zur Terrasse ist einen Spaltbreit geöffnet, und eine klare, kalte Brise kühlt meine nackten Füße. Draußen ist es heute Morgen wunderschön und ruhig, und es ist so strahlend sonnig, dass ich mir eine Hand vor die Augen halten muss, wie einen Mützenschirm, um nicht geblendet zu werden. Der Regen. Der Wind. Das Gewitter. Alles vorbei. Die Spinnweben der Welt, hinweggefegt.

»Kannst du diese Frechheit glauben?«, sagt er, während ich mich setze. »Dieser Sturm hat uns gestern Nacht fast in den Wahnsinn getrieben, und jetzt …«

»Ich weiß. Und jetzt das hier«, sage ich und mustere seinen nachdenklichen Blick. Die Sonne, die auf die glatte Haut seines Gesichts scheint, die Brise, die sein von der Dusche feuchtes Haar zerzaust. Er kaut auf einem Mundwinkel, konzentriert, betrachtet die Bäume, die sich draußen sanft wiegen, atmet in seinen Becher, während er trinkt, lässt eine Dampfwolke aufsteigen. Oh, ich wünschte, er würde nicht weggehen. Ich wünschte, er würde bleiben. Für immer. Nächte wie die vergangene, für immer. Küsse und Hände, die über meine Hüften gleiten. Auf der Seite liegend plaudern, im Dunkeln, wir beide so heftig lachend, dass das Bett erbebt, für immer.

»Und … bist du bereit?«, frage ich zögernd.

»Bereit?«

Ich nicke. »Du weißt schon. Um loszujetten. Zu neuen Ufern?«

Jack lächelt nachdenklich, blickt in seinen Kaffee. »Äh. Ich glaube schon? Alles in der Wohnung ist bereit, eingelagert zu werden, der neue Mieter ist gestern gekommen und hat sie ausgemessen. Sie wollen im Schlafzimmer ein Himmelbett aufstellen, deshalb.«

»Verdammte Scheiße. Wie ... verführerisch.«

Jack wirft den Kopf in den Nacken und lacht. »Ach, ich weiß nicht, Millie. Als wir uns unterhalten haben, hat er ständig von Bierkühlschränken geredet und davon, seinen Flachbildfernseher im Schlafzimmer aufzustellen, um sich die Boxkämpfe anzusehen.«

Ich lächele. »Ich nehme an, unter den richtigen Umständen ist alles verführerisch.«

»Kommt drauf an, mit wem man zusammen ist.« Er wirft mir ein Lächeln zu, ein durch und durch freches, und mein Magen schlägt einen Purzelbaum.

Oh, ich will nicht gehen. Ich will diesen Wald nicht verlassen, will nicht, dass wir in unsere Autos steigen und voneinander wegfahren. *Noch ein paar Wochen, dann fliegt er weg*, flüstert eine leise Stimme in meinem Kopf, und ich schüttele sie ab. Denn wie kann das denn überhaupt wahr sein? Wie kann es überhaupt *fair* sein? Das hier ... fängt doch eben erst an. Es ist, als würde man zwei wundervolle Folgen einer zwölfteiligen Serie sehen und sie dann nie, nie wieder einschalten.

»Also, du erinnerst dich an Jonny?«, fragt er. Sein nackter Fuß berührt meinen unter dem Tisch, als er seine Haltung verlagert. Keiner von uns zieht den Fuß zurück.

»Na klar. Er schien nett. Cool.«

»Er hat das Gleiche von dir gesagt«, erzählt er. »Denn wenn

Elton jemanden abschlabbert, steht die Person offenbar weit oben auf seinem Barometer.«

Dieser Moment mit Cate auf der Brücke scheint eine Ewigkeit her zu sein, obwohl er tatsächlich noch gar nicht so lange zurückliegt. Damals hatte ich keine Ahnung, dass ich Jack in einem kerzenerhellten Schuppen küssen würde oder hier, mit ihm, in einem Baumhaus sein würde. So vieles hat sich verändert, aber auf eine absolut natürliche, glatte Art ...

»Na ja, er ist Konditor. Führt diese wundervolle türkische Bäckerei in Chelmsford. Und er wurde von dieser Firma angesprochen ... sie richten Events aus und so? Es dreht sich alles darum, neue Dinge ausprobieren zu können, ohne sich für den Rest des Lebens zu verpflichten, bevor man überhaupt weiß, ob es das Richtige für einen ist. Jedenfalls wollen sie mit ihm zusammenarbeiten, wollen, dass er irgendwelche Kurse gibt, wie man ein türkisches Backgenie wird oder so. Er soll sie leiten und unterrichten, nehme ich an.«

»Kurse?«

»Ja, ich meine, zeitlich begrenzte Kurse, für jeden zugänglich.«

»Das ist ja wundervoll«, sage ich.

»Na ja, ehrlich gesagt habe ich dabei an dich gedacht«, meint Jack, und die ganze Welt landet mit einem Rums vor uns in dieser sonnigen Küche. »Ich weiß, du lernst gern neue Dinge, und ... ich habe einfach an dich und den *Rhabarber* gedacht. Den Kuchen. Das ... Ziegenkatzen-Teil.« Er grinst. »Einer der Kurse fängt nach Weihnachten an. Läuft ungefähr ... acht Wochen, glaube ich? Abends?«

»Oh.« Und es ist süß. Es ist so süß. Denn Jack kennt mich. Er erinnert sich, erinnert sich an all die kleinen Dinge über mich, sammelt sie wie Andenken. Und die Kurse bei Jonny sind eindeutig etwas, was mir gefallen würde. Sie sind so typisch ich.

Aber etwas tut auch weh. Die Tatsache, dass Jack so locker und lässig darüber redet, dass ich etwas tue, während er nicht da ist. Dass er mir, ohne auch nur eine Spur von Traurigkeit, etwas überreicht, was ich mit meinem Leben anfangen kann, während er irgendwo dort draußen ist und sein eigenes lebt. Wir beide, getrennt.

Nichts ahnend reicht er mir sein Handy. »Also, das hier ist Jonnys Zeug. Sein Essen. Seine *Kunst,* würde er vermutlich sagen. Und wenn du auf dieses Profil gehst, kannst du die Informationen für die Kurse sehen. Den *Coming-soon*-Post ... Der Akku ist fast leer, aber es reicht noch.«

Es fühlt sich seltsam an, Instagram wieder in den Händen zu halten. Alles richtet sich auf. Ohren, Augen. Sehnsucht, zu scrollen. Als ob ein Schalter umgelegt würde. Meine Fingerspitzen kribbeln. Es ist wie eine Droge. Auf einmal will ich einen ganzen Tag mit Scrollen verbringen.

»Sieh's dir einfach an«, sagt er und steht auf. »Fühl dich nicht verpflichtet, aber ich habe ihm gesagt, ich würde es dir vorschlagen. Es dir hinwerfen. Du kannst es zu mir zurückwerfen, wenn du willst. An den Kopf und so.« Er lacht. »Jedenfalls ... Ich habe mein Ladegerät im Wagen gelassen. Ich laufe rasch hinunter, sehe nach ...«

Jack schlurft durch das Baumhaus. Ich höre, wie er in dem anderen Zimmer in Schuhe schlüpft, sich seine Wagenschlüssel schnappt und dann geht.

Ich habe mein Handy *so* vermisst. Allein schon das hier lässt es mich vermissen, Jonnys Kaleidoskop von Fotos. Und Jack hat recht. Er *ist* ein Genie. Mehr als talentiert. Sein Essen sieht eher wie Kunst aus. Limettengrüne und fuchsienfarbene und absolut perfekt gespritzte Sahneverzierungen auf Dingen, die ich noch nie zuvor gesehen, geschweige denn gegessen habe. Ich klicke ein Video an, in dem er zu einem SZA-Song Teig knetet; ein Strand ist im Hintergrund zu sehen, der *eindeutig* nicht hier in der Nähe ist. Und jetzt fühlt sich mein Magen an, als ob er auch durchgeknetet würde. Vor … Sehnsucht. Neid. Jonny, der einfach dort draußen ist und sein Leben voll auslebt. Und ich weiß nicht, ob das hier das ist, was ich will … aber es ist *etwas*. Ich will wirklich etwas anderes tun. Ich bin mir nur nicht sicher, was. Aber in diesem Moment fühlt es sich so nah an wie noch nie zuvor. Zum Greifen nah.

Ich scrolle und scrolle. Dann, auf einmal – ich habe keine Ahnung, was ich getan habe, denn das Layout hat sich verändert, seit ich mein Handy aufgegeben habe –, bin ich aus Versehen auf Jacks Hauptmenü gelandet. »Ach, Scheiße«, sage ich, aber Jack ist noch immer draußen. Und dann poppt es auf. Ein Loop-Video von zwei Laufschuhen auf Beton, in einem perfekten Strahl Sonnenlicht. Mit der Caption: *Wollte nie laufen. Bin so froh, dass ich es doch getan habe!* *Sonnen-Emoji* *Guten Morgen allerseits. Wenn wir erwarten, dass die Dinge sich bessern, dann werden sie das auch tun. Mein Mantra dieses Morgens.* *betendes Emoji* *#nachtrennung #nachvornblicken*

Gepostet von Chloe Katz, vor zehn Minuten.

Und es ist allzu einfach – allzu verlockend nah, in meiner Hand. Ich gehe auf ihr Hauptprofil. Ich sehe mir ihre Geschichten an. Einen geteilten Post von der Geburtsanzeige des Babys einer Freundin. Ein Zitat über Neuanfänge. Ein Flowchart dazu, wie man – aufrichtig – fragt, wie es jemandem geht.

»Sprich mit deinen Freunden«, sagt die Infografik. Ich sehe ein Hunde-Meme, dann einen dunklen Post mit einer Strichzeichnung, der zu einem Karussell von »Anzeichen von verstecktem emotionalem Missbrauch« führt. Ich scrolle. Ich tippe. Da sind immer noch ein paar Fotos von Owen. Nicht viele, aber ein paar, weit unten auf ihrer Seite. Owen-und-Chloe-Selfies. Eine Nahaufnahme ihrer Hände, die einander halten. Ein indischer Sonnenuntergang nach dem anderen. Ineinander verhakte Arme, die mit zwei Gläsern anstoßen.

Und dann finde ich Owens Account. Ich habe ihn mir schon früher angesehen. Ein offener, nicht privater Account, natürlich. Für alle zu sehen. All seine Posts sind auf künstlerisch gemacht, mit einzeiligen Bildunterschriften, dazwischen immer wieder Fernaufnahmen von ihm, an Stränden posierend oder bei der Arbeit, über eine Kamera gebeugt, als Silhouette vor dem Hintergrund. Aber dann ist da ein Foto von ihm im IT-Büro. Es wurde gefiltert, passend zu seinem Feed, doch er ist es eindeutig, mit Leona und Steve, und der Tisch ist mit Pizzakartons übersät. Darunter steht: *Wenn es alle Mann an Deck heißt und die IT dich mit Fastfood in Geiselhaft hält.* #nachtarbeit#

Und das Datum …

Das Datum ist der Tag, an dem die Server ausfielen.

Das Datum ist der Tag, an dem meine E-Mails verschickt wurden.

Ich starre auf das Display.

Aber … Owen hat gesagt, er sei nicht da gewesen. Owen hat gesagt, er sei in Manchester gewesen. Das hat er, oder? Ich erinnere mich so deutlich, dass er das gesagt hat, an jenem Abend, als wir im Regen geredet haben.

Ich schließe die App. Sperre Jacks Handy und lege es auf den Tisch, als ob es ein Feuerwerkskörper wäre, der im Begriff ist loszugehen.

Die Tür hinter mir schließt sich.

»Ich hab's«, sagt Jack. »Und, was meinst du? Irgendwas gesehen, was dir gefällt?«

Kapitel 25

»Und, was sagen wir dazu?«, fragt Cate, während sie die Beine auf dem Sofa unter sich zieht. »Owen ist ein kleiner, verlogener Freak?« Wir sitzen in unserem Wohnzimmer in der Nummer 4, The Logans, dem Ort, an dem ich sein will, seit ich diesen Post gesehen habe. Jack musste zurückfahren, ein Besuch von seinem Vermieter, und während ich allein in dem Baumhaus saß, in der Stille, nur unterbrochen vom Knarren der Bäume, und meine Kraft zusammennahm, spürte ich, wie auf einmal irgendetwas mit einem Ruck aus mir entwich. »Vielleicht hast du dir unbewusst einfach endgültig ›Scheiß auf das alles‹ gesagt«, schrieb Cate vorhin zurück, und ich sah mich um, blickte auf die Bäume, den dichten, dichten Wald, geschützt vor allem dahinter, und fragte mich, ob sie recht hatte. Aber ich glaube, es war die Erkenntnis ... dass ich Owen wirklich nicht mehr liebe.

Dass ich in dieser sicheren, ehrlichen Blase mit Jack war.

Und dort, genau in ihrer Mitte, wie ein Schmutzfleck, war Owen. Sein Profil. Wunderschön bearbeitete Fotos, perfekte Bildunterschriften und alles gepostet, während sein Leben wegen meiner E-Mail angeblich zusammenbrach ... Es ist, als ob ich es auf einmal klar vor mir sehen könnte. Sein Profil – ein Emblem von ihm, wie er sein Leben lebt. Perfekter Fake. Eine Geschichte, mit der er hausieren geht. Und dieses IT-Bild mit den Pizzakartons. Er könnte immer noch die Wahrheit sagen, natürlich, aber auf einmal wurde mir klar – warum sollte er nicht lügen? Welchen Beweis in seinem Leben – abgesehen von der Arbeit – gibt es dafür, dass er der perfekte, in sich harmonische Mensch reinen Herzens ist, als der er sich darstellt?

»Ich weiß nicht«, sage ich. »Diese ganze Geschichte hat einfach so ein kaltes Gefühl bei mir hinterlassen. Sein Profil. Es war so … typisch er.«

»Und er war auf einem Foto *im* Büro?«, fragt Cate. »An dem Abend?«

Ich nicke. »Verdammt dreist. Er und Leona. Und Fundraising-Steve. Diese Bildunterschrift. *Wenn es alle Mann an Deck heißt* … Und sie hatten Pizza bestellt, und ich *weiß*, dass sie an dem Abend, an dem die E-Mails verschickt wurden, Pizza bestellt hatten, denn ich kann mich an die Kartons am nächsten Tag erinnern. In der Küche. Typisch IT, sie räumen nie auf.«

»Vielleicht hat er gemeint, dass er tagsüber in Manchester war?«, fragt Ralph bedächtig. »Oh. Ich mache das schon.« Ralph springt von seinem Sessel auf, nimmt den riesigen Becher mit dampfendem Pfefferminztee aus Cates Hand entgegen. »Du sollst doch nicht herumlaufen.«

Sie lächelt ihn schläfrig an. »Ralph, es geht mir gut. Wirklich«, sagt sie, und er schenkt ihr ein winziges wissendes Lächeln. Ein Arzt im Krankenhaus hat bei Cate Gallensteine festgestellt. Sie hat in ein paar Wochen eine laparoskopische OP, und sie ist für eine Woche krankgeschrieben, um sich auszuruhen, und hat Schmerzmittel bekommen, die sie »ihre Babys« nennt, weil sie ihr so guttun. Sie hat sich in eine Decke gewickelt, das Haar zu einem Dutt zusammengebunden, mit dem ich aussehen würde, als hätte ich eine Zwiebel als Kopf, aber bei

Cate wirkt es ordentlich. Ich bin so froh, dass sie hier bei uns ist. Ich bin so froh, dass es ihr gut geht. Und es ist der einzige Ort, an dem ich heute sein wollte, als ich nach Hause fuhr... hier, bei Cate und Ralph, in unserer kleinen Wohnung neben dem weiten Novembermeer.

»Außerdem ist da noch das, was Nicholas gesagt hat«, ergänze ich. »Darüber, dass er ein Lügner ist. Das mit dem Flirten.«

»Ach, hör doch nicht auf den verdammten Nicholas«, meint Cate kopfschüttelnd.

»Ich weiß«, sage ich. »Aber auch das, was Chloe gesagt hat. Sie hat gemeint, dass er manipulativ ist. Dass er ... seine eigene Geschichte schreibt, dieses Narrativ stärkt. Er hat mir gegenüber behauptet, seine Wohnung würde überquellen von Hochzeitszeug, aber Chloe hatte keine Ahnung, wovon ich redete.«

»Hm«, meint Ralph. »Na ja. Es ist auf jeden Fall eine sehr interessante Theorie.«

»Ich weiß einfach nicht, was ich glauben soll.« Ich kuschele mich neben Cate. Normalerweise wäre ich im siebten Himmel nach der Nacht und dem Morgen mit Jack. Jedes Mal, wenn ich auch nur daran denke, schießt Hitze durch meinen Körper, und ich fühle mich, als ob ich in Eis eintauchen müsste. Aber zugleich bin ich seltsam nüchtern und verwirrt und zu meiner Beschämung fast dankbar, zu Hause zu sein, auch wenn das heißt, dass ich weit weg von ihm bin. Denn mein Kopf ist brechend voll. Von Jack, hauptsächlich. Davon, dass ich ihn mag und dass er in absehbarer Zeit in andere Länder gehen wird und wir Abschied nehmen werden. »Seit ich herausgefunden habe, dass irgendjemand vermutlich auf Senden gedrückt hat und dass es wohl doch keine Computerstörung war und auch nicht das verdammte Zeitversetzt-senden-Ding, habe ich einfach das Gefühl, dass ich irgendetwas übersehe.« Was hat Chloe gleich wieder gesagt? Über ihr Bauchgefühl.

Cate und Ralph tauschen einen Blick. Cate kichert. Mit Ralph kichert sie immer.

»Na ja, ich war es nicht«, lacht Cate. »Ich sag's ja nur.«

Ich lache. »*Das* wäre nun wirklich eine alles verändernde Wendung.«

»Und bist du sicher, dass es nicht Ralph war?« Cate grinst ihn an. »Bist du eingebrochen? Ich kann mir dich in einem Spion-Outfit so richtig gut vorstellen. Ganz in Schwarz. Sonnenbrille.«

»Ich bin einmal in der Arbeit eingebrochen«, sagt er und beugt sich vor, um sich ein Blumenkohlröschen zu nehmen. Er hat ein riesiges Blech davon mit Olivenöl und Salz gegrillt und in einer großen Schüssel arrangiert, ungefähr so, wie man es mit Popcorn machen würde. Er hat im Internet gelesen, dass Cate sich bis zu ihrer Operation auf basische Lebensmittel beschränken sollte, und hat diese Information, wie es seine Art ist, prompt aufgesogen und sich zu eigen gemacht.

»*Wirklich?*«, lacht Cate. »Ach du heilige Scheiße, Ralph Nobleman.«

»Hab's nie jemandem erzählt«, sagt er kauend. »Hab den Code für die Brandschutztür eingegeben. Mir eine gepolsterte Versandtasche geborgt.«

»Tatsächlich?«

»Und zwei Briefmarken.«

Cate reagiert, als hätte Ralph ihr eben erzählt, er hätte eine Eiche mit eigenen Händen umgeknickt. »Ähm. Wow. Und das ist ein verdammtes gesetzliches Zahlungsmittel.«

»Auf jeden Fall.« Ralph zwinkert, und wir lachen alle. Cate kichert an meine Schulter.

»Jedenfalls, scheiß drauf, weißt du was?« Sie richtet sich auf und löst ihren Dutt. »Ich würde Owen einfach fragen. Ich meine, du würdest es doch merken, wenn er lügt, oder?«

»Ich ... glaube schon? Ich vertraue ihm auf jeden Fall nicht mehr, dass er mir die Wahrheit sagt.«

Und Ralph lächelt darüber, langsam, als hätte er eben mit angesehen, wie sein eigenes Kind die ersten Schritte tut. Er hat eine Miene im Gesicht, als ob er sagen wollte: *Gut gemacht, ich wusste, dass du das kannst.*

»Was denn?«

»Ach nichts«, sagt Ralph. »Aber ... na ja, es ist einfach nett, dich so etwas sagen zu hören. Es ist ein Fortschritt. Und nach dem Zustand zu urteilen, in dem du warst, als du das erste Mal durch diese Tür gegangen bist ... Ich könnte niemals jemandem vertrauen, der dich zu einer so zerbrechlichen Person gemacht hat.«

Cate nickt entschieden, dann verlagert sie ihre Haltung, hakt sich bei mir unter, ihr Arm unter ihrem Morgenmantel ein warmes, nach Lavendel duftendes Kissen zwischen uns. »Du warst immer vernarrt in ihn«, sagt sie leise. Eine Kerze tänzelt auf dem Couchtisch. »Ich weiß, Alexis hat sich ständig darüber ausgelassen, aber er hatte diese ... Macht über dich, weißt du? Weil du ihn auf ein Podest gestellt hast. Als ob du nicht glauben könntest, dass er mit dir zusammen war. Und er hat dich irgendwie immer darin bestärkt, oder? Es war fast, als ob du nervös warst, ja keine falschen Schritte zu tun. Damit er dich nicht verlässt.« Sie sieht zu mir hoch, ihr Gesicht nur wenige Zentimeter neben meinem. »Und ich kann das sehen, weil ich bei Nicholas genauso war. Sie haben beide diese Art. Sie machen dich zu der Person, die sie in dir sehen wollen.«

Ich lasse ihre Worte in mich einsinken, bittersüß, wie Zitronensirup. Denn ich kann nichts dagegen sagen. Ich weiß, dass es stimmt. Ich habe ihn angehimmelt, in gewisser Weise, und ich habe mich dafür gehasst. Eine Feministin. Eine unabhängige Frau. Jemand mit all dieser Energie, all diesen *Dingen*, die ich ausprobieren und sehen und tun wollte. Und da war ich und versuchte, meinen eigenen Freund zu beeindrucken, und war dankbar, wenn er mir ein Kompliment machte, obwohl er mit Komplimenten nur so um sich warf für Fremde auf Instagram oder Frauen im Fitnessstudio, die strikt »nur Trainingskumpel sind, warum vertraust du mir nicht?«. Owen gab mir das Gefühl, als müsste ich irgendetwas sein, die richtigen Töne treffen, um einen Preis zu gewinnen.

»Und dann der Auftritt von Bad Jacky Shurlock«, kichert Cate neben mir.

»*Bad Jacky Shurlock?*«, lache ich. »Du stellst ihn ja hin, als ob er ein Wrestler wäre.«

»Na ja, er hat dich schließlich festgenagelt, oder? *Eins! Zwei! Drei!* Oh, offenbar ist die arme Millie Chandler völlig durchgevögelt und kann gar nicht mehr aufstehen.«

»Cate, wir haben *nicht* gevögelt.«

»Trotzdem«, sagt Cate und zeigt mit einem Finger auf mich. »Du hast ihn *noch* nicht gevögelt. Vielleicht wird es auf dem Boot passieren. Wann ist das gleich wieder?«

»Viel zu bald. Und es ist so gut wie Winter, Cate. Meine Jacke bleibt an.«

»Spielverderber«, sagt Cate.

Ralph kichert kopfschüttelnd vor sich hin und schnappt sich noch ein Blumenkohlröschen.

»Was denn?«, lächelt Cate. »Hör zu, nur weil meine Gallen-

blase im Arsch ist, heißt das nicht, dass ich nicht mehr flachge-
legt werden muss.«

»Hm«, sagt Ralph. »Na ja, Sex ist wenigstens eine basische
Tätigkeit.«

»*Ooh*. Na dann, bin ich nicht ein Glückspilz?«, schnaubt Cate
spöttisch. »Blumenkohl und Sex. Was sonst könnte ein Mädchen sich wünschen? Vielleicht sollte ich sie mir lieber doch
nicht entfernen lassen.«

Kapitel 26

Textnachricht von Jack: Halber Tag hier genehmigt. Glaube, sie würden alles genehmigen, worum ich bitte, so kurz bevor ich weggehe.

Textnachricht von Jack: Der Schweigsame Martin vertritt mich für 24 Stunden an meinem Schreibtisch.

Textnachricht von Jack: Siebenstündige Mittagspausen.

Textnachricht von Jack: Eine goldene Gans, die goldene Eier genau auf Michaels Kopf scheißt.

Textnachricht von Millie: Hahaha. Meiner wurde auch genehmigt! Sag *Instinct*, er soll sich wappnen.

Textnachricht von Jack: Nicht nötig. *Instinct* ist immer bereit.

Textnachricht von Millie: *Instinct* ist ja ein solcher Prachtkerl.

***

Ich bin auf einem Boot. Ich bin *allen Ernstes* auf einem Boot. Die Anlegestelle hinter uns wird kleiner und kleiner, wie bei diesen Vorläufern von Filmen früher, wo ein Mann auf einem Fahrrad in die Pedale trat, damit die Bilder sich überhaupt bewegten. Und, oh, es ist so nett, sich immer weiter zu entfernen. Irgendetwas in mir entspannt sich, atmet durch.

»O Gott, wir schwanken ...«

»Ja«, sagt Jack, konzentriert sich, zieht den Hebel auf eine Seite, richtet uns wieder gerade, während wir weiter aufs Meer hinausdriften. Das Boot tuckert leise, pflügt durchs Wasser, und Jack starrt genau aufs Meer hinaus, den Blick auf den Horizont gerichtet, wir beide die Jacken bis obenhin zugezogen.

»Ich bin auf einem Boot.«

»Und ob du das bist«, sagt Jack.

»An einem Mittwochnachmittag«, wiederhole ich wie ein Mantra, damit es zu mir durchdringt, »bin ich hier, *auf einem Boot*.«

Jack kichert. »Nenn ihn bei seinem Namen, Millie.«

»*Instinct*«, sage ich grinsend. »Okay, ich bin auf dem Meer, auf ... okay, Augenblick, ist er ein Mister?«

»Um genau zu sein, ist er ein Sir.«

»Sir *Instinct* von Leigh-on-Sea. Das einzige männliche Boot weit und breit.«

»Das stimmt«, lacht Jack, und während das Boot Fahrt aufnimmt, sein Bug sich ein wenig hebt, entfährt mir ein leiser Aufschrei. Es ist *wild*. Ich lebe seit Jahren hier, aber es ist das erste Mal, dass ich weit draußen bin, nicht nur am Saum des Wassers entlangschwimme. Ich sehe sie ständig: schaukelnde Dingis, Leute, die rudern, plaudern, auf dem Meer. Eines dieser Dinge, glaube ich, von denen ich dachte, sie würden zu anderen Leuten gehören, nicht zu mir.

Ich finde es wunderschön hier draußen. Es ist einer dieser kalten, aber klaren blauen Wintertage, unter einem hohen Himmel, bei denen man ins Grübeln kommt. Und nach diesem kürzlichen, absolut peinlichen Gespräch mit Leona fühle ich mich fast, als wollte ich nicht, dass Jack je umkehrt. Ich will mich einfach nur ans Meer verlieren. Mich mit ihm verlieren.

»Und du ... weißt ganz sicher, was du tust?«, rufe ich über das Geräusch der Wellen, das Geräusch des Motors hinweg. »Es ist nur ... das Wasser ist vermutlich eiskalt.«

»Mhm. Und warum hast du das Gefühl, dass du mich das fragen musst?«, entgegnet Jack gespielt beleidigt, eine Hand an seine Brust und die andere fest um den Steuerknüppel gelegt. Natürlich hat er mich über die offiziellen Bezeichnungen für die Dinge gebrieft – Ruder, Motor –, und das jetzt ist noch etwas anderes, was ich immer wieder als Hebel bezeichne.

»Ich sage nur ... großspuriger Segler?«, gestehe ich widerstrebend, und Jack schüttelt den Kopf. »Was ich sehr sexy finde, wie ich zugeben muss. Nur nicht sehr beruhigend.«

»Meine Großspurigkeit beeinträchtigt nicht meine Fähigkeit, Steuerknüppel zu bedienen, Millie«, sagt er. »Außerdem ist es ganz einfach. Du kannst gern rüberkommen und es selbst einmal versuchen ...«

»Nein. Ich bleibe lieber hier sitzen, schönen Dank auch, Jack Shurlock. Jedes Mal, wenn ich mich bewege, habe ich das Gefühl, das Boot bewegt sich – Entschuldigung, Sir *Instinct* – bewegt sich mit. Und daher werde ich stocksteif hier sitzen bleiben. Wenn dir das recht ist.«

Jack schenkt mir dieses hinreißende Lächeln, und die hoch stehende Sonne lässt sein Haar golden erstrahlen. Er zuckt mit einer Schulter. »Ist dem großspurigen Segler recht.«

Das Boot tuckert weiter und weiter über die blaugrüne Wasseroberfläche. Es ist wirklich wunderschön. Der scharfe, salzigsüße Geruch des Meerwassers, das ferne Treiben von Canvey Island am Horizont, Leigh, das immer weiter hinter uns zurückbleibt. Ich weiß, ich habe das hier gebraucht – ich habe nichts dringender gebraucht, als von der Arbeit wegzukommen. Ich musste buchstäblich vom Land wegkommen. Ich glaube, selbst ein Arzt würde mir so etwas verschreiben. Wenn ich dasitzen und alles erklären würde, dazu noch ein »Oh, und wie sich herausstellt, hat mein Ex bezüglich seines Aufenthaltsorts gelogen, aber wer bin ich, ihn zu verurteilen, ich habe sein Leben ruiniert. Oh, und ich mag einen Typen sehr – der erste Typ seit Jahren, den ich wirklich mag –, aber er geht demnächst ins Ausland«, ich bin sicher, dann würde jeder Arzt sagen: »Millie Chandler, was Sie brauchen, ist ein Boot. Ein Boot, das von einem gut aussehenden Mann mit hinreißenden Armen gesteuert wird.«

Wir fahren eine ganze Weile, beide schweigsam, fast ergriffen und sprachlos davon, wie schön das hier ist, wie *eskapistisch*. Die Salzluft, die meine Haare trocknet, das Geräusch von Wellen und Wind in meinen Ohren, die Schreie der Möwen, das Surren des Motors. Leute, die am Strand immer kleiner und kleiner werden. Es sieht aus wie eine Spielzeugstadt. Es sieht unwirklich aus. *Ausgedacht.*

Nach ein paar Augenblicken stellt Jack den Motor ab. »Wie wär's damit?«

Ich nicke nachdenklich, während ich auf die Skyline starre. »Perfekt«, sage ich. »Dürfen wir denn ... einfach hier draußen sein?«

»Wer sollte denn kommen, um uns zu holen? Die Wasserpolizei auf einem Schiff voller Omas, die uns sagen, dass wir uns warmhalten sollen?« Jack grinst. »Und natürlich. Perfekte Bedingungen, perfekte Strömung ...«

»Keine Haie. Oder schleimige Aale?«

»Keine Haie«, sagt er. »Keine Aale. Jedenfalls nicht hier drinnen bei uns. Alles gut.«

367

Wir sind vom Meer umgeben. Das Boot schaukelt sanft. Ich recke den Kopf zur Kuppel des Himmels. Und auf einmal fühle ich, wie sich etwas in mir aufbaut, in meiner Brust aufsteigt. Ich atme es aus. Ein gewaltiger, meditativer Seufzer.

»Ahh, das hier … lässt dich Dinge fühlen«, sage ich. »Weißt du, was ich meine? Dieses ganze Wasser. Himmel. Leben. Diese ganze Welt.«

Jack nickt einmal kurz. »Gibt dir das Gefühl, bedeutungslos zu sein, meinst du«, sagt er, und das Boot schwankt leicht, als er seine Haltung verlagert und sich mir gegenüber an die schmale Bootswand setzt. Unsere Knie berühren sich. »Und es sollte sich entmächtigend anfühlen, aber tatsächlich ist es … das *Gegenteil*?«

Ich sehe in seine haselnussbraunen Augen mit den perlmuttartigen, sonnenumrandeten Wolken hinter ihm. »Ich bin mir nicht sicher, ob ich dir da zustimme.«

Jack lächelt. »Ach nein?«

»Ehrlich gesagt, fühlt es sich für mich ein bisschen unheimlich an, diese ganze Welt. Dieser Druck … *etwas aus alledem zu machen*. Und doch stecken wir irgendwie fest. In Systemen, in Routinen, in dem, was von uns erwartet wird, und das sorgt dafür, dass wir *nichts* aus alledem machen.« Ich sehe kopfschüttelnd zu Jack hoch. »Entschuldige, ich habe nur … laut nachgedacht. Über neulich. Darüber, was das alles zu bedeuten hat. Ich fühle mich wie ein gebrechlicher alter Mann, der eine Gewichtstange hochhält.« Ich lache gekünstelt auf. Die Art Lachen, die man ausstößt, wenn man sich einreden will, dass man sich nicht so fühlt, als ob man jeden Augenblick in Tränen ausbrechen könnte. Er geht weg. *Er geht weg.*

Jack sagt nichts, beobachtet mich nur aufmerksam, mit diesen tiefen, funkelnden Augen, und für einen Moment wünschte ich so sehr, ich könnte die Zeit anhalten. Einen Screenshot machen, den ich irgendwo in meinem Gehirn abspeichern kann, sicher verwahrt, um ihn mir jederzeit ansehen zu können, wenn ich vergesse, wie sich das hier anfühlt. Ich will nie vergessen, wie sich das hier anfühlt. Er sieht so schön aus. Der Himmel sieht so schön aus. Das Leben, in diesem Augenblick, fühlt sich so schön an.

»Ich denke nur, wir sind nicht *nichts* oder unbedeutend, oder?«, frage ich. »Denn wie könnten wir das sein? In einer Welt, in der ... all *das* hier existiert. Wir sind hier, nur einen Lidschlag lang. Und doch sind wir die meiste Zeit reduziert darauf ... ich weiß nicht. Immer das Gleiche zu tun. Uns im Kreis zu drehen. Anderen Leuten, anderen Dingen zu gestatten, uns vergessen zu lassen, wie wichtig wir wirklich sind.«

Jack nickt nachdenklich. »Genau deshalb lebe ich im Rausch«, sagt er.

Ich lächele ihn an. »Das heißt, wenn du im Rausch lebst, dann lässt du diese Arschlöcher nicht an dich heran?«

»Genau«, sagt er leise. Wellen klatschen. Eine Möwe kreischt über uns, wie ein Soundbite aus einer »Strandgeräusche«-Playlist. »Und ich kann es nur empfehlen. All die Arschlöcher, die den ganzen Platz in deinem Kopf einnehmen ...«

»Wie, ich soll Betonsteine an sie binden und sie *Instinct* übergeben? Sprichwörtliche Betonsteine natürlich.«

»Natürlich sprichwörtliche«, sagt er grinsend und wendet sich dann ab, sieht schweigend über das Wasser hinaus, als ob er das alles zum letzten Mal in sich aufnähme. Das Boot schaukelt. Ein Flugzeug brummt über uns, unsichtbar über den Wolken. Jacks Handy piepst, einmal nur, kurz. Eine E-Mail.

»Jack?«

»Mhm?«

»Im Interesse der ... *sprichwörtlichen Betonsteine*«, sage ich zögernd. Ich will ihn fragen, denn Jack, Chief of Staff ... er wird die Antwort vermutlich wissen. Andererseits will ich ihn nicht fragen. Ich will jetzt nicht alles zur Sprache bringen, hier, mit uns. Und doch ... »Was dein Nerd gesagt hat. Dein Programmierer-Nerd.« Und Jack lässt die Schultern hängen. Nur ein klitzekleines bisschen, fast unmerklich, aber ich sehe es, und die Scham bringt meine Ohren zum Glühen, trotz der frischen, kalten Salzluft, gegen die ich meine Regenjacke bis zum Hals zugezogen habe.

»Okay«, ist alles, was er sagt.

»Es ist nur ... Owen hat behauptet, dass er an dem Abend, an dem es passiert ist, in Manchester war. Aber das glaube ich nicht. Ich weiß es nicht wirklich, aber ...«

»Manchester wofür?«, fragt Jack.

»Cricket?«

Jack reibt sich mit einer Hand das Stoppelkinn, denkt nach. Eine Möwe stößt herab und landet zielsicher im Wasser. Vom eleganten Vogel im Flug zu einer Gummiente.

»Cricket«, wiederholt er. »Ja. Ja, da müsste er gewesen sein.«

»Aber hätte er aus Manchester zurückkommen können?«, frage ich. »Rechtzeitig, um die E-Mails zu verschicken? Es ist an einem Donnerstag passiert.«

Jacks Mundwinkel wandern nach unten, und ein Grübchen zeigt sich in seinem Stoppelkinn. »Ich meine ... ja. An dem Tag wurde nur noch zusammengepackt, daher war der Arbeitstag kürzer. Er war auf jeden Fall in Manchester. Aber ... über die genauen zeitlichen Abläufe weiß ich nicht Bescheid.«

Ich starre Jack über das Boot hinweg an, sehe zu, wie er zum

Horizont blickt, die Novembersonne in seinen Augen glitzert. Auf einmal habe ich das Gefühl, dass da diese ... Distanz zwischen uns ist, hier draußen, meilenweit vom Land entfernt. Eine Art Ernüchterung. Und zurück nach Leigh zu sehen, klein und ländlich und schrullig in der Ferne, zu wissen, dass meine Wohnung genau dort ist, dass die Arbeit genau dort ist, dass Owen genau dort ist, meine ganze Welt, genau dort, und ich hier bin, mit jemandem, der im Begriff ist, nicht annähernd in der Nähe von hier zu sein – dabei fühle ich mich, als schnürte sich meine Brust zu.

»Ich weiß, ich klinge wie irgendeine Art billiger Privatdetektiv«, sage ich beschämt. »Aber ich will ihn fragen. Ob er gelogen hat. Ob er hier war, als es passiert ist.«

Jack sieht für einen Moment auf seine Füße, zuckt träge mit den Schultern. »Ich glaube nicht, dass Kalimeris dir je die Antworten geben wird, die du willst, Millie.«

Ich sage nichts, nicke nur. Das Boot schwankt und schwankt, und es ist, als würde eine unsichtbare Wolke zwischen uns beiden schweben, die schwillt und schwillt vor lauter Dingen, die wir sagen wollen, Dingen, bei denen wir nicht wissen, wie, Dingen, die uns niederdrücken, in diesem kleinen Boot. *Verlass mich nicht. Bitte verlass mich nicht.*

»Wir könnten einfach weiterfahren«, sagt Jack leise.

»Na dann los. Nach dir. Du kennst die ganzen Hebel und Knöpfe und das alles.«

Jack stößt ein tiefes Glucksen aus. »Ja, ich bin mir nur nicht sicher, wie weit wir mit Sir *Instinct* kommen würden.«

»Oder du könntest einfach hierbleiben«, sage ich. »Das ist immer eine Option. Bleib hier, arbeite weiter in dem sprichwörtlichen Abfalleimer ...«

»Ah.« Jack lacht. Dann starrt er nachdenklich aufs Meer hinaus. »Oder du könntest einfach gehen.«

»*Gehen?*« Jetzt bin ich wie erstarrt – ein Fisch in einem Netz.

»Ja, wir können das … einfach tun«, sagt er. »Aber. Überall anders.«

»Ich, du und Enam und die Alpakas?«, frage ich, während mein ganzes Gesicht, mein ganzer Körper zu glühen beginnen.

»Warum nicht?«

»Ha. Na und, stimmt's?«

»Ja, na und? Komm schon.«

Und dann hebt er eine Hand zu meinem Gesicht, gleitet mit einem warmen Finger über meine Wange. Ich sehe auf meine Füße hinunter, und jetzt will ich am liebsten weinen.

»Ich kann einfach nicht so sein wie du«, sage ich.

»Ich bitte dich nicht, ich zu sein, Millie« sagt er. »Ich bitte dich, du zu sein.«

Und dieser letzte Satz, diese letzten Worte, sie geben mir den Rest. Denn das hier, dieses Boot, dieses Meer, der Himmel, das Abenteuer … das bin ich. Oder das war ich zumindest. Bis ich hier gelandet bin, mit den Füßen im Schlamm steckend.

Ich halte seine Hand, und er drückt meine.

»Aber … das Geld. Und … Verpflichtungen und … ich weiß nicht. Die gleichen Gründe, vielleicht, aus denen du nicht an einem Ort bleibst? In gewisser Weise.«

Jack nickt, aber etwas, das wie Traurigkeit aussieht, furcht seine Stirn, verengt seine Augen.

Jetzt herrscht Schweigen. Wir sehen zu, wie ein Tanker am Horizont vorbeizieht, träge und langsam, und perlmuttfarbene Wolken über uns an dem dunkler werdenden Himmel aufziehen.

Jack lässt meine Hand los, führt seine eigene Hand langsam zu meinem Gesicht und hebt mein Kinn an. »Es war nie schwer, wegzugehen«, sagt er. »Ich bin es nicht gewohnt, dass es schwer ist, wegzugehen. Aber diesmal ...«

Und während sein Satz sich in der Luft zwischen uns auflöst, während Tränen am Rande meiner Augen lauern und während Regen zu fallen beginnt, alles auf einmal, schließe ich die Augen, und Jack küsst mich langsam und zärtlich.

Und ich spreche im Stillen einen Wunsch aus – so wie früher –, stelle mir vor, dass er wie Rauch davonzieht, ins Universum. Ich wünsche mir, dass ich eines Tages wieder so wie hier mit ihm sein werde, irgendwo. Und dass er mich nicht verlassen müssen wird.

★★★

Textnachricht an Alexis: Du wirst das hier vermutlich nicht bekommen, weil du mich blockiert hast, aber ich vermisse dich so sehr. Ich wünschte, ich hätte dich zum Reden. Ich habe das Gefühl, in einem Schlamassel zu stecken. Ich habe das Gefühl, mich zu verlieben, und das ist eine unmögliche Situation. Du würdest wissen, was ich sagen soll. Du würdest wissen, was ich tun soll. Bitte, falls du das hier bekommst, lass uns reden. x

Nachricht zugestellt

Kapitel 27

Es ist Jacks Abschiedsumtrunk im Peterboat, und mir *graut* davor. Offiziell verlässt er das Büro erst am Freitag endgültig und das Land am Mittwoch, aber mir graut davor. Das hier verstößt gegen die Regeln. Das hier verstößt gegen das, was ich entschieden habe. Dass ich es einfach genießen würde, in Jacks Nähe zu sein, ihn zu küssen, all diese Dinge zu *fühlen*, ohne die Notwendigkeit, ihnen irgendeine Bedeutung beizumessen. Aber ... wie kann das möglich sein, wenn man anfängt, wirklich etwas zu fühlen? Wenn es Wurzeln in dir schlägt, wächst? Ich mag Jack. Ich mag ihn wirklich. Mehr als das. Und ... Gott, ich wünschte, auf eine gewisse seltsame Weise, ich hätte ihn in diesem Baumhaus niemals angerufen. Irgendetwas ist in der Nacht passiert, als ich ihm in die Augen sah; als ich sein Herz an meinem schlagen spürte, eng aneinandergekuschelt unter den Decken. Ich sprang von einer Klippe. Ich ... *fiel*. Oder ich falle. Oh, nein, ich darf nicht fallen. Ich darf nicht darf nicht darf nicht. Er geht weg. Er versucht sogar, hier einen *Job* für mich zu arrangieren. Er fällt mit Sicherheit nicht. Ich nehme nicht an, dass Jack je wirklich fällt.

Ich beobachte ihn durch den Pub hinweg. Draußen ist es eiskalt. Der Himmel ist schwarz und dumpf, auf eine Art, auf die er es vor dem Schnee sein kann, und Lichter glitzern auf dem Wasser, wie Kleckse von flüssigem Gold. Flye hat den Außenbereich gebucht, unter einem Zelt und umgeben von dem

Schimmer orangefarbener Heizstrahler und tänzelnder elektrischer Teelichter in Gläsern auf den Tischen. Leigh hat immer so viel Atmosphäre. Die endlose Schwärze hinter der Terrasse des Pubs, die Wärme der Heizstrahler, die kopfsteingepflasterten feuchten Straßen, die von Glück und Geplauder beschlagenen Pubfenster. Wie immer ein perfekter Gegensatz. Und ich – auch ein perfekter Gegensatz. Alles, was ich will, ist, mit Jack zusammen sein. Aber zugleich will ich nicht hier sein. Denn hier zu sein heißt, dass Jack weggeht, und ich kann den Gedanken nicht ertragen, ihn ein ganzes Jahr lang nicht zu sehen. Oder … *je wieder*? Und sagen wir, ich warte. Ich weiß schon jetzt, wie das endet. Er könnte jemand anders kennenlernen. Sich verlieben. Und was wird dann aus mir? Hier. Wieder wartend.

»So, bitte sehr.« Petra setzt sich neben mich an einen der Tische und stellt ein Glas Wein vor mich hin. Wir sind draußen, am Rand des Zelts, die Glastrennwand auf einer Seite von uns, das Meer und die erhellten fernen Docks, die hinausragen wie eine Insel, vor mir.

»Danke«, sage ich, nehme das Glas in die Hand, der Rand gestreift von Kondenswasser.

Petra lächelt mich traurig an. »Wird seltsam sein ohne ihn, was?«

»Gott, ja. Viele Leute werden ihn vermissen, denke ich.«

»Und du?« Petra berührt meinen Oberarm mit ihrem. »Wirst *du* ihn vermissen?«

Ich hebe den Blick, und Petra lächelt warmherzig, mit glänzender Haut und pfirsichfarbenen Lippen.

»Das merke ich doch an der Art, wie er dich ansieht«, sagt sie. »Und inzwischen kenne ich dich gut genug, um zu wissen, dass … du ihn zuallermindest … wirklich magst?«

Ich zögere, bevor mir ein besiegtes Stöhnen entfährt. »*Sehr*«, gestehe ich. »Und ich meine, sehr, sehr, sehr, Petra.« Und wir sehen beide gleichzeitig zu ihm hinüber, wie Synchrontänzerinnen in einem Musical.

»Er ist so entzückend«, sage ich.

»*So entzückend*«, wiederholt Petra.

Jack steht da, in einer Gruppe von Flye-Kollegen, lächelnd ins Gespräch vertieft, mit offenem Hemdkragen, Armen, die sich unter dem Baumwollstoff seiner Ärmel spannen, und diesem kantigen Kiefer, über den ich so gern mit dem Finger gleiten würde, neben ihm im Bett, so wie wir es in dem Baumhaus getan haben. Mir wird schwer ums Herz. Er sieht ... so glücklich aus. So sehr danach, dass er ... *sein Leben lebt*. Ich will einfach nur bei ihm sein, mit ihm reden, seinen Geschichten zuhören, diesen kleinen Goldklumpen, die Jack ausmachen. Ihn ausquetschen wie eine Zitrone.

»Und ich bin irgendwie hin- und hergerissen, weißt du? Einerseits bin ich so glücklich, dass ich die Chance hatte, ihn kennenzulernen, bevor er weggeht. Und andererseits ... das hier zu fühlen.« Ich lege mir eine Hand auf die Brust. »Dieses entsetzliche Gefühl von drohendem Unheil, genau hier.«

Petra schluckt, und dann nickt sie und hebt selbst eine Hand, um sie an ihre Brust zu legen. »Ich verstehe das. Du wünschst, du hättest dem irgendwie ausweichen, dir den Liebeskummer ersparen können?«

»Ich scheine immer den Liebeskummer abzukriegen.«

»Oh, das habe ich früher auch gesagt.« Petra fährt mit einer Hand durch die Luft, wie um diesen falschen Gedanken zu verscheuchen. Petras andere Hand findet unter dem Tisch meine. »Früher bin ich meine Schritte mit Maria in Gedanken zurückgegangen, habe überlegt, wann der beste Zeitpunkt gewesen wäre, um sie zu verlassen. Aber ... ich bereue das mit Maria nicht.«

Ihre Hand landet liebevoll auf meinem Rücken, presst mein Kleid, heiß von dem Heizstrahler hinter uns, an meine Haut.

»Ich meine, eine Zeit lang dachte ich, ich würde es bereuen, aber ... jetzt, wo ich Kira gefunden habe, ist mir klar geworden, dass Maria mich gelehrt hat, verletzlich zu sein. Und mich auch gelehrt hat, was *wahre* Liebe ist. Weil es nicht das war, was sie mir gegeben hat.«

»Gott, Petra, mir kommen gleich die Tränen.«

»Trink!«, sagt Petra und hält mir mein Glas an den Mund. »Tu, was gesund ist, und ertränke alles.«

Wir trinken beide, und wir halten inne, als jemand hinter uns ein Glas fallen lässt, das zerbricht (woraufhin natürlich, als ob es ein Pub-Gesetz wäre, lauter Jubel ausbricht).

»Bereue das mit Jack nicht«, flüstert Petra mir über den Lärm hinweg ins Ohr. »Denn ich glaube nicht, dass er das mit dir bereut. Nicht eine Sekunde.«

»Aber ich glaube, dass Jack sowieso nie etwas bereut, Petra«, erwidere ich. »Er ist einfach ... anders. Er folgt nicht der Meute, er schlägt nicht wirklich Wurzeln, und ... er ist auf Abenteuer aus und darauf, das Leben um des Lebens willen zu leben.«

Petra lächelt.

»So wie du.«

Ich lächele. »*Ich?*«

»Äh, ja.« Petra stößt mit ihrem Arm gegen meinen, dann hält sie inne, und ein warmes Lächeln breitet sich bis zu ihren Wangen aus. »Millie, als ich dich damals kennengelernt habe, als ich dich *eingestellt* habe, da hast du mir gesagt, als Aushilfe zu arbeiten, sei für dich okay, weil es eine Zwischenlösung sei und du nicht bereit seist, dich langfristig irgendwo zu binden. Erinnerst du dich?«

Ich nicke zögernd, aber manchmal fällt es mir schwer, mich an dieses Mädchen zu erinnern, das vor fast fünf Jahren ins Flye-Büro spaziert ist. »Ich erinnere mich. Es *sollte* ja auch eine Zwischenlösung sein. Eine schöne Zwischenlösung war das.«

»Ich erinnere mich, wie du mir das Herz ausgeschüttet hast über die Universität und darüber, wie enttäuscht deine Mum war. Wie du etwas Geld ansparen und darüber nachdenken wolltest, was du wirklich willst. Dass du es bisher nie herausgefunden hättest. Ich erinnere mich, was du damals gelesen hast ...«

»*Eat Pray Love*«, sage ich lächelnd. »O mein Gott, ich habe dieses Buch so oft gelesen.«

»Ich glaube, du bist eine Abenteurerin im Winterschlaf, Millie.« Petra lächelt breit, und irgendetwas an diesem Ausdruck bringt mich zum Lachen, aber zugleich öffnet es auch irgendetwas in meiner Brust. Irgendetwas in Blüte. Eine Saat, die aufgegangen ist. »Und vielleicht ... vielleicht hat Jack ...«, sie sieht hinüber, dorthin, wo er steht, eine Flasche Bier in der sonnengebräunten Hand, und einem bereits extrem betrunkenen Paul Foot aufmerksam zuhört, »... dich gelehrt, dich daran zu erinnern, wer du bist, wenn du endlich wieder auftauchst. Aufwachst. In den Frühling hinausgehst, weißt du?«

Und es fühlt sich richtig an. Petras sanfte, warme, liebevolle Worte fühlen sich richtig an.

Ich beobachte Jack eine kleine Weile, während Petra und ich trinken. Ich lehne den Kopf an ihre Schulter. »War ich glücklich?«, frage ich sie.

»Als ich dich damals kennengelernt habe?«

Ich nicke.

»*Ja.* Ich meine, du warst ein bisschen verloren, wie wir alle in unseren Zwanzigern, aber … du warst aufgeregt. Hungrig auf alles, was das Leben dir zu bieten hatte.«

»Und dann was?«

Und ich spüre, wie sie einmal tief und lange Luft holt und sich schließlich zu mir umwendet. Ich hebe den Kopf. »Liebeskummer«, sagt sie.

»Owen«, sage ich.

Petra nickt und blickt wieder geradeaus, lehnt den Kopf an meinen. Hinter uns jubelt irgendjemand, und ich höre Jack lachen. Ich könnte dieses warme, heisere Lachen aus einer Menge immer heraushören. Ich werde sein Lachen so vermissen.

»Er hat dein Feuer ausgelöscht«, sagt Petra. »Und es ist, als ob du seitdem immer an einer kleinen Flamme festgehalten hättest. So klein, dass sie nicht zu sehen ist oder nicht wächst oder nichts entfacht, was dich strahlen lässt.«

Ich schließe die Augen, und eine Träne kullert aus meinem Augenwinkel und tropft auf Petras Pullover.

»Und das weiß ich, weil ich es selbst getan habe. Aber heißt das, wirklich zu leben, Millie? Ich glaube nicht. Das heißt, weil du Angst hast, verletzt zu werden, wagst du nie den Sprung, hoffst nie auf das Beste. Leben heißt, verletzt zu werden. Leben heißt, alles zu fühlen, was das Herz fühlen kann. Den Schmerz, den Kummer, das Gute und das Schlechte. Du kannst das eine nicht ohne den Kontrast des anderen haben.«

Eine warme Hand landet auf meiner Schulter. »Hallo, Königinnen meines Herzens.«

Als ich herumschnelle, sehe ich Kira. Sie beugt sich vor und küsst Petra auf den Kopf. Sie trägt noch ihre Sanitäteruniform.

Ihre braunen Augen sind von türkisblauem flüssigem Eyeliner umrahmt.

»Hi, Kira«, lächele ich.

»Ah, meine Liebe, du hast es geschafft«, sagt Petra, und ihr ganzes Gesicht verwandelt sich. Helligkeit. Funken. Sanftheit.

»Natürlich.« Kira lächelt, legt den Kopf auf die Seite, und die kleinen Locken ihres Afrolooks wippen. »Sie spielen Fleetwood Mac.«

»Das kann ich hören.«

»Und im Zimmer nebenan tanzen sie.«

Petra nickt, schenkt ihr ein breites, strahlendes Lächeln. »Ist das ein Wink mit dem Zaunpfahl?« Sie wendet sich zu mir um. »Würde es dir etwas ausmachen?«

Ich grinse sie an. »Na los! Tanzt zu Fleetwood Mac!«

Und während Petra sich entfernt, Kiras Hand auf dem Rücken, wendet sie sich noch einmal zu mir um und sagt: »Zeit, auszusteigen, Millie. Begegne dem Frühling.«

Eine Hand legt sich um meine Taille, während ich an der Bar stehe, und bei der Berührung schmelze ich fast augenblicklich dahin.

»Wo hattest du dich denn versteckt?« Jacks tiefe, heiße Stimme haucht mir ins Ohr, und ich lächele und drehe mich zu ihm um.

»Hab mit Petra geredet. Oh, und unter einer Decke neben dem Heizstrahler dort draußen zugehört, wie Quasselstrippen-Schrägstrich-Schweigsamer Martin von seiner Warze geredet hat.« Ich lächele. »Und du?«

»Ich wollte fragen, ob unter der Decke vielleicht noch Platz für mich ist«, grinst Jack. »Aber andererseits, von der Warze muss ich nun wirklich nichts hören.«

»Das weißt du nicht, Jack dot Shurlock.«

»Oh, doch, das weiß ich.« Jacks Hand rutscht von meiner Taille, während er herumkommt und sich neben mich an die Bar stellt. »Ich habe gestern ein verdammtes mündliches Dossier dazu gekriegt.«

Ich lache. »Was für ein Abschiedsgeschenk.«

Jack kichert, und dann sagt er: »Was trinken wir denn da?«

Es ist seltsam. Wir waren nicht mehr mit Kollegen in einem geselligen Rahmen seit ... allem. Der Rhabarberfarm, dem Baumhaus ... und, o Gott, ich kann nicht einmal an das Baumhaus denken, ohne dass sich mein ganzer Körper in Wackelpudding verwandelt. Vielleicht hat Cate recht. Die Erinnerungen an das Baumhaus werden mir für den Rest meines Lebens bleiben. Die Stunden, in denen wir geredet haben, wie sicher ich mich gefühlt habe, Jacks sanfte, gekonnte Küsse. Ich muss immer wieder an diese Hände denken, dieses sexy rumorende Stöhnen, die Art, wie es so schwer für uns war, aufzuhören, einander zu berühren. Gott. Er geht weg er geht weg er geht weg, und ich bin auf seiner Abschiedsparty, und ehrlich gesagt, scheint er wirklich glücklich und verdammt bereit, mich in irgendeinen Backkurs abzuschieben, Länder über Länder von ihm entfernt ...

»Millie?«

Ich räuspere mich. »Oh! Ähm. Nein. Schon gut. Ich verstehe das.«

Jack zieht eine Augenbraue hoch. Und was tue ich? Habe Angst davor, einen Drink anzunehmen, bei ihm zu bleiben, neben ihm etwas zu trinken, vor allen anderen, für den Fall, dass es bedeutet ... was? Dass ich mich in ihn verliebe? Es ist zu spät. Es ist alles zu spät. Schadensbegrenzung. Was für eine Schadensbegrenzung?

Ein Barmann taucht auf, erschöpft, aber lächelnd. »Das Gleiche noch mal«, sagt Jack und reicht ihm sein Glas. »Und?« Er sieht mich an, und der Barmann tut es ihm gleich.

»Einen Weißwein«, sage ich. »Schorle.« Ich sehe Jack schüchtern an. »Danke.«

Jack schenkt mir ein leichtes Lächeln, dann schiebt er sich näher an mich heran, und sein warmer, kräftiger Arm berührt meinen.

Und Gott, in diesem Moment kann ich es nicht einmal ertragen, ihm in die Augen zu sehen. Meine Brust fühlt sich schwer an, als ob sich dieses Gefühl von drohendem Unheil weiter ausgebreitet hätte. Ich will nicht, dass er weggeht. Alles, was ich für ihn fühle ... Es ist zu viel.

»Ich kann nicht glauben, dass du weggehst.«

Jack nickt sanft, eine Locke seines Haars fällt ihm, wie immer, in die Stirn. Ich hebe eine Hand und berühre sie. Er lächelt langsam. »Wie ich bereits gesagt habe, es fühlt sich immer an, als würde es vielleicht gar nicht passieren, bis ich im Flugzeug sitze.«

»Gott.«

Jack lacht. »Was? Was ist denn?«

Verlass mich nicht, will ich am liebsten sagen. Ich weiß, wir kennen uns noch nicht lange, aber bitte verlass mich nicht. Aber stattdessen sage ich: »Ich wünschte nur irgendwie, du würdest nicht weggehen. Jedenfalls noch nicht.«

Jack lächelt sanft, und dann fragt er: »Wirklich?«

»Warum sagst du wirklich?«

Jack schweigt einen Moment, schüttelt den Kopf. »Kein bestimmter Grund«, sagt er. »Aber ich habe später etwas für dich.«

»Du hast etwas für mich?«

»Nichts besonders Aufregendes«, sagt er, und dann beugt er sich vor und flüstert mir heiß ins Ohr: »Nur eine neue E-Mail-Adresse.«

»Was?«, lache ich. »Im Ernst?«

»Ich habe eine neue für dich angelegt. Für einen richtigen Neuanfang ...«

»Halloooooo, Leute!«

Oh, nein. Oh, Scheiße.

»Hey, Owen«, sagt Jack.

»Kumpel«, sagt Owen und hebt eine Hand. Dann beugt er sich vor und sagt: »Mills.« Er soll eine Umarmung werden, aber ich rühre mich nicht vom Fleck, und er schlingt unbeholfen einen Arm um mich. Es fühlt sich an wie ein heißes, bleiernes Gewicht.

»Hi.«

»Und, wie ... geht es dir?« Er ist betrunken. So betrunken. Ich kann es an ihm riechen, kann die schweren Gliedmaßen, die heiße Haut unter seinem Hemd spüren. Ich erinnere mich so gut an das hier. Ich habe es immer gehasst, wenn er sich betrunken hat. Ich habe es gehasst, wie er grässliche Dinge gesagt hat. Ich habe es gehasst, wie er manchmal nur dann nette Dinge zu mir gesagt hat, wenn er betrunken war.

»Gut«, sage ich. »Und dir?« Ich stelle mich näher zu Jack. Er rührt sich nicht vom Fleck. Er ist wie eine Muskelstatue. Ein Wachmann. Unbeweglich.

»Oh, mir? Heute ist mein Hochzeitstag. Herzlichen Glückwunsch an *mich*.« Er lacht schallend auf, aber die Grimasse, die gleich darauf folgt, sieht nach physischem Schmerz aus. Sein ganzes Gesicht ist verzerrt, wie bei jemandem, der auf einen umgedrehten Stecker tritt.

Er nimmt einen kräftigen Schluck von seinem Bier. »*Mein Hochzeitstag.* Heute sollte mein Hochzeitstag sein.« Er sieht Jack an. Ein Flackern ist in seinen Augen. Ein gehässiges Funkeln. »Alles Gute zu deinem Abschiedstag.«

Jack fixiert ihn mit einem völlig unbeirrten Blick. »Danke«, sagt er schlicht.

»Du tust das Richtige«, sagt Owen und schiebt sich näher heran, stützt einen Arm auf den Tresen, gleitet damit über meine Taille. Ich stelle mich noch näher zu Jack, spüre, wie er mir die Hand um den Rücken legt. Er richtet sich höher auf. »Aus diesem Dreckloch zu verschwinden.«

»So würde ich es nicht nennen.«

»Ach nein?« Owen verzieht das Gesicht, ein kindisches, wortloses *Oooh!* »Warum gehst du denn dann weg?«

Jack furcht die Stirn, und ein winziges verärgertes Lächeln zupft an seinem Mundwinkel. Er sagt nichts.

»Ich sollte mich auch einfach verpissen«, sagt Owen. »Wie ich es mit Indien gemacht habe.«

»War verdammt toll da unten, Mann, wirklich. Und dann musst du hierher zurückkommen, zu dem hier.« Er reißt seine schweren Arme hoch. »Ende der Vorstellung.«

»Owen, meinst du, du solltest vielleicht einen Schluck Wasser trinken?«, frage ich.

»Aaach.« Owen legt mir eine Hand auf den Arm, dann sieht er wieder zu Jack hoch. »Sie hat sich immer um mich gekümmert, die hier. So ist sie, stimmt's? Meine kleine *Krankenschwester.*« Er grinst mich mit düsteren Schlitzaugen an.

»Lass gut sein, okay, Kumpel?«, sagt Jack scharf, und seine Worte durchschneiden die Luft.

Owen nimmt die Hand von meinem Arm. »Entschuldige,

Mills. Entschuldige, du weißt doch, dass das nur ich bin, ja? Du weißt, dass das nur ... Scheiße.« Owen verliert das Gleichgewicht.

Jack zieht mich näher an sich, tauscht mit mir den Platz, schiebt mich hinter sich – und, o Gott, das darf nicht wahr sein. Owen ist betrunken. Owen ist emotional. Und Jack ist bereit ... was zu tun? Sich mit ihm zu prügeln?

Owen hebt eine Hand. »Ist ja gut«, sagt er. »Entschuldige. Tut mir leid, wenn ich dir Angst gemacht habe.«

»Mir?« Jack lacht. »Nein, mir geht's prima. Aber danke der Nachfrage.«

»Ich habe mit Millie geredet.«

»Owen«, sage ich. Ich trete zwischen die beiden. »Owen, musst du dich setzen.« Und ich sehe ihm flehend in die Augen. Das hat manchmal geholfen. Dieser ganz sanfte, freundliche Ansatz. Als ob ich an ein Kleinkind appellieren würde. Um ihn zu beruhigen, ihn zu entschärfen. Ich will nicht, dass er den heutigen Abend ruiniert, Jacks Party ruiniert.

Owen sieht mich an. Und er seufzt, als ob er sich geschlagen gäbe. Scham zeichnet sich auf seinem Gesicht ab, und seine Miene sackt in sich zusammen. »Ich bin am Arsch, Millie«, sagt er besiegt. »Ich bin ... Ich weiß nicht, was ich tun soll. Meine Mum. Sie ist zu Hause, allein. Sie ...« Plötzlich sieht es so aus, als ob er für einen Moment wieder nüchtern würde. »Dein Dad. Ich muss ihn anrufen. Vielleicht könnten wir dort hinfahren? Den alten Herrn besuchen. Ich vermisse die beiden.«

Ich schnelle herum und sehe Jack an, dessen Miene sich jetzt verändert hat. Nichts als harte, steife Linien, und ein Muskel pulsiert an seinem Hals. »Er muss nach Hause«, sage ich. »Er ist sternhagelvoll.«

»Ich rufe ihm ein Uber«, sagt Jack kühl.

»Was hat er eben gesagt?«, lallt Owen.

»Ich mache das schon«, sage ich. »Owen, wie wär's, wenn wir rausgehen? Ein bisschen frische Luft schnappen?«

Jack wendet sich um und sieht mich an, während Owen seine schläfrigen Augen zu- und wieder aufmacht und nickt. »Gute Idee, Mills.«

»Ich denke, ich gehe dann mal raus«, sagt Jack wie zu sich selbst, und sein Ton ist gereizt. Ausdruckslos. Irgendetwas glüht auf meinen Wangen. Warum fühle ich mich für das hier verantwortlich? Warum fühlt sich das hier an, als ob es mein Schlamassel wäre?

»Nein, nein, schon gut ...«

Owen stolpert, und ich strecke einen Arm aus, um ihn zu stützen. Owen lacht und richtet sich auf. »Scheiße.«

»Ich gehe raus, Millie«, sagt Jack noch einmal.

Draußen ist es bitterkalt und dunkel, die Luft feucht. Das Meer tobt hinter uns wie ein gefangenes Tier, und Owen lehnt sich an die Backsteinwand des Pubs. Gedämpftes Geplauder und Musik hallen von drinnen heraus.

Ich scrolle mein Adressbuch durch. Ich bin sicher, ich habe hier drinnen irgendwo die Nummer eines Taxiunternehmens.

Jack steht neben mir, aber von mir abgewandt, die Hände in den Taschen, und die Atmosphäre, die über uns allen schwebt, ist wie dichter Lagerfeuerrauch.

Owen zückt sein Handy. »Ich kann mir selbst ein Uber bestellen. Ich bin kein Kind.« Er hält sein Telefon hoch, erkennt, dass er es verkehrt herum hält, beginnt zu lachen.

Ich habe kein Uber. Ich habe keine *Apps*. Und für eine Sekunde ist es, als würde alles erstarren. Ich, hier draußen, mit einem idiotischen Telefon, das kaum funktioniert, Jack, der weggeht, Owen, der mich verlassen hat, zusammengesackt und betrunken an dem Tag, der sein Hochzeitstag hätte sein sollen, während ich, wie üblich, versuche, alles am Laufen, Laufen, Laufen zu halten ...

»Gebucht«, sagt Jack und steckt sein Handy wieder ein. »Zehn Minuten.«

Owen hebt einen Daumen. »Danke, Shurlock.« Dann lacht er, stöhnt, hält sich die Hände vors Gesicht und sagt: »Gott, Mills. Ich bin am Arsch.«

»Du brauchst Schlaf«, sage ich.

»Ich brauche *etwas*.«

Jack steht da wie ein Wachmann, schweigend, dann geht er rückwärts zurück zur Tür. »Gute Fahrt, Kumpel«, sagt er tonlos, dann sieht er mich an, ein stummes »Kommst du?« im Gesicht.

Ich sehe Owen an, gebrochen, unter dem Schimmer der Straßenlaterne, während Sprühregen vom Himmel zu nieseln beginnt wie Staub. Ich denke an den heutigen Tag. Der sein Hochzeitstag hätte sein sollen. Bevor er meine E-Mail bekam. Und an den ganzen Schlamassel, bis hin zu Jacks letztem Abschied.

»Ich werde bei ihm warten.«

Jack starrt mich im Dunkeln an. Dann nickt er. »Okay«, sagt er. »Wie du meinst.« Und damit wendet er sich um und öffnet die Pubtür.

»Meine Mills ...«, lallt Owen, und auf einmal höre ich Alexis' Stimme in meinem Kopf: *Äh, was tust du denn da, MC? Im Ernst, was tust du da?*

Oh, ich vermisse sie. Ich vermisse sie so sehr.

Ich gehe zur Tür, halte sie fest, bevor sie zufallen kann. »Jack?«

Er dreht sich um und sieht mich an.

»Ich will nur warten, bis das Taxi kommt«, sage ich. »Er ist ... er ist völlig fertig und betrunken, und es fühlt sich falsch an, ihn allein zu lassen. Drinnen würde er nur eine Szene machen.« Jack zögert, und ich kann es kaum ertragen, ihn anzusehen. Diese haselnussbraunen Augen, die zum ersten Mal überhaupt traurig blicken, diese Miene voller Dinge, die er gern sagen würde ...

»Millie, es geht mich nichts an, was du tust«, sagt Jack.

»Ich komme wieder rein. Sobald er im Wagen sitzt ...«

»Millie.« Jack hält inne, dann schließen sich seine Augenlider langsam, als ob er seine Kraft zusammennähme. »Hast ... hast du gesagt, dass du nicht interessiert an mir bist?«

»W-was?«

»Jess hat so etwas erzählt. Hat gemeint, jemand hätte von mir geredet, und du hättest irgendwie ... geschaudert. Und Jess ... sie kann ein bisschen negativ sein. Ein bisschen skeptisch. Aber – *hast* du das gesagt?«

O mein Gott. Das habe ich. Bei der Sommer-Halloween-party. Vor Wochen. Aber ich habe es Chloe zuliebe getan, ich wollte nicht, dass sie dachte, ich würde eine wundervolle, lustige Zeit mit jemandem verbringen, den ich mag, während ihr Leben *meinetwegen* in sich zusammenkrachte.

»Nein.« Ich trete auf ihn zu. »Nein, ich habe nicht gemeint ...«

»Jess hat erzählt, du hättest gesagt, du seist nicht interessiert an mir. Nicht dein Typ, absolut nicht ...«

»Jack, ehrlich ...«

»Also ... hast du es *nicht* gesagt?« Jack sieht mich an. »Warum sollte Jess es dann mir gegenüber behaupten?«

Ich schlucke, sehe ihn an, in diesem winzigen, matt erhellten

Eingangsbereich, während die Tür hinter Jack den Lärm, den Pub, das, was sich wie der Rest der Welt anfühlt, fernhält. »Hör zu, ich habe es gesagt ...«, räume ich traurig ein. »Aber, Jack, ich habe es nicht so gemeint. Ich habe kein Wort davon gemeint. Es war nur so, Chloe stand genau da, und ... es ist eine Ewigkeit her ...«

»Chloe ...«, wiederholt er, und sein Blick huscht zum Himmel hoch. »Das heißt, du hast das Chloe zuliebe gesagt?« Er sieht mich an, und seine Schultern sacken vor Verzweiflung nach unten.

»Ich weiß«, sage ich. »Gott, ich weiß. Ich bin eine verdammte Idiotin. Aber sie sah so traurig aus, und ich war so glücklich, einfach mit dir dort zu sein, und ... was hätte ich denn sagen sollen?«

»Die Wahrheit«, sagt Jack. »Dir zuliebe. Nicht mir oder Chloe zuliebe. Die Wahrheit ...«

»*Mills?*«, ruft Owen von draußen. »Millie? Ach, Scheiße, mein Handy ...«

Jack schüttelt den Kopf. »Millie, ich habe den Kopf jetzt wirklich nicht frei für das hier. Ich ... Dies ist meine Abschiedsparty, und ich stehe hier mit dem verdammten Kalimeris draußen, der eine Szene macht ... Das hier ist ... das hier bin ich nicht.«

»Es tut mir leid«, erwidere ich. »Wirklich. Ich hätte das niemals sagen sollen.« Aber das »Das hier bin ich nicht« schmerzt. Als ob *ich* das Drama wäre. Als ob *ich* nicht er wäre.

Jack nickt, zieht die Pubtür auf. »Ich gehe rein. Gib mir Bescheid, wenn das Taxi ihn nach Hause gebracht hat.«

Und dann ist er verschwunden. Und ich stehe zwischen den beiden Türen, sowohl drinnen als auch draußen, wie in einer winzigen Zelle. Einem winzigen Fegefeuer. Was tue ich hier? *Was* tue ich hier?

Ich trete ins Freie und wickele mich fester in meine Jacke.

»Meine Millie«, lächelt Owen.

»Hast du dein Handy gefunden?«

»Nein.« Owen lacht. »Scheiß drauf. Ist mir egal.«

»Sei nicht albern«, sage ich. Ich senke den Blick zum Gehsteig, und ich sehe es sofort, unter der aufgestellten Kreidetafel des Pubs. Ich bücke mich und hebe es auf, und in dem Moment vibriert es in meiner Hand. »Du hast eine Nachricht«, informiere ich ihn. »Viele Nachrichten.« Ich reiche Owen das Telefon, aber ich sehe die Namen auf dem Display. Hannah, Niamh (Dreier) ... und *Leona*? Wie ... Leona von der IT? Chloes Freundin?

Er nimmt das Handy, sieht grinsend auf das Display. »Shurlock ist ein bisschen erbärmlich, oder?«

»Halt den Mund, Owen.«

»Dann seid ihr also Freunde?«

»Was?«

»Seid ihr Freunde, du und Jack?«, fragt Owen. »Oder vögelst du ihn? Du hast es doch wohl nicht auf ihn abgesehen, oder? Bin mir nicht sicher, ob du sein Typ bist. Aber mein Typ bist du eindeutig. *Scheiße*.« Owen stolpert näher an mich heran, und ich weiche einen Schritt zurück. Mein Fuß landet in einer Pfütze, bespritzt meine Knöchel. Mein Schuh macht ein patschendes Geräusch, und auf einmal gibt es für mich kein Halten mehr.

»Hast du Chloe betrogen?«

»Habe ich ... was?« Er zuckt zurück, als hätte ich versucht, ihn zu ohrfeigen.

»Hast du Chloe betrogen?«

»Nein. Nein, warum, was hat sie denn gesagt?« Owen starrt mich durch die Dunkelheit an. »Im Ernst, Millie, warum fragst du mich das ausgerechnet jetzt? Gott, mein Kopf *dreht* sich ...«

»Ja oder nein?«

Owen sieht mich an, mit angespanntem Kiefer. »*Nein.*«

»Ich glaube, du bist ein Lügner«, sage ich, und Owens Augen sind auf einmal zwei große, starre Kreise, aber ich habe das Gefühl, dass irgendetwas geplatzt ist. Irgendetwas kommt aus mir heraus, ein verborgenes Kästchen, das aufgebrochen wurde.

»Ich glaube, du bist ein Betrüger und ein Lügner und jemand, der anderen Leuten das Herz bricht und auf sie scheißt und sich nichts dabei denkt. Solange du eine Lieferkette anderer Leute hast, die dein Feuer schüren.« Die Frauen, die auf seinem Handy aufleuchten. Die ahnungslosen Frauen auf seinem Handy, wie ich früher eine war. Wie Chloe.

»Millie, verdammt, willst du mich verarschen?«

»Hast du meine E-Mails verschickt?«

Jetzt lacht Owen. Tief und verächtlich. »Warum, zum Teufel, hätte ich das tun sollen?«

»Ich weiß nicht, aber ... du bist hier draußen, spielst den gebrochenen, verschmähten Verlobten, und doch quillt dein Handy über von den Namen irgendwelcher Mädchen und ... das ist, was du mir angetan hast. Hast diesen gequälten, traurigen ›Ich will keine Fernbeziehung‹-Freund gespielt, während du dir die ganze Zeit ein neues Leben ohne mich aufgebaut hast. Neuer Job, neue Freundin.«

»Sie hat sich in deinen Kopf geschlichen, oder?«, sagt Owen wütend. »Sie hat sich in deinen Kopf geschlichen, genau wie sie es bei allen anderen versucht ...«

Ein Wagen schießt spritzend über das nasse Kopfsteinpflaster und hält am Straßenrand.

»Niemand hat sich in meinen Kopf geschlichen«, sage ich zu Owen. »Ich kann nur klarsehen.«

Das Fenster des Wagens fährt herunter.

»Uber?«, sagt der Fahrer.

»Er hier«, sage ich.

Und während ich mich entferne, ruft Owen: »Nichts davon ist meine Schuld, Millie. Millie?«

Ich drehe mich nicht um. Ich gehe einfach weiter, über das Kopfsteinpflaster, bis ich auf dem Weg nach Hause bin.

Kapitel 28

Von: Gail Fryer (PA)
An: Ganzes Leigh-Büro
Betreff: Strickjacke gefunden

Hallo allerseits,
Peterboat hat sich gemeldet, um zu sagen, dass nach unserem geselligen Beisammensein dort gestern Abend eine olivgrüne Strickjacke auf einem Stuhl im Zelt gefunden wurde. Falls sie einem von euch gehört, kann sie gern bei deren Fundbüro abgeholt werden.
Danke,
Gail

★★★

Von: Vince Gudgeon
An: Ganzes Leigh-Büro
Betreff: Strickjacke gefunden

Wer immer es war, muss entweder sehr durchgefroren oder sehr betrunken (oder dumm) gewesen sein, um ohne sie zu gehen, hahaha. Außerdem, du siehst heute sehr hübsch aus.
xx

★★★

Von: Vince Gudgeon
An: Ganzes Leigh-Büro
Betreff: Strickjacke gefunden

Entschuldige. Mir war nicht bewusst, dass ich das an alle geschickt habe.

★★★

Von: Gail Fryer (PA)
An: Ganzes Leigh-Büro
Betreff: Strickjacke gefunden

LOL Vince. Danke. Xxxxx

★★★

Fundraising-Steve *lächelt* tatsächlich, als er mich an diesem Morgen sieht, aber mir entgeht nicht, dass seine Schultern nach unten sacken, als ich die Tür aufdrücke. Irgendetwas ist gestern Abend auf dem Nachhauseweg vom Pub passiert. Ein heißes, wütendes Feuer loderte in mir, während ich mir den Moment mit Jack im Eingangsbereich des Pubs immer wieder durch den Kopf gehen ließ. Sein Gesicht. Die Enttäuschung darauf, die mein Herz zerquetschte wie eine Getränkedose. Und dann Owens Telefon, das immer wieder aufleuchtete. Und als ich schließlich zu Hause im Bett lag und verheult und schockiert an die Decke starrte, ging es weiter. Alles aus den letzten paar Monaten ging mir in einer Endlosschleife durch den Kopf. Die E-Mails, Owen und Chloe, Mum und Dad, der Zusammenbruch von allem.

Und dann dachte ich an die Theorie von Jacks Freund. Dieses nagende Gefühl, das mir einfach keine Ruhe lässt; dieses nagende Gefühl, das mir durch den Kopf schwirrt wie eine Biene, die in einem Bierglas gefangen ist. Und gestern Nacht, allein in meinem Bett, ist mir klar geworden, dass ich *wirklich* die Wahrheit darüber wissen will, wenn ich sie irgendwie in die Finger kriegen kann. Denn ich möchte endlich nach vorn blicken. Genau wie ich es so viele Jahre vermieden habe, mich meinen Gefühlen zu stellen, genau wie ich es vermieden habe, so viele Dinge zu sagen, bei denen ich zu große Angst hatte, sie laut auszusprechen. Und vielleicht werden sie mir ja gar nichts sagen können, diese Nerds von der IT, aber zumindest werde ich ihnen ins Gesicht sehen können, in dem Büro, das ich vermutlich schon vor all den Monaten hätte stürmen sollen, um sie zu fragen. Mich zu behaupten. *Mit mir klarzukommen,* wie Jack sagen würde.

»Wie geht's dir?«, frage ich Steve.

Steve nickt. »Gut«, sagt er zögernd. »Und ... dir?«

»Okay. Irgendwie.«

»Schön.«

Eine Uhr tickt an der Wand, und ein Ventilator surrt in einem der Computertürme. »Hör zu, Steve, ich habe mich gefragt, ob ich vielleicht mit dir reden könnte? Über ... diese ganze E-Mail-Geschichte?«

Steve zögert, dann nickt er. Er trägt eine Weihnachtskrawatte. Winzige Rentiere mit glänzenden roten Pompon-Nasen.

Ich schließe die Tür leise hinter mir, und er sieht auf.

»Das mit meiner E-Mail an dich tut mir leid«, sage ich. »Das mit dem ... Fundraising.«

»Schon gut.« Er räuspert sich; eine große Hand an seinem Mund zur Faust geballt.

»Ich finde, das ganze Charity-Zeug, das du machst, ist toll«, fahre ich fort. »Wirklich. Aber ... ich habe ernst gemeint, was ich gesagt habe. Die sexistischen Bemerkungen und das alles. Ich finde wirklich, darüber solltest du nachdenken ...«

»Das habe ich«, beeilt er sich zu sagen, und sein langes, ovales Gesicht läuft pulverlackrosa an. »Ich habe ... ich habe viel darüber nachgedacht. Darüber, wie ich mich benehme.«

»Oh.«

»Meine Frau und ich. Wir ... gehen zu jemandem. Einem. Ähm. Paartherapeuten?« Und es ist, als ob es Steve eine Riesenüberwindung gekostet hat, mir das zu beichten. Er schwitzt fast, als ob die Worte selbst ihn auf dem Weg nach draußen gewürgt hätten.

»Oh. Verstehe.« Und ich werde unwillkürlich weicher. Ich nicke. »Wow. Na ja. Ich ... hoffe, es hilft euch, Steve. Ich finde, das ist sehr mutig von dir. Wirklich.«

Steve nickt wieder. Seine gegelten Haarspitzen bleiben völlig unbewegt. Und jetzt ergibt auf einmal alles Sinn. Es ist schon so, wie Marshal sagt, oder? Dass manche »schlechten« Leute nicht wirklich schlecht sind, nur selbst verletzt wurden, leiden. Seine Kommentare über meinen Körper, über die Ehe der Aushilfe. Es ging nie um uns. Es ging um ihn. Steve und seine unausgesprochenen Kämpfe mit seiner Ehe. Sein eigenes Image und Selbst.

»Hör zu, ich weiß, dir sind zu einem gewissen Grad die Hände gebunden bei dem, was du tun darfst«, sage ich zu ihm, »aber ich ... ich muss zumindest *etwas* wissen.«

»Millie, falls es um die E-Mails geht, da kann ich nur begrenzt etwas tun.«

»Aber ich weiß, dass du mehr wissen musst als ich. Ganz sicher. Und Jack sagt ...«

»Jack Shurlock?«

Seinen Namen zu hören, bringt mich fast zum Weinen. Ich habe ihn noch nie so resigniert gesehen wie gestern Abend. Dieser »Das hier bin ich nicht«-Kommentar geht mir noch immer in einer Endlosschleife durch den Kopf.

»Ja. Er hat gesagt, ich müsste eine offizielle Beschwerde einreichen, und wenn es das ist, was ich tun muss, na schön, aber ich will kein Drama verursachen, und ich weiß, dass du mir nicht irgendwelche Dinge erzählen kannst, weil es vertraulich ist und das alles, aber ... ich will nur wissen, was ich wissen kann.«

Er seufzt. Ein tiefer, ratloser Seufzer, der nach Nescafé riecht.

»Okay ...« Steve steht auf, fährt sich mit einer Hand über die Brust. »Hör zu«, sagt er. »Wir haben keine definitive Antwort für dich, Millie. Und damit meine ich, niemand ist mit erhobenen Händen hier hereinspaziert und hat gesagt, ja, ich war's. Das heißt, bis du eine offizielle Beschwerde einreichst, müssen wir, als Unternehmen, als IT-Abteilung, einfach davon ausgehen, dass du es warst – und bevor du jetzt irgendetwas sagst, ich weiß, dass du es nicht warst. Aber auf dem Papier. Beschissene E-Mails werden verschickt. Täter streitet es ab. Will sich aber nicht beschweren ...«

»Ich weiß.«

»Und ehrlich gesagt, wir hatten auch keinen Hinweis darauf, dass du dich aus dem Büro ausgeloggt hast ...«

»Ich vergesse immer, meinen Ausweis durchzuziehen, wenn jemand vor mir hinausgeht«, sage ich.

»Ich weiß. Das geht uns allen so.«

»Was ... was ist mit der Videoüberwachung?«, frage ich.

»Wird nach dreißig Tagen gelöscht.« Steve seufzt. »Nur bestimmte Mitarbeiter haben Zugang dazu, und ich bin keiner von ihnen.«

»Was und das … ist alles?« Ich sacke ernüchtert zusammen. Was jetzt?

Steve zuckt die Schultern. »Es tut mir leid«, sagt er. »In solchen Situationen können wir einfach nur begrenzt etwas finden. Welcher Computer, welche Uhrzeit, wer sich ausgeloggt hat.« Er kommt hinter seinem Schreibtisch hervor und fixiert mich mit einem starren, unverwandten Blick. »Wann die Server wieder liefen.« Dann umrundet er die Schreibtische. »Ich gehe Kaffee machen.«

»J-jetzt?«

Er schießt an mir vorbei und zur Tür hinaus.

Ich sehe mich um. Ah. *AH.*

Er hat seinen Computer absichtlich angelassen, um mir zu helfen. Zumindest *hoffe* ich, dass es das ist, was er getan hat.

Ich schlüpfe rasch herum zu seinem Schreibtisch, blicke immer wieder über meine Schulter, um sicherzugehen, dass ich nicht gesehen werde. Aber es ist früh, die meisten Leute nehmen keine Notiz von mir, sind noch im Halbschlaf, trinken ihren Kaffee und essen ihr Müsli, hinterlassen ein unordentliches, krümeliges Frühstück auf ihren Schreibtischen.

Ich sehe auf seinen Bildschirm. Es ist ein Durcheinander geöffneter Fenster. Aber da, in der Ecke, ist ein Fenster, das wie irgendeine Art Log aussieht. Und auf dem Bildschirm ist eine Liste von Namen, die sich ausgeloggt haben, nachdem die Server wieder liefen. Die Leute, die im Büro waren, als meine E-Mails um 22.07 Uhr verschickt wurden. Und drei Zeilen weiter unten ist der einzige Name, der neben dem Empfang auftaucht:

Über Empfang ausgeloggt: 22.14 Uhr – Jack Shurlock

Jack hat gesagt, er sei an dem Abend nicht in der Arbeit gewesen. Aber das war er, das war er eindeutig. Warum hat er gelogen? Er hat gesagt, er sei um sechs gegangen. Er hat ausdrücklich betont, dass er an dem Abend um sechs gegangen sei, daran kann ich mich erinnern. Mir ist schlecht. Mir ist regelrecht *schlecht*. Aber nein – also wirklich. Das hier ist Jack. Warum sollte Jack … was sage ich da überhaupt? Dass *er* meine E-Mails verschickt hat? Gott, ich weiß nicht. Es klingt lächerlich, aber – na ja, man muss sich ja nur Mum ansehen. Vor nicht allzu langer Zeit hätte ich gedacht, die Vorstellung, dass Mum Dad belügt und ein Riesengeheimnis hat, sei lächerlich. Man kann sich bei niemandem sicher sein.

Ich warte nicht, bis Steve zurückkommt. Ich schnappe mir einfach eine wahllose Post-it-Notiz und verlasse das Büro, damit es so aussieht, als wäre ich für irgendetwas Belangloses gekommen. Nicht, dass mir aufgefallen wäre, ob Leute mich überhaupt angesehen haben. Ich bin benommen, habe einen Tunnelblick, alles klingt laut und leise auf einmal.

Ich gehe schnurstracks auf die Toilette, setze mich auf den Toilettendeckel, wie vor all den Monaten, als meine E-Mails verschickt wurden. Meine Brust hebt und senkt sich sanft. Okay, also, was jetzt? Jack. *Jack hat die E-Mails verschickt?* Ist es das, was ich übersehen habe? Warum hätte er das tun sollen? Vor allem angesichts der Tatsache, dass wir damals noch nicht einmal wirklich Freunde waren, im Grunde *gar nichts* waren. Ich schließe die Augen, und alles, was ich sehen kann, alles, was ich fühlen kann, sind seine Lippen auf meinen. Wie oft hat er mir gesagt, ich solle nicht nachbohren, solle nicht nach den Antworten suchen. Und warum? Das ist der Grund. Weil er sie verschickt hat. Wirklich? Würde er das wirklich tun? Er hat keinen Grund, das tun zu wollen.

Warum hat er dann gelogen und gesagt, er sei nicht hier gewesen?

Ich habe ihn gesehen. Habe seinen Namen mit eigenen Augen gesehen. Ich stehe auf, glühend heiß vor Wut. Warum glauben die Leute eigentlich, sie können mit mir Schlitten fahren? Alexis. Owen. Sogar meine eigene Mutter. Und jetzt ... Jack? Jack, bei dem ich mich sicher fühle. Jack, der mir inzwischen so viel bedeutet. Jack, dem ich ... vertraue. Vertrauen. War es falsch von mir, ihm zu vertrauen? Bevor ich auch nur darüber nachdenken kann, ist es, als ob meine Füße mir die Entscheidung bereits abgenommen hätten. Ich stürze aus der Toilette, die Kabinentür knallt gegen die Wand und sorgt dafür, dass meine Haare sich sträuben, wie irgendeine Art wütender Dinosaurier. Ich stürme durch das Büro, nervös, mit schweren Schritten.

»Ah, Millie, ich habe mich gefragt ... Millie?«

Ich schieße an Quasselstrippen-Martin vorbei, den Blick auf Jacks Bürotür geheftet. Er ist dort drinnen. Ich kann ihn durch die Glasscheibe sehen, am Telefon, den Mund zu einem breiten Lächeln verzogen, den Mund, den ich immer und immer wieder geküsst habe. Heute ist sein letzter Tag. Sein letzter Arbeitstag hier. Und dann geht er weg. Er geht weg. Endgültig. *Endgültig.*

Und ich klopfe nicht, ich platze einfach hinein. Sein Gesicht erstarrt, als er mich sieht, und sein Mund ist für einen Moment zu einem großen O geöffnet.

»Kann ich ... kann ich dich zurückrufen, Carrie? Ja. Ja, nein, schon gut. Danke.« Er legt den Hörer auf und breitet die Arme aus. »Was ist los, geht es dir gut?« Er beäugt für einen Moment die Post-it-Notiz in meinen Händen. Warum halte ich diese als Tarnung gedachte Post-it-Notiz noch immer in meinen Händen?

»Hast du mich angelogen?« Und die Worte platzen mir fast hysterisch über die Lippen und hallen nach. Jacks Büro ist jetzt kahl, so ähnlich wie ein Schlafzimmer in der Nacht vor einem Umzug.

Seine vertrauten, wunderschönen, haselnussbraunen Augen weiten sich. »Ob ich dich angelogen habe?«

»Du hast gesagt, du seist an dem Abend, als die E-Mails verschickt wurden, nicht hier gewesen.«

»Okay?« Er starrt mich unverwandt an, sein Mund noch immer geöffnet. Er durchquert das Büro und schließt hinter mir die Tür, aber ich rühre mich nicht vom Fleck. »Millie, was ist eigentlich los?«, fragt er ruhig.

»Du warst hier.«

»Ich war … was?« Er blickt verwirrt, besorgt um mich.

»Du warst hier«, wiederhole ich, und ich kann kaum sprechen. Mein Mund ist wie ausgedörrt. »An dem Abend. Du warst am Empfang, um die Zeit, als es passiert ist, und genau dort war mein Laptop.«

»Was? Millie? Entschuldige, aber woher hast du diese Information?«

»IT«, sage ich. »Ich habe das Log gesehen. Dort stand dein Name, die Zeit und dass du hier warst.«

»Aber das war ich nicht«, sagt er seelenruhig.

»Dann bist du also nicht Jack Shurlock? Denn dort steht buchstäblich *dein Name*.« Und auf einmal spüre ich, wie ich vor Wut zittere, zu Recht empört darüber, wie Leute mich anlügen. Offen ins Gesicht. Wie Owen, wie meine Mum …

»Und ich sage buchstäblich, ich war nicht hier.« Jetzt blickt er sauer. Er richtet sich auf, drückt die Schultern durch. »Machst du dich über mich lustig, Millie?«

»Warst du deshalb so nett zu mir?«, frage ich ernüchtert. Auf einmal fühle ich mich wie eine einzige riesige, offene, blutunterlaufene Wunde.

Jack seufzt und schüttelt langsam den Kopf. »Was meinst du, wie die Antwort auf diese Frage lautet?«

»Du hast mir kaum einen Funken Aufmerksamkeit geschenkt, nachdem du auf der Weihnachtsparty mit mir geredet hattest, und dann werden meine E-Mails verschickt, und du fängst an, mit mir zu reden, und … warum solltest du lügen? Warum solltest du sagen, dass du nicht hier warst, wenn du es warst?«

»Ich habe das Gefühl, vieles von dem hier solltest du zu anderen Leuten sagen, nicht zu mir …«

»Ich weiß nicht mehr, wem ich noch vertrauen kann«, platze ich heraus. »Mein ganzes Leben wurde auf den Kopf gestellt, und jemand hat mir das angetan, und *du* …«

»Ich kann nicht glauben, dass du denkst …« Jacks Nasenflügel blähen sich. Er reibt sich das Kinn. »Ich habe angefangen, mit dir zu reden, Millie, weil ich dich mag. Ich mochte dich schon damals, bevor ich das erste Mal weggegangen bin. Ich war mir nur nicht sicher, ob du mich auch mochtest. Du warst noch immer verletzt. Owen hatte … dir gegenüber eine so miese Nummer abgezogen. Ich dachte, es sei nur richtig, wenn ich den Ball komplett in deinem Feld lasse. Dann habe ich deine E-Mail bekommen …«

»Meine E-Mail?«

»Sie wurde zugestellt«, sagt er. »Ich habe eine neue E-Mail-Adresse, aber die Mails an meine alte Adresse werden mir nachgesandt. Weitergeleitet.«

O mein Gott. Jack hat die Sexy-Traum-E-Mail gekriegt. Jack hat die flirtende »Ich mag dich und wollte, dass du mich küsst«-

E-Mail gekriegt. Ich starre ihn an, mit offenem Mund, wie ein Fisch, der in einem Netz gefangen ist.

»Aber … da steht, dass du hier warst«, ist alles, was ich kleinlaut und erbärmlich zustande bringe.

»Ich habe heute noch eine Million Dinge zu erledigen, bevor ich gehe«, sagt Jack. Er tritt hinter mich und drückt die Klinke herunter. »Und ich muss ein Telefonat führen.«

»Und das … war's?«

Jack nickt. »Ja, Millie«, sagt er mit tiefer Stimme, wie ein autoritärer Lehrer. »Das war's.«

Dann starrt Jack mich an, und ich sehe ihn an, sehe in diese Augen, sehe den Mann an, an den ich mich eine ganze Nacht lang gekuschelt habe, an dem ich dahingeschmolzen bin. Ich trete über die Türschwelle.

Hinter mir schließt Jack die Tür mit einem ruhigen Klicken, und Stille legt sich über das Büro.

★★★

Von: Petra Kairys
An: Millie Chandler
Betreff: Mein Büro

Meine Liebe, kannst du um halb sechs, bevor du nach Hause gehst, bitte in mein Büro kommen?

★★★

Ich zittere und bin den Tränen nahe, als es endlich auf halb sechs zugeht. Ich habe Jack vor ungefähr fünf Minuten mit einem

Pappkarton mit seinem Zeug gehen sehen, wie es die Leute in Filmen immer tun, und das Einzige, was noch fehlte, war eine Pflanze, die seitlich hinausragte. Er ging wortlos an meinem Schreibtisch vorbei, und ich wollte ihm fast nachrufen. Ein lautes »Verpiss dich«. Ein lautes »Komm zurück«. Ein lautes »Wie konntest du mir das antun?«. Denn nachdem ich einen Tag lang Zeit hatte, um darüber nachzugrübeln, kann ich noch immer nicht klarer sehen. Jacks Name war auf Steves Log. Er aber bestreitet, auch nur in der *Nähe* des Büros gewesen zu sein, und ich habe das Gefühl, ich vertraue und glaube ihm, aber da ist auch ein Teil von mir, der schreit und denkt, ich habe schon früher vertraut, und man kann ja sehen, was es mir eingebracht hat. Was sonst soll ich denn denken?

Bis ich Petras Büro betrete, bin ich auf alles gefasst. Ich bin darauf gefasst, meine Kündigung einzureichen. Ich bin darauf gefasst, abgemahnt zu werden. Ich bin darauf gefasst, gefeuert zu werden. Auf alles. Ich habe losgelassen. Nur vielleicht nicht auf die Art, auf die meine Freundinnen wollten, dass ich loslasse. Vielleicht habe ich so viel losgelassen, dass ich Feuerbälle in alles schleudere, alles verbrenne wie irgendeine Art tollkühne, gesetzlose Empfangsangestellte, die nichts mehr zu verlieren hat.

Petra schließt leise die Tür hinter mir und lässt die Jalousie herunter, sodass wir in einem winzigen, kastenartigen Kokon mitten in ihrem Büro sind, und sagt: »Champagner?«

»*Champagner?*«

»Na ja. Prosecco.« Sie holt eine Miniaturflasche und zwei Strohhalme aus ihrer Handtasche.

Ich lächele matt. Ich nehme an, man weiß, dass man die Grenze zum Wahnsinn offiziell überschritten hat, wenn die eigene Vorgesetzte und Freundin einem im Büro Alkohol anbietet. »Nein, danke. Ich muss noch fahren, daher ...«

Petra zuckt die Schultern und steckt beide Strohhalme in die Flasche. Sie nimmt einen Schluck daraus und lacht. »Ich habe zwei davon in meiner Tasche.«

»Ist ... ist das ein Hilferuf, Petra Kairys?«

Petra lacht, dann hebt sie ganz langsam die Hand hinter ihrem Schreibtisch. Ein kleiner goldener Ring steckt an ihrem Finger, mit einem quadratisch geschliffenen Diamanten in der Mitte. »Ich bin verlobt.«

»O mein Gott! Wann ... wann ist das denn passiert? Wir waren doch buchstäblich eben erst zusammen bei ...«

»Ich weiß, ich weiß.« Sie nimmt einen kleinen Schluck. »Kira hat mir gestern Abend einen Antrag gemacht. Wir waren auf dem Nachhauseweg vom Pub, alles war voller Sterne, und ich esse *Muscheln*.« Sie lacht. »Und sie sagt es einfach. Lässt sich nicht auf ein Knie fallen oder so. Sie sagt es einfach. Willst du mich heiraten, Petra? Und ich stehe da, meine verdammten Haare wie Seegras, Meeresfrüchte hängen mir aus dem Mund, und sie ... sagt es einfach. Und ich ... war wie erstarrt. Ich ... hätte nie gedacht, dass ich erstarren würde, Millie.«

Ich nicke rasch. »Das verstehe ich«, sage ich. »Ich glaube, es ist fast zu riesig, um es sich auch nur vorzustellen!«

»Ja, genau! Und da Kira Kira ist ...«

»Die beste Freundin aller Zeiten«, ergänze ich.

»Hat sie mir den Ring gegeben. Hat mir gesagt, ich solle darüber nachdenken. Und wenn ich mich damit nicht wohlfühle, müssten wir ja nicht gleich irgendetwas tun. Oder je.«

Meine Augen füllen sich mit Tränen. »Gott, Petra ...«

»Ich weiß. Und es war ein Ja in der Sekunde, in der ich heute

Morgen die Augen aufschlug, wirklich. Aber es war trotzdem ein Riesending, Ja zu sagen, weißt du? Dem … irgendwie in die Augen zu sehen. Diesem Risiko des Ja, ich könnte wieder verletzt werden. Aber wenn wir das Risiko nicht eingehen, was hat das Leben dann für einen verdammten Sinn? Ohne Risiko kann man nicht richtig leben.«

Ich nicke, während Petra noch einen Schluck trinkt. Mein Herz hämmert in meinen Ohren. Ich bin aufgewühlt seit diesem Moment in Jacks Büro. Ich weiß nicht, was ich fühlen oder denken soll, und jetzt kommt alles in Tränen heraus. Glückliche Tränen, verwirrte Tränen, traurige Tränen, »Was zum Teufel soll ich bloß tun«-Tränen.

»Herzlichen Glückwunsch, Petra«, sage ich, und sie schnieft ebenfalls.

»Bring mich nicht auch noch zum Weinen.«

»Entschuldige«, lache ich.

»Ich kann es ihr noch nicht einmal sagen. Sie hat bis Mitternacht eine verdammte Schicht.«

»Sie ist ein solcher Glückspilz«, sage ich. »*Du* bist ein solcher Glückspilz.«

Petra lächelt mich an, streckt eine Hand nach meiner aus und drückt sie.

»Ich habe dich vorhin gesehen«, sagt Petra, und ich mache ein »Hm«-Geräusch, ein Signal an Petra, das besagt: »Gott, du musst mich nicht daran erinnern.«

»Es tut mir so leid, wenn ich eine Szene gemacht habe, ich …«

»Nein, nein, entschuldige dich nicht. Deswegen habe ich dir ja die E-Mail geschickt. Ich wollte, dass du meinen Ring siehst, natürlich, aber ich wollte auch sichergehen, dass es dir gut geht.

Und wenn nicht, wollte ich wenigstens wissen, dass es dir gut gehen wird. Die Dinge können sich zum Guten wenden. Sieh mich an. Und in letzter Zeit haben die Dinge angefangen, sich zum Guten zu wenden, für dich. *Veränderung.* Ehrlich gesagt habe ich insgeheim gehofft, dass du deine Kündigung einreichst.« Sie lacht.

»Im Moment fühlt es sich nicht so an, als ob sich die Dinge zum Guten gewendet hätten«, räume ich ein, und meine Schultern sacken nach unten. »Ich … ich weiß nicht. Ich weiß nicht, was ich tun soll.«

»Was ist denn vorhin passiert? Mit Jack?«

»Ich habe irgendwie herausgefunden, dass Jack hier war, an dem Abend, als es passiert ist, obwohl er gesagt hat, dass er nicht war.«

»Oh.« Petra stößt zwischen ihren glänzenden Lippen einen langen Atemzug aus. »Mein Gott.«

Ich nicke.

»Aber … Jack würde nicht lügen. Warum sollte er das tun?«, fragt Petra. »Okay, er ist superschlau, und verdammt, alle lieben ihn. Aber ein Drama in der Arbeit? Jack? Dass er sich an diesem Zeug beteiligt? Ich glaube nicht, dass er so etwas tun würde. Außerdem hat er dir doch *geholfen*, es herauszufinden. Als es passiert ist, wollte er dir einfach nur helfen.«

Das tut weh. Ein kleiner Nesselstich in mein Herz. »Aber warum hat er dann gesagt, dass er nicht hier war?«

Petra nimmt einen langen Schluck und lehnt sich dann auf ihrem Computerstuhl zurück. Sie sieht zur Decke hoch, ungefähr so, wie es ein Philosoph vielleicht tun würde, und sagt: »Ich *wünschte*, ich hätte Zugang zur Videoüberwachung«, stöhnt sie. Dann richtet sie sich auf. »Oh. *Oh.* Weißt du, was wir tun könnten? Ich habe jetzt Zugang zum Wagen-Log. Das heißt, ich kann sehen, wie Fahrzeuge auf dem Parkplatz ein- und aus-checken? Ich kann *Nummernschilder* sehen.« Sie hält inne, starrt mich an, und ein Schauder läuft mir übers Rückgrat.

»O mein Gott, im Ernst?«, entfährt es mir.

»Ja.«

Und es widerstrebt mir, obwohl ich seit Monaten Klarheit über diese Sache wollte, die mein Leben in so vieler Hinsicht verändert hat. Es ist fast, als hätte ich Angst davor, es zu wissen. Auf der anderen Seite will ich es wissen, mehr als alles andere. Ich will loslassen. Ich will nach vorn blicken. Ich will ein für alle Mal wissen, was an dem Abend, an dem die E-Mails verschickt wurden, passiert ist. Egal, wie die Antwort aussieht.

Ich schlucke. »Mach es.«

Petra wendet sich zu ihrem Computer um, legt die Hand über die Maus. Sie schnalzt mit der Zunge. »Okay, also ... Au-genblick ...«

Petra tippt auf ein paar Tasten, dann drückt sie auf Drucken. Der Drucker neben mir beginnt, eine Seite mit Nummernschil-dern auszuspucken. Das Papier riecht warm und süß, und dabei dreht sich mir fast der Magen um. Wenn es wirklich keine Com-puterstörung war, dann steht die Antwort auf die Frage, wer an dem Abend hier war und wer meine E-Mails verschickt haben könnte, auf *dieser Seite.*

»Ich habe alles zwischen sechs Uhr abends und Mitternacht ausgedruckt. Wie können sehen, wer spät geht. Sehen, ob uns irgendetwas ins Auge springt.«

Ich nehme die Seite aus dem Drucker, mit rasendem Herzen, während Petra immer wieder an der Miniaturflasche mit Pro-secco nippt. Sie starrt mich mit weit aufgerissenen Augen über den Schreibtisch hinweg an, als ob sie auf die Auflösung am Ende eines Films wartet.

Ich überfliege die Liste. Jacks Nummernschild checkt um 18.34 Uhr aus dem Parkplatz aus. Ich gehe die Liste weiter hinunter, um zu sehen, ob sein Wagen wieder eincheckt. Das tut er nicht. Mein Herz krampft sich zusammen, aber gleichzeitig blüht es auf. Jack war nicht hier. Jack hat die Wahrheit gesagt. Natürlich hat er die Wahrheit gesagt.

»Jack checkt aus.«

»Wie viel Uhr?«

»Superfrüh.«

»Bevor die E-Mails verschickt wurden ...«

Und dann sehe ich etwas. Owens Wagen checkt um 21 Uhr ein und fährt um 22.27 Uhr wieder ab.

»Owen war hier«, sage ich in den stillen Raum. »Er hat gesagt, er sei in Manchester gewesen. Ich habe ihn gefragt, und er hat es *geschworen*.«

»Gott«, sagt Petra und lässt den Strohhalm zwischen ihren Lippen los. »Scheißleute. Ich hasse Menschen. M-Millie, wohin ... wohin gehst du?«

Und jetzt stehe ich da, meine Gliedmaßen kochend vor heißer Wut, als wäre sie mir injiziert worden. Er hat mich angelogen. Er lügt mich noch immer an. »Ich fahre zu Owen.«

»Jetzt?«

»Jetzt.«

»Warte«, sagt sie und steht auf. »Ich komme mit.«

Petra stürzt mir nach, und ich laufe über denselben gerippten Teppich, über den ich mit einem beschämten, nervösen, flauen Gefühl erst vor wenigen Monaten gegangen bin. Und die ganze Zeit ... die ganze Zeit saß Owen dort und fühlte sich, als ob er ... was, sich an Chloe rächen würde? Ihr zeigen, dass er es ernst meinte, als er sagte, er könne kriegen, wen immer er wollte? »Sieh mal! Ein hieb- und stichfester Beweis dafür, dass meine Ex noch immer in mich verliebt ist und ich nach vorn geblickt habe!«

Wir stürmen durch den Ausgang – der Flye-Parkplatz ist dunkel, nur von Straßenlaternen erhellt, die Sonne längst untergegangen, die Luft kalt und rauchgeschwängert, auf diese November-Art. Und während ich zu meinem Wagen gehe, sehe ich Jack, der seinen Kofferraum packt, zwei Parkplätze von meinem entfernt. Kartons. Taschen. Ein Luftballon, der in der Nacht schaukelt, während die Straßenlaternen einen Schatten über die Worte auf der Folie werfen: »Wir werden dich vermissen!«

Er starrt mich an.

Er geht weg.

Er geht weg, und das war's. Das hier war sein letzter Tag. Vermutlich das letzte Mal, dass er je von diesem Parkplatz fahren wird.

Das hier könnte das letzte Mal sein, dass ich ihn sehe. Und ich habe es ruiniert. Ich habe diese wunderschöne, perfekte Sache, die ich mit diesem wunderschönen, perfekten Menschen hatte, ruiniert.

»Oh. Jack«, sagt Petra.

»Hey«, sagt er.

»Alles gepackt?« Sie nippt an ihrem Prosecco und hält die Flasche hoch. »Ich bin verlobt.«

Jetzt lächelt Jack. Ein kleines, aber aufrichtiges, warmherziges Lächeln. »Herzlichen Glückwunsch, Petra. Das ist wirklich toll.«

»Hoffe, es geht nicht entsetzlich schief!«, sagt sie in einem kichernden Singsang. Dann stolpert sie und streckt eine Hand aus, um sich an meinem Wagen festzuhalten. »Ups …«

Ich drücke auf die Fernbedienung, um die Türen meines Wagens zu öffnen. »Du kannst einsteigen, Petra.«

Sie salutiert kurz mit einem Zeigefinger und rutscht auf den Beifahrersitz.

Jack sieht mich an, und ich sehe ihn an. Ich kann nicht glauben, dass ich je an ihm gezweifelt habe. Ich hasse mich dafür.

»Wohin fährst du?«, frage ich.

»Jonny«, sagt er. »Ein paar Freunde treffen, bevor ich weggehe.«

Ich nicke. Und alles, was ich in diesem Augenblick tun will, ist, mich an seine Brust zu werfen. Die Arme um ihn zu schlingen, ihn einzuatmen, ihn anzuflehen, nicht wegzugehen. *Geh nicht, Jack*, zu sagen. *Bitte geh nicht. Ich werde kommen. Ich werde überallhin kommen, wenn du dort bist.* Und die Worte − sie liegen mir praktisch auf den Lippen … Aber ich kann nicht. Ich kann sie nicht noch einmal sagen. »Jack, es tut mir so leid wegen vorhin. Es … es tut mir einfach so leid.«

Jack nickt traurig, senkt den Blick zum Gehsteig. »Ich weiß«, sagt er.

»Es ist nicht okay.«

»Ich weiß«, sagt er noch einmal. Und seine Worte haben etwas so Gequältes, so Resigniertes an sich, dass Panik in meiner Brust aufsteigt. Ich habe das Gefühl, ihn verloren zu haben. Dass er vielleicht noch dort steht, aber bereits gegangen ist.

»Wohin fährst du jetzt?«

Ich schlucke. »Owen«, sage ich beschämt. Und dann sprudelt es aus mir hervor. »Petra hat die Aufzeichnungen überprüft, und Owens Wagen war hier.«

Jack nickt, eine fast unmerkliche Kopfbewegung. »Na ja. Viel Glück«, sagt er, schließt den Kofferraum seines Wagens und geht herum auf die Fahrerseite.

Ich stehe wie angewurzelt da. Viel Glück? Ich denke an die Rhabarberfarm. Ich denke an das Baumhaus. Seine Küsse, seine Berührung. Ich fühle mich, als ob mir jemand einen Dolch ins Herz gerammt hätte.

Ich drehe mich auf dem feuchten Beton um, die Sohlen meiner Turnschuhe knirschen auf dem harten Boden.

»Millie?«

Ich schnelle noch einmal zu ihm herum, Tränen in den Augen. Hoffnung flackert in meinem Herzen auf. Wie ein einziges entfachtes Streichholz.

»Ja?«

Und er sagt nichts.

Es gibt so viele Tausend Dinge, die ich sagen und hören will. *Geh nicht. Ich werde bleiben. Komm mit mir. Ich werde dich nicht verlassen. Ich habe so viel Angst vor dem Abschied. Ich kann das nicht noch einmal tun. Ich glaube ... ich liebe dich.*

Er schüttelt den Kopf, sieht auf seine Füße. »Pass auf dich auf«, sagt er schroff, und eine Reihe Bilder blitzen in meiner Erinnerung auf, wie ein Daumenkino. Wie er, Jack Dawson, mich hochzieht, auf dem Boot. Diese ganze Zeit, die wir zusammen hatten, und jetzt ... jetzt geht er. Jetzt ist er so gut wie gegangen.

Ich nicke. »Du auch«, sage ich, während mir eine Träne über die Wange kullert.

»Mach's gut, Millie.«

»Mach's gut, Jack.«

Petra sitzt auf dem Beifahrersitz und nippt an ihrem Prosecco, und sie nippt noch immer, als wir auf den Parkplatz von Owens Wohnblock einbiegen.

Sie richtet sich neben mir auf. Owens Wagen steht vor uns; derselbe Wagen, der auf dem Ausdruck aufgelistet ist. »Dann ist der kleine Idiot also zu Hause«, lallt sie und reckt den Hals. »Soll ich mit reinkommen?«

Ich schüttele den Kopf. »Nein, nein, schon gut. Bleib du im Wagen.« Obwohl ein Teil von mir will, dass sie es sieht; dass *jeder* es sieht. Das würde er hassen. Wie Chloe gesagt hat, er ist manipulativ. Er will, dass alle ihn in einem perfekten Licht sehen. Aber ich will das hier allein tun. Vor ihm stehen, endlich, allein und ohne Angst.

Ich öffne die Wagentür. »Kommst du hier klar?«

»Ich? Absolut«, lächelt Petra. »Ich werde mir einen Podcast anhören und meinen Prosecco schlürfen. Aber wenn du mich brauchst, Millie, rufst du mich einfach, ja? Ich bin genau hier.«

Ich nicke.

»Und du bist sicher, dass du klarkommst?«, fragt sie.

»Natürlich.« Und ich hoffe, dass dieses Wort in meine Seele einsickert, wie warmes Wachs, und sich zu einer Wahrheit verhärtet. Denn ich fühle mich absolut nicht so, als ob ich klarkäme. Ich muss ihn konfrontieren – Owen. Letztes Jahr um diese Zeit hätte ich alles dafür gegeben, dass er mich einfach nur wieder *ansieht*. Jetzt bin ich im Begriff, zu seiner Wohnungstür zu gehen. Ihn zur Rede zu stellen. Ihm gegenüberzutreten. Ihn zum ersten Mal genau so zu sehen, wie er ist.

Auf zittrigen Beinen mache ich mich auf den Weg, und meine Kniescheiben fühlen sich an, als ob sie nur noch von Mandelsulz und Wackelpudding zusammengehalten würden.

Ein kleines gelbes Licht brennt drinnen, hinter einem schmalen Milchglasfenster neben der Eingangstür. Mein Herz hämmert, als ich auf die Gegensprechanlage drücke. Es klingelt drinnen, ein kurzes, zweimaliges Läuten, das in mir nachhallt.

Es wird alles gut gehen. Ich habe jedes Recht, hier zu sein, ich muss ihn nicht einmal beschuldigen. Ich kann einfach sagen: »Du warst an dem Abend dort, als meine E-Mails verschickt wurden, und ich glaube, du warst das. Was hast du dazu zu sagen?« Aber halt weniger detektivmäßig.

Die Gegensprechanlage knistert.

»Hallo?«, sage ich. Schweigen. »Hallo, ich bin's. Millie.«

Wieder Schweigen.

Dann knarrt drinnen eine Tür, irgendwo außer Sicht, in dem erhellten Eingangsflur.

Und dann ...

Chloe.

O Gott. Damit habe ich nicht gerechnet. Chloe hatte ich nie auf dem Schirm. Sie haben sich doch *getrennt*. Ich habe die letzten paar Monate damit verbracht, Chloe anzuflehen, mir zu glauben, dass ich nichts damit zu tun hatte, dass die E-Mail verschickt wurde, dass ich keine Affäre mit Owen hatte, dass ich ihn nicht wiederhaben wollte, und hier stehe ich, auf seiner Türschwelle an einem Freitagabend, während andere Leute fürs Wochenende nach Hause fahren, für ein Bad und ein Takeaway. In Pubs gehen. In Clubs. Zu Freunden, so wie Jack, für sein Abschiedsdinner.

Chloe bleibt auf der anderen Seite der Tür stehen, als sie sieht, dass ich es bin. Ihr Gesicht sieht verkniffen aus – gerötet. Ihr Haar ist nach hinten gebunden, und sie hat die Ärmel hochgekrempelt. Als ob ich sie bei etwas gestört hätte. Putzen?

Sie öffnet die Tür. »Millie?«

»Ich ... ich ... entschuldige, ist ... Ich habe nicht erwartet, dich hier zu sehen.«

Chloe blickt gequält bei meinem Anblick. »Er ist nicht da. Ich bin dabei, ein paar Sachen von mir abzuholen.«

»Oh. Okay.«

»Er ist im Fitnessstudio«, sagt sie tonlos. »Was wolltest du?«

»Ich wollte nur mit ihm reden. Ihm sagen, dass ich weiß, dass er es war. Die E-Mails ...«

»Was ... was meinst du damit?«

»Ich habe die Nummernschilder von dem Abend überprüft«, sage ich. »Die Wagen-Logs? Und Owen war da, als die E-Mails verschickt wurden. Ich werde es der IT sagen. Eine offizielle Beschwerde einreichen. Endlich ... ich weiß nicht. Ihn zur Rechenschaft ziehen.«

»Millie, tu das nicht.«

Und jetzt stimmt es mich traurig, Chloe anzusehen. Denn ich hätte mich für Owen vor einen Bulldozer gelegt. Und genau das ist es, was er tut. Er gibt dir das Gefühl, dass du dich glücklich schätzen kannst, von ihm auch nur angesehen zu werden. Und obwohl ihre Beziehung vorbei ist, obwohl sie von ihm redet, als würde sie ihn hassen, versucht sie noch immer, ihn zu beschützen. Den verdammten König Owen Kalimeris.

»Es tut mir leid, Chloe, wirklich, alles, was dir passiert ist, aber das muss ich tun.«

Chloe starrt mich an. Sie steht wie angewurzelt da. Und ich erkenne es. Diesen besorgten Blick. Diese gerötete Haut. Ich habe über zwei Jahre gebraucht, um über meine Trennung hinwegzukommen. Und Chloes ist erst ein paar Monate her. Sie spürt noch immer diese Macht, diese Kontrolle. Sie schließt die Augen.

»Millie. Ich war es.«

Und jetzt erstarre ich, und wir beide stehen da wie zwei Schaufensterpuppen, eine im Türrahmen, eine auf der Schwelle, zwei Leute auf zwei Seiten eines Spiegels. Ein Gegenbild.

»Wie bitte? *W-was* warst du?«

»Ich habe die E-Mails verschickt, Millie«, sagt Chloe. »Es tut mir so leid. Ich war das.«

Kapitel 29

Ich treffe Chloe am Ende der Avenue Road, wo es zwei Bänke und endlose, ungehinderte Aussichten auf die Mündung gibt. Sie hat mir gesagt, dass sie in Owens Wohnung war, um ihre letzten Sachen abzuholen. »Ich kann nicht hier sein, wenn er zurückkommt«, hat sie erklärt. »Und du auch nicht.«

Petras True-Crime-Podcast läuft, während wir fahren. »Ihr Herz wurde außerhalb ihres Körpers gefunden«, sagt die ominöse Stimme durchs Telefon. »Und ihre Familie wurde mit den Worten zitiert, es sei ein Verrat, den sie niemals hätte kommen sehen können.«

Petra schüttelt nur den Kopf. »Chloe?«, fragt sie immer wieder über die mörderischen Details hinweg. »Chloe?«

Minuten später stehe ich vor einer der Bänke, die Metallbalustrade vor mir. Wind peitscht mir durchs Haar, salzige, eisige Luft. Chloe parkt ihren Wagen hinter mir. Sie steigt aus und kommt auf mich zu, nervös, ungefähr so, wie wenn man zu viel Angst hat, zu nah an den Rand einer steilen Klippe zu treten. Sie sieht aus, als würde sie gleich in Tränen ausbrechen. Hinter uns ist das Meer schwarz.

»Es tut mir so leid«, sagt Chloe, und der Wind trägt ihre Worte fort. »Ich hatte wirklich nicht vor, dich zu verletzen, Millie.«

»Das verstehe ich nicht«, sage ich. Und das ist die Wahrheit.

Auf der Fahrt hierher habe ich mir Chloes Worte immer wieder durch den Kopf gehen lassen, aber ich werde nach wie vor nicht schlau aus ihnen. Wie kann das sein? Warum in aller Welt sollte Chloe das tun? Ich habe wochenlang versucht, sie zu überzeugen, diese Sache in Ordnung zu bringen.

»Owens Wagen war dort«, sage ich matt.

»Ich habe Owens Wagen gefahren«, sagt sie schlicht. »Ich hatte solche Angst, dass du es herausfindest. Dass *irgendjemand* es tut. Ich war besorgt, was du von mir denken würdest und dass ich meinen Job verlieren würde.«

»*Ich* habe mir Sorgen um diese Dinge gemacht, Chloe«, rufe ich über den Wind und die flachen, rumorenden Wellen hinweg, unsichtbar in der Dunkelheit. »Ich wurde Monate meines Lebens davon verzehrt. Ich habe mich mit dieser ganzen Sache verrückt gemacht, und die ganze Zeit … Ich verstehe das nicht.«

Ein Grübchen zeigt sich in Chloes Kinn, und ihre Unterlippe bebt, wie bei einem Kind. »Ich weiß. O Gott, Millie. Und es sollte wirklich nie so passieren. Am Anfang wollte ich nur eine einzige schicken. Die Antwort auf die Einladung. Und dann dachte ich, na ja, das würde so verdächtig aussehen, oder? Daher bin ich panisch geworden und habe einfach jede Menge verschickt. Damit es nach irgendeiner Art *Virus* oder so aussah. Ich weiß, ich klinge ziemlich bescheuert. Glaub mir, niemand ist beschämter als ich.«

Ich starre sie an. Der Wind weht uns das Haar aus den Gesichtern, und Chloe umklammert ihren Mantel, als ob er das Einzige wäre, woran sie sich noch aufrecht hält.

»Warum hast du das gemacht?«, frage ich, und jetzt schwankt meine Stimme. »Ich habe dir nie etwas getan.«

Chloe schließt die Augen, und ihre Nasenflügel blähen sich. »Weil ich rauswollte, Millie«, antwortet sie. Mir stockt das Herz. Was? »Wir hatten uns getrennt. Es war grauenhaft. Einfach nur ein Streit nach dem anderen, und er hat mich ... absichtlich in den Wahnsinn getrieben. Hat Dinge getan und sie abgestritten, hat mich *ausgelacht*, es so hingestellt, als wäre ich dabei, den Verstand zu verlieren, und ich bin gegangen. Das war ungefähr ... drei Wochen bevor wir uns verlobt haben. Aber dann ist er zurückgekommen. Mit eingezogenem Schwanz. Und Gott ...« Jetzt hält sie sich die Hände vors Gesicht, stößt ein Geräusch aus, das halb ein Schrei und halb ein verzweifeltes Knurren ist. Und alles, was ich denken kann, ist: Das ist, was er getan hat. Das ist, worauf Owen sie reduziert hat. Uns. »Millie, er war *so* überzeugend«, schluchzt sie und nimmt die Hände von ihrem Gesicht. »Er hatte einen Ring. Er war mit seiner Mum losgezogen, um ihn auszuwählen. Sie war dabei. Die ganze Familie war dabei. Seine und meine. Und er hat mir einen Antrag gemacht. Auf einem Knie und alles. Er hatte meinen Cousin überredet, es zu filmen. Sie haben es sogar auf YouTube gestellt.« Sie zuckt zusammen – vor etwas, das wie eine Mischung aus Schmerz und düsterer Belustigung aussieht. »Und ich dachte wirklich, das sei es. Dass er sich aufrichtig verändert hätte, und ... ich habe ihn so sehr geliebt. Ich ... liebe ihn *noch immer* so sehr.«

»Gott. Chloe ...« Ich weiß nicht, was ich sagen soll. Mir fehlen die Worte. Ich stehe da, mit leeren Händen, im Wind, wortlos, ohne klare Gedanken. Eine einzige Windböe, und ich glaube, ich könnte in die Schwärze des Himmels davongetragen werden, wie eine Papiertüte.

»Also habe ich natürlich Ja gesagt. Und meine Familie ...« Sie lacht. »Ich war schon einmal verlobt. Vor ein paar Jahren. Ein

419

ganz netter Typ, aber ich war jung und … Du weißt ja, wie das ist?« Sie wischt ihre Tränen unsanft beiseite, schlingt wieder die Arme um sich, als wagte sie es nicht, alles herauszulassen. »Aber meine Familie, sie ist sehr … traditionell. Sie haben es gehasst, dass ich eine Verlobung gelöst habe. Peinlich, oder? Ich hatte mich eben erst von ihm getrennt, als ich zu Flye kam. Es war ein Neuanfang, und ich war überzeugt, dass alles gut werden würde. Dann habe ich die Abteilung gewechselt und … mich mit Owen angefreundet.«

Ich schlucke.

»Ich kann mich erinnern.«

Chloe nickt. »Ich weiß. Und … Millie, er hat dieses Bild gezeichnet. Dass es so schwer wäre, mit dir zusammenzuleben, dass er nicht glücklich wäre, dass du nicht so wärst wie ich.«

Das tut weh. Richtig weh. Dass ich vermutlich verliebt vor mich hin trudelte, während er dort draußen war und eine Geschichte erzählte. *Seine Geschichte.*

Chloe legt das Gesicht in Falten. »Ich hasse es, an diese Zeit zurückzudenken. Wie naiv ich war. Aber die Sache mit Owen ist, er stellt es immer so hin, als läge es an den anderen. Als wir uns trennten, bevor er mir einen Antrag machte, brachte er mich dazu, *mich* zu entschuldigen. Weil ich ihn gedrängt hätte. Weil ich bei ihm auf die falschen Knöpfe gedrückt hätte. Und alle haben mich irgendwie schief angesehen. Mit diesem »Puh, wenigstens hast du ihn nicht völlig vergrault«-Blick, denn was für ein Fang! So stellt er das hin. Owen ist charmant und clever. Andere Leute sehen zu ihm auf.«

Jemand geht im Dunkeln vorbei, spricht in sein Handy. Er hat eine offene Tüte Pommes frites in der Hand, und der beißende Geruch von Salz und Essig hängt in der Luft wie Dampf.

Ein netter Geruch. Ein heimeliger Geruch. Aber in diesem Moment riecht es unheilvoll. Alles fühlt sich unheilvoll an.

»Und sobald dieser Ring an meinem Finger steckte, sobald meine Mum und mein Dad den verdammten Golfclub gebucht hatten, in dem schon meine ganzen Brüder geheiratet hatten ... bekam ich auf einmal keine Luft mehr, Millie. Ich wusste, dass ich einen Fehler begangen hatte. Denn mir wurde klar, dass er ... manipulativ war. Verletzend. Und ich wusste, dass er mich betrog. Und ich dachte, mit dir.«

»Mit *mir*?«

»Jetzt weiß ich, dass du es nicht warst«, sagt Chloe flehend. Sie tritt auf mich zu, und ihre Stiefel kratzen über den Boden. »Ich weiß nicht, wer es war. Aber er hat viele Textnachrichten geschrieben, und einmal hat er nach Parfüm gestunken, als er vom Fitnessstudio nach Hause kam, und er hat ständig von dir geredet. Absichtlich, glaube ich. Wollte mich auf Zack halten. Und je mehr von diesem Hochzeitszeug gebucht wurde, desto nervöser wurde ich, aber ich dachte ... wie kann ich es absagen? Er wird mich in Verruf bringen. Alle werden denken, dass es meine Schuld ist. Oh, da haben wir's, sie sagt wieder eine Verlobung ab. Wie hätte ich je wieder meiner Familie gegenübertreten können? Meinen Freundinnen, allen, die ich kenne.«

»Aber bist du dir denn überhaupt sicher, dass er dich betrogen hat? Warst du dir auch nur annähernd sicher, bevor du mich benutzt hast? Du hast mich in die Schusslinie gebracht, und ...«

»Er hat es schon mal gemacht«, sagt Chloe zitternd. »Mit mir.«

Sie lässt die Worte zwischen uns in der Luft schweben, wie Nebel. Und ich weiß es. Ich weiß genau, wovon sie redet. Die Sache mit Chloe – es ging so schnell, weil es schon lange vorher angefangen hatte, bevor es mir überhaupt klar war. Owen hat betrogen. Mich. Natürlich hat er das.

»Es tut mir leid«, sagt Chloe. »Es tut mir so leid, ich wollte nie, aber auch nie, dass du verletzt wirst, aber ich war … verloren. Völlig, völlig verloren.«

Jetzt beginnt Chloe zu weinen, und ich weiß nicht, was ich sagen soll. Ich bin wütend. Ich bin traurig. Und irgendwie … gleichzeitig auf einmal wie befreit. Als ob jemand den Nebel gelichtet, die Frequenz neu eingestellt hätte und ich endlich klarsehen könnte.

»Woher wusstest du von meinen E-Mails?«

»Das wusste ich nicht«, sagt sie. »Aber er hat gesagt, er sei in Manchester, und er ist nicht an sein Handy gegangen, daher bin ich ins Büro gefahren. Mit dem Wagen.«

»Um ihm nachzuspionieren?«

Chloe nickt, ihre Arme wie einen engen Gürtel um sich geschlungen, nervös. »Es klingt verrückt, aber ich wollte mich vergewissern, dass er nicht mit irgendjemandem im Büro herumhing oder so. Mit … dir.« Sie sieht mir beschämt in die Augen. »Und dann die IT … mein altes Team. Sie haben mich da hineingezogen. Und … es war zu einfach. Dein Laptop war halt da.«

»Aber … Owen war auch da. Ich … habe ein Foto gesehen. Auf Instagram. Er, mit der IT, mit Pizza.«

Chloe legt die Stirn in Falten. »Das war … nein, das war für das neue Equipment-Tracker-Ding, das Steve einzurichten versucht. Leona hat Owen um Hilfe gebeten. Seine Stärke, hat sie gesagt. Das war … ich weiß nicht. Einen Monat davor?«

Also wurde es einfach nur verspätet hochgeladen. Ein Foto, das aufgenommen und vielleicht erst Wochen später geteilt und herumgereicht wurde. Und natürlich hat Leona ihn um Hilfe gebeten. Vermutlich ist sie in diesem Moment mit ihm zusammen.

»Und das Passwort?«, frage ich. Diese ganze Geschichte fühlt sich noch immer so unglaublich an. Ich war mir sicher. Ich war mir *so* sicher, dass er es war. Hatte mir die ganze Geschichte im Kopf zurechtgelegt; alle Wendungen, Anfang, Mitte und Ende.

»Owen hat das gleiche Passwort«, sagt sie. »Für eines seiner Streaming-Dinger, die ihr euch geteilt habt. Er hat noch immer dein Profil. Er ... hat mich immer mit deinem Profil provoziert. Hat es eigentlich nur deshalb behalten.«

Ich starre sie an. Ein feiner Regen besprüht unsere Gesichter; meine Wangen sind taub vor Kälte. Ich forsche in meinem Kopf. Nehme die Geschichte auseinander, die ich mir zusammengebastelt hatte, arrangiere sie neu, setze sie wieder zusammen, wie einen handgearbeiteten Quilt.

»Hast du Jacks Ausweis verwendet?«

Chloe zuckt unter ihrer dicken Parkajacke die Schultern. »Er lag in der Küche.« Einfach. So einfach. Eine Erinnerung an Jack, wie er über seine verlorenen Ausweise witzelte, schießt mir in den Kopf. Natürlich war es so einfach.

Das Herz rutscht mir in die Kniekehlen. »Okay. Und dann was? Du ... dachtest, du würdest mich zum Buhmann machen.«

Chloe schluckt, und ihre Augen glänzen, während der Regen zu fallen beginnt. »Gott, Millie, es ging nie um dich. Bitte, das musst du wissen. Es ging um mich. Ich wusste, wenn ich einfach dafür sorgen könnte, dass diese E-Mail gesehen wird, dann würden die Leute es begreifen. Sie würden sich auf *meine* Seite schlagen, sehen, wie er wirklich ist, und ich würde ... frei sein. Ich würde nicht mehr die flatterhafte Chloe sein, die wieder einmal eine Hochzeit abgeblasen hat. Ich würde die arme Chloe sein. Die aus einer beschissenen Beziehung herausgekommen ist, in der ihr Verlobter sie betrogen und über sie geredet hat, als wäre sie nur ein flüchtiger Gedanke. Meine Eltern würden *mich* anhören, nicht ihn. Und sie würden nicht mir die Schuld geben.«

Ich starre sie an. Regentropfen brennen in meinem Nacken, landen auf meinen Wimpern. Ich denke an Mum. Ich denke an ihre Enttäuschung, als Owen und ich uns trennten. Ich denke daran, wie schwer es auf mir lastete – wieder ein Scheitern. Auf der Universität gescheitert. In einem sogenannten Sackgassen-Job. Eine gescheiterte Beziehung. Und ich verstehe es. Ich habe diesen unsichtbaren Druck selbst gespürt, die unsichtbare Scham.

»Es tut mir so leid, dass du das alles durchgemacht hast«, sage ich, und meine Worte klingen abgehackt, tonlos, doch ich meine es ernst. Aber jetzt will ich auch, mehr als alles andere, nach Hause fahren, ins Bett kriechen und weinen.

»Niemandem tut es mehr leid als mir, Millie. Es tut mir so leid, dass er dich betrogen hat. Es tut mir so leid, was ich getan habe. Das hast du nicht verdient.«

Ich nicke. »Ich weiß«, ist alles, was ich sage. »Aber ... sag Owen nicht, dass ich bei ihm zu Hause war.«

»Natürlich nicht. Und ich weiß, du schuldest mir nichts, aber ...«

»Ich werde nichts sagen ... über die E-Mails. Über dich.«

Und dann wende ich mich ab, gehe zum Wagen. Wellen krachen wütend hinter mir, als ob es ihnen so leichtfiele, alles zum Ausdruck zu bringen, was lautlos in mir donnert.

»Es tut mir so leid, Millie«, ruft Chloe noch einmal, aber ich drehe mich nicht um. Ich steige in den Wagen und schnalle mich an.

»Millie?«, fragt Petra besorgt.

»Zeit zu fahren«, sage ich mit schwankender Stimme. »Es ist vorbei.«

Und während wir wegfahren, steht Chloe einfach nur da, im Schatten, allein, und sieht zu, wie wir verschwinden.

Kapitel 30

Ich erinnere mich, dass der Komiker Russell Kane einmal sagte, jeder hätte irgendwann einen Küchenboden-Reset. Wenn man sich auf dem Boden zusammengebrochen wiederfindet, ein Häuflein Elend, und sich fühlt, als ob man sich nie, nie wieder erholen würde. Auf Grund gelaufen. Und genau so fühle ich mich jetzt. Ich habe versucht, eine Pavlova zu machen. Als ich aufwachte, war das Wohnung ruhig, und ich stand da, in der Stille eines neuen Morgens, und dann dachte ich, ich werde eine Pavlova machen. Ich werde eine riesige, fluffige Pavlova machen, so wie die, die ich letzte Woche auf Food Network gesehen habe. Ich werde sie mit reichlich Beeren verzieren, mich völlig in dem Rezept verlieren. Mich ablenken, mich darin *vertiefen*. Aber während der Mixer sich drehte, stiegen auf einmal Tränen in mir hoch, wie Wasser in einem Schlauch, und ich sackte am Küchentresen zusammen und weinte.

Und jetzt surrt der Mixer über meinem Kopf noch immer, wie ein treues Haustier, und ich sitze in der dunklen Küche, während die Sonne versucht, sich hinter den Jalousien zu zeigen, die ich noch nicht geöffnet habe, und schluchze. Ich weiß nicht, wo Ralph und Cate sind. Ralph ist vermutlich in der Arbeit und Cate beim Yoga.

Ich bin wütend auf Chloe. Aber noch wütender bin ich auf mich selbst. Weil ich den armen Jack angegriffen habe, den ein-

426

zigen Menschen, der felsenfest zu mir gehalten hat, weil mein Vertrauen von Owen langsam untergraben wurde und ich es nicht einmal sehen konnte. Und er geht weg. Er geht weg, und ich bin allein hier, mit einer Schüssel mit Eischnee. Allein, allein, allein.

Ich höre die Küchentür klicken, und obwohl ein Teil von mir sich aufrappeln und rufen will: »ES GEHT MIR GUT!«, egal, wer da kommt, tue ich es nicht. Denn es geht mir nicht gut. Verdammt, es geht mir absolut nicht gut.

»Millie?« Die Lichter unter dem Küchenschrank gehen an, und Cate steht zwischen den Küchentresen und sieht zu mir hinunter. »O mein Gott. *Millie?*«

Sie schaltet den Mixer über meinem Kopf aus. Ich habe Cate und Ralph gestern Abend, als ich nach Hause kam, alles erzählt. Ich habe so viel und so lange geredet, dass meine Worte irgendwann immer langsamer wurden, lallend, bis ich schließlich auf dem Sofa einschlief. Ralph hat mich mit einer Decke zugedeckt, und Cate hat sanft gesagt: »Wir reden morgen weiter«, und die Bodenlampe ausgeschaltet.

»Backdesaster?«, fragt Cate jetzt besorgt.

Ich schüttele den Kopf. »Ein *Ich*-Desaster«, antworte ich. »Ein *Alles*-Desaster. Ich bin ein Desaster.«

»Sag das nicht«, ertönt eine Stimme.

Hinter Cate kratzen Schritte über die Küchenfliesen. Klobige schwarze Doc Martens, rote Schnürsenkel, dicke schwarze, rautengemusterte Strumpfhosen ... Mein Blick wandert hoch zu ihrem Gesicht. »O mein Gott, Alexis.«

Alexis' runde blaue Augen sind voller Tränen. »Oh, Millie, es tut mir so leid«, sagt sie. »Es tut mir so leid.«

»*Mir* tut es so leid.«

Und dann brechen wir beide in Tränen aus. Alexis versteckt ihre hinter ihren Händen, wie eine Maske.

»Oh, das ist gut!« Cate klatscht in die Hände. »Das ist richtig, richtig gut! Wir müssen alle weinen und es herauslassen. Und dann können wir reden. Ralph? *Ralph!*«

Ralph kommt von draußen hereingestürzt. »Entschuldigung, aber irgendjemand bringt schon wieder das Recyclingzeug durcheinander, im Müllraum ...«

»Scheiß auf die Mülltonnen. Hast du nachgesehen, wo diese Starbucks-Bestellung bleibt?«

»Oh, nein«, sagt er und zückt sein Handy. »Hast du es auf meinem Deliveroo gemacht? Aber, äh, Cate, ich bin mir nicht sicher, ob Kaffee und Kuchen wirklich unter die basische ...«

»Kuchen, Ralph«, ist alles, was Cate sagt. »Du bist entzückend, aber wenn ich das Wort basisch noch ein einziges Mal höre ...«

Ralph lächelt besiegt.

»Ich werde meinen Kuchen essen. Gallensteine hin oder her.«

»Gallensteine hin oder her«, wiederholt er, und er sagt es mit so viel Wärme in der Stimme, dass es fast romantisch klingt.

Nach zehn Minuten hat Ralph die Lichter eingeschaltet, die Jalousien hochgezogen und sanfte Musik aufgelegt. Irgendeine Art seltsame, hallende Sireny-Melodie. Ralph findet immer irgendwelche obskuren Künstler auf Folkfestivals und kauft ihre selbst gebrannten CDs. Ich habe Cate letzte Woche dabei ertappt, wie sie sich eine angehört hat, während sie eine Avocado-Gesichtsmaske auflegte.

Ich sitze am Frühstückstresen, zwischen meinen beiden besten Freundinnen – zwischen Cate und Alexis –, und ich fühle mich gehalten.

Ralph schaufelt die viel zu steif geschlagene Eischneemasse auf ein Backblech. Ich habe keine Ahnung, ob sie noch zu retten ist, aber er wird es versuchen, und wenn nicht, wird sie wohl in die Komposttonne draußen kommen, wovon Ralph ebenso begeistert zu sein scheint. »Es ist immer interessant zu sehen, wie lange Zucker Dinge konserviert.«

»Cate hat mich gestern Abend angerufen«, sagt Alexis, während sie mit dem Saum ihres grob gestrickten schwarzen Pullovers spielt. »Ich wollte dich ... anrufen. Aber dann hat Cate mich heute Morgen abgeholt, und ... Millie, es tut mir so leid. Es tut mir so leid, dass ich so ein stures Biest bin.«

»Du bist kein stures Biest«, entgegne ich. Denn es ist nicht wichtig. Wichtig ist nur, dass sie jetzt hier ist, wenn ich sie brauche. Und ich habe sie vermisst. Egal was, ich habe sie so vermisst.

»Mir ging es dreckig, Millie. Und ich meine ... so richtig dreckig.«

»Ich ... ich hatte keine Ahnung. Du hast nie gesagt ...«

»Ich weiß.« Alexis schnieft tief, wie um die Tränen aufzuhalten, die Brust gereckt, die Schultern durchgedrückt, wie immer. »Aber selbst ich hatte keine Ahnung. Bis zu deinen E-Mails. Und dann ist mir alles einfach ... klar geworden. Entsetzlich, entsetzlich klar.«

»Oh, Alexis. Es tut mir so leid.«

»Nein.« Alexis schüttelt den Kopf, und die dichten, gerade geschnittenen Ränder ihres blondierten Bobs wippen steif, wie die harte Kante eines Besens. »Ich hätte einfach mit dir reden sollen. Aber ich ...« Alexis tupft sich ihre dunklen, fuchsartigen Augen. »Ich wollte einfach ... die ganze Welt ausschließen. Weißt du? Mir war klar, dass ich verloren war. Meilenweit ent-

fernt von mir selbst. Meilen über Meilen. Ich habe einfach ...
sechzig Wochenstunden gearbeitet, war besessen von Aufträ-
gen, komplett daneben. Schlaftabletten, um einzuschlafen, Kof-
feintabletten, um wach zu werden, einfach ... verloren. Und als
deine E-Mails kamen, da wurde mir klar, dass ich es war ... dass
ich schon seit einer ganzen Weile zutiefst unglücklich war.«

»Lex, ich wünschte, du hättest mit mir geredet. Wirklich.«

Alexis? Unglücklich? Aber sie ist immer so gefasst. Und wenn
sie es nicht ist, dann erstellt sie einen Weg zum »Gefasstsein«,
legt eine Zündschnur an ihren Arsch und schießt los, bis sie es
ist. Alexis hält nie lange genug inne, um irgendetwas zu fühlen.
Sie ... schießt einfach los. Wie eine Rakete. Wie diese wundervolle, inspirierende Rakete, die ich vor all den Jahren kennengelernt habe.

»Ehrlich gesagt war ich in keinem Zustand, um mit irgendjemandem zu reden. Na ja. Außer einem Seelenklempner. Ich war
bei so einem ... Retreat-Ding?« Alexis neigt das Kinn zur Brust,
als könnten die Worte nur hervorkriechen, wenn sie sie nicht
ansieht. »Wie eine ... Gott. Gehirn-Reha, wenn du so willst.
Ich bin vor einem Monat hingefahren. Bin vor zwei Tagen zurückgekommen. Es war ... gut. Vier Riesen die Woche, und du
kriegst jede Therapie, die du willst, einen Teller Avocados zum
Frühstück und verdammt, ein bisschen Kuscheln hier und da.«
Ihr Blick wandert hoch, um meinen aufzufangen. Sie verbeißt
sich das Lachen, dieses laute, explosionsartige Lachen, das ich so
liebe, ihr Sarkasmus ein dunkles Flackern in ihren Augen. Dann
sackt sie auf ihrem Platz zusammen. »Es ist nur, jedes Mal, wenn
ich euch gesehen habe ... dich und Cate. Ihr habt mich immer
an alles erinnert, was ich nicht war. Jetzt ist mir klar, dass ich
mich von euch beiden völlig zurückgelassen gefühlt habe.«

»*Zurückgelassen?*«, frage ich leise. »Alexis, du bist die erfolgreichste Person, die ich kenne. Sieh dir doch an, was du alles erreicht hast. Du hast ganz, ganz unten angefangen ...«

»Absolut«, pflichtet Cate mir bei. »Hast buchstäblich dein Leben verändert.«

»Und jetzt bist du, was, die am besten bezahlte Salesmanagerin in deiner ganzen Abteilung? Du hast *Preise* gewonnen, Lex. Du hast die Hypothek deines Dads zurückgezahlt. Hast das Leben deines Dads und deiner Schwester verändert. Ich kann mich erinnern, wie entschlossen du warst, als deine Mum euch verließ, für die beiden das Ruder herumzureißen. Und das hast du getan. Das hast du wirklich getan.«

»Ja, aber wer bin ich, Millie?«, fragt Alexis unsicher, ihre Stimme jetzt ein trauriges Flüstern. »Ich meine, wirklich. Außer irgendeiner Art Maschine, die arbeitet und Geld verdient und jedermanns verdammter *Baum* ist, an den sie sich lehnen können? Jedermanns Fels in der Brandung.« Alexis schluckt, sieht auf ihre Fingernägel, spielt mit einem Silberring an ihrem Daumen. »Und ich dachte immer, Cate ist so ... *Cate*. Weißt du? Und ich weiß, der Typ ist ein Idiot, aber, Cate, du hattest Nicholas und die Christmas Lane, und ich dachte immer, sie ist einfach einer dieser Menschen. Cate. Verliebt in die kleinen Dinge. Und ich weiß nicht einmal, wie ich überhaupt *Zugang* zu diesem Teil von mir kriegen soll.«

Cate schenkt ihr ein dünnes Lächeln, aber sie schüttelt den Kopf. »Ich bin wohl kaum ein Aushängeschild für Normalität, Lex.«

»Und, Millie, du, du wurdest *verarscht*. Owen war das *Letzte*. Hat dein Herz in einen verdammten Mixer gesteckt und es zum Frühstück getrunken. Und du bist noch immer – *sanft*. Weißt du? Tapfer, aber sanft. Auf eine nette Art. Du hast diesen ganzen Liebeskummer und Schmerz mit dir herumgeschleppt, aber du hast trotzdem … weitergemacht. Glücklich, hier mit Ralph und dem Meer. Nur das. Das Meer. Und deine Häkelarbeiten … auch wenn sie alle wie menschliche Organe aussehen.« Alexis lächelt liebevoll. »Wohingegen ich einfach nur herumlaufe wie diese Frau aus Stahl. So tue, als könnte mich *nichts* verletzen, als brauchte ich nicht, was alle anderen brauchen. Ich brauche *niemanden*. Und tatsächlich bin ich eine … Schwindlerin.«

»Alexis, du bist keine Schwindlerin«, entgegne ich.

Alexis schluckt. »Dieser ganze Scheiß, den ich predige. Geld und Motivation und Leben zu meinen Bedingungen. Jedes Mal, wenn ich euch beide gesehen habe – Cate mit ihren Putzplänen und ihrem glücklichen Gesicht und dich mit deinen Spaziergängen durch Leigh, obwohl du ein gebrochenes Herz hattest –, war ich einfach nur neidisch. Denn für jemanden, der Selbstliebe predigt, liebe ich mich überhaupt nicht. Ich halte mich überhaupt nicht in Ehren.«

Ich strecke eine Hand nach ihrer aus und ergreife sie.

Es klingelt an der Tür. »Ah. Das wird der Kuchen sein«, sagt Ralph. »Ich geh schon.«

»Aber ich konnte mich selbst nicht ansehen«, fährt Alexis fort. »Es ist so viel leichter, andere Leute anzusehen, oder? Sie als seltsam oder falsch hinzustellen, damit man sich nicht selbst ansehen muss, sich nicht sich selbst stellen muss.«

»Lex, wir alle haben Dinge, die wir sagen wollen und nicht sagen können«, sage ich zu Alexis. »Anderen Leuten, ja, aber hauptsächlich uns selbst. Das ist das Schwerste von allem.« Eine Träne kullert mir über die Wange. Alexis fängt sie mit den Fingern auf und sieht mir in die Augen. Ihre Finger sind warm und vertraut.

»Ich bin so froh, dass du hier bist«, sage ich.

»Oh. Ich auch«, versichert sie mir, und ihre Unterlippe bebt, und jetzt weint sie ebenfalls. »O Gott, mein Make-up ist total im Arsch. Das ist das neue Fenty ...«

Cate lacht, tupft mit einem Taschentuch an Alexis' Auge. Die will es ihr abnehmen, wie immer selbstbestimmt, will nicht zulassen, dass man ein Getue um sie macht oder sich um sie kümmert, aber dann hält sie inne und lässt die Hand in den Schoß sinken.

»Argh«, stöhnt Alexis unter Tränen. »Ich wünschte, ich hätte einfach aufgehört, so wütend und traurig zu sein, und hätte ›Hilfe!‹ gesagt. Hätte gesagt: Hallo, Mädels, ich bin neidisch auf euch beide, weil ihr zu wissen scheint, wer ihr seid, und ich nicht.«

»Das tue ich doch gar nicht!«, entgegne ich. »Das tue ich wirklich, wirklich nicht!«

»Scheiße, ich auch nicht«, ergänzt Cate. »Ich meine, sieh mich an? Und wo ich jetzt bin, verglichen damit, wo ich früher war. Niemand hat je alles auf der Reihe. Selbst wenn wir so aussehen, als ob. Und meiner Meinung nach ist jeder, der von außen betrachtet so aussieht, als ob alles okay wäre, mit Vorsicht zu genießen. Der Schein trügt. Wir alle haben unter der Oberfläche irgendwelches Zeug laufen.«

»Man kriegt nie die ganze Geschichte«, nicke ich, und dann wird mir schwer ums Herz. Jack. Jack sagt das. Ich wünschte so sehr, ich hätte ihm die ganze Geschichte darüber erzählt, was ich für ihn fühle. Bevor er gegangen ist.

Ralph arrangiert den Kuchen auf einer Platte, die wie ein Giftpilz geformt ist, schenkt allen Kaffee ein, und Alexis erzählt uns, dass sie sich angemeldet hat, um an Wochenenden ehrenamtlich in einem Hundetierheim zu helfen, dass sie ein Sabbatjahr beantragt hat, in dem sie von ihren Ersparnissen leben wird. Sich erholen. Urlaub machen. Darüber nachdenken, welche Richtung ihr Leben nehmen soll.

»Alexis?«

Sie sieht zu mir hoch, ein winziges Stück Karottenkuchen zwischen zwei Fingerspitzen, mit mattgrauem, abgeblättertem Nagellack.

»Nicholas hat gesagt, Owen und du ... Er hätte euch einmal gesehen. Euch beide ertappt?«

Ich warte darauf, dass Alexis das Gesicht verzieht, dass sie »Äh, wie bitte?« sagt. Aber stattdessen nickt sie, einmal nur, und ein riesiger Seufzer entfährt ihr, ernüchtert sie ein klein wenig.

»Owen hat manchmal Dinge zu mir gesagt, ja. Hat mich angebaggert. Mit mir geflirtet. Hat ... Kommentare gemacht. Unangebrachte. Er hat mir geschrieben, eine Woche bevor ihr euch getrennt habt. *Hab gehört, du fährst nach Goa.* Wollte dich treffen.«

»O mein Gott.«

»Der Typ ist eine Waffe, Millie«, fährt Alexis fort. »Ich habe den Fehler einmal gemacht, als ich ihm von Mum erzählt habe. Wie sie einfach ... mit ihrer anderen Familie herumstolziert, als ob wir nur noch an Weihnachten existierten, wenn wir Glück haben, und er ... hat sich darauf gestürzt. Anfangs war ich entzückt. Weißt du, was ich meine? Ich meine, Mill hat diesen netten Typen gefunden, der sich um ihre Freundinnen sorgt, und ah, sieh ihn an, er hört zu, er *versteht*. Aber dann ... hat er ...«

Sie rümpft die Nase, schließt die Augen. Zwei dicke, perfekt geschwungene Eyelinerstriche. »Seine Hand auf mein Bein gelegt.«

»*O mein Gott.*«

»Ich weiß. Er ist widerlich. Aber ich wusste nicht, was ich tun sollte. Man denkt immer, man *weiß*, was man in dem Moment tun wird, wenn es einem wirklich *passiert*, aber … jedenfalls, dann habt ihr euch getrennt. Und ich dachte, *scheiß drauf*. Denn du musstest es nie erfahren. Ich musste dich nie verletzen.«

»Aber du warst es gar nicht, Alexis«, sage ich. »Er war es.«

»Ich weiß. Doch ich bin deine Freundin. Es ist mein Job, dich vor grässlichen Dingen zu beschützen. Nicht, sie dir zu liefern.«

Ich tupfe mir mit einem Taschentuch die Augen, während Musik aus Ralphs kleinem Lautsprecher driftet. Sanfte Klaviermusik diesmal.

Owen der Schurke. Manchmal gibt es Helden und Schurken, und er ist einfach einer, oder? Schon immer gewesen. Ein *heimlicher* Schurke. Die schlimmste Art. Die Art, die dich aufsaugt, ganz gerissen. Andererseits – es gibt auch die offensichtlichen Helden. Die sanften, freundlichen, nichts ahnenden Helden, so wie Ralph, der unsere Getränke einschenkt, der für uns Kuchen auf kleinen Tellern arrangiert, der meine missratenen Meringues in den Ofen schiebt.

»Na ja, für mich musst du keine Perfektion ausstrahlen«, sagt Cate. »Und damit meine ich jeden in diesem Raum. Du kannst deine Macken haben, du kannst ein Biest sein und mir deine ganzen hässlichen Seiten zeigen …«

Alexis lacht. Ein widerstrebendes »Na ja, wenn du meinst«-Alexis-Lachen.

»Und ich werde dich immer noch lieben.«

»Ich auch«, ergänze ich.

Alexis nickt. »Und *ich* auch«, sagt sie unter Tränen. »Auch wenn ich nicht glaube, dass je eine lebende Seele meine hässlichen Seiten gesehen hat. Nicht wirklich. Meine hässlichen Seiten haben sogar heimliche hässliche Seiten. Willst du die auch, Cate?«

»Ähm. Könnte ich euch vielleicht etwas zeigen?«, wirft Ralph ein. »Ich habe seit ein paar Wochen daran gearbeitet.«

»Der Pilzpullover? Hast du damit angefangen?«, frage ich. »Oh, Ralph hat ein Pilz-Strickmuster für einen Pullover gefunden, und er wollte, dass ich damit einen Versuch wage«, sage ich zu Alexis. »Entschuldige, Ralph, es ist nur ... wir haben eben über hässliche Seiten geredet. Und, na ja, dieser Pullover ... nimm's mir nicht übel.«

Ralph lächelt und schüttelt den Kopf. »Nein, ich meine, schon gut, das hier ist sogar noch cooler.« Ralph nimmt seinen Laptop vom Tresen, tippt auf ein paar Tasten. »Hier. Sieh dir das an.«

Und als er mir den Laptop hinschiebt, werde ich von einem himmelblauen Display begrüßt. »OneNewMessage.com«, lese ich. »Was ... ist das denn?«

»Ich habe es erstellt. Eine Website. Irgendwie ... inspiriert von Alexis' TikTok.«

»Oh, ja.« Alexis verzieht das Gesicht, und ihre Mundwinkel wandern nach unten. »Es tut mir so leid, Mill. Aber, ich meine, du bist tatsächlich viral gegangen. Das heißt, gern geschehen, nehme ich an?« Sie lacht, und dann hält sie einen Moment inne. »Nur dass du zusätzlich zu allem anderen vermutlich nicht auch noch viral gehen wolltest ...«

»Was?« Ich setze mich auf, und ein Lachen entfährt mir. »Ich bin viral gegangen?«

Alexis' Augen weiten sich. »Äh, total! Leute haben angefangen, E-Mails zu teilen, bei denen sie wünschten, sie könnten sie verschicken. Sie haben Partei ergriffen. Und ... na ja, die meisten Leute haben für dich Partei ergriffen. Womit ich, na ja, so richtig auf den Arsch gefallen bin. Das Internet hält sich nicht zurück.« Sie lacht, dann schüttelt sie den Kopf. »Jedenfalls. Entschuldige, Ron. Red weiter. Sonst halte ich nie den Mund.«

»Ralph«, sagt Ralph. »Aber Ron. Ralph. Schon gut. Ist doch Jacke wie Hose.«

Und über Ralphs Kopf hinweg formt Alexis, an Cate gewandt, lautlos mit den Lippen: »Okay, ich liebe ihn.«

»Das heißt, ja.« Ralph räuspert sich. »Die Leute gehen auf diese Seite – also, sie hat eine Art E-Mail-Interface, aber es ist ein Fake. Und hier klickst du drauf, an wen sie gehen soll, zum Beispiel: meinen beschissenen Ex-Freund Owen.« Er sieht mich lächelnd an. »Und dann von Millie oder ich oder als was auch immer du erscheinen willst. Und dann schreibst du hinein, was du wirklich sagen willst.«

»Fick dich, Arschloch«, sagt Alexis. »Nur ein Vorschlag. Du kannst es gern ein bisschen bearbeiten.«

Ralph tippt es lächelnd. »Und dann drückst du auf Senden. Und es erscheint … hier. Auf einer Art Fake-Outlook-E-Mail-Programm, das jeder auf der Welt sich ansehen kann, wenn er will.«

»O mein Gott. *Ralph*.«

»Hasst du es? Entschuldige, es war nur etwas, womit ich herumgespielt habe …«

»Nein, ich *liebe es*.« Ein warmes Lächeln breitet sich über beide Wangen meines Gesichts aus. »Ich finde, das ist genial.«

»Wirklich?« Ralph strahlt. »Es gab schon ein paar Einträge. Jemand hat es auf Twitter geteilt, und wir bekommen viele Klicks. Und wirklich, die Leute werden einfach *inspiriert*, Millie. Sie fühlen sich verstanden. *Gesehen*. Denn jeder hat Dinge, die

437

er am liebsten sagen würde. Und das hier wird ein Ort sein, den Leute aufsuchen können, um sie zu sagen. Was sie wirklich sagen wollen, aber nicht sagen können. Und vielleicht fragen, warum sie es nicht können.« Ralph lächelt sanft.

»O mein Gott. Mir kommen gleich die Tränen …«

Alexis und Cate hüllen mich in eine Umarmung.

»Hast du gesehen, was ganz oben auf der Seite steht? Siehst du dort, wo es heißt, inspiriert von Millie Chandler?«, sagt Ralph sanft.

»Aber ich habe gar nichts gemacht.«

»Doch, das hast du«, sagt Ralph. »Du hast gesagt, was du gesagt hast, hast den Kopf hoch erhoben gehalten, und du hast allen ins Auge gesehen, obwohl du Angst hattest. Das ist tapfer, Millie.«

Jetzt bricht Cate in Tränen aus. Ralph greift mit einer übrig gebliebenen Osterserviette ein, und sie nimmt sie entgegen. »Gott, Ralph, du bist so …« Dann legt sie die Hände um sein Gesicht und küsst ihn auf die Lippen.

Ralph sieht aus, als ob er vielleicht gleich explodieren würde. Sein ganzes Gesicht ähnelt einem schockierten Emoji.

Ich stoße einen kleinen, entzückten Schrei aus.

»Na ja, Entschuldigung?«, sagt Alexis.

»Oh. Ähm. Oh. Das war …«, stammelt Ralph.

»Ein Schock?«, lacht Cate.

»Umwerfend«, sagt Ralph mit offenem Mund. »Einfach absolut umwerfend.«

»Ja, na ja, ich habe noch mehr davon auf Lager.« Sie grinst, und ich lache schallend auf.

»Also, ich nehme an, das beantwortet irgendwie eine Frage, bei der ich schon lange überlege, wie ich sie am besten stellen könnte«, sage ich. »Obwohl ich dachte, ihr wärt gestern bereits ... ich weiß nicht. *Bei der Sache gewesen?* Nach der ganzen ... Gallenblasen-Geschichte?«

Cate gackert. »Oh, meine Gallenblase, der Babymagnet.«

Ralph lacht. »Na ja. Sagen wir nur, wir sind auf einem vielversprechenden Weg«, meint er, und wir lachen alle, während auf dem Display vor uns immer wieder »Eine neue Nachricht« aufleuchtet – ein Fremder, der seine Geheimnisse in die Welt hinausschickt. Und das lässt mich an meine eigenen denken. Wie viel es gibt, was ich sagen will und tun will und was ich nicht länger zurückhalten sollte.

★★★

FLUGSTATUS – QE4302 – Quebec – gestartet: 10.44 Uhr.

Kapitel 31

Textnachricht von Mum: Dad landet morgen früh. Es ist alles okay. Wäre schön, dich zum Brunch zu sehen, falls du da bist. Ich liebe dich, Millie xxxx

***

Als ich mein Kindheitszuhause betrete, schlägt mir ein warmer, behaglicher Geruch von Nostalgie und Geborgenheit entgegen. Möbelpolitur, frischer Kaffee und ein warmes Frühstück. Ich kann Mum summen und leise murmeln hören: »Also, wohin ist das denn jetzt wieder verschwunden?«

Sie dreht sich um, bemerkt mich im Türrahmen der Küche, und sie sieht aus, als würde sie bei meinem Anblick vielleicht gleich platzen. »Oh, Schatz. Du bist hier. Du bist gekommen.«

»Natürlich bin ich gekommen. Außerdem, dein Kochen. Ich habe dein Kochen vermisst ...«

Mum lächelt. »Ich habe ein bisschen über die Stränge geschlagen. Aber jetzt, wo du hier bist, kannst du mir ja helfen. Ich habe den Frühstücksspeck irgendwo verlegt.«

Ich lache, hänge meine Jacke und meine Tasche über die Lehne des Küchenstuhls.

Das Haus ist tipptopp. Mum hat das Ganze vermutlich geplant, seit sie den Termin in ihren Kalender eingetragen hat. Hier drinnen herrscht ein Gefühl von Nostalgie. Der Weihnachtsbaum funkelt durch die Milchglastüren, die ins Wohnzimmer führen. Pringles und Pralinen, ordentlich aufgereiht auf der Seite; aus überquellenden Küchenschränken. Die Vorstellung, dass Mum auf Vorrat gekauft hat, wie sie es den ganzen November und Dezember über immer tut, ohne überhaupt zu wissen, ob Dad zurückkommt, ob mit ihnen wieder alles gut werden würde ...

»Wie kann man denn Frühstücksspeck verlegen?«, frage ich, während ich den Kühlschrank durchwühle.

»Das weiß nur Gott, Millie«, sagt sie und schaltet den Wasserkocher ein. »Ich habe heute Morgen welchen gekauft.«

»Bauernladen?«, sage ich, während ich am Tisch Platz nehme. Mum und Dad sind besessen von dem Bauernladen.

»Aber ja. Zwei Packungen. Beide – ach Gott. Hier sind sie ja. Auf dem Tresen. Unter diesem Geschirrtuch.« Sie schneidet eine Grimasse, dann lacht sie, ein mit Weihnachtspuddings besticktes Geschirrtuch in der Hand. »Vor lauter Sorgen, deshalb. Mein armer Kopf.« Mum ist aufgeregt. Aber sie ist auch nervös. So ist sie immer, kurz bevor eines der Bücher, die sie illustriert, erscheint. Aufgeregt, dass es ein Erfolg werden könnte, besorgt, dass es keiner werden könnte, alle Emotionen zu einem einzigen Riesenbammel verquirlt.

Mum hackt Champignons. Ich mache Kaffee.

»Wann soll Dad denn kommen?«, frage ich.

»In ...«, sie wirft einen Blick auf ihre Uhr, »jeden Augenblick. Und wie geht es dir, Millie?«

»Gut«, sage ich. »Besser. Du weißt schon, wenn man sich einfach ... klarer im Kopf fühlt?«

Mum nickt, beugt sich vor, um ein beschlagenes Fenster einen Spaltbreit zu öffnen. »Das weiß ich, Schatz. Oh, ja.«

Und ich auch. Jack ist gegangen, sein Flugzeug ist pünktlich gestartet und bringt Leute zu neuen Abenteuern Tausende von Meilen weit entfernt von anderen Leuten, die sie lieben, aber ich fühle mich trotzdem klarer im Kopf. Ich vermisse ihn in jeder Minute eines jeden Tages, aber ich bin klarer im Kopf. Als ob ich eine Flasche nach der anderen ins Meer werfe. Langsam, langsam loslasse.

Ein Poltern kommt aus der Diele, eine Kette klirrt, und die Haustür schwingt auf und knallt wieder zu. Dad steht im Türrahmen. Er hält zwei Blumensträuße in den Händen, in braunes Papier gewickelt, und lächelt hinter ihnen hervor. Sein entzückendes, sommersprossiges »Überraschung!«-Lächeln.

Mum erstarrt an ihrem Schneidebrett und dreht sich um. »Mitch?«

»Hallo, ihr beiden«, sagt er sanft, in seinem entzückenden, vertrauten, warmen Dad-Ton. »Wie geht's uns denn?«

»Hey, Dad!« Ich strecke mich, schlinge die Arme um ihn, und Mum steht einfach nur da, die Hände an ihrer Schürze.

Er reicht uns je einen Blumenstrauß – weiße Rosen für Mum und Heidekraut mit Lavendel für mich. »Ich dachte, das ist mal etwas anderes«, sagt Dad. »Und ich dachte, es ist perfekt für dich.«

Ein paar Minuten später sitzen wir alle an dem kleinen runden Tisch in der Küche, mit Tassen Kaffee, Würstchen im Ofen, der Speck noch immer draußen und ungeöffnet, Brot im Toaster, bereit, nach unten gedrückt zu werden.

»Millie, es tut mir leid, wenn irgendetwas von dem, was passiert ist, dich irgendwie belastet hat«, sagt Dad.

Ich nicke, bestreite nicht, dass es das getan hat.

»Wir hatten … einen kleinen Hubbel auf der Straße«, fährt er fort, »einen Stolperstein, eine Hürde, wenn du so willst. Aber jetzt sind wir genau hier. Felsenfest. Denn das ist einfach das Leben, oder? Das ist einfach … na ja, Liebe.« Und als er das sagt, sind seine Worte pure Wärme.

»Ich bin so froh, dass ihr hier seid«, sagt Mum. »Alle beide.« Dad schluckt und verlagert seine Haltung auf dem Stuhl. Er zückt sein Handy. »Und …«, sagt er, und dann sucht er viel zu lange in irgendwelchen Apps herum, bis er schließlich Face-Time aufruft. Er drückt auf Kierans Namen.

»Oh«, sagt Mum, als es zu klingeln beginnt, und Dad lehnt sein Handy an eine Salzmühle. Wir drei quetschen uns zusammen, in den Rahmen. Ein schiefes Familienporträt.

Kierans Gesicht leuchtet auf dem Display auf. »Hallo, Familie«, lacht Kieran, und der Bildschirm ist ein Meer von Lächeln. Sein Haar ergraut an den Schläfen. Er war beim Friseur. Diese langen, flatternden Vorhänge, die er hatte, als wir ihn zum Flughafen brachten und er mit achtzehn zum MIT aufbrach, sind längst verschwunden.

»Was gibt's denn zum Frühstück?«, fragt er. Sein Akzent hat ein ganz leichtes amerikanisches Näseln angenommen. »Würstchen aus dem Ofen?«

»Aber natürlich«, antwortet Mum.

»Oh, wir haben Schnee!«, grinst Kieran, der Mum nicht gehört hat. Das Display wackelt. »Augenblick, ich zeig's euch kurz. Es ist noch ein bisschen dunkel, aber ihr müsstet ihn erkennen können. Jennings ist allen Ernstes mit Schneeketten an den Reifen zur Arbeit gefahren.«

Kieran wischt über sein Handy, führt uns durch sein wunderschönes Zuhause, seinen verschneiten »Garten«. Auf der Kamera ist er verschwommen, aber es ist meilenweit weiches, verschneites Weiß zu sehen.

»Oh, ich liebe Schnee!«, sage ich, und Kieran hält sich die Kamera ans Gesicht.

»Na, dann komm«, sagt er. »Komm und besuch deinen großen Bruder.«

»Schön wär's«, sage ich.

»Was hält dich auf?« Er macht es sich auf seinem Sofa bequem. Sein Hund, Mango, schnuppert an dem Display. »Na ja, abgesehen davon, dass wir uns richtig beschissene Textnachrichten schicken, mit mehreren Wochen Abstand und nur halb fertig geschrieben, und uns nicht einmal beantworten können, was wir zum Dinner hatten, geschweige denn, uns zu Einladungen und Flugtickets vorwagen können?« Er macht dieses Kieran-Ding. Verzieht keine Miene, blickt gespielt ernst und bricht dann in ein breites, clowneskes Dad-Witz-Lächeln aus.

»Ähm. *Du* bist ein beschissener Texter«, sage ich. »Ich nicht, schönen Dank auch.«

»Ich bin wirklich ein beschissener Texter«, gibt er zu. »Ich telefoniere lieber. Und ich meine, richtiges Festnetz. Das mich zwingt, mich hinzusetzen.«

»Na klar, alter Mann«, lache ich. »Und ein Rechenschieber. Ist dir ein Rechenschieber auch lieber als ein Taschenrechner?«

»Weißt du«, sagt Kieran, »ich liebe Rechenschieber.«

Und meine Wangen schmerzen so sehr, nur vom Reden mit ihm. Wir sind prompt wieder in unsere Bruder-Schwester-Dynamik verfallen. Kieran selbstironisch und älter, als er ist. Ich die sorglosere, jüngere Schwester, die sich über ihn lustig macht. Und jetzt bin ich verblüfft, wie gut ich Alexis in diesem Augenblick verstehe. Ich dachte, mit Kieran zu reden sei ... schmerzhaft. Deswegen habe ich den Kontakt schleifen lassen, als wir älter wurden. Kieran hat mir einen Spiegel vorgehalten von all den Dingen, die ich nicht war und von denen ich dachte, ich sollte sie sein. Und ich habe ihn vermisst. Ich habe ihn wirklich, wirklich vermisst.

»Millie«, sagt Dad und verlagert seine Haltung auf seinem Platz. Eine ruhige Dad-Stimme, die das Geschwistergeplänkel am Tisch unterbricht, Ozean hin oder her. »Wir, ähm. Wir wollten dir etwas geben. Stimmt's, Toni?«

Dad legt eine Debitcard auf den Tisch. »Das ... das hier ist für dich.«

Ich starre Dad über den Tisch hinweg an. »Was? Was ist das?«

»Wir haben viel für euch beide gespart, wie du weißt.«

Ich nicke, sehe zwischen meinen Eltern hin und her. Meine lächelnde Mum, mit Tränen in den Augen. Mein lächelnder Dad, mit Tränen in den Augen. »Für ... eine Hochzeit. Für ein Haus, habt ihr gesagt.«

Dad schluckt. »Das war egoistisch von uns. Davon auszugehen, dass es das ist, was du willst. Davon auszugehen, dass Heiraten das ist, wer du bist. Vielleicht ist es das. Vielleicht nicht. Aber ...« Er bricht ab und sieht Mum an.

»Wir hatten viel Zeit zum Nachdenken, Millie«, nimmt sie den Faden auf. »Und so vieles von dem, was du gesagt hast – es tut mir so leid, wenn wir dir je das Gefühl gegeben haben, weniger zu sein, als du bist.«

Tränen lauern an meinen Augenrändern.

Kieran lächelt vom Display, krault mit einer Hand langsam Mangos kleinen runden Kopf.

»Es ist dein Geld. Wir haben gearbeitet, wir haben für dich gespart. Und es gehört dir. Kieran hatte seinen Anteil für das bekommen, was er gewollt hat.«

445

»Hochzeit. Hausanzahlung. Gott, wie konnte ich nur so schlicht werden?«, fragt er, und ich lache unter Tränen.

»Und daher«, ergänzt Dad ruhig, seine Rede vorbereitet und einstudiert (im Flugzeug, möchte ich wetten), »sollte es für das ausgegeben werden, was *du* willst. Dafür, wer *du* bist. Urlaub machen. Dein Studiendarlehen zurückzahlen. Gehen und ...«

»Millie sein«, sagt Mum, und das rührt mich. Verwandelt mein Herz in warmen Sirup.

»O mein Gott, aber seid ihr ... seid ihr euch sicher?«

»Fang gar nicht erst damit an, sonst nehmen wir es wieder an uns«, kichert Dad warmherzig, und seine entzückenden runden Wangen röten sich erneut. Ich denke daran, wie er auf meiner Türschwelle stand. Ich denke daran, wie er auf dieser Bank im Nieselregen aus Ralphs Thermosflasche trank. Ein Kontrast zu diesem Augenblick hier. »Es gehört dir«, sagt Dad. »Wie könnten wir uns nicht sicher sein?«

Mum reicht mir ein Geschirrtuch, und ich tupfe mir lachend die Augen. Ich nehme die Debitcard; drehe sie in meiner Hand um.

»Nur damit ihr es wisst, ich nehme es euch allen übel, dass ihr mich zum Weinen gebracht habt«, lacht Kieran, und dann steht er auf, macht sich auf die Suche nach einem Taschentuch und nimmt uns dabei mit in die Küche. »Ich bin ein Engländer in einem emotional engagierten Land, und ihr ruiniert meinen Ruf«, sagt er, und seine Stimme wird leiser, während er in seinen Küchenschubladen nach einer Serviette kramt.

»Es tut mir leid, dass du das Gefühl hattest, uns nicht sagen zu können, dass du etwas anderes wolltest. Dass du Gefühle hattest, die du nicht teilen konntest.« Dad schluckt, seine Augen feucht von Tränen. Er wendet sich an Mum. »Und … Toni, wie geht es Julian?«

Mum sieht Dad an, mit glänzenden Augen. Der Mund steht ihr offen, nur für eine Sekunde, dann sammelt sie sich, natürlich. »Es … es … es geht ihm gut.«

Dad nickt. »Ich weiß, ich bin ein alter Mann; ein rührseliger alter Mann. Aber mein Leben ist nichts ohne dich, Toni. Euch, Kieran, Millie. Und so viel von meinem Leben war und ist glücklich wegen euch allen. Ihr habt mein Leben zu dem hier gemacht. Chaotisch, stressig, manchmal schmerzlich, aber …« Er hält sich eine pummelige, große Hand an die Nase und schnieft. »Es ist ein wundervolles Leben. Euretwegen. Und wenn Julian in seinen letzten Tagen etwas davon braucht, dann … verstehe ich das. Wirklich.«

Er drückt meine und Mums Hand über den runden Tisch hinweg. Mum hält das Telefon, Kierans Gesicht, in ihrer Hand.

Und zusammen sitzen wir, als Familie, an diesem kleinen Holztisch. Wir haben unsere Wahrheiten ausgesprochen, haben ein Chaos, einen Wirrwarr gemacht und wieder entheddert. Und wie die Flut haben wir den Weg zurückgefunden.

★★★

Textnachricht von Millie: Ich vermisse dich, Jack.
Textnachricht von Millie: Ich vermisse dich so sehr.

Kapitel 32

Textnachricht von Alexis: O MEIN GOTT, ich glaube, ich habe eben einen Hund adoptiert!!!!!??? Das Verfahren ist verdammt lang, aber, Millie, ich sage dir, dieser Hund hat nur einen Augapfel und schwarze Flecken um die Augen, so wie Robert Smith. Er war ein Straßenhund, wurde hinter einem McDonald's eingefangen. Ich habe meinen Seelenverwandten gefunden. Ein für alle Mal. Was heißt, dass heute ein Glückstag ist. Perfektes Timing für den Abend. Viel Glück, meine tapfere Freundin. Lass es krachen. Xo

★★★

Textnachricht von Cate: Denk dran, dass du das für dich und niemanden sonst sagst, Millie! Das ist dein Moment. Sag es laut und STOLZ. Lass es die ganze Welt (okay, den ganzen Veranstaltungssaal) hören. Oh, und lass dir Zeit damit, heute Abend nach Hause zu kommen. Ich und Ralph gehen nachher Pulled Pork essen und dann nach Hause, um uns *Dirty Dancing* anzusehen. Kein Euphemismus. (Aber andererseits, totaler Euphemismus.)

★★★

Die Weihnachtsparty ist ein einziges buntes Treiben. Es gibt so viele Lichterketten und Weihnachtsbäume, dass es aussieht wie ein Neunzigerjahre-Weihnachts-Musikvideo – wie der Nordpol selbst, mit einem zusätzlichen Vibe von East 17. Flye legt sich jedes Jahr mächtig ins Zeug, was Petra immer lächerlich fand angesichts der Tatsache, dass so viele von Flyes Topsecret-Daten in einer Exceltabelle festgehalten werden. »Na ja, wir müssen vielleicht Benzin in die PCs gießen, damit sie laufen, aber wenigstens gibt es auf der Weihnachtsparty Filetsteaks und Cocktails, die nach den Chefs benannt sind«, witzelt sie oft.

Wie versprochen, trage ich das Kleid meiner Träume. Keine Verkleidung diesmal. Cate hat mir geholfen, es auszuwählen (mithilfe der Paletten-App, natürlich). Ausgestellter Schnitt. Seidig und elegant. Meergrün, bis zum Boden reichend, mit einem Schlitz an einer Seite. Weit entfernt von meinem Bilderrahmen-Catsuit (der jetzt in meinem eigenen Kleiderschrank hängt, zur Erinnerung).

»Süße«, sagt Lin und tritt von hinten an mich heran. »Ich meine, können wir einfach … Dreh dich mal für mich.«

Ich lache und drehe mich, und der Rock des Kleids hebt sich ein klein wenig, als ich es tue.

»Du siehst unglaublich aus. Wie ein Hollywoodstar oder so. Aber ich muss dir auch die Beine brechen. Eines nach dem anderen.«

»Warum das denn?«

»Pet sagt, dass du weggehst. Das tust du doch nicht wirklich, oder?«, fragt Lin. Federn von ihrem grapefruitrosa Kleid streifen mein Gesicht.

»Oh, doch, das tue ich«, erwidere ich lächelnd. »Ende des Monats fahre ich mit meinen Freundinnen Alexis und Cate in

Urlaub. Und dann nach Michigan, um meinen Bruder Kieran zu besuchen, und dann …« Ich breche ab.

»Du weißt es nicht?«, fragt Lin lächelnd.

»Nein«, antworte ich. »Und ich habe schreckliche Angst, aber gleichzeitig kann ich es kaum erwarten.« Es fühlte sich wie eine langsame, aber zugleich blitzschnelle Entscheidung an, beides auf einmal. Ich saß mit Cate auf einer Bank bei der Mündung, mit Schals und Mützen und Take-away-Tee, und sah zu, wie Ralph mit seiner Gruppe schwamm, wie Boote in der Ferne verschwanden, wie sich Wolken am Himmel veränderten und vorbeizogen, und ich wusste es einfach. Es entfaltete sich vor mir. Ich bin bereit für eine Veränderung. Und am Montag habe ich in demselben Konferenzraum, in dem ich erst ein paar Monate zuvor gemaßregelt worden war, meine Kündigung eingereicht. Petra hatte aufgeregt in die Hände geklatscht, wie im Schnellvorlauf, Paul Foot hat mir warmherzig gesagt, ich würde »mit Sicherheit vermisst werden«, wie ein echter fröhlicher Postbote, und Michael hat sich, natürlich, ein Nasenhaar entfernt.

Lin umarmt mich und sagt: »Ich werde dich vermissen, du seltsames, schlimmes Biest. Außerdem, bei wem soll ich mich denn beklagen, wenn du nicht mehr da bist? Cherry wird mich nicht jammern lassen. Schlägt ihr auf die Stimmung, angeblich.«

»Schreib es in einer E-Mail«, sage ich, »und schick es einfach nicht ab.«

Lin wirft den Kopf zurück und lacht, und Federn schlagen mir aufs Neue ins Gesicht. »Aber die Sache bei mir, Millie, ist, dass ich sie verdammt noch mal *immer* abschicke.« Und ich denke, dass das vielleicht doch das Beste ist.

Ich schlendere auf der Party herum, einen Cocktail in der Hand. Dieser hier heißt »Paul-Mein-Finger«, nach Paul Foot. (Ja, wirklich.) Nur geringfügig besser als der vom letzten Jahr, »Das Fuß-Spa«. (Was umso schlimmer war, da er eine *sumpfgrüne* Farbe hatte.)

Ich gehe umher und betrachte die Leute, mit denen ich in den letzten fünf Jahren meines Lebens Zeit und Raum geteilt habe. Trotz allem bin ich auf der anderen Seite herausgekommen, und alles ist gut. Und genau wie meine Eltern, wie meine Freundinnen, wie Chloe und Owen und jede einzelne Person auf diesem Planeten haben sie alle ihren eigenen Mist, der hinter verschlossenen Türen stattfindet. Niemand ist perfekt. Niemand ist sich über alles im Klaren. Wir alle haben unsere Schattenseiten, wie Ralph gesagt hat. Ich habe nur zufällig meine gezeigt. Und jetzt gibt es dort draußen eine Website, inspiriert von dem Moment, in dem Licht auf meine Schattenseiten geworfen wurde, wo jeder sich sicher damit fühlen kann, ein Licht auf seine zu werfen. Und in dieser Verletzlichkeit liegt Sicherheit. Wenn man seine zeigt, dann werden die richtigen Leute davon inspiriert und fühlen sich sicher damit, ihre zu zeigen. So wie Jack mir seine gezeigt hatte.

Ich wünschte so sehr, Jack wäre noch immer hier.

Aber er ist gegangen. Er ist mit Enam in Quebec. Ein Teil von mir hoffte, er würde heute Abend hier sein, irgendwie. Zurückkehren, wie meine Familie um diesen Tisch. Wie Alexis. Wie Cate, die zu sich selbst zurückgekehrt ist. Albern, ich weiß, aber ich habe mir eine kleine Tagträumerei gestattet. Jack, im Smoking, unter dem Schimmern der Weihnachtslichter, mit diesem hinreißenden Lächeln, seinen sicheren, sicheren Armen ...

»Aber hallo«, sagt eine Stimme. Und ich wünschte so sehr, es wäre seine Stimme. Aber sie ist es nicht. Es ist Fundraising-

Steve, in einem Anzug, der aussieht, als ob er ihm zwei Größen zu klein wäre. »Kein Bilderrahmen für deinen Kopf heute Abend? Hab davon gehört.«

»Vielleicht werde ich ihn mir später aufsetzen, wenn du Glück hast«, sage ich, während ein Mariah-Carey-Remix aus den Lautsprechern erschallt und irgendjemand jubelt. »Damit ihr alle etwas zu reden habt.«

»Du brauchst nur noch deinen Komplizen«, sagt er. »Jack Dawson, das war er doch, oder?«

Ich nicke. Eine warme, süße Traurigkeit breitet sich in meiner Brust aus.

»Immer für einen Spaß zu haben, das ist Jack«, sagt Steve.

»Ist seltsam ohne ihn hier«, bemerke ich.

Steve schüttelt den Kopf, und eine seiner gegelten Haarspitzen bewegt sich wie ein Insektenfühler. »Weißt du, ich habe ihn am Flughafen gesehen.«

»*Wirklich?*« O mein Gott. Ist er – wollte er zurückkommen? Alles in mir hebt sich. Als ob ich auf einmal an eintausend Luftballons befestigt würde.

»Meine Mary. Sie war auf dem Rückweg von Krakau. Irgendeine Bachelorette-Party mit ihren Freundinnen. Ich bin hingefahren, um sie abzuholen. Und da war er.« Steve reißt die Hände in die Luft, als würde er einen unsichtbaren Felsbrocken hochheben. »Mit einem Rucksack, so groß wie sein Körper ...«

Mein Herz sinkt. Es sinkt so tief, dass es sich anfühlt, als ob es in meine Füße gerutscht ist und sich in Flüssigkeit verwandelt. Ich wusste, dass er weggehen würde. Aber zu hören, wie er tatsächlich weggegangen ist, das macht es noch schwerer.

»Doch es war nett, ihn zu sehen. Sich zu verabschieden.

Wollte ihm ein Bier ausgeben, aber er musste gehen. Seinen Flug erreichen. So ein netter Kerl.«

Ich nicke, spüre, wie sich Tränen in meiner Kehle sammeln. Jemand drängt an mir vorbei, entschuldigt sich. »Ja. Ja, das ist er.«

Gegangen. Mit einem Rucksack, so groß wie sein Körper. Gegangen. Ich wünschte, er wäre hier. Ich wünschte so sehr, er wäre hier. Aber die Wahrheit ist, er ist so weit von mir entfernt, wie er nur sein könnte. Ich habe nichts mehr von ihm gehört. Er hat von Roamingpaketen für sein Handy geredet, neuen SIM-Karten, wie er sein Handy oft wechselt, wenn er zeltet und in Hostels wohnt, auf etwas Robusteres umsteigt. Andererseits kann ich es ihm nicht verdenken, wenn er mich nicht kontaktiert, selbst wenn er kann.

»Ein Jammer«, sagt Steve. »Ich dachte, ihr zwei gehört zusammen. Ich habe ihm das auch gesagt. Ich habe gesagt, ich weiß ja nicht viel, aber ich dachte, das mit euch passt.«

Ich werde es tun. Er ist vielleicht nicht hier, aber ich werde es für ihn tun. Für *mich*. Ich will vor Hunderten von Leuten stehen und mich meiner größten Angst stellen. Ich werde nicht nur darüber reden, wie ich mich fühle, sondern wie ich mich fühle, wenn ich vor allen, die ich kenne, darüber rede. Ich will meinem kleinen, verletzten, nervösen Herz zeigen, dass es okay ist, sich zu offenbaren. Denn: Na und? *Na und?*

Petra betritt als Erste die Bühne. Die Musik verhallt, und sie klopft einmal, dann zweimal auf das Mikrofon, als ob sie in zu vielen Filmen gesehen hätte, dass Ansprachen so beginnen. »Hallo, hallo, Flye-Leute.« Sie lacht und verzieht das Gesicht zu einer angespannten Grimasse.

Kira lächelt aus dem Saal zu ihr hoch, reckt stolz und liebevoll zwei Daumen, und das bringt mich zum Lächeln. Petra, die früher einmal so war wie ich. Geschlagen, verletzt und voller Angst vor der Liebe, hat sich auf die andere Seite durchgekämpft und steht jetzt in einem sprichwörtlichen Lichtstrahl.

»Es ist so schön, dass wir alle für diesen Abend hier zusammengekommen sind, außerhalb des Büros, als Menschen anstelle von E-Mails, Menschen anstelle von Telefonaten und Videokonferenzen und Befehlen, die zur Halbzeit gebellt werden. Aber noch mehr haben wir dieses Fest organisiert, um Danke für eure harte Arbeit zu sagen und um uns allen in Erinnerung zu rufen, dass wir Menschen sind, mit Herzen und Leben und Hoffnungen und Träumen und Ängsten. Wir sind nicht nur unsere Jobs.«

Alle klatschen, und Nervosität kribbelt über meine Haut, da ich bald an der Reihe sein werde zu reden. Ich hole einmal tief Luft. Solange ich nicht stolpere, von der Bühne purzele, was könnte schon schiefgehen? Der gebrochene Hals von Gary Linekers Pappfigur schießt mir in den Kopf. So zu enden wie Papp-Gary, wäre symbolisch.

»Und auch wenn es manchmal scheint, als ob die Zeit nicht vergeht, wenn wir alle Tag für Tag zur Arbeit kommen, die gleichen Routinen, die gleichen Mittagspausen, die gleichen Becher und der gleiche Small Talk am Wasserkocher, vergeht die Zeit doch. Leute kommen, und Leute gehen. Jedes Jahr stehe ich hier und verabschiede gewisse Leute. Wir haben uns kürzlich von Jack Shurlock verabschiedet, der zu neuen Ufern aufgebrochen ist, viele Meilen weit weggeflogen ist, der freche Kerl.« Gelächter. Wieder. »June Briggs ist in den Ruhestand gegangen, passenderweise damals im Juni, und George Reckitt ist weggegangen, um seinen PhD zu machen in ...« Petra hält inne und sieht auf ihre Hand, wo es in schwarzer Tinte gekritzelt steht. »Geoingenieurwesen. Wow. Na ja. Jedenfalls. Es ist nicht das Gleiche ohne sie, aber wir wünschen ihnen natürlich alles Gute. Doch noch jemand, der heute Abend hier ist, wird uns verlassen, und sie ist eine Art ... Büroberühmtheit geworden, wollen wir sagen, aus eigenem Recht. Millie Chandler wird uns nach fünf Jahren bei Flye zum Ende des Monats verlassen.«

Leute klatschen, und ich freue mich, berichten zu können, dass nicht eine einzige faule Tomate in meine Richtung fliegt.

Ich trete ins Rampenlicht. Das ist es. Los geht's. Ich fühle mich praktisch nackt hier oben, alle Blicke auf mich gerichtet. Petra legt einen Arm um mich. »Willst du immer noch sprechen?«, flüstert sie mir ins Ohr, während die Leute jubeln.

»Ja«, sage ich, »ja, bitte.«

Jetzt oder nie.

»Hi allerseits«, sage ich ins Mikrofon. Feedback quietscht aus den Lautsprechern. Klingt meine Stimme wirklich so? »Was für ein Jahr. Was für *fünf Jahre*, sollte ich sagen, aber ...« Gott, da draußen sind so viele Leute. So viele Gesichter, so viele Blicke auf mich gerichtet. Aber nicht seines. Nicht ein einziges Augenpaar in diesem Raum sind diese warmen, haselnussbraunen Augen, die ich so gern sehen würde. »Und wenn einer von euch mich noch nicht gekannt hat, dann tut er es mit Sicherheit jetzt, dank meiner sogenannten *E-Mail-Entwürfe*.« Alle lachen, Gott sei Dank. Ein Kichern, das durch den Raum wandert, wie eine sanfte Welle. »Ich habe durch meine Arbeit bei Flye so viel gelernt, und das meiste davon geschah in dem Augenblick, in dem diese E-Mails verschickt wurden, die in so vielen eurer Postfächer gelandet sind ... und Postfächern im ganzen Land.«

455

Lin, die in der Menge steht, lächelt mich an, ihr Handy erhoben, während sie mich filmt. Sie hat mich zu ihrem Podcast eingeladen, um über die E-Mails zu reden, und ich habe Ja gesagt.

»Seit diesem Augenblick hat sich mein Leben verändert. Ich habe gelernt, den Dingen ins Auge zu sehen. Ich habe gelernt, Achtung vor dem zu haben, was ich fühle. Und ich habe gelernt … dass wir alle ein bisschen verkorkst sind, ehrlich gesagt. Das ist, weshalb ihr panisch geworden seid. Panisch, denn – was, wenn es euch passieren würde?« Alle lachen – ein nervöses Lachen, aber trotzdem ein Lachen. »Denn wir bauen vielleicht eine Fassade auf, tun so, als ob wir alles sagen, was wir wollen, als ob wir meinen, was wir sagen … aber wir alle haben ungesagte Dinge. Dinge, von denen wir wünschten, wir könnten sie sagen, oder wissen, dass wir sie nie sagen werden. Zu denken, dass es bei einem selbst so ist und bei niemand sonst, ist eine Lüge. Wir sind alle gleich.«

»Ja!«, brüllt Lin, und irgendjemand pfeift durch die Zähne.

»Ich bereue nicht einen einzigen Moment, den ich hier gearbeitet habe, und okay, ich wünschte, ich könnte sagen, ich bereue nicht eine einzige E-Mail, die verschickt wurde, in meinem Namen oder nicht. Aber es gibt eine E-Mail, die ich bereue. Eine, die ich nie geschrieben oder verschickt habe. Aber ich habe mir gedacht, ich werde sie stattdessen hier aussprechen. Vor euch allen, in dem Wissen, dass er eine Million Meilen weit entfernt ist, daher ist das noch peinlicher, noch seltsamer. Aber ich sage die Wahrheit. Laut. Ich wünschte nur, du wärst hier, um sie zu hören, Jack. Und in diesem Smoking, den du, wie du mir gesagt hast, so sehr hasst.«

Ein angespanntes, warmes, offenes Schweigen liegt in der Luft. Eines, das geladen ist von dem Wunsch, zu hören, was als

456

Nächstes kommt, und auch mit einem Unterton von: »Wird sie vielleicht einen Zusammenbruch erleiden?«

»Jack Shurlock«, sage ich. »Ich weiß, es ist zu spät. Ich weiß, ich hätte das hier früher sagen sollen. Die ganze Zeit war ich besorgt wegen all der Dinge, die ich in den Mails geschrieben habe, und du hast mich zu überzeugen versucht, dass ich das nicht sein sollte. Ich hätte besorgt sein sollen wegen der Dinge, die ich dir sagen wollte, Jack Shurlock, und es nicht getan habe. Ich bin in dich verliebt.« Ich schlucke, meine Hände zittern, während die Worte dort landen, im Raum, und wie Nebel vor mir schweben. Und nirgendwohin können außer *dort hinaus.*

»Und ich würde vor Menschenmengen stehen, vor Stadien, vor … *der ganzen Welt* und es sagen, auch wenn du es selbst nie gefühlt hast, auch wenn du es nie zu mir gesagt hast. Auch wenn du mich nie gehört hast. Denn es ist meine Wahrheit. Und obwohl ich so sehr wünschte, ich könnte für immer in deinem Rausch leben, hast du mich gelehrt zu hoffen, dass ich bis an mein Lebensende in meinem eigenen Rausch leben werde.«

Und für eine Sekunde herrscht Stille. Und dann – klatschen Leute. Leute jauchzen und jubeln. Lin brüllt: »ICH WUSSTE ES, SÜSSE!«, manche Leute starren mich an, als hätte ich mich eben nackt auf die Bühne gekauert, und andere hören nicht einmal zu. Sie sind zu beschäftigt damit, sich Steak-Kanapees in den Mund zu stopfen. Und das allein ist ein Sinnbild der Welt, wirklich. Niemand sieht wirklich zu. Sie sind zu beschäftigt damit, sich Sorgen um sich selbst zu machen. (Bis auf Petra und Kira. Petra weint, und Kira hat die Augen geschlossen und hält Petra, als wäre sie in einer Kirche.)

»Und ich weiß, dass du diese E-Mail aus Versehen bekommen hast«, fahre ich fort. »Aber ich hätte sie damals verschicken sollen; hätte sie nach der Weihnachtsparty damals selbst verschicken sollen. Und daher tue ich es jetzt. Ich verschicke sie. An alle. *Vor* allen. Bei *dieser* Weihnachtsparty. Hi, Jack, ich hoffe, der Kater ist nicht allzu schlimm. Ich hatte so viel Spaß dabei, mit dir zu reden. Wenn du zurückkommst, hättest du Lust, mal mit mir auszugehen?«

Ich trete von der Bühne, und ich fühle mich ungefähr sieben Meter groß, wenn auch leicht schwankend von Adrenalin. Denn ich habe es getan. Ich habe mich meiner größten Angst gestellt, habe ihr genau ins Auge gesehen und gesagt: »Na und?« Und die Welt ist nicht implodiert. Ich wünschte nur, Jack wäre hier, um es zu sehen. Ich frage mich, was er gedacht hätte, wenn er mich dort oben auf der Bühne gesehen hätte. Ich frage mich, was er *gesagt* hätte. Vielleicht hätte er mich abgewiesen; hätte gesagt, nein, schönen Dank auch, Millie. Du bist zu viel Drama für mich. Aber es ist *fast unwichtig*. Wichtig ist, dass ich es getan habe. Wichtig ist, dass ich es fühle; dass ich mich *am Leben* fühle. Dass ich Millie bin. Ohne mich zu verstecken, ohne irgendetwas zu unterdrücken. Einfach nur Millie. So, wie ich bin. Gewachsen, im Dunkeln, und jetzt bereit, ins Licht zu treten.

Leute, mit denen ich noch nie ein Wort gewechselt habe, klopfen mir auf den Rücken, während ich die Bühne verlasse. Ein Kellner hält mir ein ganzes Tablett mit etwas hin, was nach Miniatur-Fischköpfen aussieht, in einem Meer pinkfarbener essbarer Blumen. Dann nimmt jemand im Dunkeln meinen Arm.

»Millie. Das war umwerfend.«

Es ist Chloe. Sie sieht unglaublich aus in einem buttergelben Smoking. Ich würde in einem solchen Outfit an den Fernsehmoderator Noel Edmonds erinnern, aber sie sieht aus wie von der Londoner Fashion Week oder so. Und irgendetwas an ihrem Gesicht ist anders. Sie strahlt. Sie sieht so viel besser aus als damals, als ich sie das letzte Mal gesehen habe, auf der Brücke, in dem nebligen Dunkel, und ich will sie fast umarmen. Ich habe das Gefühl, wir haben eine Menge durchgemacht, ich und diese Frau, die mein Leben zur Explosion gebracht hat.

»Hi«, sage ich. »Und danke, ich war *unglaublich* nervös.«

»Im Ernst. Ich bin beeindruckt, Millie. Das war so romantisch.«

Ich verziehe den Mund zu einer Grimasse. »Wirklich? Na ja, meine größte Angst war, dass ich in Ohnmacht fallen und mir bei dem Sturz die Nase brechen würde, das heißt, die Alternative war alles andere als romantisch. An einer gequetschten, blutigen Nase ist nun wirklich nichts romantisch.«

Chloe schenkt mir ein Lächeln, mit glänzenden Lippen und weißen Zähnen, dann zögert sie. »Noch mal, es tut mir so leid. Ich weiß, ich sage es immer wieder, aber das tut es wirklich.«

»Schon gut«, sage ich und nehme ihre Hand.

Sie sieht darauf hinunter, gerührt, und ihre Nasenflügel blähen sich. Sie sieht zu mir hoch. »Es war Leona«, sagt sie, fast besiegt. Natürlich. Natürlich war sie das. »Offenbar sind die beiden zusammen.«

»Es tut mir leid«, sage ich. »Es tut mir wirklich leid, Chloe«, und sie hebt eine Schulter.

»Ich komme schon klar«, sagt sie. »Außerdem bin ich sicher, dass sie in ein paar Monaten das Gleiche zu mir sagen wird. Genau wie ich zu dir gesagt habe, dass es mir leidtut. Ein entsetzlicher, düsterer Kreislauf.«

Sie drückt meine Hand.

»Chloe, tatsächlich war es das Beste, was mir je passiert ist«, sage ich.

Ihre Augen leuchten unter den violetten Discolichtern auf.

»Wirklich?«

»Wirklich«, nicke ich. Am Anfang habe ich es nie so gesehen, aber jetzt kann ich erkennen, dass alles darauf hinauslief. Mich zu befreien, nicht nur von Owen, sondern von all den Barrieren, die ich errichtet habe, um mich zu schützen. Barrieren, die mich beschützt, aber auch eingeengt haben. Und wenn diese E-Mails nicht verschickt worden wären, ich bin mir nicht sicher, wann ich dann an diesem Punkt angelangt wäre. Oder ob ich es je getan hätte. »Chloe, ich habe das Gefühl, du hast mich befreit.«

Chloes Augen glänzen unter den Scheinwerfern. »Und ich habe das Gefühl, dass du mich befreit hast«, sagt sie, und dann streckt sie die Arme aus und legt sie um mich; ein Vorhang, der fällt. Eine Seite, die umgeblättert wird. Dass sie uns, als sie auf Senden gedrückt hat, freigelassen hat, wie Vögel.

Nach ein paar Augenblicken verabschieden wir uns, und Chloe mischt sich unter die Menge. Mir wird bewusst, dass ich nicht ein einziges Mal nach Owen Ausschau gehalten habe, seit ich hier bin. Es ist mir egal, ob er mich gehört hat, was er davon halten, was er denken würde. Ich habe ihn wirklich total losgelassen. Ich habe auch diese Version von Millie losgelassen; habe alles in eine Flasche gesteckt und zugesehen, wie sie von den Wellen fortgetragen wurde. Denn ich bin die Millie, die ich schon immer war. Die, die Abenteuer wollte. Die, die neue Dinge wollte. Die, die bereit war, herauszufinden, wer sie ist. Sie wird mir auch helfen, die Millie zu finden, die ich sein werde. Und … es ist aufregend. Ich bin *aufgeregt*.

»Kann ich Ihnen helfen?«, fragt ein Barmann, als ich mich der Bar nähere.

»Oh, ja.« Ich nehme einen kleinen Plastikständer mit einer Cocktailkarte von dem hölzernen Tresen. »Kann ich einen Petra-Fying haben, bitte?«

»Sehr gern.«

Ich setze mich, während der Barmann einen Edelstahlmixer schüttelt, einen leuchtend grünen Cocktail einschenkt und mir meinen Drink hinstellt. »Nette Ansprache.«

»Oh. Danke.«

»Ich bin sicher, er wäre im siebten Himmel«, sagt er, während er mit Daumen und Zeigefinger über seinen dunklen Schnurrbart streicht, wie eine Krebsschere. »Der Mann im Smoking.«

»Oh.« Ich nehme einen Schluck. »Na ja. Ich nehme an, das werden wir nie wirklich wissen. Aber ich hoffe es gern.«

Der Barmann nickt. »Es gibt hier ja eine ganze Menge Smokings«, sagt er. »Nicht, dass ich sagen will, irgendein anderer Mann im Smoking könnte den ersetzen, der von uns gegangen ist ...«

»O Gott, er ist ... *nicht tot*«, sage ich. »Mein Mann im Smoking, er ist ... er ist nur in Quebec.«

»Oh! Ach du lieber Gott! Puh, was?« Der Barmann lacht, und ich tue es ihm gleich.

Jack würde auch lachen. »*Du erklärst mich für tot, was, Millie dot Chandler? Na, das ist ja alles gut und schön, aber stell sicher, dass auf meiner Beerdigung niemand irgendwelche von diesen ausgedachten Hymnen singt.*«

»Ich fand es ein bisschen traurig für eine Weihnachtsparty«, fährt der Barmann fort. »Versäumte Gelegenheiten mit einem Toten, der nie dazu kam, seinen Smoking zu tragen.«

»Nein! Nein, zum Glück ist er sehr lebendig. Ich habe es nur ... ein bisschen vermasselt.«

»Ah.« Der Barmann lächelt mit geschlossenem Mund, und seine Wangen verwandeln sich in pralle Apfelbäckchen. »Das haben wir alle schon mal. Oh, verdammt. Wollten Sie die Ananasscheibe in dem Petra-Fying? Die habe ich ganz vergessen.«

»Oh, ja, bitte.«

Er greift mit der Zange unter den Tresen, und auf einmal huscht sein Blick hoch. »Und, ah, ich hab's Ihnen ja gesagt. Wusste ich's doch, dass noch andere Smokings hier herumschweben.« Und dann weist er mit einem Nicken hinter mich. »Ist nett, einen Smoking zu sehen. Sieht man heutzutage nicht mehr so oft. Nicht mal auf Hochzeiten.«

»Da gebe ich Ihnen recht. *Klassisch*«, sage ich und drehe mich um.

Und auf einmal ist alles verschwommen. Ich sehe den Smoking. Ich sehe die funkelnden haselnussbraunen Augen. Dort steht ... *Jack.*

Jack.

Jack Shurlock ist tatsächlich hier.

Alles entweicht aus meinem Körper. Luft. Worte. *Alles.*

»O mein Gott«, kommt mir schließlich über die Lippen, zitternd und angespannt.

Ich stehe auf, fühle meine Füße kaum auf dem Boden. Es ist, als ob ich schwebe. Und ich bin mir ziemlich sicher, dass ich nicht halluziniere oder auch nur betrunken wäre. Ich hatte noch keinen einzigen Schluck von meinem Petra-Fying.

»Jack«, sage ich mit hämmerndem Herzen. »Du bist ... *du bist hier.*«

Jack lächelt mich an. Dieses langsame, sexy, vertraute Lächeln, das meine Haut zum Kribbeln bringt; und mein Magen schlägt einen Purzelbaum. Meine Hände fliegen hoch zu meinem Gesicht, legen sich an meine Wangen.

»Ich bin hier«, sagt er schlicht.

Dann tritt er vor mich hin.

»Du bist tatsächlich hier«, sage ich noch einmal, meine Stimme kaum mehr als ein Flüstern.

»Ich konnte nicht weggehen«, sagt er leise. »Ich konnte nicht von dir weggehen, Millie.«

»Ist das ...« Tränen sammeln sich in meiner Kehle, kribbeln in meinen Augen. »Ist das dein Ernst? Bist du allen Ernstes hier?«

Jack nickt langsam, und seine sanften goldgrünen Augen funkeln. »Bin zum Flughafen gefahren. Habe irgendwie gehofft, du würdest schreiend durch die Absperrungen stürzen, ehrlich gesagt.« Er zieht belustigt einen Mundwinkel hoch. »Hab mir vorgestellt, wie du in Zeitlupe zwischen den Beinen des Securitymanns hindurchschlüpfst ...«

Ich lache, und meine Augen brennen von Tränen. »O mein Gott.« Ich schlinge die Arme um ihn, und ich schließe die Augen, atme und atme und atme ihn ein. Jack. Mein Jack Shurlock. Und er ist *hier*. Er ist nicht gegangen. Er ist nicht weggegangen.

»Ich hatte nie einen Grund zu bleiben«, sagt er. »Du hast recht. Ich wusste nie, was es heißt, irgendwo bleiben zu wollen. Bis ich dich getroffen habe. Du bist der Grund, weshalb ich bleiben will, Millie. Ohne dich könnte ich überall sein.«

Er zieht mich an sich, und ich bekomme kaum noch Luft, während er seine Lippen zu einem Kuss sanft auf meine drückt. Einem Kuss, der sich wie ein langsames Versprechen anfühlt.

463

»Ich habe dich umgestimmt«, sage ich, wenige Zentimeter vor seinen Lippen, und er kichert sexy und leise.

Flüsternd sagt er: »Du hast mich umgestimmt.«

Und Leute sehen uns an. Sie haben uns umringt, um genau zu sein. Alle Blicke auf uns. Alle Blicke auf *mir*. Und ich fühle nichts. Es ist, als ob sie gar nicht da wären. Nur ich und Jack, in unserem Rausch.

»Ich habe vorhin eine Ansprache gehalten«, sage ich. Ich lehne mich zurück und sehe zu ihm hoch, in sein hinreißendes, hinreißendes Gesicht. »Du hättest sie geliebt, denke ich.«

Jack zieht die Augenbrauen hoch, dann beugt er sich vor, seine warmen Lippen nah vor meinen. »Ich habe sie gesehen«, sagt er. »Und verdammt, ich habe sie geliebt. Obwohl ...« Er hält einen Moment inne. »Du hättest das nicht tun müssen. Auf die Bühne gehen und das alles. Mich vor allen Leuten zu fragen, ob ich mit dir ausgehen will. Du hättest einfach deine E-Mails checken können.«

Ich lache. »Meine E-Mails?«

Er zieht ein quadratisches Blatt Papier aus der Tasche. Darauf steht eine E-Mail-Adresse – eine »Millie dot Chandler«-E-Mail-Adresse. Und ein Passwort. »Die neue, die ich für dich eingerichtet habe.«

Ich nehme ihm das Blatt Papier aus der Hand.

»Und übrigens, die Antwort ist Ja. Mit dir ist die Antwort immer Ja.«

Und umgeben von Hunderten von Leuten und aufmerksamen Augen küsse ich Jack Shurlock, den Mann, den ich wirklich liebe. Ich lebe meine Wahrheit laut aus.

***

107 neue Nachrichten

Von: Jack Shurlock
An: Millie Chandler
Betreff: Guten Morgen

Eine neue E-Mail-Adresse für dich. Nur damit du nicht mehr nach Brasilien auswandern und deinen Namen ändern musst etc. Viel Papierkram, nehme ich an.

Von: Jack Shurlock
An: Millie Chandler
Betreff: Zu deiner Info

Liebe Millie,
niemand sieht so cool aus wie du mit einer Leinwand, die auf deinem Rücken lehnt.

Jack (der Teenager-Vampir)

Von: Jack Shurlock
An: Millie Chandler
Betreff: Jede Farbe ist deine Farbe

Hi, ich bin's nur, um dir zu sagen, ich habe dich beim Segelclub gesehen, und ich bin wohl ein klein wenig eifersüchtig auf Elton? Eifersüchtig auf einen Hund zu sein, steht mir nicht gut zu Gesicht, Millie Chandler.

Von: Jack Shurlock
An: Millie Chandler
Betreff: Garderobe

Ich wollte noch nie jemanden so sehr küssen, wie ich dich heute Abend küssen wollte. Na ja. Vielleicht seit der Weihnachtsparty. Warum werden wir eigentlich immer im letzten Moment unterbrochen?

Von: Jack Shurlock
An: Millie Chandler
Betreff: Jemand hat mich einmal gefragt ...

Ob ich je Momente habe, bei denen ich sofort weiß, dass ich mich für immer an sie erinnern werde. Ich habe gesagt, für immer sei etwas weit hergeholt ...
    Aber ich bin mir ziemlich sicher, dieses Lächeln, das du mir geschenkt hast, als wir das erste Mal die Rhabarberfarm betreten haben, war so einer.

Von: Jack Shurlock
An: Millie Chandler
Betreff: Umstimmen

Ich habe dich eben in dem Baumhaus zurückgelassen und dachte, du solltest etwas wissen. Ich glaube, ich bin dabei, mich in dich zu verlieben, Millie Chandler.

Von: Jack Shurlock
An: Millie Chandler
Betreff: Tomatometer

Wäre auch interessant zu wissen, ob mein Tomatometer-Rating im wirklichen Leben genauso ist wie in Träumen oder ob es beeinflusst ist a) von der Realität, b) davon, in einem kalten Baumhaus zu sein, c) davon, dass man in Gegenwart einer nach Tabak duftenden Kerze ist.
Ich würde es gern herausfinden. (Wieder.)

Von: Jack Shurlock
An: Millie Chandler
Betreff: *Instinct*

Ich dachte, du solltest wissen, dass ich heute sehr in Versuchung war, immer weiter und weiter zu segeln, bis wir irgendeinen Ort erreichen, der nicht hier ist. Ich will dich nicht verlassen, Millie. Ich weiß nicht, wie ich das schaffen soll. Scheiße.

Von: Jack Shurlock
An: Millie Chandler
Betreff: Auto fahren

Heute Abend mit dem Auto von dir wegzufahren, war das Schwerste, was ich je tun musste.

Von: Jack Shurlock
An: Millie Chandler
Betreff: Umgestimmt

Ich habe eben den Flughafen verlassen. Bin bis zur Flugzeugtür gekommen und wieder umgedreht.

Ich kann ohne dich nicht weggehen.

Ich will nirgends ohne dich sein.

Du bist der Grund, weshalb ich bleibe. Es tut mir leid, dass ich so lange gebraucht habe, um zu begreifen, dass du es immer warst.

Ich liebe dich, Millie Chandler.

(Und ich nehme an, jetzt muss ich gehen und einen Smoking finden ... wir sehen uns bald.)

Epilog

Von: Millie Chandler

An: Alle

Betreff: Ein Update von uns – könnt ihr glauben, dass es ein Jahr her ist?

Hi allerseits! Guten Morgen!

Ich dachte, es ist an der Zeit für ein Update, da Jack und mir heute Abend (während einer nächtlichen Schlittenfahrt, würdet ihr das glauben? Bilder im Anhang!) klar geworden ist, dass es morgen ein ganzes Jahr her ist, seit wir weggegangen sind. Ein ganzes Jahr, seit ich aus meiner kuscheligen, kleinen, geschützten Höhle gekrochen bin, Leigh-on-Sea zum Abschied zugewunken und mit meinem Freund, Jack Shurlock, in ein Flugzeug gestiegen bin.

Ein Jahr später sind wir hier, am Bohinjer See in Slowenien, und OMG, es ist wie ein verborgenes Winterwunderland. Ich rede von fantastischen, spiegelartigen zugefrorenen Seen, ich rede von eisbedeckten Bergen und Hütten mit rauchenden Weihnachtsmann-Schornsteinen. (Auch hier wieder, Bilder im Anhang!) Und bevor ihr an euren Schreibtischen, in Supermarktgängen und nieseligen englischen Straßen, die sich damit niemals messen lassen könnten, ganz

469

neidisch werdet, hoffe ich, es hilft euch zu erfahren, dass ich das hier in einem knarrenden hölzernen Hüttenbett schreibe, in eine Skijacke gepackt und in mehrere Decken gewickelt. Ich kann meine Füße nicht spüren, und das alles nur, weil Jack den Feueranzünder für unseren kleinen Holzofen verlegt hat. Er ist allen Ernstes zu dem Paar in der Hütte nebenan gegangen, um sich ihren zu borgen. (Ein Paar, das wir Mr. und Mrs. Costa del Sol getauft haben, da das Einzige, was sie seit unserer Ankunft zu uns gesagt haben, ist: »Das hier ist nicht wie die Costa del Sol. An der Costa del Sol kann man zwei Bier für vier Euro kriegen. An der Costa del Sol zeigen sie *Emmerdale* auf Leinwänden in den Bars.«)

Mir wird gerade bewusst, dass ich euch allen nicht einmal ein richtiges Update gebe. Ich schwafele nur chaotisch von irgendwelchem Zeug – und ich bin sicher, euch fehlt es *wirklich*, dass ich im echten Leben davon schwafele.

Ich vermisse euch alle. So sehr. Vor allem euch, Ralph, Cate und Alexis. (Dich auch, Fundraising-Steve, falls du das hier liest. Ich bin sicher, du hast Jack gebeten, auf unsere Rundmail-Liste gesetzt zu werden, und ich will nicht, dass du dich ausgeschlossen fühlst. Um genau zu sein, vermisse ich euch alle. Und ich weiß, dass sogar Jack es tut, auf seine ganze eigene Jack-Art.)

Oh, ich weiß gar nicht, was ich sonst noch sagen soll. Offenbar war es leichter, E-Mails zu schreiben, als ich emotional aufgewühlt war, haha. Aber was ich ganz sicher weiß, ist, dass ich das beste Jahr meines Lebens hatte. Mit – und ich sage das, während ich durchs Fenster zusehe, wie er mit – HURRA! – dem Feueranzünder der Costa del Sols durch den

Schnee zurückstapft – der wahren Liebe meines Lebens. Ich bin glücklich. Selbst eiskalt und in Decken gewickelt an einem zugefrorenen See bin ich so glücklich. Ich wusste nicht einmal, dass ich so glücklich sein könnte. So frei.

Wir waren in Quebec (und haben festgestellt, dass ich Alpakas ziemlich nervig finde.) Wir waren in Neuseeland – einem so wunderschönen Land, dass ich tatsächlich angefangen habe, (grauenhafte) Gedichte darüber zu schreiben. Wir haben meinen entzückenden Bruder und seinen Ehemann in Michigan besucht (hallo, Kieran und Jennings!) und dann ein Wohnmobil gemietet, was am Anfang so romantisch war … bis Jack sich in Texas in der Wildnis so gründlich verfuhr, dass ich weinte und ihn in meiner wütenden Panik am Rande einer staubigen Straße »einen sehr gefährlichen Mann« nannte. Ein Name, den er natürlich angenommen hat, und jetzt besteht er darauf, dass ich ihn jedes Mal so nenne, wenn er irgendetwas absolut Ungefährliches tut. (Einer alten Dame mit ihrem Gepäck helfen, auf unserem kleinen Grill Mais rösten, meinen albernen Kermit-der-Frosch-Pyjama aus der Waschmaschine nehmen und ordentlich aufhängen. »Oh, ja«, sagt er dann, »ein sehr gefährlicher Mann, allerdings.«)

Ich weiß nicht, wohin wir als Nächstes fahren werden. Wir … entscheiden es einfach von Tag zu Tag, planen immer nur so viel, wie wir in dem betreffenden Moment müssen. Aber wir denken oft an euch alle (und ja, okay, ich schicke vielen von euch jeden Tag eine Nachricht, denn so wie Bear Grylls mit seiner Survial-Reihe werde ich nie, aber auch *nie* sein.) Wir überlegen aber, Ostern zurückzukommen. Mum, Dad, können wir bei euch wohnen? Ich nehme an, falls nicht, gibt es immer noch Tante Vyes Wintergarten.

Cate und Ralph (meine beiden entzückenden, entzückenden Mitbewohner in der Nummer 4, The Logans) – OMG, ich lebe für eure Updates. Eure Selfies, aneinandergekuschelt auf dem Sofa, eure zum Schreien komischen Schwimm-Updates, zu denen Cate mir schreibt: »Ich bin in der Hölle«, während Ralph fast im selben Moment schreibt: »Ich bin mir nicht sicher, aber es scheint ihr nicht zu gefallen« – sie sind wie Umarmungen von zu Hause. (PS: Cate, in dem Pilzpullover siehst du richtig heiß aus, was absolut unfair ist. Du solltest lächerlich aussehen. Nicht stylish. Wie *machst* du das bloß?)

Und Alexis, wie geht es Robert Smith? Ich glaube noch immer, dass es der coolste Hundename aller Zeiten ist (und er der coolste Hund. Oh, und Elton natürlich, Jonny. Beide gleich cool). Und viel Glück heute Nachmittag beim Tierarzt! Jack und ich sind uns einig, dass er wirklich einen Hauch von Ethan Hawke im Jahr 2003 hat. (Und ich erwarte natürlich ein 1000-Wort-Statement in der ersten Person via WhatsApp heute Abend, nach dem Termin. Ohne Druck.)

PETRA UND KIRA! Bitte nehmt das hier als unsere offizielle Einladungszusage an! Wir werden da sein. Wir würden eure Hochzeit um nichts in der Welt verpassen. (Und habe ich das richtig gelesen? Ihr habt allen Ernstes eine Hochzeitsband namens »Die Essiggurken«? ICH LIEBE ES SO SEHR.)

Lin, ICH VERMISSE DICH. Das ist alles. (Oh! Und du wirst dich freuen zu hören, dass mein Opa-Telefon jetzt wieder in der Garage ist, wo es hingehört.)

Oh, und Steve – trag uns mit 5 Pfund pro Meile für dein Badewannen-Rennen ein. Jack braucht mehr Details darüber, wie sich die Badewanne *bewegt*. Hat sie Räder? Wirst du von einem Auto die Straße entlanggezogen werden? Einem Pferd? Jack will wirklich, dass es ein Pferd ist.

Jedenfalls, ihr alle dort draußen, ich mache besser Schluss. Jack braucht das iPad. Er hat es Mr. Costa del Sol versprochen, im Gegenzug für den Feueranzünder. (Er will *Emmerdale* und das *DIY SOS*-Special sehen.) Außerdem bin ich soeben informiert worden, dass ich noch eine Stunde habe, um mich fertig zu machen. Jack lädt mich irgendwohin ein – Entschuldigung, der *gefährliche Mann* lädt mich irgendwohin ein. Es ist eine Überraschung. Nichts ändert sich (und alles ändert sich)!
Bleibt dran für das nächste Update, würde ich sagen!

Viele Grüße an euch alle. Viele Grüße an Leigh. (Oh, und an Sir *Instinct*, falls ihr zufällig an ihm vorbeikommt. Wir hoffen, bald einmal wieder auf ihm unterwegs zu sein.)

Millie und Jack xxx

Danksagung

Ahhh, wie schön, endlich bei der Danksagung dieses Romans angekommen zu sein, dem Geistesblitz, der seit zwei Jahren meine fiktive Flucht war. Dass ich mich hinsetze, um die Danksagung zu schreiben, heißt, dass das Buch endlich fertig ist. All die Sorgen und Zweifel, all das nervöse Hin und Her, all die Puzzleteile, die ich herumgeschoben habe, bis sie passten, all das nächtliche Nachdenken, während ich schlafen sollte, ist vorbei. Das Buch ist eine eigene solide, dreidimensionale Welt mit einem eigenen schlagenden Herzen und Flügeln, und eine Danksagung ist immer der Moment, um es loszulassen. Es *fliegen* zu lassen, gewissermaßen. Die sanfte Anleitung (und das, ähm, manchmal *kraftvolle Ringen*) des Autors oder der Autorin ist nicht mehr nötig. Es existiert. Und es braucht mich nicht mehr. Und das ist entzückend und beängstigend zugleich! Aber es ist tröstlich zu wissen, dass es jetzt bei Ihnen, den Leserinnen und Lesern, ist. Denn *Sie* sind die, für die es geschrieben wurde. Sie sind der Grund, weshalb ich es schreiben durfte. Daher danke ich in erster Linie Ihnen allen von ganzem Herzen! Dafür, dass Sie das Buch lesen, es besprechen, sich mit Ihren wundervollen Nachrichten melden. Ich hoffe, es hat Ihnen gefallen, für eine Weile in Millies chaotische Welt einzutauchen. (Aber ich hoffe, es hat nicht dazu geführt, dass Sie selbst allzu besorgt wegen Ihrer eigenen E-Mail-Entwürfe sind.)

Ein Riesendankeschön an mein unaufhaltsames Kraftwerk von einer Agentin, Juliet Mushens bei Mushens Entertainment: zum Teil Mensch, zum Teil The Flash. Ich bin dir ewig dankbar für deine Aufrichtigkeit, die harte Arbeit und Loyalität und dafür, dass du immer, immer an mich und die Geschichten, die in meinem Kopf leben, geglaubt hast. Danke, dass du zu mir an Bord gesprungen bist. Und dass du mir die absolut schrägen Anspielungen verzeihst (und darüber lachst), die es in meine E-Mails schaffen und die vielleicht für immer in meinen Entwürfen hätten bleiben sollen, um niemals abgeschickt zu werden ...

Ich danke dem stets unglaublichen Dream-Team bei Mushens Entertainment und den Co-Agenten und der absolut brillanten Jenny Bent bei The Bent Agency, New York. Ihr seid wirklich das traumhafteste aller Dream-Teams.

Meiner superschlauen UK-Lektorin, Melissa Cox, danke für deine harte Arbeit und dein Verständnis (und dafür, dass du Ralph ein klein wenig sexy gemacht hast. Ich bin dir zu Dank verpflichtet. Und er auch, haha). Ich danke Sarah Bauer, Misha Manani, Salma Begum, Sophie Orme und dem ganzen fantastischen Team bei Bonnier Books/Zaffre. Ich bin gespannt auf alles, was noch kommen wird ...

Ich danke meiner US-Lektorin, der wundervollen Emily Bestler bei Emily Bestler Books. Ich bin so dankbar für deine Anleitung und deinen Glauben an mich in den letzten Jahren. (Und ich sage es immer wieder, aber es wird niemals nicht wahr sein, dass deine Anmerkungen immer meine Lieblingsanmerkungen sein werden.) Ich danke Lara Jones und Hydia Scott-Riley und natürlich dem ganzen unglaublichen Team bei Atria/ Simon & Schuster. Ich bin euch allen so dankbar.

Es gab viele kleine technische Details, die ich für dieses Buch richtig hinkriegen musste, und das wäre nicht möglich gewesen ohne Liv Matthews und den superschlauen Matthew Whitehead, der viele E-Mails zu Technologie über sich ergehen ließ, die ich niemals kapieren werde! Ich danke Becky Williams und der absolut freundlichen Seele, Holly Chubb, die mir ein Fenster in die Welt der TV-Sportübertragung geöffnet haben, und natürlich meinem Bruder, Bubs, und meinem Dad, die meine ganzen Fernseh- und Kameramann-Fragen beantwortet haben.

Ich danke vielmals Fiona Cummins und Charlotte Northedge, die so großzügig mit ihrer Zeit waren und meine Fragen zu Leigh-on-Sea beantwortet haben!

Ich danke Gillian McAllister dafür, dass sie durch den ganzen Nebel hindurchgeblickt hat, den ich in meinem Kopf erzeuge, und mir gezeigt hat, dass das hier das Buch war, das ich schreiben sollte. Ohne dich würde ich vielleicht noch immer mit den Armen durch die Luft rudern und sagen: »Zwei Jahre, und ich habe noch immer keine Buch-Ideen!« Und natürlich bin ich dir auf ewig dankbar für deine Freundschaft.

Ich danke Beth O'Leary dafür, dass sie immer zuhört und mir in Erinnerung ruft, dass es so etwas wie »zu viel Spaß« nicht gibt. Ich danke Holly Seddon, Lindsey Kelk, Stephie Chapman und euch anderen, die dafür sorgen, dass sich dieser einsame Job nicht ganz so einsam anfühlt. Es ist mir eine Ehre, euch meine Freundinnen zu nennen.

Ich danke Amanda und Alison dafür, dass sie mir gezeigt haben, wo meine Tapferkeit liegt.

Ich danke Grace, Sally, Emma und Toni dafür, dass sie die Kumpel sind, die ich mir immer gewünscht habe. (Und dafür, dass sie sich angehört haben, was im Grunde tausend Worte Gejammer pro Tag über Schulessen-Organisation, Mum-Schuld-gefühle und meine Müdigkeit waren.)

Mum und Steve, Dad und Sue, Bubs, Vicky, Ani, die kleine Lottie und der kleine Max, Nan, Grandad, Alan, Marl, Libby und Patricia. Ich danke euch allen für eure endlose Liebe und Unterstützung. (Und für das endlose schrullige, zum Schreien komische Material. Meine Lieblingsbeschäftigung auf der Welt ist es, mit euch allen zu lachen.)

Und schließlich meinen wundervollen Kindern und meinem Ben: Danke, dass ihr mich für alles liebt, was ich bin. Ihr seid mein Ein und Alles. Ihr seid mein Zuhause.